움직이는 별자리들

ᜈᜈᜈᜈᜈ C 아우또노미아총서 66

움직이는 별자리들 Mobile Constellations

지은이 김미정

펴낸이 조정환
책임운영 신은주
편집 김정연
디자인 조문영
홍보 김하은
프리뷰 권혜린

펴낸곳 도서출판 갈무리 등록일 1994. 3. 3. 등록번호 제17-0161호
초판인쇄 2019년 4월 29일 초판발행 2019년 5월 1일
종이 화인페이퍼 인쇄 예원프린팅 라미네이팅 금성산업 제본 경문제책

주소 서울 마포구 동교로18길 9-13 [서교동 464-56] 2층
전화 02-325-1485 팩스 02-325-1407
website http://galmuri.co.kr e-mail galmuri94@gmail.com

ISBN 978-89-6195-207-1 03800
도서분류 1. 문학 2. 문학비평 3. 문화비평 4. 철학 5. 사회운동 6. 인문학

값 24,000원

이 책은 서울문화재단 2017년 문학창작집 발간지원사업의 지원을 받아 발간되었습니다.

이 도서의 국립중앙도서관 출판예정도서목록(CIP)은 서지정보유통지원시스템 홈페이지(http://seoji.
nl.go.kr)와 국가자료공동목록시스템(http://www.nl.go.kr/kolisnet)에서 이용하실 수 있습니다.(CIP제어
번호 : CIP2019013547)

이

움

직

별

잠재성
운동
사건
삶으로서의
문학에
대한
시론

김미정
지음

자

리

갈무리

차례

6   서문 — 이행의 기록

1부   2010년대의 정동적 이행과 사건-문학들

20   움직이는 별자리들: 포스트 대의제의 현장과 문학들

49   흔들리는 재현·대의의 시간: 2017년 한국소설의 안팎

83   '쓰기'의 존재론: '나-우리'라는 주어와 만들어갈 공통장

99   운동과 문학: 다시 여성주의라는 의제와 감수성을 통과하며

128   아르키메데스의 점에 대한 상상:
2015년, 한국문학, 인간의 조건에 대한 9개의 메모

155   불안은 어떻게 분노가 되어 갔는가:
감수성의 이행으로 읽는 김유진의 소설들

2부   공통장을 이야기하기 위한 예비 작업:
'포스트 개인'의 사유를 중심으로

179   벤치와 소녀들: 호모 에코노미쿠스를 넘어서

199   회로 속의 인간, 회로를 만드는 인간:
사건, 주체, 역사, 인간에 대해 생각하며

225   마지막 인간의 상상: '개인'의 신화를 질문하며

240   소년은 왜 '꽃 핀 쪽'으로 가라고 말하는가:
'기억-정동' 전쟁의 시대, 『소년이 온다』가 놓인 자리

275   수다와 고양이와 지팡이: 행복을 해방시키기

293   신자유주의 시대에 생각하는 미적 아나키즘:
        구라카즈 시게루의 『나 자신이고자 하는 충동』에 대한 단상

313   현장-신체-정동, 다른 미적 체험의 가능성을 묻는다:
        '장르 피라미드'를 넘어서 읽는 한 권의 책

3부   문학장의 회로와 잠재성들 :
        문학을 만드는 장소, 문학이 만드는 장소

339   '한국-루이제 린저'와 여성교양소설의 불/가능성:
        1960~1970년대 문예공론장과 '교양'의 젠더

372   「황제를 위하여」와 *Pour l'empereur!* 사이:
        문학장의 역학과 '작품'의 탄생

405   한 시절의 문학소녀들의 기묘한 성장에 부쳐:
        2010년대에 다시 읽는 은희경의 소설들

433   무서워하는 소녀, 무섭게 하는 소녀:
        최윤의 「저기 소리 없이 한 점 꽃잎이 지고」의 트릭과 전략

443   문제는 휴머니즘이 아니다 : 윤이형 소설 읽기

465   보론 ─ 십 년 후, 프롤로그 : 윤이형의 「큰 늑대 파랑」

473   다시, '미적 체험'에 관하여

483   길, 우연성, 편지 : 한국문학의 주어 변화와 배수아의 소설들

이행의 기록

1. '말 못 하는 사물의 언어'

호프만스탈의 1901년 작품 「찬도스 경의 편지」[1]는 "문학 활동을 완전히 포기한 것에 대한 자기변명의 글"이다. 형식은 편지이고, 찬도스 경은 허구 인물·서술자이며, 수신자는 친구라고 지칭되는 프랜시스 베이컨이다. 쓰여진 날짜는 1603년 8월 22일로 기록되어 있다.

편지에서 찬도스 경은 말을 잃고 쓸 수 없게 된 괴로움을 이야기한다. 언어로 세계를 포착·표현할 수 있다고 믿어온 그에게, 명료한 윤곽을 갖지 않은 세계와 생각이 몰아닥친다. 그는 "제한적이면서도 질서정연한 개념이 산출하는 조화에 힘입어 건강해지길" 원하며 고전으로 돌아가도 보고자 했다. 하지만 그것은 불가능했다. "거기에는 개념끼리의 관계만 있을 뿐"이었다.

---

1. 후고 폰 호프만스탈, 「찬도스 경의 편지」, 『호프만스탈』, 곽복록 옮김, 지식공작소, 2001.

그는 쓸 수 없는 괴로움을 내내 토로하지만 그것은 한편으로, 언어로 포착할 수 없는 세계를 발견하게 된 경탄이기도 했다. 그는 말한다. "마음을 황홀로 유혹하는, 끝날 것 같지 않은 힘의 대립이 마음속에도 몸의 주변에서도 느껴지고, 대립하는 그것들의 질료 속으로도 나는 흘러들어갈 수 있고 하나로 존재하게 될 것입니다. … 우리는 새로운 관계를 존재 전체와 연결시킬 수 있지 않을까 여겨집니다."

즉 말을 잃은 그의 탄식은 동시에 새로운 세계의 발견에 대한 경탄이기도 하다. 찬도스 경은 세계를 표현할 언어를 찾고자 했으나, 세계의 모든 사물마다 각 언어가 깃들어 있음을 알게 되고, 그 만물의 언어들이 찬도스 경의 감각을 흐트러뜨린다. 그렇다면 "말 못 하는 사물의 언어"로 표현되는 그 언어들은 더 이상 언어가 아니다. 세계와 찬도스 경은 구획된 신체와 정신에 갇혀 있지 않다. 거기에서 그는 "새로운 관계를 존재 전체와 연결시킬 수 있지 않을까"하는 흥분을 토로한다. 쓰는 스스로와 놓여 있는 세계 사이의 관계를 새롭게 발견한 것이다.

이 작품이 환기시키는 주제는 다양할 것이고, 각 해석은 모두 정당할 것이다. 하지만 지금 나는 찬도스 경의 탄식에서, 세계의 잠재성virtuality의 층위를 발견하고 조망하게 된 이의 경탄을 읽는다. 찬도스 경은 '가시화되지 않고 명료하지도 않지만 실재하는 것들'을 만난 행복감을 기술한 셈이다. 이때 인간의 언어로 세계를 기술할 수 없다는 사실, 말을 잃은 작가라는 사실은 이제 더 이상 중요하지 않다. 언어의 질서, 예술의 규범성을 초과하는 세계를 그는 발견했고 거기에 이미 매혹되어 버렸기 때문이다.

한편 이 편지의 수신자인 프랜시스 베이컨은 이 작품에서는 가공의 인물로 상정되어 있다. 하지만 그렇다 해도 작품 바깥에서 실존했던 프랜시스 베이컨, 즉 인간 이성과 합리성에 대한 신뢰가 막 세계의 인식론적 틀로 구축되어가기 시작한 즈음의 바로 그 상징적 이름임을 떨치기 어렵다. 20세기 초 호프만스탈이 찬도스 경의 고백을 통해 말하고자 했던 바는 어쩌면 근대적 이성과 합리성이 현행화한 세계 이면/너머의 활력들, 잠재적인 것의 층위인 것이다.

2. 잠재성, 운동, 사건, 삶 : 정동이라는 문제계

지금 나는, 이 책에서 자주 언급한 말인 '정동'이 생경한 개념이 아니라는 점을 말하기 위해 호프만스탈을 인용했다. affect는, 스피노자의 **affectus** 개념이 다시 읽히면서 문제화되었고 한국에서는 이를 '정동'情動, '감응'感應 등으로 번역하여 사용해왔다. 호프만스탈이 찬도스 경의 고백을 통해 말하고자 한 것은 이 세계에서 모든 만물 사이를 가로질러 흐르는 정동에 대한 묘사나 다름없을 것이다. 물론 그의 시대에 이것이 개념적으로 이야기된 바 없다. 인문학·철학에서 정동affect의 문제의식은 20세기의 언어적 전회linguistic turn 이후에 제기된다. 지금 찬도스 경이 고백한 경탄에서 읽고 싶은 것은 강조컨대, 우리가 삶 속에서 늘 경험하는, 그러나 언어화하지 못해온 바로 그 잠재성들이다.

정동은 반드시 개별 신체를 전제하지 않는다. 정동은, 주체-대상의 모델도 질문한다. 개별적이거나 명료한 감정(정서)의 문제는 정동의 문제의식과 거리가 있다. 이것은 인간에게만 한하는 이야기도 아니다. 정동은 궁극적으로 세상 만물에 깃들어 있을 힘들의 증감, 즉 '존재력'ontopower에 관한 것이기 때문이다. 인간과 인간 아닌 존재들, 생물과 무생물 등의 경계 이전에, 그리고 그것을 가로질러 존재하는 힘인 것이다. 그러므로 정동의 사유는 언젠가부터 이 세계의 기초 단위로 고착된 개체individual의 확고함까지 질문한다. 그렇기에 이것은 여전히 논쟁적인, 혹은 의심스러운 개념처럼 여겨지기도 한다.

더구나 '인간의 죽음'·'주체의 죽음' 같은, 지난 시절 담론의 언어들이 2019년 한국에서 기대치 않은 방식으로 현재화하는 것을 목도할 때, 정동의 사유는 또 다른 의미에서 시대착오적으로 여겨질지 모른다. 타인의 삶과 죽음에 대해서만큼은 옷깃을 여미던 인간 자체가 액상화하고 있다고 느껴지는 시대에, 인간은 계보학적 탐구나 관념적 해체의 대상이라기보다 어떤 식으로건 적극적으로 재구축할 대상이기 때문이다. 하지만 동시에 이미 정동은 '정동정치'·'정동경제' 같은 말들이 환기시키듯, 국가-자본에 의해 횡령되고 있다. 생각해보면 역사는 늘 개념이나 가치의 전유를 둘러싼 경합 속에서 진행되었다. 이미 현재형으로 진행되는 사태들에 개입하기 위해서라도 정동의 문제의식이 필요하다. 이것은 어떤 분과에 한정하는 이야기가 아니다.

이 책 부제의 표제어인 잠재성virtuality, 운동movement, 사건event, 삶은 '정동'의 술어들이라고 해도 될 것이다. 또한 이에 대해 서문에서 덧붙이는 것은, 이 책의 개념들이 단순히 작품이나 문화·사회 현상 분석을 위해서만 소용될 도구가 아님을 강조하기 위해서다. 언제나 그러했듯 이론은 그 자체가 중요한 것이 아니다. 그것이 구체적으로 어떤 사유의 변화를 수반하고, 어떻게 이 세계에 개입할 문제의식을 만들어내고 가치를 제시할 수 있을지가 핵심이다. 이 세계를 말할 수 있는 언어는 많으면 많을수록 좋지만, 그것이 구체적 삶과 세계를 매개해야 한다는 말이기도 하다.

3. 1990년대에서 2010년대까지

개인적으로 이런 개념들과 구체적으로 처음 접속하게 된 것은 1990년대 말, 2000년대 초반이었다. 이러한 고백은 1990년대 이후 한국의 지식담론장의 심상구조와도 관련될 주제일 것이다. 이 책의 이론적 레퍼런스들은 주로 1990년대 이후 학술운동, 인문학 담론장에서 포스트 맑스 이론의 연장선상에 놓인다. 나 스스로 애초에 이런 사정을 알았을 리는 없다. 이는 사후적 조망이다. 1990년대 학술운동, 인문학 담론장은, 이전 시대의 목적서사(이데올로기, 근대적 희망의 원리)에 정향되었던 집합적 경험의 좌절 혹은 시행착오를 반성하며, 그럼에도 그것을 이어갈 사유가 필요했을 것이다. 1990년대에 본격적으로 퇴조해간 목적서사들과 좌파의 기획 이후, 이런 개념들과의 접속이 전개되어가는 것을 뭉뚱그려 포스트 담론이라고 할 수는 없을 것이다.

좀더 구체적으로 말해본다. 한동안 '공동체'와 '개인'의 관계에 골몰하던 때가 있었다. 개체들의 차이를 보존하면서 공통적인 것을 만들어가는 것이 어떻게 가능할지, 또는 기존 '개인/공동체'를 둘러싼 오염된 담론 구도와 그 말들을 피하는 사유가 어떻게 가능할지에 대해 생각했다. 그 과정에서 '공통적인 것'the common(네그리·하트), '단독자들의 비집성적 공동체'(장-뤽 낭시), '공-동체'共-動體(최진석) 등의 말과 사유를 만났다.

잘 알려져 있다시피 '공동체'와 '개인'이란 한국사회와 문학에서 적대적으로 이해된 측면이 있다. 스무 살이 막 되었을 때 세상이 어떤 곳인지 미처 알기도 전에 자유로운 개인으로서의 ○○세대라는 말로 '호명'되었고 그 이물감은 아주 오랫동안 해명하고 싶은 대상으로 잔류해있었다. 1980년대와 1990년대는 '공동체'와 '개인'의 가치가 배타적으로 교체해간 시대라고 교과서적으로 이야기되기도 했다. 물론 이 두 가치가 양자택일적 선택의 문제일 리 없다. 또한 공동체와 개인의 기존 명명과 가치를 그대로 승인하는 구도 속에서, 이전의 시행착오는 계속 반복될 가능성이 높다고 여겨졌다. 게다가 '개인'이라는 말은 이미 20세기 후반부터 신자유주의적 '개인'의 가치에 습합해갔다. 이미 공동체는 종종 지난 시대의 전체주의를 떠올리게 하는 말로 불안하게 받아들여지곤 한다. 공동체 대 개인 식의 구도 속에서 공동체냐 개인이냐를 선택하는 것은, 오늘날 구체적으로 경험되는 신자유주의의 문제를 극복하는 데에도 곤란한 점이 많다. 그렇기에 '개인'·'공동체'를 둘러싼 말의 발명은 중요하고 절실한 문제였고, 지금도 그렇다고 생각한다.

특히 '개인'의 가치와 담론에 대해서는 더욱 난망하게 여겨지곤 한다. 2015년 문학장의 표절 스캔들을 포함하여 그 일을 둘러싼 담론적·정동적 반응 전체도, 90년대적 개인 담론과 신자유주의의 습합을 확인케 하는 듯 보였다. 2015년의 일은 2000년대 이후 한국사회에서 가속화한 신자유주의의 진행과 배리되지 않았다. 스캔들 자체가 '스타작가=브랜드네임으로서의 문학'의 곤경이었던 셈이고, 이것은 곧 1980년대 말부터 작가 개인이 문학의 기초 단위이자 브랜드 가치로 제도화되던 정황[2]으로까지 거슬러 갈 수 있다. 또한 그에 대해 오간 무수한

---

2. 1987년 저작권법이 30년 만에 개정, 법적·제도적으로 저작권, 소유권의 개념이 재정비된다. 1989년 신생 문예지(『작가세계』)가 매호 한국작가를 한 명씩 집중적으로 소개하면서 주요콘텐츠를 특정 개인작가에게 할애한다. 1994년 신생 문예지(『문학동네』)가 '개인'을 담론화하고 '젊은작가특집'과 같은 개별작가의 가치(권위)를 전면화한다. 이 모두, 작가의 법적·제도적 위상 변화, 문학 생산물의 법적 소유권이 정비되는 과정에 상응할 만한 문학적·담론적 장면들이다.

비판과 자조 역시 신자유주의적 주체의 피로감과 무기력을 넘어서지 못한 듯 보였다.(이에 대해서는 이 책의 1부 「아르키메데스의 점에 대한 상상」에서 다루었다.)

이 책이 작가, 작품을 다루되, 제도 안의 작가론, 작품론, 주제론 식의 비평으로 환원되지 않기를 바란 것도 그와 관련된다. 언제나 작품을 초과해서 이야기하고자 했다. "예술에 열광하는 것은 비평가와는 무관하다. 그의 손안에서 예술 작품은 정신들의 투쟁 속에서 번뜩이는 칼이다."[3]라는 벤야민의 테제를 넘어서, 작품이 그 시대의 정동적 네트워크의 소산이자 구체적인 시공간적 맥락 속에 놓여 있음을 읽고자 했다. 그 결과, 지금은 이 책의 독자가 과연 누구일까 회의하게도 된다. 하지만 각 분과마다 다룰 대상과 방법이 정해져 있다는 우리 안의 통념을 돌아봐야 한다는 생각은 변함이 없다. 분과적 구획을 강조하는 분위기 자체가, 정확히 이 세계의 근대 국가-자본주의 시스템의 조밀해짐과 무관치 않고, 그 속에서 문학의 소외는 점점 구조화된다고 생각하기 때문이다.

4. '공통장'을 사유하기 위한 예비 검토의 책

'정동'뿐 아니라 '공통장'commons에 대한 이 책의 관심 역시

---

3. 발터 벤야민, 「비평가의 테크닉에 관한 13개의 테제」, 『일방통행로』, 조형준 옮김, 새물결, 2007, 70쪽.

이 문제의식의 연장선상에 놓일 것이다. 이 책은 최근 수년간 새로운 문제계를 형성해온 공통장에 대한 문제의식을 예각화하지는 못했다. 특히 이 책의 또 하나의 중요한 축인 페미니즘의 문제의식과 공통장의 관계를 아직 정합적으로 정리하지 못했기 때문이다. 즉 공통장의 문제의식이 지금 비로소 본격 전개된 평등에의 요구를 수습하거나 봉합하는 알리바이처럼 소용되지 않기를 바랐기 때문이다. 정체성 정치가 출발은 될 수 있지만 궁극적 목표로 고착되어서는 안 된다는 역사와 이론의 가르침들이, 아직은 이곳에서 시기상조는 아닐까 여겨지기 때문이다. 그리고 동시에 새로운 '보편'이나 '공통감각' 같은 말들, '우리'·'공동체'라는 말이 다시 소환되는 것에도 조심스럽다. '나'의 바깥에 원인이 존재하는 '우리'란 '나'를 도덕에 종속시킨다. 또한 '나'의 차이를 담보하지 않는 '우리'가 파시즘적인 '나와 친연성을 띠었던 역사의 교훈도 그리 멀지 않다.

그러나 그럼에도 불구하고, 공통장의 문제는 이 세계를 다시 구축해가는 과정에서 피할 수 없는 주제다. 이전의 자명했던 가치들과 사유가 기능부전인 세계. 또한 각자의 생각이 확증편향적으로 고착, 고립된 채 좀처럼 교류되지 않는 장면들. 여기에서 우리가 뿔뿔이 흩어진 작은 섬들로 그저 버틴다는 것은 곧 이 세계 시스템에 복속되기 쉬운 조건이기도 하기 때문이다. 그렇기에 정리되지 않은 고민을 그대로 노출하며, 이 책의 2부는 공통장을 사유하기 위한 전제들을 검토하는 수준에서 정리했다. (이 문제의식을 '공통장'이라는 말로 번역, 사유해보기를 제안한 분은 조정환 선생님이다.)

한편, 페미니즘의 문제의식을 구체적 나의 문제로 다시 절감하게 된 것은 최근 수년 사이의 일이다. 페미니즘의 사유는 내게 단지 정체성 운동의 문제의식을 확인시키지 않았다. 그 사유를 통과하면서 나는 '이것 아니면 저것'처럼 여겨온 문제를, '이것이면서 저것일 수 있고, 전혀 다른 무엇일 수도 있다'는 문제로 사고하기 시작했다. 또한 능동적, 주체적 존재로서의 오롯한 '나'에 대해 질문하게 된 것도 단지 '공동체와 개인' 혹은 '정동'에 대한 고민과 관련된 것만은 아니다. 지금 페미니즘의 문제의식은, 이 세계의 모든 존재에 대한 나의 생각을 근본적으로 다시 점검케 했다. (심지어 '근대의 과제였던 독립된 개체의 문제가 여성의 과제였던 적이 있나'라는 질문은 지금까지 이야기한 내 문제의식조차 다시 분열하게 한다.)

즉 모든 살아 있는 존재들은 그가 무언가를 생산하고 이 세계에 기여해서가 아니라, 단지 태어난 자체로 의미 있고 가치 있다는 사실. 그리고 개체 자립에 앞서 무엇과 어떻게 접속하면서 무엇이 될 것인가의 문제를 페미니즘의 문제의식을 거치면서 '구체적으로' 생각하게 되었다. (이 책의 어떤 글들이 이런 지점까지 나아가지 못한 것은, 그 글들이 쓰인 당시의 맥락과 담론적 개입의 시급성에 따른 것이었다고 해야 할 것이다.)

말하자면 페미니즘과 정동의 사유는 내게 근대적 '개인'의 신화를 질문하게 했고, 인간이 근본적으로 취약한vulnerable 존재라는 사실에까지 도달하게 했다. 더구나 오늘날 시대의 조건은 그런 인간을 더욱 취약하게 몰고 간다. 사람들은 시대의 불안정함과 취약함 속에서 서로 빈번하게 상처를 주고받는다. 하지만 그렇기에 우리는 결정적일 때 다시 서로를 돌보고 연결하고 관계를 구성한다. 스피노자가 '코나투스'라고 부른 존재력, 즉 다른 존재와 더 많이 공통적 관계를 만들어내며 커지는 힘은, 2014년 이후 지금까지 활자 밖에서 종종 실감할 수 있는 것이었다. 요컨대, 사람들은 그렇기 때문에 오히려 모이고 연결하고 연대하는 존재라는 사실. 존재와 사건의 어두움조차도 그 접힌 주름에는 밝음이 깃들어있으리라는 잠재성에 대한 믿음. 이런 것이 이 글들의 동력이었고, 방법론이었다.

4. '움직이는 별자리들'

이 책의 글들은 주로 2015년 이후 발표한 글을 개고한 것들이지만, 필요에 따라 2008년 발표 글도 함께 수록했다. 또한 이 책의 제목 '움직이는 별자리들'은, 지난해 여름 〈다중지성의 정원〉에서 네그리·하트의 *Assembly*(2017)를 함께 읽다가 "mobile constellations"라는 구절을 읽으며 모두가 환호작약했던 그 장면에 전적으로 빚지고 있다. 더 이상 이 말은 네그리·하트의 말이 아니었다. 그들이 염두에 두었을 루카치나 벤야민의 말도 아니었다. 전 지구적 자본주의의 새로운 국면들과 그 조건 속에서 무명의 사람들이 만들어가는 새로운 역사의 비밀이 서울 어딘가에 옹기종기 모인 사람들의 신체를 관통했을 때, 이 말은 소유권을 주장할 수 있는 말이 아니게 되었다. 이 책의 제목은 그 반짝이던 순간에 빚지고 있음을 다시금 분명히 밝혀둔다.

물론 이 책이 빚지고 있는 많은 분들의 이름 역시 생략할 수 없다. 고명철, 고영란, 김성수, 류진희, 양돌규, 오혜진, 유승호, 이경돈, 이영재, 이종호, 이혜령, 임태훈, 장영은, 장인수, 정남영, 조건상, 조정환, 천정환, 최진석, 황호덕 님과 그간 격조한 모든 분들. 그리고 이 책에 인용된 분들과, 문학을 매개로 제도 안팎에서 만난 모든 분들. 또한 과거의 모든 정동적 관계를 포함하여, 각 이름의 의미를 일일이 이야기하지 못하는 아쉬움은 훗날 만회할 수 있을 것이라 생각한다.

또한 무언가를 함께 만들어 간다는 것의 지난함과 보람을 다시 생각하게 한 〈문학3〉의 삼남들, '여성비평 모임', '난민×현장팀', '어셈블리 세미나팀'의 동료들에게도 쑥스러운 인사를 건넨다. 그리고 〈다중지성의 정원〉에서 만나온 수많은 무명의 독학자들. 그들과의 만남의 힘으로, 오늘날 다양하게 목도되는 다중multitude의 복잡성에도 불구하고 그 믿음을 놓지 않을 수 있었다. 학교에서 만나는 학생들 역시 나에게 무수한 긍정·부정적 자극과 배움을 주는 이들이다. 또한 오랜 시간 넉넉한 정서, 정동적 교감을 주고받아준 신지영·신혜수·치에코 님. 이들을 생각할 때면 마음이 문득 노곤노곤해진다. 첫 독자로서 프리뷰를 해준 권혜린 님, 이 책이 물성을 갖게끔 해주신 갈무리 출판사 김하은, 조문영, 김정연, 신은주 님 및 출판인쇄 관련 노동자 분들 모두께 감사의 마음이 전달되면 좋겠다.

마지막으로, 김경호, 홍복연 님과 김혜정, 김민정에게도 아주 늦은 고마움을 전한다. 특히 이 책에 인용된 프랑스어 번역에 도움을 준 김민정에게는 격려를 함께 전하고 싶다. 비인가족인(이었던) 토토, 똘, 콩은, 인간이 계속 지구상에서 특권적 지위를 주장하는 종이어도 될지 어떨지, 진심으로 돌아보게 하는 존재다.

지금까지의 이야기가 단지 감사의 인사만을 위한 것으로 읽히지 않기를 바란다. 이 이름들은, 이 책이 단독적 사유의 모음이 아님을 구체적으로 증거해줄 이름들이다. 또한 이 책은 어떤 집성이 아니라, 이행의 기록이다. 균질적이지 못한 부족한 글의 모음일지라도, 한 시절이 어딘가로 이행하고 있는 기록들 중 하나로 이 책이 놓일 수 있기를 소망해 본다.

1부

2010년대의 정동적 이행과
사건-문학들

움직이는 별자리들

포스트 대의제의 현장과 문학들

1. 모이고 표현하는 사람들 : 집회assembly 그리고 포스트 대의제post representation 1의 현장

'의회'와 '집회'는 '모인다'는 의미만 공유할 뿐 전혀 다른 말이다. 둘 다 'assembly'에 해당할 터이지만,2 의회는 집회의 활동을 두려워하고 적대시하는 경우도 빈번하다. 예기치 않게 사람들이 모일 때마다, 그때까지 표현되지 않아온 정치적 잠재력이 어떤 방향으로로건 분출되었기 때문이다. 즉, 'assembly'는 모이는 사람들의 입장과 성격에 따라 의미가 달라진다. '의회'는 "집회를 대의제라는 제도로 이동"3시킨 것이라고도 하듯,

---

1. 이 책 전반에서 '재현', '표상', '대표', '대의'로 지칭되는 것은 모두 'represen-tation'의 역어다. 재현, 표상, 대표, 대의 등은 문맥에 따라 혼용했음을 미리 밝혀둔다.
2. 엄밀히 말해 '의회'는 parliament(말하다라는 의미의 'parler'(프)와 관련)라는 말을 갖고 있지만, 이 대목에서는 이 말이 근대적 의회의 의미로 정착되기 이전의 맥락, 그리고 J. J. 루소의 『사회계약론』, 가라타니 고진의 『柄谷行人講演集成1995~2015 思想的地震』의 아이디어를 참고했다.
3. 柄谷行人, 「「哲学の起源」とひまわり革命」, 『柄谷行人講演集成1995~2015 思想的地震』, 筑摩書房, 2017.

'집회'는 직접민주주의의 원리를, '의회'는 간접민주주의의 원리를 떠올리게 한다. 그러나 근대 정치의 근간을 이루는 대의제적 원리하에서 'assembly'는 마치 '의회'의 측면만을 가지거나 '집회'와는 대립되는 듯 이해되기도 했다.

역사 속의 봉기와 혁명은 물론이고 2016~17년의 '촛불' 역시 이러한 'assembly'의 각기 다른 방향성과 원리를 환기시켰다. 시민들은 위임받았으나 대의하지 않는 정치의 정당성을 질문하며 자신의 주권을 직접 표현하고 항의하는 모임을 이어갔고 이전 시간들을 가로지르는 '사건'을 발생시켰다. 물론 심화되어온 살기 힘듦의 문제나, 개개인의 삶·죽음을 공동체적인 것으로 확인시킨 2014년 4월 16일 등과 같이, 촛불로 이어질 수 있었던 이전의 계기들 없이 이 사건을 이해하기는 불가능하다. 사건은 늘 누적된 발밑의 상황과 맥락 속에서 그 고유성을 갖기 때문이다.

그런데 한편으로 이것은 국지적이고 개별적인 사건으로만 한정지을 수 없다. 2010년 이후 '아랍의 봄', 뉴욕 월스트리트 점거OWS, 2011년 3·11 이후 일본의 다양한 운동들, 2014년 홍콩의 우산혁명, 그리고 지금까지의 전 세계적 '미투'의 목소리, 최근 프랑스의 노란조끼 시위, 또한 알려지지 않은 곳곳의 크고 작은 집회와 연결들을 떠올려 보자. 즉 2010년대의 세계에서는 민주주의, 반신자유주의, 젠더역학의 의제를 포함하여, 다양한 항의를 위해 직접 모이고 서로 연결되는 일이 빈번해졌다. 한국의 촛불 역시, 2010년대 이후 전개된 전 세계적 시민

행동의 네트워크나 그 정동과 별개로 놓이지 않는다. 지구적 규모에서 모든 장소는 일종의 유기적 생산기관[4]이고, 발밑의 조건은 점점 더 구조적으로 공유되고 있으며, 그 안의 저항 역시 서로 닮고 연결되고 있기 때문이다.

2010년대의 전지구적이고 연쇄적인 항의 표현에 주목해 온 이들이 최근 출간한 저서 표제에 공통적으로 'assembly'라는 단어[5]가 들어있는 것도 우연이 아니다. 이때의 어셈블리는, 대의제적 의회와는 달리 스스로 무리를 이루고 자기표현하는 사람들의 모임assembly의 양태와 원리를 의미한다. 이 '집회'는 반드시 현장 시위, 데모와 같은 전통적 항의행동에 한하지 않는다. 온라인을 매개로 사람들이 연결, 접속, 동원되는 모든 과정 역시 이 집회의 의미를 구성한다. 이때 미디어는 집회의 중요한 자원이다. 또한 미디어는 그 자체로 '우리'와 '너희'를 둘러싼 헤게모니 쟁투의 장이기도 하다.

버틀러·네그리·하트 등이 주목하는 집회는, 대의제적 제약을 보완·극복·활용하는 의미를 지닌다. 그들의 논의는 전지구적 집회의 정동뿐 아니라 오늘날 직접표현의 형식과 원리 전반을 이해하는 데에 시사하는 바가 많다. 가령 주디스 버틀러는 2010년대 뉴욕의 거리, 광장에서 펼쳐진 마이너리티 집회

---

4. 조정환, 『인지자본주의』, 갈무리, 2011, 265쪽.
5. Judith Butler, *Notes Toward a Performative Theory of Assembly*, Harvard University Press, 2015 ; A. Negri and M. Hardt, *Assembly*, Oxford Univ Press, 2017.

를 촉발한 조건으로서 신자유주의적 '불안정성'precarity을 우선 확인한다. 나아가 그녀는 '모인다'는 것 자체가 수행적으로 인민·민중people의 주권을 가시화한다는 점을 주목했다. 누가 살고 누가 죽임당할지를 관리하는 신자유주의의 생명정치는 불안정함을 상례화했다. 하지만 그 불안정함의 '최전선'에 있는 "여성, 퀴어, 트랜스젠더, 빈민, 장애인, 무국적자, 종교적·인종적 마이너리티"는 자신들의 바로 그 조건(불안정함)으로 인해 오히려 "모인다."[6] 이 존재들은 특별한 언어행위나 통일된 주장 없이 단지 공공의 장에 모습을 드러내는 것만으로도 정치적 의지를 행위화enactment했다. 그들이 모인 것만으로도 '2등, 3등 시민'을 둘러싼 암묵적인 배제/소외의 구획이 가시화되었다. 나아가 그들의 모임은 누가 포함되고 포함되지 못하는지를 정교하게 질문하며[7] 민주주의적 평등의 원리를 확인, 구현하는 기능을 했다. 가시화된 그 무리는 분명 대표제적 의회의 대안, 비대표제적인 권력power처럼 기능했다고 버틀러는 말한다.

한편 네그리·하트에게도 집회란 근대적 대표-위임의 관계로 환원되지 않는 자기표현이다. 그들은 특히 이전과 같은 소수의 대표, 수직적 의사결정 구조에 의거하지 않는 원리를 주목했다. 이때 '수평적 의사결정의 구조', '리더 없는 운동'이 "수평

---

6. J. Butler, *Notes Toward a Performative Theory of Assembly*, p. 53.

7. 같은 책, p. 5.

주의의 물신화"[8]로 환원되어서는 안 된다고 강조하는 대목은 각별하게 보아야 한다. 대표-위임 관계의 흔들림을 말하는 것은 모든 조직, 제도의 거부나 냉소를 의미하지 않는다. 즉 의사결정 구조의 수직성을 탈피한다는 것은 오히려 우리에게 과제를 던진다. 전통적·수직적 권위의 메커니즘을 내면화하지 않는 대신에, '자기구성'(버틀러)과 '자기조직화'(네그리·하트)라는 미답의 과제를 풀어야 한다. 네그리와 하트에게 '다중'multitude이 본래 주어져 있는 존재가 아니었듯, 대의제적 원리 너머의 자기표현을 주목하는 것은 아나키한 상태 자체에 대한 예찬이 아니라 다른 방식의 '구성'을 강조하는 것이다.

2. 민주주의와 주권의 괴리, 그리고 반동backlash의 배후

한편 집회가 곧바로 민주주의와 등치되어서는 곤란하다. 민주주의의 정치형식과 주권의 원리는 같은 것이 아니다. 언젠가부터 집회가 반드시 (대의제) 민주주의를 보충하거나 재정의한다고 여길 수 없는 장면도 빈번해졌다. 2018년 한국 제주에 난민이 상륙한 이래, 제주와 서울 도심에서는 반난민집회가 당당히 열렸다. 토요일마다 서울역에 모여 광화문으로 행진하는 태극기의 행렬이나 반페미니즘, 반난민을 주장하는 크고 작은 집회나, 대학 총여학생회 폐지 주장에 민주주의가 전

---

8. A. Negri and M. Hardt, *Assembly*, p. xiv.

횡되는 일 등등이 현재 진행되고 있다. 온라인과 거리와 대학이 곳곳에서는 '이것이 진짜 민주주의다'라는 선언과 함께, '옳고 그름'을 둘러싼 판단의 언어가 위태롭게 소환된다. 진화를 거듭하는 미디어는 그 자체가 새로운 장소성을 획득하고 있고 인터넷 커뮤니티, SNS, 포털사이트마다 자기표현을 가장하여 여론의 정향orientation을 의도하는 은밀한 싸움도 횡행한다.

서로를 향해 경쟁적으로 빗장을 잠그는 이야기는 국경에서부터 나-이웃의 층위에 이르기까지 매일 갱신되고 있다. 여성, 사회적 약자, 마이너리티 등을 향한 백래시는 온오프라인의 대중 안에서 자생적인 논리-정동의 회로를 갖추고 유통되는 듯 보인다. 일상에서는, 민주주의의 원리나 가치에 대한 기존의 합의들이 손쉽게 재전유, 재맥락화의 대상이 된다. 그 결과, 타자를 보지 않게 하는 논리나, 타인의 생존권보다 나의 소유권을 우선시하는 감각이나, '법' 이외에는 공통의 언어가 없다는 믿음도 자연화한다. 인권, 평등, 생명, 평화, 사회적 약자, 마이너리티, 사회적인 것 등등, 근대 이래로, 그리고 20세기 두 번의 세계대전을 겪으며 인류가 성찰reflection하고 정교화해온 개념과 사유들이 불안하다.

이때 민주주의 형식과 주권의 원리가 괴리disjunction의 관계[9]임도 다시 기억해야 한다. 2015년 1월 유럽으로의 이슬람유

---

9. J. Butler, *Notes Toward a Performative Theory of Assembly*, p. 2. 한편 네그리와 하트는 대의제의 전제로서의 주권 개념 자체를 근본적으로 질문한다. 하나의 통합, 중앙집중적 힘의 행사에 기반을 두는 주권(sovereignty)

입을 반대하는 독일의 반이민정당 〈페기다〉는 "우리가 인민·민중이다"We are the people라고 주장했다. 2017년 5월 촛불혁명 직후 한국에서는 '우리가 다중이다'라는 선언이 친민주당 성향이면서 여성, 소수자와 선을 긋는 남초커뮤니티에서 속출했다. 여기에서 그들 모두가 민주주의라고 말하려는 것이 아니다. 단지 지금 확실한 것은, 이들이 '누가 진짜 ○○인가'라는 질문을 특정 정치적 맥락과 의도 속에서 증폭, 뚜렷이 부각시키면서, 민주주의와 주권의 이접을 쟁점화했고 이후 무수한 에피고넨 증식의 기폭제 역할을 했다는 점이다.

누구를 포함하고 누구를 배제하는지의 암묵적 구획에 이의제기하기 위해 사용된 마이너리티의 개념과 문제의식이 이런 식으로 단번에 재전유, 재맥락화된다. 평등의 사유를 교란시키는 능력주의와 신자유주의적 개인 가치의 습합, 그리고 '우리'의 순수성을 강조하는 언설(예컨대 반난민)은 이러한 구조 속에 난망하게 얽혀 있다. 2010년대 이후 많은 활동가, 학자들이 주목한 대표-위임 관계의 극복과 그 투쟁은 이제, 민주주의의 이름붙임을 둘러싼 투쟁으로 전개되고 있다.

하지만 이것이 대중(인간)의 속성을 비관적으로 생각하게

은, 늘 권력/지배의 관계를 드러내는 것이었다. 이들이 논증하는 현재의 '주권' 개념은 '정체성'과 '소유'라고 하는 근대(자본주의)적 요소와 결합하여 작동한다.(A. Negri and M. Hardt, *Assembly*, 3장.) 한편 미셸 푸코가 『생명관리정치의 탄생』(난장, 2012)에서 근대의 권력론을 전개할 때 주권, 민중, 신민, 국가, 시민사회 같은 개념을 본래부터 자명한 것으로 삼지 않은 맥락도 이와 함께 읽을 수 있다.

하는 사례로 기억되어서는 안 된다. 오늘날 표현미디어를 매개로 자생적 회로가 만들어진 듯 보이는 현상의 배후에는 국민국가-자본주의의 결탁이 있다. 발터 벤야민이 파시즘 폭주의 전야에 고쳐 쓰던 예술론/매체론의 한 대목이 그간 읽혀온 맥락과 다르게 자꾸 떠오르는 것도 이러한 비관의 구조가 오래된 것이기 때문이다.

점진적인 무산계급화와 대중의 점진적인 형성은 동일한 사건의 양면이다. 파시즘은 새로이 생겨난 무산계급화한 대중을 이 대중이 폐지하고자 하는 소유관계는 조금도 건드리지 않은 채 조직하려 하고 있다. 파시즘은 대중으로 하여금 결코 그들의 권리를 찾게 함으로써가 아니라 그들 자신을 표현하게 함으로써 구원책을 찾고자 한다. **대중은 소유관계의 변화를 요구할 권리가 있지만 파시즘은 소유관계를 그대로 보존한 채 그들에게 표현을 제공하려고 한다.**[10](강조는 인용자)

잘 알려져 있듯, 그는 이 글에서 대중, 기술이 전면화되기 시작한 시대의 비가역성을 명확히 인지하며 예술과 수용자의 변화를 논했다. 이 글(「기술복제 시대의 예술작품」, 제3판, 1939)이 대중, 기술에 대한 단순한 낙관론/비관론이 아니라는

---

10. 발터 벤야민, 「기술복제시대의 예술작품 (제3판)」, 『기술복제시대의 예술작품 / 사진의 작은 역사 외』, 최성만 옮김, 길, 2007, 147쪽.

점은 강조하지 않아도 될 것이다. 그의 예술론에서 대중과 기술은 일종의 매트릭스matrix 같은 조건이다. 글의 목적은 예술 관념 및 수용자의 변화를 상기시키는 데 있었다. 벤야민의 관점에서 기술의 변화는 인간을 종속시키거나 결정하는 것이 아니라, 인간/자연의 '관계'를 재고·조정케 한다는 점에 방점이 찍힌다.[11]

한편 벤야민의 글은 기술과 대중이 예술변화의 중요한 항으로 대두되는 상황을 기록한 글인 동시에 그 변화의 조건을 잘 이용했던 당대 파시즘 미학에 대한 비판이기도 하다. 그가 적확히 지적했듯 파시즘은 '소유관계', 즉 이 세계 배후의 자본주의 구조와 거기에서 비롯되는 문제를 보이지 않게 만든다. 그리고 대중에게 '표현'과 '표현의 수단(기술)'을 제공하며 대중 안의 의미유통의 자생적 회로를 만들게 한다. "대중은 소유관계의 변화를 요구할 권리가 있지만 파시즘은 소유관계를 그대로 보존한 채 그들에게 표현을 제공하려고 한다." 이 말처럼 '자본주의(경제)의 문제 — 대중의 자기표현 기제 — 예술'의 연결성을 단번에 환기시킨 대목도 드물 것이다. 그의 시대나 오늘날이나, 소위 먹고사니즘의 투쟁이라 할 갈등, 즉 한정된 장 안에서 한정된 자원의 배분을 둘러싼 갈등의 궁극적 원인을

---

11. 기술은 "자연을 지배하는 것이 아니라 자연과 인류 사이의 관계를 지배하는 것"(발터 벤야민, 『일방통행로』, 178쪽)이라고 한 벤야민의 말은, 비관·낙관의 기술결정론과 무관하다. 오히려 인간과 인간, 인간과 자연의 '관계' 재조정 과제가 기술로부터 부과됨을 상기시킨다.

보이지 않게 하면서 그 갈등의 정동만 표현하도록 하는 배후를 파악하는 것은 중요하다.

즉 대중은 결정되어 있는 선도 악도 아니다. 종종 대중의 정동은 미디어에 노출되는 인플루언서influencer의 발화에 따라 확연한 부침을 보이기도 한다.[12] 뉴스보도나 TV 토론회 등 미디어에 노출되는 인플루언서의 발화는 일종의 잠금해제 효과를 갖는다. 이때의 인플루언서는 반드시 정치인만은 아니다. 2011년 미국 보수주의 티파티 논객이 '언더도그마'underdogma [13] 같은 개념을 백래시의 논리에 제공했다. 누구에게 궁극적 이

---

12. 아베 정권 발족 직후인 2012년 이후 인터넷상 폭발적으로 증가한 혐오발화도 그렇거니와(모로오카 야스코, 『증오하는 입 ― 혐오발언이란 무엇인가』, 조승미·이혜진 옮김, 오월의봄, 2013), 2016년 사가미하라 학살 사건이 일본 정치인의 혐오발언 그 정동의 확산에 연결되어 있다는 문제의식(신지영, 「'타자'없는 듣고-쓰기 : 사가미하라 장애인 학살사건, 그 이후」, 『문학3』 1호, 2017)도 그러하다. 한편 한국사회에서 성소수자 혐오가 어떤 문턱을 넘었던 과정도 생각해본다. 2017년 4월 군대 내 동성애자 색출이라는 폭력이 '군 기강 해이 바로잡기'라는 명목으로 보도된다. 그리고 조기 대선을 앞두고 유력 후보들이 같은 달 28일 TV 생중계 토론회에서 '동성애 반대' 발화를 공식적으로 주고받는다. 언론미디어에서 이 일들이 노출된 직후 인터넷 커뮤니티, SNS, 일상 등에서의 광기도 기억해보자.(명료한 인과관계를 위한 데이터가 보충되어야 하지만, 자세한 정황은 김미정, 「공포와 희망의 정동 사이에서」[제8회 맑스코뮤날레 다중지성의 정원 세션 〈2017 촛불다중혁명과 한국사회의 이해〉 자료집, 2017] 참조.)

13. 미국에서는 *Underdogma : How America's Enemies Use Our Love for the Underdog to Trash American Power*라는 제목으로 2011년 발간, 한국에는 『언더도그마』라는 제목으로 2012년 번역되었다. 이 개념이 어떻게 오늘날 사회적 약자, 소수자 혐오와 폭넓게 연동하고 있는지, 이러한 기계적 중립 노선이 어떤 혼란을 야기시키는지에 대해서는 다른 지면을 기약한다.

득이 될지 따져볼 말인 '약자라고 항상 선하지 않다.'는 세간의 흔한 워딩wording도 여기에서 유래한다. 이것은 민주주의와 정의의 문제를 순식간에 프레임전쟁으로 밀어넣었다.

누군가가 피 흘린 결과 간신히 쟁취하고 느슨하게나마 합의해온 민주주의의 가치들이 대중 사이에서 원리부터 부정되거나 퇴행하는 듯 보이는 것은, 이러한 인플루언서의 발화(인식)와 분리되지 않는다. 그 발화는 어떤 이들에게는 경악할 것이었다. 하지만 또 어떤 이들에게는 타자를 향한 폭력적 무의식도 허용될 수 있다고 착각하게 한다. 보수주의, 신자유주의 인플루언서의 발화는 암묵적으로 드러내지 않아야 할 속내와 드러내도 되는 속내의 경계를 지우게 하는 미디어를 매개로, 일종의 판도라의 상자를 열어버리는 효과를 지닌다. 한번 해제된 언어들은, 그 사회의 역사 속에 누적되어온 기억, 경험, 사건들과 접속하면서 어떤 확장회로(가령 혐오→차별→배제→폭력)를 만들어내기 쉽다. 그것이 수년간 이 세계가 경험해온 곤경의 하나이기도 하다.

이처럼 오늘날의 정보·의견·정동은 수평적이고 분산적이지만, 반드시 탈중심적인 것은 아니다. 오히려 고도로 컨트롤되는 회로 속에서 분산적 네트워크의 말단까지 컨트롤되고 있다.[14] 이때 무엇이 진짜/가짜인지, 무엇이 옳은지/틀리는지를

---

14. 이것은 (윌리엄 버로스가 처음 제안하고 질 들뢰즈가 발전시킨 개념인) '통제사회'(control society)의 특징과 그 실현 속에서 본격적으로 생각할 문제들이다. 질 들뢰즈, 「창조행위란 무엇인가?」(1987 ; 이윤영 엮고 옮김,

판별하는 것 자체는 부차적 문제가 되어 버린다. 따라서 그것에 대한 접근은 이전 시대와 다른 관점과 논리를 요구한다. 권력은 촉발만 시켜도 된다. 무리 안에서 활성화될 조건은 이전보다 더 잘 마련되어 있다.

그렇기에 새로운 파시즘, 반지성주의, 신자유주의와 결합한 전 세계적 우경화, 우파의 정동정치 등에 대한 우려[15] 역시 오늘날 대의제 너머의 현장 속에서 동등하게 고려되어야 한다. 물론 이런 공기를 과장되게 강조하며 비관과 체념으로 유도하는 "악마의 속삭임"[16]도 유의해야 한다. 권력만 촉발시키는 것이 아니다. 수평적 네트워크 안에는 그것을 거스르는 또 다른

『사유 속의 영화』, 문학과지성사, 2011) ; 질 들뢰즈, 「통제사회에 대하여」 (1991 ; 『대담』, 김종호 옮김, 솔, 1993) ; 브라이언 마수미, 『정동정치』, 조성훈 옮김, 갈무리, 2018.

15. Chantal Mouffe 인터뷰, "Chantal Mouffe : 'We urgently need to promote a left-populism' ", trans. David Broder, *Regards* 2016년 여름호에 처음 출판됨, http://grassrootspolicy.org/wp-content/uploads/2017/08/Mouffe-on-Populism.pdf. 이 글에서 무페는 아예 '좌파 포퓰리즘'의 기획을 제안한다. 인간의 정서적(정동적) 요인을 겨냥하는 우파 포퓰리즘의 전략에, 좌파 엘리트 정치는 지나치게 인간의 합리적 이성에 대한 신뢰, 결벽성을 고집해오지 않았는지 질문한다. 또한 최근 번역된 책 『좌파 포퓰리즘을 위하여』(문학세계사, 2019)에서도 현재 세계를 헤게모니적 위기로 파악하고 '자본주의 바깥은 없다'라는 슬로건과 함께 무화되어간 정치적 경계를 다시 설정해야 한다고 주장한다. 이는, 인간에 대한 평면적 이해나 신뢰만으로 이 표현의 시대를 건널 수는 없다는 절박함으로 이해되기도 한다. 그밖에 2000년 이후 특히 미국에서의 우파 정동정치와 그 방법들에 대해서는 B. Massumi, *Ontopower : War, Powers, and the State of Perception*(Duke University Press, 2015[갈무리, 근간]) 및 『정동정치』(갈무리, 2018) 참조.

16. A. Negri and M. Hardt, *Assembly*, p. xvi.

촉발과 문턱의 계기가 있다. 그러므로 포스트 대의제의 현장은 혼돈과 무질서처럼 보일지 모른다. 하지만 이 현장은 모든 사회적 주체들의 근원적 다양성이 만개하고 있고, 앞서 언급했듯 새로운 자기구성, 자기조직화, 혹은 "모두에 의한 모두의 통치"[17] 문제를 제기한다는 점에서 일단은 무수한 가능성들의 진원지로 보아야 한다.

3. 모이고 연결되는 사람들의 현장과 문학

모이고 스스로를 표현하는 사람들, 그리고 그들 스스로 이 세계의 젠더 역학을 거절하는 장소를 만들며 민주주의를 요구하는 장면은 수년간 한국 문화예술계의 변화와 움직임 movement으로 펼쳐졌다. '문단_내_성폭력 해시태그 운동'으로 상징되는 문화예술계 고발-항의의 연대는 단발적 이슈의 층위를 넘어서, 문학(예술)의 젠더형식뿐 아니라 '누가', '어떻게' 문학을 대표해 왔는지의 조건을 질문에 부쳤다. 문학의 좋음과 가치를 말할 때 구사되어온 가치, 담론이 누구의 시선(대표)에 의해 무엇을 위해 편향되게 구사되어왔는지, 그리고 그 시선이 선택하고 '재현'한 대상이 어떤 주체화/타자화의 역학 속에서 특정 '표상'을 구축해갔는지. 이것은 문학의 직역(독자,

---

17. 정남영, 「지금, 여기 커먼즈」, 『2018 커먼즈네트워크 워크숍 자료집』, 2018, 13쪽.

작가, 평론가, 출판인 등)을 불문하고 질문하고 고심해온 내용이다.

　권력형 폭력에 대한 고발과 항의는 물론이거니와, 과거였다면 공론장에서 주변적이거나 '관용'의 대상이었던 여성(퀴어)의 문제의식과 그 예술이 확연히 가시화되었고, 기존 언설 체계 안에 적극적으로 목소리를 기입하며 문학의 의미를 보충하고 조정해가고 있다. 1990년대 이후 내내 한국의 이론, 담론 현장에서 전개된 타자, 소수자 논의가 비로소 얼굴과 신체를 매개한 구체성으로 등장했다. 이것이 평론의 언어 혹은 이름 있는 기성작가의 목소리가 아닌 작가 지망생, 독자의 경험과 고발 등에서 시작된 것도 기억해야 한다. 기존 문단의 '구성적 외부'the constitutive exclusion 18에서 처음 문제가 제기되고, 그 과정에서 문학의 구성원이 누구이며 문학이 무엇인지의 질문이 심화되어온 일도 강조되어야 한다. 이것이 공론장 안팎의 네트워킹을 통해 가능했던 점도 함께 말이다.

　이 항의가 문학계를 향했을 때 질문에 부쳐진 것은 우선은, 문단=문학이라는 관념, 혹은 문단문학이 문학 전체를 대표한 것처럼 여겨져 온 인식이었다. 문단은 등단여부가 준거가 되는 장이기도 하고, 문학을 매개로 한 공동체이기도 하다. 또한 비평적 호명에 의해 생산되는 미학의 권역(세력)을 통해 구

---

18. 샹탈 무페·에르네스토 라클라우, 『헤게모니와 사회주의 전략』, 이승원 옮김, 후마니타스, 2012.

성되는 장소이기도 하고, 중앙집중적 가치와 결속되기 쉬운 제도이기도 하며, 하나의 상징형식에 불과하기도 하다. 하지만 지금 여성, 퀴어의 목소리는 문단 안팎의 분산된 힘들과 다양하게 교차, 교류하며 역량을 발한다. 즉 지금의 변화는 비평가 대對 비평가, 작가 대 작가 식의 대립의 결과가 아니다. 과거 지식인 사이에서의 헤게모니 투쟁, 소수의 전위가 다수의 민중과 결합하던 식의 양상과는 성격을 달리하는 움직임이다. 쟁점, 담론의 생성과 유통의 방법이 달라진 사태를 반영하는 사건이다.

그러므로 페미니즘, 젠더, 퀴어 언어의 기입은 문단문학 안팎의 연결(특히 오래된 젠더역학의 구조를 깨달은 20~30대 젊은 여성 스스로의 정동과 그 표현들), 아래로부터의 민주주의화 요구에 빚지고 있음을 우선 정당하게 인정해야 한다. 수년 사이 중앙집중적 문단이나 문학의 개념은 변화의 도정에 내내 놓여 있었다. 새로운 잡지나 문예지의 창간이 이어졌다. 의미·가치의 생산–재생산 구조가 비교적 견고했던 문단 중심성은 약화되는 듯 보이지만, 독립잡지, 독립서점, 작은 모임을 중심으로 하는 문학이 상대적으로 융성하는 듯 보인다.[19] 여성, 소수자를 둘러싼 '재현'의 주체·방법·시각이 달라졌고 그에 따른 '표상' 역시 변화하고 있으며, 여성·퀴어·소수자를 상상하

---

19. 최근 이에 대한 문제의식은 『내일을 여는 작가』 2018년 상반기, 하반기 호의 기획들이 잘 보여주고 있다.

고 방법화하는 이야기가 구체적으로 진행 중이다.[20] 적어도 이 운동성 자체는, 문학을 둘러싼 이전의 묵시록과는 다른 방향의 사건과 흐름을 만들고 있다. 열패감이 아닌 어떤 생동력을 갖고 있음도 분명하다.

기우에서 덧붙이건대 이 운동성은 '문학(예술) 대 정치' 구도로 조망할 수 없다. 이 구도는 각 영역의 자율성(문학, 철학, 역사, 정치 등등의 분과적 자율성)에 토대를 두어온 근대적 원리를 전제로 한다. 하지만 지금 우리는 가령 산업노동과 예술노동 사이의 질적 차이를 근거로 작동해온 예술의 "문화적 예외 전략"이 불가능해진 시대[21]를 살고 있다. 또한 문학사 속 '문학 대 정치'의 구도에서 '정치'의 항은, 종종 '운동'의 장면을 지칭하는 말이었다. 말하자면 '운동으로서의 문학'이 등장할 때마다 '문학 대 정치'의 구도가 곧바로 소환되곤 했다. 그런데 만일 '문학 대 정치'의 구도를 '문학 대 운동'의 구도로 바꿔 이해한다고 하더라도 '문학(예술)'과 '운동'이 원리적으로 다를 이유는 충분치 않다. 문학(예술), 운동 둘 다 공히, 보이고 들리고 말할 수 있는 것 '너머'의 잠재성을 추적하고 끄집어낸다. 그리고 기존에 보이지 않고 들리지 않고 말할 수 없던 것을 가능

---

20. 제도로 수렴되지 않는 여러 방법들(학내 지원, 텀블벅, 공모 등)을 이용하여 자발적으로 모이고 잡지, 서적을 만들며 자신들의 문학을 발화하는 장면들을 접하거나 다양한 채널을 통한 독자 들의 목소리를 듣게 될 때 이러한 역동성은 직접적으로 체감된다.

21. 마우리찌오 랏짜라토, 「유럽의 문화적 전통과 지식 생산 및 유통의 새로운 형식들」, 『비물질노동과 다중』, 서창현 외 옮김, 갈무리, 2005.

케 하여 '다른' 세계를 열어젖힌다. 이런 공유되는 원리 앞에서 분야를 나누고 각 정체성을 주장하는 일은 부차적이다.

그러므로 지금 고민할 것은 (작가의 서명에 의존하던 자율성의 원리로만 환원되지 않는) 문학을 둘러싼 여러 주체가, 매개와 유관/무관하게 네트워킹하며 예술의 경험을 공유하고 구축하는 '관계성'의 원리를 환기시키는 장면이다. 오늘날 독자는 문학의 중요한 주체로 호명된다.[22] 출판과정 역시 문학생산(창작)의 중요한 과정이라는 점이 공유되고 있다. 독자의 부상이 설사 문학출판시장이나 문학저변 확대의 요구 때문이었다 하더라도, 그들은 단지 대상으로 놓여 있지 않다. 이는 미학의 문제와 분리시킬 수 없다. '자율성' 미학만으로 환원, 설명되지 않는 현장들에 어떤 '이름'이 필요하다는 말이기도 하다.

현재 한국과 유사한 흐름이 일본에서 '관계성' 미학이라는 이름하에 논의되어온 것도 떠올려 본다. 2014년 한 일본 문예지에는 '전위의 좀비들'이라는 도발적인 제목과 함께, 일본 문화예술계에서 당사자가 전경화되는 경향을 비판하는 논의[23]

---

22. 2015년 이후 창간된 문예지들이 독자를 중요한 항으로 설정하여 출발, 진행되어온 정황을 떠올려 보자.

23. 藤田直哉,「前衛のゾンビたち ── 地域アートの諸問題」,『すばる』, 2014년 10월. 후지타는 68혁명 이후의 의제들을 현재 일본의 지역아트라는 이름의 예술들이 실천하고 있는 것 같지만(그러므로 전위인 듯 보이지만), 실제로는 어떤 자각적 비평의 문제의식이 아니라, '관계성' 미학의 의도만이 활황하거나 '지역활성화'라는 관·재계의 목적에 호응하는 바가 크다고 말한다. 그런 의미에서 예술은 전근대적인 것으로 후퇴하고 있으며, 지금 전위를 표방하는 이들은 단지 좀비라는 것이 그의 비판이다. 최근『좀비사회

가 발표된다. 젊은 SF계 문예평론가 후지타 나오야는, '지역아트'라는 이름을 얻어 활성화하고 있는 일종의 예술 네트워크 현장을 대상으로 비판을 전개했다. 그는 현재 예술성을 증명하는 것이 세상에 대한 문제제기나 페미니즘 등의 사상성에 의탁되고 있다고 비판하며, 소동이나 문제제기 자체가 예술적 평가로 착각되는 경향의 위험성을 경고했다. 그는 서로가 연결되고 협력하면서 예술적 생산을 경험하는 '관계성의 미학'이 예술의 진보와 어떤 관련이 있는지 질문한다. 요컨대 예술의 생산, 유통, 향유에 누구나 참여할 수 있다는 원리를 주목하고 당사자가 전경화하는 미학이 부상하면서, 제대로 된 비평의 개입이 이루어질 수 없다는 것이다.

후지타의 논의는 일본에서 활황하는 지역 아트프로젝트, 즉 향유와 창작의 구분이 모호해지면서 향유자와 생산자의 자리가 유동적인 일종의 공공성 예술 전반을 향하고 있다. '참여자의 부상 대 비평의 후퇴(처럼 보이는 현상)' 혹은 '당사자의 표현' 대 '재현 예술'의 구도는 최근 한국 상황과도 겹쳐 보이는 바가 있다. 후지타가 이런 상황에 부정적인 것은 현재의 예술이 썩 명백하고 견고한 제도가 아니라고 보기 때문이다. 불과 1세기 남짓한 역사를 갖고 있는 (근대)예술의 존립이 현재 사회의 구조변동과 조응하면서 사라져버릴 가능성까지 있

학―현대인은 왜 좀비가 되었는가』(요다, 2018)라는 제목의 책이 번역, 소개되기도 했다.

다고 그는 우려한다. 그의 문제제기는 예술의 진보와 관련해 유의미한 것이지만, 오늘날 근대 재현예술로 설명될 수 없는 현장들에 대한 규제적 원리 이상을 말해주지 않는다.

한편 관계성 미학에 대해 후지타와는 다른 가능성을 가늠하는 비교문학·문화연구자 시미즈 도모코淸水知子는, 과거 예술이 지시적이고 표상적이었던 것에 비해 오늘날 예술은 '직접적'이고 '제시적'인 양상으로 바뀌었다고 말한다. 그녀의 간명한 진단이 아니더라도, 오늘날 예술이 이전과 같은 생산/유통/향유가 견고하게 구별된 장 안에만 놓여 있지 않다는 사실은 체감하기 어렵지 않다. 고정된 항을 통해 위치를 부여받던 작가/수용자 식의 구분에 따른 각각의 경험은 오늘날, 서로의 자리를 빈번하게 교차하는 경험으로 전환된다. 지금 예술은 제도와 자격에만 갇혀 있지 않다. 예술의 생산과 향유는 반드시 고독한 밀실에서만 이루어지지 않는다. 그것을 지지하는 기술적, 철학적 조건들하에서 사람들은 각자의 예술현장을 만들어간다.

즉 시미즈의 말대로, 관계 속에서 미적 체험을 도모할 때 거기에서 드러나는 것은 우선, 세계의 구축에 참여하는 모든 주체의 다양성이고 거기에서 발명될 특이성일 것이다.[24] 그녀가 말하는 오늘날 예술의 가능성은 "모든 것이 예술일 수 있

---

24. 淸水知子, 「Shall We "Ghost Dance?" ー ポスト代表制時代の芸術」, 藤田直哉編, 『地域アートー美学・制度・日本』, 堀之内出版, 2016.

고 누구나가 예술가일 수 있"는 시대에 대한 조정환의 진단과 공명한다. 조정환은 예술종말론이 득세하던 상황 속에서 오히려 '예술부흥의 시대'의 조건과 장면을 읽어낸 바 있다. 그리고 그 장면들에서 "모든 것이 특이함과 동시에 공통되기의 과정 속에 열려"[25] 있음을 읽어낸다. 시미즈와 조정환의 문제의식은 오늘날 예술을 둘러싼 한국적 상황들에 개입되어야 할 논의로 새롭게 읽힌다.

적어도 기존 미학의 언어로 환원되기 어려운 변화하는 예술현장과 조건에 대한 논의는 단순히 예술과 사회, 예술과 정치 식의 논의틀을 넘어서 있다. 이미 그것은 '미학'의 영역 안에서 위화감 없이 이루어지고 있다. 하지만 한국에서 예술(문학) 주체 혹은 관계성의 문제가 '미학'의 범주에서 본격 논의되지 않아온 것은 어쩌면, 지난 시절 문학사 논쟁의 유산과 그 부담감 때문일지 모른다. 또한 여전히 픽션, 재현미학이 예술가의 윤리를 담보하는 거의 유일한 형식처럼 여겨지는 미학적 원리주의와도 관련될지 모른다.

4. 생명정치의 시대, 그러나 삶예술의 가능성

한국에서 예술(문학)의 주체 혹은 관계성의 문제가 '미학'의 문제틀 안으로 들어오기 어려웠던 맥락을 잠시 생각해

---

25. 조정환, 『예술인간의 탄생』, 갈무리, 2015, 129쪽.

본다. 예컨대 보리스 그로이스의 예술 다큐멘테이션 논의를 떠올려 본다. 그의 논의는 픽션, 재현미학으로 환원되지 않는 '삶예술'의 가능성을 역설하는 것이지만, 한국에서 그것은 픽션, 재현미학의 위기를 부정적으로 점검하는 듯한 문제의식하에서 소개되었다.[26] 보리스 그로이스는, 푸코의 '생명정치'biopolitics [27]의 관점을 통해 오늘날 세계의 국면과 미학의 문제를 논한다. 알려져 있다시피, 생명정치는 인간 생명, 삶의 관리 자체를 정치의 중심에 놓는, 근대 이후 정치의 통치술을 지칭한다. 이것은 인간의 마음, 인식, 가치, 취향, 좋은 삶에 대한 의지나 열망을 만들어내고 관리하는 권력체계다. 이 통치술은, 말하고 활동하고 자발적으로 참여하고 경쟁하기를 독려한다. 자기계발, 자기책임이라는 오늘날 신자유주의적 지상과제

---

26. 보리스 그로이스, 「생명정치시대의 예술」, 『인문예술잡지 F』 19호, 김수환 옮김, 2015. 이 글은 '픽션의 위기'를 문제화한 기획 속에 번역, 배치되었다. 이 글과 기획의도 사이의 묘한 이질감은 가령 "도큐먼트와 아카이브(혹은 데이터베이스)는 넘쳐난다. 그러한 것들을 호기심/경이(curiosities/wonder)의 대상으로 삼는 작품들, 전시들, 공연들은 넘쳐난다. 그러한 예술(활동)을 둘러싸고 있는 인문학적 담론과 교사들은 넘쳐난다. 하지만 어떠한 픽션들이 그려지고 있는가? 이 질문에 답변하지 못하는 이상 그들은 모두 '예도락'(art dilettante)에 그칠 뿐이다."라는 기획의 말에서도 가늠해 볼 수 있다.

27. 미셸 푸코가 『생명관리정치의 탄생』(난장, 2012)에서 논한 개념. 조르주 아감벤은 그의 3부작(호모 사케르, 예외상태, 왕국과 영광)에서 이 주제를 이어받아 생명정치에 대한 논의를 정교화했다. 한편, 네그리와 하트는 생명정치(biopolitic) 개념을 전복시키고 거기에서 역으로 그 가능성을 발견하고 한다. 이런 차이를 감안하기 위해 네그리와 하트의 biopolitics 개념을 한국에서는 '삶정치'로 번역하곤 한다.

도 이 독려에 숨겨져 있다. 그로이스는 "삶 자체가 기술적이고 예술적인 개입의 대상"이 된 오늘날 우리는 "예술작품 대신에 예술 다큐멘테이션"[28]을 만나고 있다면서, 오늘날 예술 역시 생명정치적인 것이 되었다고 말한다.

그로이스의 논의는 시대의 통치술과 그 조건이 어떻게 인간의 변화, 예술의 변화에 개입하는지 생각하게 한다. 앞서 나는 집회assembly의 관점에서 확인되는 포스트 대의제의 복잡한 현장들을 떠올려 보았지만, 오늘날 통치술·권력이 개별적 삶들을 직접 겨냥한다는 점에서도 포스트 대의제적 조건은 (다른 맥락에서) 다시 오버랩된다. 예술도 오늘날 통치술에 상응하는 듯, 삶과 직접적으로 교호하는 것이다. 하지만 그로이스에게 이것은 비관, 비판의 대상이 '아니다.' 그는 오히려 예술을 오늘날 자본주의의 생명정치 통치술과 그 조건을 전유하여 "인공적인 것에서 살아 있는 것"을, "기술적인 실천에서 살아있는 행위를 만들어내는 예술"의 가능성을 읽어낸다.

그가 명명한 예술 다큐멘테이션은 정의상 예술이라고 할 수 없을지 모른다. 삶, 세계가 텍스트에 직접 육박, 기입될 때 그것은 예술, 문학으로 여겨지지 않아 왔다. 형상화, 일종의 픽션의 과정이 정교하지 못할 때 우리는 그것을 '작품'이라 부르기 주저해왔다. 그러나 예술 다큐멘테이션은 예술을 기록document하고, 지시refer한다. 그리고 예술이 "현존하거나 가시

---

28. 보리스 그로이스, 「생명정치시대의 예술」, 『인문예술잡지 F』 19호.

적이지 않다는 점, 오히려 부재하거나 가려져 있다는 사실"을 드러낸다. 즉, 예술 다큐멘테이션이 단지 오늘날 생명정치시대를 구현하기 때문에 중요하다는 말이 아니다. 그로이스는 이러한 다큐멘테이션이 각각의 상황(맥락) 속에서 새로운 장을 설정하고 스스로를 기입함으로써, '인공물이거나 반복가능한 것'을, '살아있고 반복불가능한 것'으로 변용시킨다는 데에 주목한다. 일종의 존재론적 자리바꿈, 발명의 의미를 그의 아이디어로부터 떠올릴 수 있는 것이다.

이쯤에서 '주술적', '전근대적' 같은 말들이 떠오를 이도 있을지 모르겠다. 하지만 그것은 근대 재현미학이 준거하는 구조 속에서의 말들이다. 그로이스의 전략은 차라리 마르셀 뒤샹이 말한 '영매로서의 예술가'를 떠올리게 한다. '영매-예술가'라는 말에 대한 탁월한 해석을 참고하여 재규정하자면, 예술 다큐멘테이션 작업은 "예술가의 주체성과 공중의 주체성에 동시에 영향을 미치는 창조적 행위에 의해 실행된 '비물질적인' 변형들"[29]이다. 또한 그것은 '모든 사람은 예술가다'라는 68혁명 전후 아방가르드(플럭서스) 그룹의 모토를 자본이 전유하고 '모두가 기업가다'식으로 바꿔치기한 것에 대한 '재전유', '재탈환'의 기획이라고도 할 수 있다. 앞서 언급한 조정환이 푸코가 서술한 '경제인간'homo economicus으로부터 '예술인간'으로의 이행 가능성과 현실성을 찾고 거기에서 '삶예술'의 잠재력을

---

29. 마우리치오 랏자라또, 『정치 실험』, 주형일 옮김, 갈무리, 2018, 232쪽.

논한 것처럼, 보리스 그로이스의 작업 역시 생명정치 시대의 조건을 '삶예술'로 전유하는 것에 상응한다.

한편 문학이 운동하고 있는 대의제적 현장뿐 아니라 『82년생 김지영』(조남주, 2016) 현상도 이러한 연장선상에서 다시 생각해본다. 2018년 100만 부가 넘게 팔렸다는 이 소설은 12월에는 국경을 넘어서 일본에 번역되었다. 발매 4일 만에 3쇄를 찍기로 결정했고[30] 관련 문제의식을 가진 소설들이 연이어 일본어로 번역되었다.[31] 이것은 전형적인 문화현상 분석의 대상일지 모른다. 국경을 넘어 연결, 공유되는 오늘날의 페미니즘 정동과 함께 설명되어야 할 문화적 현상이다. 하지만 지금 주목하려는 것은 판매부수가 아니라, 독자(향유자)의 반향·실감과, 그 과정에서 오갔을 정동적·인지적 감흥, "비물질적 변형"들이다.

작품을 접하면서 각자 안의 무언가가 건드려지고 거기에서 각자만의 내밀한 재의미화, 재맥락화가 생길 때 그것이 얼마나 문학적인지를 계측하는 것은 어딘지 혹독한 일이다. 사

---

30. 치쿠마쇼보(筑摩書房) 공식 트위터 https://twitter.com/ChikumaHens-hubu/status/1072850091864518657.

31. 일본에서는 2019년 3월 시점에서 한국소설로서는 이례적으로 13만 부가 판매되었고, 이 소설에 이어 『현남오빠에게』(조남주 외 지음, 다산책방, 2017)도 2019년 2월 번역·발간되어 한국소설×페미니즘 열풍을 불러일으키고 있다. (부인민주 클럽[婦人民主クラブ] 발간, 〈ふぇみん〉, No. 3214 (2019. 3. 5.) 참조. '한국문학 붐 도래!'('韓国文学ブーム到来!出版界動かすBTS人気と100万部作家の新作秘話ー竹下郁子)', https://www.businessinsider.jp/post-188364 Apr. 03, 2019, 05:00 PM 참조.

람마다 무언가와 접촉할 때 결코 동일한 반응을 하지 않는다. 사람이란 존재가 본래 불가해한 복잡성을 갖고 있음을 우리는 알고 있다. 독자는 어떤 매개를 요하는 균질적 대상이라기보다 그 스스로 문학(예술) 과정에 참여하고 작품의 의미를 완성시켜가는 복잡한 주체다. (근대적 재현)미학의 관점에서 이 소설은 구체적 삶들을 단편적으로 재현한다는 점이 치명적인 단점으로 지적되어왔다. 그런데 다시 생각해보면 모든 재현은 언제나 누군가로부터의 시선과 삶을 대표(대의)한다. 『82년생 김지영』의 평면성을 극복한 다양한 특정 시선의 작품은, 평균치의 삶 이외에도 무수한 삶이 존재한다는 점을 증거할 수 있다. 하지만 그 역시 '대표', '재현'이라는 측면에서는 '평균', '평면성'의 취약점이 지목되는 이 소설과 '원리적' 차이가 없다.

한편 지금까지와 조금 다른 이야기지만, 지금의 독자에게 픽션, 재현미학을 설득시키는 일, 도달해야 할 무수한 타인의 삶을 읽고 공감하는 것을 실현시키는 일에는 일종의 새로운 페다고지 역시 필요하다는 생각을 한다. 공감과 문학을 강조하는 일이 기능부전에 빠진 상황은 개인적 체감만은 아닐 것이다. 이것은 문학(예술)과 공감의 관계를 부정하는 것이 아니다. 독자를 낭만화하지 않고, 문학이 '고전적 계몽'이 되어버리지 않아야 한다는 이야기다. 문학이 더 전략적이어야 한다는 말이기도 하다. 또한 이것은 재현미학의 원리나 문학의 좋음/나쁨의 판단critic을 부정하거나 거부하는 이야기도 아니다. 단, 제도와 유관/무관하게 '자기의 테크놀로지'로서의 읽기-쓰기가 이루어지는 무수한 현장을 숙고하는 일이 미학의 문제와 무관치 않음을 강조하고 싶은 것이다.

5. 움직이는 별자리들

즉 '포스트 대의제'라는 문제설정은 근대의 원리로서의 대의·재현·표상 representation에 대한 거부가 아니다. 포스트 post 라는 말 자체가 '~이후', '탈~'의 의미 모두를 함의하고 있었던 것에 대한 세기말의 논의를 생각해보자. 지금 '포스트 대의제' 역시 대의·재현미학에 대한 '거부'나 '대체'·'극복'이기 이전에, 처음부터 늘 명쾌하게 구분될 리 없었던 세계의 어떤 혼재됨을 확인시키는 개념이다. 대의제와 대의제 너머에 대한 상상력은 늘 함께 존재해왔다. 그리고 재현미학과 그것으로 환원되지 않는 미학 현상 역시 늘 함께 존재해왔다.

그러므로 '포스트 대의제'는, 기존 대의(재현)에 대한 부정인가, 그 연장선상에서의 계승인가 식의 양자택일적 선택을 강요하는 개념이 아니다. 문단, 예술사에서 생산되고 이어져 온 어떤 가치와 역사를 기억하고 있는 것은 소중하다. 하지만 그것이 무엇을 포함하고 무엇을 포함하지 않을지 구획 지으며 구심력만을 요구하는 폐쇄성을 반복하지 않는 것도 중요하다. 이것은 무언가를 허물고자 하는 충동이 아니라, 문학(예술)의 가능한·잠재된 다양성의 범위와 질을 묻는 것이다. 예술, 문학의 민주주의에 대한 이야기이기도 하다.

쉬운 사례로 갈음해보자면 처음 글을 익혀 일기를 쓰고 시를 쓰는 순천할매, 칠곡할매의 글쓰기를 괄호 치고 문학을 생각할 수 있을까. 글쓰기와 문학에의 열망을 노인이 되어 수줍게 실현하는 작은 모임의 딜레탕트들을 괄호 치고 문학을 말할 수 있을까. 우리를 미학적으로 감화, 훈련시킨 재현예술의 산물과 그 인류적 유산 못지않게, 그것에 미달/초과하는 무수한 쓰기와 예술의 현장 역시 나란한 사건들로 기억되어야 한다는 말이기도 하다.

◇◆

분과적 구획(시/소설 전문, 한국문학/외국문학 전문 등등)이 자연스러운 세계에서는 예술을 자율적으로 다루지 않는 논의가 어딘지 미심쩍게 여겨질지 모른다. 점점 조밀해지는 분과 속에서 우리는 전문가가 되기를 권장받아왔다. 하지만 연동되는(더욱 연동되어 가는) 유기적 세계를 괄호 치고 그 분과적 구획에 스스로를 한정 짓는 것이야말로 자본주의적 소외, 스스로를 물화Verdinglichung하는 것에 다름 아니다. 지금 하고 있는 일, 쓰고 있는 글이 어떤 위치와 맥락에서 어떤 소용과 의미를 가지고 어떤 과정에 놓여 있는지 지도를 가지지 못할 때, 나는 나의 작업에서 스스로 소외되고 있는 것이다.

그러나 모든 분과와 관심이 세분화되기 이전 세계에서 우리는 분명, 세상의 이치와 그 시야를 공유하고 있었을 터였다. 가령 '별이 총총한 하늘'을 보고 갈 길을 알 수 있었던 시대가 있었다고 한다. 시간도 흐르지 않고 밤하늘의 별을 따라 내면의 격정 등과 겨루지 않고, 그 별들의 인도에 따라 주어진 생을 영위하는 것으로 충분한 세계였다고 한다. 하지만 지금 다시 생각할 때 그 세계는 '영웅'·'성숙한 남성'(루카치)이라는 수사가 암시하는 존재들에게만 삶이 존재하고, 노예와 여성과 어린아이와 노인은 그 같은 삶을 누릴 수 없었음이 시야에 들어오지 않는 세계였다. 헤파이스토스가 아킬레우스에게 만들어준 방패의 가장 끝 원을 오케아노스강이 두르고 있듯, 그 세계는 외부를 상상하지 못하고 하늘에 변함없이 놓인 그 별자리에 정초되던 세계였을 따름이다.

하지만 지금 우리는 그 시대가 선험적 향수와 역사철학적 비전의 기원일지언정 그 세계로 돌아갈 수도, 그 세계를 반복할 수도 없음을 안다. 어쩌면 지금 시대는, 오케아노스강 안쪽에서 영웅이 아니고 성숙한 남성이 아니었던 이들 스스로가 밤하늘의 별자리를 만들고, 오히려 별자리도 이동시키는 와중의 시대다. 외부의 초월적이고 선험적인 준거들이 더는 제 기능을 못 한다고 하더라도 그것은 애통함이나 묵념의 대상이 아니다. 필부필부인 우리가 오히려 별이 되고 별자리를 대신할(늘 대신해왔을) 역량을 갖고 있음을 지금 다시 확인하고 있기 때문이다.

그러므로 지금까지의 이야기는 문학의 몰락이나 조종弔鐘 같은 이미지와는 무관하다. 삶예술은 생명정치의 시대에 상응하는 듯 보이고, 포스트 대의제는 민주주의에의 열망, 우파 포퓰리즘 모두가 혼재되는 현장인 듯 보일지 모른다. 하지만 관계는 일방적으로 작동하지 않는다. 인간(예술)은 늘 주어진 세계에 구속되어 있지만 동시에 그 조건을 극복하고 세계를 다시 구축하는 존재다. 우리 시대에는 불안정함, 취약함이 사람들의 상례화된 조건이지만 거기에서 사람들은 오히려 모이고 항의할 조건을 발견하듯, 그리고 생명정치의 조건을 재전유하여 삶예술로 전환시키는 현장들이 그러하듯, 요컨대 주어진 조건에 구속되면서 한편으로 그것을 재조정·극복하는 존재가 인간·예술이다. "움직이는 별자리"[32]는 바로 그러한 인간·예술을 위해 잠시 빌리고 싶은 말이다.

---

32. A. Negri and M. Hardt, *Assembly*, p. 60.

흔들리는 재현·대의의 시간

2017년 한국소설의 안팎

1. 두 개의 문장 사이

　문학이 늘 인접 영역을 포섭·회수하며 유동적으로 존재해왔음을 문단사와 미디어의 관계를 통해 정식화한 오사와 사토시^{大澤聡}[1]는, 사회학자 기시 마사히코의 『단편적인 것의 사회학』[2] 출간기념 토크이벤트 자리에서 "이것은 이미 문학이다."와 같은 찬사가 오간 것이 흥미로웠다고 전한다.[3] 표제의 '사회학'

---

1. 일본근현대문학과 미디어, 저널리즘, 비평의 문제에 활발히 개입하며 흥미로운 논의를 펴고 있는 젊은 연구자, 비평가. 특히 전전기 일본의 비평과 저널리즘의 문제를 실증적으로 분석한 『批評メディア論 ― 戦前期日本の論壇と文壇』(岩波書店, 2015)이 최근 주목받았다.

2. 岸政彦, 『断片的なものの社会学』, 朝日出版社, 2015. 이 책은 2016년 기노쿠니야(紀伊國屋) 인문학 대상을 받았고, 한국에도 동명의 제목(『단편적인 것의 사회학』[이마, 2016])으로 번역 출간되었다. 한편 기시 마사히코는 소설을 쓰기도 하는데 'ビニール傘'(비닐우산)이라는 제목의 소설은 2017년 아쿠타가와상 후보에 오르기도 했다. 이 소설 역시 『단편적인 것의 사회학』에서처럼 특정인물, 사건 중심의 이야기가 아니다. 다양한 '나'들이 뒤섞이고 종국에는 주인공이 누구인지조차 알 수 없지만, 결국엔 그저 평범한 일상 속에서 언제나 마주치는 사람들의 세계를 환기시키는 소설이다. 『新潮』 2016년 9월 발표, 단행본 『ビニール傘』(新潮社, 2017)으로 출간되었다.

이라는 말이 연상시키는 바와 달리 이 책은 아카데믹한 인문서가 아니다. "전통적 수필장르의 유전자"를 이어받았다는 오사와의 평이 말해주듯 일상 속 평범한 순간들, 소소한 에피소드, 스쳐 지나가는 타인의 이야기를 담담하게 전하는, 장르를 한정하기 어려운 책이다.

번역과 원본 언어의 질감 차이가 있긴 하지만, 『단편적인 것의 사회학』은 쓰는 이만의 '특별한' 개성이나 뉘앙스를 논하기 어려운 책이다. 대상에 의미를 부여하는 묘사와 설명은 간소화되어 있다. 2011년 3·11 이후 세계를 재현하는 감각과 시신이 달라지는 양상까지 거슬러가지 않더라도, 혹은 2015년 스베틀라냐, 2016년 밥 딜런이 노벨문학상을 받는 의외성과 그 함의까지 의미심장하게 떠올리지 않더라도, "이것은 이미 문학이다."라고 이야기하는 일본 독자들의 감성은 소위 형상화된 미美로 인한 것과는 거리가 있어 보인다.

한편 이 토크이벤트 현장에는 "여기에 내가 쓰여 있다."라는 열렬한 감상도 많았다고 한다. 오사와는 이와 관련해 '나'라는 일인칭의 파토스로 추동되는 묘사의 배제가 고유한 '나'를 해체한 것 같은 효과를 낳았고, 그것이 독자에게는 자기투영이 가능한 여백·공백으로 여겨지지지 않았을지 추측한다. 물론 그가 주목한 서술 특징은 이 책만의 독창적인 것이 아니다. 그것은 오사와는 물론 일본의 많은 동시대 평론가들이 지적

---

3. 大澤聡, 「Re：機能性文学論」, 『atプラス』 28호, 太田出版, 2016년 5월.

했듯, 2000년대 초반부터의 다양한 문화장르(가령 J-POP 가사나 케타이 소설 등)에서 표출되던 양식의 연장선상에서 볼 것이기도 하다.

이때 독자들의 찬사의 말이 "이것은 이미 문학이다."였다는 것을 다시 생각해본다. 인문·사회학으로 분류된 책에 대한 찬사의 수사가 '문학'이라는 말에 준거하고 있다는 것은 어딘지 흥미롭다. 문학을 둘러싼 묵시록은 한 시절을 풍미했는데, 여전히 문학은 어떤 가치의 지표로 놓여 있다. 이 말을 사어화된 관용구로 볼 수 없는 것은, "여기에 내가 쓰여 있다."라는 그들의 뒤이은 말들 때문이다.

아마도 지금 어떤 전문독자가 무언가를 '문학이다.'라고 할 때에는 종종 '작품은 문학적 형상화 없이 사회(세계)로부터 직접 연역되어서는 안 된다.'는 자율성에 대한 믿음이 스며있을 가능성이 높다. 하지만 지금 토크이벤트 현장의 독자들이 말하는 문학은 그 문학이 아닐 것이다. 장르도 내용도 기법도 오늘날 특정 '범주'로서 사유되는 문학과는 거리가 있어 보인다.

"이것은 이미 문학이다."これはもはや文学だよ와 "여기에 내가 쓰여 있다."ここにはわたしのことが書いてある라는 문장은 별개로 발화되었다. 하지만 두 문장을 나란히 놓아볼 때 거기에는 '문학'을 둘러싼 어떤 벡터가 생긴다. 전문독자와 일반독자들의 말이, 그리고 문학이 범주와 속성 등이 역동적으로 뒤섞이는 장면이 그려진다. 거기에서 언어나 국경과 무관하게 공명하는 또 다른 현장이 겹쳐 보인다. 지금 이 글이 이야기하려는 것은 바로 그 장면과 현장이다.

2. 『82년생 김지영』 논의 재독 : '정치적 올바름'이라는 프레임이 말하지 않는 것

2017년 한국소설을 이야기할 때, 조남주의 『82년생 김지영』을 제외하고 말할 수 없다. 일단 이 소설은 문화현상, 사회현상으로서 주목받고 있다. "이 정도 문학적 형상화로 소설이라 부를 수 있을까"와 같은 독자의 불만이[4][5] 없는 것은 아니다. 하지만 "김지영 씨의 어머니는 나의 어머니였고 김지영 씨는 나였고 나는 나의 어머니였다."라는 말들의 무수한 변주[6]가 압도적이다. 웹상의 많은 독자들은 '우리 모두는 김지영이다.'라는 목소리를 이어간다. 한 평론가의 말대로 이 소설은 "'김지영'이라는 우연적 복수의 이름을 통해 매개되어 형성될 것이라 상정되는 바로 그 '공감의 연대'를 통해서 궁극적으로 완

---

4. 이 글에 인용된 독자의 발언은 모두 인터넷서점 알라딘 사이트의 독자리뷰에서 가져왔다. 『82년생 김지영』 독자들의 면면을 엿보기에는 이 자료로도 충분하다고 생각한다.

5. "해결점도 제안도 없다.", "서사는 직설적이다 못해 단순하기까지 해서 작가의 의도를 파악하기 위한 어떤 은유도 없다. 잘 쓰여진 신문기사를 보는 수준", "이걸 소설이라고 할 수 있는지 의문이다." 등도 참고해보자.

6. "내 이야기이기도 하고, 주변의 모든 여성들이 공감할 만한 내용", "이름만 대입하면 내 이야기는 맞음", "본의 아니게 나의 사생활을 노출", "나 자신이고 내 이야기였다.", "엄마의, 언니들의, 친구들의, 그리고 나의 이야기", "이 책은 그냥 내 이야기인 것이다." 등도 참고해 보자.

성"[7]되었다고도 볼 수 있다.

한편 "대한민국 30대 여성에 대한 기록문학", "소설과 르포의 중간", "소설이 아닌 다큐", "소설이 아니라 수필처럼 읽힌다.", "계몽적인 작품", "수필이고 르포며 일기와 같은 글" 같은 독자의 감상도 주목해보자. 이와 관련하여 "소설적 해석과 전망의 제시의 문제"에 아쉬움(선우은실)[8]을 표한 논의나, 소설의 스타일과 미학적 실효성의 문제를 정밀하게 비판한 논의(조강석)[9]도 충분히 이해할 수 있다. 하지만 텍스트 내재적 관심에서 추동되는 이러한 평가는 오늘날 "문학과 삶이 관계 맺는 방식"이 달라지고 "작가를 대하는 우리의 '시선'이 많은 부분 달라"진(조연정)[10] 상황까지 고려한 것은 아니다. 즉 최근 2~3년 사이 한국사회의 뿌리 깊은 여성혐오misogyny 문제를 인지하고 비로소 각성한 주체들의 욕망이 한국문학에 개입해온 명백한 상황이, 인정은 될지언정 괄호 안에 가두어진다. 그리고 더 문제적인 것은 이런 독자들의 욕망이 '어디에서부터' '왜' 확산된 것인지에 대한 섬세한 이해가 수반되지 않을 때, 현재 한

---

7. 조형래, 「데자뷔의 소설들 — 조남주와 장강명의 소설에 관하여」, 『문학동네』, 2017년 가을호.
8. 선우은실, 「객관 현실과 소설적 해석, 그리고 문학적 전망 — 조남주, 『82년생 김지영』(민음사, 2016)」, 『문학과사회』, 2017년 여름호.
9. 조강석, 「메시지의 전경화와 소설의 '실효성' — 정치적·윤리적 올바름과 문학의 관계에 대한 단상」, 『문장웹진』, 2017년 4월.
10. 조연정, 「문학의 미래보다 현실의 우리를 — 문학의 정치적 올바름에 대하여」, 『문장웹진』, 2017년 8월.

국문학의 현장이 새로운 억압·치안으로까지 이야기될 수도 있다는 점이다.

나는 『82년생 김지영』을 둘러싼 최근 논의들 각각의 맥락과 정합성에 대체로 공감한다. 하지만 이 소설과 그 주변 분위기가 특히 '정치적 올바름'이라는 '프레임'하에서 논의되는 양상에는 다른 관점이 적극적으로 기입되어야 한다고 생각한다. 최근 한국문학(문단)에 돌출·발현된 새로운 감수성과 그 정당함이, 축소·왜곡되는 방향성을 보이는 듯 여겨지기 때문이다. 실제 '정치적 올바름' 프레임하에서 소설의 미학적 판단을 위해 구사되는 언어들은[11] 이 소설의 실제 독자들의 정동, 욕망과 텍스트의 관계를 망각시킴으로써 소설을 작가만의 문제나, 미학적 가치만의(예컨대 우열) 문제로 환원시키는 경향을 보인다. 이것은 개별 논의의 문제 이전에 '정치적 올바름이라는 프레임'에서 연원한 문제처럼 보이기도 한다. 그러므로 그것을 우선 조금 이야기하려 한다.

첫째, '정치적 올바름'이라는 말이 지금, 어떤 '경향성'을 총괄하는 잣대가 되어버린 결과, 개별 사안 각각의 의미와 차이는 뒤섞이고 그 과정마다의 쟁투의 시간들이 지워지는 경향이

---

11. 이 글은, 『82년생 김지영』과 '정치적 올바름'의 문제를 전격 분석한 조강석의 「메시지의 전경화와 소설의 '실효성'」만을 의식한 것은 아니다. 오히려 그 글의 정밀한 텍스트 분석 자체의 완결성과 정합성에 공감하는 바가 적지 않다. 지금 이 글의 이견은, 그의 글이 배치된 장면, 즉 현재 한국문학의 소수자, 젠더 감수성을 '정치적 올바름'으로 프레이밍하는 분위기 전체를 고려한 것임을 밝혀두고 싶다.

있다. 애초에 '정치적 올바름'이라는 말이[12] 문단문학 안의 세월호, 광장, 페미니즘 경향 모두를 지목했을 때부터 이런 착종은 예고되었다고 할 수 있다. 그렇기에 이 말은 처음부터 프레임으로 작동할 수밖에 없었다. 결과적으로 지금 '정치적 올바름'이란 말은, 각자가 상정한 각 상대를 향한 일률적 비판의 잣대가 된 것 같다. '코끼리는 생각하지 마'라고 말하는 순간 이미 코끼리는 머릿속을 가득 채우는 이미지가 되어 버린다. 개별 사안 자체의 통시적, 공시적 다름과 그 각각의 맥락은 거칠게 구도화되어 버린다.

둘째, 조남주 『82년생 김지영』 계열의 작품이 '정치적 올바름'으로 프레이밍될 때 거기에서 지워지는 것은, 읽는 이의 욕망과 정동이다. 애초에 전문독자들이 이 소설을 주목한 것은 어떤 '열풍', '현상'에의 관심 때문이었을 가능성이 높다. 대부분의 논의가 소설의 미학적 결함을 지적하는 것도 그것과 무관치 않을 것이다. 하지만 그것은 결과적으로 정작 독자가 욕망하고 감화받은 것을 단순화시킨다. 한편 독자들도 그러한 미학적 결함 정도는 대체로 인지하고 있다.[13] 그들은 전문독

---

12. 이은지, 「문학은 정치적으로 올발라야 하는가」, 웹 『문학3』, 2017년 3월 7일.

13. 각 인터넷 서점 독자리뷰를 일별해보자. 학교나 이벤트 등의 현장에서 만나는 독자들의 감상을 귀 기울어보지. 이 소설을 읽을 정도의 독자는 제도교육 내에서 학습한 문학의 언어를 대체로 공유하는 이들이고, 전문독자의 비판에 많은 부분 동의하기도 한다. 독자들이 '잘 모른 채' 맹목적으로 읽는 이들이라고 가정되어서는 안 된다.

자에 비해 '염결성'에의 고집이 덜할 뿐이다. 그러나 '정치적 올바름' 프레임은, 그 현상의 진원지인 '읽는 이'에 대해 아무것도 말하지 않는다. 독자에게 "'읽히는' 맥락"(소영현)[14] 없이 이 소설을 말하는 것은 절반만 유효하다. '정치적 올바름' 프레임 내에서는, '쓰는 이'가 무엇을 위해 쓰는지, 또한 '읽는 이'는 왜 읽는지 등의 문제가 '미학을 위한 미학'의 문제 속으로 흡수되어 버린다. 정확히 말해, '기존의 언어로 포착되지 않아온 미학현상을 가늠하고 고민할 계기'를 놓쳐 버린다. 그리하여 이후 논의는 다시 '우리끼리의' 미학 대 정치, 자율성 대 사회 식으로 축소되고 공회전하는 양상을 보이기도 한다.

셋째, 다시 『82년생 김지영』을 비롯하여 현재 한국문학의 새로운 감수성이 '정치적 올바름'으로 프레이밍될 때, 그들의 정향orientation을 낳은 누적된 시간과 사건들이 망각되어 버린다. 가령 문학계에 인권, 젠더 감수성을 촉발시킨 성폭력 고발 해시태그 운동은 '강남역 10번 출구사건 추모물결 — 인터넷 미러링' 등의 사회적 계기와 무관한 공간에서 발생한 것이 아니다. 이 감수성은, 2010년대 들어 격화된 소수자, 여성 등을 향한 전방위적 혐오의 광풍에 대한 조금 늦게 온 반발·저항이었다. 그런데 그 백래시와 혐오는 더욱 격화되고 있다. 그러므로 강조컨대, 지금 '정치적 올바름'으로 지목된 경향성은, 작가들의 '신념'과 '도덕'의 소산이기 이전에 참담한 시간 이후 가까

---

14. 소영현, 「페미니즘이라는 문학」, 『문학동네』, 2017년 가을호.

스로 돌출되기 시작한 저항의 '정동'이자 새로운 '감수성'이라는 점을 기억해야 한다. 어떤 작품이 사회로부터 직접 연역되어서는 안 된다는 믿음과, 문학의 고유한 회로 및 특수함을 이야기하기 위해서라도, 그 작품이 놓여 있는 맥락의 '섬세한' 독해는 필요하다. 이와 관련해 방금 언급한 둘째(독자의 욕망), 셋째(지금 경험하는 현상들의 맥락이 망각되는) 이야기를 조금 구체적으로 덧붙여볼까 한다.

현재 한국사회 전체의 젠더 갈등 상황은 마치 '강남역 10번 출구사건 추모물결 — 인터넷 미러링 — 성폭력 고발 운동'이 진원지인 양 오인되는 경향이 고착된 것 같다. (즉 시끄러운 여자들의 등장이라는 이미지의 유포, 혹은 성평등에의 요구가 젠더 갈등 프레임으로 바꿔치기 되는 식으로 말이다.) 이것은 오늘날 여론주도층을 넘어 정치세력화 양상까지 보이는[15] 인터넷 대형 커뮤니티들을 잠시만 떠올려보아도 확연히 알 수 있다. 특히 웹상에서의 여성, 소수자 비하나 혐오는 걷잡을 수 없게 되었고, 특히 지난 2~3년간 대형 남초 커뮤니티에서는 페미니즘=일베 식의 프레임이 널리 확산되며 페미니즘은 '가상의 공공의 적'이 되어버렸다. 최근 청와대 홈페이지에서 15만여 명의 서명을 얻어낸 '여성징병제 청원'만 해도 최근 대중 차원에서 강화된 페미니즘 왜곡, 혐오의 현재를 단적으로 보여준다.

---

15. 언론과 정치계가 오늘날 주요 인터넷 대형 커뮤니티, SNS 여론에 기민하게 반응하고 있음에 대해서는 이 책의 1부 「운동(movement)과 문학」에서 산략히 스케치했다.

즉 문학계의 소수자, 젠더 감수성이 "정치를 가장한 치안"(복도훈)[16]으로까지 지목되며 '정치적 올바름' 프레임에 갇혀 버리는 사이, 바깥의 역풍은 다른 방향으로 거세졌다. 소수자, 여성 혐오에 반발하고 항의하는 이들이 '문학'의 장에 대거 유입하는 지금, 문학의 이름으로 그들을 단죄하는 듯한 논의가 너무 일찍 온 것처럼 보이는 것(조연정)도[17] 당연하다. 이 '정치적 올바름' 논의는 일종의 방어처럼, 혹은 불안처럼 여겨지기도 한다. 무엇에의 방어인지, 무엇에의 불안인지 궁금해질 수밖에 없다. 그러므로 '정치적 올바름'을 누가 말하는가[18]의 질문은 참으로 중요하다. 침묵하거나 조심스레 지나온 시간을 기억·증거하는 이들의 오랜 상처와 뒤늦은 저항을 생각할 때 더욱 그러하다.

지금 『82년생 김지영』의 독자들은, 전문독자들이 미학적 가치를 논할 때 전제하는 시간보다 훨씬 긴, 누적된 시간의 문제를 기억하고 있다. 오늘날 독자들은 때로는 전문독자보다 시대의 변화에 더 민감하다. 『82년생 김지영』의 독자들은, 한국사회에서 지난 10여 년 이상 증폭되어온 백래시에 더는 침묵할 수 없다고 여기고 움직인 대중과 '결과적으로' 겹친다. 개인적으로 1990년대 중후반~2000년대 초반과, 2000년대 중후

---

16. 복도훈, 「신을 보는 자들은 늘 목마르다 ─ 2017년의 한국문학과 '정치적 올바름'에 대한 비판적인 단상들」, 『문장웹진』, 2017년 5월.
17. 조연정, 「문학의 미래보다 현실의 우리를」, 『문장웹진』.
18. 소영현, 「페미니즘이라는 문학」, 『문학동네』.

반~2010년대 중반까지의 인터넷, 강의실, 사회 분위기 등을 기억한다. 그것은 일개인의 주관적 체감이 아니라 사회학적으로도 문제적으로 지적된 현상이었다.[19] 인권, 젠더에 대한 감수성이 참담하게 후퇴해간 일[20]은 사회학, 미디어연구에서 특별히 주제화되어야 할 것이다. 그리고 지금 새삼 여성, 퀴어 등을 둘러싼 인권 감수성이 다시 이야기되고 한편에서 고양되는 시간을 겪으면서 — 가령 지금 강의실의 젊은이들이 고백하는 자발적 각성은 드물지 않다. 이런 목소리도 내게는 현재형으로 생생하고 소중하다 — 비로소 문학과 감수성의 관계를 더없이 고무적으로 생각하게 된 것은 무엇보다 나 개인에게 일어난 변화다.

강조컨대, 『82년생 김지영』의 독자들은 지나온 시절을 증거하는 존재다. 문학의 특수성 논의란, 세계의 섬세한 맥락들이 미학적 형상화에 스며드는 과정을 끈질기게 추적한 끝에 이루어져야 하는 것 아닐까. 하지만 최근 조남주의 소설 및 한

---

19. 엄기호, 『이것은 왜 청춘이 아니란 말인가 : 20대와 함께 쓴 성장의 인문학』(푸른숲, 2010)에 소개된 한 에피소드에는, 당시 대중매체에서 극에 달한 여성의 성상품화 사례들에 대해 강의실의 여학생들조차 전혀 무엇이 왜 문제인지 알지 못하는 답답한 장면이 나온다. 정확히 나의 경험과 겹치는 것이었고, 2010년을 전후한 시기의 젠더 감수성이란, 종종 당사자들에게조차 외면되던 것이었다.

20. 단적으로 지난 대선 기간 당시 각 후보들의 성소수자에 대한 보수화 경쟁 (2017년 5월 TV토론회 당시, 정의당 심상정 후보를 제외하고는 모두가 '동성애를 반대합니다'를 경쟁한 일)도 떠올릴 수 있겠다. 1997년 대선후보들의 성소수자 공약과 2017년 대선후보들의 성소수자 공약만 비교해보아도 이 후퇴는 확연히 알 수 있다.

국문학의 경향성을 둘러싸고 소환된 '정치적 올바름'이라는 말은 그 의도와 무관하게, 지난 역사(가령 '87년'으로 상징되는 시간)가 가까스로 법과 제도에 등재시킨 가치들이 조롱당해온 시절을 망각시킨다. 나아가 그 퇴행에 면죄부를 줄 것만 같은 불안감까지 남긴다. 미국에서 1990년대에 '페미니즘'의 급진성을 비하하여 '페미나치'라는 표현이 활황한 것, 현재 대중 차원에서의 페미니즘 오해와 혐오가 강화되는 것, 한국문학의 소수자, 젠더 감수성의 돌출이 '정치적 올바름'으로 프레이밍 되는 것, 모두 다른 사건들이고 결코 의도된 것은 아닐지라도 어딘지 닮은 것처럼 보이는 것은 부정할 수 없다.

3. 『82년생 김지영』 논의 재독 ② : '소설'은 누구의 욕망과 정동을 대변해 왔는가

'문학과 삶의 관계가 달라졌다'는 조연정의 말[21]을 이 지점에서 더 생각해본다. 현재 한국문학이 어떤 젠더역학 속에서 구성되어왔는지에 대한 문제의식은 연구자, 비평가에 한하지 않고 독자들에게 폭넓게 공유되고 있다. 예를 들어 지금 어떤 독자들은 여성의 특정한 자리를 기정사실화^{default} 해놓고 문학의 좋음과 감동을 논해온 것에 점점 동의하지 않겠다고 선언하고 있다. 김승옥의 소설을 2017년 여성의 관점에서 다시

---

21. 조연정, 「문학의 미래보다 현실의 우리를」, 『문장웹진』.

읽거나,[22] 김훈의 소설을 둘러싸고 독자들이 강한 불쾌감을 주고받는 일[23] 등은, 이제까지 문학장에서는 소란스럽지 않을 정도로만 허용되거나, 아예 일축될 것에 불과했다.

하지만 그간 문학의 이름으로 말해온/말해지지 않아온 것에 대한 문제의식이 집단적으로 공유되기 시작했고, 무엇보다 독자들이 직접 말하기 시작했다. 지금껏 우리가 문학을 논할 때 사유해온 언어와 그 개념들이 한국문학장, 한국사회의 어떤 기제들 속에서 구사되어왔는지 오히려 독자들로부터 질문되고 있다. 문학장 내 전문독자들(비평가, 작가) 사이에서도 문학의 자율성에 대한 믿음과 그 축적된 사유는 다시 질문에 부쳐지고 있다. 최근 한국에 소개되는 문예이론을 통해서도 이 미세한 변화의 파동을 확인한다. "18세기의 '개체적'individual 패러다임에서 창안된 자율성 개념이 점차 '관계적'relational이라 불리는 패러다임으로 변화해야 한다고 강조"[24]하는 논의에서 언어와 국경을 따질 계제가 없음은 물론이다.

---

22. " '감수성의 반혁명'과 '여성'이라는 암호 ― 1960년대 소설의 '예술가' 정체성과 여성"이라는 제목으로 이루어진 강지윤의 특강 참조. 〈페미니스트 시각으로 읽는 현대문학사〉(성균관대 국어국문학과 주관) 6번째 강좌였고, 2017년 2월 20일 서울시청년허브에서 있었다. 강지윤의 글은 『문학을 부수는 문학들』(권보드래 외, 민음사, 2018)에 수록되었다.

23. 2017년 2월 트위터, 인터넷 커뮤니티 등에서의 논의들, 그리고 이를 기획기사화한 『여성신문』, 2017년 2월 15일 최종수정 기사 (http://www.women-news.co.kr/news/111659) 참조.

24. 오크제 반 루덴, 「문학의 자율성에 대한 재고찰 ― 개체적 패러다임에서 관계적 패러다임으로」, 강동호 옮김, 『문학과사회』, 2017년 봄호.

그러므로 기존에 미학적으로 합의된 언어와 개념만으로 지금 2017년도의 현상과 소설을 포착하기는 난망하다. 차라리 질문할 것은 『82년생 김지영』을 둘러싸고 작가의 욕망과 독자의 욕망이 어디쯤에서 어떻게 만나는지이다. 쓰는 행위, 읽는 행위가 그러하듯, 쓰는 이와 읽는 이의 자리는 명쾌하게 구분되지 않는다. 한때 누군가의 독자가 지금은 쓰고 있다. 작가는 읽어줄 사람과 호흡하고 싶어 한다. 쓰고 읽는 일 모두 같은 시공간 안에서의 일이다. 우리는 모두 서로 부지불식중 영향을 주고받는다. 사람, 동식물, 무생물, 모니터 안 가상회로 속, 모든 관계 속에서 우리는 연결되어 있다.

『82년생 김지영』독자의 욕망은 우선은, 특정 메시지를 전경화하고 싶었던 바로 그 작가의 욕망 및 정동과 만난 것이다. 시인 김현의 커밍아웃도, 시인 서효인의 자기점검도, 소설가 조남주의 보고서 같다고 하는 소설도 '신념', '도덕', '정치적 올바름' 같은 말들로 프레이밍하기 이전에, 그들(에 공감하는 이들 포함)이 누군가와 연결되어 있는 어떤 절박함, 분노, 열망 등의 거친 표현이었음을 이해해야 한다. 이들의 문학 앞에서, 신념과 도덕 혹은 정치적 올바름 같은 정련된 말은 너무도 과분하다. 그들의 말과 감수성은 너무도 투박하고 절박하다. "'당대'와 함께 간다고 느끼는 최초의 경험", "'역사' 속에 있다는 경험이 처음"이라는 젊은 평론가들의 고백[25]이 단적으로 보여주듯, 이것

25. 장은정, 「침투」, 『문학과사회 하이픈』, 2017년 봄호.

은 단지 '쓰는 이'의 신념이나 도덕으로 환원될 수 없다.

　처음 '정치적 올바름'의 문제의식이 제출된 이후 공식적 첫 반응은 "나는 권력을 갖고 싶다."[26]는 시인의 말이었다. 이것이 무엇을 함의, 상징하는지도 생각해두자. 공론장 안팎에서 괄호쳐져 있거나, 소란스럽지 않을 정도로만 발화가 허용되었던 사람들은 지금 권위를 향해 말하고 있고, 스스로가 직접 발화하고 싶어 한다. '문단 안'에서의 고담준론은 그들에게 부차적이거나, 직접적 관심대상이 아니다.

　말하자면 전문독자들은 '소설'이 "근대 부르주아지의 서사시"(루카치)였음을 기억한다. 독서 계층의 변화, 확장에 따라 소설이 발생하고 문학이 달라져온 역사(와트)도 알고 있다. 동시에 오늘날 지나고 있는 시공간이 그 소설론의 저자들이 말하던 시간적, 질적 범주에 상응하지 않는다는 것도 안다. 소설이라는 양식을 탄생시킨 욕망의 주체가 당시 신흥계층으로 부상한 '시민'이었음을 알고 있고, 그들의 교류를 매개한 공론장public sphere의 역사가 늘 '누구를' 포함할지, 적당히 허용할지, 배제할지를 교섭해온 역사임도 알고 있다. 간단히 말해 소설novel이 서구 시민사회의 욕망과 관념이 투영된 장르로서 탄생했고 지금의 소설이 그 시절의 소설일 수 없음을 전문독자는 알고 있지만, 종종 그 사실은 괄호 안에 가두어지는 경향이 있다.

---

26. 김승일, 「권력을 갖고 싶다」, 웹 『문학3』, 2017년 3월 28일.

시민사회의 주체로 여겨진 '시민'은 '모든 인간'을 표방했지만, 결코 '모든 인간'을 의미하지는 않았다. 계급, 젠더, 인종, 언어 등등에 따라 암묵적으로 구획된 2등·3등 시민, 비정상 시민 등의 존재야말로 안정된 공론장과 시민사회를 한편에서 지지해온 존재였음을 말하는 것은 불경스러운 일이 아니다. 그 시민들의 합리적 의사소통을 가능케 하는 중립적이고 투명한 장소라고 여겨져 온 공론장은 '이념형'일 때가 많았다. 또한 무엇보다도 그 공론장의 지각 변동은 시작된 지 오래다. 테크놀로지의 진보와 함께 발화수단의 민주화가 가속화하고 있다. 지금 소수자·여성임을 주장하고 문예공론장에 대거 진입하며, 문단의 게이트키핑을 '향해' 말하는 이들은 테크놀로지의 진화, 표현수단의 민주화와도 무관치 않다.

또한 시민, 공론장, 그리고 지금 "입을 갖게 된 사람들"[27]의 문제는, 한국에서의 특별한 역사를 기억하기 위해서라도 더 고민되어야 한다. 즉 한국사회에서 '시민'이 주장, 논의될 수 있기까지의 투쟁의 시간, 민주주의 절차와 제도나마 갖출 수 있게 된 그 시간들 때문에라도 이제껏 좀처럼 이야기되지 않던 시민, 공론장에 대한 불경스러움은 더 말해져야 한다. '이후'의 시간에 대한 고민 때문에라도, 현재 소리를 높여 말하고 있는 이들의 욕망과 정동을 보이지 않고 들리지 않는 것으로 여겨서는 안 되는 것이다.

---

27. 안희곤, 「입을 가지게 된 사람들」, 『문학3』 3호, 2017.

4. 시점전환 ① : 당사자성을 매개하는 장치들

　자기 목소리를 발화하는 이들의 새로운 감수성은 그 가치판단 여부와 무관하게 이미 비가역적인 것으로 놓여 있다. 그렇다면 『82년생 김지영』의 독자들이 무엇을 욕망하고 있는지, 그리고 이 소설이 어떤 측면에서 그 욕망과 정동에 부응했을지 조금 구체적으로 소설 안으로 들어가 본다. 미리 언급해두자면 이 욕망과 정동을 곧 새로운 미학으로 견인하고 싶은 성급함도 이 글에서는 경계한다. 현상에 대한 직시와, 이후 미학에의 고민을 위한 질문임을 우선은 덧붙여둔다.

　『82년생 김지영』은 제목에서부터 암시되듯, 인물과 배경과 플롯에 있어서 특정 다수의 심상을 투영하기 쉬운 장소를 제공한다. 독자들은 이 소설이 사회학 보고서, 르포, 일기, 신문기사 등으로 읽혔다고도 고백한다. 한편 서술층위에서 그녀는 남성 지식인 서술자의 시선에서 건조하게 묘사되는 임상기록 속의 대상으로 존재한다. 또한 결말에서 이 서술자는, 이 세계의 구조적 불합리, 모순으로 인해 주인공의 불행이 해결되지 못하리라는 폐색감을 확증시켜 준다. 이 결말의 폐색감과 작위성은 미학적 실효성 측면에서 치명적인 것으로 지목되기도 했다.[28] 하지만 이 소설에서 주인공 김지영의 삶은 그 자체가 강렬한 메시지로서 전달되고 있다.

---

28. 조강석, 「메시지의 전경화와 소설의 '실효성'」, 『문장웹진』.

즉 지금 주목하고 싶은 것은, 독자의 호응을 불러일으킨 주인공의 신산한 삶이, 자기 토로 형식, 혹은 주인공의 내면을 엿보게 하는 묘사 같은 장치와는 무관하게 전달된다는 점이다. 그리고 그런 관점에서, '말하는 이'(서술자)나 '쓰는 이'(작가)의 오리지널리티를 보증해주는 장치가 이 소설에서 희미하다고 할 수 있다. 오리지널리티를 보증해주는 장치란 무엇일까. 그것은, 쓰고 말하는 이가 자기를 특권적으로 주장하는 고유한 파토스를 수반하는 장치다.

특히, 작가의 개성, 오리지널리티를 확인할 때 '문체'는 가장 중요한 지표의 하나다. 문체는 '쓰는 이'(작가)와 '세계' 사이의 길항을 드러내는 장소다.[29] 쓰는 이가 누구든, 그들이 쓰는 것에는 쓰는 이의 개성과 세계 사이의 긴장관계가 어떤 식으로건 표현(반영)되지 않을 리 없다. 즉 세계의 성격이나 쓰는 이의 개성이 '말'의 영역에서 다루어질 때, 그것이 내면이건 풍경이건 어떤 '묘사' 중심의 문체에 기대어왔던 것이 근대 이후 소설의 주요 작법이자 동인이었음을 아카데미즘의 축적된 연구들은 말해준다.

그런데 지금 조남주의 소설은 엄밀히 말하자면 '말하는 이의 파토스를 수반하며 고유한 자기를 증거하는 문체'와는 무관하다. 그럼에도 독자가 환호한 것에 대해, 앞서 언급한 오사

---

29. 나는 문체에 대한 잊고 있던 의미를 오츠카 에이지의 글(大塚英志, 「機能性文学論」, 『atプラス』 27호 ; 『感情化する社会』[太田出版, 2016]에 단행본으로 재수록)에서 다시 사유할 계기를 얻었다.

와 사토시였다면 "나라는 일인칭의 파토스에 추동되는 묘사를 배제한 것이 고유한 '나'를 해체한 것 같은 결과를 낳"았다고[30] 했을지 모른다. 또 다른 일본의 한 젊은 평론가는 2000년대 일본문학의 서브컬처 편향과 관련하여 "문체의 소멸"[31]을 지적하기도 했다. 하지만 지금 이 말들을 여기에서 떠올리는 것은, 이 소설을 둘러싼 독자의 반응이나 문학의 유동성을 단순하게 추수하지 않고 맥락적으로 이해하기 위해서다.

강조하지만 『82년생 김지영』을 곧 문체의 소멸로 이해해서는 안 된다. '고유한 자기'를 주장하는 문체가 지금, 조남주(장강명)의 소설에서 존재하지 않을 뿐이다. 대신 특정 다수와 호환되기 쉬운 주어의 문체가 존재할 뿐이다. 이 소설뿐 아니라, 명쾌하게 요약될 수 있는 르포, 신문기획기사 등을 연상시키는 소설들(장강명의 소설도 이와 관련해 생각해볼 수 있다.)과 그에 대한 독자의 호응은 어떤가. 가령 장강명의 소설에 대해 "소재주의"(노태훈)[32]라고 명명하는 논의야말로, 지금 이 작가들이 작가 개인에 근거한 오리지널리티에의 관심보다 어떤 명료한 메시지, 정보의 전달에 골몰하는 것을 증거한다고 생각한다.

장강명의 소설까지 이 글에서 본격적으로 다룰 여력은 되

---

30. 大澤聡, 「Re : 機能性文学論」, 『atプラス』.
31. 宇野常寛, 『ゼロ年代の想像力』, 早川書房, 2008.
32. 노태훈, 「소재주의라는 매혹과 실패 — 장강명, 『우리의 소원은 전쟁』, 예담 2016」, 『문학과사회』, 2017년 여름호.

지 않지만, 적어도 조남주의 『82년생 김지영』의 문체에는 그러한 오리지널리티를 주장하는 이의 자의식이 부차적으로 놓여 있다. 또한 소설 안에서 그 자의식은 제3자인 남자 의사의 시선과 소설형식에 의해 이미 삭제되어 있다. 그렇다고 남자 의사가 자신의 개성을 주장하는 서술자로 놓여 있는 것도 아니다. 단지 전달되는 것은 주인공의 평범하면서 신산한 삶과 그것을 둘러싼 냉정한 세계다. 그렇다면 이 소설에서 독자들이 김지영 씨와 자신을 과감히 바꾸어 적는 장면은, 작가의 메시지뿐 아니라 그 메시지(정보)를 전달하는 방식의 특징들과도 관련된다고 할 수 있지 않을까. 이 소설의 독자들은 이제껏 대변되지 못해온 자기를 읽고 싶은 것이다. '문제적 개인'(루카치) 같은 개념은 이 필부들에게 허용될 리 만무한, 혹은 이 필부들의 삶을 포괄하기 어려운 특별한 개인이기도 했다. 지금 이 필부들은 자기 삶과 그 구속력 사이의 긴장을 읽고 싶은 것이다.

한 평론가가 "공감의 연대"(조형래)[33]를 통해 이 소설이 궁극적으로 완성되었으리라고 한 대목도 다시 생각한다. 방금 이야기한 사정을 생각한다면 '내가 김지영이다'라고 항의, 주장하는 이들의 목소리는, 타자로서의 김지영에 대한 공감이기 이전에, '자기'를 소설 속 주인공에게서 발견하고 거기에 이입함으로써 획득한 '당사자성'의 주장에 가깝다. 즉 이 소설을 완성시

---

33. 조형래, 「데자뷔의 소설들」, 『문학동네』.

켰을 '공감의 연대'는 구체적으로 '당사자성의 각성 및 획득에 의한 연대'를 토대로 한 것이다. 특별한 타인[34]의 삶을 읽고 그에 도달하는/도달하지 못하는 자신을 돌아보는 식의 독법과 이 소설은 다소 거리가 있는 것이다. '한국사회에서 여성으로서 살아온 나'를 '김지영'이 대변한다고 강력히 믿어지는 데 기여한 장치는 특별한 타인(예컨대 문제적 개인)을 창조하고자 하는 작가의 파토스로 추동된 문체가 아니었다.

즉 이 소설의 독자는 자의식과 고통에 압도된 김지영에 자기를 투영했다기보다 오히려 그녀 자체가 메시지(정보)가 되어 건조하게 전달되는 형식 속에서 아이러니하게 낯설어진 자기와 그 문제를 깨닫고, 읽는 자기를 투영한 것이다. 이 소설의 흠결로 여겨지는 것들, 가령 평면적이고 전형적인 캐릭터, 일련의 사실관계와 정보 출처를 세세하게 첨부한 사회학 보고서 같은 형식(소위 문학적 형상화의 간소화 혹은 부재), 특별한 해석의 노고 없이 자신을 분명하게 암시하는 내러티브, 고유한 파토스를 수반하지 않는 문체, 이런 것이야말로 독자들로부터 "가독성이 높다."와 같은 감상을 이끌어냈을 뿐 아니라, 독자의 감수성 변화와 관련해서 적극적으로 생각해야 할 부분인 것이다.

---

34. 앞서 말한, 근대소설의 인물유형으로서의 이른바 '문제적 개인'. 그리고 이 '문제적 개인'과 흔히 짝패를 이루던 가지로서의 '청춘', '젊음', '성장', '교양' 등이 어떤 젠더형식이었는지 생각해보자. 이 책 3부의 「'한국-루이제 린저'와 여성교양소설의 불/가능성」, 「다시, '미적 체험'에 관하여」, 「한 시절의 문학소녀들의 기묘한 성장에 부쳐」도 이 문제의식의 연장선상에 있다.

5. 시점전환 ② : 말과 감각의 변화, 명료함에의 욕망

그런데 이러한 서술 특징, 소설 형식을, 메시지와 별개로 분리시켜 다시 생각해보면 어떨까. 주인공의 삶이, 쓰고 말하는 이의 파토스와 무관하게 전달되는 형식 속에서 그려지고 있음에도, 사람들이 그것에 그토록 열렬히 호응한 것을 좀 더 적극적으로 생각해본다.

일본의 평론가 오츠카 에이지는 최근 일본소설을 이야기하는 지면에서 "상당수의 독자는 지금 책에서 즉효가 있는 정보, 혹은 단순한 감정을 영양제처럼 자극하는 기능을 원한다."[35]고 했다. 이 말은 지금 『82년생 김지영』의 독자들을 생각할 때에도 어떤 시사점을 던져준다. 그는 오늘날 일본소설에서 '묘사'가 기피되는 경향을 지목해 '기능성 소설'이라고 명명하면서 이런 설명을 부연한다. "무엇보다 타인의 자아표현과 접촉하는 것이 불쾌하기 때문이다. 그에 비할 때, 자신의 자아와 자아 이전의 감정을 표현하는 것에는 모두들 거침이 없다. 지금은 소설가든 아니든, 트위터, 라인, SNS 등을 통해 다들 매일 자주 '조금씩 자기를 말하'고 있다."

한편 앞서 언급한 오사와 사토시는 이 논의에 응답하는 자리에서[36] 2010년대 이후 일본문학이 '정보전달기능에 특화'

---

35. 大塚英志, 「機能性文学論」, 『atプラス』.
36. 大澤聡, 「Re:機能性文学論」, 『atプラス』.

되고 있다고 지적한다. 그가 보기에 일본 독자의 관심은 "창작이나 심오한 비평적 논술보다" "도드라지는 사실" 쪽을 향하고 있다. 즉 가공된 이차언설이 아니라 소재=현실이 재발견되고 그것을 보고하는 쪽에 호응하고 있다는 것이다.

이들은 공히 지금 우리가 접속해있는 미디어들 속에서 우리의 말, 감각이 어떻게 연동하고 있는지를 암시하고 있다. 어느 정치철학자들은 오늘날 주체형상의 위기를 사유하며 '미디어된 존재'the mediatized [37]로서의 우리를 이야기했다. 그 논의를 원 맥락과 조금 다르게 잠시 전유해본다. 가령 나는 지금 이 대목을 쓰면서 아무와도 대면 접촉을 하지 않고 있다. 그렇지만 나는 동시에 전자회로 속에서 계속 누군가들과 접속되어 있다. "어머니보다 기계로부터 더 많은 말을 배운 최초의 세대"[38]의 감각은 이미 내 감각이 되어버렸다. "사회적 소통의 가상화virtualization가 인간 신체들 간의 감정이입을 잠식"[39]했다는 비관적 진술도 떠오른다. 압도적으로 타자에의 감각을 좌우하는 이 미디어 회로 속에서 우리는 "무의식적으로 신체 내부에서 생성된 정동을 즉시 발신"하기 용이해졌다.[40] "익명성 높은 공간에서, 누군가에게 보이고 있다는 강한 타자성의 감

37. 안또니오 네그리·마이클 하트, 『선언』, 조정환 옮김, 갈무리, 2012.
38. 프랑코 베라르디 [비포], 『봉기』, 유충현 옮김, 갈무리, 2012.
39. 같은 책.
40. 伊藤守,「社会の地すべり的な転位 ― コミュニケーション地平の変容と政治的情動」, 『現代思想』, 2014년 12월호.

각"과 "'아무에게도' 보이지 않는다는 희미한 타자성의 감각"은 종종 양가적으로 뒤섞인다.[41] '나'는 타자 없는 세계와 타자를 의식한 세계를 자주 분열적으로 오간다. 나와 타자 사이의 감각과 소통의 회로는 계속 재조정되지만 그것을 자각하며 돌아보기에는 일단 속도를 따라가기 어렵다.

즉, '미디어된 존재'로서의 우리는 '속도'의 문제에 자주 직면한다. 타자에 대한 감각, 말, 정동, 담론은, 미디어에 따라 그 유통의 방식도 속도도 다르다. 온라인의 속도와 오프라인의 속도는 현실감각의 부정교합을 낳을 때가 많다. 어제의 진실이 오늘의 거짓이 되는 격변과 속도의 소용돌이에서 사람들은 부지불식중에 어떤 '명료함'을 욕망할 가능성이 높다. 망설임이나 애매함의 의미나 의도를 가늠해야 하는 해석의 노고는 점점 부담스러운 것이 되어가고 있는지 모른다.

한편 나는 어떤 시집을 리뷰하는 지면의 한 대목에 줄곧 시선을 둔 적이 있다. 함돈균은 오늘날 달라진 문학, 출판의 조건을 스케치하며[42] 이렇게 말한다. "만약 출판시장의 독자층 상당수가 '문학비평'에 기대하는 바가 있다면 전문적 담론이 아니라 가벼운 '정보' 형태일지 모른다. 현재 강력한 영향력을 발휘하며 이 역할을 효과적으로 수행하고 있는 것은 전문 문예지가 아니라 '구어적 정보'를 유통시키는 방송미디어나 소

---

41. 伊藤守, 「社会の地すべり的な転位」, 『現代思想』.
42. 함돈균, 「디지털 시대의 설화적 설움 ─ 허은실, 『나는 잠깐 설웁다』(문학동네, 2017)」, 『문학과사회』, 2017년 가을호.

셜미디어다. 비평의 저널리즘화라는 차원을 훌쩍 넘어선 문학 환경의 급격한 변화가 문명사적 수준의 사회구조 변화와 더불어 돌이킬 수 없는 방식으로 진행되고 있는 것이다."

"문명사적 수준의 사회구조 변화"가 체감되는 와중에 "대중과 비평의 냉소적 유리 현상" 속에서 "설화적 세계"를 읽는 한 평론가의 작업이 아이러니하면서 어딘지 쓸쓸한 상황. 그리고 그것이 상기시키는 어떤 과제들. 여기에서 우리 시대의 전문독자 다수가 겪고 있을 딜레마나 곤경을 읽어내는 것은 과잉된 감상은 아닐 것이다.

나는 이 인용문에서, 오늘날 독자들이 문학비평에 기대하는 것이 '정보'의 형태일 것이라고 추측하는 대목에 주목한다. '정보'를 "전문적 담론"의 맞은편에 놓거나, "가벼운" 속성의 것으로 전제하는 것에 대해서는 이론의 여지가 있다. 또한 정보 information를 정념, 정동과 무관한 주지주의적, 기호적 개념으로만 이해해서는 안 된다는 점도 고려하고 싶다. 하지만 그것은 지면을 달리해야 할 주제이므로 여기에서는 통상적으로 사용되는 의미로서의 '정보'에 한해 이 말들을 다시 읽어본다. 그러니까 위 인용문의 '문학비평'의 자리에 '소설'을 넣어본다. 별로 이상하지 않을 것이다.

즉 적어도 조남주·장강명의 독자들이 기대한 것은 익숙한 문학적 형상화나, 소설 속 말하는 이들의 파토스나, 고유한 자기만의 내러티브가 아니었을지 모른다. 그러한 것은 우리가 늘 접속해 있는 인터넷, SNS에도 편재해있다. 이제는 이름을 갖고 지면을 얻지 않아도 '나'는 '나'를 표현하고 소통할 수 있다. 작가들이 묘사해온 내면과 풍경은 더 이상 특권적이지 않은 상황이 되었다. 그리고 오늘날 세계는 복잡해졌고, 전선戰線이 불분명해졌으며, 그 속에서 우리는 타자에의 감각이 분열적으로 느껴지고, 가치판단의 준거조차 의심하게 될 때가 많다. 이에 불안과 피로감을 느낀 이들은 무엇을 욕망하기 쉽겠는가. 물론 나는 이것이 오늘날 독자가 원하는 주류적 경향이자, 여기에서 새로운 미학의 가능성을 찾아야 한다고 말하려는 것이 아니다. 우선은 지금 겪고 있는 말과 감각의 변화를 냉정하게 가늠해보고 싶은 것이다.

조남주, 장강명의 독자들이 기대하는 것은, 인터넷으로 연결되어 실시간 접속해서 확인할 수 있는 타인의 내면, 감상, 자의식 등과는 다른 무엇일 가능성이 높다. 이들 독자는 '나'를 투영할 공백이나 장치를 찾고 있는 것만이 아니다. 세상의 가치, 정동, 담론들이 빠른 주기로 엎치락뒤치락하는 와중에, '명료한 사실'로서의 메시지, 정보를 원하고 있는지 모른다.

돌이켜보면 문학을 둘러싼 기술적, 물질적 조건에 대한 이야기가 없었던 것이 아니다. 1990년대에도 뉴미디어와 문학 환경의 변화에 대한 논의가 많았다. 하지만 그 조건이 인간 개개인의 감각과 감수성과 인식과 어떻게 교호할지, 어떻게 공진화共進化할지에 대해서는 별로 이야기되지 않았다. 미디어와 문학의 관계 이전에 '미디어와 교호하는 인간의 감각, 감수성, 인식이 어떻게 유의미하게 변화할지'는 별로 주목되지 않았다. 물론 기술의 변화 정도로 인간의 사고방식이 바뀌는 일이 쉽지 않다.[43] 하더라도, 그러나 태어나보니 비정규직이 법제화된 시대와, 태어나보니 페이스북으로 소통하는 시대의 사람들은[44] 비정규직과 페이스북 같은 것의 개념도 실체도 경험하지 않은 시절을 알고 있는 세대의 사람과는 분명 다르다. 그러므로 지금 읽는 측의 욕망과 관련하여 새로운 미학의 계기나 가능성을 고민해야 한다면, 동반되어야 할 고민은 이러한 디지털 미디어 리터러시와 종이활자 미디어 리터러시의 관계에 대한 것이어야 할지 모른다. 이것은 지금 이 지면의 주제를 넘어선다. 일단 문제제기이고 질문이다.

한 사회 구성원 대부분이 어떤 변화를 감지하기 시작하면 이미 그 발밑에는 이미 큰 지각 변동이 한 번 지나간 후라고 해야 할 것이다. 발밑에 큰 변동이 지나간 후에 호수에는 잔물결이 인다. 어쩌면 우리가 지금 문학, 소설에서 목도하는 장면들은 그 '잔물결'일지 모른다. 그러므로 사태는 지금까지 말한 것보다 조금 더 복잡하다고 생각한다.

6. 맺으며 시작하는 말:흔들리는 재현·대의

---

43. 飯田豊, 「〈ポスト真実〉とメディア・リテラシーの行力」, 『談』 109호, 201/년 7월.

44. 임태훈, 「'가속주의'(Accelerationism)에 응답한다」, 제7회 맑스코뮤날레 '인문학협동과정' 세션 발표문, 2015년 5월 17일.

지금까지의 이야기가 '문학은 변화를 추수해야 한다', '독자는 항상 옳다'는 식의 논의로 이해될 리는 없으리라 믿는다. 여기에서 옛 시절의 독자반응이론이나 수용미학의 이론가들과 그때 상정된 이상적인 독자형상이 떠올라서도 안 된다. 독자는 균질적이지도 않고 일관되지도 않은 존재이기 때문이다. 또한 지금까지의 이야기는 2017년 한국소설을 둘러싼 이야기이기도 하지만, 궁극적으로는 현재 지나고 있는 한국사회의 시간에 대한 이야기이기도 하기 때문이다.

새로운 독자, 그리고 그들의 요구는 한 평론가의 고민처럼[45] 재현의 문제계 안에 있음은 자명하다. 하지만 지금 재현의 문제는 단순히 쓰는 이(작가)가 세계를 텍스트 안에 형상화해 담아내는 문제를 넘어, 근대의 구축 원리 자체의 의미로 우리에게 육박해 온다. 앞서도 계속 이야기했듯, 실제 독자들이 문예공론장에 대거 유입되고 발화하기 시작하고 있다. 자기만의 오리지널리티를 존중받으면서 문학을 대표해왔다고 '위임받은' 이들을 '향해' 그들은 말하고 있다. 이것이 한국사회에서 대의제의 지배적 위치가 흔들리는 장면들과도 연동되어 있음은 말할 것도 없다. 이때 재현·대의 모두 representation의 번역어라는 점, 그리고 그것이 '근대'의 구축원리와 맺고 있는 관계들에 대해서는 강조하지 않아도 될 것이다.

잠시 2016~2017년 촛불–탄핵–정권교체의 시간으로 거슬

---

45. 백지은, 「'K문학/비평의 종말'에 대한 단상(들)」, 『문장웹진』, 2017년 2월.

러 가보자. 대의제 안에서 투표와 광장의 순간들을 제외하고는 우리는 보통 나의 주권을 '위임'함으로써 주권자가 된다. 그러나 고작 '국민'으로 환원되고, 위임자–대리자의 관계는 전도되곤 했다. 게다가 우리는 대의되지도 못하면서 대의제에 제한당해 온 역사도 짧지 않게 갖고 있다. 즉, 지난 광장의 시간들은, 투표의 시간보다도 더 강렬하게 위임, 매개 없이 주권자로서의 잠재력을 드러낸 시간이다.

물론 2000년대 초반부터 이런 잠재력을 가진 주권자의 형상에 대한 논의는 계속 있어 왔다. 하지만 결정적으로 2007년의 광장과 그로부터 10년 후의 광장 사이에는, 여러 기술적 변동(SNS, 인터넷 커뮤니티, 팟캐스트, 스마트폰의 등장)과 그로 인한 차이가 놓여있음을 기억해야 한다. 지금 사람들은 SNS, 인터넷 커뮤니티, 뉴스 댓글창 등등을 통해 자신의 견해를 '직접' 여론화한다. 다양한 신·구 미디어를 동시에 활용하여 '원내'정당에 직접 영향력을 행사하고,[46] 청문회를 청문하며,[47] 언

---

46. 2016년 여름~가을, 『시사in』 절독과 '원내 정당' 정의당 탈당 및 내분으로 이어지는 일련의 사건들이 전적으로, 온라인 커뮤니티 유저들의 온오프라인의 실력행사에 의한 것임을 기억해야 한다. 온라인에서 오프라인으로 정치적 정동이 역유입되는 상황은 이전부터 목도되었지만, '원내 정당'의 내분까지 이른 결과의 상징성은 그 이후 사태들을 예고하는 것이었다.

47. 2017년 문재인 정권 탄생 직후 청문회 당시, 여러 인터넷 커뮤니티 유저들이 부적절한 질문의 당사자에게 직접 휴대전화 문자를 보내 항의, 조롱하거나 당사에 직접 전화로 항의하는 등의 집단행동을 한 것이 청문회 일정과 방향에 큰 영향을 미친 일을 떠올려보자. 이와 관련해서 특히 디시인사이드 주식갤러리 유저들의 활약에 대해서는 오영진의 글 「주갤러는 왜 전기신(電氣神)을 욕망했는가」(『문학3』 3호, 2017)가 자세히 논하고 있다.

론을 직접 심판하고,[48] 급기야 촛불 1주기를 맞아 '굿바이 수구좌파'라는 표어하에 '촛불파티'[49]로 그 세를 과시한다.

대의되지 않겠다고 촛불을 들고 직접 자신을 드러낸 이들은 "절대민주주의"[50]의 원리와 가능성을 상상케 하는 존재이기도 하다. 실제 '촛불–탄핵–정권교체' 직후, 스스로들을 '다중지성'[51]이라고 칭하며 '새로운 진보'를 자처하는 이들이 등장하기도 했다. 2000년대 초반 한국에서 소수의 자율주의자 이외에는 주목하지 않던 그 '다중', '다중지성'이라는 말이 익명의 다수에게 재전유되어 버렸다. 이후 이들은 스스로를 '새로운 진보'라고 자칭하고 '가르치려 들지 말'고 외친다. 인터넷 커뮤니티와 SNS를 매개로 한 이 익명의 다수가 언론과 정치 지

---

48. 2017년 5월, 『한겨레 21』 편집장과 인터넷 유저들 사이의 대립 이후 네티즌들이 『한겨레』 임시주총에서 실력행사 하려는 움직임, 또한 이와 연동하여 '가난한 조중동=한경오' 프레임이 확산되면서, 과거의 진보/보수 전선이 급격히 혼란스러워진 것 등등을 떠올려보자.

49. 촛불–탄핵집회 1주기를 기념하는 행사는 2017년 10월 28일 광화문과 여의도로 양분되어 열렸다. '촛불파티'는 '굿바이 수구좌파'를 표어로 내걸고 순수한 아마추어 시민들의 자발적 모임이라는 점을 강조하며 1만여 명이 운집했다. 기존 시민단체, 운동권 배제, 질서의식 강조 등이 특징적이다.

50. 조정환, 『절대민주주의』, 갈무리, 2017.

51. 안또니오 네그리와 마이클 하트가 '다중'을 이야기한 것이 2000년대 초반이다. 2017년 5월 15일 김어준의 〈뉴스공장〉에서 처음 "촛불의 힘을 이룬 우리가 다중이다."라며 네그리와 하트의 '다중'이 소개된다. 곧이어 남초 대형 커뮤니티마다 "우리가 다중이다.", "새로운 진보다."라는 선언과 움직임이 퍼져나갔다. 그들이 네그리, 하트의 '다중'과 얼마만큼 일치하는지는 중요치 않다. 또 그들이 네그리와 하트에 관심이 있는 것도 아니다. 그것이 대중 레벨에서 스스로 선언되었다는 것 자체가 일단 주목을 요할 뿐이다.

형에 강력한 영향을 미치게 된 것은 '이 또한 지나갈' 온라인에서의 일이 아니다. 나는 이들의 선언과 자부심을 맹목적으로 낙관하는 것이 아니다. '새로운 진보'라고 자칭하는 이들이, 또 한편으로는 같은 공간에서 동성애 혐오, 여성 혐오, 폭력시위 혐오, 문재인 정권 반대자 혐오, 노조 혐오 등을 행하는 이들과 겹치는 측면도 명백하기 때문이다.[52] 그렇기에 지금 직면하고 있는 이 사태들은 어쩌면 지금까지 이야기한 체감 이상으로 복잡하다.

하지만 대의도, 계몽도, 전위도, 지도도 거부하면서 강력한 화력을 보여주는 현장은 앞서 언급해왔듯 다른 방향성을 갖고 세계를 바꾸어가기도 한다. '2016년 강남역 10번 출구 사건 추모물결 — 인터넷 미러링 — 성폭력 고발 운동' 등의 일련의 사건을 겪으면서 (재)점화된 의제, 감수성의 확산 과정을 다시 떠올려보자. 이 경우에도 이전과 같은 강단 페미니즘, 활동가(전문가) 페미니즘뿐 아니라, 마스크를 쓰거나 닉네임 뒤에 감춰진 익명의 다수가 그 운동의 주체로 부상했음을 기억해야한다. 운동권을 배제하겠다, 기존 페미니즘의 현학성을 비판하겠다고 하면서 자신의 삶, 일상을 근거로 운동을 해나가겠다고 선언하며 싸우는 장면들 역시 인터넷, SNS 등에서 드물지 않게 접할 수 있는데, 물론 이런 장면에 대한 섬세한 분석은

---

52. 이에 대해서는 전문적 미디어 비평의 작업이 수반되어야 하겠지만, 이 글에서는 한국의 인터넷 대형 커뮤니티들과 SNS를 모니터링한 인상비평적 스케치로서 그 역할을 대신하고자 한다.

다른 지면이 필요하다.

하지만 지금 분명히 말할 수 있는 것은, 2017년 한국사회에 전방위적으로 대의되지 않고 스스로 말하겠다고 주장하는 주체들이 비로소 가시화했다는 사실이다. 이미 (문예공론장을 포함하여) 공론장의 조건 자체가 크게 변동하고 있다. 전문가의 발화는 자주 거절당한다. 여기에서 그저 반지성주의, 인터넷 군중, 중우정치와 같은 말을 떠올리기에는 세상이 일단 너무 복잡해졌다. 누구나 정보를 수신/발신할 수 있게 하는 새로운 미디어가 편재하면서, 실제로 전문가와 비전문가의 격차도 평평해져 간다. 그리고 '미디어된 존재'인 우리의 말과 감각과 감수성은 계속 미세하게 동요하는 중이다. 안정되고 잘 작동되었던 재현체계가 여기저기에서 흔들리기 시작한다. 단언컨대 이것은 우리가 겪어본 적 없는 변동의 시작이다.

문학장을 향해 직접 자신을 발화하고 욕망을 주장하기 원하는 새로운 독자들은, 문학의 여러 제도나 관념과 교섭하기 원할 것이며 실제로 문학의 변화에 적지 않은 영향을 끼칠 것이다. 문학의 양식, 범주, 관념에는 재조정이 필요할 것이다. 하지만 이것을 '우리끼리의' 이야기로 축소하면서 지킬 것은 무엇일까. 발밑의 동요를 듣지 않고 '정치적 올바름' 혹은 '자율성' 등의 논의에 매여서 기존의 미학적 언술을 반복해서 주고받는 사이, 문학은 전문독자의 의사와 무관하게 이미 달라져 있을지 모른다.

지금 이 글에 주어진 몫을 넘어 감히 덧붙이자면, 문학이 누구를 위해 무엇을 위해 존재하는지에 대해 사태의 복잡함을 시야에 두어야 한다. 독자(대중)는 선하거나 악한 이분법의 존재가 아니다. 지금 그들에 대한 성급한 판단도 경계해야 한다. '군중crowd의 시대냐, 공중public의 시대냐'를 갑론을박하던 19세기 말 지식인에게 불안과 공포를 안겨준 그들은, 그저 무리 짓기 좋아하고 소란스럽고 몰개성적이고 폭력적인 존재만은 아니었다. 그들이 당시 서구사회의 구조변동 와중에 도시로 새롭게 유입된 빈곤층, 광의의 노동자들이었음은 새삼 기억되어야 한다. 즉, '군중'이라고 폄하된 그들이 실은, 근대의 시스템(노동, 자본, 가족, 정치 등등)이 막 구축되어가던 시기에 '기존 관념으로 포착되지 않던' 존재였음을 함께 기억해야 한다. 사회의 변동과 새로운 무리의 등장에 지식인은 우선 긴장한다. 지금 겪고 있는 지식인의 불안은 지난 세기의 그들의 불안과 크게 다르지 않을 것이다. 즉 이 불안은, 무명의 그들을 파악할 개념과 인식의 틀을 아직 갖추지 못한 데에서 연원한다.

물론 예술, 문학이 대중의 기호와 지지로 진보하는 것은 아니다. 하지만 천재의 재능이나 전문가의 언어만으로 결정되는 것도 아니다. 아직 이름붙일 수 없는 그들, 그리고 이후 시간의 문학을 상상하기 위해서라도 이미 육박해온 장면은 직시되어야 하는 것이다.

◇◆

문학비평은, 진실을 말해도 아무도 믿어주는 이 없는, 저주받은 카산드라의 운명이라고 회의적으로 그러나 다소 낭만적으로 이야기되던 시절도 있었던 것 같다. 하지만 이 카산드라의 운명은 지금 비평의 존망과 직결되는 문제가 되어버렸는지 모른다. 비가역적 사실들 앞에서 선택지는 무엇이 있을까. 아예 들리지도 보이지도 않는 것으로 여기며 주저하기에는 놓친 시간이 짧지 않다.

'쓰기'의 존재론

'나-우리'라는 주어와 만들어갈 공통장

1. 누가·무엇이·어떻게 쓰는가 : 쓰기와 신체의 네트워크

> 그러면 나는 연필과 노트를 들고 아무에게도 말할 수 없는 것
> 을 쓴다. ─ 프리모 레비

아우슈비츠에 대한 고발과 증언의 텍스트인 『이것이 인간
인가』 *Se questo è un uomo*가 프리모 레비의 책이 아니라고 말하는
것은 불가능하다. 그는 이 책이 처음 출판되고 30여 년이 지난
후 "아무에게도 말할 수 없는 것을 쓴다."라는 문장에서 이 기
록들이 시작했다고 회고한다. 그런데 이 말을 이해하기 위해서
는 "아무에게도 말할 수 없는 것을 쓴다."라는 문장 바로 앞의
상황과 "그러면"이라는 접속어를 눈여겨보아야 한다.

레비는 21명의 화학자들이 강제노역하는 수용소에 들어
와 있다. 그런데 어느 날 실험실로 차출된 3명에 레비가 포함되
었다. 동료들이 축하 인사를 한다. 친구 알베르토도 진심으로
기뻐해준다. 레비는 이제 실험실에서 노트와 연필과 책을 갖고
노동할 수 있게 되었다. 레비는 이것이 특별히 주어진 행운임

을 알고 있다. 동료들은 부러워한다. 이 상황 진술에 이어지는 것이 다음과 같은 문장들이다.

> 하지만 아침에 내가 사나운 바람을 피해 실험실의 문지방을 넘어서는 순간 바로 내 옆에 한 친구가 등장한다. 내가 휴식을 취하는 순간마다, 카베에서나[의무실에서나 — 인용자] 쉬는 일요일마다 나타나던 친구다. 의식이 어둠을 뚫고 나오는 순간 사나운 개처럼 내게 달려드는, 내가 인간임을 느끼게 하는 잔인하고 오래된 고통이다. **그러면 나는 연필과 노트를 들고 아무에게도 말할 수 없는 것을 쓴다.**[1]

인간임을 부정당하는 장소에서 스스로가 인간임을 확인하는 것은 고통스럽다. 게다가 그의 동료들은 연필과 노트를 가질 행운이나, 휴식 중의 역설적 고통조차 누리지 못한다. 즉 이미 '쓰기'가 시작하는 장소로서의 그의 내면은, 진공 상태가 아니었다. 그것은 우선 "실험실 문지방"과 실험실 바깥의 동료들이라는 장소에 의해 확보되는 것이었다. 또한 운 좋게 주어진 실험실의 연필과 노트가 없었다면 그는 쓸 수 없었다. "그러면"이라는 접속어가 이에 대한 자각을 증거한다.

이 '쓰기'를 구체적·신체적 수준에서 좀 더 생각해본다. 쓴

---

1. 프리모 레비, 『이것이 인간인가』, 이현경 옮김, 돌베개, 2007, 216쪽. 강조는 인용자.

다는 것은, 쓰는 이의 의식이나 의지에 따라 단순히 추상적인 단어를 나열하는 것이 아니다. 알아차리든 아니든, 의식하기 이전에 그의 신체가 먼저 정동된다. 우리의 몸은 움직이면서 동시에 느끼고 동시에 변화한다. 몸은 미리 통합되어 있는 실체가 아니라 언제나 다양한 요소들의 역동적 관계를 통해서만 정의된다. 스피노자의 통찰을 빌리자면 신체가 무엇을 할 수 있을지 우리는 아직 모르[2]기에 '쓴다는 것'은 잠재성을 발휘하는 행위이며 수행적인 것이기도 하다.

한편 연필, 노트, 심지어 레비 자신조차 처음부터 '쓰기' 자체를 위해 어떤 임무를 부여받고 있던 것은 아니었다. 가령 연필과 노트는 실험실에서는 나치에 복무하는 것이었지만, 휴식 중인 레비의 손에 놓였을 때는 나치를 고발하는 것이었다. 또한 레비는 수용소에서 인간임을 부정당하고 실험 노역에 복무하는 존재였지만, 잠깐의 휴식 중에는 고통스럽게 인간임을 확인하며 그것을 기록하는 존재였다. 그(것)들은 애초부터 각각 폐쇄적으로 자기 역할을 할당받고 있었지만 잠시 그 봉인이 해제되고 서로 연결된다. 레비-휴식시간-연필-노트 등이

---

2. B. 스피노자, 『에티카』, 강영계 옮김, 서광사, 1990, 3, 4장. 또한 오늘날 신체의 유물론자들이 종종 인용하는 윌리엄 제임스의 간명한 비유를 빌리자면 "빨라진 심장 박동, 얕은 호흡, 떨리는 입술, 힘 빠진 손발, 소름, 내장의 동요, 이것이 없다면 우리는 어떤 감정이나 정서도 느낄 수 없다." 우리는 무서워서 떨리는 것이 아니라 "떨리기 때문에 무서운 것"이다.("What is an emotion?", *Mind9*(34), 1884) 즉, 어떤 상황을 지각하면, 의식이나 정서가 발생하기 이전에 먼저 신체에서 무슨 일이 일어난다.

자기 자리에서 이탈해 연결되지 않았다면 그의 쓰기는 시작될 수 없었다. 레비의 쓰기는 레비를 둘러싼 사람과 사물 모든 존재가 각각의 자기동일성(=주어진 정체성)을 파열시키고 접속되며 시작된 것이었다.

즉 레비는 어떤 말들을 선택하기 이전에 이미 수용소라는 장소, 그리고 실험실 문지방이라는 경계와 마주쳤다. 신체가 직접 접촉하는 물리적 장소는 그의 몸 안에서 충돌하거나 뒤섞인다. 수용소 안의 웅성거림, 불안, 공포, 수치심이 그 신체를 먼저 관통하고 변용시켰다. 또한 레비-수용소-실험실 문지방-휴식시간-연필-노트가 절합^{節合}되면서 그(것)들은 서로 정동하고 정동되어 무언가를 쓰지 않고는 견딜 수 없는 어떤 신체가 되었다. 앞서 살폈듯 그것은 애초에 부여받았다고 믿어진 각각의 역할과 '무관하게' 서로 연결된다.[3]

쓴다는 행위는 어쩌면, 명확하게 구분되어 존재한다고 믿어온 나/타자의 완고한 경계가 지워지는 과정이다. 정확히 말하자면 유일무이한 '나'의 완고함마저도 지워진다. 과감히 말하자면, 쓰는 이는 기쁨·슬픔·안타까움·분노 등등을 쓰기도 하지만, 실은 기쁨·슬픔·안타까움·분노 등'이' 쓰는 것이기

---

3. 이른바 '정동 쓰기의 기계'라 해도 될 상황이 된 것이다. 레퍼런스를 언급하지 않더라도 잘 알려져 있듯 기계(machine)는 비유가 아니다. 고유의 기능을 가진 장치(mechanism)와 달리, 그 자체들끼리 연결되면서 생산한다. 어떤 동일성과 목적에 의해 제약받지 않는다. 생경하더라도, '개체'의 차이들을 포함하는 집합적 주체의 가능성에 대한 아이디어를 대체할 다른 표현을 찾지 못했으므로 여기에서는 이 말을 그대로 노출한다.

도 하다. 이것은 현실구속력 없는 유동적 주체에 대한 이야기도 아니고, '나'의 특이성을 지우는 '우리'에 대한 이야기도 아니다. 오히려 쓰는 '나'의 내면이나 '비밀'이 주변 세계와 마주치며 어떻게 형성되는지, 그리고 세계가 어떻게 나의 비밀을 경유해 특이성의 세계로 재창조되는지에 대한 이야기이다.

그렇다면 『이것이 인간인가』에서 빈번하게 교차되는 '나'와 '우리'는 미리 설정된 실체가 아니다. 그것은 사람과 사물 모든 '관계'들로부터 솟아나온 '나'와 '우리'이다. 쓰는 주어는 분명 프리모 레비이지만, 그는 그의 존재 주위의 모든 것이 미세하게 마주친 관계들의 결과이기도 하다. 이것이 바로, 그의 기록을 단지 '개인적인' 죄책감·수치·윤리의 문제로 환원하지 말아야 할 이유이다. 그리고 그 까닭에 『이것이 인간인가』가 프리모 레비의 책이 아니라는 말도 역설적이지만 가능하다.

2. 도처에 있는 문학적·미적 체험: '정동–쓰기의 기계' 혹은 '쓰기–정동의 기계'

2014년 4월 16일 이후, 무수하게 많은 '쓰기'가 있었다. 작가의 이름으로 쓰는 이들은 말할 수 없음에도 말해야만 한다는 상황의 윤리에 고투했고[4] 여러 단체에 속하거나 속하지 않거

---

4. 대표적으로 고은 외, 『우리 모두가 세월호였다』, 실천문학사, 2014 ; 김애란 외, 『눈먼 자들의 국가』, 문학동네, 2014. 물론 4·16 이후 각자의 자리에서 각자의 방식으로 4·16 이후를/이후에 쓴다는 것에 대해 고투한 바들에

나 시민들은 기록가, 수집가가 되기를 자청했다.

가령 세월호 유가족의 말들 및 세월호 생존 학생과 형제자매의 이야기를 '듣고 기록한다'라는 쓰기[5]가 있었다. 그 기록들은 '우리'라는 주어를 표방함으로써 고통과 슬픔의 공동체의 가치를 강력하게 환기시켰다. 하지만 이 기록들의 주어인 '우리'가 어떤 신념이나 이념의 '선험적 목적성에 구속되지 않는' 우리였음을 기억하는 것은 중요하다. 이 '우리'는, 말하고, 듣고, 쓰고, 읽는 각 존재들이 서로 네트워킹되어 있다는 사실을 암시했다. 이것은 먼저 있는 공동체적 도덕에 따라 응답한 것이기 이전에, 각 존재마다 고통과 슬픔이 지나간 흔적들을 서로 확인하는 과정에서 환기된 것이었다. 말을 하고, 그것을 듣고 기록하고, 읽는 것이란, 각기 다른 신체가 부지불식중 합목적적이고 자율적으로 네트워킹되는 것임을 이 쓰기들은 확인해주었다.

한편 세월호 사건 당일의 관련 자료를 수집·분석하거나 재판 방청과 그 기록을 바탕으로 진실을 재구성하고자 한 쓰기들도 있었다.[6] 이 기록들은 건조한 팩트의 아카이빙에 가깝

대해서는, 이 책들의 대표성이 온전히 담을 수 없음도 분명 기억해두어야 한다.

5. 416세월호참사 작가기록단 엮음, 『금요일엔 돌아오렴』, 창비, 2015; 416세월호참사 작가기록단, 『다시 봄이 올 거예요』, 창비, 2016.

6. 민주사회를 위한 변호사모임, 『416 세월호 민변의 기록』, 생각의길, 2014; 오준호, 『세월호를 기록하다』, 미지북스, 2015; 진실의 힘 세월호 기록팀, 『세월호, 그날의 기록』, 진실의힘, 2016.

다. 하지만 이 건조한 팩트의 나열을 통해 나쁘고 무책임한 국가-자본의 공모가 역설적으로 육체성과 실감을 갖고 전달될 때, 그 앞에서 말과 재현의 한계를 떠올릴 여지는 없었다. 가령 10년 후 이 기록을 읽어주었으면 하는 생존자 아이 한 명을 생각하며 중도에 포기하고 싶은 유혹을 견뎌냈다는 고백은[7] 오지 않은 미래와 현재의 시간, 그리고 각기 다를 경험의 단층을 연결하는 것이었다. 이 역시 선험적 공동체가 상정된 윤리 감각으로만 읽어서는 곤란하다.

이 책들의 건조한 팩트 배치는 "'이해'란 타인 안으로 들어가 그의 내면과 만나고, 영혼을 훤히 들여다보는 일이 아니라, 타인의 몸 바깥에 선 자신의 무지를 겸손하게 인정하고, 그 차이를 통렬하게 실감해나가는 과정일지 몰랐다."라는 깨달음을 고백하거나(김애란), 망한 세계 속에서 "세계와 꼭 같은 정도로 내가 망해버리지 않기 위해서라도" 응답해야겠다고 말하는(황정은)[8] 장면과 나란하게, '쓰는 자기'의 비밀을 엿보게 하는 것이었다. '나'라는 주어에 필연적으로 놓인 자의식조차 어떤 관계들로부터의 산물임을 이 모든 쓰기가 암시했고, 쓴다라는 행위의 '필연성' 및 그 '조건'을 강렬하게 보여주었다.

지금 우리는 어떤 글이 특정 개인의 소유가 아니라고 부정하지 못한다. 그 글이 애초에 발상되고 쓰이고 활자화되는 과

---

7. 민주사회를 위한 변호사모임, 『416 세월호 민변의 기록』.
8. 김애란 외, 『눈먼 자들의 국가』.

정에 개입한 무수한 타자들의 존재를 인정은 하지만, 그 저작물이 개인의 것이 아니라고는 결코 말하지 않는다. 물과 공기, 토지 등등뿐 아니라 언어, 문화, 예술과 같은 인지적·정동적 공통장commons까지 배타적으로 사유화되는 과정이 자본주의 인클로저의 역사이기 때문이다. 오늘날 문학 역시 더 이상 자본주의 바깥에서 존재할 수 없다고 공공연히 이야기되는 것은, 이미 인지적·정동적 영역마저도 자본의 실질적 포섭 단계에 놓이게 된 흔한 사례에 다름 아니다.

하지만 기억해야 할 것은, 사유화의 역사보다 공통장의 역사가 훨씬 길고 오래되었다는 사실이다. 이때의 공통장은 단지 공공의 소유를 의미하지 않는다. 말·언어·쓰기가 그러하듯 공통장은 아직 공유하지 않은 것을 '만들어가는' 공통의 도구나 의지the common이기도 하다. 이것은 도덕적 당위나 선한 의지를 가진 이들의 믿음을 넘어서는 문제다. 지금까지 살폈듯, 가장 내밀한 신체적 차원에서부터 우리는 이미 서로 정동하고 정동되며 살아가고 있기 때문이다. 이 쓰기들이 환기한 바가 바로 그것이다.

나아가 지금 더 중요하게 이야기하고 싶은 것은, 2016년 4월 16일 이후의 쓰기가 활자화된 출판물 속에만 있지 않았다는 사실이다. 프리모 레비의 쓰기를 통해 엿보았듯 쓰기에는 언어 질서가 매개하는 재현 '이전'도 포함된다. 광화문과 팽목항과 단원고 일대는 손으로 쓴 편지, 포스트잇 메모, 각종 자보의 메시지들을 비롯한 추모 리본과 스티커, 종이접기 등등

노란색의 정동을 공유하는 거대한 아카이빙이었다. 또한 SNS, 인터넷 커뮤니티 등의 뉴미디어는, 물리적 한계를 넘어 분노·슬픔·애도를 공유하는 말들의 플랫폼이었다. 정동'이' 썼고, 또한 정동'을' 썼다. 한편, 세월호에서 돌아오지 못한 이들을 기억하고자 하는 작가-시민의 자발적 문학하기(304낭독회)도 재현의 쓰기로만 환원되지 않는 쓰기의 현장에 다름 아니다.

이 모두 분명 신체들이 매개된 '다른 쓰기'의 일종이었다. 그것은 언어나 쓰기가, 비단 의사소통·전달에 한정되지 않는다는 것을 의미했다. 이 장면들 앞에서 재현의 한계나 그에 대한 오래된 문학적·미학적 좌절은 무색해진다. 쓰기를 종이와 활자, 혹은 문학의 문제로만 한정하는 사유 습관이 역사적·제도적 산물이라는 점도 참고로 떠올려보자. 또한 근대의 인식 틀로서의 재현의 원리와 무관하게, 소위 문학적·미적 체험이 어디에서 연유하는지 질문하는 것도 가능하다.

그러므로 4·16 이후 다양한 쓰기의 경험은, 선한 의지로서 '함께 여기에 있다'라는 감각을 공유·실천한 것으로만 의미화되어서는 곤란하다. '사람이라면 무릇…'식으로 공감에 접근하는 것은 신념, 이념에 대한 맹목 못지않게 교조적일 수 있다. 이 다양한 매체의 쓰기들은, 'ㅇㅇ의 이름으로' 같은 재현·대표·표상의 규범적 정서 '이전' 혹은 '너머'의 것이다. 이 '거대한 함께 쓰기'는 '우리'라는 미리 결정되어 있는 주어의 결과가 아니라, 세월호-국가권력-자본권력-신자유주의-헬조선-친구-가족 등등의 모든 관계에서 비롯된 존재들의 자발적 연결이었음을 기억해야 한다. 나아가 이것이 특정한 정서에 고착되지 않고 계속 합성·변이하며 다른 '정동-쓰기'로 '이행'해간 것이야말로 강조되어야 한다.

예를 들어 4·16 이후의 정동들은 한국의 젠더, 계급 문제의 최전선을 보여준 2016년 강남역과 구의역의 죽음들 앞에서 또 다른 '정동-쓰기'로 이행했다. 이어서 그것은, 가짜 공화국의 신민으로 농락당해 왔다는 다중의 깨달음들과 접속하면서 2016년 가을 이후 온·오프라인을 넘나드는 광장의 촛불로 연쇄, 증폭되어 갔다. 이때의 '쓰기'는 활자와 재현의 기율 안팎에서 흘러넘쳤다. 그것은 앞서 언급했듯 포스트잇·팸플릿·피켓·자보·SNS·구호·노래·노란 리본·촛불·찌라시 등, 전통적 의미에서의 언어로 수렴되지 않는 장소에서 넘실거렸다. 거리와 웹 도처에서 개인들의 분노, 슬픔, 사랑, 해학, 풍자, 패러디가 넘쳐났다.

이 경험 속에서 '나'뿐 아니라 '세계'가 움직이고 들썩였다. 학생·취준생·주부·직장인 등 일상 속에서 이미 부여된 정체성으로부터 잠시 이탈하여 촛불을 들고 거리에 서는 순간, 그들은 그때까지의 자기 삶을 절단하고 '다른 삶'과 접속한 것이다. 이것은 애초에는 분노, 슬픔 등의 정동에서 시작되었을 것이다. 하지만 이 과정에서 '나'뿐 아니라 서로가 서로에게서 어떤 '힘'을 발견하면서 무언가를 열망할 때, 그것은 분명 각각의 삶을 고무시키는 기쁨과 사랑이라는 말에 값할 경험으로 이행한 것이었다. '다른 존재가 되는' 경험이란, 관념적·추상적인 것이 아니라 바로 이런 구체적인 사태와 관련된다.

즉 4·16 이후 최근 광장에 이르기까지의 정동과 그 쓰기의 경험은, 쓰기를 개인 심리에 귀속시키거나, 문학을 개인적취향을 겨루는 문제로 환원시켜온 관습을 넘어서 사유할 실마리를 주었다. 또한 '나'들이 맹목적이거나 선험적인 '우리' 안에서 마모되지 않으면서 자율적으로 네트워킹될 가능성을 보여주었다. 나아가 도처에 있는 미적 경험을 통해 좀 더 나아진'나'와 '세계'를 동시에 사유·상상할 가능성까지 보여주었다. 그리고 이것이 촛불과 광장 '이후'에 대한 현실적 질문과 별개로, 장차 우리 삶의 조건을 다르게 조율할 것도 분명했다.

3. 시스템의 안팎 혹은 재구축의 상상력

언젠가부터 우리는 '문학장'이라는 표현에 익숙하다. 문학장이란, 문학을 생산·재생산하는 과정의 제도와 시스템을 통칭하는 표현이자, 문학이 중립적이거나 투명하게 존재치 않음을 환기시키는 말이다. 문학장은 자명한 합의의 범주로서의 문학이 견고했을 때 거의 의식된 바 없던 개념이기도 하다. 하지만 자명한 현실들이 사라져가거나 변동의 소용돌이에 있을 때에 문득 그 현실은 묘사가 가능해진다. 제도로서의 문학, 시스템으로서의 문학장의 경우도 그러하다.

시스템 안에서 문학은, 자기가 무엇인지에 대한 정체성을 끊임없이 물을 수밖에 없다. 주어진 정체성에서 이탈한다는 것은 시스템과 충돌할 가능성이 높다는 의미이다. 이탈이 새로움으로 상찬될 때조차 그것은 시스템의 언어나 기율에 의한다. 따라서 시스템 안에서의 문학적 생산이란 미적 특질, 독자, 작가, 작품, 비평, 문단 등등에 대한 고정된 사유의 이미지를 재현하는 것에서 늘 자유롭지 못하다. 또한 시스템은 그 재생산의 루트를 확보함으로써 안정화한다. 이것이 지금 비로소 선명하게 묘사 가능한, 이제까지의 문학의 존재방식이었다.

그런데 지난 2015년 이후 그 오래된 시스템이 질문에 부쳐졌고, 한국문학장은 총체적 성찰reflection의 시간을 통과하고 있다. 표절, 문단 내 성폭력 등등의 추문이 공론화되면서, 이제까지의 문학을 지지하고 재생산하는 데 기여해온 문학 자율성 테제나 그 신화가 붕괴되어 가는 듯 보인다. 세대와 젠더의 문제의식을 중심으로 문학장 안의 지각 변동도 진행 중이다. 이것은 문학을 둘러싼 관념, 범주, 작동 방식 등에 조정이나 변화가 이루어질 것을 암시한다. 혹자는 우려하고, 혹자는 냉소할지 모른다.

그러나 문학장 비판이 시작되면서부터 이미 동시적으로 어떤 사건, 변동들은 진행되어왔다. 우선 추문이 공론화되고 비판과 자성의 목소리가 오가는 것 자체가, 다른-새로운 문학에 대한 고민과 상상력이 추진될 토대가 마련되기 시작함을 의미한다. 실제로 2015년 이후 다양한 루트와 방법의 독립잡지 실험을 비롯하여, 문학 주체나 매체의 경계를 허문 문학에 대한 새로운 상상과 행동들이 진행되고 있다.[9] 또한, 4·16 이후 이어지고 있는 304낭독회는 각각의 신체들이 어떻게 자발적으로 네트워크를 이루며, 슬픔을 넘어선 기쁨의 정동을 경험케 하는지를 증거하고 있다. 한편 최근 한국문학장에서 '보편적' 가치의 우위하에 기피되거나 안전하게만 수용되어 온 젠더 논의가 중요한 주제군을 형성하고 있는 것이 특히 주목되어야 한다. 문학, 문학장 안의 허용-배제의 역학이 가시화·공론화되면서 젠더 감수성과 그 문제의식은 개개인을 자각시키며 인식·정동적 전환을 이끌어내고 있다. 이제까지의 어떤 내부 비판보다 근본적인 이 문제의식은, 문학과 문학장을 둘러싼 인식론적 틀의 전환까지 예고한다.

지금까지 든 사례들이 이전과 같은 각개전투에 의해서가 아니라, 네트워킹된 발화 및 행동에 의한 것이라는 것도 주목되어야 한다. 즉, 지금 문학이 재구축될 조건은 일종의 연대의 정동(분노, 슬픔, 기쁨 등등)에 의해 마련되고 있다. 이것은 4·16 이후부터 최근 광장으로 이어진 정동-쓰기의 경험과 결코 무관치 않다. 앞서 이야기했듯 4·16 이후 쓰기란, 분명 문학장 '이전' 혹은 '너머'에 대한 것이었다. 하지만 그 경험은 삶의 도처에 문학적·미적 순간의 계기들이 있음을 깨닫게 했을 뿐 아니라, 좀 더 나아진 '나-세계'를 사유·상상할 용기를 가지도

---

9. 2015년 이후 문학장 안팎의 다양한 문학하기의 사례와 흐름에 대해서는 고영직의 「문학장 바깥에서 이우(異友)를 만나다」(『작가들』, 2016년 봄호)의 개괄과 관점도 좋은 참고가 된다.

록 독려했다. 그 거대한 흐름들은 우리 삶의 조건을 조율함과 동시에, 다시 상상 중인 문학 및 문학장의 변화와도 연동되고 있다. 텍스트 레벨에서의 변화나 문학 독자 확보와 같은 현실의 문제는 이런 조건의 재구축 '이후'의 문제다. 조급하게 그 징후를 대망해서도 곤란하다. 지금 진행되어온 변화들 속에 이미 '이후 문학'의 상상의 실마리가 놓여 있음을 말하는 것으로 충분하다.

주어진 공통적인 언어, 가치들을 기반으로 하는 문학이란 오랫동안 다수, 주류, 커다란 가치를 재현하는 일에 그 역할을 충분히 해왔다. 이것이 그 내용을 막론하고 소위 근대문학 프로젝트를 가능케 해온 원리였음은 주지의 사실이다. 하지만 지금 문학장 안팎은, 이미 주어진 공통성이 아니라 함께 공유하고 만들어갈 공통성들에 대해 고투 중이라고 하고 싶다. 나-세계가 지금보다는 조금 더 나아지기를 욕망하는 말들이 우리 각 신체를 네트워킹하고 있다. 이것은 문학이라는 공통의 합의된 이미지를 재생산하는 것을 넘어서, 새롭게 문학-삶을 재구축하고 있다. 4·16 이후의 쓰기, 강남역과 구의역의 쓰기, 광장의 쓰기가 그러했고 그리고 지금 문학장 안팎의 변동이 그러하다.

물론, 이 고투의 결과는 언젠가는 또 다른 문학에 의해 극복될 것이다. 하지만 그때 더 잘 극복되기 위해서라도 이 고투들은 계속될 실패를 감안하고 진행되어야 할 것이고, 그때의 실패는 결코 무용한 실패가 아닐 것이다.

마지막으로, 다시 이 고투의 주체에 대한 이야기이다. 계몽, 진보의 프로젝트와 그 믿음이 문학의 호시절을 구가케 하던 때가 있었다. 그리고 그 뒤를 이어, 무한 긍정되는 '차이'의 논리 속에서, 개인의 취향을 옹호하는 것에 정향되었던 문학의 시절도 있었다. '공동체'와 '개인'의 가치는 결코 서로를 배제하지 않음에도, 지난 역사 속에서 이 가치들은 대타적으로 교체된 감이 있다. 거친 요약일지라도, 이것이 1980~90년대를 전후한 한국사회, 한국문학장의 사정이었다. 덧붙이자면, '나'의 가치로 정향된 사회와 문학의 구조는 2000년대 이후로도 오래 지속되었다. '개인'을 기본 단위로 하여 작동하는 자본주의의 양식(신자유주의)이 근간에서 이 구조를 지지해왔다.

　그러나 지금까지 살폈듯 2017년 한국문학의 주어는 이 구도를 극복하는 자리에서 꿈틀거리고 있다고 해도 좋을 것이다. 이 자리에 우선은 '나-우리'라는 말을 적어둔다.[10] 프리모 레비의 쓰기, 4·16 이후의 쓰기, 강남역과 구의역의 쓰기, 광장의 쓰기들이 그러했듯, 지금 이 말들은 '나'를 이 글의 주어로 떠민 이 세계의 흔적이다. '나'는 이 글의 주어이지만, 당신들과 이 세계와 무관하게 쓸 수 없는 존재다. 문학은 '이런 나'들의 입을 빌려 함께 말하며 나와 세계를 분자 수준에서부터

---

10. 이 글에서 말하는 '정동', '기계', '나-우리'를 성실하게 이야기하기 위해서는 개인(individual)보다 전개체(pre-individual)혹은 초개체(trans-individual)를 매개로 논의해야 한다. 이 책 2부의 글들이 이에 대한 논의를 이어가고 있다.

재배치할 힘을 가진 '정동-쓰기' 혹은 '쓰기-정동'의 기계다.[11] '나-우리'라는 주어는 지금 이 글에서 말한 것보다 더 구체적으로 사유되어야 하고, 작은 공통성들은 더 많이 발견, 구축되어야 한다. 이것은 공공성, 공공재, 공동체 등의 기존 언어만으로는 포착하기 어렵다. 존재에 대한 전제와 이해가 다르기 때문이다. 하지만 그것이 어떤 이름으로 사유되건 간에, '아직 없는 공통적인 것을 함께 만들어간다'는 점은 강조하고 싶다. '쓰기'의 존재론과 수행성 역시 이 대목에서 다시 이야기되어야 할 것이다.

---

11. 이 글의 '정동'은 스피노자의 **affectus**를 염두에 둔 말이었지만 사실 삶, 살아있음, 활력 등의 말로 바꾸어도 무방하다고 본다. 이 활력은 이미 자본주의 혹은 국가 권력 등에 이미 포섭되어 있으나, 이러한 상태가 마치 자연인양 우리는 살아간다. 하지만 4·16 이후 최근 광장에 이르기까지 우리가 경험한 것은, 포섭당한 자, 혹은 무언가의 예속상태를 벗어나 내 안의 활력을 발견하고 서로에게서 그것을 발견하는 기쁨이었다. 쓰기의 특권성을 부여받아온 문학이 사실은 이러한 정동의 표현기계였음도 여기에서 다시금 환기되어야 한다.

운동^{movement}과 문학

다시 여성주의라는 의제와 감수성을 통과하며

1. 의제와 감수성은 분리가능한가

　한 사회의 의제^{agenda}란 그 사회구성원 사이의 '차이'를 전제하는 한 언제나 정치행위의 대상이다. 그런데 어떤 의제가 제기되고 논의되는 과정에는 명료하게 언어화·담론화하기 어려운 그 사회(구성원)의 감수성 문제가 늘 맞물려 있음도 기억해야 한다. 예를 들어 '동물권'이라는 익숙지 않은 개념과 문제의식이 한 사회의 의제를 형성해간다고 해보자. 동물권 관련 의제가 형성·공유되는 과정에는, 구체적으로 '동물'이라는 종적 개체를 둘러싼 개개인의 감성의 변화가 동반되지 않을 리없다. '호모 사피엔스=휴먼'의 가치를 중심으로 구축되어 온 근대의 패러다임에 대한 회의와 비판, 새로운 용어에 대한 개념 합의, 법적·제도적 정비 등에 앞서, 동물을 둘러싼 개개인의 친밀감의 변화, 연민·동정, 동일시 같은 감정의 확산 등이 그 의제를 가로지른다. 즉, 개개인의 정치행위를 반드시 인식론적·이데올로기적 요인만으로 설명할 수 없듯, 한 사회의 의제와 그 논의 과정 역시 반드시 합리적·논리적 요인만으로 설명하기는 어려운 것이다.

즉 이성과 비이성 혹은 의제와 감수성의 문제는 결코 분리될 수 없다. 어떤 의제가 대두될 때에는 반드시 사회구성원 개개인의 정동, 감수성이 어떤 임계점을 넘는 변화가 있다. 한 사회의 의제는 그것을 둘러싼 '감수성'의 문제와 분리가능하지 않다는 점에서 문학, 미학과 무관치 않다. 그러므로 한국사회의 주요 의제를 문학이 선도하던 시대가 더는 아니게 된 이후에도, 문학은 그때마다의 의제에 민감하게 반응하고 무언가를 발화해온 것은 이상하지 않다. '세월호' 혹은 '여성주의' 등과 관련된 의제들에 적극적으로 목소리를 내고자 하는 한국문학의 상황, 혹은 여전히 어떤 공통의 지향과 운동성을 쉽게 떨치지 못하는 것처럼 보이는 2010년대 이후 한국문학의 상황도 하등 이상할 것이 없다. 더구나 어떤 영역이 통과하고 경험한 시간(예를 들어 1970·80년대)은, 사회구성원의 공통된 믿음과 감정의 체계 속에 오랫동안 흔적을 남긴다.

간단하게 말할 수는 없지만, 지금 한국문학은 세월호, 여성주의 등의 공통의 기억들을 중심으로 느슨하게 연대하면서, 사적이고 공적인 플랫폼의 역할을 하고 있다. 이 '연대'라는 말은 과감히 '운동'movement으로 바꿔 말해져도 된다고 생각한다. 이 말이 행여 '신념 공동체'의 '정치적 올바름 강박'과 같은 말들을 떠올리게 할지도 모르겠다. 하지만 이 운동·운동성은 과거 1970·80년대 문학의 반복강박이 아니다. 이 '운동'은 어떤 '움직임'이다. 살아 있는 존재는, 자기동일성에 자족·안주하지 않고 끊임없이 탈구하고 다른 것이 됨으로써 스스로의 살아있음을 증거한다. 즉 지금 '운동'이라고 말한 것은 그 살아있음을 증거하고자 하는 의지와 시간의 흔적이다. 그러므로 나의 일상과 삶 속 어떤 부분이 계속 움직이기 원하고, 누군가와 연결되기 원하고, 실제 무언가라도 하고, 무언가를 변이·창조시킨다면, 그것은 모두 '운동'이라는 말에 값한다고 생각한다. 운동이라는 말에서 어떤 위화감이 느껴진다면 그것이야말로 오히려 과거 경험, 역사적 기억에 대한 강박의 흔적일지 모른다.

또한 지금 '연대'라고 표현한 것은, 신념이나 정치의 문제 이전에 감정·정동적 감염과 유대에 가까운 말이기도 하다. 이념이나 신념과 무관하게 감정·정동적 감염의 운동이 이루어지는 장소. 그리고 그것이 나와 세계를 달라지게 하는 장소. 이런 장소의 상상력이 지금 한국문학을 둘러싼 현장들에서 면면히 이어지고 있는 것이다.

좀 더 말해보자. 가령 1990년대 이후 한국문학이 정치적, 사회적 책무로부터 자유로워지면서 다양한 취향의 장소가 되었다고 하는 말은 이제는 상투적이다. 하지만 '다양한 취향의 장소'가, 자족적이고 고립된 섬으로만 이해되면 곤란하다. 각각의 취향은 우열을 겨룰 대상이 아니라 교감과 대화의 대상이다. 또한 그 취향이 정말로 개인·개체적인 것인지도 질문해야 한다. 그럼에도 지금 확실히 말할 수 있는 것은, 어떤 정동적 유대를 만들어내고 있는 2010년대 한국문학이 단자화되기 쉬웠던 개별 취향들 사이에 어떤 연쇄의 고리들을 만들고 있다는 사실이다.

시작하는 말이 다소 길었다. 2017년 한국문학의 여성주의(이후 '페미니즘'으로 통칭) 논의와 운동에 대해 쓰려고 하니, 이것이 행여 어떤 관성이나 강박으로 환원되지 않아야 한다는, 그러니까 이 글이 놓이고 읽힐 '맥락'의 점검이 필요한 것이었다.

◇ ◆

한국사회에서 여성주의 혹은 여성주의의 의제가 전방위적으로 다시 환기된 지 수년째이다. 문학계에서는 2016년 10월 시작된 '#문단_내_성폭력' 고발이 기폭제적 사건으로 기억될 수 있을 것이다. SNS에서 시작된 '#문단_내_성폭력' 고발은 오랜 세월 동안 일종의 성역으로 함구되어온 문학계 성(위계)폭력을 폭로했고, 신속하게 공론화의 절차를 진행시켰다. SNS의 웅성거림과 '문단 내 성폭력'이라는 불온한 단어들은, 문예지의 엄숙주의를 깨고 특집·기획 지면을 얻으며 한국문학장의 주요 안건으로 기입되었다. 해시태그 고발을 통과하면서 문단 내의 호모소셜homosocial한 구조는 새삼 강력하게 환기되었고, 문학 자체에 이미 여성혐오의 유구한 전통이 내재해 있었다는 회의와 문제의식 역시 급속도로 확산되어갔다.

그러나 문학계의 이 사건은 한국사회 전체의 들썩임 속에서 다소 늦게 온 것이 아닌가 여겨지기도 한다. 한국사회의 여성혐오는 수년 전부터 중요한 문제계를 형성해왔지만[1] 한국문학은 한 예술고 학생들이 겪은 성폭력과 그들의 고발에 이르러서야, 페미니즘적 문제의식과 시각을 공유할 수 있게 되었기 때문이다. 이것은 그만큼 문학계 내부적으로 젠더·섹슈얼리티 위계구조가 완강했다는 반증일 것이다.

한편 문단 내 성폭력 사건은 특별한 일이 아니기도 하다. 한국사회의 성위계와 폭력의 오랜 역사를 떠올린다면 문학계라고 해서 예외적 장소였을 리 없기 때문이다. 어떤 특수한 공통점을 매개로 하는 집단들도, 사실상 그것을 포괄하는 상위의 집단이 존재하는 한, 그 상위 집단 전체의 성격과 무관할 수 없다. 그래서였을까. 폭로와 고발은 소위 문단 안이 아니라, 문단 주변에서 시작했다. 또한 SNS에서 시작하여 각 문예지의 공론장을 육박해 왔다. 나아가 폭로와 고발은 '운동'의 성격을 띠면서 문학장의 재구성뿐 아니라 문학의 재구성을 향한 문제의식까지 요청하고 있다. 강조하거니와 이것은 고발, 폭로 '사태'가 아니라 이미 '사건'(김희정)이었고 '말하기'(장은정)였으며 엄연한 '운동'이었다.[2]

---

1. 수년 전부터 '혐오발화'라는 문제의식(명명)으로 요약되어온 한국사회의 백래시(backlash), 그리고 2015년 말 이후 이러한 반동, 퇴행과 가시적으로 싸우기 시작해온 페미니즘의 맥락을 기억해두자.

2. 김희정은 이를 단순한 폭로, 고발사태가 아니라 한국문학이 응답해야 할 '사건'으로 조명하면서, 기존 질서에 가해진 우발성과 다른 미래의 가능성을 강조했다.(「우리는 모두 '사건'에 응답해야 한다」, 『신보평론』, 2016년 겨울호) 또한 장은정은, 이 일이 '폭로'라는 명명(과 그 함의)으로 의미가 제약되는 것의 문제와 부당함을 지적하면서 이 일을 '말하기'로 재정의했다.(「이후의 문학」, 『21세기문학』, 2017년 봄호) 이러한 명명법, 의미부여에의 고민은

2. 질문의 대상으로 놓인 자율성 테제

문단 내 성폭력 피해생존자와 졸업생 연대는 성폭력이 '문학'의 이름으로 이루어진 것이었음을 명확히 선언했다. 그 사정은 「문학의 이름으로」라는 글 속에 일목요연하고 상징적으로 문서화되어 있다.[3] 문단 내 위계관계를 이용하며 '상상력', '시와 사회적 금기', '일탈'과 같은 소위 '문학성'의 자질을 이루는 요소들을 들먹이며 폭력을 행사한 가해자들을 향해, 피해생존자와 그 연대는 사법적 절차를 통해 그 죗값을 묻겠다는 의지뿐 아니라 스스로가 문학이 되어 그들을 단죄하고 자신을 증명해 보이겠다는 결연함을 보였다. 여기에서 질문이 생길 수 있다. 문학의 '무엇'이 폭력의 매개가 된 것인지. 그리고 이들의 선언에서 '다른' 문학이 됨으로써 자신들이 겪은 폭력을 넘

중요한데, 사안의 중요도나 심각성은 물론이거니와 이 일이 스캔들로 취급되거나 단발적으로 소비되지 않기 위해서라도 우리는 계속 스스로를 불편케 하는 문제제기를 해야 한다.

3. "#문단_내_성폭력 고발자 '고발자5'에 대한 고양예술고등학교 문예창작과 졸업생 연대 〈탈선〉의 지지문"이라는 부제가 붙은 이 글은 이 사건을 "남성우월주의와 여성혐오가 만연한 사회 분위기" 속에서 "기성문인이자 스승이라는 위계권력", "피해호소와 2차 피해에 대한 보호 장치가 없는 학교", "'문학'과 '예술'이라는 이름"이 결합한 범죄로서 규정하고 있다. 이 지지문은 다음과 같이 끝난다. "이에, 우리는 선언한다. 우리는 지금 이 순간 문단, 학교, 선생은 아니지만, 문학은 될 수 있다. B시인, C소설가. 우리는 문학이 되어서 네 이름을 갉아먹고 성장할 것이고, 네가 눈 돌리는 모든 곳에 너보다 먼저 와 있을 것이며, 네가 내딛는 모든 발걸음에 문학이 된 우리가 도사리고 있을 것이다. 우리는 문학이자 산증인으로서 우리 스스로를 증명할 것이다."(『문학과사회』, 2016년 겨울호 참조.)

어서겠다는 기묘한 재전유의 의지와 그 의미는 무엇인지.

이 질문을 두고 잠시 우회해볼까 한다. 최근 발간된 김훈의 신작소설[4]의 한 구절이 성적 대상화, 여성혐오 등으로 지목되어 SNS상 여론을 들끓게 한 상황은 잘 알려져 있다.[5] SNS상에서는, 해당 문장 하나가 아니라 작품 전체의 맥락을 고려해야 한다거나, 소설 속 묘사에 바로 작가를 등치시켜 평가해서는 안 된다는 의견도 있기는 했으나, 비난 여론이 압도적이었다. 그리고 이 와중에 작가의 과거 인터뷰 속 발언("페미니즘은 못된 사조", "남성은 여성보다 우월하다", "여자는 식물 같은 풍경")[6]이 조명되면서, 작가의 여성관과 여성혐오적 시각은 집단적 분노와 단죄의 대상이 되었다.

나는 해당 묘사가 정말로 성적 대상화·타자화인지 아닌지, 여성혐오인지 아닌지 '판단'하기 이전에 우선 질문하고 싶다. 즉, 과거였다면 문학(예술)을 윤리나 도덕의 논리와 잣대로 이야기할 수 없다는 관념은 비교적 널리 통용되었다. 그런데 지금 문학텍스트에 대해 많은 이들이 윤리적, 도덕적 질문을 하기 시작했다. 텍스트 안과 밖의 감수성이 얼마나 불일치하는지에 대해 문제제기하기 시작했다. 조금 더 말해보자. 문학은 정말 타 영역들과 구별되는, 문학만의 내적 논리(회로)를 통

---

4. 김훈, 『공터에서』, 해냄출판사, 2017.

5. 강푸름 기자의 『여성신문』, 2017년 2월 10일 기사 참조. http://www.wom-
   ennews.co.kr/news/articleView.html?idxno=111659

6. 김훈 인터뷰, 「위악인가 진심인가」, 『한겨레21』 327호, 2000년 9월 27일.

해 오롯이 존재하는가. 존재할 수 있는가. 작가와 작품은 별개인가. 텍스트 내에서 미적 설득력, 총체성만 확보된다면 그것은 좋은 문학인가. 더 나아가, 지금 시대는 이런 질문에 대해 명확한 답을 갖고 있던 시대와 얼마나 같은 '조건'을 공유하는가.

김훈 소설 논란은, '작품'work이란 것이 성립될 수 있었던 조건 중 하나인 자율성 테제를 재검토하게 했다. 또한 19세기 낭만주의적 신화로서의 문학·예술의 표상이, 21세기 세계의 사람들과 서로 기묘하게 공존해왔음을 새삼 환기시켰다. 나아가 그러한 문학의 표상을 문학을 매개로 이루어진 폭력의 내적 논리까지도 가늠하게 했다. 즉, 18세기 이후 근대문학·미학에 토대를 두고 있는 자율성 테제로 오늘날 시점에서 제기되는 중요한 쟁점들을 설명하기란 난망하다. 예컨대 자율성 테제는 '나의 표현의 자유가 누군가에게 폭력이 될 가능성은 없는가'와 같은 질문이나 그 인식론적 틀이 아직 형성되기 전의 산물이다. 텍스트의 자율성, 문학의 자율성이란, 그 말을 사용하는 사람에 따라 함의가 조금씩 다르다. 하지만 참고할 것은, 이 자율성이 18세기 이후 창작자를 둘러싼 물적 조건들 ─ 가령 패트론이 사라진 시대에 근대 자본주의 시장 체제에 바로 방출되어 대중들에게 자신의 예술을 설득시켜야 하는 상황, 모든 정치·경제·사회·종교의 지배 이데올로기로부터 자유로워졌으나 행복한 예술 향유 공동체를 잃은 상황, 그렇기에 소외되고 불행한 개인이라는 의식이 싹틀 수밖에 없는 상황 ─ 의 변화로부터 도출된 '역사적' 산물이라는 점이다.

그러니까 자율성 테제는, 사회 각 영역의 분화에 기초해서 성립된 근대의 조건, 그리고 그 영역들이 각각의 자율성의 논리를 따라 구축되어온 사정과 별개로 생각할 수 없다. 이때 장의 자율성 논리는 작품의 자율성을 설명하는 논리로 연결된다. 작가와 작품은 그래서 분리가 가능해진다. 한 텍스트 안에서 문학성이라 불리는 것, 즉 텍스트를 통일적, 총체적으로 파악하게 만드는 관점과 장치가 잘 구현되어 있고 설득력이 있다면 어떤 외적 요소와 무관하게, 그것만으로 작품work은 성립해왔다. 지금까지도 대체로 널리 합의되는 자율성 개념 소개에 큰 역할을 한, 김현의 글이7 정현종의 시 구절 "그대는 그대의 모든 시에서 그대의 이름을 지우고 그 자리에 고통과 자신의 죽음을, 문화를, 방법적 사랑을 놓지 않으려느냐"8를 인용하며 시작하는 것은 이런 맥락에서 의미심장하다.

18세기 이후 문학 관념을 이야기하기 위해 김현이 이 구절을 인용한 이유와 의미는 명백하다. 예술의 행복한 향유공동체가 사라진 이후, 익명의 대중에게 인지되어야 할 개성의 확보란 절체절명의 과제다. 텍스트 속에서 작가는 지워지더라도 그의 정념, 사상 등이 자리바꿈하면서 '작가'는 곧 '개성'이 된다. 하지만 자기의 이름, 자기의 서명을 지울만큼의 오리지널

---

7. 가령 살 알려신 텍스트로서 김현 「1. 왜 문학은 되풀이 문제되는가」(『한국문학의 위상』, 문학과지성사, 1977)의 문제의식을 떠올려보자.

8. 정현종, 「사랑辭說·하나」, 『현대문학』, 1970년 8월 (김현, 위의 글에서 재인용).

리티가 확보되었다 해도 그것은 다시 보편의 위상을 확보해야 한다. 이 과정에서 '텍스트'는 '작품'의 권위를 얻고, 종국에는 '작가'와 '작품'도 분리 가능해진다. 하지만 반복건대, 이러한 자율성 테제는 18세기 이후 서구(한국의 20세기 초)의 사정이 낳은 관념이다. 오늘날 이 관념이 가능하기 위한 조건을 확인하는 것은 별개의 일이다.

다시 김훈의 소설과 SNS상의 반응으로 돌아와 본다. 오늘날 독자는 종이와 활자만을 매개로 작품과 만나지 않는다. 또한 작가와 작품은 평론가에 의해서만 평가받지 않는다. 엄격한 의미의 공론장(이것 역시 근대적 공/사 구분에 의해 지지되어 온 장임은 말할 것도 없다.)이 반드시 여론을 선도하는 것도 아니다. 가령 지난 2016년 '원내 정당'인 정의당 내분 사태9가 암시하고, 그리고 2016년부터 지금까지의 '촛불'이 그러하듯, 이제는 온라인의 감수성이 오프라인으로 역으로 배급되고 있고, 온/오프라인, 공/사와 같은 구분은 빈번하게 무의미한 것이 되어가고 있다. 이것은 판단과 평가의 문제 이전의 장면들이다. 우선은 비가역적 사태처럼 보인다. '#문단_내_성폭력' 운동이 시작, 전개된 것도 SNS이고, SNS에서의 폭로, 고발이 전통적 의미의 문예지(공론장)의 아젠다 형성에 직접 관여하고 있다. 평론가를 매개하지 않은 독자들이 작품과 작가에 대해

---

9. 이 글의 각주 25번 참조. 지금 시점에서는 이미 특별한 사례가 아니게 되었지만, 이 일은 오늘날 정동정치 혹은 정치적 정동에 대한 관심을 촉구할 만한 상징적 사례였다고 여겨진다.

직접 발언하고 있다. 누구나 말하고 쓸 수 있는 시대란, 수사나 구호가 아니라 이제 리얼리티이다.

서둘러 말해두자면 이 이야기가 비평무용론, 독자숭배, 매체현실의 추수 같은 것으로 환원되지 않기를 바란다. 누구나 말하고 쓸 수 있는 상황의 전망에 대해서라면 주제를 달리하여 이야기하고 싶은 마음도 크다. 지금 나는, 문학이 존재해온 조건이 달라진 양상이 대수롭지 않은 것도 아니고, 모르는 척할 수 있는 것도 아님을 말하고 있을 뿐이다. 그러므로 김훈 소설의 묘사는, 윤리적·도덕적 차원 이전에 작가·독자·매체 등과 이 시대의 감수성에 작가가 얼마만큼 변화하는 현실에 대한 관심과 감각을 갖고 있는지와 관련되어 있다. 즉, 독자들의 인권·젠더감수성은 문학의 관성을 훨씬 앞지르고 있다. 그러나 작가가 창작의 비밀, 작가적 고집과 같은 성채 속에서 오늘날 문학의 조건과 토대를 보지 않으려 할 때 그는 낭패하기 쉬워진다.[10] 강조컨대 문제가 된 묘사는 윤리적 단죄, 혹은 정치적 올바름political correctness의 문제 이전을 환기시킨다. 그 구절이 정말 인권적, 젠더적 몰이해와 여혐의 소산인지 아닌지는

---

10. 이런 의미에서 서효인 시인이 최근 세 번째 시집 『여수』(문학과지성사, 2017)를 펴내면서 스스로 '여성혐오'가 엿보이는 시어를 고치거나 다시 쓴 사례는 김훈 소설의 경우와 매우 대조적이었다. 단, 서효인 시인의 일이 기사화되었을 때 주로 구시된 말들은 '윤리'·'도덕'·'검열'과 같은 말들이었는데, 이 변화의 분위기를 윤리나 도덕의 프레임으로 고착화하는 것은 매우 유의해야 할 것이다. (『한국일보』, 2017년 2월 23일 이윤주 기자의 기사, http://hankookilbo.com/v/f4735d3c868748e0b7d0ad857bb1930b 참조.)

차치해본다. 문제는, 텍스트 바깥에서 흔히 유통되는 성적 대상화·타자화의 코드가 텍스트 안에 들어올 때, 이미 거기에는 텍스트 바깥의 상투성도 함께 들어와 놓인다는 점이다. 이것은 분명 작가의 부주의와 관련된다. 더구나 '나의 표현의 자유'가 타인들의 불편함 및 불쾌함을 야기시킬 가능성이 인지되는 시대 속에서 발생한 문제는 미필적 고의라고까지 말할 수 있다.

즉 나는 지금 윤리·도덕·정치적 올바름이 아니라, 텍스트를 작품work으로 완성시켜주는 조건의 변화, 또 다른 문학 주체로서 독자와 매체와 그 시대의 감수성을 이야기하고 있다. 이것은 작가가 독자에게 아첨해야 한다는 말이 아니다. 독자와 타협해야 한다는 말도 아니다. 역사를 돌이켜보자면, 시대의 감수성, 특히 인권과 젠더를 둘러싼 감수성은 계속 한 사회 구성원 개개의 다양성과 차이를 고려하는 방향성을 갖고 이행해왔다. 문학, 미학의 전범canon이 남성의 시선 혹은 그 시선의 내면화male gaze를 통해 구축되어왔음은 이제 더 이상 불온하지도 낯설지도 않은 이야기이다. 독자들은 문학, 문학성의 이면에 어떤 위계 구조와 권력이 놓여 있는지 말하기 시작했다. 18세기에 구축된 관념으로서의 '문학'이라는 기원이 망각될 때 그 안에서 성적 대상화·타자화 역시 너그럽게 허용될 수 있다는 사실도 알기 시작했다. 2017년의 독자는 종종 작가보다 한 걸음 앞서 나가 있을 때가 많다.

어떤 문학작품이 놓여 있는 장소는 진공의 장소가 아니다.

또한 특정 문학의 이상idea을 숭앙하는 이들에 둘러싸여 찬사가 재생산되는 장소도 아니다. 작품은 언제나 세대적, 시대적 구속력을 지닌다. 이 '구속력'이라는 말이 행여 '억압'으로 등치되면 곤란하다. 이것은 사회적, 시대적 추수追隨를 말하는 것도 아니다. 지금 '구속력'이라는 말은, 무언가를 둘러싼 불가항력적, 물적 '조건'에 가까운 의미이다. 즉, 한국에서 한국어로 창작되는 작품은, 한국어 문해력을 가진 독자를 향해 쓰인 텍스트로서, 한국어로 커뮤니케이션하고 정서적으로 교감하는 구속력을 조건으로서 지니고 있다는 말이다. 문학의 특별한 가치와 의미는, 단지 문학이라는 이름 속에 오롯하게 이미 전제되어 있지 않다. 문학(작품)이 존재할 토대로서의 물적 조건들을 외면하고 문학의 특별한 가치와 의미를 생각할 수 없다. 문학의 의미와 가치는 그 사회, 시대의 감수성과의 '긴장관계' 속에서 발생한다. 누구나 쓸 수 있는 시대이긴 하지만, 아직까지 작가는 공적 발화의 권리를 특별히 부여받은 이들로 여겨진다. 즉, 작가는 그에 대한 기대로부터도 자유로울 수 없다. 그러므로 자기 발밑과 주위를 살피는 일에 각별히 부지런해야 할 운명의 존재가 오늘날 작가이기도 하다.

3. 한편, 문학에 대한 정체성주의적 질문을 넘어서 요청되는 것들

한 사회의 어떤 의제(사회적·정치적일 수밖에 없는)를 둘러싼 '감수성'의 문제 때문에 문학은 그 의제에 적극 개입한다고 지금껏 말해왔다. 하지만 그럼에도 개입 방식에서 제기된 우려들은 잠시 점검해야 할 것 같다.

우선, 한국문학계의 성폭력 문제 대응방식이 "다소 조급"하며 "질서회복적"인 경향을 띤다는 견해[11]가 제출된 바 있다. 선언이나 서약의 방식으로 한국문학의 '정의로움'이나 '윤리'를 증명하고자 하는 것이 아닌가라는 비판, 그리고 그러한 다짐의 방식만으로는 '정치성'이 담보될 수 없다는 문제제기가 이 논의에 놓여있다. 말하자면 이 논의는 '캠페인에서 정치학으로의 이행'을 촉구한다. 문화예술계 성폭력 고발사태가 단순한 사회정화적 캠페인, 의례가 아닌, "한국문학계의 민주주의를 요청하는 정치학으로서 새롭게 '리부트'"되기를 요청한다. 이것은 나아가 한국문학이 역사 속 운동의 기억과 실천에 안주하지 않아야 하는 과제를 환기시킨다. 또한 어떤 사안들이 한국문학(장)의 공동체성을 확인하는 것에 그치지 말아야 함을 생각하게 한다. 특히 이것은, 문단 내 성폭력 사건 앞에서 보인 몇몇 출판사와 잡지의 대응방식을 비판한 논의와 연결해 읽어야 한다.

이 논의의 발화자인 오혜진은, 문단 내 성폭력 문제가 공론화되던 즈음 발 빠르게 해당 가해자들의 시집을 수거한 것,

---

11. 오혜진, 「'페미니스트 혁명'과 한국문학의 민주주의 − 2016년 '#문학계_내_성폭력' 해시태그운동에 부쳐」, 『더멀리』 11호, 2016.

그리고 그에 앞서 이자혜 웹툰 사건 당시에 역시 신속하게 그 작가와 작품을 삭제하는 방식으로 대응한 문학출판사 및 관계자들을 강하게 비판한 바 있다.[12] 이 비판의 핵심은, 출판사 및 잡지의 대응이 공동체를 위협하는 요소들을 빠르게 삭제하는 식으로 자기보존하고자 한 것 아니냐는 점에 있다. 그녀의 비판은 단지 한국문학(출판계)에 한할 수 없다. 공동체성을 표방하는 모든 집단이나 사회는 이러한 비판에서 자유롭지 않다. 과거 역사 속의 공동체가 직면한 비판의 맥락과도 무관치 않다.

오혜진의 비판은, 출판계와 잡지 측의 이러한 신속함이 2015년 표절 사태의 학습효과와도 관련있다는 비판을 넘어, 누군가들을 환호케 했던 그 작품(시, 웹툰)과 그 정서마저 지워지는 결과를 향한 것이었다. 그녀가 비판한 자동적, 기계적 삭제는 마치 지워진 그들을 향했던 제도 내의 상찬과 구조적으로 다르지 않은 것이었다. 결과적으로 그 작품을 호명하고 유통한 플랫폼의 책임은 덜어질지언정, 사건의 맥락은 복기하기 어려워지게 된 것이다.

이것은, 조금 다른 내용의 비판이지만 '문단 내 성폭력'이라는 명명 자체에 문제제기를 하는 목소리와도 연결될 것이다.

---

12. 오혜진, 「예술(장)의 민주주의와 포스트페미니즘 ─ 〈미지의 세계〉 사태와 "○○계_내_성폭력" 해시태그 운동」, 2017 국제한국문학문화학회(INA-KOS)워크숍, 〈'반동의 시대'와 "성전쟁"〉(2017년 2월 10일(금) 10~18시, 성균관대 퇴계인문관 31406) 발표자료집.

애초에 '#문단_내_성폭력'이라는 명명은, '문학'의 이름으로 발생한 범죄이므로 '문학'을 심문에 부쳐야 한다는, 피해생존자 및 졸업생 연대의 의지가 반영된 명명이다. 하지만 혹자들은 이 명명을 비롯하여, 이 사건에 대응하는 문단의 태도에 문제 제기를 한다.

가령 일찍이 '가정폭력'이라는 말이 은폐/노출하고자 한 것을 밝히면서 이 말을 '아내폭력'으로 인지하고 바꿔 명명해야 한다고 강력하게 제안한 바 있었던 정희진은 그 문제의식의 연장선상에서[13] 'ㅇㅇ 내 성폭력' 식의 접근은 결국 폭력 당사자(여성)가 아니라 ㅇㅇ계의 단속을 위한 문제로 수렴될 뿐이라며 현재 문단 내 대응방식을 비판한 바 있다.[14] 정희진이 밝힌 '가정폭력'이라는 명명은, 가족 기반 페미니즘의 문제를 함축한다. 그런데 더 핵심적인 문제는, 근대사회의 기본 단위로서의 가족의 신화에 궁극적 위협은 되지 않아야 한다는 암묵적 룰이 '가정폭력'이라는 말 속에 온존되어버린다는 것이다. 즉, '아내폭력'이 아니라 '가정폭력'이라고 했을 때, 궁극적으로 아내폭력은 '가정(가족)'이란 무엇인가라는 정체성주의적 질

---

13. 정희진은 『저는 오늘 꽃을 받았어요』(또하나의문화, 2001)에서 이 문제를 본격적으로 제기한 바 있고, 이 책의 개정판이 『아주 친밀한 폭력』(교양인, 2016)이다.

14. 정희진, 「'정희진의 어떤 메모' 문단 성폭력과 자율성?」, 『한겨레신문』, 2016년 12월 23일. 계간 『문화/과학』 제18회 북클럽 『아주 친밀한 폭력 : 여성주의와 가정폭력』(교양인, 2016) (2017년 1월 10일(화) 16~18시, 서울 NPO지원센터 주다[교육장])에서 정희진의 발언들.

문, 혹은 가정 공동체의 안위를 확인하는 담론으로 회수된다. 이런 전도 속에서 논의는 종종 그 폭력이 발생한 공동체 내부를 어떻게 단속·관리하느냐는 질문으로 수렴된다.[15]

한편 권명아 역시 "성폭력은 성폭력이다."라는 단호한 입장으로 이 문제에 접근한다. 문단 내 성폭력을 다룬 한 집담회에서[16] 그녀는 애초의 해시태그 운동이 정체성을 묻는 게 아니라, 권력구조를 보라는 요청이었음을 강하게 환기시켰다. 문학계의 대응은 당장 권력남용의 구조를 향해야 하고, 고소나 민원 등의 문제제기를 상시화할 제도적 여건을 만들어야 한다는 직접성을 촉구하는 것이었다.

이 논의들을 통해 보건대, 지금 해시태그 운동과 페미니즘 이슈를 특정 집단 안에서 논의할 때 고민해야 할 지점들이 새삼 환기된다. 우선은, '문단 내 성폭력'이라는 명명에 안과 밖이라는 암묵적 경계 설정이 부여되어 있음을 유의해야 한다. 이 말 속에는 이미 어떤 이해관계에 의해 구축된 집단, 즉 '문학'을 매개로 모인 '문단'이 전경화되면서 논리적으로는 '성폭력'과 '문단(문학)'의 전도顚倒 가능성도 내재되어 있음을 기억해야 한다. 앞서 2절에서도 이야기했듯, 현재 이 세계는 어떤 사안과

---

15. 이런 논리하에서 정희진은 군위안부 문제 역시 국가나 민족을 매개로 이야기하는 방식이 아닌 '전시(戰時)성폭력'이라는 문제틀로 접근하고자 한다. 앞의 토론회 중 정희진외 발언.

16. 『문학3』 제1회 문학몹 '#문단_내_성폭력, 문학과 여성들' 2부, 2017년 2월 17일(금) 13시~17시, 서울 서교동 카페 창비 지하1층, 이날 발언들의 녹취록은 『문학3』 홈페이지(www.munhak3.com)에서 확인가능하다.

문학을 별개로 논할 수 있게 하는 경계가 점점 희미해지고 있다. 문학의 특수성을 통해 그 사안을 전유한다는 것은 어불성설이 되어가는 듯하다. 말하자면, 어떤 사안을 둘러싸고 그 일이 발생한 집단의 특수성과 정체성주의적 문제의식이 교착되는 일에 대해 일정한 입장을 취할 것이 요구된다.

지금까지의 논의와 관련해 조금 다른 지점의 비판도 제기되었다. 향후 전개될 쟁점을 암시하는 듯하여 잠시 언급한다. 현재 '#문단_내_성폭력' 운동과 페미니즘 논의를 직접 거론한 것은 아니지만, 한국문학계 전반의 '신념 공동체성'을 지적하는 논의가 있었다.[17] 이은지는 세월호의 기억과 애도로부터 현재 진행 중인 페미니즘적 논의에 이르기까지의 한국문학 전반에서 "특정한 신념의 공동체를 자처하는 모습"을 감지하고 우려를 표한다. 오혜진의 비판(정의로움이나 윤리적 당위에 대한 한국문학의 강박)이나 권명아의 비판(페미니즘이 소비·소모되는 양상)을 연상시키지만, 어딘지 다른 논리가 이 글을 가로지른다. 짧은 에세이이기에 유의해서 읽어야 할 점이 많다. 이 글의 논쟁적 지점은 특히, 현재 한국문학의 어떤 경향이나 정치적 실천들이 '타자 없는 광장'에 안주해온 것이 아니냐는 비판에 있다. 그 한 대목을 잠시 인용해본다.

---

17. 이은지, 「문학은 정치적으로 올발라야 하는가」, 웹 『문학3』, 2017년 3월 7일.

예컨대 세월호 문학에는 세월호를 비난하는 원색적인 현실 또한 기입되어야 하고, 페미니즘 문학에는 페미니즘을 모르는, 혹은 페미니즘을 반대하는 현실이 기입되어야 한다. 그런 더럽고 지저분한 충돌의 과정 없이 뜻하는 바를 거스르는 것들을 깨끗이 도려내고서 의미를 획득하는 문학은 신자유주의의 기율을 내면화한 자폐적 주체에 다름 아니다.

앞에서도 이야기했지만, 한국문학의 경험은 그 시절이 끝난 이후에도 여전히 그 시절의 흔적 및 보편의 문학으로 회수될 수 없는 한국문학의 특수성을 노정한다. 그 흔적이 이은지의 우려에서처럼 한국문학이 어떤 자폐성에 사로잡혀 있는 것 아니냐는 의혹으로 연결된 듯 하다. 그런 의미에서 지금 한국문학의 게토화는 이은지가 말한 '타자 없는 광장', '신념공동체성'에 일정 부분 혐의를 두어야 할 것이기도 하다. 하지만 지금 인용대목 속 "세월호를 비난하는 원색적인 현실", "페미니즘을 모르는, 혹은 페미니즘을 반대하는 현실"이라는 구절은, '문학적 차이들'에 대한 요청을 넘어서 있는 듯하다.

이것은 세월호나 페미니즘에 대한 문학의 관심이 정당함을 질문하는 것이면서 한국문학의 어떤 경향성을 질문하는 문제제기이기도 하다. 즉, 역사 속 문학논쟁의 구도를 반복할 여지를 던진다. 하지만 만일 그 논쟁이 반복된다 해도, 논쟁이 오간 조건과 상황의 같고 다름은 반드시 시야에 두어야 한다. 또한 그녀가 지목하는 신념이나 윤리적 강박이, 감정·정동, 한

사회의 감수성의 임계점을 넘는 변화와 무관한 것인지도 물어야 한다. 문학의 '문학은 올발라야 한다'는 것이 지금 한국문학의 '신념'이라면, 차라리 문학의 그런 신념이나 기대가 왜 여전히 한국사회에서 통용되고 있는지 질문하는 것이 수반되어야 하며, 무엇보다 오늘날 한국사회의 감수성과 문학이 맺는 관계가 주목되어야 한다고 생각한다. 문학은 본래 어떠해야 한다는 사고 역시 어쩌면 일종의 신념인데, 그에 대해서도 함께 질문되어야 할 것이다. 요컨대 지금 우리에게는 함께 나누어야 할 이야기가 많은 것이다.

4. 이것은 퇴행인가 진보인가, 혹은 불연속인가 연속인가

한편, 현재 한국문학장이 통과하고 있는 페미니즘의 문제의식 — 젠더 및 섹슈얼리티 위계 구조와 퀴어 및 소수자의 문제의식, 소위 문학성이 어떻게 구축되어왔는지에 관한 질문에 이르기까지의 모든 문제의식 — 은 지난 시대의 페미니즘과 그 고투를 기억하는 이들에게는 전혀 새롭지 않게 여겨질 수도 있다. 분명 한국에서 페미니즘의 문제의식은 그 역사를 논할 만큼의 축적된 시간이 있다. 지금의 페미니즘 논의들이 "어떤 측면에서 퇴행적이라는 느낌"을 준다거나 "기존의 여성문학, 특히 90년대의 논의들에 괄호를 치고 그게 마치 없었던 것처럼 얘기하는 것은 정말 낯설게 느껴"진다는 비판을 간과할 수 없는 이유도 그 때문이다.[18]

이 발언과 같이, 현재 페미니즘 리부트가 의도된 것이건 아니건, 과거 페미니즘 고투의 맥락이 괄호쳐진 채 전개되거나, 혹은 세대론적 단절처럼 보이는 부분이 있음을 부정할 수 없다. 또 한편으로, 페미니즘 운동의 어느 시점에서 세대 단절로 여겨지던 시간이 정말로 있었을지도 모른다.[19] 가령 한국문학에서 페미니즘 논의가 본격화한 1980년대 사정을 살필 때 비로소 이러한 현재 페미니즘 운동의 반복과 차이, 혹은 연속과 불연속의 일단이 시야에 들어온다.

예를 들어, 1984년 사회학, 여성학, 인류학 연구 여성학자들이 모여 무크지 『또 하나의 문화』 발간을 시작했다. "'서구적'이라는 비난을 받을 여지가 있는 것 같은데"(고정희)라거나 "'엘리티시즘'을 전제하고 나간다는 비판"(장필화) 같은 구절에서 짐작되듯[20] '또 하나의 문화'의 결성과 창간은 외국발(發) 페미니즘을 공부한 이론가, 활동가들 중심이었다고는 하지만, 구

18. 좌담 「2016년 한국문학의 표정」 중 심진경의 발언(『21세기문학』, 2016년 겨울호). 심진경의 이 발언들은 오혜진의 「퇴행의 시대와 'K문학/비평'의 종말」(『문화/과학』, 2016년 봄호)에 대한 비판의 맥락에서 나온 것으로서 현재의 페미니즘 재점화 상황이 세대 간 인정투쟁의 양상에서 비롯된 측면이 있었음을 지적하는 바이기도 한데, 페미니즘의 전반적인 논의 상황에 그대로 대입하는 것에는 유의할 필요가 있다.

19. 심진경이 위의 좌담(『21세기문학』, 2016년 겨울호)에서 2000년대 문학을 이야기하며 "돌이켜보면 선배로서 좀 더 강하게 몰아붙이고, 욕먹을 거 각오하고 이런 시이 이야기를 했어야 했는데, 그랬다면 많이 달라지지 않았을까 하는 아쉬움이 들어요."라고 한 발언은 그렇기에 의미심장하게 읽힌다.

20. 고정희, 김애실, 장필화, 정진경, 조옥라, 조은, 조형, 조혜정 참여, 좌담 「'또 하나의 문화'를 펴내며」, 『또 하나의 문화』 1호, 1984.

체적 삶의 다양성과 인간의 창조력에 대한 믿음을 표방하며 당시 제3세계 한국에서의 실천을 도모한 의미를 지녔다.

한편, 이듬해 1985년에는 여성사연구회에서 무크지 『여성』을 발간했다. 특히 창간호에 '허위의식과 여성의 현실'이라는 특집하에 기획된 글에서는 당대 한국문학의 명망가 남성작가의 문학을 대상으로, 작가의 여성관의 한계가 그들 그 세계관의 한계임을 규명하고 있는데[21] 문학작품의 텍스트 내적 원리 속에서 작가의 세계관–여성관이 맺는 관계를 살피는 이 논의는 오늘날 관점에서도 유효한 자극을 준다.

이어 문학계에서는 1988년 8월 민족문학작가회의 여성문학 분과가 중심이 되어 무크지 『여성운동과 문학』을 발간한다. 성모순, 계급모순, 민족모순 등의 중층적 모순 장소로서 여성문제를 다루겠다는 의지를 표명했고, 여기에서 과거의 여성담론과 구별하려는 의지를 강하게 표방하는 것도 주목을 요한다. 다음은 창간사에 해당하는 「책을 내면서」의 한 대목이다.

개화기 이후 여성작가들은 지식인 여성으로 좋은 작품 없이 자유연애, 기발한 행동 등으로 뭇사람들의 각광을 받았다.

---

21. 정은희·박혜숙·이상경·박은하, 「여성의 눈으로 본 한국문학의 현실」, 『여성』 1호, 창작과비평사, 1985. 네 명의 필자가 공동작업한 이 글은 최인훈의 『광장』, 이문열의 『영웅시대』, 조해일의 『겨울여자』, 김승옥의 「야행」, 천승세의 「황구의 비명」, 조해일의 「아메리카」, 황석영의 「몰개월의 새」 등을 비판적으로 점검하고 있다.

1930년대의 뛰어난 몇몇 작가들도 민족모순을 뼈저리게 느끼고 사회의식 소설을 써서 민족문학사에 큰 획을 그었지만 내놓을 만한 여성해방문학을 생산해 내지는 못했다. 해방직후 민족문학 건설과정에서도 여성문제를 바른 관점에서 다룬 작품이 거의 없었고, 그 공백은 1960년대까지 이어졌다. 1970년대에는 민중작가들이 매춘여성의 삶을 다각도로 그려냈지만 매춘이 구조적으로 자리 잡을 수밖에 없는 사회모순, 한미관계, 여성의 경제적 기반 등에서 여성문제를 접근해 들어가지 못했다. 특히 1970년대는 여성노동자들의 민주노조운동이 치열했음에도 불구하고 창작물은 그에 미치지 못했다. 1980년의 아픔을 겪고 여성운동이 사상적 오류를 극복하고 올바른 실천으로 나아가고 있듯이 여성해방문학 또한 비로소 이론정립과 작품창작을 위한 첫걸음을 내딛게 되었다. 퍽 다행한 것은 '민족문학작가회의' 출범과 더불어 여성문학분과도 탄생하게 되어 여성해방문학도 민족·민중문학 건설과정에 자기 몫과 목소리를 가지게 되었다는 점이다.[22]

그런데 민족문학작가회의의 하위분과로서의 한계가 이 대목에 명백히 드러나 있다. 여성의 문제가 구조적으로 인식되고는 있지만, 그 창작과 세계관의 문제는 여성작가 개인의 한계로 축소된 양상이 엿보인다. 1980년대 후반 당시 문학계의 과

---

22. 「책을 내면서」, 『여성운동과 문학』 1호, 실천문학사, 1988.

제 중 하나였던 "민족·민중문학 건설과정"이 여성문제를 포괄하는 상위의 의제로 설정되어 있다. '여성'의 문제는 '민족·민중'의 문제, '문학'의 문제하에 배치되고 있는 것이다. 이런 정황과 한계가 비로소 극복, 다음 단계로 나아가는 것이 바로 1990년대 페미니즘의 논의, 즉 심진경의 발언과 연결되는 지점이다.

1980년대 페미니즘 운동이 막 전개되던 시기의 대표적 세 잡지의 창간 정황만 대략 살핀 셈이지만, 확실히 지금 문학계에서의 페미니즘 논의란 1980년대의 과제조차 극복되지 못하고 되풀이되는 것처럼 보이기도 한다. 예를 들어 여전히 공사 구분에 의거한 젠더역학이 강고하고 다양한 삶의 방식이 허용되지 않는 세계는, 1984년 『또 하나의 문화』의 문제의식의 일단조차 극복되지 않았음을 의미한다. 또한 작가-세계관-여성관의 관계가 한국문학장의 젠더 위계와 짝패를 이루어왔음이 새삼 주목받는 것은, 1985년 『여성』지의 논의가 극복되지 않았음을 의미한다. 그리고 지금 중층적 모순의 교차로서의 '여성문제'가 독자들로부터 다양하게 제기되고 있는 것은, 1988년의 『여성운동과 문학』의 논의가 극복되지 않았음을 의미한다.

말하자면 현재 문단 내 성폭력 사태를 통해서 본격화된 페미니즘 논의가 어떤 '기원'이 아님은 분명하다. 하지만 분명 또 다른 의미에서의 '기원'인 것도 맞다. 그렇다면 이러한 역설, 연속 안의 불연속, 혹은 차이나는 반복들의 기원에는 무엇이 있을까. 1984년 『또 하나의 문화』의 좌담 참여자 정진경은 이런 말을 하기도 했다.

'또 하나의 문화'를 하면서 사람들을 만나면 한 번씩 이 얘기를 꺼내게 되는데 별로 고민 없이 살아갈 거라고 생각했던 친구들이 의외로 굉장한 호응을 보일 때가 있어요. 대학 졸업하고 결혼하고 아이를 기르면서 예전에 생각지도 못했던 차별을 생활 안에서 느낄 때가 많대요. '내가 참고 말지' 하면서 한없이 가다 보니까 어느 날 갑자기 폭발한다는 거예요. 이것이 '의식의 게임'이라고 볼 수도 있겠는데요. 대학 시절까지 계속되어 왔던 의식의 성장이 멈추었다가 다시 깨어났지만 행동적인 대안이 안 서니까 정리가 안 되고 갈등을 겪게 되나 봐요.[23](강조는 인용자)

지금 이 대목은 페미니즘과 여성문제의 오랜 딜레마가 요약된 것이라고 보아도 좋다. 이 세계는 자본주의와 가부장주의라는 두 축이 지속적으로 버전업해 가는 과정에서 견고하게 지속되고 있다. 따라서 우리의 의식과 감각 역시 지속적으로 재계몽, 자기계몽, 재조직해야 하는 것으로 놓여 있다. 게다가 2000년대 이후 페미니즘을 향한 반동 backlash은 반자본주의 투쟁을 향한 반동보다 더 노골적이고 격렬하다.[24] 그러니까 문

23. 고정희, 김애실, 장필화, 정진경, 조옥라, 조은, 조형, 조혜정 참여, 좌담 「'또 하나의 문화'를 펴내며」, 『또 하나의 문화』 1호, 1984.
24. 권김현영 외, 『대한민국 넷페미史』(나무연필, 2017)의 문제의식 참조. 또한 최근의 단적인 사례로서 지난 2016년 정의당 내부의 과정을 간과할 수 없다. 이 일은, ① 온라인의 정치적 감각이 오프라인으로 오히려 유입되는 과정, 즉 온라인이 오프라인의 보조적 공간이 아니라는 점을 상징적으로 보여주었을 뿐 아니라, ② 오늘날 정치적 정동이 어떻게 형성, 파급, 이행하는

제가 극복되지 않는 듯 보이고, 반복되는 것처럼 보이는 페미니즘 운동의 역사는 결코 퇴행이 아니다. 또 세대 간 단절처럼 보이는 현상은 단순한 불연속이 아니라 '연속 안의 불연속'이라고 해야 할 것이다. '지치지 않고'가 아니라 '지치더라도' 잘 싸워야 한다는 선택지밖에 없는 것이고, 이것이 페미니즘이 반복되어온 조건인 것이다.

5. 운동과 문학, 삶과 문학

현재 문단 내 성폭력 해시태그 고발은 무엇보다 문학 운동 movement으로 기억되어야 할 것이다. 앞서 이 글 어느 대목들에서는 '문학계'라는 표현을 썼는데, 이 문학계라는 표현에는 한국문학에 관심을 가져온 일반 대중독자, 네티즌의 목소리와 참여도 포함된다. 과거 운동이 전위, 조직, 깃발, 대오 같은 말들을 통해 설명되어왔다면, 지금의 운동은 확연히 대중·다중 multitude, 네트워크, 해시태그, 정동affect과 같은 말을 통해 이

지의 메커니즘을 가능케 했고, 또한 ③ 대중 차원에서 진보의 가치와 페미니즘이 어떻게 충돌하는지 그 현상을 선명히 보여주었기 때문이다. 즉, 진보를 자처하는 대형남초 커뮤니티들에서, 어제까지의 진보가 오늘부터는 페미니즘 때문에 진보를 버리겠다고 선언하는 장면들과, 그에 대해 즉각적으로 환호하고 연쇄적으로 동참 선언하는 장면들, 진보언론매체 절독 인증, 그리고 오프라인으로 이어지는 탈당 러시. 이 장면들은 단순히 한국 진보/보수의 허약한 토대를 물을 수만은 없는 것이었다. 현재 이 사이트들에서는 '일베=메갈리아=페미니즘'의 프레임이 성립한 지 오래고, 이 프레임은 무수한 여성 관련 논의에 대응하는 도식으로 공식화, 재생산되고 있다.

해되어야 한다. 이제까지와 다른 감수성과 조건들이 문학과 우리의 삶에 어떤 개입을 요청하고 있고 움직임을 일으키고 있다.

지금 해시태그 운동에서 촉발된 페미니즘적 문제의식의 공유와 확산은 대중·다중의 새로운 감수성 및 매체SNS와 접속하며 이루어지고 있다. 앞서 언급한 1980년대의 페미니즘 문학 운동과의 결정적 차이는 바로, 운동의 주체가 누구인가일 것이다. 즉, 소위 '소수의 전위와 다수의 민중'의 통상적 관계를 통하지 않고 변화가 진행되고 있는 것이다. 뉴미디어를 매개로 하여 사람들은 네트워킹되어 흐름을 만들고 있다. 이것을 문학주체의 문제로 바꿔 말하자면, (한국)문학에서 '독자'라는 이름으로 추상화, 대상화되었던 존재가, 적극적으로 문학에 발화하고 함께 문학의 재구축을 도모하는 중이라고 할 수 있을 것이다. 잡음은 필연적이다. 그러나 두 걸음 나아가고 한 걸음을 후퇴하는 것을 반복하며 가까스로 조금씩 발밑을 변동시켜간 것이 운동, 혹은 역사의 법칙이기도 하다.

애초의 '#문단_내_성폭력' 운동은 사법적 대응을 위한 연대에서 시작했지만, 호모소셜homosocial한 문학·문학장의 재구축까지 요청하고 있다. 이것은 프랙털화되어 있는 한국사회 전체(문학계-문화예술계-한국사회)의 구조를 변화시키는 움직임으로 전개되고 있다. 강조하지만 이 운동movement은 어떤 표상들에 앞서는, 말 그대로 흐름이고 움직임이고 마주침이며 연속적 변화를 의미한다. 현재 한국문학의 페미니즘 논의와 운동은 소위 '찻잔 속의 태풍'이나 '섬우주'가 아니다. 한국사회 일반을 생각해보자. 페미니즘 논의와 운동 이전에, 여성혐오와 관련된 왜곡과 반동은 어느 때보다 강력하다. 세계가 더 나아지기를 바라는 문제의식이나 지식은 증가해가지만, 변화는 지리멸렬해 보일 때가 많다. 결국은 개개인의 관성과 겨루고 자기를 재조직하는 것이 관건이어서 일지 모른다. 그러니까, 현재 한국문학의 페미니즘 문제의식은 지나갈 광풍이 아니라 이런 맥락과의 싸움을 의미하는 것이다.

마지막으로, 이 글과 다른 주제의 글을 읽다가 발견한 구절을 잠시 떠올려본다. "예술은 그 자체로 자족적인 어떤 것이 아니라 생활/삶/세계의 갱신과 변화를 위한 수단이다."[25] (인용글의 필자도 우려한 바지만) 여기에서 '수단'이라는 말이 행여 불필요한 오해를 낳지 않으리라 믿는다. 이 인용은 본래 글의 전체 문맥 속에서 정당하게 놓여 있었다.

이전이라면 평범하게 여겨졌을 이 문장은, 페미니즘 논의와 운동을 통과하는 현재 한국문학의 상황 속에서 특별하게 와 닿는다. 그러므로 애초 글의 맥락에서 절단시켜 지금 이 자리에 배치하는 것이 설혹 자의적 독해라고 하더라도 심각한 왜곡은 아닐 것이라 생각한다. 이 구절에 현재 한국문학의 페미니즘 논의 및 운동을 겹쳐 읽어본다. 그리고 이 장의 제일 앞으로 돌아가 이 글의 제목 '운동과 문학'이라는 말 아래에, '계속 움직임으로써 스스로의 살아있음을 증거하고 나아짐을 상

---

25. 고봉준, 「미학주의를 위한 변명」, 『21세기문학』, 2017년 봄호.

126

상하기'라는 투박한 메모를 잠시 적어두고 싶다. 문학과 예술에 대한 나의 신뢰는, 한국문학이 게토화하지 않기를 바라는 직업인의 애정보다는, 내가 사는 세계와 삶들이 더 나빠지지는 않기를 바라는 딜레탕트의 심정에 놓여 있다.

아르키메데스의 점에 대한 상상

2015년, 한국문학, 인간의 조건에 대한 9개의 메모

1. 말의 폐허 위에서 다시 쌓는 말 : 말-행위·행위자-현실

2015년 가을의 문예지들에는 문학권력, 한국문학의 폐쇄성, 공론장의 붕괴, 주니어 시스템, SNS, 대형출판사, 메이저 잡지, 독점 구조 등의 말들로 가득 찼다. 1990년대 이후 현재까지 한국문학의 대표성을 부여받아온 작가의 스캔들이 이 총체적 비등沸騰의 직접적 촉발 계기였음은 분명하다. 하지만 이것이 사실상 한국문학장에 적체되어온 구조의 문제를 함의하고 있다는 사실 역시 폭넓게 공유되고 있다. 이 글은, 각 문예지들을 일별하면서 느낀 즉자적 소감을 먼저 언급하며 시작하려 한다.

우선 전 사회적 관심과 공분의 대상이 된 이번 스캔들과 파장은, 일반대중의 '문학에 대한' 관심과는 거리가 있어 보인다는 점을 먼저 이야기하고 싶다. 이는 오히려, 2015년 현재 한국사회 기득권을 향해 만연한 불신과 적대의 심상이 누구나 발화·유통이 가능한 뉴미디어(특히 SNS)를 통해 연쇄적으로 증폭되는 과정 속에서 이해해야 할 것이다. 즉, 2015년 한국문

학장에서 전 사회적 규모로 불러일으킨 파장은, '문학' 자체에 대한 전 사회적 관심을 의미하는 것이라기보다, 오히려 그간 쌓여온 문학의 이미지와 그 이미지의 기능부전을 의미하는 것일지 모른다.

하지만 동시에, 이 일련의 과정에서 한국문학이 보이는 분투의 노력을 생각할 때 이 세계에 대한 한 줌의 가능성도 생각하게 된다. 가령 2015년 가을 문예지의 담론 풍경은, '문학'을 매개로 네트워킹된 이들 스스로 도의적 책무에 통감하는 장면인 것은 분명했기 때문이다. 그러나 이것이 곧 비판을 회피할 구실이나 낙관적 전망으로 연결될 수 있는 것은 아니다. 더군다나 이런 감상이 문제의 냉정한 인식이나 해결과는 관련이 없는 것도 분명하다. 어쩌면 이런 감상은, 그 이면에서 느껴온 비관의 강도와 비례할 것이다. 그 비관이란 물론 한국문학을 둘러싼 상황에 대한 것이다. 또한 이 비관은 담론이 현실과 관계 맺어온 시간에 대한 회의와도 관련된다. 어쩌면, 무수한 말들을 배신한 경험들이 축적되어 오늘의 사태에 이르고 있는 것인지 모르기 때문이다.

그간 무수한 말과 담론들을 쌓아 왔으나 기시감에 휩싸이거나, 더 나빠진 상황인 듯 여겨지는 것은 무슨 탓일까. 가령 세월이 흘러 '문학권력' 같은 과거의 말과 담론이 유령처럼 다시 출몰한 것을 보아도, 실제 그 논의의 소환이 타당한지 아닌지는 차치하고, 말의 무력감에 대해 다시 생각하게 된다. 담론 수준에서의 치열함이 현실 속 변화로 체감되지 않거나, 시간이 지나 같은 방식으로 되돌아오는 것은 왜일까. 2015년 가을의 말들, 담론들과, 이 글이 보탤 또 하나의 말 역시, '행위·행위자'가 매개되지 않는다면 언젠가 다시 비슷한 무력감으로 돌아올 것이다. 이 점을 생각한다면 사실 이 글을 시작하는 지점에서의 무게감과 조심스러움은 무엇과도 비교하기 어렵다. 그럼에도 이번 사태를 계기로 개인적으로 생각하게 된 것들이, 말과 현실 사이의 간극을 좁히는 것과, 말의 폐허 위에서 다시 쌓아 올려야 할 어떤 말들의 미래에 조금이라도 기여하기를 바라는 마음에서 비롯된 것임은 우선 밝혀두고 싶다.

2. 시스템을 질문해야 한다 : 신자유주의화와 한국문학

앞서 문학권력 논의가 반복되는 것과 관련한 말의 무기력을 언급하기는 했으나, 1990년대 말 2000년대 초의 문학권력 논의와 2015년 제기된 문학권력 논의 사이에는 중요한 차이가 한 가지 있다. 그것은 바로 문학의 '상업주의' 논의 자체는 상당히 희미해졌거나 다른 문제틀로 흡수되었다는 것이다.

이전의 문학권력 논의에서는 분명, 문학의 '상업주의' 자체가 주요 의제 중 하나로 다루어졌다. 당시 이것이 의제화할 수 있었던 것은, 문학은 시장과 적대적이어야 한다는 신념 혹은 적어도 시장친화적이어서는 안 된다는 통념이 느슨하게나마 유효했기 때문이다. 그 신념·통념하에서는, 출판사와 문학과 상업주의의 밀월관계란 불순한 것이었다. 문학은 시장 안의 산물일지언정 상대적 자율성을 갖고 있다는 믿음과, 그래야 한다는 당위는 의심의 여지없이 공유되던 것의 하나였다.

하지만 지금 문학권력을 논하는 이들은 누구도 '상업주의' 자체를 문제시하거나 비판하지 않는다. 인지적·정신적 작업장으로서의 출판사와 일반기업의 차이를 강조할 때조차, 상징 자본으로서의 잡지나 담론에 대한 출판사 측의 욕망은 차라리 그들의 사업·직업윤리와 관련해서 독려된다. 즉, 이미 자본주의 시장 바깥이 사라져간 시대에 대한 인식이 널리 공유되었으며, 한편으로 (근대)문학이 근대자본주의 시장이 막 구축되던 시기의 산물이라는, 잊힌 기원도 환기되었다. 문제설정의 조건과 방식이 달라진 것이다. 그렇기에 문제설정의 조건이 달라졌음에도 소환된 '문학권력'이라는 말은 결과적으로 시간의 격변과 문학을 둘러싼 조건의 변화를 오히려 강조하게 되었다.

대신 지금의 논의에서는 '자본', '신자유주의' 같은 말들이 '상업주의'를 대체했다. "2000년대 이후 지배적 문학장의 논리"가 "'이념'에서 '자본'으로 이행"[1]하였다거나 "신자유주의체제에서 문학이 존재하는 방식"[2]에 대한 사유를 진전시켜야 한다거나, "자본제 생산양식과 신자유주의 승자독식 사회에서 신경숙 같은 '대형 작가'는 낭만적 작가 개념이 아니라 환금성으로 계산된다."[3]고 일축되는 맥락도, 바로 이 자본주의 바깥을 '상

---

1. 이동연, 「문학장의 위기와 대안 문학 생산 주체」, 『실천문학』, 2015년 가을호.
2. 천정환, 「창비와 '신경숙'이 만났을 때」, 『역사비평』, 2015년 가을호.
3. 「좌담, 표절 사태 이후의 한국 문학」 중 황호덕의 발언, 『문학과사회』, 2015

상'하는 것조차 힘들게 된 현재의 조건을 지시하고 함축한다.

지금 전면화하여 생각하고 싶은 것은 이러한 맥락을 2015년 시점에서 총칭할 개념으로서의 '신자유주의' 그리고 '문학'의 문제이다. 일차적으로 신자유주의와 문학의 관계는, '상업주의'라는 과거의 문제틀에서 자유로울 출판사, 잡지, 문학이 없게 된 듯한 상황을 지시한다. 즉, 시장 내에서의 출판사, 잡지, 문학의 존속원리란, 한국사회의 신자유주의화의 과정 및 변화와 무관치 않음을 우선 기억해야 한다. 그리고 지금 이 글에서 더 생각하고 싶은 것은, 그 존속원리, 작동원리가 단지 탈인격화한 '시스템' 수준에서가 아니라, 이미 그 안의 구성원들 개개의 신체와 감수성에까지 자연스럽게 내재하게 된 상황이다.

즉 이 글에서 언급하는 '신자유주의'란 결코 사회과학의 개념만도 아니고, 과거 정치경제학의 연장선상에 있는 말도 아니며, 거대담론의 흔적처럼 사유되어야 할 그런 것도 아니다. 이것은 지금 '나'의 신체, 감수성 수준에까지 새겨지고 있는 피부로 체감되는 시스템이자 이데올로기이다. 이것은 '문학시장'의 문제를 넘어, '문학장' 안에 공모되어 있는 행위자들 모두가 자유롭지 않은 어떤 감각의 문제에 대한 것이기도 하다.

가령 작가들이 대거 참여한 이번 가을호 문예지 좌담[4]의

년 가을호.
4. 좌담 「한국문단의 구조를 다시 생각한다 — 작가들의 시선으로」, 『문학동네』, 2015년 가을호. 좌담 「한국문학의 폐쇄성을 넘어서 : 신경숙 표절 논란으로 살펴보는 문단 권력과 문학 제도의 문제」, 『실천문학』, 2015년 가을호.

목소리를 통해 확인하는 것 중 하나는, 스스로의 의지에 따라 선택한 문학행위임에도 불구하고 그것이 스스로의 삶을 소외시킨다고 느끼는 감각들이었다. 그들의 언어 속에서, '작가'라는 말 대신 '집필노동자'라는 말이 선호되는 분위기도 이와 무관치 않다고 생각한다. 그들이 선택한 '노동'labor이라는 말은 자유로운 '활동'work에의 상상력이 폐색된 상황이나 감수성을 함축하는 것이기도 했다. 이것은 또한 예술적, 문학적 성취가 원고청탁이나 계약 건수로 치환, 증명된다는 감각과도 관련된다. 예술 활동이었어야 할 글쓰기가 어딘지 고통스러운 노동의 장면을 닮아 있다. 또한 그럼에도 이 모든 기회비용 지출에 의연할 수 있게 하던 그 정신적 고양감이나 성취감은 별반 이야기되지 않는다. 어쩌면 이번 가을호에 등장한 글쓰는 이들의 다양한 목소리는, 단순히 한국문학장과 한국문단을 향한 것일 뿐 아니라, 오늘날 문학을 둘러싼 조건들을 강하게 환기시키는 것이었다. 신자유주의와 문학의 관계란, 우선 이런 의식되지 않아온 목소리의 내용과 관련되는 문제인 것이다.

3. '시스템-나'의 전도된 세계, 구조화되는 자기소외

계속 2015년 가을 문예지 좌담에 대한 이야기지만, 오늘날 문학장 내의 어떤 직역을 막론하고 사사로운 내적 갈등과 피로감은 정도의 차이만 있을 뿐 부정하기 어려운 것들이 된 것 같다. 하지만 이것은 내밀해야 하는 것이다. 발화하는 순간 이것은 사사로운 르상티망이나 열패감의 토로 수준이 되기 쉽다. 그렇기에 그동안 스스로의 소외는 공론화되지 못했을 것이다. 이런 아이러니는 이미 근대적인 '인정욕망—승인'의 시스템으로서의 등단, 추천, 공모제도 등에 이미 내재되어 있었다고 해도 좋다. 하지만 이 내적인 고민이 '존재한다'는 것과 그것이 '구조화되어 버렸다'는 것은 전혀 별개의 문제이다. 2015년 가을호 좌담의 장면들은, 그 내적 고민이 '구조화된' 것임을 보여주는 것 같다. 각자 안의 인정욕망은 더욱 사사화私事化하고, 그것은 각 출판사나 잡지 사이의 담론 경쟁이나 재생산 시스템의 용이함을 위해 소용되어왔는지 모른다. 이것이 오늘날 모두가 체감하면서도 모두가 체념하며 수용하는 '무한경쟁', '우승열패', '승자독식'의 신자유주의의 모토를 닮아 있다는 인상은 비단 나만의 것은 아니리라 생각한다. 항간에서 지목하고 있는 주니어 시스템[5]과 그에 공모된 신체들은 그 하나의 사례에 불과할 뿐, (나를 포함하여 이 글을 읽을 독자라면) 우리 모두 사실상 문학장 내부가 조밀해지고 그 시스템이 잘 굴러간다는 것에 어떤 식으로 기여해왔다고 해도 틀리지 않을 것이다.

이것은 단순히 출판사와 문학의 문제만이 아니라, 주지하듯 문학장과 인적 구성이 겹치는 아카데미즘도 이런 문제의식에서 자유롭지 못할 것이다.[6] 2000년대 이후 정부 차원의 프

---

5. 김대성, 「한국문학의 '주니어 시스템'을 넘어」, 『창작과비평』, 2015년 가을호.
6. 이런 의미에서 이번 사태를 문학장만의 문제가 아니라 '공론장—독서문화—인문학—출판산업—대학인문학' 등이 연계된 사안으로 이야기하는 천정환의

로젝트들로 상징되는 조밀한 시스템화는 아카데미즘 내에서 꾸준히 진행되어왔다. (나를 포함하여) 경쟁과 시장-국가의 논리에 적합하게 단련된 신체들이 재생산되어 왔는지 모른다. 구조나 인적구성 면에서 아카데미즘과 무관치 않은 문학장에서도 역시 같은 논리에 단련된 신체가 요구되고 호환되어 오지 않았을까. 즉, '세계=시장-국가=시스템'이 되어버린 상황이란 추상적인 이야기가 아니다. 이 글로 또 하나의 말을 보태고 있는 나 역시 시장-국가 시스템과 그 말단에서 자동운동하는 노드일 때가 있지만, 그것은 의식하지 않으면 좀처럼 알아차리기 쉽지 않다. 즉, '세계=시장-국가=시스템'의 문제는, 단순히 '우리의 삶이 시장에 포박되었다' 식의 수준을 넘어선다. 시장-국가라는 시스템이 움직이기 위해서는, 그 안의 개별적 삶들이 원하든 원치 않든 시스템의 운동 속에서 부지불식 중 어떤 역할을 담당해야 한다. 그리고 그 역할에 충실할수록 쉽게 소진된다. 시스템은 한 번 작동되기 시작하면 그것을 고안한 사람들의 의지와 무관하게 점점 자율성을 띠어간다. 그 결과 지금 이 세계는 어쩌면 시스템을 위해 개별적 삶들이 소

문제의식(「'몰락의 윤리학'이 아닌 '공생의 유물론'으로 ─ 문학장과 지식인 공론장의 구조 변동을 위한 제언」, 『말과활』, 2015년 8~9월호)에 전적으로 동감한다. 하지만 천정환의 글 및 같은 잡지에 실린 노혜경의 글 「'문학판 1987년 체제'의 침몰과 신경숙 표절 사태」의 결론에서 이야기하듯 후속세대에게 바통터치를 하는 뉘앙스에는 동의하기 어렵다. 이것은 세대론적 이행의 문제가 아니라 구성원 모두가 스스로의 모순상황 및 발밑의 조건과 정면에서 대결할 용기를 가질 수 있는가 없는가의 문제이기 때문이다.

용되는 '전도된' 구조를 갖게 된 것인지 모른다.

2015년 문예지 가을호의 여러 좌담에서 작가들이 주고받은 불만이나 고충들, 그리고 이 일련의 논의를 촉발시킨 한 작가의 표절 사태는 그들 모두를 둘러싼 치열한 경쟁 환경을 반영하는 것처럼 보였다. 예술의 자율성이라는 이념의 허상과, 문학장에 남아 있는 한 줌의 페티시즘을 제거하고 나면, 우리의 상황은 사실상 이 시대 전반이 공유하고 있는 삶의 상황과 다르지 않다. 오늘날 문학장 안의 사람들은 겸업이든 전업이든 '예술, 문학'을 둘러싼 낭만주의적 신화에 한편으로는 발을 딛고 있으면서 또 한편으로는 문학시장 안에서 '가치있는 생산물'을 만들어내야 하는 압박에 쫓긴다. 작가는 시장이나 문단에서의 반응과 평가에 쫓기고, 평론가는 담론을 생산하고 선점해야 한다는 압박에 쫓기며, 아카데미즘에 한 발을 담근 작가, 평론가는 집요하게 성과의 수치화를 요구하는 압박에 쫓긴다. 그리고 그와 동시에 생계의 불안정성이 상례화되어 있지만 그것을 좀처럼 노골화하지 못하는 이중구속 상황을 피하기도 어렵다. 소수의 정규직을 제외한 대부분은, 생존 자체에 요구되는 것들을 안정되게 확보하지 못한 상황을 좀처럼 벗어나지 못하며 학교의 비정규직이든 예술기관의 지원이든 장단기 프로젝트든, 계약을 통해 갱신되는 불안정한 삶을 산다. 한국문학장 관련자 대부분은 이미 스스로의 문학적 본업이 정신적, 물질적으로 고충 많고 불안정한 노동이 되어가는 것을 나날이 심각하게 경험하고 있을 것이다. 이것은 낭만주의적 예술관, 문학관에서 이야기하는 예술이나 예술가상에 준한 비관이 아니다. 오늘날 한국문학장의 상황, 즉 상상력, 감수성, 사유, 존재의 '조건'에 대한 이야기인 것이다.

지금 범문단적 비판을 촉발시킨 작가 개인도, 그리고 공공의 적이 되어버린 대형 출판사나 메이저 잡지도, 그리고 도의적 책임을 통감하고 있는 비평가도 모두 어쩌면 '잘'해보고 싶었던 것이라고 생각한다. 그것이 자기충족적 욕망이건, 문학 공동체 내에서의 인정욕망이건, 시장-대중의 승인에 대한 욕망이건, 대의에 충실하려는 욕망이건 간에 말이다. 어느 욕망이건 합당한 이유 속에서는 각각 합목적적이고 정당하다. 하지만 목적이 수단을 정당화하는 사회, 무한경쟁과 우승열패와 승자독식이 생존을 위한 조건이 되어버린 시대에는 이 '잘해보고 싶은' 욕망들이 아주 쉽게 시스템의 작동 속에서 소진되곤 한다. 표절 시비 논의조차 '서로가 서로를 늑대'로 여기게 하는 감각을 크게 벗어나지 못하고 지엽적으로 공회전한다. 이것이 시야에 들어오고 알아차리는 시점은 언제나 늦은 것이다. 더욱 조밀하고 공고한 시스템 안에서는 잠시 멈추어 외부의 시선을 의식할 여유 자체가 허용되지 않기 때문이다.

4. 타자가 사라져간 세계에 대해 비평은 책임에서 자유로울 수 있는가 : 1990년대의 '틀린 게 아니라 다른 것입니다'에서 2015년의 '혐오해도 될 권리의 주장'에 이르기까지

신자유주의와 문학의 관계는 그간의 문학비평과 담론양 상에 대해서도 반성적으로 돌아보게 한다. 주지하듯, 신자유 주의 이데올로기는 개인이라는 단위를 토대로, 개인을 향해 작동한다. 이 이데올로기는 각 사람의 삶을 구조의 문제이전 에 '개인'의 결과물로 여기게 한다. 구조는 물론이거니와 타자 를 보이지 않게 한다. 이 세계에는, 타자가 들어설 자리, '나'와 '가족' 이외에 관심을 둘 자리가 없다. 이 점진적 변화의 계기를 잠시 소급하자면, 1997년 외환위기를 기점으로 하여 침몰해간 기존의 표준적 삶의 모델들을 떠올릴 수 있다. 가령 직장은 더 이상 지속적 고용의 의무를 지지 않게 되었고, 노동자는 언제 든 대체 가능한 일회용 부속품이 되었다. 경쟁과 스펙전쟁은 필요악이 아니라 생존의 필수조건처럼 되었고, 사회적 안전망 의 최저보루로써 가족은 강조되지만, 가족마저도 이전과 같이 안정되게 재생산되지 않는다. 포스트 담론에서 이야기해오던 액상화하는 근대의 문제는 한국의 경우, 국가경제와 삶의 위 기 논의가 함께 뒤섞이면서 결과적으로 복잡해져 버렸다.

세계는 불평등하지만 그 불평등은 어찌할 수 없는 생태법 칙처럼 여겨지곤 하고, 나와 내 가족의 온존을 위해서라면 타 인의 희생도 어쩔 수 없는 것이며, 타인의 고통은 안타깝지만 그것은 그의 어쩔 수 없는 운명이라는 새로운 상식과 더불어 공존의 언어는 단순한 도덕률로 전락한 듯 느껴질 때가 많다. 나아가 '어쩔 수 없다'라는 감각도 하나의 가치관이며 각자의 '자유'라고 항변되는 장면들과 자주 마주친다. 강의실에서 '자유'에 대한 예찬은 자주 마주치지만, 그것이 타자와의 관계를 시야에 둔 자유가 아니라는 점에 위화감을 느낄 때가 많다. '취향의 차이일 뿐입니다. 틀린 게 아니라 다른 것입니다.'로 요약될[7] 다원적 가치관, 즉 1990년대 이래로 가까스로 발견되고 주장된 '차이', '다양성'의 가치마저 신자유주의적 '개인', '자유'와 습합하면서 '혐오해도 될 권리'의 주장(단적으로 세월호 유족 앞에서의 폭식투쟁과 같은)으로까지 진화되어 버린 것이 2015년의 한국인지 모른다.

이런 상황에서 1990년대 이후 문학비평이 '전망'을 포기하고 '추수追隨'를 택한 듯 보이는 것은, 당시로서는 필연이었을지언정 오늘날 어떤 책임에 대한 질문으로부터는 자유롭지 않을 듯하다. 지도하는 전위前衛란 더 이상 불가능하고 부적절한 이념이었다. 하지만, 시대를 좇아 읽는 작업 속에서 '더 나은 인간과 삶'에 대한 가치는 취미판단과 무관한 영역으로 여겨지게 된 것이 아니었는지 묻고 싶다. 90년대 한국문학 혹은 문학비평은 '개인'과 '공동체'의 문제 앞에서 양자택일의 문제처럼 다루었듯이 '전망'과 '추수' 역시 양립불가능한 것으로 여긴 것은 아닐까. 이전 시대가 추구했던 가치들과의 결별의 욕망이 우세했던 것은 아닐까. 지금 '문학권력'으로 지목되어온 창비와 문동이 진짜 '문학권력'이었는지 아니었는지는 이런 맥락에서 부차적이다. 궁금한 것은, 오늘날 한국문학 안팎의 난경 앞

---

7. 이송희일, 「취향의 폭력」, 『씨네21』, 2014년 9월 16일.

에서 그 전사前史로서의 1990년대, 2000년대 문학의 담론들과 그 미학적 노선이 무엇을 말할 수 있을까이다.

5. 1990년대 이후 창작과비평, 문학동네, 실천문학의 미학적 노선

그런 의미에서 창비에 대해 "(신경숙의 『외딴 방』이) 발본적인 질문보다는 당장의 문학적 시민권의 복권에 조급했던 이들에게 내면과 공동체의 이분법을 뛰어넘은 것처럼 보이는 텍스트는 좋은 알리바이로 작동할 수 있었다."[8]거나 "민주화와 정의, 분단극복 등 공동체 건설을 위해 공헌했던 창비 주도의 한국문학은 90년대 이후 공동체에 기반한 새로운 가치를 정향하거나 아젠다를 발굴해내지 못했"고 "신경숙 등의 '착한 개인'에 대한 과도한 의미부여는 '개인주의'화된 대중추수가 아닐까"[9] [10]하는 지적들은 주목되어야 한다. 이것은 한국문단 내에서만 이야기될 문제가 아닌 것이기에 귀 기울일 필요가 있다. 예컨대 지금 우리가 빈번하게 목도하는 당혹스러운 반동

---

8. 장성규, 「신화의 종언, 또는 한 시대의 시작: 신경숙을 둘러싼 비평 담론에 대한 비판적 에세이」, 『실천문학』, 2015년 가을호.

9. 정은경, 「신경숙 표절 논란에 대하여」, 『창작과비평』, 2015년 가을호.

10. 신경숙 소설 속 착한 개인들이 1990년대 이후 활황한 '개인'의 가치들과 부합하는 것이었다면, 2000년대 '쿨'(cool) '자기보존' 같은 말들을 통해 변별된 김애란 소설 속 착한(?) 개인들과 그에 호응했던 2000년대 비평에 대해서도 생각해 보아야 할 것들이 있다.

backlash의 장면들과 연동되어 있는 기존 가치들의 뒤섞임이나 격변을 떠올려보자. 지금 반동이라고 표현한 것은 단적으로 소수자, 인권, 약자 등등 누군가의 피 흘림과 오랜 시간 끝에 간신히 획득한 '함께 이곳에 있음'의 가치에 대한 조롱과 훼손의 장면을 염두에 둔 말이다. 이 장면들과 '개인', '개인주의', '신자유주의 이데올로기'는 논리적으로 같은 궤를 이루고 있고, 어떤 누적성을 갖고 있다. 지금 비평의 무기력을 목도하며 한국문학비평의 과거로 시선을 향하고자 하는 이유도 이와 관련된다.

더구나 창작과비평의 담론 및 미학적 노선은 '1987년'의 상징성과 연동되어 있다. 87년 체제와 가치의 상징성이란, 한국문학이 근현대 역사 내내 지향하고 쟁투해온 것과 관련된다. 하지만 1990년대 전지구적으로 전변한 상황에서 창작과비평의 '87년'은 미학적으로 함께 사유되고 새로운 상상력으로 전환하는 것에 결과적으로는 안일했거나, '개인'과 '공동체' 간의 문제를 소극적으로 해소한 혐의를 지우기 어렵다. 그리고 이것이 지금 문제시되어야 하는 이유는, 앞서 말한 2015년의 한국이라는 시공간의 현실정치와 그에 부응하는 대중의 정동이 87년을 계기로 획득한 가치들에 대한 부정과 반동의 양상처럼 보일 때가 많기 때문이다.[11]

한편, 1990년대의 문학동네가 '개인'·'윤리'·'타자'·'차이' 등의 가치들을 통해 미학적 노선을 구축해온 것은 주지의 사실

11. 정정훈, 「백래시 시대의 권력과 욕망」, 『내일을 여는 작가』, 2015년 상반기.

이고, 그것이 또한 90년대 이후 한국사회에서 새로운 가치들과 행복하게 조우해왔던 것도 기억한다. 무엇보다도 90년대 한국이라는 시공간에서 문학동네를 주축으로 한 한국문단의 인적 쇄신과 미학적 노선과 가치는 시대적 정합성을 띠는 것이 분명했다. 아니, 문학동네의 그것은 사실상 1990년대 미학 정치의 '현실적인' 최대치를 보여주었다고 생각한다. 하지만 이때의 '개인'·'취향'의 문제가, 개인과 공동체의 관계를 '개인이냐 공동체냐'라는 양자택일의 문제로 프레이밍한 결과로부터 도출된 측면은 재검토되어야 할 대상이다. 이 양자택일 혹은 이 분법의 구도는, 의도치 않게도 사실상 타자가 사라지는 세계로의 가속화와 습합해 버린 측면이 있기 때문이다. 가령 '차이'가 90년대 다양성의 만개나 새로운 담론 형성에 중요한 원리였음은 분명하지만 한편으로는, 차이라는 상품적 가치가 유통되는 매커니즘과 어떻게 분리가능했을지, 즉 자본주의 동력으로서의 차이에 교착된 측면은 없는지 다시 생각해볼 수 있다. '개인'이라는 가치는 '공동체'와 결코 적대적인 관계에 있지 않다. 이것을 담론생산자들이 몰랐을 리는 없다. 하지만 그것을 대타적으로 환원시키게끔 한 어떤 시대적 요청이나 강박이 있었던 것도 분명하다. 그 결과 '개인의 윤리' vs. '공동체의 도덕' 식의 구도 속에서 후자의 지양을 통해서만 전자가 성립하는 형국으로 진행된 것도 재고되어야 할 여지가 있다.

한편, 1990년대 이후 실천문학의 자리에 대해서도 반성적으로 돌아볼 지점들이 있다고 생각한다. 실천문학은 창작과비평이나 문학동네와는 다른 위치에 있어왔다. 문학권력 논의와 무관한 비판적 담론생산자로 포지셔닝해 온 역사도 기억한다. 그럼에도, 자본이 없으면 자기 작가를 가지기 어려운 1990년대 이후 문학장의 한계, 자기 작가가 없으면 새로운 미학 담론 생산에도 한계가 있다는 사실도 실천문학의 행보를 통해 이해하게 된다. 그리고 바로 여기가 실천문학이 회신하지 못한 지점이라 생각한다.

하지만 그 역이 불가능한 것만도 아니었다고 생각한다. 자본으로 작가를 얻지 못한다면, 새로운 미학적 노선과 실천을 제시하면서 작가를 만들 수도 있었다고 생각한다. 말하자면, 2000년대 실천문학은 90년대 후반 문학권력 논쟁의 주도 측과 무관치 않았다. 즉, 2000년대 실천문학은 분명 창작과비평, 문학동네 등, 자본력을 가진 메이저 출판사, 잡지의 독주를 담론적으로 견제하는 데 유리한 위치에 놓여 있었다. 그리고 실제로 그러한 비판과 견제 담론의 담지자 역할을 해왔다. 하지만 실질적으로 한국문학의 새로운 미학적 담론 생산이나 작가 발굴로 역량을 모으지 못한 것을 단지 자본력의 문제로만 돌릴 수 있을지는 회의적이다. 미학 담론(이론을 포함하여)의 생산과 작가의 문제는 실질적으로 한국문학 생산자 측뿐 아니라, 궁극적으로 독자의 문제와 관련되는 것인데, 그 바탕을 이룰 미학에의 추구는 실천문학 측에 있어서 부차적이었던 것 아니었을까.

이것은 어쩌면 2000년대 실천문학의 행보와도 관련이 깊은 당시 '문학권력' 비판 측의 '방법' 자체에 내재된 한계였을지도 모른다고 생각한다. 문학권력 논쟁은 분명 당대 맥락 속에서 어떤 필연성을 지녔고 유의미한 논의를 이끌어 내었지만, 그것이 새로운 진지 구축으로 이어지지 못한 것은, 적대적 타자를 앞에 세우고 그 타자를 부정하면서 자기정체성을 확인하는 방법 자체의 한계였을지 모른다. 그러나 타자가 뒤로 물러나거나 논쟁이 마무리된 후에 내가 누구인지의 질문은 다시 스스로를 향해 돌아온다. 그때의 '나'는 자족적으로 찾고 구축되어야 할 무엇이 된다.

6. 문학은 그저 '취향 공동체'로 자족할 것인가

오늘날 이른바 '취존합니다(취향 존중합니다)'가 전가의 보도가 되어 버리고, 그 결과 '혐오해도 될 권리'마저 공론화되기에 이르렀다. 지금 '혐오해도 될 권리'라고 표현한 것이 위험한 것은, 그것이 타자(특히 사회적 약자, 마이너리티)를 배척하는 논리와 상당한 친연성을 갖기 때문이다. 물론 이것은 현재 한국에서만의 상황은 아니다. 지금 전 세계는 '혐오·배척해도 될 권리'를 둘러싸고 복잡하게 대치중인 것처럼 보인다. 이것은 이전 식의 권력과 민중, 혹은 보수와 진보의 대치가 아니다. 대중·다중의 정동 수준에서 연쇄적으로 증폭되는 듯 보이는 이 싸움들에 대해 그 트리거trigger들은 무대 뒤에서 웃고 있는 듯 보인다. '표현의 자유, 나치, 야만, 투쟁' 같은 말들은 이미 진보나 좌파의 전유어가 아니게 되었다. 소위 정치적 올바름political correctness은 그 동의여부는 차치하고 '인문충, 진지충, 좌파꼰 대들의 도덕'이라는 식으로 전락했다. 공격받아온 언어를 재 전유해서 상대에게 고스란히 되돌려주는 반동의 기술이 지금 2015년 온·오프라인에서 범람하고 있다.

이미 이 형국은 역사적으로 대치해온 기존 힘들의 관계만 으로는 설명할 수 없게 되어 버렸다. 사회적, 미학적, 정치적, 모 든 유의 공공의 합의에 이르는 비용이 점점 커지는 듯 보인다. 어떤 논의의 끝에는 협력 대신 좁힐 수 없는 간극이나 차이만 남고, 그것을 견디는 방법 이외의 것을 상상하기 어려워진 것 같다. 기존의 어떤 전선이나 논리적 코드나 언어는, 이쪽에서 도 저쪽에서도 상대를 공격하고 허물기 위해 재전유되면서 뒤 죽박죽이 되어 버렸다. 이 전방위적, 전 세계적인 백래시의 배 후에서 다시 생각하게 되는 것은 ① '공통적인 것이 배제된' 차 이로서의 개인individual의 가치가 주된 관념이 된 것, ② 상대주 의/회의주의를 매트릭스로 삼아 성장해온 포스트-포스트모 던 세대의 심상구조, ③ 허약한 '개인'을 기초단위로 하여 은밀 하고 강력한 일원화를 추구해온 신자유주의화이다.

오늘날의 이런 상황을 떠올려볼 때, 그에 비례하여 문학 은 더욱 왜소하고 무력하게 느껴진다. 지금 나는 대문자 문학 의 시절을 상정하는 것이 아니다. 문학이 인간의 인식론적·정 서적 산물의 일종이라는 점 자체가 부정되지 않는 이상, 문학 이라는 표상은 의외로 다양한 의미를 발할 수 있다. 이런 이유 때문에라도 오늘을 이루는 과거의 유산으로서의 문학비평 담론과 미학적 노선의 아쉬움을 돌아보는 것은 무의미하지 않다. 90년대 이후 한국사회가, 80년대적 거대담론과 결별했을 때, 그리고 동구권의 몰락과 더불어 가속화한 자본주의 운동 속으로 휘말려갔을 때, 그리고 포스트모던 담론이 물밀듯 들어올 때, 그때의 비평의 분투와 그 결과는 '문학'의 위상 변화나 추락과는 별개로 이야기되어야 한다.

가까스로 획득한 가치들일지라도, 기념비가 세워지는 순간 망각이 시작된다. 이 역설을 거스르기 위한 노력의 철저함에 대해 묻는 것은 그 시절을 철모르게 보낸 지금의 나 스스로를 향하는 것이기도 하다. 모두가 한편으로는 각자의 자리에서 분투해왔으나 결과적으로는 직무유기가 된 것처럼 기술하게 된 것이 단지 개인적인 비관에 불과하지는 않을 것 같다. 신자유주의적 신체와 감각과 정동이 두드러지는 오늘날 한국사회의 흐름. 그리고 그에 상응하여 문학은 스스로의 역량을 제한하고 그저 취향공동체화하는 것에 만족하는 듯 보인다. 또한 문학 전반의 위상 변화를 이유로 체념한 채, 현재를 이루는 지난 세기의 지층을 보지 않으려는 것은, 문학장에 발을 딛고 있는 이로서의 또 다른 직무유기일 것이다.

7. 다시, 토대를 물어야 한다.

지금까지 다소 비관적이고 부정적인 논의만 이어진 것인지 모르겠다. 지금 덧붙이고 싶은 것은, 2000년대 후반부터의 한국문학장의 어떤 변화들이고, 그것과 관련될 새로운 길들에 대한 '상상'이다.

2000년대 후반부터 비평담론은 확연하게 '공감'·'정념' 등의 키워드를 중심으로 하여 이행해갔고, 특히 2014년 4월 16일을 계기로 한국사회의 감수성도 '이곳에 함께 있다'는 감각 쪽에 방점을 찍으며 다시 새로운 가치를 구축하고자 노력하는 듯 여겨진다. 이런 맥락에서 특히 '공감'의 가치를 중심으로 미학적 논의를 구축해가는 분위기는 필요하고 정합적이다.[12] 또한 '감성'을 거점으로 하는 사회비평, '감성'을 키워드로 '현실'을 재구축하려는 실천으로서의 비평,[13] 공감, 동정, 연민 등을 매개로 한 정서적 연대의 문학[14]에 대한 제언도 주목되어야 한다.

그런데 한편, 한국문학이 감성, 정념 등의 영역으로 이행해온 흐름에 훨씬 앞서, 자본주의는 일찍부터 이미 스스로의 통치 전략을 '정념의 시대', '비물질적인 것의 헤게모니', '감성적인 것'에 세워두면서 감성, 정념을 활용해왔다.[15] 정치, 광고, 정보현상, 마케팅, 디지털 산업 등등에서는 정동, 감정 동원과 관리

---

12. 이것은 '공생(共生)의 윤리'를 상징적으로 주제화한 글(서영채, 「공생의 윤리와 문학 : 민주화 이후의 한국문학」, 『문학동네』, 2008년 봄호)로 소급할 수도 있다.

13. 소영현, 「그나마 님은 비평의 직은 의무 : 자본, 정념, 비평」, 『문학과사회』, 2015년 봄호.

14. 신형철, 「감정의 윤리학을 위한 서설 I」, 『문학동네』, 2015년 봄호.

15. 조정환, 『예술인간의 탄생』, 18~19쪽.

의 테크놀로지가 고도화하고 있음도 쉽게 체감할 수 있다.

이런 점을 생각하면서 지금 덧붙여 강조하고 싶은 것은, 이 감성이나 정념, 상상력, 감수성, 사유, 존재의 '토대를 이루는' 물적 조건, 삶의 양식에 대한 성찰과 분석이 현재 비평에 적극 동반되어야 한다는 것이다. 토대를 묻는 일은 '전략적'인 의미에서도 중요하다. 가령 사회(과)학적 상상력과 분석이 동반되지 않는 공감 담론은 온정주의라든지 옛 시절의 휴머니즘의 자리만 맴돌 수도 있다. 미디어 연구자·활동가이자 자율주의자인 비포는 오늘날 디지털 정보 자본주의의 상황 속에서 공감의 능력이 감소하고 있는 점을 지적하고 있는데,[16] 이것은 굳이 그의 말을 빌려오지 않아도 쉽게 체감할 수 있는 것들이다. 오늘날 뉴미디어와 일체화되어가는 우리 스스로의 일상을 떠올릴 때, 근대적 미디어를 근거로 설명되어온 근대적 행위로서의 '공감'은 점점 설득이 어려운 시대인 듯 보인다. 또한 발밑의 토대와 조건에 대한 사유가 불철저한 '공감'은 그 특성상 자기동일성의 확인 과정에서 그칠 우려도 있다. 수잔 손탁의 잘 알려진 이야기처럼, 그 공감이 행동으로 연결되지 않는 것은 자기기만에 불과할 수도 있는 것이다.

즉 인쇄미디어 시대의 공감과, 디지털 네트워크 시대의 공감이 다르다. 포디즘 시대의 감수성과 포스트 포디즘 시대의 감수성은 다르다. 물질노동 시대의 인간과 비물질노동이 확산되

---

16. 프랑코 베라르디 '비포', 『미래 이후』, 강서진 옮김, 난장, 2013.

는 시대의 인간은 다르다. 또는 '지금 여기'를 공유하더라도 각각의 발밑의 조건에 따라 상상력, 감수성, 사유도 다르다. 오늘날 세계의 존재구속적 상황, 조건에 대한 사유가 비평에 동반되지 않을 때, 감성, 정념의 영역에서 일찌감치 진지를 형성하고 테크놀로지를 구축해온 자본의 통치술은 견제되기 어렵다.

90년대 이후 비평으로부터의 교훈으로부터 과장되게 말해도 된다면, 지금 비평가는 우선은 유물론자가 되어야 한다. 세계의 토대에 대한 냉정한 읽기가 바탕을 이루고, 그리하여 이 세계의 통치술에 회수되지 않을 미학 담론의 구축에 골몰해야한다고 생각한다. 이 '토대'라는 말이 행여 과거 토대환원론 식으로 독해될 리는 없으리라 믿는다. 가령 이것은, 오늘날의 경제적·물적 조건뿐 아니라 이미 플랫폼이나 매개의 기능을 넘어서 우리의 생태계의 한 조건을 이루는 뉴미디어SNS라든지, 그것을 통해 생성되는 집합적 주체의 문제라든지, 정동의 관계에 이르기까지의 읽기를 포함하는 것이다.[17]

8. 그리고 공통장의 사유로 전회가 필요하다

한편 지금 '문학공론장의 위기 극복'[18] '대중적 공공 감각

---

17. 개인직으로는 이 유물론직 조건에 대한 인식공유와 극복의지는 참으로 절실하다. 그런 의미에서 급변하는 미디어 환경에 대응하기 위한 임태훈의 제안(「환멸을 멈추고 무엇을 할 것인가?」, 『실천문학』, 2015년 가을호)도 다시 읽혀야 한다.

의 회복'[19] 같은 말들도 힘을 얻고 있다. 공론장, 공공감각 같은 말들은 국가나 시장 양쪽과 구별되는 독자성이 강조되는 영역, 민주주의의 장으로서의 공공영역public sphere을 환기시킨다. 그런데 뉴미디어와 일체화된 우리 삶이 합리적이고 이성적인 근대적 주체 모델에 부합할 수 있는지의 문제를 생각할 때 공론장, 공공감각의 역할에 문학을 비끄러매는 것은 어딘지 오늘날의 커뮤니케이션 조건이 충분히 고려되지 않은듯 여겨진다. 차라리 나는 이 말들을 합리적 이성의 이상적인 소통 모델과 분리시켜, 무언가를 함께 만들고 구축해간다는 의미에서의 '공통장'the common(네그리, 하트)의 사유로 견인하고 싶다.

이 '공통장'은, 일차적으로는 이미 공통적으로 우리가 공유하고 있는 무엇을 지칭할 수 있다. 각자 안의 특징, 성격, 재능, 취향, 고향, 직업, 호오, 성별, 기억, 경험, 정규/비정규직 여부 등등. 하지만 어느 범위까지를 자신과 같은 집단으로 보는가에 고착된 공통성의 사유란, 준거집단 안/밖의 구분에 골몰하는 정체성 중심주의의 한계를 닮아 있다. 이미 가진 것들을 통해서만 공통성을 강조하는 것은, 다른 차이들에 대해서는 배타적으로 작동할 때가 많다. 주어진 어떤 정체성이 심급이 되는 사유는, 집단의 안팎과 그 내부적 배제들을 합리화하기 쉽다.

18. 천정환, 「'몰락의 윤리학'이 아닌 '공생의 유물론'으로 — 문학장과 지식인 공론장의 구조 변동을 위한 제언」, 『말과활』, 2015년 8~9월호.
19. 서영인, 「한국문학의 독점 구조와 대중적 소통 감각의 상실」, 『실천문학』, 2015년 가을호.

하지만 '공통장'을 만들어간다는 상상력은, 정체성이 준거가 되는 사유의 맥락을 포함하되 그것을 궁극적으로는 넘어설 수 있는 원리를 갖는다. 이것은 주어진 정체성이나 주어진 공통성 너머를 지향한다. 이때 진짜 중요한 것은 처음부터 공유해온 어떤 특징이 아니다. 무언가를 만들어낼 수 있고 함께 경험할 수 있는, 즉 '가능성으로서의 무언가'를 구축하려는 의지와 마주침이다. 이미 가지고 있는 것이 중요한 것이 아니라, 공통적인 무언가를 만들고 구성해간다는 의향과 노력이 중요한 것이다.

즉 2015년 한국사회는, '나' 혹은 기껏해야 '나'의 가족(정상가족, 혈연가족)만이 기초 단위가 되어가도록 하고, 타자를 보이지 않게 만드는 시스템과 감각이 편재해 있다. 이때 '문학은 개인의 취향'이라는 개념이 자연화하는 것은 어딘지 불안하다. 하지만 '공통장'을 '창조'하려는 의향과 노력은, 우리가 각각의 특이성을 유지하고 각자의 차이가 차이로 남으면서도, 동시에 함께 무언가를 할 수 있는 대항력이자 구성력이 될 수 있다.

한 예로, 오늘날 '평등'의 가치는 이미 같음, 같게 만든다는 뉘앙스(same)로 통용되곤 한다. (특히 젊은 세대에게는 더욱 그러하다.) 평등이 차이를 지우고 모두를 갖게 만든다는 착시가 확산된 것에는, 오랫동안 이항대립 관계로부터 배타적으로 구축된 '개인'이라는 말과 그 용례들이 관련될지 모른다. '평등'을 말할 때 그것이 마치 '같음', '동일성'을 가정한 전체주의의 기획으로 손쉽게 연결되는 회로가 어디에서 비롯되었는지 질문해야 한다. '공통장'과 같은 개념은, 이러한 '평등'과 같이 오염된 말들을 구출하는 과정에서 반드시 필요한 감각이자 개념이다.

감히 말하자면, 이러한 언어와 감각의 탈환과 재구축을 위해, 비평이 먼저 일종의 운동이 되어야 한다고까지 생각한다. '운동'이라고 표현한 말이 행여 과거 식의 계몽이나 전위나 교육 등을 연상시킨다면, 이 말을 버려도 상관없다. 지금 '운동'으로 표현한 것은 과거의 그 깃발이라는 대의의 실천으로서의 운동이 아니다. 그것과 환유적으로 겹칠 수는 있다. 하지만 이것은 어디까지나 살아있다는 증거로서의 운동을 의미한다. '나'들 안의 무언가를 건드리고, 마주치고, 흐름을 만들어내는 장면, 거기에서 나는 '운동=movement', 그리고 '문학'을 생각하고 싶다. 단지 '문학이라는 공통성으로 함께 모여 있다'는 것, 즉 이미 공유하고 있는 것에 안위하며 공동체를 유지하는 것에 대한 고민은 '문학'과도 '살아있음=운동'과도 거리가 멀다.

9. 아르키메데스의 점을 찾아서

우리가 어디에 있는지를 아는 것은 우리가 누구인지를 아는 것만큼이나 중요하다. — R. 실버스톤

이 글을 쓰고 있는 사이 2015년 9월 15일 노사정 합의가 이루어졌다. 소위 말하는 쉬운 해고, 즉 '일반해고'도 가능해질지 모른다. 간단히 말해 1997년 이후 도입된 '정리해고'가 현재

우리 삶과 심상(무한경쟁, 우승열패, 승자독식)의 진원지의 하나이기도 하다. 그렇다면 2015년 이후 가능해질지 모를 '일반해고'나 노동계에 불어 닥칠 변화의 파장이, 향후 우리의 구체적인 삶과 무관치 않으리라는 점은 의심할 것 없다. '나'의 생존만이 더욱 절박해지는 시대가 가속화한 끝의 인간이란 어쩌면 정말로 더 이상 '인간'이라 할 수 없는 어떤 다른 종일지도 모른다. 그리고 이것이 바로 지금 문학과 '인간의 조건'을 함께 사유하려는 이유이다.

방금 인용한 한 미디어 연구자는 미디어 때문에 타자와 내가 세계를 공유하고 있다는 사실이 자주 잊힌다면서, 우리가 어디에 있는지를 아는 것은 우리가 누구인지를 아는 것만큼이나 중요하다고 했다. 나에게 이 말은 본래 맥락과 별개로, 비평의 태도와 관련되어 이해되어왔다. 그리고 그 말은 지금, 추문과 불신으로 얼룩지고 나서야 공통의 화제가 생긴 2015년 한국문학장의 상황을 앞에 두고 다시 이렇게 이해되고 있다. '우리는 이제까지 문학이 무엇인지, 무엇을 할 것인지에 대해 사유해왔으나 이제 중요한 것은 내가, 문학이, 우리가 지금 어디에 있는지부터 먼저 사유하는 것이다'라고.

문학이 무엇인지, 무엇을 할 것인지의 질문은, 문학의 특권성에 의심의 여지가 없었던 시절의 산물이다. 하지만 지금은 그 특권성 자체가 질문에 부쳐졌다. 아는 사람들 사이에서 문학에 대한 특권화, 숭배가 여전히 어떤 방식으로건 있다면 그것은 이제 문학 스스로가 겪는 소외에 다름 아니다.

◇◆

이 글을 쓰면서 내내 염두에 두었던 이미지에 대한 이야기로 마무리하고 싶다. 고대 그리스의 아르키메데스는 충분히 긴 지렛대와 그것이 놓일 수 있는 장소만 주어진다면, 지구라도 들어 올릴 수 있다고 했다. 이른바 '아르키메데스의 점'이다.

한나 아렌트는 『인간의 조건』에서 이 지렛대의 원리를 변화, 발전의 원리로 비유한 바 있다. 지구를 들어 올리려면 우선 지구의 바깥으로 공간감각을 이동해야 한다. 지레의 받침점은 지구 바깥에 있어야 하고 그것을 누르는 힘은 더 먼 곳에서 작동해야 한다. 지레의 길이만큼 지레를 누르는 힘의 주체도 멀리 떨어져야 한다. 아렌트는 천체물리학, 나아가 근대 자연과학의 모든 법칙들의 발견과 발전은, 이 아르키메데스의 점의 원리에서 비롯되었다고 했다. 지구상에서 발생하는 모든 것을 단순히 지상의 사건으로 보지 않을 때, 주어진 그대로를 넘어서 '외부'의 관점에서 사유하고자 할 때, 극복과 변화가 이루어져 왔다. "기억할 수 없고 인류가 지상에 현상하지 않아도 여전히 타당하며 심지어 유기체나 지구 자체가 생성되지 않았어도 타당한"[20] 법칙을 만들어낸 것이 '아르키메데스의 점'이다. 이 점의 원리와 이미지가 지금 한국문학장, 나아가 우리 삶의 난경難境 속에서 다시금 상상될 수 있기를 기대해 본다.

---

20. 한나 아렌트, 『인간의 조건』, 이진우·태정호 옮김, 한길사, 1996, 328쪽.

불안은 어떻게 분노가 되어 갔는가

감수성의 이행으로 읽는 김유진의 소설들

1. 날씨와 풍경

학교에 가지 않고 부모 없이 지내는 아이들이 있다. 어느 날 그들이 더 이상 순진무구한 아이임을 주장할 수 없는 일이 일어난다. 생물학적·성적^{性的} 차이를 확인하며 이른바 '어른 흉내'를 낼 때 이미 그들은 아이가 아니다. 성적인 긴장감이 인지되고 관계의 변화가 생긴 사건 직후 한 아이는 이렇게 말한다. "그 일이 내면을 어떻게 바꾸어 놓았는지는 설명하기 쉽지 않다. 그러나 날씨와 풍경의 변화에 대해서는 자세히 말할 수 있다."(「눈은 춤춘다」) 그리고 이어지는 것은 정말로 날씨와 풍경에 대한 묘사다. 그들에게 있어서 중요한, 핵심적인 사건이 있었음에도 불구하고 그 사건의 비중을 확인케 하는 대목은 단지 이뿐이다.

어떤 아이는, 양산에 가려 보이지 않는 표정을 읽는 대신 "펄럭이는 여자의 치마를 보며" 표정을 읽는다고 말한다. 또, 고향을 떠나는 먹먹한 심경을 토로하는 대신 비 오는 풍경만 (이하 『숨은 밤』) 이야기하기도 한다. 아예 어떤 이는 "감정을 가진 형태들"을 '풍경'(「여름」)이라고 일컫기도 한다.

그들은 '그러해야 할' 상황에서 감정이나 내면을 토로하지 않는다. 일부러 피하고 있는 것처럼 보인다. 그러나 대신 그들은 날씨나 풍경에 의탁해 무언가를 암시한다. 그때 두드러지는 서술 방식은 무언가를 묘사하는 것이다. 정서의 언어로 표현되곤 해온 '인간적'인 속내는, 인간사와 무관해 보이는 날씨나 풍경 묘사로 대체된다. 아니, 어떨 때 그것들은 오히려 인간 세계의 진원지처럼 보이기도 한다. 이때 인간의 시간은 간접적으로만 환기된다.

김유진의 많은 소설들[1]에서는 이야기를 이끌어가는 하나의 기원, 소실점으로서의 인칭이 무의미하다. 특히 등단 직후 몇몇 소설들이 그렇다. 이것은 등단작 「늑대의 문장」에서 의미심장하게 암시된 바 있다. 이유 없이 폭사爆死하는 아이들의 첫 장면과, 무작위로 닥치는 마을 사람들의 죽음은 그 표현의 강렬함만큼 함축하는 바 역시 의미심장하다. 이 폭사는 전적으로 내파의 형태를 띠고 있다. 바깥에서 가해진 무엇 때문이 아니라 자기 몸 '안'에서 이유 모를 폭발을 경험하는 것이다. 등단

---

1. 이 글은 『늑대의 문장』(문학동네, 2009)에 실린 소설들과 「눈은 춤춘다」(『문학들』, 2008년 가을호);「바다 아래서, Tenuto」(『문학과사회』, 2009년 여름호);「A」(『인터파크웹진』, 2009년 10월호);「희미한 빛」(『창작과비평』, 2010년 봄호);「여름」(『문학동네』, 2010년 가을호);「우기」(雨氣)(『한국문학』, 2011년 봄호) 및 문학동네 네이버 카페에서 2010년 9월~2010년 12월까지 연재한 장편 『숨은 밤』을 다룬다. 미발간 발표소설의 인용 면수는 생략했다.

작을 출사표라는 세속의 의미로 이해할 때, 이 의미는 과장되어도 될 것이다. 그런 한, 이것은 단지 하나의 신체를 물리적으로 소멸시키는 유물론적 사건이 아니다. 이것은 어쩌면 자명한 인간, 하나의 주체를 소멸시키면서 이야기를 시작하겠다는 관념적 비유에 해당한다.

한국소설에서 탈주체 혹은 몰주체적 캐릭터가 한 시절을 풍미한 것은 2000년대 들어서의 일이었다. 인간이란 처음부터 무無의 형태로 태어나는 것이 아니다. 일정한 생물학적 유전자가 배치된 신체에 무언가들이 기입되어야만 한다. 신체는 무엇이든 될 수 있는 잠재력을 갖고 있지만 그 자체가 백지인 것은 아니다. 그것은 불가항력적으로 마주치게 되어 있는 조건들, 가령 혈연, 성, 인종, 이름, 국가 등에 의해 다양한 형태로 변형, 구성된다. 새 밀레니엄을 열었던 키워드 중 '탈주'(도주)란, 분명 주체의 역학 속에서 탄생해온 존재들의 새로운 국면 전환을 함의하고 있었다. 이미 주어져 있는 정체성의 조건들이 나의 잠재성을 보이지 않게 하는 것은 아닌지, 그 잠재성이 어떻게 나의 의사와 상관없이 횡령되어 왔는지, 나는 어떤 조건에서는 A이고 또 어떤 조건에서는 B가 될 수 있는지, 접속하는 조건에 상응하는 내 안의 또 다른 나는 얼마나 많은지. 그에 대해 한국문학 작품들이 한때 골몰했던 현장은 다시금 김유진의 소설과 함께 상기될 필요가 있다. 「늑대의 문장」 속 폭사하는 사람들의 이야기는 자명했던, 그러나 오인된 구조로서의 주체가 소멸하고, 서기에서 낯선 무언가가 움틀 것을 예감게 한 의미에서 '그때', '있어야만' 했던 것이었다.

2. 어떤 일이 일어났는지^{that} 알겠다, 그러나 무슨 일^{what}이 일어났는지는 모르겠다

김유진의 소설 속 인물들 대개가 익명의 호칭('언니, 이모, 아버지' 등의 호칭들, 영어와 한글의 여러 이니셜)으로 설정되어 있는 것도 이와 무관치 않다. 물론 익명의 호칭이란 드문 것도 아니다. 그러나 그런 유의 소설 속 인물들이 진정 익명에 값할 만한 존재들이 아니었다는 점에서, 그러니까 그들 나름의 캐릭터는 고스란히 보존되고 있었다는 점에서 김유진 소설 속 인물들은 그들과 다르다. 이것은 단지 1인칭적인 구태의 연함을 숨기기 위한 장치가 아니다. 누가 말하고 있는지에 대해 지우려는 강박이 그녀의 네이밍^{naming} 방식에 있다. 『숨은 밤』(2011)이 '기'^基라든지 '안'^雁과 같은 이름의 인물을 등장시키고 있는 것은, 후술하겠지만 이런 의미에서 눈에 띄는 변화이기도 하다. 그리고 이 이름들의 알레고리² 때문에라도 그 이전 소설 속 익명의 인물들은 주목될 필요가 있다. 적어도 첫 소설

---

2. 다른 소설들에서는 영문 이니셜이나 가족관계 호칭으로 처리되어 있지만, 『숨은 밤』의 '기'(基)나 '안'(雁)은 한자가 병기되어 있어서 그 숨겨진 의미를 추측하게끔 한다. 가령 '기'(基)라는 이름의 한자어는, 모든 것을 불태우고 신생하는 주인공의 스토리와 상응하고 '안'(雁)의 한자는 그가 '나'의 아버지를 대신하는 역할을 하는 것에 상응(가짜, 대리물)한다.

집 『늑대의 문장』 속의 주인공은 '어쩌면 인간이 아니었다는 것' 말이다.

반공 포스터가 붙어 있고, 9세기 양식의 건물이 서 있으며, 아파트 주민들이 군청과 대치 중인 시공간(『숨은 밤』) 같은 것은 또 어떤가. 이름과 캐릭터가 없는 인물뿐 아니라, 특정 시공간으로 환원되지 않는 설정들에 대해서도 같은 이야기를 할 수 있다. 현실 속 익숙한 표상들은 각 맥락에서 탈구되어 소설 속에서 재조립된다. 기존의 인간 표상 역시 탈역사화되어 있다. 그럼에도 '인간'은 다시 역사적 문맥 속에서 환기된다. 인간을 역사로부터 떼어놓으려는 그녀의 작업 속에서, 아이러니컬하게도 통상적으로 말해지는 '인간'이 어떤 역사성을 띠고 있었는지 다시 질문되는 것이다.

이야기가 전개되는 레벨에 대해서도 같은 이야기를 할 수 있다. 다시 『숨은 밤』을 보자. 소설 속 인물과 사건들은 이전 소설에 비해 분명한 실체를 갖고 있지만 세속적인(이 말은 '코드화 된'이라고 바꿔도 될 것이다) 지시어로 이름 붙이기 어려운 관계들이다. 소설 속 '기'基와 '나'의 관계를 '친구' 관계라고 쉽게 말할 수는 있다. 그러나 구체적인 정황들을 알고 나면 '친구'라는 세속의 호칭이 그들 사이의 얼마나 많은 것들을 삭제해 버리는지 생각하게 된다. 그리고 그 둘 사이의 관계는, 또 다른 인물 '장'과 '나' 사이의 관계를 통해서만 의미가 보충된다. 그것을 화자는 이렇게 표현하기도 한다. "기를 보고 있으면, 장이 떠올랐다. 기를 대하는 나의 태도와 마음을 들여다보며 뒤늦게 장에 대해 이해하고 있었다." 한편, '안'庵과 '나'의 관계 역시 마찬가지다. '안'은 '나'의 보호자이자 선생 역할을 하고 있다. 그러나 그 역시 코드화된 말로 지시될 수 없는 관계다. 또한 '나'에게 부재하는 '아버지'(이 아버지는 '나'를 '안'에게 맡기고 집을 떠났다)는 '안'을 겹쳐 놓을 때에만 의미가 보충된다. 이처럼 김유진의 소설들은 비교적 서사가 뚜렷한 텍스트 속에서도 그 서사의 구체성을 익숙한 특정 코드로 환원하지 않으려는 의도를 감추지 않는다. 서로가 서로를 지시하고 참조하는 '연결고리'를 통해서만 전체 그림은 어렴풋이 스스로를 드러낸다.

다른 소설 속 '이모', '언니', '할머니' 등의 가족 호칭들에 대해서도 이같이 말할 수 있다. 그들은 가족의 호칭으로 지칭되고 있음에도 협소한(현실적) '가족'의 세계로 환원되지 않는다. 그것은 혈연과 무관한 수평적 관계 속의 개체들을 연결시키는 대명사들일 뿐이다. 말하자면, 김유진의 소설에는 가족도 개인도 없다. 이때, 그런 건 '가족'이 아니라 '유사가족'이라고, 그들은 '이름을 가진 개인'이 아니라 '이름 없는 특정한 개인들' 아니냐고 하기는 쉽다. 그러나 그녀의 소설들은 그런 방식의 명명조차 불신하는 듯 보인다. 어쨌든 코드화된 언어, 문자에 갇히는 것 자체를 종종 거부한다. 그녀는 대신 무엇과도 교환되지 않는 구체적 정황을 자꾸 보여주려 한다. 예를 들어 지린내, 누린내, 비린내, 군내 등등의 감각에 관련되는 묘사, 그리고 특히 신체적 죽음에 대한 생생한 묘사들을 보자. 그 생생함이 오히려 얼마나 비현실적으로 다가오는지, 그리고 그것이 얼마나 불편하면서도 매혹적인지 이 묘사들은 환기시킨다. 마치 실눈을 뜨면서라도 자세히 들여다보고 싶어 하는 우리 안의 양가성을 이 묘사들은 부채질하는 듯하다. 그리고 그때에 두드러지는 것은 생생하게 실재하지만 말로 온전히 설명, 전달할 수 없는 어떤 세계다.[3]

이쯤에서 강조하고 싶은 것은, 이 소설들은 어떤 일이 일어났다는 것that을 전달하지만, 무슨 일what이 일어났는지 이야기하는 데에는 친절하지 않다는 점이다. 가령 한 소설(「A」)이 아예 이야기하는 바이기도 하지만,[4] 김유진의 소설들에는 어떤 일정한 코드에 따라 무언가를 언표화한다는 것에 대한 직접적인 불신과 저항감이 있다. 그리하여 하나의 의미가 전달되는 대신 '어떤 상황'들이 효과적으로 부각된다. 그리고 그로부터 '어떤 분위기·정조'들이 배어 나온다. 예컨대, 알 수 없는 시공간에서 불가해하고 믿기지 않는 사건이 발생한다. 이름도 배

---

3. 이것 자체를 밀어붙인 세계가 단적으로 「여름」과 「우기」(雨氣)다. 하나의 장면, 하나의 단락을 위해 전력질주하는 듯한 세계다. 가령 「여름」은 "Y는 울먹이며 B를 불렀으나, 인기척이 느껴지지 않았다. … 이윽고 연필의 서걱거림 같은 벌레 소리만이 남았다"를 위해, 그리고 「우기」(雨氣)는 "나는 차에 버티고 앉아 차창 밖 풍경을 바라보았다. … 우기(雨氣)였다"라는 단락의 구절을 위해 존재하는 소설이라고 해도 좋다. 단, 이 소설들은 여기에서 말하고 있는 '왜 내면토로 대신 풍경묘사인가'에 대한 사례는 아니다.

4. 「A」의 '나'는 글(문자)과 그림(이미지)을 구분하지 못하고, 그 구별법을 습득하는 것도 거부한다. 글을 읽지 못해 중학교에 입학하지 못하고 말하기를 거부한다. 거부하는 근거는 이런 식이다. "나는 책의 내용이 내 상상의 범주보다 넓을 것이라 믿지 않았다."

경도 사건도 흐릿하다. 대신 거기에는 '어떤 상황'만이 '그 무엇' 을 압도한다. 이것을 어떻게 일목요연하게 정리할 수 있을까. 아니, 왜 그래야 하는가.

이야기의 '룰'을 의식할 때, 이것은 비인과적, 비선조적 서사 에서 흔히 보던 것일 수도 있다. 소설의 요소들이라고 중시되 어 온 모든 것들이 모호해질 때 떠오르는 문학사의 작품계보 가 있다. 그러나 김유진의 소설이 그 작품들과 확연히 구별되 는 점이 있다면, 그것은 단연 사건을 압도하는 상황의 정조와 관련된다. 이것은 김유진 소설에 대한 이야기이기도 하지만 동 시에, 그녀의 소설들이 처음 쓰이던 2004~7년 즈음 어떤 한국 소설들에 대한 이야기이기도 하다.[5] 분명 그녀의 소설에는 '상 황'이 '사건'을 압도하면서 발생시키는 특정한 정조가 있다. 만 연한 죽음이나 소멸의 이미지들, 불분명하지만 밀폐된 시공간, 종종 실제로 일어나는 재앙들 속에서 우리는 무슨 감정에 휩 싸이게 되는가. 공포스러운가? 두려운가? 걱정되는가? 저쪽은 만들어진 세계이므로 나는 안전하다고 느끼는가? 그렇다면 '무엇'에 대해…?

그렇다. 이것은 어쩌면 '불안'에 대한 이야기인 것이다. 불안 의 발생조건에 대한 이야기인 것이다.

---

5. 비슷한 시기 편혜영, 김숨, 박형서 등이 구원 같은 것을 상정하지 않는 악무 한을 보여주던 사례들을 나란히 생각해도 좋다.

3. 밀폐된 공간이 안에서부터 무너져갈 때, 혹은 모든 의미의 근거가 붕괴했을 때

『늑대의 문장』에 실린 소설들은 전적으로 '불안'이라는 정조에 대한 소설들이다. 밀폐된 공간에서 무엇 하나 확실한 것이 없음으로써 발생하는 불안 말이다. 「늑대의 문장」, 「빛의 이주민들」, 「마녀」, 「골목의 아이」, 「고요」 같은 소설들은 모두 '마을'이라고 하는 불특정한 그러나 편재한 공간에서 펼쳐진다. 이례적으로 따뜻한 날 사람들이 갑작스레 폭사한다. 결코 선하지 않은 자연과 (역시 별로 선할 것 없는) 사람들의 죽음이 묘사된다. 무차별적으로 죽음이 공격하지만 그 원인은커녕 거기에는 어떤 징후도 규칙도 없다. 풍문과 미신만 만연한다(「늑대의 문장」). 한편, 한 도시가 테러에 대한 두려움으로 가득 차 있다. 도시는 늘 공사 중이지만 질서 있고 평온한 모습이 유지되고 있다. 그러나 그것은 언제 무너질지 모르는 표면적인 평온함이다. 등장인물 여자(그녀는 주된 인물이지만 주인공이라고 부르기는 마뜩잖다)의 언제 출산할지 모르는 버겁게 부른 배가 부각된다. 있지도 않은 테러를 위한 공습경보가 수시로 울린다. 그리고 실제로 한 소년에 의해 진짜 테러가 발생한다. 그로 인해 여자의 남편은 크레인이 붕괴되어 죽는다. 그때 여자는 기형아를 출산한다. 출산 장면은 처참한 모습의 거대문어 전시관과 오버랩된다. 그것을 묘사하는 시선은 한없이 건조하고 비정하다(「빛의 이주민들」).

이처럼 사건들은 인과의 고리 없이 파편적으로만 나열되며 동시적으로 배치되어 있다. 이 모든 일들은 고립된 이미지의 '마을' 혹은 '도시'에서 일어난다. 이 공간들은 밀폐된 방을 연상시킨다. 그 안에서 언제 터질지 모르는 폭탄 돌리기를 하고 있는 식이다. 그 재앙이 언제 어디에서 누구에게 일어날지 예측할 수 없다. 보이는 적敵은커녕 무엇이 내 편인지 내 편이 아닌지조차 판별할 수 없다. 아니, 나아가 내 목숨이 부지될 수 있을지 없을지조차 알 수 없는 극한의 위기감만 팽배한다. 폭사의 이유도, 테러의 목적이나 이유도 완전히 삭제되어 있다. 그저 사람들은 누구에게 닥칠지 모르는 재앙을 두려워하고 있고 그 보이지 않는 재앙은 실제 상황으로 펼쳐질 뿐이다.

이런 세계에서는 자기 자신조차 믿을 수 없다. 자기의 지각도 판단도 의심해야 한다. 보이지 않는 대상(적)이 어딘가 있는 것 같지만 스스로는 그와 어디쯤에서 대치하고 있는지 알 수 없다. 그러므로 어떤 표정을 지어야 할지, 어디로 가야 할지, 어떤 포즈를 취해야 할지 알 수 없다. 앞에 놓인 대상, 스스로가 서 있는 곳조차 불분명하므로, 나는 안전한지 어떤지 알 수 없다. 아무것도 확실한 것이 없으므로 어떤 지향도, 판단도, 기호嗜好도 작동시킬 수 없다. '상황' 앞에서, 말 그대로 원초적이고 본래적인 자기, 투명한 공간 위에서 발가벗겨지고 다치기 쉬운(무기력한) 자기만이 존재한다. 만일, 상황에 대한 객관적 실마리라도 갖고 있다면 무서워할 수도, 애석해할 수도, 기뻐할 수도, 부끄러워할 수도, 분노할 수도 있다. 그러나 그 모든

것에 대한 판단이 불가능하므로 지각의 확신도, 이성적 판단
도, 감정의 표현도 불가능하다. 두려움, 슬픔, 기쁨, 안타까움,
부끄러움 등등의 감정들이 '어떤 대상을 향한' 감응의 형태라
면, 대상이 있는지 없는지조차 모르기 때문에 발생하는 감정
은 불안이다. 불안은 이런 의미에서 인간의 가장 솔직·정직하
고 원초적인 감정인 것이다.

이 '불안' 정조는 일차적으로 소설 속 밀폐된 공간, 죽음 이
미지들, 난데없는 재앙들로 인한 것이다. 동시에, 앞서 언급했
듯 이것은 (소설의 구조적 레벨에서) 뚜렷한 캐릭터도 시공간
도 사건도 부재하기 때문에 외화되는 것이기도 하다. 이런 장
치는 이른바 조화, 합목적성, 취미판단 같은 예의 그 아름다움
의 기준들과 결별하는 것이다. 그리고 통합의 기획 안에 예정
되어 있던 미학의 기능을 보류시킨다. 그런 의미에서 이 '불안'
의 정조는 소위 '포스트모던한 숭고'의 한 사례이기도 하다. 이
것은 표현할 수 없는 것이 존재한다는 사실을 드러내고자 노
력하는, 정체성 불분명한 주체의 사건[6]이다. 일찍이 칸트가 말
한 '미학적인 반성적 판단' 같은 것은 잠시 보류된다. 공통감
각은 무기력해진다. 가령 홍반에 수포가 있는 짧은 팔을 가진
'움'의 기괴한 육체를 '아름답다'(「움」)고 말할 때, 비린내와 누
린내와 지린내와 군내와 곰팡이 냄새가 진동을 하지만(「어

---

6. 장-프랑수아 리오타르, 『포스트모던적 조건』, 이현복 옮김, 서광사, 1992,
76쪽.

제」) 그것이 매혹적으로 다가올 때, 이것은 어떤 보편적인 서사에서의 공감과는 하등의 관계도 없다. 김유진 소설이 다루는 불안은, 내가 가진 경험의 범주들을 환기시키되 명명 불가능한 것들을 '증거'한다. 그것은 우리의 경험과 상상력의 한계 지점에서 발생한다. 이처럼 충격효과와 (정서적) 불안과 (미학적) 숭고는 종종 3종 세트로 엮여 있다. 김유진의 등단 직후 소설들이 주력한 지점은 여기라고 해도 좋다.

다시 불안에 대한 이야기다. 그런데 만일, 내가 어디쯤에 서 있는지, 급습하는 편재한 재앙이 어디에서 연유하는지, 그것을 어렴풋이나마 알고 있다면(알게 된다면), 그것이 더 이상 '불안'일 수 있을까? 그리고 진원지를 알게 되면 '불안'은 무엇이 되어 갈까? 「고요」에는 불안과 불안 이후에 대한 연결고리 같은 대목이 있다. 김유진 첫 소설집의 작품과 이후 소설들 사이의 매개처럼 읽히는 대목이 있다. 「고요」 속 마을은 겉으로는 고요하고 평온하지만 '꽃과 나무, 들짐승'을 제외하고는 모두 소멸의 이미지로 가득 차 있다. 소설은 내내 불안함을 고조시키다가 이렇게 마무리된다. "나는 알고 있었다. 저기, 마당 한가운데 누워 있는 여자아이의 시선이 향하는 곳, 대청 밑에 할머니의 시체가 있다는 것을 알고 있었다. 할머니는 칠 일 전부터, 혹은 그보다 훨씬 더 오랫동안 대청 밑의 어둠을 지켰을 것이었다. 나는 아이를 일으킬 수 없는 것처럼, 할머니의 시신을 꺼낼 수 없었다. 단지 오랫동안, 아주 오랫동안 그 고요한 어둠을 바라볼 뿐이었다."(260쪽)

'대청 밑 할머니의 시체'라는 진원지. 물론 이것은 아주 상징적으로만 놓여 있어서 그 이상을 읽으려는 것은 무리다. 단, 이 할머니의 시체 이야기가 맨 마지막에 나온 것은 '그러해야할' 것이었다. 진원지가 어딘지 무엇인지 내내 숨기고 있어야만 이 소설의 불안은 유지될 수 있었기 때문이다. 그러나 이 소설의 불안이 다른 소설들에서와 다른 것은 화자 스스로가 불안의 진원지를 뚜렷하게 지목하고 있다는 것이다. 막연한 죽음과 소멸의 냄새는 곧 정말로 대청 밑에 시체로 누워있는 할머니의 시취였다는 것, 그리고 그것은 대상을 알고 있지만 의뭉스럽게 모르는 척하는 화법으로 서술된다는 것이다.

이것은 김유진이 첫 소설집 이후 왜 '인간' 쪽으로 선회하는듯 보이는지, 그리고 그 '인간'들은 어떤 인간들이고, 그들이 살고 있는 세계는 어떤 세계이며 그 속의 인간들에게 어떤 감정이 지배적인지 살피는 데에 참고가 된다. 말하자면 이 「고요」는 김유진 소설 속 '불안'의 이후 행방을 추적하는 데 징검다리 같은 소설로 놓여 있다.

4. 화가 난 아이들, 무서운 아이들의 발생론

잠시 우회해 본다. 발표된 소설의 시간적 선후를 불문하고 김유진의 소설들의 등장인물, 화자에는 아이가 많다. 이때 그 아이들은 단지 생물학적인 아이가 아니라는 점이 중요하다. 이를테면 학교에 가지 않고(가기를 거부하고) 부모 없이 사는 외톨이들이라는 것은 무슨 의미겠는가. 게다가 "나는 먼지와 빛이 만들어 낸 아이"(「목소리」, 93쪽)라고 해버릴 때, 혹은 "우리는, 민물고기이면서 바닷물고기였다. 고향도, 부모도 알지 못했다"(『숨은 밤』)라고 할 때. 나아가 아이의 입에서 세상을 다 산 노인의 허무한 말이 흘러나올 때. 그 아이가 여느 아이가 아니라는 것은 간파하기 어렵지 않다. 그 아이들은 순진무구함 같은 덕목과 거리가 멀고, 자주 비정한 데다 잔혹하기까지 하다. 이것은 마치 이 작가가 문명, 인간의 반대쪽에 놓고 있을 '자연' 이미지와도 비슷하다. 그녀의 소설들에서 자연과 문명, 자연과 인간은 선/악의 관계가 아니다. 마을을 몰락시키는 것은 불(『숨은 밤』)이나 물(「목소리」)이고, 사람들은 죽어가도 나무나 동물들은 그와 무관하게 번성(「늑대의 문장」, 「어제」, 「고요」)한다. 자연은 도덕을 모르고, 문명의 피해자라기보다는 문명을 역습하고 무언가를 집행하는 무자비한 심판자 역할을 한다. 문명과 인간의 무기력과 유한성을 부각시키는 맞은편에 자연이 놓여 있는 것이다. 즉, 소설 속 자연은 인간, 어른, 문명, 제도, 산문시대(수사적으로 시의 시절과 대비되는 의미의)를 부정함으로써 의미를 갖는다.

이처럼 소설 속 아이들 역시 어른들의 세계에 대한 집행자, 심판자(『숨은 밤』), 주재자(「골목의 아이」)를 자처하며 결코 그들과 타협하지도, 굴복하지도 않으려 한다. 이것이 이제껏 보아온 기존의 비슷한 유의 이야기들, 어른이 되지 않으려는 아이들의 이야기와 다른 점이다. 성장·입사라는 관문을 거부하며 자기를 주장하는 이야기들이 스스로를 죽음에 이르게 함으로써만 역설적으로 자기주장을 성취하는 사례들. 가령 1차 세계대전 이후 서구의 몰락과 부흥의 분위기가 분열적으로 경합하던 1920년대 장 콕토의 무서운 아이들이 그러했고, 식민지 흔적과 냉전 이데올로기가 자조적으로 착종되어 있던 전후戰後 장용학의 소설이 그러했으며, 1980년대 거리의 대학생이었던 부모들이 복권과 부동산으로 부를 걸머쥐는 이율배반과 악무한의 경쟁 시스템에 장악된 2000년대 김사과의 아이들이 그러했다. 그들은 뚜렷하든 뚜렷하지 않든 세대론적 분노를 표출하면서, 기성세대의 시스템으로 편입되는 것을 노골적으로 거부한다. 그러나 분노하고 복수를 꿈꾸며 어른세계로의 입사를 거부하던 그들에게 선택지는 없었다. 스스로를 죽음에 이르게 해야만 세계의 부조리, 불합리함을 증명할 수 있었고 스스로의 정당성을 주장할 수 있었으며, 소설이 마무리될 수 있었다. (주지하듯 콕토의 『앙팡테리블』, 김사과의 『미나』의 경우 아이들은 자멸한다, 장용학의 「비인탄생」 시리즈 역시 '초월적' 방식의 신생을 말하고 있을 뿐이다.) 그것은 이야기의 끝이기도 하면서, 한편으로는 상상할 수 있는, 그리고 더 밀어붙여도 되었을 모든 세계의 끝이기도 했다. 상상하고 행동할 수 있을 주체 스스로가 사라진 셈이기 때문이다.

그러나 김유진 소설 속 아이들은 스스로가 파멸하는 대신 (스스로의 죽음을 유예시킬 뿐이라 할지라도) 세계를 직접 붕괴시키고 살아남아, 그 이후 이야기를 전개할 조건을 만들어

놓는다. 폐허와 살육극을 목격하면서 그 골목에 들어온 아이가 결국에는 스스로를 '골목의 이정표'(「골목의 아이」)라고 주장하며 끝난다든지, 문자습득을 거부하면서 실어증자 혹은 낙오자로 남고자 하는 아이의 이야기가 "나는 홀로, 도로를 걷기 시작했다"라는 문장으로 끝난다든지(「A」) 하는 것들. 또한 복수를 운운하면서 살기등등한 눈으로 잔인하게 소를 내리칠 때, 그리고 일말의 죄책감도 느끼지 않을 때(『숨은 밤』), 그들은 도덕이나 선악의 기준을 모르는 정글 속에서 살아남은 아이들이다. 아니, 이 작가가 그린 세상은 이미 정글이므로 그들의 처세는 정당한 것이다.

그리고 이보다 진일보한 의미심장한 장면이 있다. 그것은 최근작 『숨은 밤』의 마지막 장면인데, 여기에는 세대론적 인정 투쟁의 다짐이 '혼자'의 몫, 단지 독백으로 끝나지 않을 것이 암시되어 있다. 다음은 『숨은 밤』의 마지막 장면에서 아이들이 나누는 대화다. "너는 누굴 싫어해? / 사람들. 거의 모든 사람들. / 그럼 누굴 좋아해? / 나는 너를 좋아해." 그리고 소설은 이렇게 끝난다. "우리는 잡은 손을 놓지 않았다. 우리는 어둠 속에 있었다."

어른이 되기를 원치 않는 아이들이 등장하는 김유진의 다른 소설들에서도 주인공 아이는 늘 살아남는다. 그리고 유대하고 있던 다른 아이들과는 결별하고 '혼자' 남는다. 그러나 『숨은 밤』에서 어른 세계에 대한 복수에 공모되어 있는 아이들은 복수가 끝나고도 그들 사이의 유대를 지속시킨다. 인용한 장면은 어떤 언표화된 관계나 특정한 공동체를 이루기 전의, 원초적인 맨 얼굴의 '나-너'로만 묶여 있는 상태다. 이건 그러니까 인류의 절멸 속에서도 줄곧 살아남은 설화 속 신新인류에 대한, 2000년대 김유진식 버전이다.

또한 여기에는 더 중요하게 볼 것이 있다. 지금 인용한 『숨은 밤』의 대목과 그 마지막 장면은 김유진의 소설 내에서도 확연한 변화를 의미한다. 강조되어 마땅하지만, 행위의 주체가 바뀌었다는 것. 즉, 마을을 몰락시킨 것은, 다른 소설에서처럼 자연의 무자비한 역습이나 원인을 알 수 없는 재앙 때문이 아니라 구체적으로 '분노'하고 있는 아이들의 직접 행동(방화)에 의한 것이다. 앞서 1, 2절에서 언급했듯 김유진의 이전 소설이 내면(인간) 대신 풍경(자연, 사물)을 통해 무언가를 보여주는 방식이었다면, 이 소설은 같은 결과를 보여주고는 있다 해도 분명한 캐릭터(인격)를 가진 인간 쪽에 방점을 찍고 있는 것이다. 즉, 행위의 주체로서 탈역사화되고 무도덕한amoral 자연을 내세우는 것이 아니라, 감정을 갖고 있는 인간을 내세웠다는 것. 김유진이 초기 소설들에서 탈주체·몰주체적 캐릭터를 등장시킬 때 그것이 '불안'이라는 정조에 있어서 (사후적으로 보아) 필연적이었다면, 최근 소설에서 행위의 주체로서의 캐릭터가 드러내는 '분노'라는 특정 감정의 표출과 불가피하게 연루되어 있다.

다시 아까의 질문이다. 내가 어디쯤에 서 있는지, 급습하는 편재한 재앙이 어디에서 연유하는지 대략 알고 있으므로 더 이상 '불안'을 이야기할 수 없다면? 조금씩 정황들이 면모를 드러낼 때 '불안'은 구체적인 무엇으로 바뀔 수밖에 없는데, 그런데 그때의 그 '불안'들은 왜 '분노'가 되어 갔을까? 그 무수한 정서들 중에서도 왜 하필이면 '분노'로 낙착된 것일까? 물론 소설들은 그것에 대해 직접 말해주지 않는다. '나는 지금 화가 나 있어'라고 하지만 대체 왜 화가 나 있는 것인지, 구체적으로 무엇을 향한 것인지 인과적으로 드러내지는 않는다. 학교, 마을, 어른들, 코드화된 언어 등등을 그 적진에 배치해 두고는 있으나 그것의 의미가 무엇인지는 「고요」에서의 '대청 밑 할머니의 시체'처럼 비유적으로만 이해할 수 있을 뿐이다.

소설이 말해주는 것은 여기까지다. 그러나 이 글은 여기에서 조금 더 나아갈 셈이다. 그것은 모든 소설(문학)은 세계의 산물이다라는 식의 상동적 시각 때문이 아니라, 불안이 왜 하필 분노가 되어 갔는가에 대한 질문이 내내 떨쳐지지 않기 때문이다. 어쩌면 이제부터는 불가피하게 소설 안팎을 넘나드는 상상력이 필요하다.

5. 지금 '너-나'의 발밑에는 무엇이 있는가

'불안'과 관련된 그녀의 소설들이 2004~2007년에 주로 쓰였다는 것을 다시금 기억해보자. (그리고 『늑대의 문장』에 묶여 2009년 출간되었다) 작가는 '작가의 말'에서 "지난 사 년간 쓴 아홉 편의 소설을 묶었다"(285쪽)라고 했다. 이 말은 모든 책의 저자들이 통상 하는 말이다. 그러나 분명 작품은 인간의 시공간과 맥락의 산물이다. 그런 의미에서, 이 작가가 '지난 사년간 쓴 아홉 편의 소설'이라고 한 것은 단순히 서지사항에 대한 정보만을 전달하는 것이 아니다. 2004~2007년 사이 세계와의 의식, 무의식적 교섭 속에서 쓰인 것이 이 소설들이라는 사실을 작가 스스로도 인정하고 있고 독자들도 그것을 감안할 수밖에 없다. 결국 이것은 그녀의 소설들을 2000년대 초중반 한국이라는 공간 안에서 다시 배치해 생각해보아도 된다는 말이다. 여기까지는 아직 과장은 아니다.

때는 바야흐로 2000년이 시작하고도 여러 해가 지났다. '모든 견고한 것은 녹아내리고' 모든 것은 말랑말랑, 흐물흐물해진 지 오래다. 보편적인 모럴도, 선악을 가르는 기준도, 선악의 실체도, 정치적 피아彼我도 불분명해진 지 참으로 오래다(라고 믿었다). 아니, 이런 말을 꺼내는 것 자체가 이미 진부해진 시대다. 포스트post 접두어를 붙이면서 새로운 판을 짜려는 이곳저곳의 무수한 기획들에도 불구하고, 시대는 어떤 시대인지 여전히 묘연하다. 말랑말랑·흐물흐물한 그 가능성의 조건들은 오히려 이전보다 더 막강해진 시스템이라는 괴물에 포획되어 무기력으로 고착해 갔다. 스스로들을 둘러싸고 있는 세계가 어떤 세계인지 쉽게 판단할 수 없다. 왠지 위기감은 고조되고 있지만, 그것이 어디에서 연유하는지 나는 어디쯤 있는지 내내 불분명하다. 괴기함과 불안에 대한 소설들(편혜영, 김숨, 박형서)이 결과적으로 그 분위기를 묘사하는 데 주력했음은 차치하고, 왜 그때 그들은 아픔과 상처를 쿨하게7 가상으로 봉합해 버리거나(김애란,「달려라 아비」, 2004), 사라지지 않을 갈등과 치유되기 어려운 아픔을 초등학생 6학년생 여자아이 의 프레임 밖으로 밀어내 버렸을까(윤성희,「감기」, 2005). 시 대가 바뀌어도 삶이 계속되는 한 갈등도, 아픔도, 상처도 계속 되고, 보이지 않는 무언가가 우리를 내내 잠식해 갔음에도 우 리는 그때 왜 그렇다고 말하지 않고 있었던 것일까. 지금 그들 을, 우리를 탓하는 것이 아니다. 이것은, 스스로가 서 있는 곳 이 어느 위치인지, 어떤 세계인지 대략 알고 있었다고 할지라도 그것을 언어화하고 발화한다는 것은 다른 문제라는 것이다.

『늑대의 문장』에 실린 김유진의 소설들은 이런 의미에서 역사가 끝났다고 선언된 이후 한동안 지속된 이 세계 안의 불 안과 무력감의 흔적처럼 보인다. 이 흔적들은 오랫동안 지속 된 한 시절의 분위기를 '비관적으로' 환기시킨다. 여기에서 90 년대부터 2000년대 초중반까지의 어떤 공기, 가령 모든 의미 를 가능케 하던 근거가 무너진 것에 대한 당혹감과, 탈정치적 나른함과, 정체 모를 위기감과, 무언가가 터져 나올 것 같은 고 조된 분위기가 환영처럼 어른거리지 않는가. 인간과 자연과 문 명이 탈역사화되면서 우리는 모두 정글의 법칙 속에서 각개전

---

7. 아니, 쿨한 척해야 했을지 모른다. '나는 아프다, 나는 슬프다, 나는 상처 입었다.'라고 말하는 것이 왠지 시대착오적인 정서 표현으로 여겨졌던 것. 2000년대 초반 탈정치적 무기력이 여러 매체들의 소위 '쿨'(cool) 담론을 통 해 포장된 분위기를 떠올려 보자.

투해야 한다는 상황에 대한 자각이 본격적으로(대중적으로) 공유된 것은 그 직후다.[8] 그리고 그 직후에 다른 소설들 및 『숨은 밤』이 나왔다. 물론 이런 것을 작가의 의도로 읽을 생각은 없다. 이것은 텍스트가 말하고 있는 것/말하지 않는 것에 대한 이야기다. 김유진 소설에 대한 이야기이기도 하지만 2000년대 젊은 작가들의 어떤 소설에 대한 이야기이기도 하고, 그것을 함께 읽던 우리에 대한 이야기이기도 하다.

즉, 내면토로 대신 풍경묘사에 주력하거나, 밀폐된 공간에서 불안을 탐닉하는 소설들은 어쩌면 그때 어떤 표정을 지어야 할지, 어떤 말을 해야 할지, 어디로 가야 할지 모두가 잘 알지 못했던(못하고 있는) 당혹감, 망설임의 흔적처럼 보인다. '역사가 끝나자' 모두가 자유롭게 방출되었으나 자유의 만끽은 잠시, 이내 정글 같은 조건 속에서 스스로가 생존해내야 하는 상황을 직시하기 바로 직전. 그 '직전'의 불안! 그것의 흔적으로 김유진의 소설(을 비롯한 당시 젊은 작가들의 소설)을 다시 읽는다면 그들의 포즈, 그들의 소설은 일종의 '자기보존', '자기방어'의 소산처럼 보인다. 현실의 위기감과 그것에 무기력한 자기가 있을 때 현실과 비현실의 심리적 전이는 현실의 위기감을 감소시켜준다. 그리고 그 속에서 '나'는 위기감의 공격에서 벗

---

8. 2000년대판 세대론이나 계급론이 뚜렷하게 부상하면서 '정치'담론이 문학에 소환된 때는 2007, 8년이다. 가령 '88만원 세대'가 호명되거나 촛불정국이 부상하던 시기의 분위기와 문학에서의 '정치'담론이 다시 등장하던 것의 상관성을 함께 생각해 보아도 좋다.

어나 아주 다른 종류의 자기보존이 가능해지는 토대를 찾을
수 있다고 한 것은 칸트였다.9

　　그러나 인간의 시간은 계속되고 삶도 소설도 계속된다. 반
복하지만 『늑대의 문장』 이후의 소설들은 스타일의 변화는
물론이거니와, 정서적으로는 어떤 임계점을 넘어선 직후의 무
언가가 분출하고 있는 것을 분명히 보여 준다. 2007년경부터
쓰인 김유진 소설의 무서운 아이들과 분노는 그 임계점을 넘
어선 직후의 산물로 읽힌다. 그리고 그것은 2000년대가 시작
한 후 10여 년 동안 미묘한 차이들의 변화를 증거하는 것이기
도 하다.

　　「고요」와 『숨은 밤』의 세계는 이런 의미에서 더욱 겹쳐지
고 더욱 나아갈 필요가 있다. '대청 밑 할머니의 시체'가 그들
을 두렵게 하는 '무엇'이라면, 그리고 학교와 제도와 어른들의
세계가 그들을 화나게 하는 '무엇'이라면, 지금 이 작가가 더
나아가도 될 것, 그리고 지금 이 세계 속에 공모된 우리에게 필

---

9. "그와 마찬가지로 자연의 위력의 불가저항성도 우리를 자연존재자라고 볼
　　때 과연 우리가 육체적으로 무력한 것임을 우리들로 하여금 인식하도록 해
　　주지만, 또 동시에 우리를 그 위력에서 독립된 것으로 판정하는 매력과 자
　　연을 능가하는 우월성과를 우리들에게 알려주는 것이다. 이러한 우월성은
　　우리의 외부의 자연으로부터 침해를 받고 위험 속에 끌려 들어가는 일이
　　있는 자기보존과는 전연 다른 종류의 자기보존의 근거가 되는 것이다."(임
　　마누엘 칸트, 『판단력비판』, 백종현 옮김, 아카넷, 2009). 이것은 김유진을
　　비롯한 젊은 작가들이 진력했던 한때의 비현실, 초현실적 분위기가 실제 우
　　리 세계의 위험, 위기에 부지불식중 상응하는 텍스트였다는 근거로 함께 읽
　　어둘 법하다.

요한 것은, 그 '무엇'의 구체적인 정체를 추적하는 것이다. 위기나 재앙은 초월적이거나 운명적인 것이 아니라 지극히 구체적이고 구조적이라는 것을 내 몸으로 실감하기. 내가 지금 실감하는 세계와 겨루기. 시절의 공기를 내 것으로 하여 그 진원지와 메커니즘을 들여다보기. 이것은 김유진의 소설에 대한 이야기이면서 소설 너머에 대한 이야기이다.

그러나.

사유하고 행위하는 주체가 분명해진 한, 도래할 시간은 썩 나쁘지 않을 것이라는 말로 이 글은 끝나야 한다. 김유진의 최근작이 '나는 너를 좋아해'(『숨은 밤』)로 마무리되는 것은 의당 그러해야 했던 것이었다. 결국 인간이 모든 사유와 행위의 주인으로 돌아왔다면, 이전 시절과는 다른 주체를 상상·구성하지 않는 한, 좋아하거나 신뢰할 친구를 만들지 않는 한, 그러니까 '너와 나'가 아닌 한, '역사가 끝난 이후'라는 말로 봉합되어 온 나른하고 재미없는 시간들은 좀처럼 꿈쩍하지 않을 것이기 때문이다. 그렇다면 질문은 계속되어야 한다. 이제 우리 시대의 시취戶臭, '무엇'은 어디에서부터 찾아야 하는가. 지금 '너-나'의 발밑에는 무엇이 있는가.

2부

공통장을 이야기하기 위한
예비 작업 : '포스트 개인'의
사유를 중심으로

벤치와 소녀들

호모 에코노미쿠스를 넘어서

1. 이것은 누구·무엇의 삶인가

임솔아의 「병원」(2017)[1]은, 이른바 '소년소녀가장'이자 '기초생활수급자'인 주인공이 겪는 곤경에 대한 소설이다. 베이커리 아카데미의 수료증을 받기 위해 애쓰던 주인공 유림은, 예기치 못한 실수로 아카데미에 큰 손실을 입힌다. 배상 능력이 없는 그녀는 6개월간의 무급노동을 제안(종용)받는다. 하지만 한편 당장 그녀는 월세를 내야 하고 매일 밥을 먹어야 한다. 무급으로 생활할 수 없다고 여긴 그녀는 자살 시도를 한다. 그러나 이는 미수로 끝나고 그녀는 병원비라도 보험 혜택을 받아야 한다. 이때에도 선택지는 한정되어 있다. 정신병력을 인정받아야 한다. 하지만 이 역시 녹록지 않다. 그것을 판정하는 전문의는 그녀에게 정신병 '인정'의 '자격'을 나열한다. 결국 그녀는 거짓으로 의사의 요구와 타협한다.

그녀는 자기 삶의 조건들을 객관적으로, 그리고 영리하게

---

1. 임솔아, 「병원」, 『문학3』 1호, 2017.

파악하고 있다. 하지만 자기 삶의 조건을 객관적으로 잘 파악하고 있다고 해도, 그녀는 그것을 스스로의 노력으로 관리, 조정할 수 없다. 주어진 선택지들은, 그녀의 의지와 노력을 요하지 않는다. 심지어는 자기 자신의 의지에 반하거나 무관한 선택을 강요받고 그것을 행하는 쪽으로 결정되어 있기도 하다. 즉, 이 소설이 보여주는 것은 주인공의 의지나 노력과 무관한, 한정된(혹은 결정된) 선택지들이다. 그녀의 삶은 부조리하고 모순적이다. 그러나 그것은 그녀에게만 부조리, 모순일 뿐이다. 선택은 이미 이 세계의 어떤 구조 속에서 정합적(합리적)으로 결정되어 있다.

이 정합성은 누구의 정합성인가. 적어도 그녀 자신의 것은 아니다. 자기 삶의 주인이 '자기'라는 것을 부정할 사람은 없을 것이고, 그녀의 삶 역시 그녀가 주체적으로 꾸려나가야 함이 당연하다. 하지만 그녀의 상황 앞에서 이런 상식은 공허한 믿음 혹은 통념 이상이 아니다.

2. '소녀가장'의 낯선 표상 혹은 재현법의 변화

자기 삶의 주인이 되지 못하는 이 주인공과 그녀의 삶, 신체를 주조한다고까지 해도 될 메커니즘에 대해 이야기해야겠지만 그 전에 우선 확인해둘 것이 있다. 문학사적으로 유의미할 표상·재현 관습의 변화가 그것이다. 간단히 말해두자면 이 소설은 단순히 미성년 사회취약계층의 삶을 둘러싼 냉혹한 세태 고발, 혹은 관습적 연민이나 공감을 불러일으키는 소설이 아니다. 이 소설을 둘러싼 사정은 좀 더 복잡해 보인다.

임솔아의 「병원」 앞에서, 15년여 전 한 이주노동자 2세 소년이 주인공으로 등장한 소설을 떠올릴 이도 있을 것이다.[2] 김재영의 「코끼리」(2004)는, 한국사회의 위선과 모순을 온몸으로 겪으면서도 그 안에서 필사적으로 스스로의 존엄을 지키려고 애쓰던 소년의 시점으로 쓰인 소설이다. 감히 말하건대 김재영의 「코끼리」는 소위 「난쏘공」(1976)이 상징해온 사회적 약자 재현 관습의 거의 마지막 사례가 아닐까 생각한다. 15년여 전 「코끼리」는, 자신을 멸시하던 집 앞에서 배고픔으로 망설이던 소년이 결국은 초인종을 누르지 않고 자기를 지켜내는 장면으로 끝난다. 주어진 조건에 굴복하지 않고 적어도 자기 존엄은 지켜내려는 의지로 마무리된 것이다.

이른바 '사회적 약자'라고 범주화되어온 인물 표상이 수행하던 문학적 역할, 그리고 스스로가 자기 조건에 굴복하지 않고 주어진 운명적 요소를 기꺼이 거부함으로써 '다른 삶'으로 도약할 계기를 마련하곤 하던 정치적 전략(이른바 '소수자 되기')은 이제는 희귀한 것이 되었을 뿐 아니라, 종종 '정치적 올바름'의 산물 혹은 지양되어야 할 것으로 간주되기도 한다.

지금 「병원」 속 주인공과 15년 전 소설의 주인공은, 계층

---

2. 김재영, 「코끼리」, 『창작과비평』, 2004년 가을호. 이후 『코끼리』(실천문학사, 2005)에 재수록.

적 유사성과 그에 기대되는 어떤 표상을 공유한다. 하지만 「병원」의 주인공은 15년 전 소년과 달리 자기 조건 자체마저 냉소하거나 위악적 태도를 보인다. 이것은 얼핏 자기의 부당한 불행마저 체념적으로 승인해버리는 효과까지 준다. 그녀는 오히려 자기에게 부여된 사회적 약자의 권리 자체를 자기 스스로 자명하지 않게 여기고 있다. 그녀는 이렇게 생각한다. "유독 힘들게 살아왔다고 생각하지 않았다. 살아가다 보면 누구나 힘든 순간이 있는 만큼, 딱 그 정도만큼만 힘들게 살았다고 생각했다."

또한 소설은 계속 독자들의 연민, 동정이 주인공에게 이입되는 것도 방어, 차단하고 있다. "기초생활수급자를 시켜달라고 한 적도 없었고" "엄마, 아빠, 라는 말을 배우기 이전부터" "기초생활수급자로 지정"되어 있었다는 냉소는 소설에서 유독 두드러진다. 인물의 이런 변화는 분명 '사회적 약자 표상의 변화' 혹은 '재현 관습의 변화'라는 주제를 던진다.

이 대목들은 언뜻 사회적 약자, 소수자의 권리를 위해 투쟁해온 역사에 대한 판단이 변한 것, 심지어는 몰역사의 산물처럼 보일지도 모르겠다. 소설 바깥 세계에서 '사회적 약자라고 선한 것은 아니다', '경쟁이 왜 나쁜가', '평등이 과연 가능한가' 식의 백래시가 만연한 담론-정동 투쟁의 양상이, 이 소설을 읽는데 왠지 빈번하게 떠오르기 때문이다.[3] 또한 동시에 재

---

3. 이것은 대중 차원에서만의 문제는 아니다. 2017년 여름 『문학동네』에 실린

현 대상을 고정된 표상과 기대되는 역할에 가두는 폭력을 피하기 위한 적극적 설정들처럼도 보인다. 사실 이 소설은 이 두 다른 방향의 벡터가 복잡하게 얽힌 듯 보인다. 하지만 어느 쪽이든 분명한 것은 이 소설은 무언가가 많이 달라졌음을 암시한다는 것이다. 주인공과 사건들 '배후'에 무엇이 있는지 환기시킨다. 그러므로 지금 적극적으로 읽어야 할 것은 "유림은 자신을 소년소녀가장이라고 생각하지 않았다."라는 말 '너머'다. 그리고 나아가 그 '너머'에서 다소 강조하며 끌어내야 할 어떤 가치들이다.

3. "공짜는 없으니까", 어디에서 온 죄의식·죄책감인가 — 품행 통치와 규범화되는 신체

  그녀는 자신을 정체화하고 있는 소위 '사회적 약자'의 이미지를 '연출'해야 하는 것이 싫다. 복지 혜택을 받기 위해 '수혜자'의 '자격'과 '이미지'에 걸맞은 모습을 보여야 하는 것이 싫다. 그녀는 연이은 딜레마 앞에서 떠밀리는 선택을 해야 할 뿐 아니라, 그 선택지에 해당하는 이미지를 연출해야 하는 딜레마

소설 단평(김애란의 「가리는 손」을 다루는 글)에 "소수자는 늘 윤리적인가"라는 문장이 등장한 것을 본 적이 있다. 개인적으로 그 대목을 읽으며, 이미 대중의 백래시의 언어와 뒤섞여버린 비평의 언어, 그리고 '사회적 약자'와 '소수자'를 둘러싼 개념, 담론의 역사도 무력해진 것에 위화감을 느낀 일을 기억한다.

도 겪고 있다. 주인공의 냉소와 위악은 그런 상황 속에서 이해해야 한다.

가령 원무과 직원이 아무렇지 않게 그녀에게 내뱉는 '범죄자'라는 말은, 친절한 어른들의 속내를 암시한다. 또한 정신병력 인정을 받으면 그녀는 당장에야 보험 혜택을 받을 수 있으나 '정신병력' 꼬리표는 인생 내내 따라붙게 될 것이다.('정신병력'에 대한 한국사회에서의 의미는 생략한다.) 하지만 그녀는 정신병력을 인정받아야만 '범죄자'가 되지 않을 수 있다. 이때 눈여겨볼 것은 이 모든 '인정'·'자격'의 요건들이, 소위 전문가(소설 속에서는 전문의)의 판정하에 결정된다는 것이다. 주인공은 순수한 약자임을 증명하라는 판정 기준에 스스로를 인위적으로 끼워 맞추고 만들어내며 정신병력과 범죄자의 낙인을 피해야 하는 것이다.

이런 자격과 이미지를 강요하는 이는 '정신병력'을 '판정'하는 전문의만이 아니다. 소설에 등장하는 어른 모두 그녀에게 '고분고분하고 착한 수혜자=소녀가장'의 이미지를 기대하거나 요구한다. 독자들이 품을 법한 관습적 연민과 동정도 그것에 포함될 것이다. 즉, 그녀는 최소한의 존엄의 조건을 보장받기 위해 아이러니하게도 스스로의 비존엄을 증명해야 한다. 인정 자격에 부합하는 '연기'를 해야 한다. 위선의 말로 가득 찬 편지를 쓰며 그녀가 터뜨리는 웃음은 자조가 아니라, 진짜로 스스로 웃기다고 여기는 불경스러운(!) 웃음이다. 그리고 각별히 주목해야 할 것은 바로 다음 대목, 그리고 마지막 문장이다.

유림은 소년소녀가장 예우를 받았다. 반응은 대부분 셋 중 하나였다. 손을 움켜쥐고 껴안아 대며 친한 척을 하거나, 잘못을 저지른 사람처럼 유림의 눈동자를 응시하지 못하거나, 반말을 섞어 쓰며 예비 범죄자 취급을 하거나. 그리 나쁠 것은 없었다. 유림의 이름으로 받는 혜택들을 친척들이 골고루 사용하고 있는 대가를 치르고 있을 뿐이었다. **공짜는 없으니까.**(강조는 인용자)

여기서 "공짜는 없으니까"라는 말은 참으로 중요하다. "자해를 질병이라고 신고하는 거, 거짓말로 나라에서 병원비 타먹는 거, 이거 부정수급이에요. 몰랐어요?"라는 사회복지과 공무원의 말은, '지나치게 보호받고 있다, 세금을 잡아먹고 있다, 무임승차다'라는 식의 세간의 혐오논리hate speech와 너무도 친연성을 갖는다. 즉, "공짜는 없으니까"라고 냉소적, 방어적으로 말하는 이면에 놓인 것은 일종의 '죄의식', '책임감'이다. 주인공은 자신의 권리를 '상호부조'가 아니라 '부채'의 형식으로 이해하고 있다. 그녀의 권리는 일종의 상호부조의 원리, 사회적 연대의식을 바탕으로 작동하는 제도다. 하지만 초점화자인 그녀는 스스로 그것을 '빚'으로 여기고 있는 것이다. 그녀는 자기 조건의 사회적 요소를 지우고 있다. 오히려 문제를 과장되게 개인화하고 있는 **중**이다. 이니, 그렇게 떠밀려지고 있다.

결국 그녀의 말 이면에서 읽을 것은 더 큰 무언가일지 모른다. 가령 '부채인간'이라는 개념으로 오늘날 우리의 조건과 시스템을 분석하거나, 어떻게 오늘날 사람들의 주체성과 사회적 관계가 만들어지는지, 신자유주의적 통치가 어떻게 '사회적인 것'The Social 안에까지 개입하게 되었는지[4]를 주목하는 작업을 적극적으로 떠올려도 좋다. 신자유주의에 대해 너무 오랫동안 말해왔다거나, 모든 문제가 신자유주의 탓이냐는 식의 비판의 목소리는 잠시 잊자. 그 비판 자체가 이미 이 시스템의 자연화, 그것의 내면화를 의미할 가능성이 높기 때문이다.

신자유주의 시스템은 수혜자 개인을 단지 "구호대상자", 수당의 "수동적 소비자"로 만드는 메커니즘을 넘어선다. 수혜자 스스로가 자기의 권리마저 조소, 냉소하고 '공짜'가 아닌 것으로(즉, 부채로) 여기게 하며[5] 그 메커니즘의 노드로 자발/비자발적으로 자신을 주조하게 한다. 게다가 이런 통치술은 세간에서 이른바 '무임승차', '사회적 약자라고 항상 선한 것은 아니다'라는 식의 언더도그마 논리를 지지하는 중요한 배후이기도 하다. 수혜자는 자신에게 부여된 관습적 이미지도 거부해야 하고, 언더도그마의 혐오논리로부터도 스스로를 방어해야 하고, 그 과정에서 수혜자의 순수성을 요구하는 통치술과 혐오논리를 내면화해야 하는 이중 삼중의 곤경에 처해진다. 지금 이 소설의 주인공이 그러하듯 말이다.

중세에 신을 향한 죄의식·죄책감이, 사회에 대한 그것으로

---

4. 많은 논의들이 있어왔지만, 이 글에서 특별히 염두에 두는 것은 미셸 푸코와 마우리치오 랏자라또의 작업들이다.

5. 마우리치오 랏자라또, 『정치 실험』, 36쪽.(상세한 것은 『부채인간』 참조.)

변이했다고 한 것은 니체였다. 그런데 지금은 그 부채감과 노예의 도덕은 '사회적인 것'까지 잠식한 신자유주의의 원리에 대한 것이 되어버렸다. 「병원」의 주인공처럼 수혜자는 "행동변화에 대한 책임과 사는 방식"까지 요구받고 있으며, 사회보장은 이미 "획일적 권리의 구성에서 생활양식의 권리로 넘어"[6]갔다. 지금 「병원」의 주인공의 상황은, 일종의 사회보장 시스템을 포함한 '사회적인 것'의 곤경을 너무도 정교하게 보여준다. 그리고 더 중요한 것은 바로 그녀가, 이 구조에서 요구하는 일종의 경제인간homo economicus의 내면, 욕망, 감정, 신체를 만들고 있는 듯 보인다는 것이다. "공짜는 없으니까"라는 그녀의 말에서, 가장 내밀한 지점까지 당도한 신자유주의 통치술의 효과를 읽어내는 것은 결코 과장이 아니다.

4. 우리 안의 자격심사, '순수성'purity 강박의 배후 : '정체성' 사유의 곤경

최근, 한국사회의 혐오담론 7년을 개괄하는 손희정은 "성소수자에 대한 혐오를 통해 내부결속을 다지는 것처럼 어떤 페미니스트들이 (그와 거의 똑같은 내용의) 혐오선동을 결속의 동학으로 삼는 현실"과 "순수하고 고정적인 정체성의 결정체"를 상정하는 정치를 우려하며 "합의된 개념을 바탕으로 공

---

6. 같은 책, 54쪽.

통의 인식 지반을 열어야 할 때"[7]임을 강조한 바 있다. 한편, 한국사회의 여러 갈등 사례를 주목하는 박권일은 "순수한 피해자, 불순한 외부세력"에 대한 대중의 강박적 심상과 "소비자-피해자 정체성"의 문제를 이야기하며 "평등"의 이념을 상기할 것을 주장[8]한 바 있다.

같은 시기에 제출된 서로 다른 주제의 글들을 관통하는 것을 자의적으로 강조해도 된다면, 그것은 이른바 '정체성의 물신화'에 대한 경계라고 해도 될 것 같다. 특히, "순수함 대 불순함" 프레임의 문제(박권일), "순수하고 고정적인 정체성"에 강박하는 정치에 대한 우려[9](손희정)라는 대목에 시선을 두어 본다. 지금 거칠게나마 이 글의 문제의식과 연결하고 싶은 것은, 이들이 환기시킨 '정체성' 범주에 대한 강박(혹은 집착)이, 오늘날의 자본주의(신자유주의)와 교차하는 지점이다.

순수한 여성, 순수한 주민, 순수한 우리 학교 학생, 순수한 퀴어, 순수한 국민, 순수한 세월호 유족 등등. 이렇게 순수함으로 판별되는 정체성에 대한 이야기와 문제는 오늘날 다양한 현장에서 접할 수 있다. 물론 유의할 것은 애초에 그 범주와 자격을 논할 수밖에 없게 했던 결속/배제의 복잡함을 우선

---

7. 손희정, 「혐오담론 7년」, 『문화/과학』, 2018년 봄호.
8. 박권일, 「소비자-피해자 정체성이 지배하는 세계」, 『자음과모음』, 2018년 봄호.
9. 이때 유의할 것은 물론 '정체성 정치' 자체가 비판의 대상이 되어서는 안 된다는 점이다. 손희정도 "정체성 정치는 혐오발화의 원인이 아니라 결과이자 효과"라고 강조했다.

감안해야 한다는 점이다.

가령 외부세력을 차단하던 여성의 시위 현장에서의 검은 마스크는 신상털이, 몰카, 사이버불링 같은 방식의 새로운 폭력에 대한 공포와 불안으로부터의 보호를 의미하는 일종의 드레스코드이자, 달라진 연대의 조건을 함축하는 것이기도 했다. 또한 최근 퀴어 창작자들이 무엇이 퀴어 문학인가의 범주와 경계를 진지하게 자문하는 고충 역시 쉽게 풀기 어려운 딜레마들(예컨대 '인정과 재분배' 혹은 '특수와 보편' 등)과 무관치 않다.

한편 이와는 다른 정동으로 새로운 내부타자(트랜스젠더, 난민, 장애인, 젊은 엄마, 어린아이, 노인 등등)를 만들어내고 배제하는 식으로 발현되는 사례들이야말로 문제적으로 목도되고 있다. 이 복잡함을 가로지르는 오늘날의 통성명법의 기저에는 '순수한 정체성'과 '자격'에 대한 질문이 종종 놓여 있다. 사람들은 지금, 범주와 경계에 민감하다. '우리' 안에서 자꾸 자격을 판정하고 심사하고 결속 혹은 배제하려 하며, 그때 절대화되는 것은 판정과 심사의 법적 언어들이다.

소설 「병원」의 주인공이 '사회적인 것'The Social의 혜택을 받을 자격이 있는지 없는지가 전문의의 '인정', '자격', '판정' 등을 통해 결정되는 과정을 다시 기억해보자. 그녀가 보여준 것은 자신이 정말로 '불우한' 사회적 취약계층이 아닐 수도 있다는 정황뿐이 아니다. 그녀는 스스로를 '순수한=불우한=불쌍한' 약자가 아니라는 기준에 의거하여 방어적으로 자기 냉소하기도 했다. 이 순수성을 요구하는 이는 애초에 그녀 자신이 아니었다. 그녀 주변의 어른들이 먼저 그것을 암묵적으로 요구했음은 이미 확인했다.

사실 이것은 '누가 살고 죽을지를 관리하는 생명정치의 차원을 넘어, 죽음과 폭력과 노예화를 강요하며 불안을 상시화하는 죽음정치necropolitics 시스템'[10]의 효과와 그 은유에 다름아니다. 이 시스템의 프랙털 효과처럼, 사람들은 주인공 유림과 같이 누가 '진짜' '순수한' 자격을 갖춘 사람인지 스스로마저 검열하고 그 기준을 내면화한다. 이것은 마치 신자유주의가 피통치자들 중 인민people, 주민population을 셈하기 위해 그 '순수한' 자격을 판정하고 승인하며 주관해온 것과 닮아 있다[11] 지금 우리가(손희정, 박권일의 논의에서도 그러했듯) 문제적으로 직감하는 사례들은 어쩌면 지배자의 통치술이 이제 대중 안에서 자발적, 자생적으로 다양하게 회로를 갖춰가는 양상의 하나일지 모른다.

'순수성'이 '정체성' 범주와 친연성을 갖는 것을 생각할 때, '정체성' 자체에 대해서도 재고할 것이 있다. 오늘날 '정체성'이

---

10. Achille Mbembe, "Necropolitcs", *Public Culture*, 15, no.1, 2003 및 Judith Butler, "Introduction", *Notes Toward a Performative Theory of Assembly*.

11. 서구의 신자유주의 우파 정치세력의 통치술이 대중 차원에서 "사회적 소속의 조건으로서의 인종 또는 종교적 순수성(purity)의 개념"을 통해 작동해왔음을 지적하는 논의들도 참고하자. ─ A. Negri and M. Hardt, *Assembly*, xiii 및 p.54.

란 자본주의적 신비화와 억압의 근본적인 도구[12]로 작동한다고 단언한 이들의 말은 틀리지 않다. 과거의 래디컬한 논의들을 떠올리지 않아도 우리는 본질주의적이고 일관된 정체성을 단위로 하여 주체를 사유하는 것에 이미 다양한 곤경을 겪고 있다. 정체성으로 범주화되는 개인이라는 단위에 대한 근본적 문제제기와 대안적 사유에 대한 질문은 지금 비로소 필요하고 가능한지 모른다.

즉 나, 너, 그녀는 이러이러한 규범 속에서만 정체를 갖는 존재가 아니다. 우리는 각각의 시공간적 '특이성'singularity을 가지기에 개인으로 존재하고 사회를 구성할 수 있다. 인간은 주어진 정체성에 기반한 존재이기도 하지만, 늘 어떤 '사건'event마다의 '특이성'들을 통과하며 스스로를 구성하는 존재이기도 하다. 감히 말하건대, 주체는 사건에 앞서 결정되어 있지 않다. "한 상황에서 다른 상황으로 움직이게 하는 선회와 진로변경 지점"[13]으로서의 '사건'으로부터 주체는 발생한다. '나는 누구인가'의 질문은 근대를 관통하는 것이었다. 하지만 이것은 이제 '어떤 사건 속, 어떤 주체가 될 것인가'의 질문으로 바꿔어야 한다고 생각한다.

---

12. 안토니오 네그리·마이클 하트, 『공통체』, 정남영·윤영광 옮김, 사월의책, 2014. — "그러한 도구로서의 정체성은 득이성들이 다중과 공통적인 것을 구축하는 과정에서 창출한 발전들을 정체성의 변증법을 통해 무력화하거나 분쇄하는 방향으로 작용한다."(439쪽 및 6부)
13. 마우리치오 랏자라또, 『정치 실험』, 120쪽.

다양한 요인들의 구조 속에서 우리는 이러한 정체성의 요인에서는 이러한 존재이지만, 다른 정체성의 요인과 교차했을 때는 저러한 존재이기도 하다는 점은 경험적으로 부정하기 어렵다. 그리고 더 중요한 것은, 그 순간마다 우리는 각자의 억압과 피해를 말할 수 있고, 또한 그 순간마다 특권화, 정치화될 가능성을 지닌 자기 자신을 발견할 수도 있으며, 바로 그런 이유에서 서로 잇고 네트워킹될 수 있다는 사실이다. 이것은, 무책임한 유동적 주체, 탈주체를 의미하는 것이 아니다. 앞서 말했듯 이것은, 우리가 '어떤 주체가 될 것인가, 어떤 주체를 발명할 것인가'라는 문제로의 사고전환과도 관련된다.

이러한 이야기가 '정체성 정치'에 대한 오해를 불러일으킬지 모른다는 기우에서 잠시 덧붙이지만, '정체성 정치'에서 '정체성'이란 중요한 전제이자 출발이다. 즉, 국면적으로 정체성에 기반한 정치는 늘 출현할 수밖에 없다. 전략적, 단계적으로 그것은 늘 필요하다. "페미니스트는 **전략적 본질주의자가 되어야 한다**"[14](강조는 인용자)라는 말도 잠시 기억해두자. 하지만 정체성 자체가 물신화되기 시작하면서 '누가 진짜 ○○인가'를 강박적으로 고민하는 단계에 이른다면, 이제 그때는 다른 전략을 상상해야 할 것이라고 생각한다. 지금 이것은 '정체성 정치'에 대한 비판이나 부정이 아니다. 정체성 대신 '특이성'의 사유

---

14. 가야트리 스피박, 『스피박의 대담』, 새러 하라쉼 엮음, 이경순 옮김, 갈무리, 2006, 254쪽.

를 강력하게 제안하는 이들 역시 "모든 혁명적 운동들은 정체성에 근거"한다고 했다. 문제는 "혁명적 정치는 정체성에서 출발해야 하지만 거기서 끝나서는 안"[15]된다는 점이다. 오해를 무릅쓰고 이 점을 강조하는 것은, 오늘날 혐오·배척으로 '나/너'를 구분하는 현장들(가령 그 극단화된 양상으로서, 최근 도래한 인종주의)과 호모 에코노미쿠스 회로의 상관성이 너무 압도적으로 느껴지는 즈음이어서이기도 하다.

5. '대항품행' 혹은 다른 삶의 발명

사족일지라도, 임솔아 「병원」의 주인공을 주목해야 할 이유는, 장강명의 「알바생 자르기」[16]에서 비슷한 삶의 조건을 지닌 인물인 알바생 혜미를 다시 읽어야 할 이유이기도 하다. 간단히 말하자면, 「알바생 자르기」는 한국사회의 계급, 세대 모순을 보여준 평면적인 사회학적 소설 정도로만 읽힌 측면이 있다. 하지만 「알바생 자르기」의 혜미 역시 자기 의지와 노력으로 선택하는 삶이 봉쇄되었을 때, 스스로를 이 세계의 규범적 신체로 맞춰간 인물형상이다.

마지막 문단이 없었다면 "교활한 서민층 어린애한테 걸려 고생하는 착한 중산층 여자 이야기"로 읽혔을지 모른다는 작

---

15. 안토니오 네그리·마이클 하트, 『공통체』, 446쪽.
16. 장강명, 「알바생 자르기」, 『세계의 문학』, 2015년 여름호.

가의 말[17]은 그래서 그냥 넘길 수 없다. 혜미라는 캐릭터의 평면성은 소설적 결함이라기보다 오히려 소설 배경의 결과라고 해야 할 것이다. 그 결과가 바로 소설 속 혜미의 "뚱한 표정", 잦은 지각, 융통성 없고, 어울리지 않고 혼자 행동하는 모습, 소극적이고 이기적으로까지 보이는 모습, 그리고 '법'에 대한 의존이라는 처세술이었다. (내내 수세에 몰려 있던 혜미가 법규정을 통해 결정적으로 권리를 쟁취하는 대목은 따로 다루어야 할 만큼 복잡하고 중요하다.[18])

작가 장강명은 "그래서 어쩌자는 것이냐, 라고 묻는다면 솔직히 잘 모르겠다. 자본주의이 도구적 합리성이 이쩌고 신자유주의가 어쩌고 하는 말을 늘어놓는다면 그거야말로 '난 정말 모른다'는 고백이 되리라"라고 쓰기도 했다. 이것은 작가의 겸양의 표현인 동시에, 실제로 이 세계가 어떤 조건에서 나의 삶을 주조하려 하고, 나는 또 어떻게 자발/비자발적으로 예속되는지, 그러므로 '요즘 젊은이들이란!' 식의 탄식을 쉽게 내뱉

---

17. 장강명, 작가노트 「현기증」, 『2016 제7회 젊은작가상 수상작품집』, 문학동네, 2016.

18. 소설 마지막에 혜미가 법 규정에 호소하며 일종의 반전을 보여주는 장면은 '법에 의지하는 정동', '준법 강박' 등과 관련해서 중요하게 살필 주제라고 생각한다. 일본의 배외주의 언설(hate speech)의 특징을 분석하는 문학연구자 나카야 이즈미가, 최근 일본 젊은이들의 언설에서 "행동의 옳고 그름보다 법에 복종하는 것을 중시하는" 태도가 신자유주의 이데올로기와 법-개인주의의 언설에 근접해 있음을 분석한 작업(中谷いずみ, 「ナショナリズムの語りと新自由主義－排外主義言説と小林よしのり『戦争論』」, 日本社会文学会, 『社会文学』 42, 2015년 8월)도 좋은 참고가 된다.

을 수 없는 복잡함에 대한 문제제기, 통찰이라고 생각한다.

소설의 재현법이 달라지고 어떤 인물들의 표상이 달라졌다면, 거기에는 분명 구획된 미학의 언어만으로 설명할 수 없는 사정이 있는 것이다. 신자유주의가 어떤 것인지에 대해서는 잘 알고 있다고 여겨지지만, 실상 그 안에서 구체적 작품이, 나의 삶·감정·욕망·신체가 어떻게 주조되고 있는지 조금 더 관심을 기울여야 한다고 생각한다. 인간의 감정, 욕망, 삶의 복잡성을 말하기 위해서라도 이 세계의 구조와 회로에 대한 관심은 더 공유되어야 한다.

지금 이 글의 문제의식을 정교화할 문제틀과 그 개념은 다양하겠지만 이것은 다른 분과의 이야기, 현학적 이론 이야기가 아니다. 오히려 지금 나의 삶과 감정과 욕망과 신체의 문제이고, 지금 시대의 재현 예술이 함께 고민할 문제다. 그리고 어떤 문제의식에서 개념과 문제틀을 채택하든, '자본주의란 생산양식이기도 하면서 세계, 관계, 주체성 자체를 생산'[19]하는 시스템이라는 사실은 부정할 수 없다. (자본주의) '바깥'이 없는 세계는 이미 20세기 말 이후 자명하게 여겨졌지만, 2008년 즈음 이후 그 자명성은 다시 다양하게 도전받고 있으므로 이 사실은 새삼 중요하다.

이어서 정말 강조해야 할 것은, 지배적인 통치술이 있다면

---

19. 조정환, 『예술인간의 탄생』 ; 마우리찌오 랏짜라또, 「자본-노동에서 자본-삶으로」, 『비물질노동과 다중』. (이들의 문맥에서는, 오늘날 다양한 비물질적 생산을 주목하는 말이다.)

인간(예술)은 그것에 구속되면서도 그것을 부수고 바꾸는 존재이기도 했다는 점이다. 방금 '자본주의란 생산양식이기도 하면서 세계, 관계, 주체성 자체를 생산'한다고 쓴 것은, 그 시스템 속 인간의 '욕망'에 방점을 찍어서 다시 생각할 수도 있다. 욕망은 자본주의에 종속되어 있을 뿐만이 아니라, 그것으로부터 해방하는 힘이기도 하기 때문이다. 단순히 구조 속에 개인이 있는 것이 아니라, 거기에는 욕망하는 개인들이 살아간다. 우리의 욕망은 구조의 산물일 뿐 아니라, 구조에 대한 이의제기의 힘이기도 하고, 그것을 전복할 수 있는 힘이기도 하다.

신자유주의의 '품행통치'에 대해 많은 이들이 주목해온 '내항품행'conreconduites(푸코)의 가능성도 이런 것에 다름 아니다. "자신의 품행을 타인이 지시하도록 내버려 두지 않겠다는, 통치되지 않겠다는, 다르게 통치되겠다는, 또는 자기 자신을 스스로 통치하겠다는 의지에 의해 이끌리는 삶의 양식과 행동."[20] 즉, 인간은 시스템의 '품행통치'에 다스려지는 존재이기도 하지만 동시에 그것에 대항하여 '다른 삶을 위한' 품행과 조건을 만드는 존재이기도 하다. 이 점을 강조하지 않고 이 글을 마무리 지어서는 안 된다.

---

20. 마우리치오 랏자라또, 『정치 실험』, 129쪽. 프랑스에서는 2000년대 초반 신자유주의적 백래시로서 "사회적 재건" 명목하에 실업보험 '개혁'이 추진되었다. 이에 문화·예술인들이 앵떼르미땅(Intermittent, 예술인 고용보험 제도) 투쟁을 전개하는데, 이것은 단순히 권리요구에 대한 투쟁이 아니었다. 랏자라또는 그들이 어떻게 새로운 주체성을 발명해갔는지 『정치 실험』에서 상세히 기록하고 있다.

6. 벤치와 소녀들

주체성은 소유having에 의해서가 아니라 존재하기being, 정확
히 말하자면 같이-존재하기, 같이-행동하기, 같이-창조하기
에 의해 정의된다.[21]

마지막으로 다시 소설 「병원」 이야기다. 소설은 유림의 퇴
원 후 다음과 같은 장면으로 끝난다. "여자아이가 벤치에서
일어섰다. 아이는 도로의 가장자리에 쌓여 있던 은행잎을 한
장 집어 가슴주머니에 꽂았다. 그리고 병원 정문으로 들어갔
다. 여자아이가 누워 있던 그 자리에 유림은 누웠다. 점퍼 주머니
에 손을 넣었다. 2만 원을 내고 남은 거스름돈 830원이 만져졌
다."(강조는 인용자)

언뜻, 마지막까지 유림은 선택지 없는 폐쇄회로 같은 세계
에서 한 발도 빠져나올 수 없을 것처럼 보인다. 여전히 세계는
완강하고 830원으로 새 출발해야 할 주인공은 영영 자기 삶
의 주인이 되지 못할 것 같다. 하지만 앞의 인용문을 다시 찬
찬히 생각해보자.

벤치에 어떤 여자아이가 누워 있었다. 병원으로 들어가는
그 여자아이 역시 유림보다 월등하게 사정이 낫거나 행복해
보이지는 않는다. 하지만 여자아이는 '은행잎' 한 장을 주워 가

---

21. A. Negri and M. Hardt, *Assembly*, p. 105.

슴주머니에 꽂는다. 그녀는 도로 가장자리의 은행잎을 가학적으로 밟고 지나갈 수도 있었고, 무심하고 건조하게 자리를 떠날 수도 있었다. 하지만 그녀는 그러지 않았다. 이어 유림은 여자아이가 누워 있던 '그 자리'에 눕는다. 아마도 비슷하게 그다지 행복하지 않을, 여자아이의 온기가 남아 있었을 것이다. 유림이 떠나고 나면 또 다른 유림이 그 벤치에 눕거나 앉게 될 것이다. 그녀들은 말 한마디 섞지 않고 자기 갈 길을 가겠지만, 분명 그들의 신체와 정동은 같은 '장소'를 공유한다.

이 세계의 통치술이 우리의 주체성마저 생산하는 강력한 구조 속에서 작동한다고 해도, 그녀들의 신체와 정동은 그날의 연결을 기억할 것이다. 벤치의 온기를 기억하는 그녀들은 언젠가 어딘가에서 만나 '같이' 존재하고, 행동하고, 무언가를 창조할 수 있게 될 것이다. 그것이 반드시 물리적 마주침을 의미하는 것은 아니다. 하지만 그녀들이 공통적으로 경험하는 '불안정함', '허약함'은 오히려 결정적일 때 그녀들을 만나게 할 것이다. 이때 '그녀'들은 '정체성'으로서의 여성, 소녀, 사회적 약자만은 아니다. '그녀'들은 우리가 잇고 만들어가야 할 무언가/누군가이기도 한 것이다.

회로 속의 인간, 회로를 만드는 인간

사건, 주체, 역사, 인간에 대해 생각하며

1. 미래는 현재가 지워진 채 펼쳐지지 않는다.

알레고리가 아닌 방식으로 현재와 미래를 섬세하고 개연성 있게 연결하는 어느 소설을 SF의 지식을 갖고 있는 학생들과 함께 읽은 일이 있다.[1] 지금으로부터 약 1세기 후의 세계를 다루는 김보영의 「얼마나 닮았는가」[2]에는, 첨단의 AI와 우주항해가 현실화된 세계가 펼쳐지고 있는데 여기에는 오늘날과 대동소이한 문제들이 변함없이 존재한다. 세월호를 연상시키는 사건, 시스템의 야만, 성性과 위계에 따른 폭력 등은 시간이 한참 흐른 미래세계에서도 문제적 상황으로 펼쳐지고 있다. 그런데 이에 대한 예상치 못한 반응이 하나 있었는데, '기술적 특이점을 넘어 이미 인격화된 AI가 등장하는 시점에서 변함없이 세월호, 젠더불평등 같은 현세계의 문제가 반복·지속되리라

---

1. 2018년 가을, 어느 과학기술원의 학생들과 이 소설을 함께 읽은 개인적 에 피소드다.
2. 김보영, 「얼마나 닮았는가」, 『아직 우리에겐 시간이 있으니까』, 한겨레출판, 2017.

는 상상은 개연성이 없다'는 것이 그 요지였다.

일견 이해될 법하다. 유발 하라리와 같은 대중적 빅히스토리big history 작가를 통해서도 알려져 있지만, 이제까지 인류가 골몰해온 가치와 그 경험세계는 기술발전의 특이점을 경유하며 상당히 무효화될 것이라는 전망도 폭넓은 반향을 얻고 있기 때문이다.[3] 하지만 그 반응은 AI에게 프로그래밍될 데이터가, 인간세계의 경험치를 자원으로 삼을 수밖에 없다는 점, 가령 시스템이 방기하는 죽음들이나, 인간의 이기심이나, 성 불평등 같은 현실적 문제들, 그리고 그것에 저항해온 누적된 역사성을 외면할 때에만 가능하다. 오히려 과학적 개연성의 문제와 무관한 이야기인 것이다.

실제 소설 속 AI에게도 그러했듯(소설 속 AI는, 인간으로부터 성차별에 대한 정보를 주입받지 못했지만 실제 경험을 거듭하며 그 정보가 삭제되었음을 알아차린다.) 인간은 때때로 불편한 진실을 삭제한 채 미래를 상상하고 싶어 한다. 하지만 이 소설이 암시하듯 그 불편한 진실을 삭제한다 해도 그것과 단절된 미래가 펼쳐질 리는 없다. 또한 고도로 인격화된 AI라고 해도 그 첫 단계에서는 모사대상으로서의 인간의 경험과 역사의 데이터가 필요하다. 소설 속 설정처럼, 소위 딥러닝deep

---

3. 유발 하라리가 미래 예측의 큰 그림을 스케치하고 제시하는 것은 중요한 자극이 되지만, 인간의 상징체계, 축적된 경험, 현실의 문제들을 단절적으로 해소시키는 빅히스토리 서술은 적극적으로 판단하며 읽어야 할 지점이 많다.

learning의 원리는 무에서 유를 창조·생성하는 게 아니라는 말이다.

즉 기술적 특이점의 의미를 감안하더라도, 현재를 삭제하고 미래로 도약해버리는 일은 불가능하다. 현재의 문제적 상황과 갈등 역시 미래의 데이터를 구성할 인류의 경험들이다. 어떤 미래를 상상하든 그 상상력은 현재 이곳을 구체적으로 경유해야만 한다. 삭제하고 싶어도 돌아오는 것이 이 현재를 구성하는 진실들이다.

2. 미래와 인간에 대한 재질문: 백지은[4]의 문제의식을 경유하며

소위 정상성의 규범하에서 들리지 않았던 목소리가 한국 사회와 문학장의 회로를 재구성하는 현장에 대한 책[5]을 읽던 중, 지금 페미니즘 정동의 현장이 "호모 사피엔스의 시각(남성중심, 인종차별, 생명경시 등등)으로 형성되어 온 경험데이터와는 다른 시각(타자 존중, 인간평등, 생명중시 등등)으로 형성될 경험데이터가 질적으로 양적으로 풍부해진 후의 미래"를 그려가고 있다고 말하는 한 문학평론가의 글에 시선을 두게 되었다.

백지은의 「신을 창조한 인간이 인공지능을 만들었다」는,

---

4. 백지은, 「신을 창조한 인간이 인공지능을 만들었다」, 『크릿터 1호: 페미니즘』, 민음사, 2019.

5. 비평무크지 『크릿터 1호: 페미니즘』, 민음사, 2019.

오늘날 페미니즘적 문제의식이 만들어가는 현장을, '인공지능' 이라는 말로 상징될 '포스트휴먼 시대'하에 배치시키고 있다. AI와 페미니즘이라니. 일견 이 둘의 관계가 의아하다. 거칠게 말해도 된다면 그녀의 글은 "인간이란 종이 단일한 데이터 처리 시스템에 불과"하게 되고 "개인의 경험데이터는 시스템의 칩으로 전락하고 말리라"는 '비관'. 그리고 "지금 우리의 경험과 목소리가 더 나은 데이터로 양산되기를 바란다"는 '희구'. 이 둘 사이를 오가고 있다. 그녀의 글은 ① '인간이 알고리즘적인 것' 이라는 전제가 상식이 되고, 인간과 AI 사이의 구별이 무의미 해지는 시대가 곧 도래하게 될지라도, ② 인간이 창조한 것은 (가령 AI) 곧 인간이 쌓아가는 경험데이터가 기반이 될 것이므로, ③ '이 데이터화할 경험들을 어떻게 축적하느냐가 중요하다'는 논리로 전개된다.

그녀가 의도한 것은 "로봇공학이 가져올 발전을 점치"고자 하는 것이 아니라, "생명공학과 사회과학으로 다루어야 할 변화"를 사유하자는 쪽에 있다. 이 문제의식은 문학, 인문학의 것이 되어야 하는 것도 마땅한데, 실제로 반드시 뇌과학, 인지과학, AI 논의로부터가 아니더라도 근대 자유주의 휴머니즘적 인간 관념의 변화를 예감케 하는 논의는 면면히 이어져왔기 때문이다. 단적인 사례로, 2017년 노벨경제학상은, 근대 주류경제학이 상정해온 합리적·이성적 인간 관념과 전제를 달리하는 행동경제학 분야 저자에게 수여되었다.[6] 언어학에서 사라진 태態인 중동태middle voice의 사유와 인간의 주체성을 질문하는 논의가 각 언어권에서 제출되고 있고,[7] 스피노자를 재해석하며 신체와 정동의 문제의식을 본격화하면서 인간을 재질문하는 논의도 이어지고 있다.[8] 최근에는 페미니즘의 문제의식하에서 반본질주의적 관점의 정체성을 사유케 하는 '교차성'intersectionality[9]이 개념적으로 다시 등장하는데, 이 흐름도 여기에서 다시 맥락화되어야 한다. 지금 언급한 이 분과적 장면들은 개별적인 것일지라도, 인간의 관념과 합의가 변화하는 도정에서 서로 정합적으로 맞물려 있다.

그럼에도 "인간이 알고리즘이라는 것"이라는 백지은 글 속의 명제는 명시적이고 직접적으로 근대 자유주의 휴머니즘의 전제를 겨냥하고 있는 셈이어서 더 불온하게 여겨질지 모르겠다. "인간은 유기체의 알고리즘들로 분리되고, 알고리즘은 개체의 순수한 자유의지에 종속된 의식적 활동이 아니라 유전자, 환경, 외부자극 등에 연동되는 비의식적 활동"이라는 그녀

---

6. 리처드 H. 탈러(Richard H. Thaler)는 2009년에 소개된 책 『넛지』(리처드 탈러·캐스 선스타인 지음, 안진환 옮김, 리더스북, 2009)로 알려져 있다.

7. 森田亜紀, 『芸術の中動態 – 受容/制作の基層』, 萌書房, 2013. 國分功一郎, 『中動態の世界 意志と責任の考古学』, 医学書院, 2017. Giorgio Agamben, *The Use of Bodies*, Stanford University Press, 2016.

8. 정동(affect)의 문제의식을 개입시켜 세계를 다시 읽고 구상하는 작업들. 단적으로 프랑스의 연구자(사회학자)이자 활동가인 Frédéric Lordon의 최근 작업들.

9. 법학자 킴벌리 크렌쇼가 흑인여성의 경험 속에서 인종과 젠더가 어떻게 작동하는지 문제제기하며 처음 제기한(1989, 1991) 개념이지만, 개별이론이라기보다 그 문제의식을 공유하는 영미권 논의들 속에서 꾸준히 사용되어온 말이기도 하다. 한국어 번역본은 https://en-movement.net.

의 말이 암시하는 인간이란 통합된 개체로서의 자아도, 합리적 이성과 자유의지를 가진 존재도 아니다. 그녀의 글이 어떤 고민과 양가성을 행간에 그대로 노출한 것도 이런 이유에서일 것이다.

하지만 인간이 알고리즘적인 존재고, 인격화된 AI가 인간을 대체할 시대가 곧 도래한다 하더라도, 앞서 강조했듯 그것이 결국은 누적된 인간의 경험과 역사에 기반 한 미래일 것이라는 점에서, "지금 우리의 경험과 목소리가 더 나은 데이터로 양산되기를 바란다."라고 서술하는 그녀의 말에 좀더 공감과 확신을 보태고 싶다고 생각한다. 적어도 논리상으로는 '현재' 우리가 축적할 경험의 다발이, 미래의 어떤 회로[10]를 구축할 자원인 것은 분명하기 때문이다.

3. 인간에 대한 불온한 질문의 조건들

생각해보면 인간에 대한 불온한 질문은, 개념을 통해 언어화되지 못했을 뿐 이미 느슨하나마 문제계를 형성해온 것

---

10. 이 글에서는 '구조'나 '시스템'이 아니라 '회로'라는 말을 적극적으로 쓰려고 한다. 구조나 시스템은 인간과 이 세계를 정태적인 것으로 파악하게 하지만, '회로'는 '이 세계가 끊임없이 움직이고 어디론지 이행하고 있는 역동적 실체'라는 문제의식을 표현하기 적합하다고 생각하기 때문이다. 이러한 '회로'는 지금까지 언급했듯, 과학기술이 동력이 되기도 하지만, 한편으로 기존 회로에 대한 인간의 저항과 일탈이 동력이 되기도 한다. 가부장제, 자본주의, 근대 등등 우리가 그간 어떤 견고한 '구조'·'시스템'으로 인지해오던 것들 모두에 대해서도 이 말은 유용하다.

이기도 하다. 이른바 근대적 '개인'의 역사성이 자각된 순간, 이미 인간을 둘러싼 불온한 질문은 발아를 기다리고 있었다고 해도 될 것이다. 19세기 말 동아시아 한자문화권에서 고육지책으로 '개인'個人이라는 말로 번역, 정착한 'individual'의 본래 함의(더 이상 나눌 수 없는 in-divi-dual)도 그러하지만, 오롯한 자아와 합리적 이성과 자유의지를 갖고 있고, 능동적 선택과 행동을 할 수 있는 주체로서의 '인간'은 분명 그런 존재여야 할 이유가 있었던 역사적 계기에서 국면적으로 출현한 것이었다.[11] 인류가 믿어온 '자아'의 독립성과 자율성, 그리고 그것을 바탕으로 상상한 '나'의 이미지는 근대적 개인의 관념과 연동된다. 고유의 번호를 통해 '개인'의 자격을 부여받고 국가의 구성원으로 통합되어간 역사 속에서 인간에 대한 추상적 관념은 실체가 되어간 것이다.[12]

그런데 오늘날의 기술·생태적 조건 속에서 우리는 반드시 수직적top-down 방식의 파놉티콘 속에서만 존재하지 않는다. 오늘날 생태계를 이루고 있는 온라인 속에서 우리는 이전과 다른 자유를 구가하고 있다. 하지만 우리의 정동, 사고, 정보는 통합된 주체로서의 '개인'이 아니라 데이터로 분할되어 부지불식중 관리된다. 물론 이러한 인간의 존재조건은 지금 새삼 문제제기된 것이 아니다. 1970년대 중후반의 대중문화·문학 논

---

11. 國分功一郎, 「〈する〉と〈させる〉の境界, あるいは人間的自由の問題」, 『談』 no. 111, 公益財団法人たばこ総合研究センター 편집, 水曜社, 2018.
12. 잘 알려져 있듯, 미셸 푸코의 후기 작업들이 이와 관련된다.

의들에서도 '인간과 주체되기의 조건'에 대한 고민이 씨앗처럼 발견된다. 문학평론가 김현이 40여 년 전에 한참 골몰했던 것이 바로 '가짜욕망'의 문제였음을 잠시 떠올려 본다.[13] 그의 글 속에서 가짜욕망은 주로 미디어와 대중의 관계 속에서 논해지고 있기에 대중혐오론처럼 오해되기 쉽다. 하지만 그의 논의들은 부정적 군중, 대중론이 아니다. 김현은 당시 매체의 변화가 인간의 욕망, 취향과 어떻게 관련되는지, 그리고 거기에서 문학(예술)이 무엇이어야 할지에 골몰하고 있었다. 오늘날 그가 살아 있다면, 인간을 능동적 주체라고 확증하기 어렵게 하는 조건이 무엇인지 계속 질문했을 것이다. 오늘날은 그 질문이 더욱 예각화 될 수밖에 없는 시대이기 때문이다.

사소한 사례이지만, 잠시 나의 독서취향을 떠올려보자. 그리고 이제는 일상적 조건이 된 인터랙티브 시스템도 나란히 떠올려보자. 오늘날 모든 인터넷 서점은 나의 구매이력과 개인정보에 기반하여 맞춤형 서비스를 제공한다. 나의 정보는 무수한 다른 정보데이터와 결합하고 분석되며 나의 취향이라 여겨지는 목록을 만들어 내게 돌려준다. 모든 신간(정보)을 직접 아우를 수 없는 수고를 빅데이터 기반 기술이 보완하거나 대신해준다. 즉, 나의 선택은 누군가가 선별해준 범위 안에서의 선택이다. 나는 늘 올곧은 선택을 하고 있고, 나의 판단은 이러이러하다고 확신하지만, 엄밀히 말하자면 이전보다 훨씬 제

---

13. 단적으로 김현, 「대중문화의 새로운 인식」, 『뿌리 깊은 나무』, 1978년 4월호.

한된 조건 속에서 나의 취향과 욕망은 확증편향적으로 구축되어가는 것인지 모른다.

즉, 여전히 우리는 고유의 주민번호로 환원된 법적·제도적·담론적 '실체', 통합된 주체로서의 개인으로 살고 있지만, 한편으로 우리의 정보, 심지어 욕망, 정동은 데이터로 분할/횡단하며 생성, 유통되고 우리는 반드시 개인이라고 할 수 없는 형태로 존재한다. 우리의 존재 조건은 김현의 시대보다 고도로 콘트롤되고 있지만 이것을 의식하지 않을 때에만 우리는 자유롭다고 말할 수 있다. 마침 이러한 기술적 이행이 진행되던 시기는, 탈이념, 탈정치라는 우파 자유주의의 수사가 습합했고, 기술적 변화와 정치경제적 이행은 우연이었을지언정 결과적으로 나란히 놓인 사건이 되었다.

질 들뢰즈는 예술과 창조에 대해 이야기하는 자리에서[14] 미래(이미 실현된 오늘날) 세계를 '고속도로'에 비유한 바 있다. 고속도로에서 우리는 질주하고 자유롭게 이동할 수 있다. 하지만 고속도로 안에는 미리 결정된 회로와 제한속도와 룰이 있다. "사람들이 전혀 갇혀 있지 않고 무한히 '자유롭게' 돌아다닐 수 있는데도 완벽하게 통제"될 것이라는 그의 진단은, 오늘날 고속도로에 비유될 이 세계의 조건 속에서 충분히 경험되고 있다. '나'의 '자유'는 과연 '고속도로' 안의 통제된 자유에

---

14. 질 들뢰즈, 「창조 행위란 무엇인가?(1987)」, 『사유 속의 영화』, 이윤영 엮고 옮김, 문학과지성사, 2011.

불과한지 모르는 것이다.

이쯤 되면 즉각적으로 심적 저항감과 비관이 뒤따를지 모르겠다. 이러한 조건에서 확인되는 인간은 오랫동안 믿어왔던 능동적, 주체적 개인이 아니기 때문이며, 미래는 SF물에서 무감하게 스쳐온 전체주의적 디스토피아의 상투성 이외에 선택지가 없어 보이기 때문이다. 하지만 이런 불안과 저항감을 고려하며 다시 환기하고 싶은 것은, 인간의 역사가 일방향적이거나 단선적으로만 전개되어오지 않았다는 사실이다. 또한 인간은 늘 주어진 어떤 조건에 구속되어 있지만, 거기에서 늘 새로운 회로를 만들어가는 존재였다는 점이다. (이것은 '그럼에도 인간은 위대하다' 식의 상투적 위로가 아니다.) 즉, 인간이 알고리즘적 존재'라고 할 때, 이 말은 단순히 '자유의지가 있다/없다', 혹은 '인간은 능동적이다/수동적이다' 식의 이분법적 판단 속에서 해석되어서는 안 된다. 오히려 인간에 대한 이런 이분법적 이해에 대해서는 적극적으로 다른 해석이[15] 필요하고, '인간이 알고리즘적 존재'라는 말은 축자적으로 단순화되지 않아야 한다.

4. 우리가 반드시 individual로 존재하지 않을 수도 있다는 사실에서 다시 시작한다면 ①

---

15. 이 책의 2부 「마지막 인간의 상상」에서 조금 자세히 다루었다.

인간과 그 조건에 대한 이야기를 문학으로 잠시 이어가 본다. 한국에서 히라노 게이치로는 '일본의 젊은 순문학 작가', '근대소설의 정통성을 잇는 작가'의 이미지로 알려져 있지만, 그가 2000년대 중반부터 '분인'dividual의 아이디어를 본격적으로 제출해온 것은 잘 알려져 있지 않다. 지금 '잘 알려져 있지 않다'고 말한 것은 다소 어폐가 있는데, 사실 그의 '분인론'分人論과 그에 기반 한 소설들은 한국어로도 거의 번역, 소개되어 있기 때문이다. 아마, 그의 이미지와 사뭇 반反하는 분인론이 한국에서 잘 알려지지 않은 것은, 근대적 개인의 가치와 이념이 한국에서 일종의 미완의 과제라고 여기는 인식 때문일지 모른다. 능동적 주체로서의 '개인'을 한사코 문학의 기본단위로 생각하는 것은, 근현대사의 군국주의와 독재 경험, 혹은 1980년대의 공동체주의적 시대 분위기에 대한 반대급부일 수도 있다는 말이다.

히라노 게이치로는 '나란 누구인가'가 아니라 '나란 무엇what인가'라고 질문했는데[16] 말할 것도 없이 여기에는 인본주의의 사유가 지워져있다. 히라노 게이치로는 '진정한 나'라든지 '나=개인'과 같은 관념이 허구적이라고 말한다.[17] '진정한 나'가

---

16. 히라노 게이치로, 『나란 무엇인가』, 이영미 옮김, 21세기북스, 2015. 이 책의 일본어판 부제 "개인에서 분인으로"(「個人」から「分人」へ)는 한국에서 "진정한 나를 깨우는 히라노 게이치로의 철학 에세이"로 번역되었다.

17. 그 스스로 이 고민을 소설화했다고 말하는 『결괴』(2009), 『던』(2012), 『공백을 채워주세요』(2012), 『형태없는 사랑』(2013), 『ある男』(2018) 등을 참고해보자.

있다기보다, 모든 관계 속에서 발현되는 '나'들 모두가 진정한 나라고 한다. 과연 우리가 구별되는 차이로서만 존재하고 있는지 그는 질문한다. 이것은 앞서 언급했듯 데이터화된 존재양태로서의 '나'를 떠올리지 않더라도, 일상 속 누구·무엇과 접속하고, 어떤 관계 속에서 배치되는가에 따라 조금씩 다른 캐릭터를 확인하게 되는 '나'의 경험을 떠올려보아도 좋을 것이다. 이때의 '나'는 '나뉠 수 없는' 존재가 아니라 오히려 모든 유무형의 관계 속에서 서로를 나누어 가지는分有 존재인 것이다.

그는 개인과 변별될 이런 존재유형을 '분인'分人·dividual이라고 했는데, 이것은 앞서 언급한, 비관적으로 예상된 들뢰즈 식의 dividual이 아니다.[18] 히라노는 오히려 그 개념으로 설명될 오늘날의 폐색적 상황으로부터 다른 존재론의 가능성을 전개한다. 요컨대 그의 '분인' 개념은 단순히 나=개인을 부정하는

---

18. 본래 윌리엄 버로즈의 개념이고, 들뢰즈는 후기 강의록과 글 속에서 푸코의 훈육권력 시대와 변별되는 통제(control)권력 시대의 단위로서 이 개념을 논한다. 잠시 '통제', '통제사회'의 번역어에 대해서도 생각해본다. control(프랑스어 contrôle)은 한국에서 '통제'로 옮기고 있는데, 맥락상 타당한 번역어인지에 대한 의구심이 들기도 한다. 푸코의 '규율', '훈육' 개념과 뚜렷이 대비되지 않는 듯 여겨지기 때문이다. 그러나 들뢰즈의 'la société de contrôle'은 한국어로 「통제와 생성」(네그리와의 인터뷰), 「통제 사회에 대하여」(『대담 1972~1990』, 김종호 옮김, 솔, 1993)처럼, 처음부터 명백히 '통제'로 번역된 이래, 문제제기 없이 그대로 통용되어왔다. 참고로 일본에서는 처음에 '관리사회'로 번역했으나 점차 '제어사회'쪽으로 번역어 및 의미의 이행이 있었다.(北野圭介, 『制御と社会 : 欲望と権力のテクノロジー』, 人文書院, 2014). 1990년대에 한국이나 일본에서 이 글들을 번역할 때 푸코의 '규율', '훈육' 개념과의 관계가 명료하게 인지되지 않았을 가능성에 대해서도 생각해보게 된다.

것이 아니라, 그러한 관념을 가능케 한/요구해온 근대의 조건이 흔들리는 와중에 '나'를 다시 어떻게 사유하고, 소설적으로 어떻게 서사화할지 질문하는 것이다.

예를 들어 스스로 분인론을 근거로 썼다고 말하는 소설 『결괴』(2009)는 표면적으로는 불특정 다수를 향한 연쇄살인과 미디어, 그리고 붕괴되는 삶들을 그리는 미스터리 형식의 사회파 소설이다. 이런 소재를 다루는 소설은 대개 개인/사회, 혹은 선/악에 대한 탐구를 연상시키지만, 『결괴』는 이런 구도로 이야기할 수 없는 오늘날 세계의 인간을 그린다. 소설 속 중심인물은 학교폭력의 피해자이지만 연쇄살인의 가해자다. 또한 사건들은, 사후적으로 보았을 때 인과의 소산이지만, 그 이면은 불특정하고 우연적인 고리로 연결되어 있다. 이때의 인물들을 다중인격, 분열된 존재 식으로 이해하는 것은 평면적이다. 이 소설은 선악의 이분법 이전에, 본질적이거나 고유한 '나'를 가졌다고 하기 어려운 사람들의 세계와 사건을 보여준다. 물론 그들은 '각자의 물리적(신체적) 형상=근대적 개인'이라는 단위에 기초하는 정체성의 지표들(가령 이름, 성별, 가족, 직업, 학력, 지역 등등)로 인해, 고유한 개인의 형상으로 존재하지만, 그들은 누구 혹은 무엇과 접속하느냐에 따라 순간순간 다르게 존재한다.

사실 이런 유형, 세계관의 소설은 그리 낯설지 않다. 단지 그 문제의식이 언어를 갖지 못했을 뿐이다. '누가 진짜 ○○인지', '○○라는 기표로 통합되는 존재가 가능한지'에 대한 질문에 바탕을 둔 소설적 트릭[19]으로부터, "지금 우리를 형성한 내적이고 외적인 모든 과정을 조밀한 인과의 그물로 엮어" 내어 "함께 찾아낸 맥락"이 "우리의 존재를 우주의 크기로 부풀"[20]린다는 세계관에 이르기까지, 한국소설의 어떤 이행의 징후를 생각해본다. 개념으로 포착되지 않았을 뿐, 삶과 인간에 대한 이러한 렌즈들은 이미 낯설지 않다. 이 렌즈를 통해 본다면, 어떤 개체적 존재 자체가 아니라 그가 접속하는 항들과 그 네트워크가 중요해진다.

그런데 이 렌즈를 개념적으로 의식하는 것과 아닌 것에는 분명 차이가 있다. 단지 새로운 개념어나 이론의 문제가 아니라, 세계를 구상하는 시각과도 연결되기 때문이다. 이럴 때 떠오르는 에피소드가 하나 있다. 『이기적 유전자』(1976)로 유명한 리처드 도킨스는 훗날 한 인터뷰에서 자기 책의 표제에 '이타적 개인'을 붙여도 무방하다고 했다. 하지만 그는 그러지 않았고 굳이 '이기적'selfish이라는 말을 표제에 썼고,[21] 그 말의 효과는 오랫동안 이 세계의 이데올로기 확산에 기여했다. 전후 케인즈주의의 쇠퇴를 알린 브레튼우즈 체제가 붕괴한 것이 1970년대 초이고, 신자유주의의 이론을 제공한 하이예크가

19. 배수아, 「홀」, 『홀』, 문학동네, 2006.
20. 우다영, 「밤의 징조와 연인들」, 『밤의 징조와 연인들』, 민음사, 2018, 37~38쪽.
21. 파울 페르하에허, 『우리는 어떻게 괴물이 되어 가는가 : 신자유주의적 인격의 탄생』, 장혜경 옮김, 반비, 2015, 95쪽.

노벨경제학상을 수상한 것이 1974년이며, '사회 그런 것은 없다'라며 마거릿 대처가 신자유주의적 드라이브를 시작한 것이 1970년 중반이다. '이기적'이라는 말을 붙이지 않았어도 될 이 책이 1970년대 시점에서 '이기적'이라는 표제어를 선택한 것은 한 세기의 이데올로기와 무관치 않다. 그리고 그 효과는 한 세대를 넘어서도 지속되고 있다. 즉, 개념의 고안이나 인식은 궁극적으로 세계를 만들어가는 비전과 관련된다. 세계 구상의 비전과 관련한다면 말의 발명과 선취에 대한 고민은 불가피한 것이다.

한편 히라노 게이치로의 분인론은, 소설적으로 말하자면 단일한 주체로서의 캐릭터가 서사 전체를 이끌어가지 않도록 만드는 기획이기도 하다. 단일한 정체성으로 환원될 만한 한 인물(인간)에 골몰하거나 그 개체에게 주체되기의 과도한 짐을 지우지 않는 방식으로 서사 만들기, 혹은 한 인물에게 스민 무수한 타자들과의 관계성을 그대로 노출하기, 한 인물로 수렴되지 않을 무수한 구성요인들을 함께 고려하기. 이것은, 어떤 개인(개체)에게 부과시켜온 서사의 짐을 덜어내는 작업이라고도 할 수 있는 것이다.

5. 우리가 반드시 individual로 존재하지 않을 수도 있다는 사실에서 다시 시작한다면 ②

앞서 암시했지만, '인간이 알고리즘적 존재'라고 할 때의 단위 역시 individual이 아니다.[22] 여기에서 심적 저항이나 비관, 혹은 불안이 먼저 상기되더라도 '나'가 개인, 개체라기보다 타자와 섞이거나 타자를 횡단한 결과로서 존재하는 사실을 적극적으로 사유한다면, 이것은 오히려 이 세계의 어떤 문제들에 실효성 있게 개입시킬 단초가 될지도 모른다. 예컨대, '더 이상 나뉠 수 없는' 개인의 신화가 지배하던 시절의 끄트머리를 소위 신자유주의적 '개인'의 관념이 습합해간 것을 떠올려보자. 연대의 조건을 파괴하며, '나'와 '나의 가족' 이상을 상상하기 어렵게 하고, 실패도 성공도 개인의 책임으로 짐 지우는 이데올로기는 결과적으로 근대적 '개인'의 관념을 극단화한 것이라고 해도 될 것이다.

하지만 '나'가 무수히 나뉠 수도 있고, 늘 타자와의 스며듦 속에 존재하며, 언제나 타자들이 서로 가로지르는 가운데 그때마다의 어떤 주체를 생성한다는 사유와 개념 dividual/tran-individual 등등으로 잠시 대체해 생각해보자. 그렇다면 어떤 전체주의적 기획에 동원되고 조직되며 데이터자원으

---

22. 이때, 오늘날 우리의 주체성의 구성요소인 "지성, 정동, 감각, 인지, 기억 등"이 더 이상 개인으로서의 '나'를 통해서 통합되지 않으며, "회사, 미디어, 공공서비스, 교육 등의 배치나 과정들 안에서 전개되는 종합의 구성요소"가 되어간 상황을 "기계적 예속"(machinic enslavement)이라는 말로 개념화하는 논의도 함께 검토되어야 한다. '기계적 예속'은 "개체화된 주체, 의식, 재현을 해체하며 전개체적이고 초개체적인 층위"에 영향을 미친다는 논의는, 이 글의 문제의식을 심화시킬 때 필요한 자료가 될 것이다. 마우리치오 랏자라또, 『기호와 기계 : 기계적 예속 시대의 자본주의와 비기표적 기호계 주체성의 생산』, 신병현·심성보 옮김, 갈무리, 2017, 16, 380쪽.

로 상상되기 쉬운 인간은, 한편으로 현재 이 세계를 다르게 구성할 아이디어를 제공하는 존재가 되기도 한다.[23] 최근 '자기 구성'이나 '자기조직화' 같은 개념을 제안하는 이들[24]도, 인간이 견고한 개체이기 이전에 본래 서로 스미고 교차적, 중첩적인 존재라는 사실에 주목한다. 인간이 본래 '지팡이를 필요로 하는 허약한 존재'라는[25] 인식은, 인간의 능동적 주체의 신화를 질문하면서 인간과 세계를 다르게 사유할 원리를 제공한다. 즉, 근대의 기획이 부과한, 능동적이고 주체적인 존재로서의 인간이라는 과제의 짐은 물론이거니와, 신자유주의 이데올로기와 습합하는 개인의 오염된 가치들을 탈구시키는 의미에서도 이 논의들은 무용하지 않다.

나아가, 개인의 관념과 짝패를 이루어온 정체성identity 개념에 대해서도 더 생각해본다. '나는 어떠어떠한 정체성을 갖고 있다'라는 표현이 자연스럽듯, 정체성은 어떤 개체가 무언가를 독점적, 배타적으로 '소유'하고 있다는 가정에서 출발한다. 이것은 자주 단일하고 본질적인 정체성을 상상케 했다. 그런데

---

23. 다른 지면이 필요하겠지만, 한 예로 2000년대 초부터 주디스 버틀러가 신자유주의의 최전선에 놓인 이들이 저항의 주체로 등장하는 것을 주목할 때 '불안정함'(precarity), '취약성'(vulnerability)을 중요한 이론적 키워드로 전개시키는 것, 그리고 최근의 네그리, 하트가 그녀의 개념을 적극적으로 수용하는 것에도 이러한 사유가 스며있다고 생각한다.

24. 주디스 버틀러, 안또니오 네그리, 마이클 하트 등의 최근 저서들에서 강조되는 개념이다.

25. Frédéric Lordon, *La société des affects : pour un structuralisme des passions*, Seuil, 2013.

이 단일하고 본질적인 정체성이 불가능하다는 것, 어떤 특정 정체성으로 환원되거나 대표될 수 없는 경험들의 교차를 주목해야 한다는 점은 최근 다양한 국면마다 제기되고 있다. 가령 페미니즘의 문제의식에서 제기된 '교차성' 같은 말도 그 중 하나다.[26] '교차성'은 어떤 이론이기에 앞서, 실제 우리 삶 속에서 늘 경험되어왔으나 아주 늦게 개념화된 말일 뿐이다. 우리의 사유가 달라져야 한다는 점을 상기시키는 말로 이해해야 한다.

'교차성'은, 우리 삶의 재현(대표)되지 않는 모든 경험과 위치들이 사실 어떤 존재에 의해 독점적으로 '소유'된 것이라기보다, 어떤 교차적 순간에서 존재를 상호구성한다는 점을 환기시킨다. 어떤 정체성을 그 존재의 대표로서 상정할 때[27] 무수한 다른 동시적 정체성의 요소들은 부차적인 것이 되거나 보이지 않게 된다. 그러나 본래 우리는 '나'란 존재가 대표적인 단일한 정체성으로 환원되거나 설명될 수 없는 존재임을 알고 있다. 세상의 모든 존재는 늘 순간순간의 '사건'들마다 각각의 '특이적 존재됨'singularity을 경험하며 살아가고 있다. 그렇다면 근대자본주의의 '소유' 개념에 정초해온 '정체성' 개념 자체를

---

26. 이 문제의식을 최근 한국소설 독해에 접속시키는 강지희의 「경계 위에서」 (『크릿터』 1호, 민음사, 2019)도 좋은 참고가 될 것 같다.

27. 교차성 개념이 근대 자유주의 법학에서 문제적으로 등장한 개념이라는 것도 참고해두자. 특히 근대 법체계, 법정의 언어는, 어떤 존재를 하나의 주된 정체성에 정박된 개인으로 환원시키는 단적인 언어다.

재고하자는 요청(네그리, 하트)도 귀 기울여야 마땅한 것이다.

물론 이러한 사유 전환을 제안하는 것은, 정체성 개념과 모델에 의해 근거 지어진 이 세계의 당장의 문제들 앞에서 즉효성을 말하기 어려운 제안일지 모른다. 법적, 제도적 단위로 설정된 양성兩性의 견고함을 비롯하여 여전히 현실세계를 분할하고 있는 인종, 계급, 지역 등등의 요소들, 그리고 이러한 세계 안에서의 갈등은, 완강한 정체성 모델에 근거한 것이기 때문이다. 하지만 그럼에도 '○○을 위한' 사유가 궁극적으로 '○○ 너머를 향한' 사유로 이행하지 않는 이상, 그 장의 실제 변화나 움직임은 시야에 들어오기 어렵고, 결과적으로 그 장의 구조와 언어는 공고해진다. 나아가, 오늘날 기술적 변화는 그 어느 때보다 기존 사유의 과감한 재고와 탈구축을 피할 수 없게 한다는 압박감도 여기에서 다시 기억되어야 한다.

6. 그렇다면 어떤 회로를 어떻게 만들 것인가

다시 백지은의 「신을 창조한 인간이 인공지능을 만들었다」의 대목들이다. 그녀는 "데이터를 읽는 데에 작용하는 힘이 곧 '인간적인 가치'를 의미"하는 한편, "생성되고 흐르는 데이터의 질과 양이 인간들의 새로운 합의와 새로운 가치를 가능케 할 원천"이라는 점을 상하세 주징했다. 그녀의 말을 빌리자면 지금 한국사회에서의 #미투 운동, #○○_내_성폭력 해시태그 운동 등은 "너무 오랫동안 '인간'의 경험을 한정해 왔던 편향된 시각과 '인간'의 질서를 규정해 왔던 폭력적 배치가 고발당하고 재고되고 (재)평가"되는 네 역할을 하고 있다. 또한 이 "여성적인 경험데이터들"은 "지금까지 '인간'의 경험이라는 사실로 인해 자동적으로 가치화되었던 어떤 패턴들에 잘 포섭되지 않음으로써 현재 '인간'으로 파악되는 알고리즘의 무딘 규정을 피할 수 있게"하며, 또한 "'인간'의 경험을 (새로운) 데이터로 생성하고 흐르게 함으로써 앞으로 '인간'을 더 정교하게 파악하려는 알고리즘에 쓰일 패턴을 지금까지와는 다르게 – 남성중심적인 '인간'의 시각으로 경험된 그간의 패턴을 수정하여 – 직조할 수"[28] 있게 한다.

이런 대목으로부터 생각해보면 인간이 알고리즘적인 존재라는 점은 부정적 전제에만 해당하지 않는다. 가부장제, 자본주의, 근대, 나아가 '인간'은, 인류가 구축해온 상징체계들이다. 멀리서 거칠게 조망하자면 그 속의 인간이 예상 가능한 패턴을 보이는 존재라는 말은 틀리지 않다. 하지만 그것은 가령 "'인간'의 경험을 한정해 왔던 편향된 시각과 '인간'의 질서를 규정해 왔던 폭력적 배치"(백지은) 이전까지 세계에서만 그러하다. 그때까지의 삶의 회로와 주어진 정체성으로부터 스스로를 끊어내는 장면들이 동시적으로 경험될 때, 그때까지의 물줄기는 다른 방향으로 틀어지고 역사는 다르게 쓰이기 시

---

28. 백지은, 「신을 창조한 인간이 인공지능을 만들었다」, 『크릿터』 1호, 116~117쪽.

작한다. 민주주의에의 열망으로 촛불을 들고 광장에 모이거나, 성 불평등에 대한 문제의식을 다양한 방식으로 발화하는 현장들도 그 한 장면이듯 말이다.

즉, '인간이 알고리즘적 존재'라고 하더라도 알고리즘의 회로 자체를 다르게 구성하고 구성해갈 역량을 가진 것이 인간이라는 말이다. 또한 훗날 정말 호모 사피엔스의 소멸에 준하는 존재론적 격변이 도래한다 할지라도 그 어떤 존재에게 제공될 데이터는, 지금 아카이빙되는 우리의 경험과 역사에서 취해진다. 말하자면 우리는 지금 인간이 어떤 회로 속의 존재였는지 질문하고 그 회로를 바꾸어 가면서, 동시에 미래를 위한 경험 데이터를 축적하고 있는 중이다. '인간이 알고리즘적 존재'라는 사실 자체가 불안과 비관의 이유만은 아니라는 말이기도 하다.

최근, AI 서술자가 등장하는 또 다른 소설에는 아카이빙으로서의 역사가 미래를 어떻게 만들어왔고, 어떻게 만들어갈 수 있는지 암시하는 장면이 있다. 배명훈의 「서술의 임무」[29]에는 '한국소설'을 딥러닝하면서 자아를 가지는 AI서술자의 이야기가 나온다. 일견 이 소설은 '자아' 역시 인간만의 고유한 무엇이 아니라, 어떤 데이터의 연결 속에서 구축되는 것일 뿐이라고 말하는 듯하다. 이 AI서술자의 탄생 과정(읽을거리 ― 한국소설 ― 를 입력하면 스스로 읽고 학습하고 서술 능

---

29. 배명훈, 「서술의 임무」, 『문학3』 6호, 2018.

력을 발전시키는 메커니즘에서 탄생)을 지켜보자면, (근대 이후)문학의 고유성을 증거하던 일종의 자아프로젝트라고 해도 될 기획이 인간만의 것이 아닐 수 있다는 것, 혹은 '자아' 자체가 알고리즘적으로 구성된 무엇임이 불안하게 다시 확인된다.

하지만 이 AI가 한국소설을 딥러닝하면서 한국소설의 정서를 내면화하는 서술자로 탄생해가는 설정으로부터 좀 다른 것을 상상해보게도 된다. 한국소설을 통해 자아를 획득한 이 AI는 (아마도 한국소설적 정서의 결과일 터인데) 위기에서 지구를 구하고 그 운명을 바꾸기까지 하는 서술자의 역할을 하고 스스로의 임무를 마감한다. 즉, 인간의 자아란 단지 내적 표상에 불과하고, 인간 역시 알고리즘적 존재라 하더라도, 어떤 인간이 되고 어떤 자아를 갖게 될지의 큰 그림은 곧 축적된 역사와 무관치 않은 것이다. 달리 말하자면, 지금 현재세계의 우리는 부지불식중 미래의 회로를 만들어가고 있다. 그렇다면 어떤 미래를 구축할 것인가는, 현재 내가 무엇과 접속하고 어떤 사슬을 만들어가며 어떤 경험의 아카이빙을 만들고, 그것이 유통될 회로를 어떻게 구상하느냐에 달려 있는 것이다.

7. '기억-정동' 전쟁의 시대 혹은 세월호 이후의 회로 만들기를 위해

애초에 이 글은 세월호 이후 '사건', '주체'에 대한 소설적 점검을 요청받았다. 하지만 마침 광주 5·18에 대한 폄훼가 모 정당을 매개로 다시 부상한 언어도단적 회로와 그 조건에 대한 고민을 떨칠 수 없었다. 이데올로기, 현실정치의 역학 속에서 크고 작은 역사 속 억압이나 항쟁의 기억들은 늘 그것을 부정하고 폄훼하려는 힘과 겨루어 왔다. 이미 해석이 종결되어 공적 역사로 기입된 사안일지라도, 국가폭력을 정당화하고 자신들의 보존을 꾀하는 세력은, 인간(성)의 사멸까지 불사하며 역사부정과 폄훼의 계기를 찾고자 한다. 그리고 오늘날 더 우려스러운 것은, 단지 그들 사이의 역사전쟁이나 이데올로기 패권투쟁을 넘어서, 그 과정 자체가 대중의 정동 지형과 회로를 재구조화하는 주요 기제로도 활용되기 때문이다.

지금 역사부정이나 혐오의 문제는 극우 이데올로그나 특정 사이트의 문제에 한하지 않는다. 오늘날 누구나 연결되어 있는 표현미디어의 한쪽 측면은, 대중의 정동이 선동되고 공모되는 장으로 활용되기 쉽다. 거기에서는 촉발 계기(예컨대 이번에 문제가 된 이데올로그 같은 인플루언서의 공적 발화)만 있으면 정보와 정동은 어떤 자생적 회로를 갖추어가곤 한다. 거기에서 역사부정이나 혐오는 논리 이전에 우선적으로 정동적 회로를 통해 확산되고 재생산된다. 이 정동적 회로는, 앞서 이야기한 '개인'의 관념, 그리고 그 개인의 공감능력을 신뢰하는 방식 너머의 방법을 요청하는 듯 보이기도 한다.

세월호 이후에 대해서도 같은 우려를 거둘 수 없다. 문화예술계에서는 2014년 4월 16일 이후 거대한 애도와 슬픔의 정동이 공유되었고 그것은 '사건'·'재현'·'애도'·'고통'·'증언'·'공감'

등의 문제의식을 명시적으로 확산, 심화시켰다. 삶과 죽음은 언제나 공동체적인 사건이라는 것, 한 시공간을 살아가는 존재는 서로에게 연루될 수밖에 없다는 것 등이 공통감각으로 재확인되었다고 보아도 될 것이다. 하지만 그 고투와는 별개로, 신자유주의 이데올로기의 내면화, 전세계적 우경화의 분위기를 공유하고 있는 한국사회의 또 다른 정동 속에서 세월호에 대한 폄훼나 혐오는 또 다른 회로를 갖추기 쉬워 보인다. 이런 이유에서, 공감의 조건과 한계를 이야기하며 세월호를 둘러싼 우파적 미디어 활용과 그 확산이 낳은 또 다른 정동[30]을 우려하는 목소리를 허투루 넘길 수 없다.

간접적으로 세월호와 애도의 문제를 다룬 어느 소설[31]이 의식하고 있는 것도 이와 관련된 것이었음을 기억한다. 김인숙의 『모든 빛깔들의 밤』은 "우리 아닌 다른 사람이나 우리의 문제 아닌 다른 문제에 감응할 능력이 없다면 도대체 인간이란 어떤 존재이겠습니까? 아주 잠깐만이라도 우리 자신을 잊을 능력이 없다면, 도대체 인간이란 어떤 존재이겠습니까?"라는 메시지를 명료하게 던진다. 하지만 그 메시지는, 소설 속 인터넷 댓글창의 조롱과 폭력적 언설과 대비되며 계속 불안하게 유동한다. 서사의 중심이자 서사를 시작하게 만든 소설 속 대형사고는 그 인과가 명료하다. 하지만 불명료하고 우발적인 지

---

30. 강부원, 「소문의 힘과 일상 미디어의 가능성」, 인문학협동조합 기획, 『팽목항에서 불어오는 바람: 세월호 이후 인문학의 기록』, 현실문화, 2015.
31. 김인숙, 『모든 빛깔들의 밤』, 문학동네, 2014.

점들이 그 명료한 인과를 복잡하게 만든다. 그리고 방금 인용한 구절의 명료한 메시지에도 불구하고 소설 속에서 '인간'은 오래된 휴머니즘적 개념을 액상화하는 듯 보인다. 소설의 한 구절도 잠시 덧붙여둔다. "독자들이 좋아하는 것은 살인자의 눈물 따위가 아니라 더욱 진부하고 더욱 잔혹한 살인의 수법일지도 모른다."

말하자면 지금 이 시대의 '세월호'란, 단순히 새로운 공동체적 윤리를 요청하는 질문을 남길 뿐 아니라, 그 전제가 되어온 인간이란 어떤 존재인지, 지금의 인간이 어떤 조건과 회로 속에서 존재하는지에 대해서도 질문한다. 왜 타인의 고통에 공감하는 인간이 있는 한편, 타인의 고통에 무감하고 그것을 조롱·부정하는 인간이 동시에 존재하는지. 아니, 한 개체적 인간 안에서도 그 두 가지 상반되는 면은 왜 부박하게 오가는지. 그리고 죽음이라는 인간의 사건에 대해서만큼은 옷깃을 여미던 인간이 그 암묵적인 약속을 스스로 파기하는 장면이 두드러진 듯 보이는지. 즉, '사람만이 희망이다'라는 명제는 이제, '사람'과 '희망'이라는 개념을 질문하며 재활성화되어야 하는지 모르는 것이다.

지금까지의 이야기가 생명과학으로부터의 도전을 추수하는 것이 아니라, 우리가 어떻게 서로를 잇고 이 세계의 형상을 만들어갈지 모색하는 존재론의 이야기로 읽힐 수 있기를 바란다. 인간은 늘 어떤 회로 속의 존재이지만, 그 회로는 인간이 만들고 있다. 훗날 그 회로 속의 인간이 호모 사피엔스가 아니라고 하더라도 그 세계와 그 안의 존재는 지금 우리가 잇고 만 드는 재료들로 이루어진다. 미래세계의 지형들이란 지금 우리가 만들어내는 입장에 의해 매개되고 그 입장과 분리되지 않는다. 들뢰즈는 브레송 영화의 창조성을 '블록'bloc의 배치 이미지로 이야기했다. 내게 이 대목은, 레고블럭이 본래적 형상이나 목적과 무관하게 어떤 접속과 배치를 통해 궁극적 형상을 만들어 가는 장면으로 상상된다. 그리고 이것은 포스트모던적 주체 이야기를 시대착오적으로 반복하기 위해서가 아니라, 새로운 구성과 미래의 회로를 상상하기 위해서 지금 적극적으로 떠올리고 싶은 이미지이기도 하다.

마지막 인간의 상상

'개인'의 신화를 질문하며

1. 여는 질문 : 우리는 능동적이거나 수동적인가?

동사에서 동작의 방향과 성격을 지시하는 '태'態, voice는, 한국어에 존재하는 문법요소는 아니지만 평소 언어습관에서는 뚜렷하게 의식되는 편이다. 예를 들어 ~하다/되어지다 같은 동사는, 어떤 행위의 능동/수동적 성격을 뚜렷이 구별해서 보여준다. '~하다'라는 능동표현은 주어(주체)의 자신감과 책임을 보여준다는 의미에서 적극 권장되고, 이에 반해 '되어지다' 쪽은 주어의 명확성을 회피하는 나쁜 문장, 번역투 문장이라며 종종 지양된다. 즉, '능동태/수동태'는 단순한 문법적 형태가 아니라, 행위에 주어의 자발적 의지가 얼마나 발휘되었는지를 판단하는 도식이기도 하다. 이때 주어가 모든 행위의 출발점이자 핵심인 것은 말할 것도 없다.

그런데 일본의 젊은 철학자 고쿠분 고이치로는 최근 논의에서[1] 언어학의 역사를 볼 때 능동태/수동태의 대립은 보편적,

1. 國分功一郎, 『中動態の世界 − 意志と責任の考古学』, 医学書院, 2017.

본질적이지 않았다고 한다. 그는 기원전 1세기 문법서와 언어학자 방브니스트^{Émile Benveniste} 등을 다시 읽으며, 옛 인도유럽어족, 특히 고대 그리스어에는 능동태/수동태의 대립이 아닌 능동태/중동태의 대립이 있었다고 밝혀낸다. 이때 오해하지 말아야 할 것은, '중동태'^{中動態}는 그 어감과 달리 '능동'과 '수동'이라는 양극의 사이(중간)에 있는 태가 아니라는 점이다.

그렇다면 고대어에 존재한 '능동/중동' 도식의 관점에서는 무엇이 중요했던 것일까. 잠시 고쿠분의 설명을 인용해본다. "능동태에서 동사는, 주어로부터 출발하고 주어의 바깥에서 완수되는 과정을 지시한다. 이에 대립하는 중동태에서 동사는, 주어가 그 자리에 있게 되는 과정을 보여준다. 주어는 과정의 내부에 있는 것이다. … 즉, 능동과 수동의 대립에서는 '하는지/되어지는지'가 문제가 되지만, 능동과 중동의 대립에서는 '주어가 과정의 밖에 있는지 안에 있는지'가 문제가 된다."[2]

즉 그가 강조하는 것은, 동사란 본래 '하다'와 '되어지다'와 같이 능동/수동을 대립시키는 관점과는 무관했다는 사실이다. 동사는 그저 '일어나고 있는 일, 사건 자체'를 드러낼 뿐이었다. '능동태/중동태'는 행위의 주체나 책임의 문제와 무관했던 것이다. 실제 중동태가 존재했던 고대 그리스 철학에서도 '의지'와 '선택'의 구분이란 상당히 모호했고, 의지가 실재하는지 인식할 필요가 없었기에 지금과 같은 식의 의지 개념은 없

---

2. 같은 책, 88쪽. 강조는 인용자.

었다고 한다.

고쿠분이 방브니스트를 다시 읽으며 말하는 언어의 역사는, '능동태/중동태'에서 '능동태/수동태'로 이행했고, '비인칭'(3인칭)에서 '1, 2인칭'이 발전했으며, '사건을 묘사하는 언어'에서 '행위자를 확정하는 언어' 혹은 '행위를 사유화시키는 언어'로 이행하는 역사다. 그렇게 해서 고착된 능동/수동의 사유는 오늘날, 어떤 행위와 사건에서 의지가 뚜렷한 능동적인 주체를 바람직한 상태로 간주한다.

서구철학의 쟁점과 사유들을 재독해하면서 사라진 중동태의 세계를 복원하는 고쿠분은 이를 알코올, 약물 중독과 같은 '의존증'의 임상 현장에 접속시키고자 한다. 기존의 사회적 약자, 마이너리티 등 주체 담론의 사각지대에 놓인 이들을 시야에 들어오게 하는 측면만으로도 중동태의 사유는 중요하다. 이것은, 의지와 책임에 기초한 주체로서의 인간 범주에 포함되기 어려운 존재, 혹은 자기책임이라는 원리를 도저히 자기 것으로 가질 수 없는 존재에 대해 사유할 통로를 제공하기 때문이다. 즉, 건강한 인간으로 간주된 이들의 자리가 아니라, 무력한 인간의 장소로부터 세계를 질문하고 있다는 점에서 '중동태'의 사유는 지금 새롭게 주목되어야 할 것이다.

물론, 능동적 선택과 의지를 지닌 개인으로서의 '나'는 강조되어 마땅하다. 단적으로 2017년 내내, 지난 '광장'의 시간을 반추하던 논의들이 전제로 했듯 말이다. 그런데 지금 여기에서 중동태의 사유를 떠올리는 것은 조금 다른 질문이 생겨서이다. 가령 그러한 능동적 선택과 의지의 개인이 되기까지의 '나'란 어떤 존재일까. '나'는 처음부터 그러한 존재일까. '나'는 본래 그런 기대에 온전히 값하는 존재일까. 나아가, 인간의 개념과 조건이 여러 방면에서 '다시' 질문되고 있는 즈음에, 문학의 장에서 인간을 다시 질문하고자 한다면 어디에서 시작해보면 좋을까.

2. 중동태적 세계 속에서의 '나'

잠시 '나는 이 글을 쓴다'라는 문장을 놓고 앞의 질문들을 생각해본다(참고로 '쓴다' 자리에 어떤 동사가 와도 괜찮다). 이 문장에서 주어는 당연히 1인칭, 개인으로서의 '나'이다. 이 문장이 능동형인 것은 당연하다. 오늘날 '쓰는 문제에 관한 한, '함께 쓰기'·'이어 쓰기' 같은 말과 그 가치가 널리 이야기될지라도, '쓴다'는 행위가 '개인'으로서의 '나'에 의해 실행되는 것은 부정될 수 없다. 앞의 이야기대로라면 이 세계가 능동/수동이 고착된 언어의 세계라는 점과 관련지어야겠지만, '나=개인'의 등식이 고착된 이유를 잠시 생각해본다.

우선 우리는 근대적 개념형상인 '개인'individual으로서의 '나'의 표상을 좀처럼 벗어나기 어렵다. '나'를 고유명, 고유번호로서의 '개인'으로 식별·관리하는 국가, 사회, 직장, 학교 시스템 등의 현실은, '나는 생각한다, 그러므로 존재한다'라는 테제 속 재귀적 '나'의 표상을 강력하게 뒷받침해왔다. 종이에 인쇄

될 고유명으로서의 필자 이름, 필자 정보로서의 소속, 주민등록번호, 주소지, 은행계좌 역시, 물리적으로 구획된 몸을 가진 '개인'을 단위로 하여 설정되어 있다. '개인'으로서의 '나'는 이미 현실 사회에서 강한 규정력을 갖고 있는 단위인 것이다.

하지만 '나는 이 글을 쓴다'라는 문장에서 내가 이 글을 쓰겠다는 선택이 시작된 지점은 어디일까. 이 글을 쓰기로 작정한 나의 선택의 시작점을 확정하는 것은 가능할까. 이 글을 쓰도록 만든 선택에는 셀 수 없이 많은 요소가 관여하고 있었을 것이다. 그 선택은 전적으로 나의 의지에 의한 것만은 아닐 수도 있다. 누군가로부터 강한 제안을 받았을 수 있고, 엊그제 읽은 글로 인해 강하게 촉발된 것일 수도 있다. 혹은 누군가와 치열하게 이야기 나누다 만 답답함, 혹은 단순히 무엇이라도 쓰고 싶다는 간절함 때문이었을 수도 있다. 성과에 대한 압박, 혹은 어떤 의무감 때문이었을 수도 있다. 무수한 요인 각각이 어느 정도의 비율로 '쓴다'는 선택과 행위에 간섭했는지, 또는 어느 시점에 그 선택이 시작되었는지는, 확정하기 어렵다.

더 생각해보자. 신체 수준에서도 '나는 이 글을 쓴다'는 사태는, 나의 오롯한 '의식'이라는 컨트롤타워에서 일사불란하게 지시한 결과라고만 할 수 없다. 자아, 의식 역시 실체이기 이전에 수많은 내적 표상의 하나다. '쓴다'는 물리적 행위 자체는, '몸'의 수준에서 무언가가 학습, 습득되고 조율된 결과다. 문장과 단락을 만드는 법뿐 아니라 모니터와 키보드의 조작법, 편집 기술, 나아가 이 글이 게재될 지면이라는 글쓰기의 필드와 그 제도의 암묵적 기율, 그간 읽거나 대화해온 타인의 사유들. 이 무수한 요소들은 몸으로 습득되고 기억을 이룬다. 내가 모니터와 키보드라는 인터페이스와 접속할 때마다 무언가는 반드시 나의 '의식'을 거쳐 발현되지 않는다. 과감히 말하자면 신체의 각 부분은 자율적 네트워크를 이루어 '쓰는' 행위를 실현시킨다.

과거로부터 접속된 요소들, 그것이 만든 일종의 도식 속에서 나는 '쓴다'. 스피노자의 신체론이나 정동 개념이나 최근 뇌·인지과학 분야의 상식까지 언급하지 않더라도, 이 글을 쓰는 '나'가 반드시 선험적으로 규정된 '나', 혹은 통일된 '의식'으로부터 지시를 기다리지 않는다는 이야기가 위화감이 느껴지는 것만은 아니리라.

즉, 쓰는 주어는 특정한 단수라기보다는 차라리 익명의 복수라고 해야 할 것이다. 영어였다면 비인칭 주어 It가 이 역할을 효과적으로 수행했을 것이다. 하지만 한국어에서라면 주어를 생략하거나, 이 상황에 가장 가까우리라 여겨질 '나-우리' 같은 조어를 임의로 상정해야 할 것이다. 이것은, 더는 나뉘지 않는 개인으로서의 '나'에 대한 이야기도 아니고, 공동체나 집단의 열망을 담은 '우리'에 대한 이야기도 아니다.

중동태가 사라진 세계에서는 선험적으로 견고한 주체로서의 '나'를 주장하는 데에 전념할 수 있었다. 하지만 중동태적 사유를 환기한다면, '나'는 본래 안정적이지 못하고, 때로는 나뉠 수도 있는 dividual 존재다. '나=개인'의 등식은 근대 고유의 통념이다. '나'란 특정한 조건 속, 어떤 사태의 '과정으로부터' 출현한다. 주어가 무엇이 될지는 접속하는 요소들의 성격, 관계, 비율에 따라 달라진다. 즉, '나'는 무엇과 누구와 접속하느냐에 따라 결정되는 존재인 한, 언제나 그 접속의 요소들을 묻는 것은 내가 누구인지 질문하는 것보다 중요하다.

그러므로 이런 관점을 밀어부칠 때 "아우슈비츠의 유대인 학살"은 "나치라는 정치적 주체의 범죄가 아니라 화학 가스니 소각로니 하는 살인-기계-어셈블리지를 구성하는 힘들의 관계에 따른 효과"라고도 말할 수 있을지 모른다. 그리고 그것이 "얼마나 외설스럽고 지독한 일이 되는지."[3]라는 우려도 타당하다. 이것은 아우슈비츠의 학살자들에만 해당되는 이야기가 아니다. 역사 속 부역자들, 명백한 범죄자들, 현재형의 사례도 많다. 특히 책임 소재가 질문되는 사안 앞에서, 중동태적 사유 속의 주어란 도덕적, 법적 책임 등의 문제를 불가지론으로 밀어 넣는다. 면죄부 뒤에 숨는 주어란 과연 "외설스럽고 지독"한 것이다.

즉 관계 속에서 출현하는 주어만을 강조하는 것은, 어떤 질문 앞에서 상당히 취약하다. 그런데 한편 실제로 우리는 그런 존재다. 무엇과 접속하느냐, 어떤 배치 속에 존재하느냐에

---

3. 서동진, 「서정시와 사회, 어게인!」, 『문학동네』, 2017년 여름호. 인용은 정동 (affect) 개념으로 주어를 설명하는 것의 위태로움을 지적하는 대목이지만, '중동태적 주어'와 '정동' 사유의 친연성을 생각할 때 분명 상기해둘 필요가 있다.

따라 우리는 다른 정동의 흐름에 몸을 맡기게 되고 다른 존재가 되곤 하기 때문이다. 하지만 그렇기에 다시 중요해지는 것은 주어의 성격이나 본질보다 그가 어떤 배치 속에 놓여 있는지, 거기에서 그가 의지를 발휘한 순간이 어디인지 묻는 일이다.

스피노자식으로 말해 신체(관계)가 슬픔과 기쁨 어느 쪽의 힘으로 작동하는지 아는 '명석한 인식', 그리고 만일 나쁜 배치라고 판단될 때 그것을 끊어낼지/말지의 능동적 의지가 중요해지는 것이다. 그러므로 촛불을 들고 연결된 광장에서 궁극적으로 중요한 것도 광장의 접속관계 자체가 아니다. 각자가 그때까지의 정체성을 잠시 절단시키고 좋음·기쁨으로 정동되기를 열망하면서 촛불을 들고 거리에 선 순간, 그리하여 스스로들의 힘을 감소·소멸시키는 권력에 예속된 흐름을 정지시킨 그 절단의 순간들이 강조되어야 한다. 그 절단의 순간이야말로 '나'의 의지와 능동성, 즉 '나'라는 주어가 출현하고 그때까지와는 다른 '나-우리'적 관계를 만드는 순간이기 때문이다.

3. 그런데 얼마나 자유로울 수 있을까

불현듯 저 손, 동영상에 나온 저 오른손으로 재이가 황급히 가린 게 비명이 아니라 웃음이었을지도 모른다는 생각 때문에, 당장 영상 속 장면을 돌려보고픈 욕망을 누르며 마른침을 삼킨다. 정말 그렇다면, 재이가 그렇게 자랐다면 그동안 내가 재이에게

준 것은 무엇이었을까. … 그 어둠 속에서 잘 보이지도 않는 재이의 얼굴을 찾으려 나는 꼼짝 않는다.[4]

마지막으로 나는 자유에 도달하는 방법 또는 길에 관한 윤리학의 다른 부분으로 넘어간다. ─ 스피노자 『에티카』, 5부 머리말.

한편, '나'는 '나-우리'적 관계를 통해 비로소 주장될 수 있다는 이유 때문에, 소속을 돌보고 관계를 살피는 일은 늘 중요하다. 그리고 그 소속, 관계가 행여 나쁨(자신의 역능을 감소, 소멸시키는 방향)으로 정동될 때, 어느 지점의 고리를 끊어낼지/말지 의지, 결단도 필요하다. 그런데 문제는, 장차 이제까지보다 (조금 복잡한 이유에서) 점점 더 독립된 개인으로서의 '나'보다, 누군가와 늘 연결되어 있는 '나', 혹은 '나'일 수 있는 나를 떠올리게 될 때가 많아질 것이라는 사실이다. 그때의 우리는 스스로의 자유와 의지를 질문할 때가 많아질 것이다. '나'는 어떤 인간인지 자문하게 될 때도 많아질 것이다.

2017년 봄에 발표된 김애란의 「가리는 손」은, 누군가의 무고한 죽음을 목격한 소년이 숨긴 것이 비명인지, 웃음인지, 혹은 둘 다였는지 알 수 없는 "어둠"의 세계를 보여주는 소설이었다. 연약한 동물 개체를 하나의 '인간'으로 양육시켜온 인

---

4. 김애란, 『바깥은 여름』, 문학동네, 2017, 220~221쪽. 강조는 인용자.

간공동체의 노고가 어떻게 무기력해지는지 이 소설은 암시한다. 나아가 인간을 '인간이게 해왔던 것들'과 더불어, 지금 그것이 '어떻게 흔들리고 있는지' 환기시킨다.

소설에서는 미해결의 질문으로 처리되었지만, 결정적 순간의 소년의 거짓말과 그 감수성의 조건을 잠시 생각해본다. 그 소년은 우리 시대의 어떤 분열과 주체형상을 단적으로 암시하고 있다고 해도 좋을 것이다. 즉 어머니로 상징되는 여러 세대의 누적된 살flesh의 유대관계, 그리고 그와 별개로 새로운 테크놀로지, 문화 속에서 독자적으로 만들어지는 감수성의 회로. 소년은 양쪽 모두에 구속되어 있다. 이제까지의 '인간'이란 존재를 규정시켜온 조건들이 불안정해진 양상이 이 그 소년으로부터 암시되고 있다.

소년이 인간으로 양육되는 과정의 변수 하나를 소설 밖의 손쉬운 사례로 말해보자. 가령 당장 온라인 속에서 우리는 인지적, 정동적으로 서로 연결되어 있다. 페이스북에서 여러 감정의 이모티콘을 누르거나, 트위터에서 리트윗을 하거나, 포털사이트 댓글창에 검색어를 넣는 순간부터 '나'는 이미 불특정 익명의 존재들과 네트워킹되어 버린다. 이런 조건은 당연히 선/악, 좋음/나쁨과는 무관하다. 오히려 삶의 새로운, 중요한 자원들이다. 그런데 그 구조를 찬찬히 생각해보자.

우리는 종종 거대한 플랫폼 기업들이 세팅해놓은 구조 속에서 의식하든 안 하든 연결되어 있다. 그 안에서의 '나'는 개인individual이라기보다 데이터 더미 속의 분할체dividual로 존재한다. 의식되지 않는 수준에서 이미 우리는 온전한 개인임을 주장할 수 없게 하는, 조밀한 시스템 속에 존재한다. 아침부터 신용카드, 교통카드를 사용하고, 종일 틈틈이 웹 검색을 하거나 온라인 구매를 하거나 SNS 소통을 하는 일상적 행위 속에서, '나'는 부지불식중 일종의 데이터마이닝 작업에 참여하고 있고, 귀갓길에 도처의 CCTV를 확인하며 안심한다. 이런 상황들은 무엇보다 강제적 협력이 아니다. '나'의 필요, 욕구와 연동된, 자발적 제어control 행위라는 점이 강조되어야 한다. 우리는 체제에 억압되는 것이 아니라, 자발적으로 규칙·패턴을 만드는 데 공모하고 있는 것이다.

한편, 웹에서 접속하는 플랫폼에 따라 '나'의 정동은 종종 내 의지와 무관하게 특정한 흐름을 갖는다. 단적으로 혐오의 흐름을 갖기도 하고, 타인에의 공감의 흐름을 갖기도 한다. 일단 흐르기 시작한 정보, 정동은 각자의 의사나 목적 등과 무관하게 증폭, 억제하기 어려운 독자적 자율성과 리얼리티를 획득해간다. 가령 수년간 문제시된 '혐오'라는 정동은, 혐오 콘텐츠가 합법적으로 수익을 얻는 구조와도 무관치 않았다.[5] SNS를 매개로 한 이른바 '가짜뉴스'는 한국 내의 정치적 정동뿐 아니라, 2016년 영국의 EU 탈퇴 결정, 미 대선 등, 예측할 수 없던 세계정세 변화에 결정적으로 작용했다.[6] 한편 이 글을 쓰

---

5. 「[혐오 비즈니스] 혐오 쏟아내며 돈 버는 유튜브」, 『한국일보』, 2017년 9월 19일.
6. 『談』 2017년 7월호(통권 109호)의 특집 〈「ポスト真実」時代のメディア·知

고 있는 중에 페이스북은, 바이러스성 미디어 콘텐츠를 줄이면서 뉴스피드를 수정하고, 가까운 이들 사이의 친밀한 소통 콘텐츠를 강화하는 방식으로 시스템을 재점검한다고 공표했다.[7] 우리의 정동과 인식과 말과 행동은 그런 식의 하드웨어적 변화에 조응하여 계속 미세하게 조율될 것이다.

즉 오늘날 여러 철학자들의 말대로, 과거의 권력이 내가 어떤 종류의 개인인지 판별하고 교정시키는 훈육의 형식이었다면, 지금의 권력은 제어 시스템하에서 정동적 차원의 조율을 통해 기능한다.[8] 또, 정동적 차원의 조율은, 개인 이전pre- 혹은 개인들을 가로질러trans- 작동한다. 그들이 말하는 '부드러운 전제'tyranny는 '나'의 의지나 바람과 무관하게 이미 이 세계의 새로운 구동기술이 된 지 오래다.

이런 세계에서의 자유란 어떤 것일까. 누군가의 비극적 죽음 앞에서 터져 나오는 '비명'이나 '웃음'이란, 나의 의지로 조정, 선택할 수 있는 것일까. 그때까지의 지내온 패턴 속에서 나의 표정은 마치 신체 도식처럼, 혹은 또 다른 작가의 소설 속 구절을 빌리자면 "그냥 하던 대로 했겠지. 말하자면 패턴 같은 것이겠지. 결정적일 때 한 발짝 비켜서는 인간은 그다음 순간에

性·歷史〉에서 이 문제를 전반적으로 다루었다.

7. "Facebook Overhauls News Feed to Focus on What Friends and Family Share", *The New York Times*, 2018.1.11.

8. Brian Massumi, *Politics of Affect*, Polity Press, 2015, pp. 47~82 [브라이언 마수미, 『정동정치』].

도 비켜서고…"9 하는 식으로 나오는 것 아닐까. 이런 세계에서 '나'는 얼마나 자발적이고 능동적일 수 있을까. '나'의 자유란 어떻게 확인할 수 있을까.

4. 다시 인간을 상상해야 한다면

만일 스피노자였다면, 스스로를 행위로 이끈 원인을 인식[10]하는 지점에서 출발하라고 했을 것이다. 어떤 존재가 될 것인지, 무엇을 할 수 있을지, 무엇을 해야 할지의 실마리와 선택지가 보이기 시작하는 것은 그 이후다. 그는 우리가 능동적 상태로 나아가는 것은, 신체들 간의 공통된 것(공통관념)을 인식하고 '적합한 관념'(모든 사태에 대한 '적합한 원인')을 소유하는 데서 시작한다고 했다. 또한 다른 신체와의 관계로부터 '공통관념'을 더 많이 인식할수록 더 '적합한 관념'을 갖는다고 했다. 나아가 '나'는 스스로의 존재를 유지, 보존하고자 하는 능력conatus을 '유일한 본질'로 갖고 있는 존재라고도 했다.

이것이 인간의 덕과 자유와 지복의 소중한 원리라는 것은, 반드시 그의 이름을 거치지 않아도 우리는 막연하나마 직관적으로 알 수 있다. 문제는 이러한 존재가 되기까지 과정의 지난함이다. 스피노자의 『에티카』가 "모든 고귀한 것은 힘들 뿐

---

9. 황정은, 「웃는 남자」, 『아무도 아닌』, 문학동네, 2016, 184쪽.
10. 베네딕트 데 스피노자, 『에티카』, 강영계 옮김, 서광사, 1990, 5부 정리 3.

만 아니라 드물다"라는 유명한 말로 끝나는 것도 그것을 암시한다. 더욱이, 앞서 떠올려본 지금 세계의 조건 속에서, 이러한 자유로운 인간으로의 도정은 더욱 '힘들 뿐만 아니라 드물다'는 말에 값할 것이라고 생각한다.

하지만 우리는 "목적지에 닿을 수 없을지 모르지만 적어도 다음 단계는 늘 존재"[11]한다. 그 단계의 문턱을 넘을 때마다 내 주위, 나아가 세계의 배치는 미세하게 요동할 것이다. 그 문턱들은 바깥에 있는 것이 아니라 '나-우리' 안에 있다. 그렇기에, 능동적 주체로서의 '나'를 강조하는 것만으로는 부족하다. 발현되기를 기다리는 '나-우리'(라는 배치)의 잠재성 역시 강조되어야 한다.

그것은 어떤 것일까. 극단적인 예를 들자면, '나'는 무엇과 접속, 배치를 이루느냐에 따라 타인의 불행 앞에서 폭식투쟁을 하는 존재도 될 수 있고, 촛불을 들고 광장에 서는 존재도 될 수 있다. 또는 접속하는 플랫폼에 따라 나는 이런 존재일 수도 있고, 저런 존재일 수도 있다. 그러므로 이 세계의 플랫폼과 제도와 시스템을 살피는 일은 변함없이 중요하다. 이때, 어떤 존재가 될 것인지를 둘러싼 능동적 개인으로서의 의지와 도약이 중요한 것은 말할 것도 없다. 하지만 동시에, '웃음' 쪽은 아닐, 즉 생면부지의 타인의 비극 앞에서 적어도 각자도생 본능 '너머'의 회로를 만드는 일(「가리는 손」) 역시 나란히 강

---

11. Brian Massumi, *Politics of Affect*, p. xi [브라이언 마수미, 『정동정치』].

조되어야 한다. 반복건대 '나'가 어떤 인간이 될지는, 오롯한 나의 문제가 아니라, 나의 연결을 결정짓는 복잡한 관계와 장의 문제이기 때문이다.

어떤 '패턴'처럼 부지불식중 행해졌을 소년의 행동이 적어도, '타인의 죽음 앞에서의 웃음은 아닐 회로'를 '연쇄적으로' 만드는 것. 그것은 도달하기 어려운 인간의 관념 속에서 상상, 고투하는 인간 쪽보다 때로는 더 현실적(국면적)일 것이다. 문득 '문학'에 지금 기대하고 싶은 것이 바로 현실의 배치를 바꾸는 회로 만들기, 특히 말과 감수성의 회로를 바꾸고 만드는 일과 관련된다고 생각한다. 그리고 그 궁극에 설혹 인류가 오랫동안 믿어왔던 그 '인간'이 더 이상 있지 않다고 해도 지금 우리의 고투가 무용한 것은 아니리라 믿는다.

소년은 왜 '꽃 핀 쪽'으로 가라고 말하는가

'기억-정동' 전쟁의 시대, 『소년이 온다』가 놓인 자리

1. 그는 왜 왜곡도 부정도 아닌 '모독'을 막아달라고 했을까

2014년 단행본으로 출간된 한강의 『소년이 온다』는 30여 년 전의 역사=공식기억으로 안착된(듯 여겨져 온) '5월 광주'를 다루는 소설이다.[1] "『봄날』과 함께 '오월'에 대한 문학적 진상규명 작업은 하나의 분수령을 넘었"고 "문학은 '오월'로부터 또 다른 과제를 부여받았"다는 평가[2]로부터, 그리고 5월 광주가 2002년 이래 매년 5월 금남로에서 문화축제[3]로 기념되기 시작

---

1. 창비문학블로그 '창문'에 2013년 11월부터 2014년 1월까지 연재한 소설이 2014년 5월 단행본으로 출간되었다. 이 글에서는 단행본 『소년이 온다』(창비, 2014) 및 2017년 2월 3일 '노르웨이 문학의 집'에서 열린 "Literary Guiding Stars" 행사의 강연문(《SVD Kultur Söndag》, 2017.2.26.)을 대상으로 논의를 전개한다. 강연문 전문은 인터넷 창비 블로그에 소개되어 있다. (http://blog.changbi.com/221006983729?Redirect=Log&from=postView)

2. 김형중, 「『봄날』 이후」, 『내일을 여는 작가』, 2002년 여름호(『5·18 민중항쟁과 문학·예술』[심미안, 2006] 재수록. 본문 인용은 재수록을 참조했다.)

3. 예를 들어 2002년 제1회 청소년평화축제로 시작한 후 2017년 현재 13회를 맞은 '레드 페스타'(RED FESTA)의 경우(5·18기념재단 홈페이지 참조, http://518.org/sub.php?PID=030502). 이 축제는 5·18 정신의 계승과 젊은 세대와의 기억 공유를 목적으로 하는 청소년 민주주의 문화제의 성격을 띤

한 지 꼭 12년이 지난 후의 소설이다. 이런 시간의 흐름을 생각할 때 『소년이 온다』는 옛 시절의 "문학적 진상 규명 작업"을 다시 연상시킨다는 점에서 어딘지 의아한 텍스트이다. 이 의아함과 관련하자면 다음 두 개의 선행 논의가 약간의 참고가 될지 모르겠다.

우선 "'증언 불가능'을 강조하며 … 광주의 참상을 더 정확히 재현하는 … 광주에서 일어난 비인간적 참상에 관한 가장 정확한 기록물"[4]이라는 평가. 그리고 "망각할 수 없는 고통을 말하고 있다는 점에서 『소년이 온다』는 최소한의 현재성을 점유하고 있으며, 그것이 고립된 결벽으로 완강하다는 점에서 아직 현재를 향해 열려 있지 않다."[5]는 평가.

이 둘은 전혀 다른 맥락의 논의에서 인용한 것이지만, 행간에서 유추할 수 있는 것은 공히, 2014년이라는 시점과 『소년이 온다』 사이의 이질감이다. 전자의 논의(조연정)는 '재현'·'기록' 등의 개념을 직접적으로 다룸으로써, 또한 후자의 논의(서

다. 하지만 이런 문화제적 성격으로의 이행에 대해, 당시 도청에서 시민군 활동을 도운 바 있는 한 증언자(정숙경)는 다음과 같이 위화감을 토로할 정도로 세대에 따라 그 변화가 가파르게 체감됨을 알 수 있다. "어떻게 해서 5·18 축제가 된 거예요? … 어떻게 청춘들이 비참하게 갔는데 축제예요? 추모제를 해야죠. 그 사람들을 생각해서라도 그날만큼은, … 절대 축제가 아니에요."(광주전남여성단체연합 기획, 이정우 편집, 『광주, 여성』, 후마니타스, 2012, 253쪽)

4. 조연정, 「'광주'를 현재화하는 일 ─ 권여선의 『레가토』(2012)와 한강의 『소년이 온다』(2014)를 중심으로」, 『대중서사연구』 20(3), 2014.
5. 서영인, 「집단기억과 개별성의 고통 사이 ─ 한강, 『소년이 온다』(창비, 2014)」, 『삶이 보이는 창』, 2014년 가을호.

영인)는 소설 속의 서사적으로 고립된 시·공간을 지적함으로써 이 소설이 출간된 '시대'와 '미학' 사이의 거리(이질감)를 환기시킨다. 『봄날』(1997)에서 이미 완료되었다고 진술된 "문학적 진상규명 작업"(김형중)은 『소년이 온다』에서 '다시' 주제화되었다는 심증을 갖게 되는 것이다.

잠시 소설 속 설정을 검토하며 이를 확인해본다. 소설 속 서사는 1980년 5월 20일 즈음부터 27일 사이의 광주 도청 부근의 일을 보여준다. 거기에는 성별, 직업, 계급, 연령의 다양성이 고려된 사람들의 삶과 죽음, 그리고 그들의 후일담이 조망되어 있다. 그리고 어느 광주 소설보다도 더 근본석으로 죽음과 생존, 야만과 존엄, 비인간과 인간 등의 문제에 굴착한다. 작가가 의도했든 아니든 이것이 2014년 시점에서 "가장 정확한 기록물"(조연정) 혹은 "고립된 결벽"(서영인)으로 보이는 것은 분명하다.

더구나 '문학적 진상규명'을 연상시키는 이 낯섦/익숙함은, '어떤 사건과 소설적 형상화 사이에는 그것을 조망할 시간적 거리가 필요하다'는 식의 통념과도 별개의 것이다. 작가는 1980년 5월에 광주에 있지 않았고, 그 일의 의미 역시 언어화하지 못했을 나이(11세)였다. 그리고 그녀는 30여 년이 흐른 후에 그것을 서사화하기 위해 취재를 하고 많은 증언과 기록물을 참고했다. 이것은 말 그대로 참고이자 '증언의 증언'[6]으로 보

---

6. 실제로 이 책 마지막 별지에는 작가가 이 소설을 위해 도움 받은 자료의 목

이기도 한다. 말하자면 『소년이 온다』는 경험적 제약으로 인한 서사적(미학적) 부담뿐 아니라 윤리적 부담까지 감수하면서 "문학적 진상 규명 작업"을 다시 꾀한 소설처럼 보인다. 이 소설의 재현법이 일견 미학적 후퇴처럼 보이는 것도 당연하다.

하지만, 맥락 없이 무균질의 공간에서 태어나 존재하는 작품이 있을까. 이때 잠시, 소설 속 가족을 잃은 생존자의 말을 복기해본다. "아무도 내 동생을 더 이상 **모독**할 수 없도록 써주세요."(211쪽, 강조는 인용자) 소설 속에서 이 말은 두 번 반복된다. 이것이 역사의 훼손에 대한 왜곡, 부정에 대한 항의가 아니라, 무언가에 대한 "모독"을 막아달라는 표현임을 우선 기억해 두자. 국가폭력, 제노사이드 같은 말이 아니고서는 죽음의 어떤 이유도 찾을 수 없는 그들을 "모독"하는 이는 누구인가. 다시 과감히 질문을 바꾸어 본다. 『소년이 온다』는 철 지난 "문학적 진상규명 작업"의 일종인가, 아니면 어떤 이유와 맥락을 갖고 있는 문학적 대응인가. 이 두 질문의 차이와 공통점을 이해하기 위해 우선은 소설 바깥의 이야기로부터 시작해본다.

록들(『광주오월민중항쟁사료전집』, 『광주, 여성』[이상 증언록], 〈우리들은 정의파다〉, 〈오월애〉[이상 영화], 〈5·18 자살자 ─ 심리부검보고서〉[TV 다큐멘터리])과 실제 관련자 기억에 대한 언급이 있다. "최대한 사실성에 의지하려 했"다는(임철우, 「책을 내면서」, 『봄날』 1, 문학과지성사, 1997) 『봄날』의 작가는 자신이 겪은 1980년 5월 광주에 대한 죄책감과 책임에 대해 여러 지면에 밝힌 일도 있지만, 『소년이 온다』의 작가는 이런 절박함과 거리가 있는 세대임을 다시 기억해두자.

2. '기억-정동情動 7' 전쟁의 시대, 모독의 회로

7. 이 장에서 '정동'이라는 말이 쓰인 자리마다 '감정', '정서' 등을 넣어본다고 가정해보자. '감정', '정서'로 대체될 수 있는 대목들이 있는 반면, 어떤 대목들은 결코 그 말들로 온전히 대체할 수 없음을 알아차릴 수 있을 것이다. 바로 그 대목들, '감정'이나 '정서' 같은 말들로 표현될 수 없는 그 맥락의 문제의식으로 인해 'affect=정동'의 사유가 요청된다. 번역어나 이론적 계보를 둘러싼 쟁점이 있긴 하지만 이 글에서 '정동'이라는 말을 언표화하는 이유에 대해 잠시 언급하고 넘어가야 할 것 같다.

우선, 한국어로 '감정', '정서' 등의 표현에는 emotion, feeling, sentiment, affect 같은 말들 사이의 미묘하고 결정적인 차이가 반영되기 어렵다. 아주 거친 비유이지만, 내가 어떤 감정상태에 있다고 가정할 때 그것은 언제나 무언가와의 마주침에 의해 촉발된 것이다. 그리고 그 감정과 양태는 늘 동일하지 않음도 물론이다. 끊임없이 지속하며 움직이고 있는 시간과 그 안에서의 마주침들에서 연원하는 감정과 그 양태는 오롯이 나만의 것이라고 주장할 수도 없다. 'affect=정동(情動)'은 개인에게 고착되고 귀속된다고 믿어져온 감정의 문제를 이렇게 관계성과 운동의 문제로 재프레이밍하기를 요청하는 개념이다.

affect(라틴어 affectus, 이하 '정동'으로 표기)의 문제는 스피노자 윤리학에서 애초에 제기된 문제였다. 그리고 그것을 해석하는 들뢰즈는 정동을 개인에게 귀속되는 감정상태의 문제가 아니라, 힘의 증대와 감소에 관한 것으로 보았다. 이때의 '정동'은 재현되고 개념화되기 이전에, 신체 수준에서 작동하는 강렬도이다. 나아가 신체의 일정한 상태와 사유의 일정한 양태를 함께 표현한다. 즉, 이 정동은 무엇보다 타자에 의해 촉발되고 그것에 의해 생성변화(devenir)하는 과정이다. 따라서 정동은 단순히 일개인에게 고착된 것이 아니라, 모든 관계들 속에서 흐르고 발현되는 감정을 이해하는 데 유용한 관점을 제공한다. 정동은, 주체와 객체의 이분법도 가로지르며, 인간 개개인뿐 아니라 세계에 존재하는 모든 만물 사이에서 횡단하고 교류하는 힘의 관계이기도 하다. 한편 마수미는 정동을, 객관적 실재인 무언가를 재현하는 관념(idea)과는 달리, 재현될 수 없는 사유양식이며, 일종의 내적에너지가 연속적으로 변이함으로써만 포착될 수 있는 것으로서 주목하기도 한다.

요약하자면, 이 절에서의 정동은 대략 다음과 같은 함의를 강조하기 위해 사용했다. ① 개인에 고착되지 않는 관계 속에서 사유되어야 할 것, ② 상태의 이행, 운동성, ③ 힘의 증감으로서의 행위능력, ④ 언제나 변화와 가능성을 기다리고 있는 잠재성.

작가가 이 소설을 구상하기 시작했다는 2012년 겨울,[8] 5·18에 북한군 특수부대가 침투되었다는 주장을 펴 명예훼손으로 고소당한 한 극우이데올로그가 대법원으로부터 무죄판결을 받는다.[9] 이어 이 판결에 탄력받은 몇몇 커뮤니티 기반 네티즌들은 광주 폄하, 조롱 여론을 이어가면서 강력한 반동의 세(勢)를 과시한다. 급기야 5·18역사왜곡대책위원회(이하, '대책위')는, 악의적 루머의 거점 커뮤니티 유저들에게 강력대응을 하기에 이른다. 하지만 2014년 7월 이들의 반성과 사죄를 받아들여 대책위는 고소를 취하한다.[10]

5·18을 폄훼, 모독한 것이 이들이 처음이 아니었음은 물론이다. '광주'는 처음부터 정부의 악의적, 조직적 왜곡으로 프레이밍된 장소였다. 지금까지 반복적으로 유포되는 루머, 가령 북한군 특수부대 개입설, 무장시민 폭동설 등의 기원을 거슬러가자면 1980년 5월 21일 계엄사령관 이희성의 담화문으로까지 소급된다. 지금도 반복되는 루머의 진원지를 분명히 해두기 위해 잠시 그 일부를 인용해본다.

---

8. 2017년 2월 3일 '노르웨이 문학의 집'에서 열린 "Literary Guiding Stars" 행사의 강연문.

9. 『연합뉴스』의 2013년 5월 21일자 기사 「5·18 왜곡 앞장 종편·누리꾼 줄소송 휘말릴 듯」, https://m.yna.co.kr/view/AKR20130521146100054?.

10. 5·18기념재단의 2014년 7월 10일 보도자료 〈5·18영령 앞에 고개 숙인 일베 회원들〉 참조, http://www.518.org/sub.php?PID=0204&page=18&category=&searchText=&searchType=&action=Read&page=18&idx=363.

타 지역 불순인물 및 고첩[고정간첩 – 인용자]들이 사태를 극한적인 상대로 유도하기 위하여 여러분의 고장에 잠입, 터무니없는 악성유언비어의 유포와 공공시설 파괴 방화, 장비 및 재산 약탈 행위 등을 통하여 계획적으로 지역감정을 자극, 선동하고 난동행위를 선도한 데 기인된 것이다. 이들은 대부분이 이번 사태를 악화시키기 위한 불순분자 및 이에 동조하는 깡패 등 불량배들로서 급기야는 예비군 및 경찰의 무기와 폭약을 탈취하여 난동을 자행하기에 이르렀으며 이들의 극한적인 목표는 너무나도 자명하여 사태의 악화는 국가 민족의 운명에 파국적인 결과를 초래할 것이 명약관화한 것이 사실이다.[11]

이 담화에서 명백히 확인할 수 있듯 북한 개입설, 무장시민 폭동설 등의 진원지는 명백히 당시 신군부였다. 또한 실제 이를 공식적으로 주장, 유포시키기 위해 보안사령부는 1988년 국회 광주 청문회를 앞두고 비공개 조직 '5·11연구위원회'를 설립하였으며, 이곳에서 주도적으로 5·18 왜곡을 위해 군 관련 서류를 조직적으로 조작했다.[12]

---

11. 광주광역시 5·18사료편찬위원회 편, 『5·18광주민주화운동자료 총서』 제2권, 1997. 인터넷 사이트 '518 광주민주화운동 전자자료총서'(www.518archives.go.kr/books)에서도 확인가능하다.
12. 정대하 기자, 「[단독]보안사, 비밀조직 꾸려 "5·18폭동"으로 조작」, 『한겨레신문』, 2017년 5월 17일, http://www.hani.co.kr/arti/society/area/795040.html.

즉 1980년 5월 광주를 둘러싼 국가적, 법리적 판단은 종료되었지만, 정치적 이해관계를 가진 이데올로그나 그 관련 단체들은 1980년 군부의 시나리오를 변주하며 끊임없이 역사 왜곡과 폄훼를 행해왔다. 그 정점에 있었던 사건 중 하나가, 앞서 말했듯 2012년 유명 극우이데올로그의 수년에 걸친 광주 모독, 왜곡 발언이 '최종 무죄'로 선언된 일이었을 것이다. 그리고 최종 무죄선언 직후 대중차원에서는 광주 모독, 왜곡이 증폭된다.

나아가 이 이후 펼쳐지는 일의 경과는 이전 시대의 역사왜곡, 폄훼와 성격을 달리한 것이기에 특히 주목해야 한다. 이 차이를 이해하기 위해 잠시, '대책위'에 고소당했다가 이후 반성 및 사죄를 하고 고소 취하된 한 유저의 반성문 일부를 보자.

5·18 민주화 운동에 대해서 아무것도 모르고 있던 저는 일간 베스트 저장소라는 사이트에서 폭동이다, 총기를 들고 일어난 것이다라는 글들을 보고 그 일간베스트 저장소 사이트에서 다른 사람들도 다 그렇게 이야기하길래 제대로 알고 있지도 않고 알지도 못했던 사실들을 원래 사실인 듯 알고 이런 글을 작성하게 된 것입니다.[13]

인용할 가치가 없는 대목처럼 보일지 모르겠다. 하지만 인

---

13. 위의 10번 각주 참조.

용할 가치가 없어 보인다는 바로 그 이유가 여기에서는 중요하다. 악의적 루머의 주요 거점 커뮤니티에서 행해지는 5·18 왜곡이 일관된 논리 회로를 가지지 않음은 잘 알려져 있다. 반성문의 필자는 유족들을 택배기사에 비유하는 글과 사진을 올렸다가 유족들로부터 고소당했다. 이 인용에서처럼 왜곡을 유포하는 그들에게 사실관계, 진위여부는 중요치 않다. (왜곡된) 팩트는 이미 주어져 있다. 그들에게는 팩트와 관련하여 형성되는 어떤 감정적 파동을 공유, 확산하는 것이 더 중요하다. 같은 소통의 회로 안에 있는 이들은 이 글과 사진을 통해 재미와 웃음을 공유한다. 그리고 구성원으로부터 인정을 받고 소속감을 확인한다. 그렇기에 그들 사이에서는 사실의 왜곡이나 부정 자체의 공유가 아니라, 왜곡을 바탕으로 한 조롱과 모독이 더 중요하다.

즉 이 건은, 사실을 왜곡하고 부정한 것보다도 그 왜곡된 사실의 진위여부에 무관심한 이들이 독자적 회로를 통해서 관련 당사자들을 '모독'한 것에 핵심이 있다. 이렇듯 대중 차원으로 확산된 5·18 폄훼는, 이데올로그들의 조직적, 논리적 그것과 다르다. 왜곡된 팩트가 기정사실처럼 되어 있다. 그리고 내용의 진위여부와 무관한 다양한 정동을 매개로 그 폄훼가 유포, 확산되는 것이다.

앞의 진술이 조금 반복될지라도 이 유저의 사례를 조금 자세히 생각해본다. 그가 속한 커뮤니티에서 조롱, 비방, 모욕, 혐오 등은, '표현의 자유'와 '유희'라는 명목하에 모두 '유머'라고 갈무리된다. 표방한 것은 유머이기 때문에 그것에 이의를 제기하는 일은 스스로들의 룰을 위반하는 것이고 그리하여 그 이의제기는 또다시 조롱거리가 된다. 이때 역사의 팩트는 더 이상 진위여부를 논할 대상이 아니라, 경쟁적 모독을 위한 웃음의 재료일 뿐이다. 하지만 그 대상에 수반되는 정동(조롱이든 혐오든 무엇이든)이 좀처럼 대상과 분리되지 않고 오랫동안 집단기억의 기저에 들러붙는다는 것이 문제다.

(특히 온라인 미디어들을 매개로 한) 대중의 소통 회로 속에서 한번 촉발된 정동은 자율적 회로를 만들며 활성화된다. 이때 조직적, 전문적 왜곡의 주체들은 이전과 같이 치밀한 조작 등에 골몰하지 않아도 된다. 특정 조건의 공간에서 쉽게 형성, 공유되는 정동적 파동을 이용하여, 특정 사실에의 특정 정동을 촉발시킬 계기를 만드는 것으로 충분하기 때문이다.[14]

강조컨대 2010년대에 광주를 둘러싼 기억의 내전은 역사해석을 둘러싼 기억전쟁이 아니다. 극우이데올로그의 선동이나 정치적 반동만으로 설명할 수도 없다. 이것은 담론으로서의 기억전쟁 혹은 서구식 역사수정주의의 재래가 아니다. 이것은 결정적으로 (넷 기반) 대중의 감수성 차원에서 펼쳐지는 일이다. 왜곡되고 폄훼된 역사(기억)가 내부약자를 향한 조롱, 모욕, 비방, 혐오 등과 뒤섞여 유동하는 것이다. 그러므로 '기억-

---

14. 실제로 2016~7년 몇몇 언론에서는(JTBC, 『한겨레21』) 기획취재를 통해, 그동안 자주 문제시 되었던 커뮤니티(일베, 디씨)와 국정원, 청와대와의 커넥션 의혹을 공식 제기한 바 있고 다수는 사실로 밝혀졌다.

정동' 전쟁인 것이고, 나아가 2010년대 이후 전 세계적으로 대중 차원에서 가시화한 반동backlash 혹은 혐오발화hate speech 의 문제계와 겹치는 것이기도 하다.

그런데 문제는 앞서 서술했듯, '기억-정동' 전쟁이 '언어'로 구성된 담론의 형태와 다른 회로를 지닌다는 점에 있다. 여기에서 언어로 의미화 된 증거를 제시하며 논리적으로 대응하는 일은 종종 봉쇄된다. 정동은 인지, 언어화 이전 수준에서 유동하므로, '기억-정동'의 회로는 한 번 촉발된 후에는 독자적, 자율적 성격을 띤다. 또한 모독, 폄훼, 혐오는, 그것이 불특정 다수의 가학에 의한 것이지만, 그 부낭함을 밝히는 일은 온전히 표적 대상이 된 이들 스스로의 몫으로 전가된다는 점도 간과할 수 없는 문제다. 부당한 모독, 폄훼, 혐오를 가하는 주체는, 표현의 자유를 주장하거나, 그것이 그저 유희였다고 해버리면 그만이다. 그렇기에 모독의 부당함을 증명하는 것은 사실관계를 증거하는 일보다 더 어렵다.

즉, '기억-정동' 전쟁 시대의 5·18 폄훼는 사실관계(역사)의 왜곡뿐 아니라, 그 왜곡을 둘러싼 정동적 공격을 수반한다. 이에 대한 무고함, 부당함을 주장해야 하는 이들은 이중의 부담을 안는 셈이다. 1980년대 유럽에서 역사수정주의의 홀로코스트 부정에 대해 증언하던 생존자들의 문제는, 이렇게 다시 다른 방식으로 이곳에 돌아왔다. "모독할 수 없도록" 하기 위해서 다시 증언대 앞에 서야 하는 이는 여전히 당사자(생존자)이다. 그러므로 몸과 정신의 대가를 치러야 하는 증언의 반복은 가혹하다.

그렇다면 이 소설이 "가장 정확한 기록물"(조연정)이거나 "고립된 결벽"(서영인)이어야 했던 이유, 그리하여 이 소설이 (완료된) "문학적 진상 규명 작업"(김형중)의 재래처럼 보이는 이유는 지금 이 전쟁의 한복판에서 이해될 수 있다. 이것은 작가 개인의 의식, 의도 등에 귀속되는 이야기가 아니다. 전방위적 반동과 혐오의 정동이 서로를 추락시키고 야만을 경쟁할 때, 그들과 동시대를 사는 또 다른 어떤 사람들이 있다. 그들은 그 야만에 절망하기도 하고 그것을 돌파할 존엄에의 서사를 의식·무의식적으로 욕망하기도 한다. 그 욕망은 다양하게 표출된다. 모독과 폄훼를 법에 호소하고자 하는 이들도 있고 각자가 접속한 또 다른 플랫폼에서 그것을 중지시키려 애쓰는 이들도 있다. 즉 이 소설은 단지 한 작가의 창작동기, 도덕, 신념으로 환원되기 어렵다. 소설은 언제나 당대의 힘의 관계, 무의식, 욕망과 교호한다. '2014년의 『소년이 온다』'는 한 작가 '개인'의 '소설(작품)'이기 이전에 한 시대의 정동, 욕망이 길항하는 현장에 놓인 텍스트인 것이다.

3. 기억할 것인가, 기념할 것인가

앞에서도 언급했지만 『소년이 온다』가 놓인 자리는, 얼핏 역사수정주의revisionism에 저항하며 1980년대에 본격화한 아우슈비츠 증언 논의·연구 당시의 상황을 연상케 한다. 1980년대에 아우슈비츠 경험의 당사자=생존자들이 증언대에 올라야 했던 일은, 홀로코스트 부정을 정식화하려 한 수정주의의 세력화와 무관치 않았음을 다시 강조하고 싶다.

존재를 부정하는 이들 앞에서 그 실재를 입증할 수 있는 가장 확실한 이는 경험의 당사자다. 증인은, 인간임을 부정당하며 죽거나 혹은 가까스로 살아남을 수밖에 없었던 경험의 당사자, 곧 수용소로부터 돌아온 생존자여야 했다. 하지만 증언을 위해 말하는 이는, 과거의 수용소와 증언하는 장소 두 곳에서 자기 부정을 겪는다. 그가 하는 증언이란, 현재의 존엄을 지키기 위해 과거의 모멸을 다시 한 번 겪는(재현하는) 형식이다. (왜곡과 부정의 당사자는 뒷짐 지는 동안 왜곡과 부정의 진위를 입증해야 하는 책임이 온전히 생존자들에게로 전가되는 부당한 구조가 이미 '증언'이라는 형식 속에 있었음도 기억해두자.) 그리하여 '증언'이란, 살아남은 자=대리인의 행위이고, 사건을 '말할 수 없음' 자체를 증거하는 역설 속에서 성립하며, 그럼에도 전달가능한 형태로 남겨야 하므로, 애초부터 '불가능'한 것이라고 요약될 수 있을 것이다.

그렇다면 『소년이 온다』가 "증언의 불가능성을 증거하는 소설"[15]이라는 의미부여는 우선은 합당하다. 실제로 『소년이 온다』 속 한 인물이 "증언할 수 있는가"라는 질문을 되풀이할 때[16] 이미 증언 불가능의 문제는 소설 바깥으로 언표화되어버

---

15. 조연정, 「'광주'를 현재화하는 일」, 『대중서사연구』.

렸다. 나아가 이 소설에는 '1980년 5월 광주'와 관련된 다양한 층위의 문제들이 정공법적으로 기입되어 있다. 가령 '왜 나는 살아남았는지', '왜 이유 없이, 이유도 모르고 죽임을 당해야 했는지', '사건은 증언될 수 있는지', '왜 타인 앞에서 나의 고통을 기억하고 기록해야 하는지' 등등. 소설 속 인물들의 입과 구체적 상황들을 통해서 제기되는 이 질문들은, '존재를 압도하는 사건에 대해 증언·재현할 수 있는가'라는 주제를 형성한다. 물론 이 질문과 주제는 『소년이 온다』만이 독점할 수 있는 것이 아니다. 앞서 말했듯이 이것은 아우슈비츠 논의·연구 이후에 내내 사유되어온 증언, 증언 불/가능성에 대한 문제이기 때문이다.

또한 근본적으로 증언 불가능성의 문제는, 좀 더 현실적인 딜레마 속에 놓여 있다. 앞서 언급했듯 『소년이 온다』는 ─ 기존의 1980년 5월 광주 소설과 달리 ─ 일반명사로서의 광주를 '자각적·자발적으로' 의미화하지 못한 세대[17]의 작가가 생존자

---

16. 한강, 『소년이 온다』, 창비, 2014, 166~167쪽. 이후 이 책의 인용은 본문에 쪽수만 병기하도록 한다.

17. 작가 한강과 비슷한 나이(8~13세)에 '1980년 5월 광주'를 경험한 이들의 기억은 당시 어른들의 서사화된 기억과 달리 대부분 해석과 의미화를 기다리는 기억들이다. 가령 "동네 아저씨들이 시민군들에게 빵과 우유를 줬어요. 그러면 시민군들은 우리한테 다시 그 빵을 나눠줬고요. 아무것도 몰라서 무서운지도 몰랐어요."(소영환, 당시 10세)라든지, "사실 제 느낌으로는 그때 축제 같았어요. 데모가 뭔지도 몰랐고 저녁이 되면 불빛이 날아다니고 하니까 마냥 신기했어요."(김용태, 1980년 9세) 같은 발언들. 이 인용은, 당시 초등학생 나이에 한정하여 광주에 거주했던 80명의 인터뷰집인 『묻고, 묻지 못한 이야기 : 담벼락에 묻힌 5월 광주』(문선희 찍고 엮음, 난다,

의 구술·증언에 의존한 소설이다. 즉, 『소년이 온다』와 작가 한강 사이 관계의 특이성은, 예컨대 세월이 흐른 뒤, 생존자가 단한 명도 남지 않게 될 때 증언이 어떻게 가능한가라는 질문과 연결된다.[18] 증언할 생존자가 생물학적으로 소멸한 이후의 증언이란, 더 이상 역설적 의미가 아니라 말 그대로 '불가능'한 것이기 때문이다.

그렇다면 생존자가 단 한 명도 존재하지 않게 되었을 때, 역사적 실재를 왜곡하거나 부정하는 수정주의 언설 혹은 그 정동이 언제라도 되돌아온다면 그 부당함은 누가 입증하는가. 혹은 어떤 역사의 증인이 단 한 명도 남지 않게 되는 시간이 도래했을 때 망각은 자연스러운 수순인가. 증언할 당사자가 단 한 명도 존재치 않는 세계에서 미래의 사람들은 그들과 어떻게 무엇으로 관계 맺어야 하나. 증언은 반드시 직접적 경험과 그것의 언어(=재현)적 제약 속에서만 가능한 것인가. 광주에 대한 직접적 경험도 자각적 기억도 없을 미래의 세대는 어떻게 그것을 기억할 수 있을까.

그렇기에 우리는 자주 기억을 기념의 문제로 이행시켜왔다. 역사학자들의 작업, 혹은 찬란한 기념비가 증언과 기억의

2016)에서 가져왔다. 이 책은 1980년 5월 당시 초등학생 나이였던 이들 80명에 한정하여 인터뷰한 내용을 사진집 형식으로 묶은 것이다.

18. 이 주제에 대해서라면 위안부 피해생존자 구술, 증언에 대한 소설인 김숨의 『한 명』(현대문학, 2016), 「녹음기와 두 여자」(『21세기문학』, 2016년 가을호) 등도 참고가 된다.

몫을 대신해준다. 그러나 '사건'의 '기억'을 문화적 '기념'의 영역으로 이행시키는 일은, 기억을 안정화하는 동시에 공식적으로 망각케 하는 절차다. 기억이 기념과 의례로 고착되는 것은, 언젠가 그 공동체의 누수되는 기억 틈으로 다른 기억이 역공해 올 취약함도 늘 갖고 있다. 광주를 폄훼하는 정권의 집권기간 동안, 그 정권과 친연성을 갖는 '기억-정동'이 대중 레벨에서 확장되고 강화될 때, 국가질서로 순치된 항쟁의 기념과 의례가 더없이 초라하고 무기력했던 것처럼 말이다.

즉, 모든 '공식기억=역사'는 사적, 일상적, 주변적 기억을 추방함으로써만 성립한다.[19] 하지만 소설은 공식기억=역사에서

---

19. 가령 작가가 소설 집필에 큰 도움을 받았다고 밝힌 자료 중, 사료적으로도 중요한 『광주오월민중항쟁사료전집』(한국현대사사료연구소 엮음, 풀빛, 1990)은 『광주, 여성』(광주전남여성단체연합 기획, 후마니타스, 2012) 두 권의 차이를 생각해보면, 이 점이 뚜렷하게 부각된다. 우선 『광주오월민중항쟁사료전집』(1990)는 1988~1990년 구술 채록한 작업의 성과로서, 항쟁에 직접 참여한 이들과 피해자 및 유족의 구술이 중심을 이룬다. 이 증언은 총 503명(여 32명, 남 471명, 중복인터뷰 2,3명 포함)을 대상으로 했고, 육하원칙을 바탕으로 항쟁의 의미와 역사화를 뚜렷이 목적서사화하고 있다. 금지된 표상으로서의 '광주'가 막 복원되기 시작한 당시의 맥락 속에서 이 작업을 이해해야 한다. 여기에서 육하원칙의 구술기록, 항쟁 중심의 인터뷰라는 성격뿐 아니라, 여성 증언자가 약 1/10에 불과한 것도 '공식기억=역사'의 구축 논리를 단적으로 보여준다. 그런데 이와 비교할 때 『광주, 여성』(2012)은 여성들만의 증언으로 구성되어 있고, 일종의 생애사적 차원에서의 '광주'를 이야기하는 증언록이다. 확연히 공식기억=역사(제도화)에서 누락된 여성과 일반시민의 기억이 뒤늦게 소환되고 있고, 굳이 여성을 항쟁의 주체로서 등극시키려는 의도 역시 두드러지지 않는다. 1980년 5월 광주에 대한 공식기억 vs. 주변부 혹은 일상의 기억을 비교, 가늠하는 데 두 증언록은 좋은 참고가 된다.

누락된 기억들을 이야기할 수 있다. 현실의 제약들을 넘어서는 곳, 접힌 주름 안에 잠재된 것에 대해 말해야 할 때 문학이라는 이름은 종종 활력을 얻는다. "모독할 수 없도록" 증언하기 위해 나설 당사자조차 세상에 존재하지 않을 때, 그 기억과 증언은 어떻게 가능한가라는 질문과 함께 이제 자세히 볼 것은, 『소년이 온다』를 둘러싼 기억과 글쓰기, 혹은 '잠재성으로서의 기억'과 재현의 관계이다. 이 관계를 살피기 위해, 우선 1970년에 태어나 1980년 1월 가족과 함께 서울로 올라온 작가의 사사로운 기억에 주목해본다.

4. 경험하지 못한 것은 어떻게 기억되고 재현될 수 있는가[20] : '존재론'으로서의 기억

2017년 3월 어느 강연에서 작가 한강은, 스웨덴 동화(아스트리드 린그렌의 『사자왕 형제의 모험』)를 읽으며 "'어떻게 그들은 그토록 서로를 믿고 사랑하는가, 그들의 사랑을 둘러싼 세상은 왜 그토록 아름다우며 동시에 잔인한가'를 생각하며 오래 울었던" 시절이 1980년 5월 언저리였다고 말한다.

그런데 이 강연문에서 주목할 것은, 그녀가 오랫동안 1980년 여름의 기억이라고 믿어왔던 그 일이 실은 1983년 여름의

---

20. 이 4절은 전적으로 2017년 2월 3일 '노르웨이 문학의 집'에서 열린 "Literary Guiding Stars" 행사의 강연문에 의거한다. 이 장의 각주 1번 참조.

일이었음을 뒤늦게 알아차렸다는 진술이다. 잠시 인용해본다.

1980년이 아니라 1983년의 여름. 아홉 살이 아니라 열두 살의 여름. 비록 연도에는 혼동이 있었지만, 그 계절의 감각만은 또 렷한 기억으로 남아 있다.

말하자면 1980년, 9세 소녀 한강은 서울 수유리의 어느 방에서 (죽었다가 부활한 형제가 독재자와 맞서 싸우는 스웨덴 동화를 읽으며) 세계의 잔인함과 아름다움에 슬퍼하고, 훗날 그날의 감각적 생생함을 기억한다. 하지만 실제로 그것은 1983년 11세 때의 일이다. 이 기억의 착오는 명백히 공식기억으로서의 '80년 광주'와 관련되지만, 반복건대 1980년에 작가는 광주에 있지 않았고, 그 일의 의미에 대해서도 알고 있지 않았다.

현실화되지 않고 잠재적으로 존재하는 지나간 시간 자체를 '순수기억'이라고 하거나[21], 홍차에 적신 마들렌의 맛으로부

---

[21]. 베르그손에게는 이미지기억, 습관기억, 순수기억 등의 3가지 기억의 층위가 있다. 이미지기억은 표상과 관련되기 때문에 심리학적인 상태에 해당한다. 또한 습관기억은 신체적 운동의 수준으로 회상된다. 한편 순수기억은 그 자체로 보존되는 시간 전체이다. 표상되지 않는다고 해서 존재하지 않는 것이 아니므로, 근본적으로 순수기억은 잠재성의 영역에 속한다. 즉, 그에게 기억은 무언가에 대한 회상을 찾아내는 것이 아니다. 무언가에 대한 기억은 잠재적인 것을 현재화하는 것이고 그것은 단순한 재생산이 아니다. ─ 앙리 베르그손, 『물질과 기억』, 박종원 옮김, 아카넷, 2005, 2장 ; 김재희, 『베르그손의 잠재적 무의식』, 그린비, 2010 ; 마우리치오 랏자라또, 『사건의 정치』, 이성혁 옮김, 갈무리, 2017 참조.

터 환기, 기억된 콩브레는 "한 번도 체험될 수 없었던 그런 형태[즉 순수과거 — 인용자]"[22]로서 나타난다고 말한 이들을 온전히 떠올리기도 전에, 작가는 자신의 기억의 착오를 다음과 같이 해석, 의미화한다.

> 지금에서야 비로소 내가 왜 연도를 착각해 왔는지 깨달았다. 나의 내면에서 이 책이 80년 광주와 연결되어 있었다는 사실을, 1980년 아홉 살의 내가 문득 생각했던, 그 여름을 이미 건너지 못했으므로 그 가을로도 영영 함께 들어갈 수 없게 된 그 도시의 소년들의 넋이, 그로부터 삼 년 뒤 읽은 이 책에서 두 번의 죽음과 재생을 겪는 소년들에게로 연결되어 내 몸속 어딘가에 새겨졌다는 것을. 마치 운명의 실에 묶인 듯, 현실과 허구, 시간과 공간의 불투명한 벽을 단번에 관통해서.

기억은 하나의 개별적 몸에 속한 것이다. 하지만 동시에 기억은 당연하게도 어떤 구체적 관계들 속에서 구성된 것이다. 또한 자발적 기억도 있지만 비자발적 기억도 있다. 현재화된 actual 기억도 있지만 잠재적인virtual 기억도 있다. 기억은 과거에 속한 것일 뿐 아니라 미래를 향해 있는 것이기도 하다. 잠재성의 문제에 골몰하던 철학자들이 이야기해왔듯, 기억은 심리적인 것이 아니라 존재론적인 것이다.

---

22. 질 들뢰즈, 『프루스트와 기호들』, 서동욱·이충민 옮김, 민음사, 1997, 100쪽.

그렇다면 1980년 5월 광주란, 그 물리적, 시간적 거리를 초월하여 이미 작가의 몸에 이미 그녀만이 경험할 수 있는 양태로 늘 존재하고 있던 기억이다. 그녀에게 이미지적으로 표상되는 광주란 우선 ① "밖에 나가서 절대로 그런 말을 하면 안 된다. 광주에 대해 아무것도 말해서는 안 돼."라는, 금기, ② 동화를 읽으며 "세상은 왜 그토록 아름다우며 동시에 잔인한가"에 슬퍼하던 일과 그날의 감각들, ③ 아이들이 보지 못하도록 "안방의 책장 안쪽에, 책등이 안 보이게 뒤집어 꽂아놓"은 책에서 목격한 사진들이다. 이 세 개의 기억은 각각 파편적으로 흩어져 발화되었다. 그러나 순수기억 속에서 동화(②)는 시공간을 초월하여 광주(① ③)에 이미 연결되어 있었다.

즉, 작가에게 사실관계(연도)의 혼동 혹은 기억의 착종은, 그녀가 이미 공식기억으로서의 1980년 광주와 연결되어 있었음의 흔적이다. 동화를 읽으면서 느낀 강렬한 몸의 일들은, '광주'가 "시간과 공간의 불투명한 벽을 단번에 관통해" 잠재적 지대에서 연결되고 있었음을 증거한다. 그러므로 이것은, 작가 개별적 몸의 기억인 동시에, 부지불식중 물리적 시공간과 자각적 지각의 범위를 초월하는 어떤 네트워킹을 통해 구성된 기억이기도 하다.

이러한 기억은 한 개인의 심리적 차원으로 환원될 수 없다. 삶의 잠재성과 창조성에 골몰했던 베르그손은 이를 '순수기억' 개념으로 설명했다. 순수기억은 뇌에 저장되는 표상과 무관하게 그 자체로 보존되는 시간 전체이다. 신체적 메커니즘을 지니지 않거나 표상되지 않는다고 해서 그것이 존재하지 않는 것이 아니다. 즉, 지나온 시간, 역사 자체로서 보존되는 순수기억은 회상, 회고와도 다르다. 이것은 어떤 계기와 접속하면서 현재화되지 않는 한, 잠재성의 영역에 속한다. 그러므로 순수기억은 정신분석학에서의 무의식 등이 설명하는 트라우마와도 다르다. 베르그손은 순수기억으로 인해, 잠재적으로 존속하던 과거가 현재 속으로 현실화함으로써 예측불가능한 미래가 열린다고 했다. 그러나 한편 순수기억이 현실태로, 혹은 어떤 현재적 힘을 지닌 사건으로 전환되기 위해서는 홍차에 적신 마들렌과 같은 특정한 계기들이 필요하다. 그 연결의 잠재성을 현재화하고, 새로운 차원의 시간으로 이끌어 내는 것이 필요하다. '미래를 향한 기억'의 매개가 될 일종의 '계기'the attractor가 필요한 것이다.[23] 그렇기에 2009년 용산의 불타는 망루 영상에 대한 소설 속 화자의 진술이 중요하다.

소설에서 이 연결들은 "2009년 1월 용산에서 망루가 불타는 영상"(207쪽)에 의해 비로소 일깨워진 것으로 제시된다. 그리고 작가에게 있어서 수유리와 광주와 용산은 "사실의 측면에서가 아니라 진실의 측면에서"[24] 들여다보아야 할 것으로 놓여 있다. 한 번도 체험될 수 없었던, 혹은 잠재성으로서의 순수기억은 이렇게 계기를 얻고 새로운 사건으로 활성화된다.

---

23. Brian Massumi, *Politics of Affect*, 2장 [브라이언 마수미, 『정동정치』].
24. 질 들뢰즈, 『프루스트와 기호들』, 100쪽.

반복하지만 1980년 5월 광주, 1983년 여름 수유리, 2009년 겨울 용산은, 이렇게 작가 개인의 몸을 매개로 이미 늘 연결되어 있었던 사건들이(었)다.

그렇다면 역설적이지만 1980년 5월 광주는 작가가 과거/현재에 실제로 겪은/겪는 일이다. 그녀에게 '광주'는 트라우마로서의 기억이 아니라, 미래를 향해 늘 열려 있던 기억이자 사건이었다. 작가가 이야기하는 1980년 5월은 '광주'와 무관한 시절이기도 하지만, 바로 그 시간의 '광주' 자체이기도 하다. 작가의 "몸속 어딘가"에 '광주의 소년들의 넋'과 '스웨덴 동화 속 죽음과 재생을 겪는 소년들'이 연결되어 "새겨졌다는 것"을 깨달은 일, 그리고 나아가 그것이 "2009년 1월 새벽, 용산에서 망루가 불타는 영상"(207쪽)으로 인해 단번에 환기되고 연결되는 일은 엄연히 기억이 현실화된 새로운 사건이다. 여기에서 기억은 분명 한 개인의 고유성을 증거하는 것이지만 동시에 그 개인기억을 넘어서 있고, 시공간의 제약을 넘어선 존재들이 연결된 기억이다. 그렇다면 잠재성을 사유하던 이들과 그 계보를 떠올리며 과감히 말해보건대, 생존자 없는 증언, 기념비 없이 지속될 수 있는 기억은 이런 식으로 말해지거나 쓰여질 수 있는 것인지 모른다. 잠재성으로서의 순수기억은 이렇게 현실화하여 현재적 힘을 지닌 사건으로 개시될 수 있는 것이다.

5. 누가·무엇이 ○○하는가 : 존엄의 정동 네트워크

이제 소설텍스트 안의 이야기를 보자. 『소년이 온다』에서 특기할 것은, 오감과 관련되는 감각의 묘사, 감정의 흐름에 대한 구체적이고 생생한 묘사들이다.[25] 또한 소설에서 유독 치욕, 고통, 분노, 증오, 수치, 죄책감, 슬픔같이 느낌이나 감정, 정서, 정동을 지시하는 어휘들이 자주 언표화되거나 묘사되는 것을 주목하자. 이것은 각 인물들의 상태를 지시하는 것을 넘어서 소설 전체의 정조를 이루는 것이기도 하다.

이렇듯 가시화된 몸의 것들과 관련하자면, 이 소설의 '혼'·'몸'의 문제를 질문하거나,[26] '공통의 느낌 구조'·'집합적 감정emotion'으로 항쟁주체를 설명하거나,[27] "정동을 생생하게 포

---

25. 죽은 정대의 혼이 불타는 자신의 몸을 지켜보면서 "습기찬 바람, 벗은 발 등에 부드럽게 닿던 감촉, 로션과 파스 냄새, 누나가 쓰다듬어준 내 얼굴, 차가운 물, 뭉클뭉클한 맞바람, 멀어지는 목소리, 아카시아 냄새, 혀를 데어가며 후후 불어 먹은 햇감자, 씨앗들까지 꼭꼭 씹어 먹은 수박, 꽁꽁 언 두 발"(55~57쪽) 같은 몸의 감각들을 기억해내기 위해 안간힘을 쓰는 장면은 특히 '몸-기억-감각-감정'의 문제를 두드러지게 가시화했다.

26. 한순미, 「나무-몸-시체: 5·18 전후의 역사 폭력을 생각하는 삼각운동」, 『인문학연구』 52, 2016. 이 글은 임철우, 공선옥, 한강의 광주 소설들을 대상으로 하여, 역사폭력이 남긴 고통의 잔해를 몸의 감각과 관련해서 증언하는 소설로 읽는다. 이 글의 관점에서는 몸의 감각이 증언하는 것들이 증언의 (불)가능성을 의미하지 않는다. "보고 들은 것을 사실 그대로 증명하는 것이 아니라 남겨진 아픔들을 더 듣고 말하고 생각하는 사건"으로 증언을 재정의한다.

27. 심영의, 「5·18소설에서 항쟁 주체의 문제」, 『민주주의와 인권』 15(1), 2015. 이 글은 소설의 인물 내면에 주목하면서, 항쟁의 주체가 개개인의 감정 (emotion), 즉 사건을 마주한 개개인의 감정이 모인 '집합적 감정'이라는 중요한 결론에 도달한다. 이는, 이제까지 항쟁의 주체를 민초, 민중, 무장시민군 등과 같이 목적서사적으로 개념화된 무리(집단)로 명명해온 패러다

착하는 서술전략"[28]으로 설명하는 등의 선행논의들도 좋은 참고가 된다. 소설 속 다양한 정동(감정)[29]의 문제들을 특별히 강조하고, 나아가 그 정동 자체가 인물들을 추동하는 모습을 포착하는 이 논의들은, 확실히 광주 소설과 항쟁 성격 논의에 있어서 중요한 변곡점으로 읽을 수 있다.

이 논의들은 증언의 의미와 소설 안팎의 항쟁 주체에 대해 다른 상상력을 제공한다. 이들 논의가 제공한 상상력을 조금 더 밀어붙여 보자. 『소년이 온다』를 추동하는 치욕, 고통, 분노, 증오, 수치, 죄책감, 슬픔, 우울과 같은 정동들은 누구의 것인가. 물론 표면적으로 이 정동들은 서사 속에서 '살아남은 자들'의 것이다. 소설 속에서 이 다양한 정동의 조건과 양상은 동호, 진수, 선주, 정대, 선주, 은숙, 교대복학생, 동호엄마 등등, 개별 인물 각각의 신체에 할당되어 있다. 하지만 너무도 당연해서 종종 잊는 바지만, 이 정동들은 '나'의 몸에 속한 것이면서 언제나 다른 몸과의 '마주침'의 결과다. 마주침에 수반하여

임을 넘어설 단서를 주는 견해이지만, 감정을 '개인'(individual) 단위, 차원에 고착된 것으로 사유해야 할지, 아니면 근대적 개인(개체)을 초과하는 것(pre-individual/trans-individual)으로서 사유해야 할지에 대해서는 더 나아간 논의가 필요할 것이다.

28. 정미숙, 「정동과 기억의 관계시학 ― 한강 『소년이 온다』를 중심으로」, 『현대소설연구』 64, 2016. 이 글에서 『소년이 온다』는 "광주를 내밀하게 복원하기 위해 시점에 따라 기억을 교차적으로 재현하고 주체와 대상 사이에서 발생하는 정동을 생생하게 포착하는 서술전략을 구사"하는 소설로 논의된다.

29. 선행 논의들이 '감정'으로 표현한 대목을 '정동'과 병기한 이유에 대해서는 앞의 각주 7번 참조.

나의 몸에는 어떤 흔적이 남겨지고, 서로 공모된 또 다른 몸으로 변용한다. 부딪치는 쪽뿐 아니라 부딪힘을 당하는 쪽에서도, 닿는 쪽뿐 아니라 닿아짐을 당하는 쪽에서도 서로에게 어떤 흔적을 남긴다. 정동은 언제나 '관계' 속에서 발생하는 사건이다. 이때의 '몸'은 더 이상 개별적individual, 인격적인 것에 한정될 수 없다.

소설 속 인물들의 죄책감이나 수치 등이 그들 개인들의 내면에 고착된 것이거나, 심리학적인 것이 아니라는 점은, 가령 자발적으로 죽음을 선택한 동호와 진수의 사례만 보아도 좋다. 그들이 먼저 죽은 이들에 대한 죄책감, 수치를 끊어내는 것은 스스로의 몸을 버리고 '죽음'을 선택하는 방법으로만 제시된다. 죄책감, 수치 등은 개인의 내면성, 내밀하고 심리적인 것을 넘어서 있는 것이다.

나에게 직접 주어진 감정이나 기분은 '내면성'이라는 말로 설명되며 나에게만 직접 현전하는 특권적인 내밀한 영역이라고 여겨져 왔다. 그러나 내면성은, '나의 몸, 신체'라고 인지할 형상(이미지)의 상상이 전제되어야만 성립한다. 예컨대 '나'는 언제나 어느 상황에서나 동일한 '나'라고 확신할 수 없다. 내면성은 "형상을 만들어냄에 따라 출현하는 무언가"이다. "내면과 외면의 차이 그 자체가 형상의 조작에 따라"[30] 정립된다. 그러므로 정동은 자기 마음대로 작동시킬 수 있는 것이 아니라 언

---

30. 酒井直樹, 「情動の政治学」, 『思想』, 2010. 5.

제나 상황 속에서 사유되어야 한다. 인간은 정동의 운반자, 수송관이라고까지 비유하는 논의도[31] 과장된 것은 아니다.

이때의 '관계적'이란 말은, 주체와 대상(능동과 수동, 가해와 피해 등등)을 정동이 매개한다는 의미가 아니다. 오히려 정동은 주체와 대상의 구분 자체를 무화시키고, 몸과 몸들을 무매개적으로 접합시킨다. 소설 속 수치, 죄책감, 슬픔, 모욕감 등은 개별 인물들의 트라우마를 증언하는 것이 아니라, 관계 속의 변용된 신체의 고유성을 증언한다. 인물들 각각이 증언하는 정동은 "몸, 관념, 역사, 장소의 **충돌에서**"[32](강조는 인용자) 발생한다. 예를 들어, 소설 속 동호가 정대의 죽음을 뒤로하고 달아난 일에 대한 죄책감(31쪽)은, 몸(정대라는 타자), 관념(정대에의 기억), 역사(정대와의 우정), 장소(1980년 5월 도청 광장) 등의 상호연쇄적 촉발과 활성화 없이는 말할 수 없다.

즉, 소설 속 인물들의 행동을 추동하는 것은 단순히 죄책감, 윤리, 선한 의지 같은 말로 설명될 수 없다. 소설 속에는 "왜 누군 가고 누군 남아요."(28쪽)라는 질문이 두 번 반복된다. 이것은 가령 1990년이었다면 "민중이 자발적인 합의에 이를 때 이런 엄청난 도덕성이 나타난다."[33]고 이야기될 수 있었

---

31. Brian Massumi, *Politics of Affect*, p. 122 [브라이언 마수미, 『정동정치』].
32. 엘스페스 프로빈, 「수치의 쓰기」, 『정동 이론』, 멜리사 그레그 외 엮음, 최성희 외 옮김, 갈무리, 2015, 145쪽.
33. 작가 송기숙은 한 증언의 장에서, 5월 25일 계림극장 앞 담배 품앗이 일화를 들려주면서 이렇게 의미화한 바 있다. ─ 한국현대사사료연구소 편, 『광주오월민중항쟁사료전집』, 1990, 164쪽.

을지 모르겠다. 즉, 과거 이들은 "민중"이었고 "자발적 합의"를 통해 "엄청난 도덕성"을 발휘한 존재들로 설명되었다. 하지만 『소년이 온다』는 이에 대한 답을 마련해두지 않는다. 선/악이 무화된 장소를 응시한다. 선한 개인의 결단에 의한 행동 이전에 무언가가 그들을 움직였다. 남은 이는 선하고 떠난 이는 덜 선한 것이 아니다.

그들의 선택 혹은 행동은, 각 신체가 서로 마주치고 정동되고 연결된 것의 흔적이다. 그것이 결과적으로 "엄청난 도덕성"으로 발현된 것이라고는 할 수 있다. 하지만 처음부터 일관되게 그들이 선한 의지를 가지고 있던 존재라고 말할 수는 없다. 예를 들어, 실제 시민군에 가담했던 일반인들의 증언에서[34] 공통적인 것은, 그들이 처음부터 시민군에 가담하려 했다거나 어떤 윤리나 신념을 가지고 있던 인물이 아니었다는 점이다. 그들의 증언 끄트머리에는 '정의, 조국, 시민의 힘, 도덕, 참된 인간, 역사의식, 민주화, 인간의 길' 같은 말들도 거의 예외 없

---

34. 역시 1990년 한국현대사사료연구소에서 펴낸 『광주오월민중항쟁사료전집』의 증언들을 참조했다. 별도의 주제의 글이 되어야겠지만, 이 증언집에 실린 증언자들(특히 시민군 참여자들)의 참여 과정은 명백히 '두려움→분노'(실제 증언자들은 이 단어들을 자주 구사한다)로 설명 가능할 것이다. 증언자들 대부분은 처음에는 이 폭력과 항쟁의 이유를 알 수 없어 그저 수동적으로 시위에 휩쓸렸고 두려워했다는 진술을 한다. 그리고 점차 상황 파악을 하게 되면서 그 '두려움'이 '분노'로 바뀌어갔다는 진술도 거의 공통적이다. 물론, 폭력에 대한 각성된 '분노'가 시민군 참여의 직접적 계기였다는 점은, 다시 각자의 정황들과 각자의 삶의 의미와 맥락 등을 통해 재구성해내야 할 것이기도 하다.

이 등장한다. 하지만, 그것은 어디까지나 회고 시점에서의 사후적 의미부여일 뿐이다. 실제로 그들은 우연히 방치된 시신을 목격하거나, 눈앞에서 시민들이 폭력에 쓰러져 죽어가는 장면을 직접 마주치면서 '분노'를 느꼈고 "무엇인가를 해야겠다."[35]라는 마음을 갖게 되었다고 한다. 항쟁에서 그들을 움직이게 하고 결단하게 한 것은 어떤 마주침들이고, 그 마주침의 흔적으로서의 정동들이었다. 구체적 상황은 모두 제각각일지라도 강한 분노, 죄책감 등이 어떤 역치를 넘어 활성화되면서 그들은 행동했다.

소설 바깥 육하원칙의 증언록 속에서의 정동은 의미화된 담론구성물에 미처 도달하지 못한 잉여처럼 기술되고 있었지만, 그러나 실제로는 그들을 행동케 하고 다른 신체로 변용시키는 추동력이었다. 그러므로 항쟁을 의미화하는 5월 공동체, 절대 공동체 같은 말이 온전히 그 의미를 확보하기 위해서는 실제 사람들을 연결시킨 정동적 연결과 이행을 누락시켜서는 안 된다. 광주 이후 1980년대 내내 한국에서의 공동체란 종종 하나의 지향을 공유하는 목적서사의 언어로 설명되어왔다. 하지만 실제 광주, 그리고 광주로 상징되는 모든 광장은 결코 하나의 선험적 지향만으로 구성되지 않는다. 지금 당시의 증언록이 재독해를 기다리고 있는 것처럼, 그리고 『소년이 온다』가

---

35. 당시 15세였던 최동북의 증언. 소설 속 '동호'와 '정대'를 연상시키는 인물이기도 해서, 일종의 대표성을 부여하여 인용했다.(『광주오월민중항쟁사료전집』, 1990, 384~388쪽).

그 재독해-이어쓰기를 하고 있는 것처럼, 광주 및 나아가 모든 광장의 내부는 '우선은' 그저 서로의 사람됨을 지키기 위한, 느슨하지만 나-우리 지킴을 위한 정동 네트워크였다.

이런 정동 네트워크는 개별자들의 감정의 총체를 의미하지 않는다. 오히려 개별자들이 그때까지의 각자의 정체성에서 이탈하거나 절단하여 다른 존재들과 접합하고 다른 신체를 이룬 것으로 보아야 한다. 예를 들어 소설 밖 이야기지만 또 다른 한 증언자의 이야기[36]를 잠시 보자. 1980년 5월 당시 11세였던 한 소녀는, 평소 돈과 관련해 "천하에 몹쓸 인간", "인간말종"이라고 생각하며 창피해했던 할머니가 어느 날 계엄군에 쫓기는 대학생을 하룻밤 숨겨주고 나갈 때 돈을 쥐여 보내던 장면을 길게 회상한다.

말하자면, 돈에 관한 한 일관되게 탐욕스러웠던 한 사람이, 계엄군에 쫓기는 대학생에게는 위험을 무릅쓰고 자신의 돈과 호의를 베푼다. 타인에게 일관되게 고정된 정체성으로 비추어지고 그렇게 살아온 사람이, 어떤 순간에는 그러한 정체성을 끊어내고 전혀 다른 삶의 인격이 된다. 소설 바깥 증언이지만, 이러한 이야기는 인간이라는 존재의 불가해함뿐 아니라 그를 전혀 다른 존재가 될 수도 있게 하는, 그 안의 잠재성을 환기시킨다. 소설이 보여주는 것도 이와 마찬가지의 세계이다.

지금까지의 이야기를 요약건대 『소년이 온다』 안의 세계도

---

36. 당시 11세였던 김옥희의 증언(『묻고, 묻지 못한 이야기』, 난다, 2016).

그러하거니와, 실제 5월 광주가 인간 존엄을 위한 거대한 정동 네트워크였음은 각별히 주목하고 싶다. 『소년이 온다』는 한강이란 한 작가가 쓴 것이지만, 시간과 공간과 개별신체적 거리를 초월하여 서로 네트워킹된 정동-쓰기의 산물이기도 하다. 작가가 "또렷하게" 기억한 몸의 것들은 '한강 ― 어른들의 금지 ― 스웨덴 동화 ― 동화 속 형제 ― 광주 사진첩 ― 광주 소년들의 넋 ― 2009년 용산의 망루 ― 그리고 …' 식으로 연결되어 『소년이 온다』를 쓰는 거대한 신체가 되었다. 그리고 소설 속에서 서사를 추동하는 것은 작가가 창조한 개별 인물이 아니라 서로가 서로에게 개입되어 있음을 증거하는 정동이었고, 그것은 실제 항쟁에서 서로를 '인간'이라고 증거해주기 위해 연결된 정동 네트워크의 환유라고 할 수도 있는 것이었다. 즉, 서로 인간됨의 존엄을 지키기 위한 이 정동들의 네트워크가 지금 『소년이 온다』를 썼고, 광주를 기념에서 다시 기억의 영역으로 이행·활성화시키고 있으며, 나아가 지금까지도 모든 크고 작은 광장을 가능케 하는 힘과 다르지 않다고 할 수 있다.

6. 나가며 ― 공포에 끌리지만, 희망에도 끌리는 존재들

> 망각이 가능하기에는 이 세상에 너무나 많은 사람들이 존재한다. ― 한나 아렌트[37]

---

37. 한나 아렌트, 『예루살렘의 아이히만』, 김선욱 옮김, 한길사, 2006, 324쪽.

19대 대선을 앞둔 2017년 4월 초, 인터넷 주요 커뮤니티마다 전국 대학가와 공무원 학원가에 '5·18 금수저' 유인물[38]이 돌고 있는 일이 화제가 되었고, 언론에서도 이를 조명하는 기사를[39] 내보냈다. '북한군 개입설'·'무장시민 폭동설'이라든지, 모독과 유머를 교란시키는 전략이 시효를 다해가자, 이제는 ('약자라고 항상 선하거나 옳은 존재가 아니다'에서 출발하는) 소수자, 사회적 약자 대상의 혐오발화 논리로 무장한 새로운 5·18 폄훼가 등장했다. 2010년대 소수자, 사회적 약자를 대상으로 하는 혐오의 기저에는 어김없이 '경제, 일자리 문제'가 있다. 한정된 자원을 두고 배분하는 문제 앞에서 고통을 경쟁시키고 각자도생의 심상을 부추기는 새로운 부정의 회로가 2017년에 등장한 것이다. 다음 세대가 역사를 망각하기를 바라는 측은 계속 기억을 왜곡, 조작하고자 한다. 그리고 그 기억의 왜곡, 조작은 언제나 '당대의 취약함'을 겨냥한다. 더욱 문제적인 것은, 왜곡, 조작의 주체들이, 현재 시대의 취약함과 욕망을 건드릴 뿐, 그 안의 사람들 스스로가 서로를 부정하고 모

---

38. 유인물의 문구만 나열해보자면 대략 다음과 같다. "10% 가산점 받는 금수저, '5·18 유공자'가 누리는 귀족대우. '공부해도 소용없어!' 해마다 늘어나는 5·18 유공자명단, 5·18 유공자 본인+배우자+자녀들 국가고시, 임용고시 과목당 5~10% 가산점, 정부기관, 국가기관, 검찰, 법원, 경찰, 교원, 정부산하기관, 국영기업 거의 모든 자리 싹쓸이. 네가 왜 취업이 힘든지 알고는 있니?"
39. YTN PLUS 최가영 모바일PD, 「"5·18 유공자 자녀는 금수저" 고시촌에 뿌려진 괴담」, 2017년 4월 6일, https://www.ytn.co.kr/_ln/0103_201704061024228747

독하는 구조를 만드는 교묘함에 있다.

『소년이 온다』에는, 군부 측에서 굶주린 수감자들을 식판 하나와 한 줌의 음식을 갖고 싸우게 만드는 장면이 그려져 있다. 인간의 생리적 욕구, 자기보존 욕구를 이용한 폭력, 그리하여 인간이 어디까지 자기모멸하고 추락하는가를 경쟁시키는 폭력이 적나라하게 그려져 있다. 이것은 짓밟는 자의 강압에 의한 폭력만을 의미하지 않는다. 짓밟히는 자 스스로를 가담, 서로를 공모시키면서 책임소지를 흐리며, 구조를 공고하게 하는 폭력이다. 약자끼리 서로 인간임을 부정하게 만드는 이 폭력의 구조는, 어쩌면 광주나 아우슈비츠가 아니라 현재까지도 이곳에 세련된 형태로 세팅되어 왔는지 모른다. 각자도생과 억압이양의 구조가 이미 존재하기 때문에, 그것을 이용한 새로운 5·18폄훼 전략이 등장할 수 있었던 것처럼 말이다.

그런데 불행히도 우리는 "인간은 무엇인가. 인간이 무엇이지 않기 위해 우리는 무엇을 해야 하는가."(95쪽)를 잘 모르는, 나 스스로에 대해서조차 확신할 수 없는 존재다. 이것은 인간의 본질(본성), 선악과 같은 문제틀로는 잘 해명할 수 없다. 개별적 인간의 문제 역시 넘어서 있다. 소설 속 에필로그의 말을 빌리자면

특별히 잔인한 군인들이 있었던 것처럼, 특별히 소극적인 군인들이 있었다. 피 흘리는 사람을 업어다 병원 앞에 내려놓고 황급히 달아난 공수부대원이 있었다. 집단발포 명령이 떨어

겼을 때, 사람을 맞히지 않기 위해 총신을 올려 쏜 병사들이 있었다. 도청 앞의 시신들 앞에서 대열을 정비해 군가를 합창할 때, 끝까지 입을 다물고 있어 외신 카메라에 포착된 병사가 있었다. 어딘가 흡사한 태도가 도청에 남은 시민군들에게도 있었다.(212쪽)

이것은 소설 속의 이야기이지만, 소설 바깥 1980년 5월 광주의 이야기이기도 하고, 강조컨대 현재 이 세계에 대한 이야기로도 읽을 수 있다. 구원인 양 자신들의 예속을 위해 싸우는 이들이 시대에 스피노자는, '공포보다 희망에 더 잘 이끌리는' 이들과 '희망보다 공포에 더 잘 이끌리는' 이들이 동일한 존재들multitude이라고 보았다. 소설 속 초점화자의 진술에서처럼 대중은 군인이 되기도 하지만 시민군이 되기도 한다. 또한, 군인 중에서도 잔인한 군인이 있고 한편으로는 이탈하는 군인이 있다. 우리는 공포에 끌리는 존재이기도 하지만 한편으로 희망에 끌리는 존재이기도 하고, 힘power은 폭력이 되기도 하지만 한편으로는 능력·활력이 되기도 한다.

즉, 인정하든 하지 않든, 살아있는 인간이 세상 모든 만물과 어떻게든 연결되어 존재하는 이상, 인간이 누구인지, 무엇인지 묻는 것은 어쩌면 부차적이다. 인간이 본래 선한지 악한지 질문하는 것이 생산적이지 못한 문제제기라는 것은 이미 스피노자와 그를 잇는 계보의 논의들이 명백하게 지적해오고 있다.[40] 인간을 정의내릴 본질이 있다고 할지라도 그 본질은 얼마나 중요할까. 그 본질을 질문하고 정의내리는 것보다 중요한 것은 인간이 무엇이 될 수 있을지인 것이다. 말하자면 '인간'은 계속 현재의 구체적 지평에서 다시 이야기되어야 하고, 그 지평에서 지속적으로 만들어 가야 하는 것이다. 그러므로 필요한 것은 어쩌면, 문명사적으로 더는 잘 작동하지 않는 맹목적 희망과 선에의 의지보다, 놓여 있는 세계 속에서 어떻게 배치를 바꾸며, 어떤 신체를 이룰 것인지를 사유하는 것인지 모른다. 『소년이 온다』에서 궁극적으로 의미를 찾고 싶은 것도 바로 이 지점이다.

역사를 망각하게 하고, 인간을 인간이 아니도록 추락시키고자 하는 힘은 늘 있어 왔다. 그쪽이 더 압도적일지라도, 그것이 전부가 아님을 증거하는 힘도 언제나 동시에 존재해왔다. 망각시키고 추락시키고자 하는 힘이 전부가 아님은 인류의 역사 속 수많은 광주들이 말해왔다. 폄훼하고 모독하는 대중이 있다면, 존중하고 사랑하는 대중이 있다. 그 둘은 정반대가 아니다. 단지 다른 방향의 벡터와 계기를 가질 뿐이다. 대중의 정동은 그 힘의 증대와 감소에 관련된다. 기쁨의 상태로의 이행에는 애초에 구분된 지점이나 기원이 있는 것이 아니라, 어떤 문턱threshold들이 존재할 뿐이다. 상반되고 이질적인 '기억-정동'이 뒤섞인 오늘날, 이행의 문턱들은 다른 장소에 있지 않다. 그 물길을 바꿀 힘도 이 뒤섞임 안에 있다. 망각시키는 힘뿐 아

---

40. 안토니오 네그리·마이클 하트, 「간주곡 ― 악과 싸우는 힘」, 『공통체』.

니라 망각에 저항하는 힘도 지금 이 뒤섞임 안에 있다. 지금 '광주'와 『소년이 온다』와 잠재성의 사유의 계보가 그것을 강하게 환기시키고 있다.

한나 아렌트는 예루살렘 법정을 참관하며 "인간적인 어떤 것도 완전하지 않으며, 망각이 가능하기에는 이 세상에 너무나 많은 사람들이 존재한다. 이야기를 하기 위해 단 한 사람이라도 항상 살아남아 있을 것이다."라고 적었다.[41] 이제 이 말은 단순한 수(數)에 대한 이야기나, 윤리적인 한 개인에 대한 이야기를 넘어선다. 우리가 장차 무엇이 되고 무엇을 만들 것인지는, 스스로를 무엇에 정향시키고 어떤 회로를 만들지의 문제와 관련된다. 『소년이 온다』의 한 서술자-주인공(동호)이 마지막으로 하는 말(=픽션으로서의 소설을 실질적으로 끝내는 말)이 "왜 캄캄한 데로 가아, 저쪽으로 가, 꽃 핀 쪽으로."(192쪽)이어야만 했던 이유도 이 대목과 나란히 다시 사유되어야 할 것이다.

---

41. 한나 아렌트, 『예루살렘의 아이히만』, 324쪽.

수다와 고양이와 지팡이

행복을 해방시키기[1]

1. 자기를 지키려는 사람들의 시대

한국의 두 대형서점이 공동 집계한 '2018 상반기 베스트셀러 결산'은 여전히 자기계발서가 우세종임을 보여주지만, 이 목록에도 시대의 부침이 있기 마련이다. 실제로 업계 측 분석에 따르면[2] 현재 자기계발서 베스트셀러의 목록은 10년 전 목록과 확연히 양상이 다르다고 한다. 과거의 자기계발서에서는 "무한긍정만을 강조"하거나 "자신 안의 잠재된 재능을 일깨워 스스로를 바꿔나가자는 메시지"가 두드러졌다면, 지금의 책들은 "스스로를 지키기 위해 '진짜 나'로 살아남는 법"에 집중하거나, "누구에게나 사랑받고자 하는 생각을 버리고 좀 더 작고 확실한 행복을 추구하며, 남의 눈을 의식하다 내 자신까지 잃

---

1. 이 글은 애초 '소확행의 시대'라는 문제의식의 기획에 요청받아 쓰여졌다. 왜 '행복'이 이 글의 화두가 되었는지 그 맥락이 전달될 수 있기를 바란다.

2. 조선영의 「진짜 나로 살아남는 법이 뜬다」(『기획회의』 467호, 2018년 7월 5일)는 교보문고와 예스24가 공동으로 집계, 결산한 순위를 분석한다. 10여 년 전의 자기계발서(『시크릿』, 『꿈꾸는 다락방』, 『마시멜로 이야기』, 『무지개 원리』 등)와 현재 자기계발서들의 목록을 일별하는 대목이 흥미롭다.

어가며 열심히 살고 싶진 않다"라는 메시지가 우세한 것이다.

당장 서점의 매대와 도서관의 핫북 코너 목록을 둘러보면 과연 납득이 간다. '무례한 사람에게 웃으며 대처하는 법, 신경 끄기의 기술, 곰돌이 푸 행복한 일은 매일 있어, 나는 나로 살기로 했다, 당신과 나 사이, 미움 받을 용기, 자존감 수업, 상처 받지 않는 영혼, 혼자 잘해주고 상처받지 마라, 나는 단순하게 살기로 했다, 행복한 이기주의자' 등. 지금 사람들에게는 자기 안의 능력을 신장시키려는 노력보다, 스스로에 대한 최소한의 믿음을 챙기는 것이 중요한 듯 보인다. 정서적이든 물리적이든 자기를 안전하게 지키고 보존하는 것이 절박한 과제처럼 보이기도 한다.

오늘날 자기계발서 목록의 변화는 단순히 도서시장의 변화만을 의미하는 것이 아니다. 자기계발 담론이 근대 부르주아지의 행복 관념의 현대적 버전[3]이라고 할 때, 행복의 관념 역시 시대와 연동하여 어디론가 이행, 변화하고 있는 중임을 유추할 수 있다. 안정된 가족, 직업, 수입, 화목함 등의 표상에 기반하는 홈 스위트 홈 신화 같은 근대의 행복 이데올로기는 말할 것도 없고, 성공이나 긍정의 가치에 기반하는 행복도 확실히 설득력이 줄어들고 있다. 사람들은 크게 기대하고 크게 만족/좌절하는 대신에, 작게 기대하면서 작게 만족/실망한다.

이것은 갈망, 노력, 의지만으로 무언가를 성취한다는 것이

---

3. 대린 맥마흔, 『행복의 역사』, 윤인숙 옮김, 살림, 2006, 601~633쪽.

점점 곤란해지는 경험의 누적과 무관치 않을 것이다. 이 세계가 어떤지 사람들은 충분히 많이 알고 있다. 그러므로 이전과 같은 자기 독려의 메시지도 덜 매혹적이다. 관계나 감정의 리스크를 회피 혹은 최소화하려는 경향도 낯설지 않다. 세계에 대한 기대치도, 행복에 대한 기대치도, 스스로의 능력과 성취에 대한 기대치도 점점 낮아지는 세태와 그 배후가 2018년 상반기 주요 자기계발서 목록에서 암시되고 있다.

서점의 매대와 도서관 핫북 코너에서만 그런 징후를 발견하는 것은 아니다. 2018년 초에 발표된 어느 소설을 읽다가[4] 무심코 그런 비슷한 것을 발견한다. 주인공은 어떤 관계와 사건들 속에서 감정적 곤란함을 겪고 있고, 그것을 극복하기 위해 여러 방법을 꾀하고 있다. 특히 다음 문장 때문에, 오늘날의 행복 이야기를 써야 하는 나는 잠시 우회하고 싶다고 생각했다. 무심코 발견한 대목의 문장은 정확히 이렇다. "내가 나를 스스로 보호해야 한다는 것이 너무 어렵다."

2. 불안정하고 상처받기 쉬워진 사람들과 그 조건

다소 평면적인 서술이지만, 이주란의 「일상생활」은 자기를 지키는 것에 대한 소설이다. "그 일"이라고만 지목되는 어떤 상황(들) 때문에 주인공은 일상생활이 불가능한 지경에까지 이

---

4. 이주란, 「일상생활」, 『현대문학』, 2018년 2월호.

른다. 그녀는 자신의 분노가 향해야 할 곳을 잘 알고 있지만, 그 감정은 가까운 사람들에게 속수무책으로 표출된다. '미안하다'는 말을 꼭 들어야만 하는 상황이 있었음은 분명하지만 그녀 혼자 수습하고 극복해야 한다. 문제가 정확히 명시되지는 않았지만, 그녀의 고통은 정서적 위력이나 부당한 경험과 관련된 듯하다. 하지만 "내가 나를 스스로 보호해야 한다는 것이 너무 어렵다"라는 주인공의 말을 주목한 것은, 이것이 단순히 캐릭터 차원의 발화가 아니기 때문이다. 소설에서는 부수적으로 스케치되어 있지만 잠시 이런 대목을 보자.

> 나는 조선족인지 탈북자인지 하는 아랫집 아저씨에 대한 공포 때문에 이사를 가고도 계속 고향 엄마 집에서 지냈고…아랫집 아저씨는 새벽에 찾아와 문을 두드리며 욕을 하곤 한다. 별 희한한 욕과 함께 개를 키우지 말라는 둥, 날 잡으러 온 것이냐는 둥 하는 것이다. 그럴 때마다 나는 거의 뜬눈으로 밤을 지새운다. 다음 날이 되면 혹시 문 앞이 똥 같은 걸로 엉망이 되어 있지는 않을까, 숨어 있던 아저씨가 내게 염산을 뿌리진 않을까 하는 걱정 때문에 문 앞에서 오래 머뭇거리다가 어떤 실체를 알 수 없는 각오를 하고서야 문을 연다. 나는 개를 키우지 않고 당신을 잡으러 온 것도 아니라고 말하고 싶은데, 그는 아마 내 말을 믿지 않을 것이다. 이 생각이 내 공포의 실체다.

주인공의 공포는 단지 아랫집 아저씨의 위협에서 유래하는 것이 아니다. 얼핏 읽을 때 주인공의 공포는 주인공의 성격에서 유래한 것처럼 느껴진다. 주인공은 그가 "아마 내 말을 믿지 않을 것"이라고 짐작하고 있다. 그리고 "이 생각"이 그녀의 "공포의 실체"라고 말한다. 즉, 스스로가 어떤 진실을 말해도 상대에게 통하지 않을 것이라는 선재하는 불신이 지금 주인공을 공포스럽게 한다.

하지만 주인공의 이러한 발화내용과 별개로 그녀의 공포가 명확히 조선족, 탈북자를 지목하며 이야기되고 있으므로 다시 이 대목을 유심히 보게 된다. 그녀의 불안과 공포는 직접 접하지 않았을 이방인, 타자에 대한 나쁜 표상과 결합해 있다. 이 대목만 볼 때, 주인공은 아랫집 아저씨와 직접 대면한 일이 없었을 것이다. 말을 섞었을 가능성은 더욱 없어 보인다. 주인공의 공포는, 그녀가 흔히 소문과 미디어로 접했을 이방인에 대한 표상 혹은 편견을 닮아 있다.

즉 이 대목에는 두 층위의 공포가 교차한다. 우선, 그들 사이에 진실이란 것이 있다 해도 그것이 어떤 기능도 하지 않을 것이라는 주인공의 절망. 즉 각자에게는 각각의 진실이 있겠지만 그것은 서로 대면하고 직접 말을 섞어볼 가능성도 없이, 상호 불신으로 가로막혀 있다. 상례가 된 불신, 그리고 각자만의 진실이 소통될 토대조차 공유하지 못하는 사람들. 이것이 이 대목에서 이야기되는 공포의 첫 번째 층위를 구성한다.

두 번째로, 주인공의 공포는 대단히 실제적이고 구체적이다. 안정된 직업 없는 젊은 여자가 혼자 서울의 방 한 칸에 거주하고 있다. 게다가 미디어 표상을 통해 각인된 위협적인 남자 이웃이 아랫집에 살고 있다. 소설은 이 정도만 스케치하고 있지만, 그녀의 조건들은 좀 더 과감히 상상할 여지가 있다. 아마도 그녀에게는 밤길과 엘리베이터와 공공화장실에서 불안과 공포를 다스려야 했던 순간도, 통장 잔고 없이 신용카드로 미래를 불안하게 저당 잡히며 사는 일도, 믿었던 가까운 사람에게 배반 혹은 위력행사를 당한 일도 드물지 않았을 것이다.

그런데 한편 이 공포는 그녀만의 것이 아니다. 아랫집 아저씨에게도 이 공포는 마찬가지로 실제적이고 구체적이었을 것이다. 소설 속에서 그는 "날 잡으러 온 것이냐"라고 고함을 치고 난동을 피우는 역할만 하고 사라진다. 하지만 그의 말은 평상시 그가 경험한 공포의 배후를 뚜렷이 제시한다. 그는 필시 자기의 이방인적 조건과 불안정함 속에서 상시적 불안에 시달리고 있었을 것이다. 언제든 신분(소속) 증명 요구나 이 사회의 동화의 압력에 응해야 하는 상황, 스스로의 집단을 둘러싼 의혹과 낙인stigma, 잠재적 범죄자로 취급받으며 위축되었을 일상. 이런 것은 아랫집 아저씨의 고함에 깃든 어떤 진실이었을 것이다.

인용한 대목은 짧지만 의미심장하다. 서술된 공포는 심리적인 동시에, 존재론적인 두 층위에 놓인다. 이 공포는, 아주 편하다고 여겨지거나 혹은 종종 자신보다 약하다고 여겨지는 대상을 향해 무차별 폭주하기도 한다. 이것은 소설의 주인공도, 아랫집 아저씨도 마찬가지다. 소설 주인공은 정작 분노의 진원지를 찾아가지 못하고 자기의 가까운 이들을 괴롭게 한다. 아랫집 아저씨 역시 정작 공포의 진원지를 찾아가지 못하고 술기운을 빌려 혼자 사는 젊은 여자 이웃에게 자신의 감정을 폭주한다.

즉 "내가 나를 스스로 보호해야 한다는 것이 너무 어렵다"라는 말은 소설 속 특별한 주인공만의 것이 아니다. 신분상 불안정함을 겪고 있을 아랫집 아저씨도, 스스로가 인정받지 못하다고 느끼거나, 삶이 소진되고 있다고 느껴서 힘든 이들이나, 서점이나 도서관에서 자기를 지키는 방법을 찾아 읽는 사람들도 역시, 각자의 맥락에서 같은 말을 할 것이다. 또한 보편성을 참칭하는 법이나 제도가, 계층, 젠더, 직급, 세대, 국적, 인종 기타 등등의 기준에 따라 나를 보호해주지 않는다는 것을 확인하는 소설 바깥의 사람들도 그러할 것이다. 불안정하고 취약한 조건 속의 모두가 "내가 나를 스스로 보호해야 한다는 것이 너무 어렵다"라고 말할 것이다.

말하자면 소설 「일상생활」이 보여주는 주인공의 감정적 파고는 단순히 개인적인 것이 아니다. 한 평론가는 "이주란의 소설을 두고 문제 해결 능력의 부재나 만성적인 무기력 상태에 빠진 청년 세대만을 떠올리는 건 생산적인 관점이 되지 못한다."[5]라고 적확히 지적한 바도 있다. 그러므로 차라리 지금 질

---

5. 김대성, 「아무도 아닌 단 한 사람 ─ 이주란 론」, 『21세기문학』, 2018년 가을호. 참고로 이 글은 위계나 중심 없는 글쓰기 양식에 대한 모색 속에서 이주란의 소설을 읽고 있다.

문할 것은, 사람들이 어떤 문제를 왜 개인적 감정이나 심리의 차원에서 해결하려 하는지, 설혹 개인의 자존감이나 마음의 문제라고 하더라도 그것은 늘 관계적인 상황 속에 놓여 있을 텐데 그 복잡함을 왜 감추려 하는지 등이어야 할 것이다.

「일상생활」 속 주인공뿐 아니라, 자기를 지키는 일에 골몰하는 사람들 모두 지금 이 시대의 조건 속에서 각자만의 불안과 공포의 이유를 가지고 있다. 이미 한참 진행되어왔지만, 안정된 형태의 가족, 직업, 수입, 주거의 개념은 더욱 흔들릴 것이다. 계층, 젠더, 직급, 세대, 국적, 인종 등 정체성의 지표를 둘러싸고 격화되는 갈등 역시 개별적인 것이 아니라 정치경제학적 진원지를 갖고 있다. 가령 정규/비정규직, 정주인/이방인, 중앙/지역 등등의 분할선을 더 조밀하게 생성하며 '구성적 외부'를 확장시키는 자본-국가의 전략 속에서 갈등도 세부화한다. '불안정하고 가지지 못한 자'를 의미해온 '프레카리아트'precariat는 단순히 노동 양태나 계급을 규정하는 말이 아니라, 지금 우리 대부분의 삶의 양태를 의미한다. 또한 이런 조건이 사람들을 '상처받기 쉬운'vulnerability 상태의 삶으로 떠민다.

이런 세계에서 현실적으로 추구할 수 있는 행복이란 어떤 것일 수 있을까. 당장 내일이 불확실하고, 장기적인 시야에서 미래를 계획할 수 없고, 자기 삶으로부터도 스스로가 점점 소외되어가고, 상처받는다고 느끼는 역치가 낮아질 때, 사람들은 자기를 지켜내는 일에도 버거워하게 된다. 크고 불확실한 행복을 위해서까지 의지와 노력을 투여할 여유도, 이유도 없다. 언제 이곳에서 추방될지 모르는, 가진 것 없는 이방인과 같은 심정은 더 이상 이방인만 가지는 것이 아니다.

3. 그러나 불안정함과 취약함에서 다시 생각한다면

최근 스피노자 읽기의 포인트가 달라지는 어떤 장면들도 떠오른다. 『에티카』의 마지막 5부의 제목이 '인간의 자유에 대하여'이듯, 스피노자가 『에티카』 전체를 관통하며 추구했던 것은 인간의 '자유'였다. 거칠게 말하자면, 우리는 감정에 예속된 존재들이지만 그 감정과 행위를 이끈 원인을 인식하고 행동함으로써 그 수동의 상태를 벗어날 수 있으며 자유로워질 수 있다는 것이 스피노자의 윤리학의 요지다. 자기 안의 잠재성을 확인하며 능동적이고 자유로워진 주체로서의 자기를 상상한 이들은, 이 책의 마지막 문장이 "모든 고귀한 것은 힘들 뿐만 아니라 드물다"[6]로 끝날 때, 그 길에 이르는 지난함을 생각하면서도 더없이 고양되어본 경험이 있었을 것이다.

이러한 '자유'는 『에티카』의 능동/수동의 대립축 속에서 의미를 확보했다. 말하자면, 우리는 수동(예속)의 상태를 지양함으로써 능동으로 이행하는 변증법적 과정으로 자유를 이해해왔다. 따라서 이렇게 해서 얻어진 자유는, 주체의 능동성과 의지가 강조되는 방식으로 귀결되곤 했다. 실제로 스피노자는

---

6. B. 스피노자, 『에티카』, 제5부 정리 42.

'스스로가 자기 행위의 원인이 된다면 그는 능동'이라고 했다. 그렇다면 내가 행위하는 것에도 원인이 있고, 그 원인에도 그 것이 발생하는 원인이 있다. 이렇게 생각하면 스피노자의 능동은 존재치 않는다. 실제 그러한 존재는 오로지 '신=자연'뿐이다. 단지 신만이 능동이 될 수 있는 것이다. 그렇기에 『에티카』는 어쩌면 신이 될 수 없으나 신처럼 자기원인을 가지고자 하는 인간의 욕망에 대한 책이다.

그런데 최근 어떤 스피노자 연구자들은 그 과정을 섬세하게 다시 읽는다. 스피노자가 말하는 '자유'란 스스로의 필연성에 따라 행위 할 수 있는 것이었음을 강조한다. 그리고 자유의 반대는 '필연'이 아니라 '강제'라고 단언한다. 즉, 무언가가 무언가의 원인이 된다는 것은, 전자가 후자를 만들어낸다는 것이라기보다, 오히려 전자가 후자에 있어서 스스로의 힘을 표현한다는 의미라고 말한다.[7] 이때의 능동actio과 수동passio의 구분 역시 서로 대립적인 방식으로만 이해해서는 곤란하다.[8] 인간은 스스로 생각하는 만큼 자기 행위나 자기 사고의 주인이 아니므로 예속의 조건들을 다시 사고하고, 재전유하는 실천을 해야 한다고[9] 주장한다.

7. 國分功一郎, 『中動態の世界 — 意志と責任の考古学』, 医学書院, 2017.
8. 國分功一郎, 『スピノザの方法』, みすず書房, 2011. Giorgio Agamben, *L'uso dei corpi*, Vicenza, 2014 [일본어 번역(上村忠男 訳, 『身体の使用 — 脱構成的可能性の理論のために』, みすず書房, 2016)을 참조했음].
9. Frédéric Lordon, *La société des affects: pour un structuralisme des passions*, Seuil, 2013; *Willing Slaves Of Capital*, Verso, 2014.

이들은 기존의 스피노자 독해를 부정하는 것이 아니다. 오히려 오늘날 신자유주의적 조건의 압도성에 항抗하는 의도에서, 섬세하게 인간과 자유와 행복과 그 존재 양태를 읽고자 한다. 또한 근대적 단위로서의 개인individual을 전제로 독해해 온 스피노자를 질문한다. 그리하여 이들의 스피노자 독해는, 오늘날 신자유주의 상상세계의 기반으로서의 주체성 신앙을 용해시킨다. 그 독해를 찬찬히 따라가다 보면, 인간은 개인이라기보다 분할체dividual이거나 초개체transindividual적인 존재에 가깝다. 인간의 양태는 언제나 '공동-결정'되는 것이다.

즉, 지금 스피노자를 통해 다시 생각하고 싶은 것은 인간, 자유, 행복의 '전제'다. '기쁨으로 정동하라'는 스피노자의 명제는 세상이 정한 기쁨, 행복의 회로를 좇으라는 말이 아니었다. 우리는 기쁘기 때문에 욕망하는 것이 아니라 욕망하므로 기쁜 것이다. 스피노자에 따르면 욕망은 "인간의 본질 자체"다. 개체의 본질로서의 힘, 즉 코나투스conatus도 이와 관련된다. 기쁨은 "인간의 더 작은 완전성에서 더 큰 완전성으로 이행"하는 것이다.[10] 기쁨은 행동하고 사유하는 힘의 증가를 나타내는 능동적 정동이며, 만족과 같은 정적 상태가 아니라 동적인 과정이다.[11]

말하자면 기쁨이나 행복은 개인의 심리나 느낌이기 이전

---

10. B. 스피노자, 『에티카』, 제3부 '정서의 정의'.
11. 안토니오 네그리·마이클 하트, 『공통체』, 516~518쪽.

에 이미 생명, 삶이 작동하는 원리이자 존재론적인 것이었다. 이 점과 관련했을 때, 나는 소설 「일상생활」에서 가장 중요한 대목 역시 아직 이야기하지 않았다. 「일상생활」의 어떤 장면들은 모두가 불안정하고 약한 시대에 그럼에도 불구하고 자기를 다시 기획하고 만들어가려는 자유와 행복의 가능성 역시 암시하기 때문이다.

다시 소설 이야기로 돌아가면, 주인공이 자신을 지키고 다스리기 위해 택하는 방법은 병원 치료, 여행, 모임 참여 등이 있다. 이 중 그녀가 참석하는 '월간자랑'이라는 모임 하나를 잠시 주목해본다. 소설 속 이야기이기는 하지만 이 모임은 참으로 소박하고 명랑하다. 그 명랑함은 사회 속의 어떤 기율들(시간 감각, 모임 장소, 목적)의 느슨함 때문일 것이다. 멤버들은 모여 각자 수다를 나눈다. 작명의 분위기대로 각자의 "엉터리 같은 느낌"의 자랑을 주고받는다. 일정한 장소도, 대단한 목적도 없다. 멤버들은 돌아가며 모임 장소로 자신의 집을 제공하고, 그들 사이에서 지각 같은 것은 문제도 되지 않는다. 찻잔이 모두의 앞에 놓여 있지만, 그것은 모두 제각각 다른 찻잔이다.

그녀 스스로 "월간자랑이라는 모임은 꽤나 즐거운 모임"이라고도 하고 "월간자랑에 다녀오면 얼마간 마음이 즐거웠다"라고도 한다. 이 모임에서 일시적이나마, 즐겁다고 느끼는 것은 다른 멤버들도 마찬가지일 것이다. 이 방법들이 그녀를 궁극적으로 구원해줄 수 있을지는 알 수 없지만 적어도 잠시나마 어떤 도움이 되는 것은 분명해 보인다. 아니, 사실 궁극적 구원 같은 말도 여기에서는 진부하다.

하지만 이 모임 장면은 회피나 도피로 재단할 수 없다. 회피나 도피 같은 단어가 먼저 떠오른다면 그것은 기존의 무한 긍정을 설파하던 정신승리법이 유포하는 구조맹[註]에 대한 우려 때문일 것이다. 이들의 모임은 자기 혼자의 정신승리와 자기 계발을 권유하던 기존의 방법들과 다르다. 행복을 계량화하고 수치화하는 행복지수, 혹은 국가나 자본이 조장하고 판매하는 웰빙류의 행복산업, 시대마다 패턴이 달라지는 자기계발의 담론들 등과도 분명히 다르다. 적어도 이 모임의 사람들은 자발적으로 연결되어 있고, 연결되고자 한다. 심지어 소설 속에서는 소품같이 등장하지만 고양이도 이 연결의 한 고리를 담당한다. 거의 유일하게 주인공의 이야기를 잘 들어주는 J의 집에는 고양이들이 있다. 주인공 집 앞에는 길고양이들이 먹을 물이 놓여 있다. 인간은 자주 각자의 불안을 주고받고 만나고 헤어지는 일을 반복하지만 한편으로 그 시공간은 인간/비인간을 가로지르는 다양한, 약한 존재들이 느슨하게 엮여 있고, 종종 처음의 불안, 공포, 분노와 다른 회로를 구축해가기도 한다.

"인간은 양태"이므로 "다른 것의 안에 있고 혹은 다른 것에 의해 구상된다."[12]라고 스피노자는 말했다. '나'는 언제나 누구·무엇과 연결되고 접속하느냐에 따라 어떤 존재든 될 수 있다. 그러므로 내가 무엇·누구와 연결됨으로써 어떤 존재가 되

---

12. B. 스피노자, 『에티카』, 제1부 정의 5.

는지에 대한 명석한 인식이 다시 인간과 자유와 행복을 사고할 출발점이다. 존재 각각이 가지는 자기를 지키려는 힘conatus이란, 개체적인 것이 아니라 근원적으로 타자를 필요로 하는, 소위 같이 살 수밖에 없게 하는 힘이다. 이로서 능동은 수동의 반대항으로 이해될 수 없음을 다시 확인한다. 능동은 예속으로부터 단독적으로 자신을 끊어냄으로서 획득되는 '개인적인' 것도 아니다. 이주란의 소설 속 자랑모임과 일상의 수다와 고양이들 같은 존재가 하찮지 않은 이유도 여기에 있다. 시대의 불안정함 속에서 사람들의 감정적 역치는 낮아지고, 사람들은 좀 더 빈번하게 상처를 주고받는다. 하지만 그렇기에 이들은 다시 서로를 돌보고 연결하고 관계를 다시 구성한다. 스피노자가 '코나투스'라고 부른 것은 배타적 개체보존의 힘이 아니다. 다른 존재와 더 많이 공통적 관계를 만들어낼수록 사유하고 행동할 수 있는 힘, 이른바 존재력도 커진다. 관련하자면 '기쁨으로 정동하라'는 스피노자의 명제는 느낌feeling의 문제가 아니라 존재론ontology적인 것이었음도 지금 다시 기억해야 하는 것이다.

4. 행복한 바보들의 세계 : 수다와 고양이와 지팡이

인간은 본래 불완전하고 존재론적으로 유한하며 약한 자imbecile인데, 이 말의 어원은 지팡이를 가지지 않는다im-bacillum는 것이다. 즉, 인간은 스스로 자기를 지탱할 수 없고,

혼자 설 수 없다.… 그러나 이 조건은 불행한 것도 뭣도 아니다! 반신자유주의적 상상세계란, 명석한 자각으로 그것을 충분히-즐겁게- 이끌어내는 것이다. 왜냐하면 결국 사회라는 전체적 교환 체제에 필연적으로 우리를 이끌어내는 것은 우리의 유한성 자체이기 때문이다.… 말하자면 우리는 행복한 바보면 족하다. ― 프레드릭 로르동[13]

신자유주의적 불안정한 세계와 그 조건들은 개개인을 상처에 취약하게 만들었다. 배타적 자기 보호의 강박으로 연결되는 회로도 이미 갖춰진 듯 보인다. 그 회로 속에서 타인과 나는 점점 구별되는 존재가 되고 분할과 경계는 더욱 자연화한다. 나/너를 가르는 차이-분할-배제-배척-혐오-폭력의 메커니즘은 점층적으로 연결되어 있다. 하지만 지금 여기에서야말로 유동성과 불안정함의 다른 가능성 혹은 그 자체에 저항할 조건을 보지 않으면 안 된다. 안정된 조건의 삶이 행복한 것인지, 평생 종사할 직업이 있고, 안정된 집과 평생을 같이할(같이하지 않을지도 모를) 가족이 있는 삶이 본래 행복의 조건이었는지도 질문해야 한다.

말하자면, 지금 이 시대의 조건은, 어떤 척도와 규격에 갇힌 삶을 다르게 상상하고 기획할 조건일 수도 있다. 불안정하고 유동적인 삶의 조건들로 인해 서로 다치고 닫히기 쉬워졌

---

13. Frédéric Lordon, *La société des affects*, pp. 275~276.

지만, 그 상태를 다르게 재발명해야 한다. 이제까지와는 다른 의미의 삶을 구상할 조건으로 전유할 수도 있다. 탄생이라는 축복된 사건도 우리를 만나고 모이게 하지만 병듦, 죽음이라는 피해갈 수 없는 인간의 사건 역시 우리를 만나고 모이게 한다. 실제로 인간은 스스로의 불안정함과 약함 속에서 더욱 연결되기를 원하고 연결된다. 사람들은 빈번한 적대의 경험에 상응하여 한편으로 끊임없이 누군가와 연결되고 서로 공감을 주고받기 원한다. 발밑이 흔들리고 있을 때 나는 쉽게 흔들리고 넘어진다. 그것은 적대를 야기시키는 조건의 일면이다. 하지만 한편으로 역설적이게도, 그렇기 때문에 옆의 존재와 연결될 수 있고, 그 적대를 만드는 세계에 대한 명석한 인식과 함께 무엇을 발화할지 알 수 있고, 알아야 한다.

마지막으로, 다시 이 글의 화두였던 행복에 대한 이야기다. 지금은 상상하기 어렵지만, 행복 역시 본래 개인의 감정이나 심리로만 환원되는 것이 아니었다. 행복이 개인적인 느낌feeling 차원으로 이행하며 고착된 것은, 18세기 이후 서구 근대의 전개 과정에서의 일이라고 한다.[14] 근대의 전개 과정에서 행복은, 이성이나 행위와 분리되었고, 정치적 개념으로서의 행복의 의미 역시 지워져 갔다. 사람들은 개인적 감정이나 심리가 아닌 행복이 어떤 것이었을지 상상하기 어려워한다. 행복은 우리가 태어날 때부터 '나'의 기분 상태, 느낌, 감정과 관련된 것처럼

---

14. 대린 맥마흔, 『행복의 역사』.

놓여 있었기 때문이다.[15]

그렇지만 개인적 느낌이나 감정으로 환원되지 않는 행복이 무엇이었을지 아예 추측할 수 없는 것은 아니다. 행복은 어원적으로 우연성happening과 관련된다. 행복의 의미에서 이성이나 우연성이나 정치성과 같은 요소들이 지워진 것은 근대 프로젝트의 전개 속에서의 일이다.[16] 그리고 지금 우리가 맞닥뜨리고 있는 일들이야말로, 지워진 행복의 재활성화 조건들인지 모른다. '행복을 제도화하자'[17]고 제안한 이들이 주목한 것이 행복의 정치적 기획, 존재론적 기획이었듯, 지금 우선 필요한 것은 감히 말하건대, 행복을 개인적인 감정이나 심리적인 것으로부터 해방시키는 일이다.

행복을 해방시키자는 이야기는 공적 행복, 공공의 행복 같은 말(기획)과도 다르다. 공적 행복·공공의 행복은 공/사를 구

---

15. 물론 오늘날 '복지'의 원리나 '공적행복' 같은 말에서 근대 이전의 행복의 관념을 유추해볼 수는 있다. 하지만 그 역시 근대 국가의 기본단위인 개인에 근거하고 있고, 그 개인들의 행복의 총합과 관련될 뿐이다. 국가통계지표에 '행복지수'라는 항목도 있지만, 이 역시 개인의 주관적 느낌, 감정을 억지스럽게 수치화한 것일 따름이다.

16. 즉, 본래 행복은 세상의 '기회'들 자체를 의미했고 그러므로 좋거나 나쁠 가능성 모두를 함축했다. 하지만 'happ'는 점차 좋은 것의 의미로 정착된다. 오늘날 '불행'이라는 반대항을 생각할 때 행복이 더욱 극적으로 경험되는 것도 이와 관련될지 모르겠다. 또한 점차 우연성, 우발성의 뉘앙스가 지워지는 것은, 개인의 의지, 자유가 근대에 들어 법적, 제도적, 철학적으로 중요한 가치가 되어간 사정과도 관련될 것이다. 행위의 구획과 책임의 소지가 중요해지는 역사적 단계와 '우연성'이 추방되는 일은 겹친다.

17. 안토니오 네그리·마이클 하트, 『공통체』, 513~523쪽.

분해온 근대의 연장선상에서의 또 다른 동원의 기획일 때가 많았다. 혹은 여전히 자본과 국가라는 두 개의 축을 전제로 할 때가 많다. 하지만 지금 우리가 이주란의 소설이나, 위협적인 이웃집 아저씨나, 비어 있는 통장이나, 월간자랑 모임이나, 고양이들로부터 생각해볼 것은, 불안정하고 유동적인 땅에서 넘어지지 않으며, 나아가 그 땅을 내 삶의 재료로 다시 기획할 상상력이다. 모두 공통적으로 불안정하고 허약하고 그러므로 서로 간에 반목하고 불신한다. 하지만 이 존재들의 구체적 만남, 접속, 연결과 같은 전제 없이는 다른 기획을 상상할 수조차 없다.

그러므로 이 시대의 조건은 비관의 대상만은 아니다. 작은 것에 골몰하는 이 시대의 경향성이라는 것이 실재한다면, 그것이야말로 재전유의 대상이고 다른 기획을 상상·발명할 구체적 계기라고 보고 싶다. 상처받기 쉬운 사람들은, 이 세계의 불안정함이 만들어낸 주체 형상이다. 그들이 본래 그러한 것도 아니었고, 개인화할 수 있는 문제도 아니다. 그러나 한편 이 약함과 불안정함은 인간의 본래적 조건이기도 하다. 정동적 기획 속에서 반신자유주의 반란과 봉기를 말해온 한 활동가-연구자 프레드릭 로르동의 말을 빌리자면, 인간은 서로에게 지팡이일 수밖에 없다. 너무도 당연하지만 점점 희박해지는 그 인식의 지점이야말로 어쩌면 지금 이 세계의 출구 중 하나인지 모른다.

신자유주의 시대에 생각하는 미적 아나키즘

구라카즈 시게루의 『나 자신이고자 하는 충동』[1]에 대한 단상

1. 불안했던 '나'들

2000년대 중후반의 한국소설들에서 인상적이었던 장면들이 있다. 그것은 분명 1990년대의 '나'들과 달리 자유로움 자체를 곤혹스러워하는, 분명 세대론적으로 구별되기를 원하는 '나'들에 대한 소설이었다. 가령 "실체 없는 거대계획에 포섭된 것일까요. … 나는 그제야 그 계획이 강경하고 명확한 하나의 이름으로 떠오르는 것을 보았습니다. 그 이름 앞에서 우리는 우리가 가졌던 많은 이름들을 버려야 했던 것입니다."[2]라거나, "자꾸만 내 삶이 위협받고 있다는 생각"이 들지만, 누구/무엇으로부터 위협받는지에 대해서는 "알 수 없는" "불안함"[3]이 토로되는 장면. 혹은, "그렇게 개별적으로 고립된 채 집단에 짓

---

1. 倉数茂, 『私自身であろうとする衝動－関東大震災から大戦前夜における芸術運動とコミュニティ』, 以文社, 2011 [구라카즈 시게루, 『나 자신이고자 하는 충동』, 한태준 옮김, 갈무리, 2015].

2. 한유주, 「세이렌 99」, 『달로』, 문학과지성사, 2006. 그러나 소설 속에서 이 '이름'이 무엇인지는 결코 명명되지 않는다.

3. 한유주, 「그리고 음악」, 『달로』.

눌려 가장 비참한 죽음을 맞이하는 동안에도 사람들은 스스로의 자발적인 선택에 따라 가장 고립되고 개별적인 죽음을 맞이하였다며 미소 속에 눈을 감을 것이다. 그러나 그 미소조차 그의 것이 아니다. 그것은 그의 눈동자를 짓누르는 시스템의 미소이다. 이것은 엄밀히 말해서 삶도 죽음도 아니다. 그러나 이런 삶과 죽음이 도처에서 반복되며 지금 이 순간에도 사람들을 서서히 질식시켜가고 있다."[4]라는 에세이즘적 진술들의 반복.

여기에서 읽을 수 있는 '나'들의 심적 상태나 소설의 정조는 확실히 '불안'이라 할 만한 것이었다. 두 작가의 소설들 모두에서 '이름'·'시스템'으로 명명된 것은, 단 한 번도 구체화되어 이야기되지 않는다. 공포와 비교하자면 불안은, 대상의 명확한 인지불가능 상태에서 비롯되는 심적 상태다. 위협을 불러일으키는 구체적인 대상이나 명확한 실재를 알 수 없을 때 발생하는 것이며, 삶의 토대를 잃었을 때의 안절부절이기도 하다. 이 소설 속 '나'들의 불안 역시, 정체 모를 무언가가 발밑, 등 뒤에 있는 것은 알고 있으나 그것이 무엇인지 알 수 없는 사태와 관련되는 것이었다. 동시에 그것은, 자유롭다는 착각하에서 살다가 시스템의 부속으로 죽어가는 것을 뒤늦게 깨닫는 '개인'의 공포라고도 할 수 있었다.

---

4. 김사과, 『미나』, 창비, 2008. 여기에서도 '시스템'이 무엇인지는 구체적으로 명명되지 않는다.

지금 이 소설들의 '불안'을 읽던 때와 비슷하면서 그때와는 달라진 변화들을 떠올려본다. 2000년대를 돌이켜 보면, 그 시절 한국문학의 상상력은 현실의 구심력 내지 자장에서 자유롭고 경쾌하게 질주하며, 이전 시대의 강박적인 이념의 주체들과 완전히 결별한 듯싶었다. 그러면서 동시에 실체가 불분명하고 대상이 지목되지 않은 불안이 2000년대의 새로운 상상력으로 지목된 것들과 뒤섞이기 시작했다. 그리고 이때의 '나'들이(이때의 '나'는 강조하지만 '80년대와 대타적으로 구성된 90년대 문학에서의 나'와는 '또다시' 변별되기 원하는 '나'들이었다.) 무엇에 대해 불안해했는지는 이제 사후적으로나마 분명하게 이야기할 수 있을 것 같다. 이 '나'들이 의식한 '정체 모를 거대 계획/시스템'은 확실히 지금 그 정체를 전면화했다. 그리고 이 '나'들의 불안(의 정동)은 지금 눈앞에서 대상이 분명해짐으로써 공포건 분노건 무기력이건 어떤 식으로 이행하고 있는 중이다.

2. 신자유주의 시대의 '나', 다이쇼大正기의 '나'

오늘날 '신자유주의'는 체제, 이론의 문제를 넘어 개개인의 구체적인 삶, 일상에 틈입해 각자의 신체 수준에까지 내면화되어 있다. 경쟁은 지양되어야 할 필요악이 아니라 인정투쟁과 이 세계의 지속에 필수적인 요인으로, 그리고 평등은 공정한 경쟁을 저해하는 도덕처럼 받아들여지곤 한다. 타인의 생존권보다 나의 재산권을 우선시하는 분위기도 강해졌다. '약자는 더 이상 선한 존재가 아니다'라는 발언이 강의실이나 인터넷 커뮤니티 같은 젊은 세대의 공론장에서 거리낌 없이 회자된다. 한 사회 내의 자원을 둘러싼 경쟁이 동등한 조건하에서 이루어진다는 착각과 함께 평등의 일반적 원리가 부정되거나, 이런 감수성 속에서 특정 대상에 대한 혐오와 배제(나아가 배척)라는 폭력이 활성화된다.

앞의 소설 속 '나'들과는 달리 지금의 '나'들은 과잉계몽되어 있다 해도 될 정도로 이 시스템에 대해 잘 알고 있다. 스스로의 문제가 개인 탓으로 전가되어서는 안된다는 것을, 그리고 그것이 이 세계 구조의 문제임을 명확히 알게 되었지만, 그에 대한 거부나 저항의 움직임과 나란히 체념과 무기력 역시 논리를 획득하여 널리 유포되는 것도 동시적인 일이다.

주지하듯 신자유주의는 개인의 권리나 자유를 보호하기 위해 강고한 사적 소유권이나 법의 지배, 자유롭게 기능하는 시장, 자유무역 제도들을 중시한다. 이때의 '자유'와 '개인'이라는 이념은 '나'의 무한한 자유로 착각되지만, 사실은 결과에 대한 책임을 전적으로 스스로에게 지우는 이중구속의 논리를 품고 있다. 누군가의 실패는 구조적 문제이기 이전에 개인의 문제이고, 모든 것은 개인의 자유로운 선택의 결과이므로 스스로가 책임져야 할 것이 되었다. 그러므로 이 자유는 유대의 결여를 자연스러운 것으로 만들거나, 심지어 타인의 고통과 슬픔 앞에서도 나의 무고함만을 확인하며 관여하지 않아도 되는 것을 자연스런 감각처럼 만들기도 한다.(단적으로 2014년 4월 16일을 향해 표면화되고 노골화된 어떤 감성들의 도드라짐 속에서도 그런 것을 확인한다.) 내 것이 아닌 개인들의 고통은 안타깝고 슬프지만 어쩔 수 없다고 여기는 이 무기력은, 모든 것을 개인적 차원의 것으로 환원시키는 것을 논리적으로 뒷받침해온 신자유주의 신자유주의 시스템의 내면화와 무관치 않을 것이다. 지금 이 세계의 조건은 '개인'들을 점점 유대 없는 단독자, 매개 없이 시스템에서 홀로 고투해야 하는 존재로 만들어 간다. 유대의 결여와 무기력은 서로가 서로를 인과적으로 작동시킨다.

미적 아나키즘을 논하는 『나 자신이고자 하는 충동』이 이런 신자유주의 시대의 '자유'와 '나'와 '개인'의 향방을 물으면서 논의를 시작하는 것은, 아나키즘이 '나'(개인)라는 기본 단위에 정초하여 발흥한 것이기 때문이다. 이 책의 저자 구라카즈 시게루는, 지금의 개인들은 국가나 종교, 가족, 직장 등 일체의 공동체의 리얼리티가 사라지고 사람들은 자신의 사는 의미를 스스로 찾아내야 하며 "삶의 완충재 없이" 세계에 "알몸으로 내던져" 있다는 문제제기에서 이 논의를 시작한다. 확실히 이 책에서 이야기하는 미적 아나키즘의 상황은 적극적으로 지금 여기의 맥락에 정위定位시킬 수 있다. 지금의 시대와 다이쇼기는, 기존의 공고했던 상징적 질서나 가치가 쇠락하고 그 토대가 액상화하고 있다는 점에서 확실히 '구조적' 조건을 공유하는 듯하다. 특히 개인의 생을 넘는 가치들(국가, 종교, 직장, 가족)이 더 이상 초월적으로 기능하지 않는 상황은 이 책이 다루는 20세기 초와 지금을 관통하는 듯 보인다.

하지만 이 겹쳐 읽기에는 다소 주의가 필요하다. 당연하겠지만 다이쇼기의 '나'·'개인'과, 오늘날 '나'·'개인'을 등가적으로 이해해서는 안 되기 때문이다. 다이쇼기의 '나'·'개인'은 그 이전 시기까지는 아무것도 아니었다고 해도 무방한, 근대적 의미에서 '발견된' '개인'이었다. 하지만 오늘날의 '나'·'개인'은 근대화 프로젝트 이후의 '나'·'개인'이다. 적어도 한국에서만 해도, 여러 맥락의 공동체의 명멸 속에서 재맥락화를 거듭해온 것이 '나'·'개인'이다. 즉, 이 책은 개인의 문제를 좀 더 역사적이고 근본적으로 사유하기를 원하고 있다.

3. 관동대지진이라는 모멘트

『나 자신이고자 하는 충동』은 20세기 초반 일본에서의 미적 아나키즘의 기획을 계열화한다. 부제 '관동대지진에서 태평양전쟁 발발까지의 예술운동과 공동체'는 이 책에서 다루는 시기와 대상을 잘 드러낸다. 특히 관동대지진의 경우는 어떤 거대한 변동의 계기이면서 순간이고 사건이며 축적이고 벡터였다. 물론 이를 경험한 바 없는 우리는 이를 역사서의 한 줄로 기억한다. 하지만 한편 우리는 이것이 무엇인지 알고 있다. 2011년 3월 11일, 2014년 4월 16일 이후, 이전까지의 더없이 견고했던 세계가 더 이상 지속가능하지 않음을 인정해야 했을 때, 그리고 그 깨진 세계의 파편들이 어떻게든 우리의 구체적인 삶과 감수성을 어딘가로 이행시킬 때, 1923년의 일 역시 국경이나 언어적 제약에 가둘 수 없는 사건임을 안다.

일본 근대문학 연구자 미요시 유키오三好行雄는 관동대지진을 "흔들리는 대지"라고 표현하면서 자연적 피해의 영역을 뛰어넘어 훨씬 깊게 사회와 문화의 근저를 뒤흔든 대사건이라고 했다.[5] 현상적이고 가시적인 변동과는 다른 방식으로 "기성 문학이념의 붕괴를 재촉"한 사건이었다고 덧붙인다. 또한 가라타니 고진柄谷行人에게 관동대지진은 "일본이 처음으로 '전후'[1차 세계대전 전후 - 인용자]를 의식하게 된 사건"이다.[6] 그들은 공히 인간 세계의 배후를 난폭하게 가로지르고 역사를 이행시키는 계기들의 불가항력을 이야기하고 있다. 예술사적 이행의 장면들도 이러한 심연의 조건과 무관하지 않다. 가라타니가 관동대지진을 "다이쇼적인 것의 끝"이라고 말할 때에도, 그것은 단순히 한 시대의 개폐를 의미하는 것이 아니라, 한 시대에 발흥한 미학의 지속 불/가능성을 묻는 것이었다. 실제로 『나 자신이고자 하는 충동』의 제목을 제공한 아리시마 다케오有島武郎는 관동대지진 직후 스스로 목숨을 끊었고, 이 책에서 포스트 백화파로 지목되는 이들의 전신인 백화파白樺派는 잡지 창간 14년 만인 그해(1923년)에 해체한다. 일본문학사에서는 바

---

5. 미요시 유키오, 『일본문학의 근대와 반근대』, 정선태 옮김, 소명출판, 2002.
6. 가라타니 고진 외, 『현대 일본의 비평』, 송태욱 옮김, 소명출판, 2002.

로 이 대목에 전위예술과 프롤레타리아트 문학을 기입한다. 이 일들이 그저 시기적으로 우연히 일치한 것이라고 말해도 될까. 외적 인과의 고리에 상응할 정신사-자연사의 궤적이 이들의 운명 이전에 놓여 있었다고 해야하지 않을까. 그리하여 구라카즈 시게루는 이 장면에 덧붙여 '나'의 현재의 생명(삶)을 전적으로 신뢰하는 것에서 출발하는 예술의 모델화를 읽는다. '미적 아나키즘'이 그것이다.

4. '미적 아나키즘'이란 무엇인가

이 책에서 비중 있게 언급되는 예술가들은 아리시마 다케오, 곤 와지로, 하기와라 교지로, 우노 고지, 에도가와 란포, 가와바타 야스나리, 다니자키 준이치로, 야나기 무네요시, 요코미쓰 리이치, 미야자와 겐지, 야스다 요주로 등이다. 이들만 두고 보았을 때는 어떤 공통항이 쉽게 보이지 않는다. 하지만 저자는 이들을 통해 개인의 '생'의 창조성을 최대한 존중하는 예술의 모델을 읽어내고, 미적 아나키즘의 계보로 재맥락화한다.

특히 이들 중에서, 자율적인 개인 사이의 유대를 지향하는 미적 아나키즘과 낭만주의적 어소시에이션을 주목한 대목들은 저자의 미학적, 정치적 '입장'이 강하게 반영된 듯 보여 흥미롭다. 미적 아나키즘이 전위예술과 겹쳐지는 한, 자칫 독아적 '나'의 차원에서만 속류적으로 이해될 소지도 있다. 하지만 이 책에서 다루는 이들의 공통점 중 하나는 미적인 것을 통해 보다 자유롭고 해방적인 사회가 가능하리라고 믿었다는 점이다.

미적 아나키즘은, 20세기 초 조선의 지식인들에게 공명한 아나키즘의 계보와도 비교, 검토를 요하는 주제일텐데, 일단은 저자가 말하는 미적 아나키즘의 특징을 잠시 정리해본다.

첫째, 내재주의. 곧, 생의 궁극적 의의와 목적은 생 그 자체에 내재해 있다는 것이다. 즉, 생보다 우위에 있는 초월적 권위는 없고, 따라서 사회적 규범은 부정된다. 또한 개인의 욕구, 본능, 충동, 의지 등은 전면 긍정된다. 이때의 내재주의는 특히 천황이라는 절대적 권위와 대타적인 것이므로, 궁극적으로 현실정치에 대한 급진적 거부의 원리로 놓이는 것이기도 했다.

둘째, 생명[삶]에의 일원화. 비루한 일상의 작업으로부터 혁명을 통한 사회체의 창설에 이르기까지, 모든 것이 생의 확장의 표현이자 미적인 창조일 수 있다는 것이다. 이때 예술과 비예술의 경계는 사라진다. 생활이 곧 예술적 실천이다. 이것은 예술과 예술 아닌 것의 경계를 무화시키는, 즉 세월이 흐른 후 전개될 (근대)예술의 종말 논의를 선취한 것처럼 보이기도 한다. 그러나 또 한편으로 당대 예술 논의들 속에서 미적 아나키즘은 독특한 위상을 지니는 것이기도 했다. 즉, 예술지상주의가 생보다 예술에 더 큰 가치를 부여했고(예술⊃생), 프롤레타리아트 미학이 예술보다 생을 더 우위에 두었다(생⊃예술)고 요약할 수 있다면, 미적 아나키즘은 생과 예술의 합치(생=예술)를 지향했다고 도식화할 수도 있을 것이다.

셋째, 반권위주의. 저자는 여기에서 단순히 권위에 반反하는 예술모델을 지목하지 않는다. 이 반권위주의는 "내면적 자기해방과 억압된 것들의 정치적 해방이 생명[삶]의 확장이자 자기표현이라는 점에서 일치"한다는 의미를 내포한다. 즉, 자기와 사회의 동시적 해방을 긍정하는 예술을 설명하는 말로서 반권위주의가 언급되고 있다.

넷째, 노동=예술이라는 것. 이것은 앞서 언급한 '생명[삶]에의 일원화'와 직접 관련될 이야기다. 노동 역시 표현이라는 것, 이때의 노동은 활동work의 의미를 보존하고 있는 행위에 가깝다. 그러한 한 노동은 역시 예술적 행위가 될 수 있는 것이다. 또한 이러한 미적 창조=노동행위는 '집합적 주체'를 생산하는 기제로도 설명된다. 미적 아나키즘은 '나'들 사이의 자유로운 어소시에이션, 코뮌을 구상하는 주체까지 상정할 수 있다는 것이다.

5. 신자유주의의 통치술과 서브컬처

한편 구라카즈는 다이쇼大正-쇼와昭和기의 미적 아나키즘의 모델들만을 소개, 분석하는 것이 아니라, 여러 의미에서 지금의 신자유주의 시대의 통치술과 그에 대한 미학적·정치적 전략을 생각하게 한다. 지금 신자유주의 시대의 통치술이라고 다소 거창하게 표현했으나, 소박하게 생각해보자면 가령 이런 것이다. 1990년대, 2000년대 초반까지만 하더라도 '프리터'·'노마드'·'오타쿠' 문화 같은 말들은 지금과 같은 위상은 아니었다고 생각한다. '프리터'라고 하면 자유로운 노동 방식의 선택이 가능한 삶이라는 의미에서 긍정되곤 했다. 하지만 지금의 프리터는 시장에서 자유롭게 교체 가능한 일회용 노동력으로 통용된다. 1990년대 일본에서의 자유로운 프리터는 지금은 '나이 먹은' 빈곤층이 되어버렸을 뿐이다.[7] '노마드'는 전지구적 자본주의 시스템에 포획되지 않고 균열을 내는 존재형상이자 전략으로서의 의미를 지녔다. 하지만 지금은 오히려 자본의 레토릭으로 전유되었거나, 정치적 상상력이 지워진 한때의 유행어처럼 전락한 감이 있다.(지금 당장 인터넷에서 '노마드'를 검색해보면 이 말이 단번에 와닿을 것이다.) 또한 '오타쿠' 문화는 일본 내의 카운터컬처이자 서브컬처로서 비주류, 반권위주의자들의 존재감을 부각시켰다. 하지만 지금은 커뮤니케이션하지 않는 자족적 개인들의 문화, 그러므로 자본에 강하게 비끄러매어진 문화향유자의 이미지가 더 크다.[8]

구라카즈의 책의 에필로그에서 강한 비판의 대상이 되는 '서브컬처' 역시 이런 측면에서 이해할 수 있다. 저자는 예술(이

---

7. 1990년대 일본의 프리터의 현재를 단적으로 보여주는 '40대 싱글 비정규직 여성'에 대한 통계와 담론은 2018년 현재까지도 꾸준히 갱신되고 있다.

8. 서브컬처를 '하위문화'라고 번역하지 않는 이유는, 60년대 서구의 서브컬처의 성격과는 부분적으로 공유하는 바가 있으나 동일하게 이해하기는 어렵기 때문이다. 서브컬처는 일본의 전공투 이후 세대의 감수성과 80년대 고도소비사회를 배경으로 하고 있다. 그 성격은 균질적인 것이 아니고, 90년대 이후에는 상당히 다른 방향으로 분화되었다. 논자에 따라서는(예컨대 『스트리트의 사상』으로 알려진 모리 요시타카) 지금의 서브컬처를 '오타쿠적인 것', '스트리트적인 것'으로 구분하기도 한다.

때 그가 말하는 예술은 인간을 자유롭게 하는 기술로서의 근대예술의 이념에 가깝다.)과 서브컬처를 비교하며, 서브컬처가 정작 인간의 자유를 횡령하고 있다는 우려를 강하게 표명한다. "그것은 이른바 우리들의 욕망, 정동, 환상까지도 절반 이상 자본에 의해 생산되고 있다고 간주하는 것"이고, "거기에서는 인간적인 자유, 주체성이라는 이념은 이전과 같은 순수함을 잃어버려서, 애매한 형태로만 부지되어 왔을 뿐"이라고 한다.

구라카즈 시게루가 '서브컬처' 전반을 "원칙적으로 자본주의적인 상품"이라고 말한 것은, 일본의 80년대 고도소비사회라는 배경을 직접 지목한 것으로 보인다. 또한 서브컬처를 "유사-자연으로서의 자본의 욕동에 몸을 맡기는 것에서 역설적으로 쾌락을 획득한다는 문화 실천을 총칭"하는 것으로 설정할 때, 이것은 헤겔적 의미의 '동물화'(=자연화) 비판과 연결될수 있다.

'오타쿠적인 것'으로서의 서브컬처란 어떤 것인가. 오타쿠 문화(서브컬처) 자체에 개재해 있는 남성젠더적 이미지가 단적으로 상기시키듯, 일본의 오타쿠 문화로 대표되는 서브컬처는 신자유주의 시대의 잉여로 전락해간, 혹은 잉여되기를 통해 저항한 어떤 남성들의 해방구적 측면을 분명 갖고 있었다. 그리고 그것은 전통적으로 여성들보다 정서적 유대의 가능성과 조건이 척박했던 남성의 다른 식의 반/유대의 방식으로도 볼수 있었다.

그런데 구라카즈 시게루가 지금 서브컬처에 대해 비판하

는 것은 그것이 개인들의 표현, 창조이기 이전에 "자본의 욕동"에 휘둘려가고 있다는 것이다. 그리고 "'산다는(生) 것이 가치 있는' 생명[삶]"을 생산하는 감각과 거리가 멀다는 지점이다. 심지어 그는 이것이 "비즈니스 사회의 스트레스를 완화시켜 주는 정신적 보조제로 전락"한 것임을 강하게 주장하는데, 이런 서브컬처 비판은 곧 유대나 소통의 가치를 부차적으로 여기는 예술, 문화에 대한 비판으로 읽을 때 의미가 있다. 즉, 각자의 우주로만 한없이 분리되고 고립되는 자기위안적 예술이나 문화는 이미 신자유주의 시대의 안티테제로서 기능하지 않는다. 이미 그 자체로 신자유주의 시대의 조건에 적합한 예술이 된 셈이기 때문이다. 저자가 비판적으로 이야기하는 '오타쿠적인 것'에 대한 실감은 소위 '스트리트적인 것'으로서의 서브컬처와 비교할 때, 분명하게 와닿을 것 같다. 이 책에서는 언급되지 않지만, 저자가 의식하고 있는 것은 분명 '스트리트적인 것'으로 명명될 만한 '공공'의 예술, 문화 쪽이기 때문이다.9

6. '자유로운 나'의 아이러니 : 국가에 흡수되어간 미적 아나키스트의 문제

---

9. 『스트리트의 사상』(그린비, 2013)으로 한국에 소개된 모리 요시타카가 말하는 '스트리트적인 것'이란 익명의, 다수의 신체적이고 정동적인 연결과 협력의 감수성으로 특징지워진다. 특이성으로서의 개인들을 네트워킹하는 원리이면서 공간인 것이다.

이 책에서 문제적으로 읽을 지점이 또 있다. 이 책의 6장은 야스다 요주로保田與重郎를 통해 미적 아나키즘과 국수주의 미학 사이의 관계를 논한다. 이 책에 대해 평자들이[10] 공통적으로 관심을 보인 장이기도 하다. 왜 미적 아나키즘이 국수주의 미학으로 전위轉位되는지. 어떻게 '나' 이외에 초월적 권위를 인정치 않는 미적 아나키스트가 민족이나 국가를 상위에 두는 국수주의자로 변모해 갔는지. 이 모순은 상당히 역사적인 문제이자, 양자의 내적 논리를 다시 묻게 하는 대목이다.

그런데 지금 미리 강조해두고 싶은 것은, 저자는 미적 아나키즘이 국수주의 미학으로 흘러들어간 아이러니 자체에 주목했다기보다 그런 아이러니를 확대, 과장해온 풍토(특히 전후 일본 평론계)를 겨냥했다는 점이다. 저자는 야스다 요주로의 행보 속에서 미적 아나키즘과 국수주의 미학이 결정적으로 어떻게 다른지, 그 "거대한 틈새"를 밝히는 데 주력했다고 말한다. 즉, 이 6장은 미적 아나키즘과 국수주의 미학의 차이를 부각하기 위한 장이라고 해도 좋다.

저자는, 야스다 요주로와 미적 아나키즘 사이의 공통점과 결정적 차이점을 상세히 밝힌다. 그리고 야스다 요주로가, 자기 창조의 주체가 사회와 역사를 구성해 간다는 모델을 유지

---

10. 中島岳志, 〈「美的アナキズム」が問うもの〉, 2011.11.27, http://book.asahi.com/reviews/reviewer/2011112700010.html. 고봉준, 「'피로·부품 사회'에서 예술은 어떻게 삶에 연루돼 있나」, 『프레시안』, 2015년 4월 10일, http://www.pressian.com/news/article.html?no=125360&ref=nav_search.

하면서 그 주체의 자리를 개별적 예술가가 아닌 민족으로 이동시켰음을 확인한다. 이것을 오늘날의 맥락에서 거칠게나마 재독해하자면, '나'의 자리에 '나'의 바깥에 있는 강력한 대타자(야스다의 경우에는 '혈통'이었지만)를 가져와 바꿔치기한 것의 문제로 생각해볼 수 있다.

사실 이런 것이라면 두 논자들의 문제제기는 정당하다. 사실 우리가 계속 궁금한 것은 여전히 미적 아나키즘과 국수주의 미학 사이의 차이점보다도 '그 둘이 호환가능한듯 보인 지점' 쪽이기 때문이다. 즉, 현재형으로 문제를 치환해보자면 이런 것이 가능할 것이다. '왜 자유로워진 '나'들은 자주 '나 바깥의 대타자'(국가든 민족이든)를 상상하고 그것에 '나'의 자유를 양도하고 의탁하는듯 보이는가.'

저자의 말대로 '생'의 철학이나 아나키즘은 파시즘과 관련되어 지목될 때가 많았다. 생디칼리즘이 이탈리아 파시즘에 영향을 주거나, 러시아에서는 혁명적이었던 미래주의가 이탈리아에서는 파시즘과 결합하거나, 극좌혁명주의자였던 소렐과 파시스트 무솔리니가 밀월관계였던 장면을 떠올려보자. 하지만 이것은 과거 역사 속 사례가 아니라, 현재 이곳의 어떤 문제들을 환기하는 것이므로 더욱 질문되어야 한다고 생각한다.

가령 한국의 '일베'든 일본의 '재특회'든, 서구의 새로운 인종주의나 배타주의든, 오랫동안 누적되고 근래 확연하게 수면 위로 떠오른 어떤 분위기에 대해 떠올려보자. 왜 다시 사람들은 인종이나 민족이나 국가에 자신을 의탁해서 자신의 정체성을 주장하며 타자혐오나 배외주의나 애국심을 합리화하는가. 왜 약자 편에 있어야 마땅할 이들이 같은 약자를 조롱하거나 배척하고 힘센 편을 드는가. 또는 왜 많은 이들은 자기 이해관계와는 상관없는 측에 맹목적으로 표를 던지는가.[11]

서두에 언급한 '나'들처럼 한없이 자유로워졌다고 믿었던 90년대 이후의 '나'들이 자신의 삶의 고충을 안겨준 주체에게 동화되거나 투사하여 오히려 나와 마찬가지의 약자/피해자들을 배척하거나 조롱하는 그 감각은 무엇일까. 야스다 요주로가 '나'라는 주체에 대해 찍었던 방점이 '혈통'(일본의 고도古都 나라奈良에 대한 애착에서 출발하여 태평양 전쟁의 주체가 되는 국가로 이동해간 과정을 포함하여)으로 이동하는 그 감각은 무엇이었을까.

매개를 부정하고 대표성에서 이탈한 '나'가 곧 자유로운 세계시민이 되는 것은 아니다. 이 자유로운 '나'들은 종종 더 센 가상의 무엇에게 투항해 간다. '국경 없는 세계'(하르투니언)라는 슬로건과 함께 민족, 인종, 국민 등의 신화도 깨어진 지 오

---

11. 여기에서 소위 '일베'의 사례는 다소 다르게 이해될 수 있다. 하지만 일베로 지칭될 어떤 '문제'는, 한국 보수진영 전반의 정서와 사고를 극단적으로 함의하고 있고, 87년으로 상징되는 모멘트를 통해 제도적, 형식적으로나마 획득되고 합의된 어떤 가치들, 나아가 인간의 마지막 보루로서 확인해 두자고 인류가 합의해온 가치들의 모든 역사와 절차를 무화시키려는 일종의 백래시(backlash)의 표출로 보고 싶다. 그런 의미에서 한국에서의 외국인 혐오, 새로운 인종/민족주의 등의 대두나, 또는 여전히 '나는 나 개인'이기보다도 '한국인'임에 더 큰 의미를 부여하는 많은 이들의 심상도 복잡하게 얽혀 있는 문제로서 '일베'를 생각하고 싶다.

래건만, 다시 어떤 '나'들은 새로운 인종, 민족, 국민에 의탁하여 자기 정체성을 손쉽고 안전하게 확인, 보장받기를 원한다.

즉, 지금의 신자유주의적 조건은 개인에게 무한한 자유를 약속하는 것처럼 기능해왔지만, 정작 그 개인들은 더욱더 개별화되고 유대할 수 없는 상황 속에서 '나'를 초월하는 강하고 큰 무언가를 향해 내몰리는 중인 것 같다. 서두에 언급한 소설 속 '나'들 중에는 세월이 흐른 지금도 여전히 방향을 알지 못해 불안한 이들이 있을 것이다. 그리고 자신의 상황을 '자각하면서' 더 불안해진 이도 있을 것이다. 그리고는 그 불안에 못 이겨 손쉽게 '나'의 자유를 포기하고(그러나 포기인 줄도 모른 채) 강력한 대타자를 찾아 헤매는 이도 있을 것이다.

개인의 생을 넘는 가치들(국가, 종교, 직장, 가족)이 더 이상 초월적으로 기능하지 않는 세계는 스스로가 진정으로 자기 생의 주인이 될 수 있는 조건일 수 있다. 그러나 오늘날 많은 '나'들은 그 속에서 의식·무의식적으로 자기 생의 주권을 양도할 또 다른 초월적 대상을 찾는 듯 보인다. 이것은 결과적으로 신자유주의적 세계를 더욱 공고한 시스템으로 만든다. 자유로운 '나'로 방출된 '나'들을 다시 시스템의 강화에 공모, 연루시키며 '공허한 나'로 환원시키는 통치술. 그리고 그 효과로서 다양하게 표출되고 있는 일종의 반동들. 즉, '나'를 주체로 놓는다는 기획과 구라카즈가 말하는 20세기 초 일본에서의 미적 아나키즘은, 지금 이곳의 만만치 않은 상황 속에서 '전략적으로' 다시 깊이 사유될 것이 요구된다.

다시 강조하지만, 질문할 것은 미적 아나키즘과 파시즘 미학의 관계가 아니다. 그것은 오히려 인간 본성의 문제이기 이전에 '무리 짓는' 인간에 대해 묻게 한다. 발리바르는, 스피노자가 가지고 있던 대중multitudo에의 관점을 (타키투스의 말을 빌려) 이렇게 압축적으로 제시한 바 있다. "대중들은 공포를 느끼지 않으면 사람들을 공포에 떨게 만든다."[12] 개인의 수준을 넘어서는 큰 존재에 스스로를 의탁하고자 하는 인간의 불안은 결국 심리학적 주제를 넘어 존재론과 정치철학의 주제가 된다. '나'와 '집단' 혹은 '개인'과 '공동체' 사이에서 거처를 정해야 한다는 실존에 대한 주제 말이다.

다시 사유의 출발은 '나'의 '생명'(삶) '생의 표현', '생의 확충'의 가치에 놓여야 한다. 이것은 분명 조건도 제약도 없이 긍정되어야 하는 가치를 지닌다. 그러므로 미적 아나키즘, 나아가 아나키즘의 원리적 입장은 살아 있는 생명 전체의 권리를 위해 전적으로 존중되어야 한다. '나'의 '생의 확충, 자유로움'은 그 자체가 목적이라기보다 무언가의 근거, 토대여야 하는 것이다. 이 책에서 자유로운 '나'들의 자발적 어소시에이션, 낭만주의적 어소시에이션을 꿈꾼 이들에게 특히 흥미를 느낀 것도 그 이유다. 단지 '생의 표현'이 아니라 '생의 창조'에까지 연결되는 것이 미적 아나키즘의 원리이자 지향이라면, 낭만주의적 어소시에

---

12. 에티엔 발리바르, 『스피노자와 정치』, 진태원 옮김, 이제이북스, 2005, 148쪽.

이션은 설령 늘 실패할 운명이라 할지라도 지금 이곳에서도 실험 가능한(그리고 지금 이 순간에도 이곳저곳에서 실험·실현되고 있는) 의미 있는 모델임에 분명하기 때문이다.

7. '나'를 초월하는 무언가에게 '나'를 양도하지 않고 살아가기 위해

칼뱅파의 선동과 대중들의 호응을 "극악무도한 야만"이라고 한 스피노자는, "왜 인간은 예속이 자신의 자유라도 되는 듯 그것을 위해 투쟁하는가?"라는 정치철학의 핵심 질문을 던져 놓았다. 인간 지성의 힘을 신뢰한 그의 질문은 지금 이곳으로 돌아왔고 계속 사유되기를 원하고 있다. 『나 자신이고자 하는 충동』에서 다시 확인한 미적 아나키즘도, 단지 미학 내지 사조의 범주가 아니라, 점점 더 외부가 없어지는 듯 보이는 세계에서 '자유로운 나'들이 스스로의 주체됨을 확인케 하는 단초로 놓여 있다. 이 세계의 생명을 가진 존재 스스로 자신의 활력과 권리를 양도하거나 박탈당하지 않고 누리기 위해 참조할 존재론적 개념이기도 한 것이다.

즉, '자유로운 나'는 이 시대의 통치술이 작동하는 토대가 되는 기초 단위다. 그러나 동시에, 그에 대한 거부와 저항의 가능성을 본래부터 품고 있는 구체적인 장소이기도 하다. 그렇기에 '자유로운 나'의 해방과 창조의 기획은 더 강조되고 공유되어야 한다. 구라카즈가 상세히 다루지는 않지만, 중요하게 언급한 '미적 경험'도 바로 이 대목에서 더 이야기되어야 한다. 이 때의 '미적 경험'이란, 프로젝트로서의 근대미학(문학)의 원리로 회수될 수 없을 다양한 삶-미학의 계기를 의미한다.

이 글의 서두에 언급한 소설들 속의 '나'로 다시 돌아가 본다. 정체 모를 배후의 시스템과 미심쩍은 자유로움 속에서 곤혹을 겪었던 '나'들의 불안은 이제 명백해진 세계 속에서 어딘가로 이행해가고 있다. 이때 필요한 것은 '나'의 자유를 '나'보다 더 크고 센 무언가에게 양도하지 않을 용기, '나'를 초월하는 무언가를 상정하지 않고 '나'의 '생'을 창조할 수 있다는 믿음이다. 그리고 여기에 필요한 것은, 그 용기와 믿음을 지지해줄 '자유로운 나'들 간의 유대와, 그런 삶의 창조에 대한 의지다.

일본 전후 비평계는 전전의 미적 아나키즘에서의 '나'를 관념적이고 추상적이라고 비판했다. 한국문학에서 '나'는 1990년대 이후에야 담론적으로 추구가능한 가치가 되었다. 그리고 다시 2015년 시점에서 이 '나'의 가치란 이제까지와는 다른 맥락 속에서 양가성의 대상이 되고 있다. 이 '나'는 '자유로운 나'들을 시스템에 복속, 공모시키는 이 시대의 통치술과 직접적으로 파이팅할 수 있는 구체적이고 현실적인 장소다. 즉, '나'는 오늘날 신자유주의 통치술이 요구하고 작동하는 기본단위다. 하지만 강조컨대, '나'는 무엇에도 포섭되지 않을 고유의 활력과 권리를 주장할 수 있는 장소이자 주체임도 망각되어서는 안 된다.

현장-신체-정동,
다른 미적 체험의 가능성을 묻는다
'장르 피라미드'를 넘어서 읽는 한 권의 책[1]

1. 명멸明滅의 장르, 르포, 수기, 기타 논픽션

1980년 신군부에 의해 『창작과비평』, 『문학과지성』 양대
계간지가 폐간된 이후 한국문학은 무크지, 동인지 등 이른바
부정기간행물 전성시대를 맞는다. 대안매체로 부상하게 된 부
정기간행물들은 1980년대 초중반 문학운동의 구심점으로 자
리 잡았고, 다양한 문학적 실험의 플랫폼이 되기도 했다. 한
사회, 역사의 주체를 파악하는 방식의 변화가 그대로 매체에
반영되었고 자연스레 양식, 장르 확대 논의가 이어졌으며, 유
통의 방식과 구조 역시 다양화되었다. 이것이 당시 문학의 강
한 사회운동 지향성에서 기인한 활력이라 할지라도, 그 활력

---

1. '장르 피라미드'는 시, 소설 등의 특정 장르 위주로 배타적으로 편성되
   어 있는 문학장의 통념과 문학 개념의 협소함을 문제시한, 장정일의 명명
   이다.(장정일, 「논픽션과 이름 없는 사람들의 목소리」[『녹색평론』, 2016년
   5~6월호]과 『장정일, 작가』[한빛비즈, 2016] 등 참조.) 지금 이 글에서는 이
   말의 문제의식과 더불어 '이것은 문학이다'라고 인지되는 통상적 회로에 얽
   매이지 않으면서 문학을 재사유해 보는 의미에서, 일종의 르포르타주에 속
   할(그러나 어디에도 소속되기를 거부하는 듯 보이는) 『마이너리티 코뮌』(신
   지영 지음, 갈무리, 2016)을 다룬다.

은 분명 기존 문학장의 원심력에서 상대적으로 자유로운 조건
과 관련된 것이었다.

르포, 수기, 기타 논픽션이 특별히 1980년대에 활황한 것도
이렇듯 역설적 활기 속에서 생각해 볼 수 있다. 1980년대 초중
반은 장르 확대나, 창작 주체의 다양화 등이 활발히 논의되었
고, 그것은 곧 문학의 외연·개념의 확장이라는 주제로 연결되
기도 했다.[2] 전문적인 작가뿐 아니라 삶의 다양한 현장 속 모
든 이들에 의한 글쓰기의 의미가 강하게 부상한 것이다. 이것
은 분명 일종의 문학의 민중화, 문학의 민주화로 칭할 만한 것
이었다.

세월이 흘렀다. 2010년대도 절반이 지났고 그 사이 르포,
수기, 기타 논픽션은 문학장 내에서는 거의 잊힌 존재가 되었
다. 물론 그간 문학의 이름으로 다루어지지 않은 것은 아니다.
하지만 분명히 어떤 적극적 미학성도 부여받지 못하고 문학제
도 내에 안착하지 못한 것은 사실이다. 이 점은 두 가지 측면에
서 생각해 볼 수 있다. 간단히 말해, 첫째는 1990년대 문학에
의한 1980년대 문학의 타자화(청산)와 함께 자연스레 후경으
로 밀려났으리라는 점이다. 그리고 둘째는 르포, 수기, 기타 논
픽션 논의나 생산은 융성했지만 장르 자체를 지지할 제도적·
미학적 동력을 얻지 못했다는 점이다. 물론 '장르피라미드'라

---

2. 단적으로 김도연의 「장르 확산을 위하여」(『한국문학의 현단계』 3, 창작과
비평사, 1984)를 참고해보자.

고도 명명할 수 있는 시, 소설 중심의 장르 위계와 고착화는, 1990년대 이후 한국문학의 상황뿐 아니라, 오래된 미학적 전통까지 함께 고려해야 할 문제가 된다. 하지만 창작-수용-유통의 조건과 관련해서 논의를 한정하자면, 이 장르 고착화는 '문학'이 전문화, 세련화, 분업화해가는 과정의 산물이다. 문학에서 '현장', '현장성'이라는 질료가 축소되거나 특별한 회로를 통해서만 형상화되는 과정과 나란히 생각해볼 수 있다. 장르고착화는 한국문학이 조밀한 시스템을 구축해가는 시절과 상동적으로 놓이는 것이다.

한편, 2016년 현재는 간헐적으로 르포에 대한 논의가 이루어지는 분위기이다. 이는, 1980년대 문화·문학이 지적·심리적 거리를 확보하며 아카데미즘의 시야에 들어왔다는 점[3], 2015년 스베틀라나의 논픽션 『전쟁은 여자의 얼굴을 하지 않았다』(1985)의 노벨상 수상, 2015년 소위 표절 사태 이후 한국문학장의 쇄신·분투의 상황 등과 연동되어 탄력을 받고 있는 것 같다. 나열한 이 요소들이 서로 인과적으로 연결된 것은 아니지만, 현재 한국문학의 어떤 질적 변동의 의미망을 형성하고 있음은 무시할 수 없다.

지금 이 글에서 읽고자 하는 『마이너리티 코뮌』(2016)은 이러한 한국문학장 안팎의 상황과는 무관하게 쓰였다. 하지만

---

3. 천정환, 「1980년대 문학·문화사 연구를 위한 시론 (1) ─ 시대와 문학론의 '토픽'과 인식론을 중심으로」, 『민족문학사연구』 56, 2014.

이것이 책이라는 물화된 형태로 2016년 한국의 상황에 제출되자 방금 언급한 콘텍스트와 무관치 않은 운명이 되었다. 문학의 기능, 위상에 대한 재고를 넘어서 그 개념, 범주, 외연까지 고민되고 있는 시대적 조건 속에서, 이 책의 글들이 던져주는 실마리는 적지 않다.

방금 '시대적 조건'이라고 말한 바에 대해서는 특별히 설명하지 않아도 될 것이다. 사실 그렇게 거창한 말이 필요한 것도 아니다. 모든 문학사, 예술사는 어쩌면 차이나는 반복의 역사이다. 문학의 영토에서 현장·현장성이라는 질료의 비중이 축소되는 과정과, 문학이 세련되게 제도화한 과정을 나란히 생각하는 것. 그리고 '어떤 것은 왜 문학이고 어떤 것은 왜 문학이 아니었나'라는 질문을 환기해보는 것. 여기에 『마이너리티 코뮌』이 놓여 있다.

하지만 미리 부기하건대, 이 문제의식은 단순히 르포, 수기, 기타 논픽션 등의 소외된 글쓰기를 문학 장르적으로 복원하자는 감각과는 구별된다. 이때 장르의 명칭도 부차적이다. 차라리 이 글은, 현장·현장성이 질료가 되는 글쓰기가 어떻게 '문학적' 순간으로 체험되는지, 그것이 이제까지의 미적 체험의 회로와는 어떻게 같고 다른지 등의 질문과 관련된다.

2. 기쁨으로 정동하라: 미적 체험에 있어서의 현장, 신체, 정동

『마이너리티 코뮌』은 2009년부터 2015년까지의 거리와 공원과 집회 현장 등 사람들이 모인 곳의 기록이다. 일본의 8월 15일, 재일조선인, 일본의 공공장소에서 추방되는 야숙자들, 일본의 메이데이 풍경, 일본의 액티비스트, 스쾃터의 활동들, 또 미국의 경찰 인종주의, 블랙운동과 집회의 풍경 등에 대한 기록이다. 단적으로 "마음은 한국의 세월호와 일본의 재일조선인 친구들에게 향하지만, 몸은 퍼거슨 집회에 있"(464쪽)다는 구절이 함축하듯, 사사로운 '나'의 이야기이면서 거리와 집회에서 만난 무수한 사람, 존재의 목소리가 담긴 이야기이다.

판권지의 도서분류상 이 책은 인문학, 사회비평, 에세이, 사회학, 사회운동, 사회사상, 정치학 등으로 분류되어 있다. 하지만 이것은 대단히 섬세한 감성, 감수성이 넘치는 책이기도 하다. 지금 '섬세한 감성, 감수성'이라고 인상비평적 말로 표현한 것은 잠시 후 해명할 주제인데, 저자 스스로도 "서구적 장르로서의 소설, 수필, 비평, 시, 논문과 같은 구별이 아니라 역사적 깊이와 문학적 섬세함과 정치적 비판과 항간의 감성이 두루 녹아있는 잡문"(10쪽)을 써 보고 싶었다고도 했다. 이처럼 시대와 대중의 정서와 감수성을 시야에 둔 기록이어서일까. 이 책의 글들은 여느 시, 소설 텍스트보다 강렬한 어떤 정서들을, 언어화된 서사와 담론의 층위 깊은 곳에서부터 구체적이고 직접적으로 환기시킨다. 분노, 기쁨, 슬픔, 우울, 즐거움 등등이 뒤섞여 있고, 대중의 변화무쌍한 표정이 교차하고 있다.

하지만 이 책은 정서의 '고착된 상태'를 '재현'하는 것과는 큰 관련이 없다. 이 책에서 보여주고 환기시키는 정서는, 거리와 현장에서 신체와 신체가 마주치면서 끊임없이 일어나는 어떤 운동·운동성과 관련된다. 마주침 안에서 어떻게 서로가 친구가 되고, 그 안에서 무엇이 만들어지는지가 그려지고 있다. 서로 만나고 느끼고 행동하고 무언가를 만드는 '이행', '변이'의 과정이 있다. 이러한 정서적, 정동적 체험 및 그 현장의 기록이라는 의미에서, 이것은 분명 문학적인 경험 혹은 미적 체험을 주제화한 책이다.

글쓰기가 '재현'의 일종인 한 이런 진술은 분명 모순적이다. 하지만 글쓴이의 미적 체험이 활자活字를 매개로 독자에게도 전이된다는 점에서, 이 진술은 한편 활자를 매개로 하여 흘러넘치는 정동affect의 주고받음으로 다시 정리할 수도 있다. 즉, 우선 소박하게 말해두자면, 독자가 『마이너리티 코뮌』에서 겪는 미적 체험은 소박하게 말해 '현장의 전이 체험'이라 할 수 있다. 이 점을 조금 상세히 생각해본다.

근대 문학의 개념과 장의 구축에 있어서 서구 근대 감성론의 발전은 결코 도외시될 수 없다. 미학aesthetics이라는 말이 직접적 감각, 감성을 의미하는 그리스어 '아이스테시스'aisthesis에서 연원했음을 생각해보자. 오늘날 독자들 역시 문학텍스트를 이성적, 의식적으로만 수용하는 것이 아니라, 감각적, 감정적으로 공감하고 수용한다. 이 감각, 감정이란 분명 신체와 연동되어 있다. 하지만 그것은 종종 언어화, 재코드화의 과정에서 쓰고 읽는 이의 인식의 틀에 의해 분절되곤 했다. 사랑, 기쁨, 분노, 슬픔, 혐오 등등의 이름으로, 감정[4]은 어떤 고정된

'상태'로 이해되곤 했고, 그렇기에 상투화된 문맥과 회로를 낳기도 했다. 예를 들면 가족·민족·국민 등, 동일하거나 가까운 것에 대한 사랑으로 협소화한 정체성주의적 사랑이 그러하다. 또한 감정이 한 시대의 이데올로기와 결속되는 회로를 갖게 되면서, 근대의 목적서사가 더없이 용이하게 구축되어 가기도 했다. 이성애, 모성애, 낭만적 사랑, 근대적 가족 삼각형 등의 관계를 떠올려 보자.

하지만 한 발짝만 뒤로 물러나서 생각해보면 감각, 감정은 늘 모호한 것이고 주관적인 것이며 유동하고 있는 것이다. 어떤 '상태'가 아니고 명쾌하게 구분될 수 있는 것은 더더욱 아니다. 차라리 감정은 어떤 존재와 존재가 마주치면서 서로에게 연결, 연루되어 있음을 깨닫는 순간들의 '변이' 상태라고 해야 한다.

이 과정을 적확히 함축하고 있는, 흔한 한국어적 용례로는 '감동적이다'라는 말을 들 수 있지 않을까. 사전적으로 '감동'感動은 '느끼어 마음이 움직임'을 뜻한다. 감각과 감정의 층위에 놓인 말이다. 하지만 이것은, 무엇에 왜 마음이 동한 것인지의 메커니즘과 그 감정의 '정확한 실체'까지 전달하지는 않는다. 감동의 실체를 파악하고 언어화한다는 것은 언제나 인지, 이성의 작용을 통해서만 가능하다. 즉, 감정은 늘 이미 유

---

4. 감정과 관련된 상태를 의미하는 말들로 feeling, emotion, sentiment 등이 있지만, 여기에서는 특별히 그 의미, 뉘앙스를 분별, 강조할 경우를 제외하고는 엄밀한 구분을 생략한다. 이 글에서 중요한 것은 이러한 감정의 계열 어들과 구분되는 'affect'의 개체로 환원될 수 없는(pre-/trans-) 성격이다.

동하고 운동하고 있는, 규정될 수 없는 것이다. 하지만 그것을 언어화하는 과정에서 종종 감정 '상태'로 고착되곤 했다. 근대 예술, 문학이 별로 주목하지 않은 것은 바로 이 '감동적이다'의 층위, 즉 끊임없이 유동하고 있는 감정의 '운동성'의 층위이다. 그러나 우리가 이제 새롭게 주목해야 할 것은 미적 체험에서의 바로 이 신체성과 운동성인 것이다.

다시 말해, 감정은 결코 포착, 재현될 수도 없는 운동성에 기반하여 성립한다. 이것을 일찍이 스피노자는 'affectus (affect)' 개념을 통해 표현한 바 있고, 우리는 오늘날 그것을 감정과 구분하여 정동(감응)으로 번역5, 이해한다. 정동은 "지각 이전의 직관적 지각"이며, "이 지각의 의식적 상태에 연결되어 있는 육체적 반응, 자율적 반응"이다.6 개인적, 의식적 행위나 선택 이전의 것이다. 그러므로 이것은 언제나 개체의 느낌이나 감정 이전의 것으로서 잠재적으로 존재하고, 대상(세상)과의

---

5. 이 글에서 주목하는 감정 및 정동(affect)과 관련하자면 최진석의 「문학과 공감의 미래 – 감응의 감성교육을 위한 시론」(『내일을 여는 작가』, 2016 상반기호)도 좋은 참고가 된다. 최진석은 근대의 감정이론의 한계와 그것을 넘어서는 'affect' 개념을 통해 새롭게 문학을 사유해야 할 이유를 이야기하고 있다. 최진석의 글에서는 스피노자–들뢰즈의 affect 개념을 '느끼고 호응하는 운동, 이행'이라는 점에 방점을 찍고 '감응'(感應)으로 번역하고 있다. 번역상 쟁점은 차치하고, 이 글 역시 최진석 글의 문제의식 및 'affect' 개념을 통해 근대문학 너머를 사유해야 할 이유와 필요에 전적으로 동감한다. 단, 본 글에서는 affect 자체가 흘러넘침, 과잉, 유동, 어디로 흘러갈지 '아직 모르는' '아직 아닌'(not yet) 상태라는 점에 주목하면서 (잠정적이나마) affect를 정동(情動)으로 번역하고자 한다.

6. 브라이언 마수미, 『가상계』, 조성훈 옮김, 갈무리, 2011.

마주침, 관계 속에서 현실화되면서 주고받아지는 것이다.

이 운동성으로서의 정동은 앞서 말한 '현장의 전이 체험'을 설명할 키워드인데, 공교롭게도 『마이너리티 코뮌』 속의 '내용 층위'에서도 글쓴이가 강하게 의식하는 문제의식이기도 해서 흥미롭다. 이런 구절들을 보자.

우리가 어떤 단체에 참여하는 이유는 '연대의 쾌감' 때문일 것이다. 소속감, 함께 미래를 계획할 때의 두근거림, 일상적인 친밀함. 비록 그 소속감만큼이나 거리감을 절감하게 된다 해도, 그러한 공동성에 대한 기쁨이 마을을 만드는 기본적 정동affect이 되리라 믿는다.(54쪽)

연대가 '슬픔과 분노'를 통해서 이루어질 때, 그 연대는 거부당하거나, 연대하는 약자들 사이에 또 다른 싸움을 야기할 수밖에 없다. 왜냐면 슬픔과 분노로 점철된 마을은 '최고의 악'을 설정함과 동시에, '최고의 슬픔'을 그 마을의 것으로 소유하려고 하게 되기 쉽기 때문이다. 그렇게 되면 연대해야 할 다른 마을과 누가 더 무거운 슬픔을 가지고 있는지 슬픔의 무게를 재거나 각각의 이익을 놓고 경쟁하면서, 자신들의 고통받았던 권력을 다시 한번 더 처참하게 반복할 수도 있기 때문이다.⋯ 슬픔의 무게를 경쟁하는 이익집단 간의 연대가 아니라 '연대의 쾌락'을 함께 만들어 가려면 어떻게 해야 할까?(125~126쪽)

스피노자는 『에티카』에서 정동-affectus/affect의 세 가지 구성요소로서 욕망, 기쁨, 슬픔을 이야기했고, 이로부터 다른 여러 정동이 파생된다고 보았다. 이때 기쁨의 정동이나 슬픔의 정동이 지향적 감정, 정서sentiment, 고착된 정서 상태와는 무관함을 기억해두자. 그는, 정신이 "더 작은 완전성에서 더 큰 완전성으로 이행"하는 것, 즉 힘을 증대시키는 정동을 '기쁨의 정동'이라고 했다. 또한 정신이 "더 큰 완전성에서 더 작은 완전성으로 이행"하는 것, 즉 힘을 감소시키는 정동을 '슬픔의 정동'이라고 했다. 이런 이유에서 이후 들뢰즈는 '정동'을 '힘의 증대와 감소' 어떤 상태로의 '이행'과 관련된다고 규정했다. 그리고 이런 힘의 증대의 문제라는 점에서 사물과 사람 혹은 사람과 사람 등의 '관계'가 중요해질 수밖에 없다.[7] 이 책이 궁극적으로 어떤 '관계' 만들기의 문제에 주력하고 있는 것도 이런 '정동'에의 문제의식과 무관치 않은 것이다. 또한 이 '만들기의 현장'을 둘러싼 기쁨의 생생함이 독자에게 전이되는 것도 이 정동의 문제와 관련된다.

슬픔의 정동과 기쁨의 정동에 대해 좀 더 이야기해본다. 이 두 정동은 상반된 벡터를 갖는다. 하지만 단순히, 슬픔은 배척되어야 할 것이고 기쁨은 상찬되어야 할 것이라는 식으로 이해되어서는 곤란하다. 가령 슬픔의 정동 계열에 있는 '분노'

---

7. 질 들뢰즈 외, 『비물질노동과 다중』 / 질 들뢰즈, 『스피노자와 표현의 문제』, 이진경·권순모 옮김, 인간사랑, 2003 / 멜리사 그레그·그레고리 시그워스 외, 『정동 이론』.

에 대해 생각해보자. "분노란 타인에게 해악을 끼친 어떤 사람에 대한 미움이다."[8]라고 스피노자는 말했다. 스피노자에 의하면 이 분노는 '힘의 감소'와 관련되는 것이다. 하지만 여기에서 "타인에게 해악을 끼친"이라는 구절에 주의를 기울인다면, 이 마이너스 차원의 분노 역시 공감, 연대의 중요한 정서적 자원임을 알 수 있다. 현재 한국사회에서의 여러 사안들을 둘러싼 공감과 연대의 출발이 이런 정동의 지점임은 더 설명할 것도 없으리라.

하지만 인용에서처럼 슬픔과 분노로 '점철된' 마을은 위험할 때가 있다. 저자는 그것을 "'최고의 악'을 설정함과 동시에, '최고의 슬픔'을 그 마을의 것으로 소유하려고 하게 되기 쉽기 때문"이라고 했다. 그리고 이어 "그렇게 되면 연대해야 할 다른 마을과 누가 더 무거운 슬픔을 가지고 있는지 슬픔의 무게를 재거나 각각의 이익을 놓고 경쟁하면서, 자신들의 고통받았던 권력을 다시 한번 더 처참하게 반복할 수도 있기 때문"이라고 덧붙인다. 마이너스적 힘인 슬픔과 분노의 상태 자체가 궁극의 목적이 되면 필연적으로 한계에 부딪친다. 부정성을 통해 친해진(합성된) 관계는 그것이 극복(해소)된 이후의 새로운 단계로 전환되지 않으면 안 된다. '더 큰 완전성'으로 이행시키는 힘이 아니라면, 그 관계와 존재는 작아지고 결국 소멸한다. 그렇기 때문에 정서가 어떻게 어디로 이행해 가는지 주목하는

---

8. B. 스피노자, 『에티카』, 194쪽 및 「3부 정서의 기원과 본성에 대하여」 참조.

것이 실은 더 중요한 것이다.[9]

강조하지만 이때의 '슬픔'과 '기쁨'은 고정된 특정 정서 상태가 아니다. 이것은 힘, 에너지의 증대/감소와 관련된다. '슬픔은 나쁘고 기쁨은 좋다'라는 말을 둘러싼 오해를 유의해야 한다. 슬픔의 정동과 기쁨의 정동은 그것이 우리를 더 나은 좋은 것으로 이행, 변화시켜갈지, 그 반대 방향으로 이행, 변화시켜갈지의 힘의 문제와 관련되기 때문이다. 즉, 슬픔과 우울과 분노는 우리를 만나게 하는 중요한 정서적 자원이지만, 그 자체가 고착화하지 않도록, 다른 상태로 이행시키는 힘으로 작용하지 않으면 안 된다.

그러므로 이 책이 지금 환기해낸 '기쁨의 정동'은 우리를 계속 살아가게끔 하고 다른 더 나은 무엇으로 이행하게 하는 힘, 플러스적 에너지이다. 이 같은 기쁨의 정동은 분명 이 책과 저자의 마을 만들기의 방법론이라 할 수 있다. 그리고 나아가 이것은, 지금 활자를 통해 이 현장의 기록과 마주치는 나의 고양감, 달리 말해 이 글들로 인해 정동·정서적으로 환기되는 독자의 미적 체험을 설명해 주는 개념이기도 하다. 그 의미에서라면 이 책 속의 활력은 곧 정동 자체로 설명할 수 있다. 또한 독자들이 체험할 정서적·지적 고양감, 혹은 미적 체험 역시 기쁨의 정동으로 설명할 수 있을 것이다.

---

9. 시대의 조건과 정서들의 이행 문제는 「3·11 이후, 드러나는 우리'들' 차이'들' — 불안은 새로운 분노가 되어 가고 있다」라는 글에서도 단적으로 엿볼 수 있다.

즉 독자의 손, 눈 등의 신체는, 책이라는 물질성과 활자活字 너머의 신체들과 접촉한다. 그리고 그 활력과 마주친 독자의 신체는 다시 제3, 제4의 또 다른 활력으로 이행한다. 정서는 어떤 상태에 고착되어 있지 않다. 고착된 것은 그 정서의 '관념' 뿐이다. 정서는 늘 유동하고 이행하고 있다. 이 기쁨의 정동은 위의 인용들에서 저자가 말한 "연대의 쾌락"과 연결될 뿐 아니라, 실제로 글을 쓰고 읽는 저자와 독자의 눈, 손, 감각, 감정 등 신체들의 관계 속에서 작용하는 힘인 것이다. "앎은 항상 기쁨의 정동을 동반한다."[10]라는 말도 이러한 독자-활자-저자-세계(현장) 사이의 관계 속에서 다시 음미해볼 말이다.

3. 아쌍블라주의 조건 : 상상력과 공감을 다시 생각한다.

한편 이 책의 글은 '일본의 탈원전데모-1926년 조선의 6·10 만세운동 — 1987년 한국의 6월 — 김시종 — 우카지 시즈에'(「나의 '애착'이 너의 '애착'과 만날 수 있을까?」), 혹은 '미국의 인종주의 — 한국의 세월호 — 재일조선인 — 퍼거슨의 할머니 — 광화문의 할머니'(「'~이후 시간'들의 아카이브」)와 같은 방식으로 연결되어 있다. 일견, 이 하이픈으로 연결된 존재, 시간, 사건들은 직접적인 인과를 찾기 어렵다. 이런 연결은 목적서사로서의 글쓰기에 익숙한 독자의 입장에서는 소실점 없는

---

10. 정남영, 「이시영의 시와 활력의 정치학」, 『창작과비평』, 2009년 겨울호.

구성으로 여겨질지도 모르겠다. 하지만 각 글들 속에서 이들은 모두 자연스럽게 네트워킹되어 있다. 사건과 공간과 시간과 존재와 기록자의 네트워크는 일종의 아쌍블라주^{assemblage}를 이루고 있다. 이것이 어떻게 가능한 것일까.

이것은 '상상력'을 방법화하는 것과 관련이 깊다. 상상력은 협소한 문학, 예술의 범주에만 놓이지 않는다. 상상력이란 나의 감각적 경험의 한계를 극복케 하는 힘이다. 이곳에서 저곳을, 저곳에서 이곳을 연결 지을 수 있게 하는 힘이다. 또한 현재의 시간과 과거 및 미래의 시간을 동시적으로 사유할 수 있게 하는 힘이다.

우리는 시공간적, 감각적, 경험적 제약 앞에서 과감하지 못하다. 파천황적 상상력만 상상력이라고 오해할 때가 많다. 하지만 상상력은 나와 타자의 간극을 조정하고 나의 존재적 한계를 극복하게 하는 매개다. 현실과 무관한 것이 아니라, 내가 발 딛고 있는 땅 밑의 보이지 않는 수맥과 생명들과 화석들을 굴착하는 집요함이기도 하다.

이 책이 '공감'을 연대, 마을 만들기의 방법처럼 제시한 것도 이 상상력과 관련이 깊다. 발밑의 조건이 다르기 때문에 각자 우리에겐 상상력이 필요하다. 상상력은 이곳과 저곳을 연결하고, 나와 너를 연결하는 매개이자 공감을 위한 직접적 방법인 것이다.

구체적으로 그 상상력과 공감의 사례와 힘들은 이런 식으로 증언되고 있다. 2013년 12월 일본 특정비밀보호법이 강행

통과된 것에 항의하는 A씨가 법정에서 신고 있던 구두를 던진 일로 구속된다. 그 후, 수많은 A씨들이 '나는 A다'라고 자청하며 항의를 한다.(「'우리'들의 비밀을 되찾는 주문, 'A씨가 나다'」) 프랑스의 집회 현장에는 '내가 샤를리다'라는 플래카드가 나부끼고, 미국 블랙운동에서도 '나는 ~다'라는 구호가 외쳐진다.(「무엇이 '블랙'인가」) 이런 사례들 속에서 이 책의 저자가 본 것은 '나'와 '타자'라는 근대적 개인주체와 그 이분법을 넘어서 만들어내는, 차이나면서 공통적인 주체들의 네트워크의 힘이다. 부당하게 처벌받는 이들과 그들을 처벌하는 시스템에 우리 모두가 무관치 않다는 것, 우리 모두 서로가 서로에게 그리고 시스템 안에서 연루되어 있다는 것. 이 자각과 상상력과 공감 없이는 저자가 말하는 연대도 코뮌도 불가능한 것이다.

이쯤에서 공감을 다시 생각해 본다. 공감은, 근대의 더 나뉠 것 없는 개인individual의 발견과 함께 탐구되고 체계화된 태도이다. 기본적으로 '나→타자→나'로의 순환과 같이 '개인'을 토대로 한 자기동일화의 메커니즘에서 출발하는 태도이다. 하지만 지금 이 장면들을 통해 생각하게 된 공감은, 특이성의 존재들끼리 접속하고 서로 겹치고 분리되는 마주침, 그리고 제3, 제4의 무언가를 '만들어내는' 네트워크의 다른 표현이다. 이때의 공감은 소위 선한 이들의 선한 의지 이전의 것이다. 이 책의 어떤 구절들을 잠시 인용하자면 "공감이란 이곳에서 그곳으로 달려가게 하는 힘", "고통스러운 시공간을 다른 시공간으로 변화시킬 힘", "이곳에서 그곳으로 달려가 이곳과 그곳이 함께 변화해야"(222쪽) 하는 힘이다. 여기에서 오늘날 공감이 재활성화되어야 할 다른 이유와 가능성을 생각하게 된다. 이제 공감은 일종의 '행위능력'이어야 하는 것이다.

근대적 공감은 종종 근대의 목적서사를 위해 활용되곤 했다. 하지만 지금 우리에게 필요한 공감은 그러한 큰 이야기, 공동체의 도덕, 목적서사로만 회수되지 않도록, 계속 작은 이야기들을 분할하고 만들어내는 방법이어야 할 것이다. 그렇기에 이 공감은 보이지 않는 듯 여겨지거나 종종 오해된 마이너리티를 계속 주목, 발견하는 시선과 관련된다. 잠시 다음 사례를 통해 이 점을 확인해 본다. 한국에서도 잘 알려진 일본의 '아마추어의 반란'素人の亂에 대한 한 구절이다.

'아마추어의 반란'은 가난뱅이들의 유쾌한 유혹이다. 그런데도 나는 살짝 불만을 감지한다. 이 실용서를 따라 하려면 조롱할 수 있는 강인한 심장과 재기발랄한 눈치도 필요하다. 그렇다면 마음약한 감정의 루저들, 곰탱이들은 어쩌나? 그 순간 나는 이 불만 속에 있는 중산층들이 가지고 있는 감성에 대해서 생각한다. 중산층은 점차 얇아지고 있다. 반면 중산층적 감성은 뿌리 깊다. 만약 이 마을이 정말 혁명이 될 수 있다면, 이 실용서가 이런 내밀한 감성들과 마주할 때일 것이다. 그런 감성들을 반성하는 것이 아니라, 그 속에 있는 욕망 중 혁명적으로 변환시킬 수 있는 게 무엇이 있을까 생각한다. 감정의 훈육이 아니라 감정의 변환이 절실하다. / 또한 나는 그들의 유머에서 조금 더 찐한 페이소스를 원하는 것일지도 모르겠다. 가난한 것과 부자의 경계선은 훨씬 더 다양한 결들에서 발생한다. 예를 들어 이 책의 노숙법이나 공짜로 차를 타는 법 등은 여성에게 무리처럼 느껴지기도 한 것이다.(77~78쪽)

'아마추어의 반란' 그룹과 그들의 새로운 데모 감수성에 대해서라면 구좌파/신좌파 식의 접근도 가능할 것이고, 일본좌파/만국좌파 식의 접근도 가능할 것이다. 하지만 『마이너리티 코뮌』 안에서는 이런 개념적 단순화가 구체적으로 다시 분석되고 질문된다. 소수자 안의 내부 소수자는 늘 분할·발견되어야 하고, 공감은 통합이 아니라 분할의 시선에 깊이 관여해야 할 것이다. 그리하여 이 인용에서 읽게 되는 것 역시, 근대적 감정 훈육·교육이 아니라 감정의 발견·발명이다. 또한 오늘날 한국에서 종종 오해되듯, 소수자는 단순히 수※나 정체성의 문제가 아니다. '소수자'란, 무엇이 주류적 기준이 되어 누가 배제되고 소외되는지, 그리하여 어떻게 소수자가 만들어지는지를 환기시키는 말이다. 나아가 이 책에서는, 소수자되기를 통해 그들을 소수자로 만든 세계에 균열을 내는 존재로서 소수자가 묘사되고 있는 것도 기억해두어야 한다.

이 책의 저자는 "3·11 이후 일본에서도 다양한 운동들이 확산되고 연결되어 갔지만 동시에 갈등도 커졌다. 일본 내부의 다층적인 타자화, 여성과 아이가 보호 대상이 되는 것에 대한 장애인과 페미니스트들의 문제제기 등이 그것이다. 이러한 갈등들은 분열을 불러왔지만 생산적이었다. 따라서 나는 '공통적인 것'commons을 재구성할 것인가 하는 문제만큼이나, '공통적인 것' 속의 특수성을 표현하는 것도 중요하다고 느낀다."(474쪽)라고도 했다. 즉, 근대적 공감은 큰 이야기를 상상하고, 큰 공동체를 구축하기 위해 소용되곤 했다. 하지만 이제 공감은, 작은 이야기, 어떤 공동체 안에 늘 존재하고 있을 마이너리티를 보이도록 하기 위한 방법이어야 한다.[11]

어느 공동체에나 존재하고 있되 좀처럼 보이지 않는 마이너리티는 계속 발견되어야 하고, 그들은 스스로의 목소리의 권리를 계속 주장할 수 있어야 한다. 식민지 안의 내부 식민지가 계속 윤리적 문제를 제기하듯 소외나 갈등, 소수자 안의 소수자의 존재 역시 보이지 않아도 보려고 해야 하고 보이도록 해야 한다. 사실 이런 식의 분할은 아마도 끝이 없을 것이다. 하지만 그 안의 적대와 갈등을 당장의 필요나 대의에 따라 없는 것처럼, 보이지 않는 것처럼 만들고자 하는 나·우리 안의

---

11. 『마이너리티 코뮌』 안의 무수한 마이너리티의 형상, 그들을 발견하는 시선과 장면을 읽으며, 최진석의 「새로운 감성교육과 공감의 공동체 — 탈근대적 일상의 구성에 관한 시론」(『다른 삶은 가능한가: 마르크스주의와 일상의 혁명』, 맑스코뮤날레 집행위원회 엮음, 한울아카데미, 2015)을 떠올리지 않을 수 없었다. 최진석은 '크지 않은 것', '작아지고 있는 것'에 대한 공감을 오늘날 요청되는 윤리라고 보면서 '새로운 감성교육'의 필요성을 이야기한다. 그가 말한 '새로운 감성교육', '공감의 공동체'라는 표현에서 느껴지는 이전 시대 말의 흔적에 대해서는 주제를 달리해서 더 생각해보고 싶은 것이 있지만, '크지 않은', '작아지고 있는 것'에의 공감이 새로운 공감의 원리가 되어야 한다는 그의 사유에는 나 역시 깊이 동의하는 바이다.

관성에도 끊임없이 저항해야 한다.

정리해본다. 지금 이 기록들이 보여주는 공감의 사례는 주로 현장과 현장을 매개하는 상상력에 의해 제시된다. 상상력은 단지 지적 유희와 쾌를 위해서만 도모되어야 할 것이 아니다. 또한, 현장의 실감이 상상력과 만나고 그것이 다시 공감의 힘으로 이어지는 과정은, 이제까지의 창작물에서 요구되어온 그 상상력이나 근대의 큰 이야기를 구축하는 데 기대되어온 공감을 넘어선다. 창작만을 위한 상상력은 종종, 문학을 단지 취향의 공동체들로 협소화하기 쉬웠다. 하지만 현장의 실감들을 매개하는 상상력은, 문학이 개인적 취향을 넘어선 공통의 무엇과 관련된다는 점을 강하게 환기시킨다. 당연한 말이지만, 책과 강의실과 인터넷과 골방에서의 상상력이 다르고, 거리의 흙먼지 속에서의 상상력이 다르다. 이것이 '글쓰기란 무엇인가'라는 원론적인 문제에 시사하는 바는 적지 않다고 생각한다.

4. 현장성과 저자author, 누구의 신체인가

한편 이 기록들은 기록자의 '신체'를 따라 이동한다. 이 신체는 일차적으로는 피와 살을 가진 저자 개인의 신체이다. 동시에 이 책의 '신체·신체성'은 기록자, 저자라는 개체로서의 신체를 넘어서는 어떤 힘들의 장場이라 할 만하다.

근대적 개인 저자의 신체는 애초부터 자명하게 결정되어 있는 글쓰기의 주체였다. 이 책 역시 '신지영'이라는 고유명으로서의 개인이 보고 듣고 쓴 신체 작용의 산물이기도 하다. 하지만, 그와 동시에 여기에는 무수한 고유명과 익명들의 신체가 서로 마주치고 있다.

이런 '신체·신체성'은, 이 글들이 주로 '거리'·'집회'의 기록이라는 점, 즉 그 글들의 일종의 현장성과 깊이 관련될 것이다. '거리'·'집회'란 어떤 장인가. 그것이 정치적 쟁투의 장임은 말할 것도 없다. 동시에 이 장은 정치적 감정으로서의 사랑[12]의 장이기도 하다. 모인 이들이 서로 공통적으로 무언가를 공유하거나 어떤 힘을 가질 수 있고, 서로 무엇을 할 수 있을지 인식하는 장인 것이다. 이런 집단적 주체(성)의 형성과 존재방식에 대해서라면 다른 지면이 필요하겠지만 일단 그것은 잠시 접어두자. 말하자면 이 책은 거리, 집회 현장의 무수한 사람, 사물, 사건들과 신지영이라는 저자의 신체가 만나고 호흡하는 기록이다. 저자인 신지영 스스로도 이 책의 글들에 대해 "누군가가 소유(점유)할 수 있는 이야기가 아니"(27쪽)라고 했다.

인류를 동(動)하게 한 많은 글과 사유들은 지극히 당연한 양, 한 개인의 내면과 그 사유로부터 오롯이 길어져 나온 것이라고 우리는 오랫동안 여겨왔다. 물론 엄밀히 말하자면 '오롯이'라는 말을 붙일 수 없다는 사실을 알고 있음에도 말이다. 글이란 언제나 개인 단위의 저자가 자신의 사유를 펼친 것으로 통용되어왔고, 그 앞에서 '집단지성'과 같은 말은 종종 적확

---

12. 안토니오 네그리·마이클 하트, 『공통체』.

한 사례를 갖지 못하는 추상적, 수사적인 말이기도 했다.

지금 나는 '개인'·'개인 주체의 시선'을 폄하하거나 부정하려는 것이 아니다. 그것은 근대가 발견하고 발명해낸 핵심적인 표현의 매개이자 기제였다. 하지만 종종 사유물로서의 글쓰기라는 관습 자체가 식자들 사이에서는 독점적 소유의 대상으로, 인정투쟁의 도구로 경쟁되기도 했던, 혹은 극단적으로는 권력의 도구로도 유용했던 측면을 부정할 수 없다. 그리고 지금 이 점이 언뜻 극복되는 장면을 지금 『마이너리티 코뮌』에서 볼 수 있다는 점을 강조하고 싶은 것이다. 즉 집회 현장, 거리, 공원 같은 공유지와 활력이 이 글들 속에 신지영이라는 저자의 시선으로 재현되고 있지만, 읽다 보면 이것이 '개인'이라는 근대적 글쓰기의 단위로만 환원되는 것이 아님을 알게 된다. 특히 이 기록된 장소들이 예외 없이 공유지이고, 여기에 모인 사람들은 공유지, 공공재의 권리에 대한 요구와 관련되어 있다는 점도 저자의 신체성을 묻는 질문과 무관치 않을 것 같다.

그렇다면 지금까지 기술한 이 특징을 다성성多聲性과 같은 말로 명명하는 것으로 그쳐도 될까. 이 책을 익명의 목소리, 다수의 목소리를 재현하는 책 정도로 이야기해도 될까. 그러나 표면상, 체제상으로는 명백히 '분할불가능한 개인'individual의 신체를 따라 이동하는 이야기가 아닌가. 내러티브란 언제나 하나의 주체와 그의 시선을 통해서 가능한 것이다. 그렇기에 근대적 글쓰기 주체는 소유권을 주장할 수 있는 개인이기도 했다. 그런데 이 책에는 스스로의 소유권을 주장할 수 있는 개인 저자신지영이 있는 동시에 거리와 집회의 장에서 접합, 연결되어 있는 부분 주체part-subject 혹은 분인dividual 신지영이 있다. 역으로 대상세계 역시 마찬가지 방식으로 신지영에게 접합해 있다.

이 메커니즘은 이 책을 읽는 독자와의 사이에서도 동형적으로 반복된다. 마수미는 주·객체의 위치가 계속 바뀌고 운동 과정의 순수한 관계가 나타나는 공간에 대해 '사건–공간'event-space 13이라 명명한 바 있다. 어떤 관점에서 보자면 주·객체, 수신·발신자, 이성·신체 등이 뚜렷이 구별되는 세계는 점점 더 확증하기 어려워지고 있다. 내레이션에는 기술적으로 특정 '시선'이 필요하지만, 그 시선이 결코 진공상태의 개인주체의 것이 아니라는 사실도 더 이상 추상적이지 않다. 앞서 정동을 토대로 현장, 신체의 마주침을 이야기했는데, 그것이 본질적으로 특정한 주체(개인이든 집단이든)에 속한 것이 아니라 어떤 '관계'에 속한다는 것도 기억해야 한다.

『마이너리티 코뮌』의 저자가 누구/무엇인지를 질문하는 것은 중요하다. 근대적 글쓰기, 근대적 문학의 중요한 발견이자 기본 단위였던 '개인'이 1990년대 이후 한국문학에서 진지하게 질문된 바 없었다는 점을 생각해 보자. 또한 오늘날 개인

---

13. 마수미, 『가상계』. 마수미가 닿아있는 들뢰즈, 가따리 철학에서도 중요한 개념인 사건(event)은 단순히 '일어난 일'로서의 사건을 의미하지 않는다. 이 것은 근대물리학을 극복한 시간 개념의 새로운 전환(내적 시간[internal time])에 상응하고, 벤야민이 「역사철학테제」에서 '동질적인, 빈 시간'을 비판하며 내세운 '현현 시간'(Jetztzeit, the now-time)에 상응한다. 시간의 연속성을 파열시키면서 고유의 시간(현현 시간)을 창출하는 것이 '사건'이다.

주체를 넘어선 문학의 존재들을 주목하고, 오랫동안 잊어온 것에 대한 문제의식이 제출되는 상황도 떠올려 보자.[14] 문학의 자명한 주체로 사유되어온 '개인' 저자는 이제 이론적으로도, 현상적으로도 검토될 계기와 이유를 충분히 얻고 있다. 문학에서 사고와 감정과 감각을 개체, 개인의 것으로 여겨온 관성을 잠시 중지해보자. 그렇다면 문학은 '역사적 산물'이라고만 단정할 수 없는, 세상 모든 관계들의 다양한 표현 가능성을 함의하며 늘 있어온 어떤 것임도 부정할 수 없게 된다.

5. '문학의 유언비어화', 혹은 다른 미적 체험의 회로

문학의 다양한 실험과 탈장르 현상이 확대되고 있던 1984년 시인 김정환과 소설가 이인성은 한 문예지에서 1980년대 문학운동[15]을 둘러싸고 대담을 나눈다. 단적으로 "문학만의 다른 영역이 있다는 생각에 빠져서도 안"되고, "유언비어의 문학화가 아니라, 문학의 유언비어화가 필요하다."는 요지의 문학관(김정환)과, "문학은 행동을 유발시켜 줄 수는 있지만 행동 자체는 아니다. 문학은 정서를 통해 스며드는 것이고 독자와의 사고의 충돌을 통해 변화를 일으켜주는 것이다."라는 요

---

14. 고영직, 「문학장 바깥에서 이우(異又)를 만나다」 / 오창은, 「한국문학의 전환과 약소자 문학운동의 가능성」, 이하, 『작가들』, 2016년 봄호.
15. 김정환·이인성 대담, 「80년대 문학운동의 맥락 ─ 문학의 시대적 대응양상을 중심으로」, 『문예중앙』, 1984년 가을호.

지의 문학관(이인성)이 대화하는 대담이다. 즉, 이 자리는 김정환과 이인성이 당시 민중문학과 실험적 모더니즘문학의 대표성을 띠고 만난 자리였다.

그런데 대화 중 재미있는 장면이 있다. 당시 이인성 등의 소설실험을 못마땅해하던 김정환은 "왜 독자가 '충격'을 받기 위해 시형식이나 소설형식 따위를 알아야 하는가 바빠 죽겠는데."라는 뼈있는 농담(?)을 한다. 그리고 이에 대해 이인성은 "모든 문학은, 느끼고 생각할 준비가 되어있는 독자에게만 그 기능을 발휘한다는 엄연한 한계를 갖는다."라는 미적 체험 일반의 원리로 응수한다.

오늘의 시점에서 이 대화를 다시 생각해본다. 모든 미적 체험에는 그것을 미적이라고 체험하게끔 하는 회로가 존재한다. 근대 이후의 문학이 스스로를 어떤 자율성의 장으로 정립, 구축할 수 있었던 것도 그 문학적 회로를 통해 지지받았기 때문이다. 그렇기에 이인성의 말처럼 "모든 문학은, 느끼고 생각할 준비가 되어있는 독자에게만 그 기능을 발휘"하는 것이 맞다. 문학 독자는 어떤 회로, 감동의 도식 속에서 문학과 더 잘 만날 수 있고, 문학 역시 그 기능을 더 잘 발휘하기 마련이다.

하지만 우리는, 자율성과 특별함을 전제로 스스로의 존립을 지지받던 근대 문학의 호시절을 이미 지나와 버렸다. 문학 자율성 시대의 흔적이었던 문학의 관습들은 점점 주변 조건들과 습합하거나 목하 변화, 이행 중이다. 문학의 특별함은 문학이 삶, 세계에 어떤 충격, 영향력을 줄 수 있다는 점에서 출발한다. 하지만 그 충격과 영향력의 행사가 가능한 조건은 분명 이전과 달라졌다. 지금 필요한 것은, 그 조건을 탐색하고 반영하는 다른 미학이다. 이 다른 미학은 반드시 새로움과 관련되지 않는다. 규범적인 공정과정을 거치기 이전의 실재의 역동성이란 과연 어떤 것이었을지 우선 떠올려보자.

한국문학은 기존의 감동과 미적 체험의 도식, 회로 안에서만 안주해서는 안 된다. 문학은 늘 그 스스로 '시대와 감수성'과의 관계를 재설정해야 하고, 그렇기에 미적 체험이란 것이 애초에 어디에서 출발하는지부터 다시 물어야 한다. 이것이, 오늘날 장르피라미드를 넘어서 문학이 재사유되어야 할 이유이다.

마지막으로 강조하고 싶은 것은, 이러한 논의가 현재 한국문학장의 위기를 돌파해야 한다는 식의 목적의식과 우선은 별개여야 한다는 점이다. 너무 당연해서 잊곤 하지만, 문학 혹은 글쓰기는 결코 삶을 넘어서지 않고, 그리고 삶은 늘 시대 속에서 움직이고 유동하고 있는 더없이 구체적인 것이다. 너무 당연해서 종종 잊힌 그 점이 이 글의 출발점이었다.

3부

문학장의 회로와 잠재성들 :
문학을 만드는 장소,
문학이 만드는 장소

'한국-루이제 린저'와
여성교양소설의 불/가능성

1960~1970년대 문예공론장과 '교양'의 젠더

1. 1975년, 루이제 린저 방한訪韓

1975년 10월 5일 일요일, 문학사상사의 초청을 받은 루이제 린저가 방한한다. 파리발 KAL KE902기 탑승 때부터 스타 대접을 받은 그녀는 예정시간보다 2시간 늦은 오후 6시 30분에 김포에 도착한다. 도착하자마자 이어령, 유주현, 김남조, 이영희, 전숙희 등 문인들의 환영을 받았고 곧바로 공항 귀빈실에서 기자회견을 갖는다. 체류하는 동안 독일대사관, 문화원, 주요 대학, 크리스천아카데미를 방문했고, 전국 다섯 도시에서 강연회를 열었으며, KBS TV인터뷰, 문인 리셉션 참가, 한국 전통문화 체험을 비롯하여 경주, 판문점, 수도원, 한센병 환자촌 등 전국 각지 방문 일정을 소화했고, 비공식 개인 일정을 제외한 전체 일정에는 이어령 부부가 동행한 듯 보인다.[1]

---

1. 『문학사상』에서는 1975년 10월호부터 12월호까지 루이제 린저에 관한 특집과 글을 비중 있게 다룬다. 10월호에는 '한국방문을 앞둔 린저의 메시지'로서 「한국의 '니나'에게 들려주는 나의 이야기」가 실리고, 그의 방한 수락서가 원본 그대로 소개된다. 또한 11월호에서는 '본사 제2회 해외작가 초청 루이제 린저의 문학과 사상' 특집이 대대적으로 실린다. 한편 구체적 방한

그녀의 방한은 문학사상사 해외작가 초청 두 번째 기획의 일환이었다. 전년도인 1974년에는 첫 초청자로 「25시」의 작가 게오르규가, 그리고 1977년에는 당시 파리에서 활동 중이던 이오네스코가 방한한다. 해외 교류가 드문 시절이었음을 감안하더라도, 이들 두 작가의 방한 풍경 기록들과 비교할 때 린저의 경우는 문화국빈 방문을 연상시키는 규모의 환영과 호응이 기록되어 있다.

그녀의 방한 일정에서 큰 비중을 차지했던 전국 순회강연의 풍경 역시 월드스타의 방한을 방불케 했다.[2] 『문학사상』 편집부의 기록에 따르면 이화여대 강연의 경우 강연 시작 2시간 전부터 관중이 몰려들었고 4천 명 정원을 일찌감치 초과했는데도 강당 바깥에서 장사진을 이루었으며, 강연 후에는 사인 인파가 몰려들어 큰 혼란을 빚었다. 이러한 열광은 지방 강연에서도 마찬가지였다. 대전 강연에서는 1,500명 수용 공간에 3천 명이 몰려들어 북새통을 이루었고, 대구 강연

일정과 내용은 12월호에 일지 형식으로 자세히 기록되어 있다. 1장은 이러한 서지사항을 참조, 요약적으로 재구성했다.

하지만 유의할 것은 루이제 린저를 초청한 『문학사상』 및 관련 주체들의 발화와, 실제 루이제 린저 측의 사후기록과의 불일치이다. 문면에는 드러나지 않지만 『문학사상』의 기록들이 당시 정치적·이념적 분위기에서 자유롭지 않았음을 감안하여 읽어야 한다. 린저와 『문학사상』 측 사정의 어긋남에 대해서는 이 글의 마지막 부분에서 간단히 언급했다.

2. 세 가지 주제로 다섯 차례에 걸쳐 이루어졌는데 강연주제는 다음과 같다. '나는 아직도 생의 한가운데를 살고 있는가?'(서울), '남성과 여성의 두 얼굴'(부산, 대전), '현대문명과 휴머니즘'(광주, 대구).

에서는 연단에까지 학생들이 몰려들어 주최 측 관계자들이 뿔뿔이 흩어지는 곤욕을 치렀다. 문학사상사와 린저 측에서는 이런 상황들을 "도주" 혹은 "Exodus"라고 농담 삼아 묘사하기도 했다.

한편 방한 당시 신문들은 "현대 해외 여류소설가로 루이제 린저만큼 한국인의 사랑을 독차지한 작가는 일찍이 없었다. 누구의 소설보다도 그녀의 글은 특히 여성들의 가슴 깊이 파고들어 위로하고 속살거리며 한편 '생의 한가운데'에 용기를 갖고 뛰어들게 했다"라고 하거나, "그의 작품이 우리나라에서 많이 읽히는 이유는 소설의 주인공들이 기항지에 머무르지 않고 돛도 부서졌지만 어디론가 가고 있는 배, 즉 끝없이 무엇인가를 추구하는 자세이기 때문"이라고 소개했다.[3] 여기에서 구사된 '생', '용기', '머무르지 않고', '추구하는 자세'와 같은 말들이 환기하는 문학의 범주를 우선 기억해두자. 당시 루이제 린저는 헤르만 헤세나 토마스 만 등으로부터 '인정받은' 작가로 소개되곤 했다. 그럼에도 그녀의 소설이 '교양소설'Bildungsroman과 같은 아카데미즘의 언어를 통해 일컬어진 적은 없었지만 말이다.

---

3. 「독일의 저명 여류작가 루이제 린저 여사 회견」, 『매일경제신문』, 1975년 10월 8일 ; 「내한한 독일의 인기 여류작가 루이제 린저 여사」, 『동아일보』, 1975년 10월 6일. 특히 후자의 평가에서 "배"의 비유와 "끝없이 무엇인가를 추구하는 자세" 같은 구절은 『문학사상』 1973년 3월호에 실린 루이제 린저의 편지에 대한 편집자의 소개글을 참고한 것으로 보인다.

2. 기이한 '한국-독일문학', 그리고 '수상한' 말들

루이제 린저의 방한 다음 날, 독문학자 박환덕은 「독일문학의 최근 동향 — 산문을 중심하여」[4]를 발표한다. 이 글에서 그는 전후戰後 독일문학을 세 그룹으로 일별하며, 47그룹의 쇠퇴 후에 통일된 문학경향 없이 다양한 문학적 시도가 있었지만 1970년대 이후 상황은 무관심에 가까운 안정을 보이고 있다고 정리한다. 루이제 린저의 방한이 고려된 기고였음은 분명하지만, 여기에는 그녀의 이름은 등장하지 않는다. 루이제 린저의 번역·소개와 그녀의 방한에 박환덕을 비롯하여 한국 독문학계의 중요한 이름들이 총동원된 것을 감안할 때, 그녀의 위치와 의미가 다소 의아하다.

한편 박환덕은 루이제 린저가 빠진 전후 독일문학사를 소개한 한 달 후, 또 다른 지면에 루이제 린저에 대한 글을 발표한다. 그는 같은 해 5월, 루이제 린저 번역자의 한 명이자 독문학자인 정규화의 소개로 로마 교외에서 루이제 린저를 만나 인터뷰를 했다. 그리고 이것을 한 여성지 11월호에 글로 발표한 것이다.[5]

---

4. 박환덕, 「독일문학의 최근 동향 — 산문을 중심하여」, 『대학신문』, 1975년 10월 6일.
5. 박환덕은 인터뷰 당시, 1974년 독일에서 발간된 린저의 「검은 당나귀」를 한국어로 번역하던 중이었다. 박환덕, 「독일문학의 중견여류 루이제 린저의 인간과 문학」, 『주부생활』, 학원사, 1975년 11월호 참조.

그는 루이제 린저에게 소설의 주인공을 작가 자신으로 보아도 되느냐는 질문을 했고, 여기에 대해 린저는 딱 잘라 한마디로 아니라고 대답했다. 사실 이 문답은 지금 관점에서 볼 때 쉽게 납득하기 어렵다. 유수의 문학연구자가 작가와 주인공을 일치시켜 이해했을 리 없고, 픽션이나 문학적 형상화의 개념들을 모를 리도 없다. 하지만 박환덕이 이 문답을 굳이 글에서 강조하여 노출한 것은, 한국 여성지 독자들에게 전달·해명할 무언가가 있었음을 암시한다. 루이제 린저의 또 다른 번역자 차경아의 글[6]에서는, 당시 독자들이 작가 루이제 린저와 작중인물 '니나'를 동일시하며 독해한 정황이 엿보인다. 독자들에게 니나는 곧 루이제 린저였고, 이 소설을 처음 한국에 소개한 전혜린의 자살이 이러한 '주인공=작가' 오인·신화를 강화시켰다는 것이다. 또 다른 루이제 린저 번역자이자 독문학자인 홍경호가 1977년에 발표한 글[7]에는 좀 더 복잡한 사정이 엿보인다.

특히 이 작가는 우리나라 청소년층에도 상당한 독자를 갖고 있어서 젊은 세대의 독서 지도를 위해서도 이러한 시도는 시

---

6. 차경아, 「루이제 린저의 세계 — 방한의 의미」, 『심상』, 1975년 10월.

7. 홍경호, 「Luise Rinser als 〈die Katholische Schriftstellerin〉」, 『연구논문집』, 1976. 이 글은 축약되어 1977년 9월호 『한국문학』에 「인간구원의 문학 — 〈생의 한가운데〉의 루이제 린저」로 게재되었고, 이후 단행본 『독일문학의 전통』(범우사, 1987)에서는 「적극적인 삶의 개척자 — 루이제 린저」로 제목을 바꾸고 본문내용도 소폭 수정하여 재수록된다.

급하다고 보겠다. 현재 ① 유럽 독서계를 휩쓸고 있는 일련의 좌경작가들의 돌풍으로 ② 전전세대의 작가군이 계속 대중의 관심 밖으로 사라져 가고 있는 사실을 감안할 때, 이는 더욱 절실하다고 하겠다. 헤르만 헤세나 토마스 만 같은 거인들이 위미 타계해버렸고 Heinrich Böll도 벌써 노쇠기에 접어들어 창작활동보다는 대사회적인 활동에 주력을 하고 있는 실정이므로 본 작가에 대한 연구는 ③ 전전세대를 재정리하고 그들의 공과를 재평가해본다는 점에서 의의가 있다고 하겠다.[8] (번호 및 강조는 인용자)

잠시 이 장의 주제를 조금 넘어서는 바이지만 ①과 ②는 루이제 린저를 둘러싼 지식계의 암묵적 요구와 관련되는 것이므로 중요하다. 우선 홍경호는 당시 유럽의 "좌경작가 돌풍"[9]을 염려하고 있었다. 그에게 루이제 린저는 '좌경작가 돌풍'에 맞서는 인도주의 작가, 즉 당시 국내외 정치상황과 관련된 불안으로부터 이념적·사상적으로 안전한 작가였다. 특히 1972년 유신선포, 1974년 긴급조치, 1975년 민청학련, 인혁당 사건 등 당시 남한 상황의 긴박함과 엄혹함을 감안할 때, 서독작가 루

---

8. 홍경호,「Luise Rinser als 〈die Katholische Schriftstellerin〉」,『연구논문집』.
9. 1977년 9월『한국문학』에서 마련한 〈세계 베스트셀러 작가의 실상·허상〉 특집기획에 실린「인간구원의 문학 ─ 〈생의 한가운데〉의 루이제 린저」를 참고하자면 "47그룹을 반대하고 나선 젊은 작가들"도 이들 "좌경작가 돌풍"과 관련된다. 이때의 "좌경작가 돌풍"이란 68혁명 이후 서구문학계의 변동과 관련된 지적일 가능성이 높다.

이제 린저와 그녀를 둘러싼 서구문학·세계문학이 사상적·이념적 안전함을 보증받아야 했을 것은 이해하기 어렵지 않다.[10] 가령 문학사상사 해외작가 1회 초청작가였던 게오르규가 "나의 조국과 같은 반공의식이 높은 한국인을 세계에 널리 알리고 싶"다고 말한 것이 단적으로 보여주듯,[11] 방한하는 작가와 그의 작품들은 한국의 정치상황 및 문화와 친연성이 있거나, 적어도 충돌하지 않아야 했다.

위의 인용도 그 반증이다. 홍경호는 지금, 루이제 린저의 첫 남편이 나치에 의해 "반사회주의자"로 낙인찍혀 투옥되고 사망했다고 적고 있다. 하지만 이것은 수사적 왜곡이다. 그녀의 첫 남편은 나치에 저항한 인물로서, 다른 자료들에서는 "정치적으로 미심쩍은 존재"[12] 혹은 '나치 반대', '사회주의자'라는 식으로

---

10. 1970년대 세계문학으로 상상된 외국문학이, 이념성과 저항의 적통(嫡統)을 이어온 한국문학의 상황과는 다른 조건과 요구에 놓여 있었음도 기억해두어야 한다. 외국문학, 번역문학이란 시장구속력이 상대적으로 강했으며, 이것은 애초에 자본주의 시스템과 무관할 수 없는 '세계문학'이라는 상상된 장 내에서 유동하고 있었기 때문이다. 『문학사상』의 경우도, 창간 때부터 외국문학 소개와 한국문학 자료 발굴에 '동등하게' 지면을 할애해왔다. 해외작가 초청기획도 갑자기 등장한 것이 아니라, 당시 전집 붐의 한 축이었던 삼성출판사 및 그 자금, 그리고 무엇보다도 출판시장의 규모가 확대되었다는 자신감을 토대로 기획할 수 있는 것이었다.

11. 「반공작가, 비르질 게오르규」, 『경향신문』, 1976년 8월 24일 참조. 그의 반공주의와 한국과의 친연성에 대해서는 많은 기록이 남아 있는데, 다음과 같은 진술 정도만 참고해도 충분하다. "한국의 군인들이 무궁화를 계급장으로 달고 다니는 것은 얼마나 시적입니까. 한국이 공산주의자로부터 나라를 지키고 생존할 수 있었던 것은 이들 막강한 군대 때문입니다."(「네 번째 방한 25시의 게오르규 신부 본사 단독인터뷰」, 『경향신문』, 1987년 4월 27일).

표현되곤 했다. 그런데 그를 홍경호는 '반反사회주의자'라고 표현했다. 인용 속의 '반나치=반사회주의자' 도식은, 나치가 '국가사회주의'Staatssozialismus를 표방한 것에서 나왔을 것이다. 그런데 이 도식에 이용된 말들은, 전전戰前 나치와 1970년대 냉전구도 속 사회주의(공산주의)를 등가로 만드는 착시를 전달한다. 루이제 린저가 반사회주의자와 친연성이 있다는 의미효과가 여기에서 발생하는 것이다. 이처럼 냉전 이데올로기와 반공주의는 홍경호의 논의 속 사소한 단어 선택이나 행간에 개재해 있다. 이것은, 훗날 밝혀지게 될 루이제 린저에 대한 사상검증 실패를 예견한, 혹은 은폐하는 불안처럼 보이기도 한다.

다시, 루이제 린저가 독일문학사에는 등재될 수 없지만 한국의 독자들에게는 독일문학의 대표로 소개되어야 했던 딜레마로 돌아와 보자. 위의 인용에서 흥미로운 것은 헤르만 헤세, 토마스 만, 하인리히 뵐 등을 비롯한 전전세대 작가군의 쇠락을 염려하며(②), 궁극적으로 전전 작가의 문학의 가치를 강조(③)하는 대목이다. 이 글에서 홍경호는 루이제 린저를 극찬하는 토마스 만과 헤르만 헤세의 견해를 적극적으로 인용·어필한다. 그리고 이어 이렇게 덧붙인다.

그러나 세대는 급변하고 그녀와 함께 작품활동을 하던 작가들은 거의가 타계해버렸거나 잊혔으며 그녀의 작품에 대한 일

12. 루이제 린저, 『옥중일기』, 곽복록 옮김, 을유문화사, 1974의 옮긴이 해제.

반의 관심도도 그 질이 변해가고 있는 것이 사실이다. 그러나 지나치게 중후한 독일인들의 작품이 대중에게서 외면을 당하고 작가와 대중이 완전히 유리되어 작가가 더욱 고독한 입장에 빠지게 된다면 이 작가에 대한 현재의 가치는 크게 달라질 가능성이 있다. 그리고 이 점이 바로 이 작가의 가장 큰 공헌이라고도 할 수가 있겠다. 대중을 끌어올려 책으로 인도하는 일은 넓은 의미로 보아 문단을 위한 활력소가 되기 때문이다.[13]

앞서 루이제 린저의 독자와 대중여성지의 독자가 겹친다고 상정하고 루이제 린저를 인터뷰한 박환덕의 문답에서 볼 수 있었지만, 린저의 대중적 인기는 홍경호가 생각하는 문학계보의 쇠락을 유보시키는 역할을 부여받았다. 이 글을 발표하기 수년 전인 1972년 홍경호는 역시 린저의 『잔잔한 가슴에 파문이 일 때』를 번역하면서 '헤르만 헤세=전전 독일 남성 교양소설', '루이제 린저=전후 독일 여성 교양소설'로 도식화하여 소개한 일도 있다.[14] '한국-세계문학'의 장에서 루이제 린저가 최대치로 의미를 부여받는 것은 헤르만 헤세나 토마스 만 등의 이름에 빚질 때뿐이었다. 그럼에도 홍경호에게 루이제 린저는 전전 독일 교양소설의 적자는 아니었다. 그 어긋남은 어떤 사정을 갖고 있었던 것일까. 홍경호의 평가를 조금 더 살펴보자.

---

13. 홍경호, 「Luise Rinser als 〈die Katholische Schriftstellerin〉」, 『연구논문집』.
14. 홍경호, 「이 책을 읽는 분에게」, 『잔잔한 가슴에 파문이 일 때』, 범우사, 1972.

    그는 『생의 한가운데』를 "여성을 통한 남성의 구원"의 소설로 규정한다.[15] 이것은 소설 속 또 다른 인물인 '슈타인'의 관점에 설 때 충분히 설득력 있는 해석이다. 독자가 자신의 정체성과 가장 가깝게 재현되었다고 믿는 인물에게 이입하는 것은 자연스럽다. 하지만 이 소설을 "여성을 통한 남성의 구원"으로 규정하면서, 이것이 '여성'의 이야기가 아니라 "인간이 갖는 가장 보편적인 문제"를 다루는 것이라는 다음과 같은 사고회로는 주목을 요한다.

    이러한 주제 때문에 비평가들은 린저를 가톨릭 작가 혹은 여성작가로 간단하게 규정해버리고 말게 되는데, 그것은 이 작가가 다룬 대상이 인간이 갖는 가장 보편적인 문제라는 사실을 염두에 두지 않기 때문이다. 그리고 이 작품이 출판이 되자마자 세계의 젊은 여인들을 열광의 도가니로 몰아넣은 이유도 이런 원인 때문이지 결코 주인공을 여인으로 설정한 점은 아니라고 보겠다.[16]

---

15. "이 작품의 주제는 여성을 통한 남성의 구원이라고도 할 수가 있다. 이것은 또한 사랑이 갖는 이원적인 승화로 볼 수가 있으며 남성이 새로운 생명을 부여받는 것이라고도 할 수가 있다. 남성이 자신의 새 존재를 느낄 때, 거기서 얻어지는 개체의 존재의식이야말로 모든 여인들에게 보다 참된 애정관과 생활관을 제시해줄 수가 있다."(홍경호, 같은 글). 또한 그는 린저의 또다른 소설 『다니엘라』에 대해서도 마찬가지 평가를 내린다.

16. 홍경호, 「Luise Rinser als 〈die Katholische Schriftstellerin〉」, 『연구논문집』.

이 말에 이어 그는 루이제 린저가 "결코 여성작가는 아니다"라고 단언한다. "여성을 통한 남성의 구원이라든가 여인의 적극적인 삶의 의지를 그렸다고 해서 그렇게 규정할 수는 없기 때문"이라는 것이다. 그는 루이제 린저가 그려내려는 여인상은 남성과의 대립적인 존재가 아니라 "신으로부터 받은 소명을 실천해나가는 여성일 뿐"이라고, 니나를 성급히 전위^{轉位}시킨다. 린저는 신과 인간의 위계를 근간으로 하는 구도 속에서만 그 의의와 역할을 부여받은 여성작가였던 것이다.

앞서 루이제 린저를 만난 박환덕이 "철저한 휴머니즘의 추구로 일관된 그녀"[17]라고 갈무리한 맥락과 이 대목을 함께 읽어보자. 그들이 루이제 린저, 니나가 보여주는 '여성'을 인정하는 것은 '여성'이 신과 남성인간 사이를 연결(보조)하는 존재인 한에서다. 이제 『생의 한가운데』가 보여준 여성 스스로의 고뇌와 시행착오와 자기형성으로 이어지는 여성주체화의 서사는 흔적도 없어졌다. '여성=보조인간'인 니나의 자기형성 과정은, '남성=보편인간'인 슈타인의 구원을 완성하는 서사를 위해 지워진다.

남성지식인독자·번역자들의 논의에서 루이제 린저가 지닌 '여성'으로서의 문제의식과 시각은 손쉽게 사상^{捨象}되었다. 대신 그것은 차이가 지워지고 보편성이라는 평가로 이행·견인되어버렸다. 그리고 나서야 루이제 린저는 비로소 아카데미즘·

17. 박환덕, 「독일문학의 최근 동향 — 산문을 중심하여」, 『대학신문』.

문예공론장에서 작가로서의 가치를 인정받는다.

이때 '휴머니즘', '인간', '보편', '구원'과 같은 말과 가치가 그 수사로 구사되고 있음도 기억해두자. 이 말들은 오늘날에도 좋은 고전, 좋은 문학을 논할 때 자주 호명되는 수사이다. 그렇다면 지금 이 말들이 무엇을 위해 복무해왔는지도 질문해야 하지 않을까. 그것이 무분별하게 찬사·구사되어온 것은 아닌지 질문해야 한다. 이 말들이 때로는 얼마나 수상한 말들인지에 대해서도 의심해야 한다.

즉 '한국-루이제 린저'는 '여성대중지'와 '독일문학사' 사이 어딘가에서 부유하는 이상한 존재였다. 그녀의 문학성을 인정하고 수용하기 위해서는 '인간'을 강조하며 '여성'을 지워야 했다. 이때 '휴머니즘', '인간', '구원', '보편'이란 말들이 동원되고 활용되었다. 한국의 한 시절을 풍미한 중요한 기호인 '한국-루이제 린저'가 대체 이렇게 이상하고 복잡한 기호가 된 것은 무엇(어디)에서 연원하는 것일까.

3. '전혜린-루이제 린저'와 공론장, 말해져도 되는 것과 말해질 수 없는 것

잘 알려져 있듯 루이제 린저가 한국에 처음 소개된 것은 1960년 전혜린에 의해서였다.[18] 소위 '전혜린 현상'과 관련해

---

18. 전혜린을 중심으로 역사 속 여성들의 읽기, 쓰기의 의미를 재구축하고자

한 논자는 전혜린을 통해 "60년대 한국의 지적 풍토의 취약성"[19]을 이야기했다. 또한 그녀는 "1960년대식 교양주의"의 양상을 "여실히 보여준" 존재[20]이면서 "1960년대 주체의 실존적 선택에 대한 시대적 기호"[21]로 평가되기도 했다. 즉 루이제 린저는 "자살로 마감한 돌출된 개인사와 타고난 비범성, 서구추수적 지향성에 대한 대중의 동경이 만들어낸 결과물"[22] 혹은 "근엄한 문학사에서는 그 여자의 이름을 발견할 수 없"는 "이른바 문학적 가치나 문학사적 의미와는 거리를 두고 있"는[23] 바로 그 전혜린에 의해, 처음 소개된 것이다.[24]

종합문예지 『새벽』에서 전혜린은 『생의 한가운데』를 "새로운 산문형식을 낳은 소설"이라고 소개했고,[25] 그 이듬해인

한 단행본인 김용언의 『문학소녀 ─ 전혜린, 그리고 읽고 쓰는 여자들을 위한 변호』(반비, 2017)도 좋은 참고가 된다.

19. 김윤식, 「침묵하기 위해 말해진 언어」, 『수필문학』, 1973년 12월호.

20. 천정환, 「처세·교양·실존 ─ 1960년대의 '자기계발'과 문학문화」, 『민족문학사연구』 40, 2009.

21. 박숙자, 「여성은 번역할 수 있는가 ─ 1960년대 전혜린의 죽음을 둘러싼 대중적 애도를 중심으로」, 『서강인문논총』 38, 2013.

22. 서은주, 「1960년대적인 것과 전혜린 현상」, 『플랫폼』, 2010년 3월호.

23. 최재봉, 「문학으로 만나는 역사23. 전혜린과 뮌헨」, 『한겨레신문』, 1996년 7월 27일.

24. 1960년 8월호 『새벽』에 전혜린은 루이제 린저의 단편 「어두운 이야기」를, 이어서 1961년 신구문화사 『독일전후문제작품집』에 『생의 한가운데』를 번역·게재했다. 『독일전후문제작품집』은 백철, 안수길, 이효상, 김붕구, 여석기, 이어령 등 당대 주요 작가, 국문학·외국문학자에 의해 편집되었다.

25. 전혜린, 「문제성을 찾아서」, 5절 '참신한 형식의 문학', 『독일전후문제작품집』, 신구문화사, 1961.

1961년 『생의 한가운데』를 번역할 당시 「역자의 말」에서는 "새로운 형식"과 "의식적이고 기술적인 문체"를 강조하며 "생에 관한 린저의 신념"을 강조했다. 이 지면들에서 니나가 '여성으로서' 겪는 생의 분투나 '여성으로서의 자기'를 찾아가는 소설의 서사는 거의 이야기되지 않는다.

하지만 이러한 공식적 지면이 아닌 내밀한 기록[26]에서 전혜린은 이 소설 속 니나의 삶에 구체적 실물감을 입혀 재생시킨다. 유고 에세이에서 전혜린은 니나에게 "여자의 모든 문제성"을 압축시킨다. 그리고 이 소설을 '사랑', '결혼', '에로티시즘'이라는 키워드를 통해 자세히 독해한다. 이 에세이에서의 니나는 관습적인 젠더규범 속에서 시행착오를 겪은 후 자신의 "정열과 지성"을 글(소설)쓰기에 투여하며 스스로 주체가 되어가는 인물이다.

『생의 한가운데』의 니나에 대한 전혜린의 '공식적' 평가는 "생에 관한 린저의 신념"이라는 구절로 집약할 수 있으며, '비공식적' 평가는 "여성의 주체성"이란 말로 집약할 수 있다. 그 차이는 젠더의 기입 여부다. 과연 어느 쪽이 전혜린의 의중에 더 가까웠을까. 이를 확인하기 위해 루이제 린저가 설명하는 '니나'를 잠시 확인해보자.

전혜린이 『생의 한가운데』를 한국에 처음 소개한 후 십수 년이 흐른 1975년 10월, 루이제 린저는 직접 한국독자들과

---

26. 전혜린, 『그리고 아무 말도 하지 않았다』, 삼중당, 1966.

만나서 "남성이 척도"가 되었던 세상을 비판하고, "자기의 성적 운명을 넘어서 발전"해야 한다고 강조했다.[27] 루이제 린저는 방한 전 1973년에 이미 문학사상사에 한국독자를 향한 편지를 기고했고, 그것은 「한국에 있는 나의 '니나'에게」라는 제목으로 실렸다.[28] 이 잡지의 편집자는 이 편지를 소개하기 전에 "조용하게 닻을 내리고 항구에 머물러 있는 배가 아니라, 돛이 찢겨도 끝없이 바다 한복판에서 어디론가 움직여 가고 있는 배 — 이와 같은 '니나의 생'을 살게 하기 위해서, 린저는 한국의 독자에게 '여성의 진정한 행복'이 어디에 있는가를 말해주고 있다"라고 논평한다. '항구', '배', '바다 한복판', '생'과 같은 말들 속에 『생의 한가운데』는 위치 지워진다. 루이제 린저의 편지는 그 연장선상에서 "여성의 진정한 행복"에 대한 메시지를 전하는 것으로 배치된다.

그런데 실제 이 편지는 "여성의 진정한 행복"이라는 안온

---

27. 「루이제 린저의 문학과 사상 강연록② 남성과 여성」, 『문학사상』, 1975년 11월호.

28. 루이제 린저, 「한국에 있는 나의 '니나'에게」, 『문학사상』, 1973년 3월호. 린저는 이 편지를 띄운 1년 뒤 다시 한국의 독자를 향해 편지를 띄우고, 그것은 「나의 체험을 한국의 문학인에게」라는 제목의 글로 『문학사상』 1974년 12월호에 실린다. 여기에서는 나치로부터의 피억압 경험을 토대로 '작가의 자유'에 대해 논한다. 그런데 그 내용상의 첨예함 때문일지, 편집자는 이 편지에서 "나는 애당초 정치성을 띤 논란을 벌이거나 피압제자의 격정을 보여주려 한 것이 아니라 '정치적으로 자유로운' 작가 역시 자신의 자유 안에서 어떠한 제약을 받고 있는가를 꾸밈없이 드러내 보이려 한 것입니다."라는 구절을 강조한다. 1974년 편지의 애매함은 별도로 논의되어야 할 것이다.

한 수사가 환기시키는 바와 무관하게, 당시 한국에서 상당히 파격적이었을 여성해방과 여성의 자유 획득을 구체적으로 설파하고 있었다. 물론 여성해방과 자유 획득이 "여성의 진정한 행복"과 무관했다는 이야기는 아니다. 하지만 "여성", "진정한", "행복" 같은 말들이 연결될 때 바로 연상되는 바를 떠올려보자. 이 말들은, 나란히 연결되는 즉시, 당시 익숙했을 관습적 젠더규범의 서사로 바로 수렴되어버린다.

어쨌든 이 편지에서 린저는 유럽 여성해방의 역사에 니나를 위치시킨다. 그리고 구체적으로 서구 현대여성이 어떻게 자유를 획득했고 해방되어갔는지를 기술한다. ① 직업의 자유, ② 동일노동-동일임금, ③ 정치적 평등권, ④ 가족의사결정 과정에서의 평등권, ⑤ 성인여성의 법적 자유, ⑥ 이혼 청구권 보장 등의 측면에서 여성의 자유와 해방을 역설한다. 특히 아이Kinder, 부엌Küche, 교회Kirche를 일컫는 '3K'로부터의 자유 주창, 나아가 낙태금지법의 폐지를 요구하는 주장으로까지 나아가는 것은 당대 한국의 여러 정황에 비추어볼 때 꽤 급진적인 것이었다.

루이제 린저 방한 당시 한국의 여성담론이란, 한국여성단체협의회(여협)로 상징되는 관변 여성단체 혹은 국가페미니즘state feminism 전 단계의 분위기 속에서 설명되곤 한다.[29] 또한 마침 1975년은 유엔이 선포한 '세계 여성의 해'였으나, 한국에

---

29. 허윤, 「1970년대 여성교양의 발현과 전화(轉化)」, 『한국문학연구』 44, 2013.

서 이것이 공식적으로 기념되기까지는 10년이나 더 기다려야
했다. 루이제 린저가 이 편지를 한국독자들에게 띄울 즈음인
1970년대 한국의 여성 고등교육 취학률은 평균 3.4%였고, 남
녀 대비 여대생의 비율은 평균 29.43%였다.[30] 또한 여성운동
의 전사前史로서 산파 역할을 한 크리스천아카데미가 "일체의
주종사상, 억압제도를 거부"한 "여성의 인간화" 테제[31]를 1975
년에 주창한 분위기를 통해서도 알 수 있듯, 당시 한국에서
여성에 관한 논의란, 루이제 린저가 설파한 여성의 자유와 해
방이 수용될 '토대'가 막 형성되어가던 단계였다고 이해할 수
있다.

그렇다면 다시 1960년 전혜린에 대한 상이한 평가들로 돌
아왔을 때, 두 평가 중 "여성의 주체성"이라는 말로 집약되는
후자(비공식적인 평가)가 보다 정확한 것이었음을 충분히 알
수 있다. 즉 공식적 지면에서 그녀는 "소설의 형식"과 같은 보편
적인 문학의 언어 혹은 가치중립적 개념을 통해 이 소설을 설
명했으나, 비공식적 평가의 지면에서는 철저히 "여성의 특이성"
을 강조하며 이 소설을 이야기한 것이다. 그리고 독자들이 열
광한 것이 유고 에세이집의 바로 그 비공식적인 평가였음은
수많은 출판관련 기록들이 말해준다.

전혜린의 분열이라고 말해도 좋을 이런 태도의 차이 혹은

---

30. 교육인적자원부, 『교육통계연보』, 교육부 한국교육개발원, 1975.
31. 크리스천아카데미, 「여성인간선언」, 1974 발표 (박인혜, 『여성운동 프레임
    과 주체의 변화』, 한울아카데미, 2011 참조).

주인공에 대한 온도 차는 왜 빚어진 것일까. 이 질문은 단순히 1960~1975년 사이의 여성문제 인식의 엄청난 거리나 그 토대에 대한 것을 넘어선다. 1975년 한국에서 공식적으로 수용되기 어려웠던 루이제 린저의 실체가 1960년 한국에서는 아예 암시되기조차 어려웠으리라는 것은 굳이 강조할 필요도 없다. 이런 1960년 전혜린의 분열, 그리고 1970년대 루이제 린저를 소개한 편집자의 분열이 '어떤 조건'에서의 일이었는지를 조금 더 살펴야 한다. 이것은 '공론장이라는 조건'의 문제와도 무관치 않다. 전혜린의 글이 사적인 장소에서와 공적인 장소에서 전혀 다른 수사와 톤으로 이야기될 수밖에 없었던 사정이 핵심인 것이다.

종합지·문예지가 일종의 공론장이라면, 그 안에서 '말해져도 되는 것'과 '말해지면 안 되는 것'의 구분이 암묵적으로 존재한다. 공론장에서 모두가 동등하게 공적 발화에 참여할 수 있는 권리를 갖고 있다는 것은 일종의 상상적 믿음이자 이념 idea일 따름이다. 당시 전혜린의 태도의 차이는 곧 공적 발화와 아닌 것의 차이였을 것이다. 그러나 말해지면 안 될(억압된) 것은 개인적 기록, 독백과 같은 것으로 언제든 비어져 나온다. 전혜린이 유고 에세이에 남긴 말들은 당시 공론장에서의 발화의 암묵적 허용범위를 반증한다. 이런 분열적 태도의 의미는 다음 인용문과 나란히 놓을 때 더 선명해진다.

독일문학은 소위 '교양소설'Bildungs Roman이라는, 주로 자기 자신의 내면만 들여다보는 좀 촌스럽지만, 그래서 더 정이 가기도 하고, 속 편안하게 대할 수 있는 문학형식이 대중을 이루어 왔고 … 루이제 린저의 장편소설 〈생의 한가운데〉는 현재 생존해 있는 외국작가의 작품으로는, 기가 차게도 우리나라에서 단연 제일 많이 읽힌 작품이다. 무엇보다도 필자의 비위에 거슬리는 게 이 점이다. … 이 나라의 여성들에겐 이 '니나 부슈만'의 출현이 가히 매력적이고, 혁명적이고, 파격적으로 멋있게 보일 수도 있었으리라. 그 무슨 복음의 전파자 정도로까지도, 하지만 까놓고 보면, 그녀도 그렇게 혁명적이고 새로울 것은 없는 것이다. 지금껏 우리 여성들의 혐오의 대상이되어오던 못되어먹은 남성의 역할을 여주인공에게 대치시킨것뿐이니까. 〈생의 한가운데〉를 사는 거, 그것은 '니나 부슈만'의 경우를 놓고 본다면 조금도 밑지지 않고, 수지는 자기 혼자서 맞는다는 거다. … 내가 좋기 위해서 다른 여자를 울리는것은 미덕이고 내가 사랑할 수는 없는 남자라도 나를 죽도록사랑하는 나머지 애가 타 죽어가는 것은 기분 좋은 일이며, 사랑하는 남자라도 내 식으로 길들여 자기 구실을 못하게 망가뜨려 놓는 거, 물론 이게 마음먹는 대로 다 되어 줄 일도 아니지만, 되게끔 하기 위해 온갖 지혜와 술수를 다 쓰는 거, 그러다가 종내는 둘이 다 파국에 이른 걸 종교에 귀의하게 되는과정으로 치부하여 미화시키는 거, 이게 '니나 부슈만'의 『생의 한가운데』라는 거다.[32]

다소 길게 인용했지만 이러한 논의는 너무도 투명하기에 특별한 분석을 요하지 않는다. 이 글이 보여주는 것은, 같은 내밀한 속내일지라도 문학지의 지면을 얻어 '게재될 수 있는 것'과 '게재될 수 없는 것'이 분명히 존재했고, 거기에는 엄연히 위계가 존재했다는 사실이다. 전혜린은 니나를 매개로 한 여성 독자의 속내를 일기 같은 기록으로만 남겨야 했다. 하지만 이 글의 필자이자 또 한 명의 루이제 린저 번역자인 김창활은 '문학작품 속에 나타난 여성해방'이라는 특집 지면을 얻어 니나에 대한 남성독자의 속내를 문학지에 게재한다. 앞서 '내밀한 속내'라고 표현했지만 엄밀히 말하면 이런 '감정'은 결코 '내밀한' 것이 아니라 이미 공공했던 것이다. 공적인 자리에서 사적인 이야기를 공공연히 할 수 있다는 것이야말로 권력의 지표 중 하나다. 김창활의 감상은 필자 개인의 권력의 지표라기보다 그가 남성독자의 대표성을 띠고 행사한 사적 감상이라는 점에서 당시 공론장의 젠더역학을 선명하게 보여주는 것이다.

또 한 가지 주목할 것은, 이 독설이 '교양소설'을 화두 삼아 논의를 진행하고 있지만 결코 『생의 한가운데』를 교양소설로 지칭하지 않는다는 점이다. 교양소설이란 주지하듯 독일적 특수성을 내포하며, 근대의 미적 형식으로서 발달되어온 양식이다. 교양Bildung과 그 문학적 함의란, 세계와 자아, 이상과 현실,

---

32. 김창활, 「영원한 여자와 한번 태어난 여자 — 루이제 린저 〈생의 한가운데〉」, 『문학사상』, 1978년 5월호.

공동체와 개인과 같은 구조 속에서 개인이 어떻게 갈등하고 고뇌하고 투쟁하며 자기를 형성해 가는지에 있다. 그렇기에 교양소설은 단지 독일, 유럽의 지리적·문화적 특수성을 벗어나서 '청춘', '성장', '형성'과 같은 문학 일반의 주제와 그 형식을 구축해갔다.

그런 의미에서 『생의 한가운데』는 분명 여성성장, 여성형성, 여성교양소설이다. 인용문도 그것을 지시하며 시작한다. 하지만 이 글에서 '교양소설'과 '루이제 린저'의 관계는 전혀 해명되지 않는다. 오히려 이 소설의 주인공 니나와 상반되는 지고지순한 전통적 여인이 주인공인 『모르는 여인의 편지』(스테판 츠바이크)를 상찬한다. 그러나 『모르는 여인의 편지』를 교양소설이라고 지칭하는 것도 아니다. 이런 논자의 태도는 글 자체로만 놓고 보았을 때는 치명적 비일관성, 결점이다. 하지만 이것이 단순히 글의 퀄리티의 문제일까. 이는 차라리 필자의 (무)의식, 말하자면 '루이제 린저에게서 교양소설을 떠올렸으나 결코 교양소설의 계보에 놓을 수 없다', '여자의 삶과 교양을 결코 니나에게 찾아서는 안 된다'는 (무)의식이 완강하게 버티고 있는 흔적으로 보인다. 독일 전전 문학 작가들의 교양소설을 환기시키며 루이제 린저를 다루지만, 결코 그녀의 이름을 지시하지는 않고 궁극적으로는 교양소설과 루이제 린저의 관계를 탈구시켜버리는 이 장면을 어떻게 달리 설명할 수 있겠는가.

루이제 린저의 소설에 대해 전혜린이 내린 평가의 온도 차

혹은 비일관성은 그녀 개인만의 것이 아니었다. 전혜린은 공론장에서 '여성'과 관련해 허용되는 말과 허용되지 않는 말을 분별했을 뿐이다. 위 인용의 필자 역시 그러했다. 엄연히 독일문학인 루이제 린저의 작품들을 독일문학의 계보에 등재하지 않은 이들, 루이제 린저의 교양소설을 교양소설이라 말하지 못한/않은 이들을 포함하여, 당시 루이제 린저와 '니나'를 다루던 모든 이들은 공평하게 분열해버린 것이다.

4. '여성'을 선취한 이들, 여성교양소설의 불/가능성

교양주의란 작품 속에 남자의 문제를 보이도록 하는 태도이다. 이것은 단지 남성찬가나 남성중심주의가 아니다. 오히려 좌절이나 번민, 반항이나 갈등 속에서 남자의 문제의 특권성을 보는 시선이다.[33]

루이제 린저의 『생의 한가운데』를 특히 감명 깊게 읽었다는 김 양은 파란만장한 삶을 꿋꿋하게 살아가는 주인공 '니나'의 모습에서 자아를 발견하면서 고시 준비와 짜증스러움을 떨칠 수 있었다고 덧붙인다.[34]

---

33. 高田里惠子, 『文学部をめぐる病い — 教養主義·ナチス·旧制高校』, 筑摩書房, 2006.
34. 「사시 수석 합격한 김소영 양 '인터뷰'」, 『경향신문』, 1987년 10월 21일.

루이제 린저를 번역하고 소개하던 남성 번역자·연구자들의 글에서 확인한 불안과 저항감은 여성을 문학의 주어로 다루는 것에 대한 당혹감·위기감의 흔적이었다. 그들의 논리에는, '보편, 문학, 인간'에 포함된 바 없는, 그 한계 내에서만 '여성'의 존재를 승인해온 시혜의 구조가 있다. 하지만 여기에서 궁극적으로 문제 삼아야 할 것은 배척, 시혜 구조의 근간을 이루는 남성중심주의 같은 것이 아니다.

앞서 논했듯, 교양·교양소설이란 양식적 범주를 넘어, 생에 대한 추구와 그 과정에서의 갈등과 번민을 함의하는 '문학'의 주제 및 속성의 문제를 함의한다. 명칭이야 어떻든 교양, 청춘, 성장, 자기형성, 발전과 같은 주제와 그 형식은 한국문학에서도 적잖은 지분을 갖고 있다. 권위자들의 본격적인 논의[35]를 떠올릴 필요도 없이, '교양소설'은 근대의 상징적 형식이자 청춘이 숭배되던 한 시대의 대표적 문학양식이라고 해도 된다.

『생의 한가운데』가 보여준 생의 갈등과 번민 역시 바로 그 주제를 공유한다. 하지만 동시에 이 소설의 그것은 여성대중지에서 소비되는 이류·삼류의 갈등이나 번민이기도 했다. 여성의 성, 사랑, 자기형성의 문제란 근대 이후 구획된 사적 영역에서만 허용되는 주제였고, 결코 공적 영역이라는 남성의 장

---

35. 예컨대, 게오르그 루카치, 『소설의 이론』, 반성완 옮김, 심설당, 1985 ; 프랑코 모레티, 『세상의 이치』, 성은애 옮김, 문학동네, 2005.

소에서 논해질 수 없는 것이었기 때문이다. 즉 교양, 성장, 형성과 같은 의미의 계열어와 그 함의란, 본래 공적 영역, 남성젠더의 독점물이었음을 환기해야 한다. 내밀한 개인적 속내, 개인의 갈등과 고뇌와 투쟁에도 위계가 있었다는 것. 생에 대한 번민과 그에 대한 자의식이야말로 남성의 장소였다는 것. 이것이 바로 교양·성장·형성이라는 말로 수식되는 소설 혹은 문학과 관련해 종종 간과되던 것 아니겠는가.

지금까지 살핀 상황은, 아카데미즘·문학장뿐 아니라 문학이라는 인류 정신의 보고寶庫처럼 여겨져 온 양식에 내재된 젠더역학을 가시화한 것일 뿐이다. '여성'을 말하지 않음으로써 공적인(공적이라고 의미를 부여받은) 언어게임에 좀 더 당당하게 참여·안착할 수 있는 아이러니의 오랜 역사성이 루이제 린저의 번역과 그녀의 방한의 정황으로부터 뚜렷이 부상한다. 애초에 여자가 공적인 발화에 참여할 자격이란, 전혜린의 공식적 발언처럼 스스로를 중성화함으로써만 가능했던 것이고, 그 잉여는 결국 침묵 혹은 유고 에세이 기록처럼 분열적으로 비어져 나올 수밖에 없었다. 그리고 이것은 문학장·공론장의 남성이라고 해서 크게 다르지 않았다. 언어규범을 초과하거나 미달하는 것을 암묵적으로 단속하고 관리하는 치안의 담당자들에게도 불안과 분열은 상존해 있었던 것이다.

한편, 한국의 한 시대를 풍미한 루이제 린저 열풍은 공론장 바깥의 '내밀한' 비공식적 발화로부터 촉발되었다는 사실을 기억해야 한다. 1965년에 전혜린은 스스로 생을 마감했고,

사후에 그녀의 내밀한 '니나론'이 『그리고 아무 말도 하지 않았다』(1966)에 안착한 결과, 한국의 많은 독자들이 니나에 열광했으며, 급기야 루이제 린저가 1975년 10월 서울에 오게 되었음은 지금까지 이야기한 바다.[36] 즉 린저와 그녀의 소설이 전하던 여성의 자유와 해방의 메시지는 공론장 바깥의 비공식적 언어들에 의해 독자에게 도달했다. 독자들이 환호한 것은 '전혜린-루이제 린저'이기도 했지만, '전혜린-여성-루이제 린저'이기도 했다. 담론으로서, 운동으로서 '여성'이 이곳에 도달하기 전에, 이류·삼류로 라벨링된 '에세이'나 '대중소설'을 통해 '여성'이 도달한 것이다. 루이제 린저의 발언들과 소설이 무엇을 의미하는지는 시간이 한참 지나서야 공식적으로 기록될 것이었다. 담론장과 현실은 대중이 선취한 '여성'을 뒤늦게 좇기 시작했다.

훗날 그녀의 소설을 읽은 독자 중 한 명은 "파란만장한 삶을 꿋꿋하게 살아가는 주인공 니나의 모습에서 자아를 발견"했다고 고백하고, 시간이 더 지나자 그 여학생은 '최연소 여성 대법관'이라는 수식을 부여받는 인물이 된다. 이 정황에서 직

36. 1970년대 전반기까지의 루이제 린저 열풍에서 출판시장에 대한 대중독자의 상대적 자율성과 주체성은 강조되어 마땅하다. 출판시장이 전문화·미분화되기 이전인 1950~1970년대 전반기의 베스트셀러는 오늘날과 같은 베스트셀러 생산의 다양한 필요조건(광고, 마케팅, 집계방식 등)에 따르는 대중동원력으로는 설명하기 어려운, "독서대중의 자연스런 수용"(이중한, 「한국의 베스트셀러 50년」, 『신동아』, 1993년 3월호)의 성격을 지니기 때문이다. 또한 당시 한국인의 독서양상은 광고나 신간평보다 서점에서 직접 구매하거나 가까운 친구로부터 추천받는 경우가 압도적이었다.

관적으로 떠올릴 수 있듯, 니나는 한국의 특정 세대, 젠더, 계급 여성들의 심상구조의 일부분을 암시하는 존재가 되었다.

조금 더 시간이 흘러 1990년대 한국문학에는 비로소 여성작가·여성소설이 '대거' 등장·등재되기 시작한다. 간혹 린저 열풍에의 불안과 분열보다 더 노골적인 모욕이 비평의 언어로 발화될 때도 있었지만, 그녀들과 그녀들의 작품 없이 한국문학이 지탱될 수는 없었다. 이때 1990년대 여성작가라는 이름으로 한국문학사에 대거 진입한 그녀들이 한때 루이제 린저의 애독자였으리라는 확신을 덧붙이는 것은 사족일지 모른다.

'독자-그녀'들에게도 루이제 린저의 이름은 분열의 진원지였을 가능성이 높다. 루이제 린저의 이름을 발화하는 것은 곧 아카데미즘이나 문학장과 무관한 이류·삼류 취향을 드러내는 것이었기 때문이다. 문학장의 사정·관습을 알고 있는 이들이었다면 루이제 린저는 내밀하게 간직해야 할 이름이었을 '그녀'들은, 카프카와 만과 조이스와 카잔차키스 소설의 주인공들과, 그것을 읽는 자아를 애써 일치시키고자 할 때에도 필시 이질감을 느꼈을 것이고, 그럼에도 결국에는 기이한 희열을 맛보는 '해석노동'을 해보았을 것이다.

이 기이한 해석노동 혹은 분열은 곧 한국에서의 루이제 린저를 둘러싼 분열의 또 다른 버전이다. 이것은 자기를 찾아 헤매다가 어디론가 나아가는 성장·교양소설과 그것의 감동이 철저히 남성젠더의 형식이었다는 것을 누구도 말하지 않던 시절의 일이다. '생의 추구', '청춘', '방황', '고뇌', '번민' 같은 것이 맞지 않는 옷임을 알면서도 자기의 것으로 입고 싶었고, 그 옷에 잘 맞춰지지 않는 자신을 의심한 경험이 있는 독자라면, 지금까지의 이야기가 무엇에 대한 것인지 잘 알 수 있으리라.

즉 '여성교양소설'이란 애초부터 형용모순이었다. 그러나 루이제 린저의 독자들은 '여성교양소설'의 '불가능성'을 절단 (불/가능성)했고, '가능 대 불가능'이라는 구도 자체를 파열시켰다. 1990년대 이후 여성의 갈등과 번민과 자기형성이라는 성장·교양의 서사도 한국문학장(공론장)에서 정체성을 가질 수 있게 되었다. 이렇게 실현된 '여성교양소설의 불/가능성'은, 더 이상 '교양소설'이라는 말로 이야기하지 않아도 될 것이었다.

'오늘날은 더 이상 교양소설이 불가능한 시대'라는 한탄도 간혹 들리지만, 그 한탄은 순진하거나 어딘지 음험하다. 교양소설 혹은 제도로 구축되어온 문학에 애초부터 계급이나 젠더, 언어 혹은 지식자본을 둘러싼 위계가 전제되었음을 모르거나, 모르는 척하는 것이다. 이 한탄에는, 교양소설에 여성-대중이 신참자로 진입하는 사태가 함의되어 있다.[37] 즉 교양소설의 불가능성이란, 문학의 불가능성과 같은 말이 아니다. 하지만 그 둘이 같은 말이라고 해도 상관없다. 그 말들은 남성지식인의 내면을 특권화하는 장소로서의 문학, 혹은 남성을 정점으로 구축되어온 문학의 쇠락에 대한 만가輓歌에 불과하기 때문이다. 1960~1970년대 루이제 린저와 『생의 한가운데』 열풍

---

37. 高田里惠子, 『文学部をめぐる病い』.

은 그 한국적 징후의 하나였을 뿐이다.

◇◆

마지막으로 다시 루이제 린저의 방한으로 돌아가본다. 그녀는 1975년 10월 31일 오전 10시에 기자회견을 한 뒤 한국을 떠난다. 한국 측 기록자는 그녀가 이별을 더없이 슬퍼하며 떠난 상황을 감상적 필치로 묘사한다.[38] 그리고 그녀는 1976년, 남한 방문기 "Wenn die Wale Kämpfe"(고래가 싸운다면)을 출간한다.[39] 이 책은 한국에 대한 소개(태극기, 분단상황, 자연환경, 문화, 풍습 등)를 비롯하여 1975년 10월 방한 당시 숙소였던 세종호텔 주변의 서울 이야기, 판문점, 불국사 에밀레종 견학, 가을풍경 등에 대한 소박한 감상, 나아가 한국 근현대사와 국제정세, 박정희 정권 치하의 탄압들, 종교계의 반독재운동, 김지하 투옥 비판, 한국의 유교와 불교 등에 이르는 이야기까지, 1970년대 한국에 대한 외부로부터의 시선, 혹은 당시 한국의 어용언론의 문제를 검토할 수 있는 흥미로운 텍스트다.

가령 "박정희 독재정권이 공산주의 북한에 대항하는 가장 강력한 보루"이기 때문에 "미국에 의해 보호"받는다는 진단과 1970년대 말 국제정세의 흐름 등에 대한 언급, 그리고 "남한국

---

38. 문학사상사 편집부, 「린저 스케취」, 『문학사상』, 1975년 12월호.
39. Luise Rinser, *Wenn die Wale Kämpfe — Porträt Eines Landes Süd-Korea*, R.S.Schulz, 1976. "한국정부에 의해 탄압받은"이라는 수식과 함께 윤이상·안병무에게 우정을 표하는 속표지가 그 성격을 상징적으로 보여준다.

민들의 자유를 향한 절망적이지만 용감한 비폭력적인 투쟁"에 대한 관심과 참여의 촉구는 이 책의 집필의도를 명백히 보여 준다.[40]

또한 이 책 표지에 적힌 소개글은, 그녀가 "한국 언론인 인터뷰의 십자가에 처형되었다"라는 다소 신랄한 비판문구로 시작하는데, 이는 그녀가 1975년 방한을 어떻게 의미화했는지 충분히 짐작하게 한다. 이미 방한 때 그녀는 한국언론에 불안을 야기한 존재였던 것이다. 그리고 한국에도 한국에 대한 이 책의 비판적 표현들(박정희는 남한의 독재자이고, 남한은 히틀러 치하의 독일과 비슷하며, 중앙정보부KCIA 요인들이 서독에서 다수 암약하고 있다는 등의 이야기)이 알려진다.[41] 이어 1979년 『문학사상』 창간 7주년을 전하는 신문들의 단신에서는 문학사상사가 초청한 해외작가들의 명단 중 그녀의 이름만 누락되는 모습[42]을 확인할 수 있다. 이 모두, 루이제 린저가 1980년 첫 방북 이후 김일성과 각별한 친분을 쌓았다는 사실[43]이 알려지기 '이전'의 일이다.

---

40. Luise Rinser, *Wenn die Wale Kämpfe*, 뒷날개 부분.

41. 루이제 린저, 『전쟁장난감』, 김해생 옮김, 한울, 1988, 152쪽.

42. "문인들의 광장으로 지령 83호를 기록한 『문학사상』은 그동안 … 게오르규, 이오네스코 등 해외작가들을 초청, 강연회를 갖기도 …" 같은 식. 「월간 「문학사상」 창간7주년 맞아」, 『경향신문』, 1979년 9월 26일.

43. 이에 대해서는 이행선·양아람의 「루이제 린저의 수용과 한국사회의 '생의 한가운데' ─ 신여성, 인생론, 세계여성의 해(1975), 북한바로알기운동(1988)」(『민족문화연구』 73, 2016)도 좋은 참고가 된다.

실제로 루이제 린저가 문학사상사 측으로부터 초청을 받았을 때 그녀는 한국을 파시즘의 나라, 독재의 나라로 여기고 있었다. 그렇기에 그녀는 그 초대장의 저의를 심각하게 의심했고, 윤이상과 자신의 방한에 대해 상의하기도 했다. 그녀는 "이 여행으로 한국의 사람들에게 뭔가 도움이 될 수 있을 것"이라 여기고[44] 방한하기에 이른다. 하지만 한국 체류 중 그녀는 계속 감시·미행을 당했고[45] 그 와중에도 함석헌, 안병무 등 크리스천아카데미 측과 접선하며 "혁명의 문제, 제3세계가 직면한 모든 기독교인들의 양심이라는 큰 문제"[46]를 논하기도 했다.

『문학사상』「방한일지」에는 표 나지 않을 정도로 아주 미묘하게 루이제 린저가 독일대사관을 제멋대로 방문하거나 사전 일정 상의를 요구하는 까다로운 인물처럼 묘사된 대목도 있다. 이 대목들의 흔들리는 문체는 그녀의 실체에 대한 『문학사상』 측의 불안 혹은 민감함의 흔적[47]이었을 것이다. 하지만 한국 측 기록에서 루이제 린저는 일관되게 한국에 우호적인

44. 伊藤成彦·ルイーゼ·リンザー, 「ルイーゼ·リンザーは話る ― 現代ドイツの文学と社会」, 『文学的立場』, 八木書店, 1980. 7.
45. 루이제 린저, 『북한 이야기』, 강규현 옮김, 형성사, 1988 ; 윤이상 외 저, 『상처 입은 용 : 윤이상, 루이제 린저의 대화』, 랜덤하우스코리아, 2005 ; 伊藤成彦, 「ルイーゼ·リンザ」, 『文学的立場』.
46. 루이제 린저, 『전쟁장난감』, 265쪽. 모임의 성격이나 규모는 정확하지 않다.
47. 당시 예정된 통역자가 각각 '정보기관에 연계돼 있다', '좌익분자다'라는 의심을 받아 두 차례나 교체되었다는 기록도 있다. 「獨 루이제 린저 타계」, 『동아일보』, 2002년 3월 19일.

친한파 작가였다. 이 글 첫 부분에서 스케치했듯, 1970년대 한국 측 기록에는 루이제 린저의 서울 강연에 모인 여성독자들이 그녀를 월드스타처럼 대하고 환호한 풍경만 묘사되어 있다. 그 독자들이 루이제 린저를 히틀러 치하에서 투옥된 바 있는 정치적 작가로 인지하고 있었던 분위기는 전혀 언급되지 않는다.[48] 강연 후 토론에서 한 여학생이 그녀에게 "독재체제의[나치 ― 인용자] 손아귀로부터 어떻게 탈출할 수 있었는지" 질문한 것의 기록도 없다. 그리고 이때 루이제 린저가 한국독자가 원하던 답을 주지 못했던 기록 역시 남아 있지 않다.[49]

즉 당시 여성 대중독자에게 '한국-루이제 린저'란, 문예공론장의 남성들이 담론화하고 기록한 '전혜린-루이제 린저'와 다른 회로를 갖고 있었을 수도 있다. 그녀는 기록된 것보다 훨씬 스펙터클한 맥락에서 종횡무진하던 존재였다. 1980년대에 '북한'과 접속하는 루이제 린저뿐 아니라 1960~1970년대의 '한국-루이제 린저'를 이해기 위해서는 바로 이런 점들이 적극 의식되지 않으면 안 된다. 가령 비슷한 시기, 일본에서 루이제 린저란, 일본의 독문학자이자 국제연대 활동가이자 윤이상과 루이제 린저 대담[50]의 번역자인 이토 나리히코伊藤成彦, 그리고 그

---

48. 伊藤成彦·ルイ―ゼ·リンザ―, 앞의 인터뷰. 이 회고는 1979년 10월 13일 프랑크푸르트에서 이토 나리히코와 루이제 린저가 만나 인터뷰했을 당시의 것이다. 루이제 린저의 회고 속 1975년 방한은, 당시 한국 측의 기록이나 기대와 매우 다른 것이었음을 엿볼 수 있다.

49. 伊藤成彦×ルイ―ゼ·リンザ―,「ルイ―ゼ·リンザ」,『文学的立場』.

50. 린저와 윤이상의 대담기록 *Der verwundete Drache*(S. Fischer, 1977)은

의 동인이 발간한 『문학적 입장』文学的立場 51을 매개로 소개된다. 루이제 린저는 1980년에 일본에 처음 갔고, 그녀의 책은 『생의 한가운데』만 알려져 있었다.52 1980년대 초 일본의 '이토 나리히코'와 국제연대그룹과 『문학적 입장』이라는 동인지, 그리고 '루이제 린저'. 즉, 한국에서와는 전혀 달랐던 이쪽 루트를 참조할 때, '한국-루이제 린저'라는 기호는 전후 냉전체제, 국제연대 등의 주제를 비껴갈 수 없다.

하지만 이 글에서는 우선 1960~1970년대 '한국-루이제 린저'가 공론장의 언어에 의해서만 구성된 존재가 결코 아니었음을 강조하는 것으로 충분할 것이다. 그녀에 대한 폄훼나 은폐의 언어들에 아랑곳하지 않는 장소에서 독자들이 그녀를 읽어왔음은 많은 기록들이 말해주고 있다. '한국-루이제 린저'의 독자들은, 공론장이 애초에 늘 지각 변동의 계기를 품고 있는

일본에서 이토 나리히코의 번역으로 먼저 출간되었다. 伊藤成彦, 『傷ついた龍 : 一作曲家の人生と作品についての対話』(未来社, 1981) 참조. 이 책이 2005년 한국에 『윤이상, 상처 입은 용』(랜덤하우스중앙)으로 온전히 번역되기까지의 수난사를 논하기 위해서는 다른 지면이 필요할 것이다.

51. 이토 나리히코, 오다기리 히데오, 오다 마코토 등의 전후 문학자들이 주축이 되어 총 3차례에 걸쳐 발간한 동인지다. '문학적 입장'이라는 표제로 총 3차에 걸쳐(1965년, 1970년, 1980년) 나왔고, 제3차 『문학적 입장』은 1980년 7월부터 총 10권을 내고 1983년에 종간한다. "전후 문학의 계승"을 목표로 창간했고, 소위 '내향의 세대' 비판으로 1960년대 문학논쟁을 전개했다. 1980년대에는 "국가주의, 반동적 낭만주의"와의 싸움을 선언하면서 한국 및 제3세계 문제에 개입하는 국제연대활동을 이어갔다.

52. 佐多稲子×ルイーゼ・リンザー, 「女性として生きること書くこと」, 『すばる』, 1981. 7.

불안정한 체제였음을 증거하는 존재들이다. 그들은, 권위의 언어에 휘둘리지 않으면서 공론장의 하부를 지탱해온 존재들이기도 했다. 그리고 이들이 2017년 '권위를 향해 말하는 사람들'[53]의 선배들이자, 한국문학·한국사회에 지각 변동을 가져오고 있는 바로 그 존재인 것도 분명하다.

---

53. 2016~2017년은 촛불-탄핵-정권교체뿐 아니라, 한국문학장의 구조변화, 문예공론장에 여성 및 대중이 유입되며 문학장의 재구축을 이루어간 시간으로도 의미화할 수 있다. 대의되지 않고 스스로를 표현하고 참여하고 행동하려는 이들의 정동과 움직임 속에서, 이 글의 '한국-루이제 린저'와 그 독자가 (재)독해될 수 있기를 바란다.

「황제를 위하여」와 *Pour l'empereur!* 사이

문학장의 역학과 '작품'의 탄생

1. 아직 존재하고 있던 에필로그

1980년 가을부터 7회에 걸쳐 『문예중앙』에 연재된 이문열의 「황제를 위하여」는 다소 복잡한 출판이력을 갖고 있다.[1] 그 과정마다 의미를 논할 만한 심각한 개작이나 변형이 있었던 것은 아니다. 대부분 출판사 편집부의 교정·교열 수준에서의 수정이라고 보아도 무방하고, 각 시기마다의 언어 관습을 반영한 사소한 수정 정도라고 해도 좋다.

하지만 연구 대상으로서의 텍스트 확정 문제에 있어서는,

---

1. 이 소설이 처음 단행본으로 출간된 것은 1982년 동광(東光)출판사에서였고 초판 1만 부에서 합의절판한다. 이어서 1983년 삼성(三省)출판사에서 발간한 『제3세대 문학전집』 24권에 수록되지만 할부시장 유통망 속에서만 돌아 서점에서는 찾아볼 수 없는 책이었다고 한다. 이후 1985년 중앙일보사에서 발간한 베스트셀러 소설선집 1권으로 잠시 나온 후, 1986년 고려원에서 이 책을 '상·하'로 분책하여 재출간했으며 1990년대 중반까지 판을 거듭하며 유통되다가 절판되었다. 그리고 마지막으로 2001년에 민음사 『세계문학전집』 51, 52권으로 발간되어 오늘에 이른다. 첫 단행본이, 소설을 연재했던 『문예중앙』 계열사인 중앙일보 출판부가 아니라 동광출판사에서 나온 당시 정황에 대해서는, 이문열의 회고문 「사랑과 축복 속의 출생, 그리고 기구한 유전(流轉)」(『문학의 오늘』, 2013년 여름호)에 설명이 대략 있다.

결코 간과할 수 없는 변동사항이 한 가지 있다. 그것은 1995년을 기점으로 에필로그가 사라진다는 점이다. 『문예중앙』 연재 때부터 1995년 고려원에서 출간한 2판 발행본에 이르기까지 이 소설의 마지막 문장은 "황제를 위하여, 그 승리와 영광을 위하여."이다. 그런데 현재 2001년 민음사판을 초판으로 하여 유통되는 이 소설은 "내가 처음 덕릉德陵을 찾게 된 날로부터 6년 전인 1972년의 일이었다."로 끝난다. 소설이 유통되는 과정에서 이런 변형은 드문 일이 아니지만, 이 경우 해석의 미묘한 차이를 낳는 요소라는 점에서, 그리고 무엇보다 이 에필로그의 여부에 따라 이 소설의 미학적 성격이 달라짐을 논할 수도 있다는 점에서 이 문제는 그리 간단치 않다.

주지하듯 「황제를 위하여」는 「정감록」이라는 도참서圖讖書를 연상시키는 소설이다.[2] 황제를 자청하는(황제로 길러진) 한 인물의 1895년부터 1972년까지의 좌충우돌 생애를 그리고 있다. 1895년부터 1972년이라는 시간은, 한국의 근현대사의 격변들을 함축하는 시간으로서, 황제의 생애시간은 한국 근현대사

---

2. 「정감록」은 소설 도입부에 잠시 언급되었고, 실제 서사적으로도 「황제를 위하여」는 「정감록」을 연상시키는 바가 많다. 하지만 이문열은 이 소설의 서사적 모티브를 중국의 '삼왕묘(三王墓) 전설'과 한국 전통 우스개 이야기인 '붕(崩) 천자 설화'에서 가져왔다고 회고한다.(이문열, 앞의 회고문). 이 점을 전적으로 작가의 말에 의존해서 해석할지에 대해서는 신중을 기해야 할 텐데, 이는 본 발표와는 별개로 논해야 할 주제이다. 이 글의 5절에서도 언급하겠지만 이문열의 소설 바깥 회고, 인터뷰, 산문들이 숨기는 것, 드러내는 것, 왜곡한 것이 분명 있고, 그것들에 개재된 의식·무의식을 해명하는 일이 선행되어야 하기 때문이다. 각주 15번 참조.

의 시간과 나란히 기록되고 있다.

한편 서사 전개 과정에서 황제는, 우스꽝스럽게 추락되고 다시 숭고하게 복권되는 모습을 반복해서 보여준다. 1990년대 중반 이 소설의 작품론을 쓴 황종연은 "하나의 인물에게 서로 차이가 나는 이미지가 중복되어 있는 현상은 어떤 경우 해석상 난감한 문제를 야기하기도 한다."[3]라며 곤혹스러움을 표하기도 했는데, 이것은 "그 뒤의 일이 어떻게 되는지 알고 싶거든, 다시 다음 회를 기대하시라."[4]라는 구연자적 너스레가 함축하는 소설 속 서술자의 독특한 성격 및 기능을 우선 관련지어야 할 문제이다. 전해내려 왔다는 실록을 다시 써서 들려주는 「황제를 위하여」의 서술자는, 소위 '적대자들'의 이견, 반론까지 등가적으로 교차시켜 기술한다. 그러므로 이 소설은 여러 논자들이 두루 지적하듯 양가적인 텍스트이다. 서술자는 근대적·서구적 가치와, 전근대적·동양적 가치를 대화/충돌시킨다. 또한 희극성과 숭고미를 교차시키면서 황제에게 광인과 영웅의 두 면모를 동시에 부여한다. 서술자가 심정적으로는 영웅으로서의 황제를 지지하는 것임이 분명해 보이지만, 서술층위에서는 그것을 노골화하지 않는다. 단지 그것은 소설의 구성과 설정 속에서만 암시될 뿐이다.

---

3. 황종연, 「이념으로부터의 자유를 위한 우화」, 『황제를 위하여 2』, 고려원, 1996년 3판 3쇄.
4. 「황제를 위하여」, '卷三 개국(開國)'의 마지막 문장이다. 이후 1, 2권으로 분책된 후에는 1권의 마지막 문장이 되었다.

그런데 1995년까지 이 소설에 존재했던 '에필로그'는 이러한 긴장감을 훼손하며 이 소설을 단번에 계몽의 텍스트로 위치시킨다. 이 에필로그에는 소설 전체 서술자와는 별개로 낯선 회고자·서술자가 잠시 등장한다. 그는 황제를 만나본 일이 있었다는 한 대학교수이다. 그의 말에 따르면 황제는 실은 광인狂人이 아니라 불운한 영웅에 가깝다. "열여섯에 열병으로 머리를 상한 뒤 대개 6.25를 전후해서 차츰 정신을 되찾게" 되었으며, 회복된 후에는 고독하게 자신의 신념을 고수한 사람이라는 것이다. 그러하기에 황제는 "정신적 성취"를 이루었고 "그 어떤 신념체계도 도전할 수 없는 새로운 신념체계의 수립을 기대한지도 모"르는 사람으로 평가된다. 에필로그 직전까지 유일한 서술자였던 '나'는 이런 교수의 말을 최종적으로 갈무리한다. 그리고 교수의 말로부터 "최소한의 리얼리티"를 확보했다고 확신하며 "황제를 위하여, 그 승리와 영광을 위하여."라고 끝맺는다. 이 "최소한의 리얼리티"라는 말은, 그때까지의 서술자의 어떤 갈팡질팡한 이야기보다 강력한 효과를 발휘한다. 그때까지 믿을 수 없는 화자에 해당할 '나'의 미덥지 못함을 지워버리고, 황제의 영웅성에 강한 설득력을 부여하는 주체가 되는 것이다.

이렇게 보면 에필로그는 소설 속 주인공 황제를 해석할 때뿐 아니라, 이 소설의 미학적 성격을 생각할 때에도 결정적인 단서가 된다. 에필로그 직전까지의 서사를 경유하며 독자들은 황제가 그저 시대착오적 광인인지, 아니면 시절을 잘못 타고 태어난 고독한 영웅인지의 사이에서 '지적 판단'을 유보하고 그저 '독서의 쾌^快'를 누리는 데 여념이 없었을 것이다. 서사적, 미학적 긴장감이 그 판단문제를 유보하게 했기 때문이다. 하지만 에필로그로 인해 이 소설은, 황제가 시절을 잘못 타고 태어난 고독한 영웅이었다는 의미를 지닌 텍스트로 최종적, 일방적으로 해소되어 버린다. 에필로그는 이 소설의 소실점을 재확인시켜주는 장치인 것이다. 에필로그는 주인공 황제에 대한 서술자의 시선이 궁극적으로 어디에 있는지, 그리고 이 소설이 궁극적으로 어떤 가치를 지향, 옹호하고 있는지에 대한 목소리를 너무도 분명하게 제시해준다. 에필로그의 이런 성격을 감안한다면, 애초부터 이 소설은 진지하고 엄숙한 계몽과 관념의 세계, 그리고 "황제를 위하여, 그 승리와 영광을 위하여."라는 마지막 문장이 암시하듯 낭만적 파토스의 세계에 놓인 소설이었다.

2. 왜 김현은 에필로그를 보이지 않는 것으로 만들었나 — '소설'이 되어야 했던 '베끼기'와 '연의'^{演義}

한편, 1983년에 김현은 삼성출판사에서 간행한 『제3세대 문학전집』에 이 소설에 대한 최초이자, 80년대 유일한 작품론이라고 할 「베끼기의 문학적 의미」를 싣는다. 이 글에서 김현은 「황제를 위하여」를 그때까지의 이문열 소설 중 "가장 중요한, 그리고 가장 좋은 소설"로 평가했다. 이 상찬은 소설집 말미에 붙은 해설이라는 점을 감안하더라도 그리 과한 것은 아니었다. 앞서 언급한 서사적, 장르적 긴장감(김현의 말에 따르면 "모순의 소산") 및 서술자의 의뭉스러운 너스레(문체)가 과연 탁월한 것이었기 때문이다.

　김현이 「베끼기의 문학적 의미」에서 주력하는 작업은, 「황제를 위하여」를 '소설' 양식으로 견인하는 일이었다. 우선 그는 이 소설을 '연의'演義와 '소설'이 뒤섞인 텍스트라고 말했다. 그리고 이 소설 내에서 연의와 소설의 톤을 구분한다. 그의 말에 따르면 연의의 톤은 "사실을 기이함과 결부시켜 서술"하는 것에 해당하고, 소설의 톤은 "사실을 우스꽝스러움과 결부시켜 서술"하는 것에 해당한다. 그리고 "독자는 연의에서는 시대착오적 정신의 아름다움을 느끼지만, 소설에서는 시대착오적 정신의 안타까운 움직임을 목도"한다고 말했다. 이미 김현은 이 소설이 서사 수준에서 갖고 있는 양식적 긴장감뿐 아니라, 동/서양 문학전통과 관련된 텍스트의 분열, 작가 이문열의 분열 혹은 전략을 읽고 있었던 것이다. 김현이 「베끼기의 문학적 의미」를 쓸 때 고심한 것은, 분명 구전의 영역에 해당하는 '베끼기'라는 전근대적 행위, 더구나 실록을 연의演義의 형식으로 고쳐 베낀다는 시대착오적 행위를 어떻게 '소설'Roman의 영역, '문학'Literature·La Littérature으로 환원시켜야 했는지였을 것이다. 주지하듯 베끼기, 연의란 이미 '소설'이 될 수 없고, 그렇기에 비평의 대상이 될 수 없게 된 지 오래인 터였기 때문이다.

　결과적으로 김현은 「황제를 위하여」를 연의가 아니라 '소설'로 읽어냈다. 이때 「황제를 위하여」는 소설이다.'를 증명하기 위해 그가 가져온 레퍼런스는 '바흐친-돈키호테-아우에르바흐'로 연결되고 있다. 잠시 그 관련 대목을 순서대로 읽어본다.

① "그의 기행을 통해, 정상적인 방법으로는 비판할 수 없는 것들이 신랄하게 비판된다. 그 신랄함은 포복절도할 정도의 본능적인 웃음을 유발시킨다. ⋯ 바흐친이 사육제의 웃음le rire carnavalesque이라고 부른, 민중의 힘 있는 웃음을 유발시킨다. 그 웃음은 공식문화 내에서는 터트릴 수 없는 대응민중문화의 웃음이다. 그것은 우직해서 앞뒤를 재지 않는 사람만이 터트리게 할 수 있는 웃음이다. 그것은 기괴한 웃음이지만, 생명력의 밑바탕과 결부된 웃음이다."

② "황제의 우직함-의뭉스러움에 비교할 수 있는 인물이 있다면, 그는 동·키호테이다. 황제와 동·키호테는 여러 의미에서 비슷하다. 그것들을 간략하게 요약하면, ⋯ 그런 의미에서 본다면, 「황제를 위하여」는 실록과 「동·키호테」를 고쳐-쓴 소설이다."

③ "「황제를 위하여」를 뛰어난 소설로 만들고 있는 결정적인 것은 그것의 문체다. 사육제의 문체처럼, 간결하면서도 빠르고, 빠르면서도 유장한 그것의 문체 중에서 가진 아름다운 대목들은, 「동·키호테」의 아름다운 대목은 그것이 비판하려

한 기사도소설의 문체를 본뜬 대목이라는 아우얼바하의 지적을 그대로 빌리면, 실록의 한문서술을 흉내 낸 곳들이다."[5]

①은 「황제를 위하여」의 웃음과 희극성이, 바흐친이 말한 건강한 민중의 웃음에 상응한다는 점을 강조하는 대목이다. ②는 황제와 돈키호테의 성격적 유사성을 설명하는 대목이다. ③은 아우에르바흐가 「돈키호테」의 문체를 상찬한 이유와 마찬가지의 이유(비판하고자 했던 전 시대의 문체를 본뜬 것이라는 점)에서 「황제를 위하여」의 문체를 상찬하는 대목이다. 그리고 이런 레퍼런스를 토대로 이 소설은 연의가 아닌 '바흐친적 의미의 소설'의 성격을 확보한다. 「베끼기의 문학적 의미」가 "그 소설이 얼마나 재미있나 알고 싶거든, 빨리 서두부터 읽어가시라."라고 끝나는 것도, 이러한 김현 독법의 궁극적 지향을 함축한다. 그런데 이때 유의할 것은 앞서 논한 에필로그, 당시 엄연히 존재하고 있던 에필로그가 자연스레 보이지 않는 것처럼 되어 버렸다는 점이다.

물론 김현이 에필로그의 존재를 아예 의식하지 않은 것은 아니다. "화자는… 나중에는, 모든 정신적 체제를 부정하는 정신적 힘으로 긍정한다. 화자 역시 황제의 정신주의에 은연중에 감염된 셈이며, 그 감염이 그로 하여금 황제의 일생을 재구

---

5. 김현, 「베끼기의 문학적 의미」, 『제3세대 한국문학 24권 이문열』, 삼성출판사, 1983.

성하게 만든다."라는 구절이 에필로그를 의식한 유일한 구절이다. 하지만 이 대목은 에필로그의 핵심, 즉 교수-서술자, 황제 생애의 진실, 그리고 계몽적 진술과 낭만적 파토스까지 고려한 것은 아니었다. 계몽적 진술과 낭만적 파토스는「황제를 위하여」를 바흐친식의 민중적 웃음, 돈키호테의 성격에 준하여 해석하는 데에 걸림돌이었을 것이기 때문이다. 에필로그는, 김현으로 하여금 민중의 웃음, 건강한 웃음을 말할 수 없게 하는 결정적 장치였던 것이다.

즉, 김현은 이 소설이 에필로그를 통해 내세웠던 계몽의 포즈, 주장되는 진릿값을 철저히 배제하고 굳이 '재미', '유희'의 측면을 의미화, 가시화했다. 당시 민중성, 민중소설의 새 지평, 그 가능성이 요구되던 분위기를 반영하는 ①에서와 같이, 김현에게 있어서「황제를 위하여」의 에필로그는, 보이지 않는 것 혹은 없는 것이어야 했다. 행여 이것이 김현의 의도와 무관했다 하더라도,「베끼기의 문학적 의미」는 결과적으로 1983년 시점에 엄연히 존재하고 있던「황제를 위하여」에필로그를 보이지 않는 것으로 만들게 되었다.

한편 에필로그가 완전히 사라지는 것은 앞서 언급했듯 1995년 12월 고려원 3판 인쇄 때부터이다. 고려원 출간의 새로운 판본에서 에필로그 대신 실리는 것은 황종연의 1990년대적 독법인「이념으로부터의 자유를 위한 우화」이다. 90년대의 세계관과 미학으로 이 소설을 재해석하며 1990년대의 맥락에「황제를 위하여」를 재배치한 글이다. (이 글에도 사라진 에필로그의 존재에 대한 언급은 없지만 그 에필로그의 서술자의 역할을 의식한 것은 분명하다. 특히 III장 앞부분) 강력한 계몽의 장치였던 에필로그가 사라진 것은 어쩌면 소설 텍스트 내적 이유뿐 아니라 콘텍스트적인 이유도 컸을 것이다. 이런 점을 생각한다면, 1983년 김현의 글은 90년대의 「황제를 위하여」를 다룬 셈이고, 김욱동이 말한 이 소설의 포스트모더니즘적 측면을 일찌감치 예감한 것[6]으로까지 보아도 무방하다.

그러나 지금 특별히 주목하고 싶은 것은 그 해석의 선취성보다도, 바흐친과 돈키호테라는 레퍼런스이고 ①과 ②의 구절들이다. 이것을 단순히 김현 개인의 취사선택이라고만 할 수 있을까. 레퍼런스란 일차적으로 글쓴이의 의도와 욕망이 반영된 것이지만, 동시에 일개인으로 환원할 수 없는 어떤 배경의 흔적이기도 하기 때문이다. 그 점을 잠시 생각해 본다.

우선, 바흐친이라는 레퍼런스 즉, ①의 인용과 관련하자면, 당시 1983년 시점의 한국문학장의 상황과 바흐친 사이의 관련을 생각하지 않을 수 없다.

1980년대 초중반은 1970년대부터의 민중론, 민중문학 등의 논의가 중간 점검되던 시기이기도 했다.[7] 민중 논의가 확장,

---

6. 동의여부는 차치하더라도, 단적으로 김욱동은 이 소설을 "한국 포스트모더니즘 소설의 효시"라고 단언한 바 있다. 김욱동, 「낭만적 이상주의와 거대이론의 위기 : 『황제를 위하여』」, 『이문열 ― 실존주의적 휴머니즘의 문학』, 민음사, 1994, 258쪽.

7. 당시 활황했던 '민중', '민중문학론' 논의와 관련 단행본들을 떠올려 보자.

다변화했고, 민중의 상이나 개념을 재고하거나 변화를 꾀해야 한다는 목소리가 나오기 시작한다. 예를 들어 김병익은 1982년 「민중소설에 대한 몇 가지 재검」[8]에서 1970년대의 민중론, 민중문학론이 '여전히 매우' 중요하다는 전제하에, 이 개념들이 고착화되거나 화석화되어간 것을 우려한다. 그리고 구체적으로는, 당시 민중의 상이 스테레오타입화되었다거나, 민중이 자기각성이나 변화 없이 언제나 동일한 성격을 갖는다는 등의 한계를 지적하면서 민중 개념을 '시민'으로 확대시켜야 한다는 제언을 한다. 당시 문학운동의 주체가 아닌 논자들에 의해서 그때까지의 민중문학을 시민문학으로 전환해서 사고하려는 논의가 간헐적으로 제기되므로 이 제언은 김병익만의 것은 아니다. 또한 '민중'이 아닌 '시민'을 이야기하고자 하는 뉘앙스도 논자에 따라 각각 다르다. 하지만, 분명한 것은 1983년 시점에 한국문학장 내에서 경직되거나 고착되어간 민중론, 민중소설론, 민중문학론이 어떤 기로, 전환점에 있었다는 점이다.

김현이 「황제를 위하여」에서 읽은 '웃음'은 바로 이 경직되거나 고착된 '민중', '민중성'을 재고하게끔 하는 바흐친식 '건강한 민중'에 연결될 웃음인 셈이었다. 물론 김현의 글은 본격적 소설론, 본격적 웃음론은 아니었다. 하지만 이전 시대부터의 민중문학, 민중소설의 가치를 염두에 두면서, 그 미학적 경직성을 해소시킬 수 있는 텍스트로서, 김현에게는 이문열의 「황

---

8. 김병익, 「민중소설에 대한 몇 가지 재검」, 『문예중앙』, 1982년 봄호.

제를 위하여」가 놓여 있었을 것이다. 그런데 이 '웃음'을 강조하는 데에 있어서 걸림돌이 되는 것은 당연히 이 소설의 에필로그였을 것이고, 그 이유는 앞서 확인한 대로다. 즉,「베끼기의 문학적 의미」에서「황제를 위하여」의 에필로그를 없는 것처럼 만든 상황은, 이 소설 전체의 '웃음'을 바흐친식 민중의 건강한 웃음, 그리고 그 웃음과 관련될 소설로 견인하기 위해 불가피한 것이었다.

그런데 "「황제를 위하여」는 실록과「동·키호테」를 고쳐-쓴 소설이다."라는 ②의 인용으로 넘어오면, 지금까지 논한 '웃음-바흐친과 소설-보이지 않게 된 에필로그' 사이의 개연성과는 '다른' 층위의 문제로 이행해 버린다. 이것은 방금 논의한 1980년대 문학장과 바흐친 사이의 관련성 논의보다 더 심층에 해당할 이야기일 것이다. 이 점을 살피기 위해 잠시「황제를 위하여」에 개재된 작가 이문열의 의도를 구체적으로 읽어본다.

3. 쉽게 발각되었어야 했던 이문열의 트릭, 돈키호테

「황제를 위하여」는 연재 당시 '백제실록연의'白帝實錄演義라는 부제를 붙이고 있었고,[9] 잠시 출판사를 달리하면서 '동양학서설'東洋學序說[10]이라는 부제를 붙였던 일도 있다. 나아가 이

---

9. 2001년 민음사 판부터는 부제 자체가 사라진다.
10. 『황제를 위하여 ─ 베스트셀러 소설선집 1권』, 중앙일보사 출판부, 1985.

문열은 첫 회 연재에 싣는 작가노트에서 "이런 글을 쓰는 것은 한때 우리에게 익숙했고, 거의 일상으로 쓰였을 생각과 말들이 이제 점점 대하기 힘들고 잊혀가는 데 대한 아쉬움 때문이다."[11]라고 했다. 또한 동광출판사 초판본 서문에서는 이런 소박한 의중을 보다 관념화, 체계화하여 제시하는데, "그 모든 것들 — 과학과 합리주의, 갖가지 종교적 이념, 그리고 금세기를 얼룩지게 한 몇몇 정치사상 등등 — 이제는 거의 아무도 그 유용성이나 정당함을 의심하려 들지 않는 것까지도 순전히 동양적인 논리로 지워 보려 애썼다."라고 한다. 특히 이와 관련하여 플라톤, 아리스토텔레스, 보들레르, 니체, 로버트 오웬, 그리스·로마 문명의 맞은편에 사서삼경, 이하李賀, 장자, 허자許子, 동북아 문화권을 놓고 대치시키는 대목은[12] 특히 주목을 요한다.

즉, 이문열 소설 쓰기의 강렬한 충동의 하나로서 '동양적인 것'의 문제는 이미 중요한 주제군을 형성하거니와, 이에 대해서는 김명인에 의해 "'이념 과잉과 서구적인 것에 대한 지나친 민감'에 대한 '동양적 처방전'"[13]이라는 간명한 요약으로 정리된 바도 있다.

하지만 황호덕에 따르면 「황제를 위하여」 속에서 '동양적인 것'과 '서양적인 것'의 대결, 혹은 이문열의 이념은, 논리나 체계의 문제가 아니라 그저 '도상'에 불과하다.[14] 이 말은 이문

11. 이문열, 「작가노트」, 『문예중앙』, 1980년 가을호, 317쪽.
12. 이문열, 「책을 내면서」, 『황제를 위하여』, 동광출판사, 1982.
13. 김명인, 「한 허무주의자의 길찾기」, 『사상문예운동』, 1990년 겨울호.

열의 이념과 태도에만 한하지 않는다. 가령 이문열의 많은 소설 속 인물의 성격이나 관념진술들이 시대착오적이며 당대의 문학운동 주체들과 적대적이거나 이질적인 상황은 그간 그의 문학적, 정치적 보수주의를 증거하는 사례처럼 이야기되어왔다. 그 보수성이 어떤 자체적 논리와 사고체계를 갖고 있는 것인지에 대해서는 설명되어야 할 것이 많음에도 불구하고 말이다.[15] 하지만 이때 이문열의 주장들이 논리가 체계가 아닌 '도상'으로서 전개되고 있었다는 말을 오버랩할 때 문학적, 정치적 보수주의 혐의와 관련된 사정은 단순치 않다.

이와 관련해 권성우의 논의를 잠시 생각해본다. 그는 1989년 시점에서 ①「젊은 날의 초상」,「그대 다시는 고향에 가지

---

14. 황호덕,「답변에 대한 질문:웃음이란 무엇인가 — 이문열과 성석제, 숭고한 희극과 배중률적 농담」,『프랑켄 마르크스』, 민음사, 2008.

15. 가령 이문열은 스스로 1990년대 중후반 보수화되었다고 여러 인터뷰에서 밝힌 바 있다. 그는 1980년대 중반까지 "무이데올로기", "일종의 반응"으로서의 정치적 입장을 취했다고 하며, 하나의 "신념"을 갖추게 된 것은 90년대 후반부터라고 이야기한다. (스리체어스 편집부,『바이오그래피 매거진 ISSUE4 이문열 — 시대와 불화하다』, 스리체어스, 2015;이문열, 김호기 인터뷰,「김호기 교수가 만난 우리 시대 지식인」,『신동아』, 2015년 7월호) 이 진술과 관련하자면, 이문열이 한국보수정치의 아이콘으로 뚜렷이 정체화한 것은 2003년 17대 총선 한나라당 공천심사위원으로 활동한 것과 관련될 터이지만, 1992년 총선에서 야당 계열의 민중당을 지지했고, 심지어 선거포스터에까지 출연했다는 점은 잘 알려져 있지 않았다. 이문열 스스로 보수 이데올로그 정체성 구축에 불필요한 과거는 진술하지 않고 있기 때문이다. 이런 사례를 통해서도 알 수 있지만, 이문열의 소설 바깥의 진술들은 전적으로 신뢰할 텍스트라기보다 그의 소설과 마찬가지로 '편집된', '해석되어야 할' 텍스트로 보아야 한다.

못하리」,「변경」계열의 소설과, ②「황제를 위하여」,「장려했느니, 우리 그 낙일」,「우리들의 일그러진 영웅」,「구로 아리랑」계열의 소설을 분리하여, 전자(①)를 "실존적 고뇌와 솔직한 목소리가 비교적 깊숙이 투영되어 있는" 작품군, 후자(②)를 "능란한 이야기 솜씨가 돋보이는" 작품군으로 구분한 바 있다.16 이문열의 이념에 대한 태도가 '체계'가 아닌 '도상'이라는 황호덕의 진술을, ②번 계열 소설군과 겹쳐본다. 나아가 권성우의 구분에 포함되지 않은 『사람의 아들』(1979), 『선택』(1997), 『아가』(2000) 등등의 문제적 장편들, 그리고 일찌감치「익명의 섬」(1982)류의 단편들에서부터 구현된 인물, 서술자의 발화도 떠올려 본다. 그렇다면 이문열의 소설들이 일종의 '도상'으로서 구현되고 있다는 것이 어떤 의미인지 이해하기 어렵지 않다. 그런데 정작 문제는, 이 '도상'의 문제를 권성우가 이야기한 전자(①)의 작품군에까지 적용해볼 때의 복잡성이다. 이미 많은 논자들이 이문열을 '교양주의'라는 문제계를 통해 접근한 바가 있다.17 주로 전자의 작품군에 해당하는 이야기

---

16. 권성우,「작가에게 보내는 젊은 비평가의 편지」,『작가세계』, 1989 여름호.
17. 이문열의 소설 발표 초기, "서구적 교양체험"(이동하,「낭만적 상상력의 세계인식」,『우리 시대의 문학』1집, 1982)으로 설명되던 방식으로부터 연원하는 이 문제계는 이후 일정한 논의흐름을 유지하고 지속되어 오고 있다. 조영일의 『한국근대교양소설연구』(서강대석사, 2002), 이철호의「황홀과 비하, 한국교양소설의 두 가지 표정 ─ 이광수와 이문열을 중심으로」(『상허학보』37, 2013), 장문석의「서른둘에 다시 읽은 데미안 ─ 이문열의 『젊은 날의 초상』과 한국의 '교양' 연구 노트」(『한국 현대소설이 걸어온 길:작품으로 본 한국소설사(1945~2010)』, 2013) 등 참조.

이다. 그런데 그 전자의 작품군에까지 '도상'이라는 아이디어를 접목한다면, 이문열 교양주의(교양소설)의 근본적 성격과 문제성을 질문해야 하는 상황이 된다.

「황제를 위하여」에 한하자면, 이문열의 '동양적인 것'의 주창은 어디까지나 '서양적인 것'과의 긴밀한 대쌍관계[18] 속에서만 가능하다. 이것은 소설 속 서사의 수준에서도 충분히 납득된다. 텍스트 안에서 '서양적인 것'(마르크스, 예수)에 대항적으로 제시된 허자許子, 묵가 등은 적극적으로 그 가치와 논리를 담지하지도 설파하지도 못한다. 안티 자체를 위한 조건반사적, 도식적 안티테제로서만 의의를 지닌다. 또한 현대 기술문명(기차, 배, 비행기) 등에 대해 황제는 그 대안적 도구나 방편 자체를 제시하지 못한 채 도전하고 실험하지만 어김없이 실패할 뿐이다. 황제의 희극성은, 패배가 예정되어 있음을 '이미 알고 있는' 독자나 관객에게만 유발되는 웃음에 다름 아니다. 즉, 이문열이 주창한 '동양적인 것'의 가치는 '서양적인 것'이 강력하게 상정되면 될수록 더불어 강력해지고 더 의미 있는 것이 되며, 서양적인 것 없이 결코 성립하지 않는다.

이런 사정을 감안하면서 다시 「베끼기의 문학적 의미」로 돌아오자. 김현이 『황제를 위하여』는 소설이다.'를 증명하기 위해 에필로그를 무시하며 바흐친의 이름을 가져온 것은 분명

---

18. 사카이 나오키는 이런 보편-특수의 관계 일반을 '대쌍관계', '공범관계'로 설명했다. 사카이 나오키, 『번역과 주체』(이산, 2005) 및 사카이 나오키·니시타니 오사무, 『세계사의 해체』(역사비평사, 2009) 참조.

시대정합적인 측면이 있었다. 그런데 "「황제를 위하여」는 실록과 「동·키호테」를 고쳐-쓴 소설이다."라는 말은 확실히 기이한 것이다. 이 말은 이문열의 의도를 정확하게 거꾸로 물구나무 세운 것이다. 왜였을까. 물론 '이것은 돈키호테를 연상시킨 소설이었기 때문이므로 김현의 글은 자연스럽다'라고 해버리면 간단하다. 하지만 김현은 이미 이문열에게 있어서 이러한 대쌍구도가 강력하게 존재했음을, 즉 이미 이 소설은 황제와 돈키호테가 동시적으로 상정된 것이었음을 알고 있었던 것 아닐까. 김현의 글 안에서 「동·키호테」가 일종의 원본이고 「황제를 위하여」는 그것에 비견되는 일종의 모사본 혹은 한국어 번안본처럼 다루어지는 것도, 이런 숨겨진 구도를 간파한 결과 아니었을까. 아니, 정확히 말하면 이문열이 그것을 쉽게 발각될 것으로서 텍스트 안에 감추어둔 것 아니었나.

이미 돈키호테는 「황제를 위하여」가 숨겨둔 트릭 아닌 트릭이었고, 김현은 그것을 읽어낼 수밖에 없었다. 그리고 김현에게 발각된 세르반테스, 돈키호테의 이름은, 바흐친의 이름 없이도 이미 충분히 「황제를 위하여」를 '소설'로 만들 수 있었다. 이때의 소설은 Roman, novel, literature 등 그 어떤 이론적, 역사적 구분이나 설명도 필요 없는, 이미 감각 속에 자연화된 소설이었다. 그러므로 이문열이 강력하게 텍스트 안팎에서 서술자의 발화를 빌려, '이것은 동양적 처방전이다'라고 주장하는 것과, 김현이 다시 이문열이 지우고자 했던 박래의 이름과 그 권위에 근거하여 해석하는 것은 공통의 구조 안의 일이다. 김현과 이문열은 사실상 같은 구도의 이야기를 하고 있었던 셈이다.

정리해본다. 「베끼기의 문학적 의미」에서 김현은 「황제를 위하여」를 1980년대 초반적 의미의 '소설', '문학'의 자리에 놓고 자 바흐친의 '웃음'을 인용했고, 불가피하게 에필로그를 보이지 않는 것으로 만들어야 했다. 그런데 그 시대정합적 논리와 별개로, 「황제를 위하여」는 이미 「돈키호테」와 호환가능한 것으로 놓여 있었다. 그것은 이문열의 의식·무의식적 트릭이었고, 김현은 필연적으로 그 의식·무의식에 호응했다. 아니, 김현이 아니었어도 그래야 했다. 그들에게 있어서 이미 한 번 탈역사화·탈문맥화된 바 있던 「돈키호테」는 1980년대 초 한국에서 「황제를 위하여」를 통해 이렇게 재문맥화된다. 바흐친 없이도 「황제를 위하여」는 「돈키호테」로 인해서 이미 충분히 '소설'이었고 '문학적'이었던 것이다. 그렇다면 이런 글쓰기와 독해의 의식·무의식이 그들만의 것이었을까. 당대 평단과 대중독자 모두가 이문열의 소설에 호응했던 상황을 이 일련의 논의와 관련지어 생각해볼 수는 없을까. 이것은 그들에게 있어서의 문학의 관념, 이론의 경합이 문제가 아니라, 그 지적, 정신사적 인프라를 질문해야 하는 문제이기도 한 것이다.

4. 한국어로 쓴, 한국문학으로 번안된 서구고전

이때 잠시 이문열이 등장한 시점과 그 의미를 떠올리지 않을 수 없다. 그가 본격적으로 작가로서의 명성을 얻게 된 것은, 등단 직후인 1979년 여름에 중편 「사람의 아들」로 『세계의 문학』 제3회 오늘의 작가상을 수상하면서부터이다.[19] 「사람의 아들」은 심사위원(김우창, 유종호, 최인훈)들 사이에서 "플롯상의 난점"이 지적되었으나, "인간존재의 근원과 그 초월에 관계되는 심각한 주제를 진지하게" 다루었고, "작품의 곳곳에서 고전적인 품위를 성취"[20]했다는 평가를 받으며 오늘의 작가상으로 선정되었다. 이때 '근원', '초월', '고전적인 품위'라는 말이 함축하는 바는 단순한 찬사가 아니다. 이 말들은 이문열이 평단과 대중독자 모두에게 어필한 이유와 관련되기 때문이다. 즉, '고전적인 품위'(그런데 「사람의 아들」은 그리스도교 경전과 신화에 관한 이야기라는 점도 기억해 두자.)를 갖춘 문학과, '상품'으로서의 문학은 결코 서로 모순되지 않는 범주임을 이문열이 확인시킨 것이다.[21]

이문열의 회고에 따르면 본래 「사람의 아들」은 『세계의 문

---

19. 이 소설은 수상 직후 바로 단행본화되어 베스트셀러가 된다. 1, 2회 수상작인 『부초』(한수산)와 『머나먼 쏭바강』(박영한)이 출간되자마자 각각 30만 부, 20만 부 이상 판매되며 베스트셀러가 되고, 3회 수상작인 『사람의 아들』은 1993년 시점에서 200만 부 이상 판매되는 스테디셀러가 된다. 당시 '오늘의 작가상' 수상은 곧 베스트셀러화로 이어지는 공식 루트와 같았는데, 이는 당시의 전작장편 붐(『경향신문』, 1979년 10월 9일 자 참조)과 연동해서 이해해야 할 것이다.

20. 오늘의 작가상 3회 수상 이유, 『세계의 문학』, 1979년 여름호.

21. 이듬해인 1980년에 「사람의 아들」은 연극과 영화로까지 제작된다. 윤호진 연출로 극단 실험극장 창단 20주년 기념 공연으로 연극 〈사람의 아들〉이 무대에 오르고, 유현목 감독 영화 〈사람의 아들〉은 그해(1980년) 제19회 대종상영화제 최우수작품상을 받는다.

학』 1979년 봄호에 실릴 예정이었다고 한다.[22] 그런데 당시 『세계의 문학』에서 기획하던 '오늘의 작가상' 후보작이 되어 봄호에 실리지 않았고 3회 수상작으로 선정되어 여름호에 전재된다. 작가에게 직접 청탁이 간 상태의 원고를, 다시 출판사 측에서 문학상 응모작으로 바꾸자고 작가와 교섭했다는 것은[23] 잡지 측에서 그 원고와 작가에 대한 책임을 자청하여 부담한 의미를 띤다. 잡지(출판사) 쪽에서 이문열의 소설을 당선작으로 추진할 만큼의 확신이 있었다는 말이기도 하다. 갓 문학장에 등장한 신인이 곧바로 대형작가가 된다는 것은, 출판시장과 문단의 전폭적 지지 없이는 어려운 일이다. 이것은 '문학상'과 '상품으로서의 문학'의 밀월관계가 본격화하는 1970년대 중반 이후 한국문학장의 상황과 관련지어 생각할 수 있을 것이다. 특히, 문학상업주의가 아니라 '시장'이라는 관점을 개입시킬 때 이문열의 등장과, 그가 일약 1980년대 한국에서 대형작가로 자리매김하는 과정의 실마리를 얻게 된다.

이문열이 등장하던 시기의 정황에 대해 당시 김주연은 문학의 상업주의가 아니라 문학시장의 확대 측면에서 접근한 바 있다.[24] 당시 문학시장에서의 과열된 작가 입도선매, 도서 덤핑

---

22. 주지하듯 이문열은 1977년 『대구매일신문』 신춘문예에서 단편 「나자레를 아십니까」로 등단했지만, 다시 『동아일보』 신춘문예에서 중편 「새하곡」이 당선되며 문학장에 다시 등장했기 때문에, 그해 바로 일반 청탁이 들어간 것이다.

23. 이문열, 「박맹호 자서전에 부쳐」(박맹호, 『박맹호 자서전 책』, 민음사, 2012)에 의하면 박맹호 회장이 직접 전화를 했다고 한다.

경쟁 양상을 생각할 때[25] 이문열에 대한 전폭적 지지는 문학시장의 변동을 고려해 살펴야 할 문제이다. 문학시장이 문제시된 당시 정황은 (오늘날 관점에서의 다소 사후적인 일반론에 기초한 것이지만) 일단 다음 측면을 생각하게 한다. 첫째는 내수시장의 확대, 즉 문학독자의 증가 문제가 심각하게 요청되었으리라는 점이다. 둘째는 한정된 문학 시장 안에서 각 출판사가 지분을 나누어갖는 경쟁의 가속화를 생각할 수 있다. 셋째는 자연스레 외부시장에의 의식, 즉 세계자본주의 시스템의 속성상 프런티어로서의 외부를 상정하지 않을 수 없었으리라는 점이다. 김주연의 글은 당시 상황에서 이 세 가지 모두를 고려해서 생각해야 할 필요가 있다. 1982년 3개 출판사의 세계문학전집발간[26]도 이러한 김주연의 논의와 연결해서 이해해야 할 사건이다.

이러한 당시의 정신사, 문화사적 인프라 구축과 관련한 관심도 제출되어 왔다. 이철호는 1980년대가 이문열의 시대였다고 해도 과언이 아니라고 하며 이문열의 대중적 열독의 정체

---

24. 김주연, 「물량적 현실과 물적사고」, 『월간독서』, 1979년 12월호.

25. 『경향신문』, 1979년 10월 9일/『동아일보』, 1992년 2월 1일 외 다수.

26. 1982년 중앙일보사에서 '오늘의 세계문학50'을, 민음사에서 '이데아총서'를, 한길사에서 '한길세계문학' 전집의 형태로 간행한 것은 특별히 참고할 만하다. 이 정황과 관련하자면 유종호, 송동준, 김치수의 좌담 「세계문학의 새로운 조명」(『문예중앙』, 1982년 여름호)이 흥미롭다. 예를 들어, 세계문학의 한국 내 소개를 "국산품 장려에 장애가 되지 않는 범위 내에서 이뤄져야" 한다는 비유로 설명한 대목(유종호)은, 그들 스스로 의식, 무의식적으로 문학시장을 시야에 두고 있었던 것의 반증이다.

를 이문열의 교양소설의 주인공과 관련하여 논한 바 있다.[27] 또한 장문석은 1970년대 말에서 80년대 중반까지는 평론가와 독자 모두 이문열 문학에 긍정적으로 반응한 시기였다는 점에 주목하며 80년대 초반의 문화사적 맥락과 독서문화의 어떤 정향을 이문열의 소설에 연결시킨다.[28] 작가와 텍스트의 해석 문제를 넘어서, 독자, 한국사회의 정신사, 문화사적 맥락을 묻는 장문석의 문제의식은 이제까지의 이문열과 그의 소설을 둘러싼 해석에 새로운 관점을 제기한 것임에 틀림없다. 장문석은 이문열 소설의 문화사적 맥락을 60년대 교양주의와 연결한다. 이문열의 문학 체험 혹은 원체험으로서의 이십 대와 그 세대의 교양체험을 주목한 것은 한국적 교양주의, 한국적 교양소설의 물적 토대를 환기시킨다는 점에서 중요한 시각이다. 이런 문제의식은 우선 당시 한국문학장의 일단을 엿보게 하는 의미를 지니고 있다.

가령 이문열의 소설을 이야기하던 많은 논자들은 이문열의 소설에서 수많은 서양 고전의 목록을 환기했고 그것을 스스로들의 글에서 자연스럽게 언급하고 있었다.(표 참조) 이런 구체적 목록이 유독 이문열이라는 작가를 통해 환기되었다는

---

27. 이철호, 「황홀과 비하, 한국교양소설의 두 가지 표정 ─ 이광수와 이문열을 중심으로」, 『상허학보』 37, 2013.
28. 장문석, 「서른둘에 다시 읽은 데미안 ─ 이문열의 『젊은 날의 초상』과 한국의 '교양' 연구 노트」, 『한국 현대소설이 걸어온 길 : 작품으로 본 한국소설사(1945~2010)』, 문학동네, 2013.

출간 연도	소설	관련 작가*	평론(연도)
1979	『사람의 아들』 (민음사)	도스도예프스키	• 권순긍, 「중세보편주의에 의 향수와 신식민주의적 망 론」(1985)
1980	『그대 고향에 다시는 가지 못하리』 (민음 사)	토마스 울프	• 권순긍, 앞의 글. • 김화영, 「가치의 무거움과 노래의 가벼움」(1980) • 이동하, 「낭만적 상상력의 세계인식」 (1982)
1981	『젊은 날의 초상 3부작』 (민음사)	헤르만 헤세	• 권순긍, 앞의 글.
	『금시조』 (동서문화사)	서머셋 모옴 제임스 조이스 토마스 만	• 유종호, 「능란한 이야기 솜씨와 관념적 경향」(1983)
1982	『황제를 위하여』 (동광출판사)	세르반테스	• 김현, 「베끼기의 문학적 의미」(1983) • 권순긍, 앞의 글.
1984	『영웅시대』 (민음사)	토마스 만	• 김윤식, 「길 잘못 든 속인 의 사상 비판」(1987)

* 관련 작가 : 각 글에서 논자들이 각 소설과 관련지어 언급한 문학 목록의 작가. 이 글에서는 1980년대 초중반에 발표된 텍스트에 한정했다.

점은 주목의 대상이 아닐 수 없다. 특히 동양적 예술관의 범주에 속하는 도道와 예藝라는 가치의 충돌을 다루는 「금시조」마저도 「젊은 예술가의 초상」, 「달과 6펜스」, 「파우스트 박사」, 「토니오 크뢰거」, 「베니스의 죽음」 등의 구체적 목록이나 표상을 매개로 이야기되었다는 점은[29] 과연 앞서 말한 '이문열의 트릭 — 김현의 독법'과 무슨 차이가 있는 것일까.

이들의 독법에 개재된 '외부'에의 환기, 상상력은 이문열 소설의 성격을 우선 묻게 한다. 이문열의 교양소설로 분류되는 '자기' 혹은 '체험' 범주의 소설마저 어쩌면, 독학자가 구축한 어떤 도식성 혹은 관념의 범주에 놓였던 것인지 모른다. 아니, 책이라는 매개를 통한 경험은 속성상 본래 관념적이지 않기 어렵다. 지금 위의 표에서 잠시 엿볼 수 있는 이 목록은, 일종의 '기시감'의 목록이라고 해도 될 것이다. 이 기시감은 달리 말해, 이문열의 소설들에 의해 '건드려진' 이 논자들의 문학 체험 혹은 교양 체험과 관련된 기시감이다. 그렇다면 1980년대 중반까지의 이문열의 소설에 대한 평론가와 대중독자 모두의 호응은 그들 모두의 문학 혹은 교양 체험에 대한 기시감과 연결되어 있었기 때문이라는 추측이 가능하다. 1980년대 초중반 평론가, 대중독자 모두가 이문열의 소설에서 본 것은, 아득히 먼 곳에 있던 '문학'이 「젊은 날의 초상」 3부작이라는 한국어의 시공간 속에서 재현되고 있던 장면이었을지 모르고, 그런 까닭에 「금시조」와 같은 동양적 의고체마저도 아득히 먼 곳의 고독한 예술가가 한국어로 들려주는 이야기로 읽힌 것인지 모른다.[30] 이것이 비단 1970년대 말, 1980년대 초중반의 것이 아닌, 더 오

---

29. 유종호, 「능란한 이야기솜씨와 관념적 경향」, 『금시조』, 동서문화사, 1983.
30. 이때 무엇보다도 이문열 스스로가 각 소설들마다 강하게 이 목록을 환기시킨 사실도 일차적 고려대상이다. 예를 들어 제목이나 서사의 설정에 이미 두드러지게 이 흔적을 남긴 소설들뿐 아니라, 소설 속 언급되는 책 목록에 관한 한 아예 개인적 독서체험의 박물지라 할 만한 「변경」도 참고할 만하다.

래된 기원으로 소급할 수밖에 없는 문제임도 당연하다.

잠시 「황제를 위하여」 바깥의 이야기이지만, 김윤식은 이 문열의 「영웅시대」(1982년 연재 시작)를 논한 「길 잘못 든 속 인의 사상 비판」에서, '이동영'(이문열)과 '토니오 크뢰거'(토마 스 만)와 '이명준'(최인훈) 셋을 "이복형제들"로 묶으면서 "이로 써 『영웅시대』는 한편으로는 세계문학사에, 다른 한편에서는 한국문학사에 연결되고 있다."[31]라고 한 바 있다. 이것은 과장 도 수사도 아니었다. 김현이 "「황제를 위하여」는 실록과 「동· 키호테」를 고쳐-쓴 소설이다."라고 한 것과 나란히, 방대한 각 주를 기다리는 언급 아니었을까. 물론, 김윤식의 이러한 진술 은, 그의 헤겔-루카치 계보의 소설론(근대시민사회에 대응하 는 장르로서의 소설)과 함께 읽어야 하는 것이기도 하므로 김 현의 독법과는 상이함이 많다.

지금 소설론의 각축을 논하는 지면이 아니기에 소략하는 바이지만, 이문열 소설을 둘러싸고 김현이 '동양적인 이야기'를 지운 것, 김윤식이 '근대시민사회의 가치관의 반영'이라는 측면 에서 이문열 소설을 읽는 것, 그리고 여러 논자들이 이문열의 소설에서 느낀 기시감. 이것은 공히 작가 이문열과 공모된 당 대 문학장의 콤플렉스 혹은 욕망의 한 단면이다.

이런 맥락을 생각하면, 1970년대 말부터 1980년대 중반까

31. 김윤식, 「길 잘못 든 속인의 사상 비판」, 『오늘의 문학과 비평』, 문예출판 사, 1987.

지의 평론가와 대중독자 모두에게 어필한 이문열의 성공은 서양고전, 즉 한국어의 '외부'로부터 먼저 접한 문학, 교양에의 기시감을 한국어, 한국문학으로서 '번안'해준 결과라고 해도 되지 않을까. 「사람의 아들」, 「젊은 날의 초상」류의 소설은 물론이거니와, 「금시조」류의 소설은 "'동양적' 처방전"[32]이자, 서구 중심 세계문학의 익숙한 감각을 다시 한국어와 전통의 감각을 통해 번안해 준 것으로, 나아가 「그대 다시는 고향에 가지 못하리」, 「황제를 위하여」류의 소설은 서구라는 강력한 타자를 토대로 아예 가상역사(대체역사)물의 형식을 취함으로써 한국문학과 한국근현대사에의 정신승리를 미학적(형식적)으로 합당한 것으로 만들었다고 이야기할 수도 있다. 1980년대 중반 이후 문학장과 불화가 가속화하며 행복한 동행이 깨어지기 전까지의 이문열에 한하자면 말이다.

5. 「황제를 위하여」와 *Pour l'empereur!* 사이

이문열은 소설 안팎에서 스스로를 대단히 빈번히 노출한 작가이다. 발화내용을 어디까지 신뢰할 것인지에는 신중해야 할 필요가 있지만, 그렇기에 더 해석을 요하는 텍스트로 다룰 수 있다. 다음은 1992년 이문열의 회고의 일부이다. 냉전 해체 이후 '세계화' 모토가 제창되기 시작한 1992년 시점에서의 회

---

32. 김명인, 「한 허무주의자의 길찾기」, 『사상문예운동』, 1990년 겨울호.

고이기에 당대적 사정도 감안해서 읽어야 한다.

저들(서구작가들 또는 서구문학을 모태로 한 주변국 작가들)은 몇백 년에 걸쳐 쌓아 올린 전통이 있지만 우리에게는 기껏해야 70년의 전통이 있을 뿐이다. 앞서 내가 지향으로 삼은 것은 바로 그러한 전통, 곧 서구화된 전통의 축적이었다. 어차피 우리 문화만 고립되어 존재할 수 없는 이상 문학의 세계화도 피할 수 없는 운명이라고 본 까닭이었다. 그러나 쉽게 말해 서구적 전통이지 그 내용은 그것이 쌓여온 세월만큼이나 두텁고 다양하다. 중세의 로망에서 현대의 누보로망 안티로망에 이르기까지 각 시대가 담고 있는 주제와 양식은 한사람의 일생으로는 습득하기 불가능하다. 거기서 어떤 한계설정이 필요했는데, 나는 스스로 그것을 사실주의까지 잡았다. 전위와 실험은 다음 세대에 넘긴다. 그대들은 나를 다리로 삼아 세계로 나아가라 — 그때는 자못 호기에 차서 그런 엄청난 야망을 품었다. … 나는 제법 비슷하게 저들의 고전주의를 지나왔고 계몽주의와 낭만주의도 그럭저럭 넘어온듯하나 도달점인 사실주의와는 아직도 멀다.[33](강조는 인용자)

우선 1980년 「황제를 위하여」 연재 당시 자신이 내세운 '동양적인 것'의 의미를 10년 후 "서구화된 전통의 축적"이라는 말로 치환해버리는 것의 의미에 주의해서 읽어야 한다. 이 회

---

33. 이문열, 「나의 삶 나의 생각」, 『경향신문』, 1992년 10월 24일.

고에서 문제적인 것은, 해외 문학장으로부터 "승인" 받는다는 표현과 늘 그것을 의식해왔다는 식의 어법이다. 그 진위여부를 묻는 것은 부차적이지만, 1992년 시점에서 '이렇게 발화'하고 있다는 것 자체는 중요하게 보아야 한다. 특히 "나는 제법 비슷하게 저들의 고전주의를 지나왔고 계몽주의와 낭만주의도 그럭저럭 넘어온듯하나"라는 표현 속에서, 이문열 스스로가 자기 소설의 알리바이를 확보하려는 장면뿐 아니라, 그의 소설에 대한 그간의 미학적 평가들이 사실은 무언가의 '흔적', 무의식과 관련된 평가였을지도 모른다는 점을 다시 확인할 수 있다. 이것이 이문열의 사후적인 발언이라 할지라도, 당대의 각 논자들이 그의 소설 속에서 보고 말해온 것이 무엇의 반영, 흔적이었는지 뒤늦게 해명해야 할 것으로 놓인다.

또한 이 글에서 확인할 수 있는 것은 이문열의 진술이나 의도와 무관하게 (그에게 있어서 1980년대와 1990년대 공히) 서양과 동양의 관계는 선후 내지 대항관계이기 이전에 서로를 동시에 요청함으로써 성립하는 대쌍관계였다는 것이다. 그의 전통(동양) 지향은 서구라는 타자에의 강력한 구속력 없이는 성립할 수 없었다. 이문열의 '동양적인 것'이란 그가 이미 1980년 「황제를 위하여」에서 보여주었듯, 독자적인 논리 체계를 갖춘 것이라기보다, '서양'의 안티테제(그러나 도상적인 안티테제)로서만 기능했던 것이다.

한편, 이 회고가 쓰이기 2년 전인 1990년, 이문열의 소설은 처음으로 프랑스 악뜨 쉬드Actes Sud 출판사를 통해 번역되기 시작했다.[34] 1990년 프랑스 번역이 중요한 것은, 이것이 이전 시기의 해외번역과는 달리 상업출판사와의 저작권 계약, 전속 계약이었기 때문이다. 이를테면,「황제를 위하여」는 1986년 시사영어사에서 처음 영어로 번역된 바 있다.[35] 'HAIL TO THE EMPEROR!'라는 제목으로 1986년 설순봉에 의해 번역되었고, 본 발표문 서두에서 문제 삼았던 에필로그 역시 함께 번역되었다. 하지만 이것은 문학시장의 메커니즘과는 관계없는 것이었고, 한국문학의 해외 소개 자체에 의미를 둔 비영리사업의 일환이었다.[36] 그런데 이문열과 악뜨 쉬드의 계약은[37] 엄연

34. 1990년대 한국문학 소개는 불어권에서 가장 활발했다. 악뜨 쉬드(Actes Sud) 출판사가 가장 큰 역할을 한 것은 잘 알려져있다. 이때 번역가로서의 최현무, 파트릭 모뤼스(Patrick Maurus)의 역할을 논하지 않을 수 없다. 더 자세한 논의는 곽효환,「한국문학의 해외소개 연구」(건국대 언론홍보대학원 석사논문, 1998) 참조.

35. 시사영어사는 현 (주)YBM의 전신으로, 1982년에 국제교류진흥회(ICF)를 설립했다. 국제교류진흥회 홈페이지에 실린『국제교류진흥회 30주년 기념지(1982~2012)』에 따르면(http://newsletter.toeic.co.kr/ICF_30th_Anniversary/index.html) 본 재단은 "한국문학 세계화 및 국제교류 증진을 목적으로 설립한 비영리 문화재단"으로서 국고 보조금과 자체비용을 충당하여 번역 출판사업을 시작했고, 1985년부터 1990년까지 11명 작가의 소설 및 단편집을 영역 출판했다.

36. 1970년대에는 한국문학의 해외진출이 막 시작하는 단계였다. 유네스코 한국위원회와 국제 펜 한국위원회의 각종 선집이나 정기간행물에 단편소설이 영역되어 소개된 것 외에, 장편으로는 유주현의『조선총독부』와 김소운 역『한국문학전집』5권만이 일역되었을 뿐이었다. 그러다가 한국문예진흥원에서는 1978년을 한국문학의 해외진출을 위한 기반조성의 해로 정하고 여러 기획을 추진한다(이는『동아일보』, 1978년 2월 16일 자 참조). 또한 이어서 1980년대에는 문예진흥원과 유네스코 한국위원회에 의해 번역과 해외출판이 이루어지면서 한국문학의 해외소개가 본격화한다. 하지만 이

히 정식 저작권 계약이었다. 그리고 전속계약을 통해 해외에 소개되었다는 것은, 이문열 개인의 욕망 충족이라기보다 1970년대 말 이문열을 등장시키고 1980년대에 그와 행복한 밀월관계를 맺었던 당시의 한국문학장의 콤플렉스, 욕망이 십수 년이 지나 보상, 충족된 것을 의미하기도 한다.

이문열이 훗날 "내가 번역된 내 책을 그 나라의 서점 판매대에서 살 수 있는 형태로 번역출판하게 된" 때에 대해 감상적으로 회고[38]하는 것은, 곧 '이문열'을 탄생시킨 당시 한국문학장의 소회에 다름 아닐 것이다. 그것이 또한 세계자본주의 체제 내에서의 문학에 내재되었던 운명이자 1990년대가 되어서야 뒤늦게 이곳에 도래한 사건이었음을 특히 강조하고 싶다.[39]

때까지만 해도 시장의 논리와 관계없이 작가에 대한 시혜 차원의 번역, 출판이었다. 작가들 역시 해외출판 시에 저작권 보호에 대한 관심이 없었다. 이때 한국문학의 해외출판에 있어서 저작권 문제가 수면 위에 오른 것은 1990년대 이청준, 이문열의 프랑스 악뜨 쉬드 출판사를 통해 체계적, 본격적으로 소개되면서이다.

37. 1992년 1월경 이루어진 악뜨 쉬드와 한국작가 사이의 '대리행위 계약' (Contrat de representation)은 본래 이청준, 이문열, 최인훈과 맺은 것인데, 이들 중 이청준, 이문열의 작품이 집중 소개된 것이라고 한다. 곽효환, 「한국문학의 해외소개 연구」, 40~41쪽.

38. 이문열, 「바벨탑 그늘에서」, 『비교문학』 53, 2011년 2월.

39. 한국문학 번역을 생각할 때 1987년 이전과 이후는 결정적인 차이가 있음을 고려해야 할 것이다. 1987년은 출판계에서 결사적으로 저지하고자 했던 국제저작권협약(UCC)에 가입한 해이기 때문이다. 그에 따라 국내적으로는 1958년 이후 처음으로 저작권법이 개정되었고, 자연스레 한국문학이 세계시장과 직접 대면하고 교섭할 구체적 시스템을 갖추어 간다. 별도로 논의되어야 할 주제이지만, 이때 아이러니한 것은, 외부로 발신할 문학을 욕망하던 이문열-한국문학장의 의식·무의식이, 한국문학의 내수시장을 위해

'문학'의 태생적 조건인 세계자본주의 시스템을 확인할 때 비로소 한국문학은 세계문학에의 오래된 콤플렉스를 떨치고 다른 문학들과 비로소 등가적으로 교환될 시민권을 얻을 수 있었던 것이다.

다시 본 발표문의 처음 화제로 돌아가 본다. 1980년 첫 연재를 시작했던 「황제를 위하여」는 1998년 프랑스 악뜨 쉬드에서 이문열의 일곱 번째 책으로 번역 출판된다.[40] 최현무와 파트릭 모뤼스가 번역했고 시사영어사 1986년 판본이 사용되었다. 하지만 이 책에는 영어판에 실렸던 에필로그가 빠졌다. 대신 번역자 파트릭 모뤼스의 서문에는 프랑스판 번역에 싣지 않은 에필로그의 의미와 그 마지막 문장("황제를 위하여, 그 승리와 영광을 위하여")이 간략하게 소개되어 있다.[41] 그리고 책의 표사에는 편집자들의 코멘트가 실렸는데, "세르반테스의 유명한 걸작에 대한 현대적 응답", "아시아의 '돈키호테'", "메시아주의를 향한 한국적 갈망" 같은 구절들이 의미망을 형성하

오랫동안 심리적, 실질적 저지선이라고 방어해왔던 국제 규약, 국제 시장 개방에 의탁하는 순간 이루어졌다는 점이다.

40. 「황제를 위하여」(1998) 이전에, 「금시조」(1990), 「그해 겨울」(1990), 「우리들의 일그러진 영웅」(1990), 「새하곡」(1991), 「시인」(1992), 「사람의 아들」(1995) 등이 프랑스어로 번역되었다.

41. 파트릭 모뤼스는 이 소설의 제목을 번역하는 과정에서 'Pour l'empereur'(황제를 위하여), 'Vive l'empereur'(황제 만세), 'A l'empereur'(황제에게)를 염두에 두었고, 1986년 초판본 에필로그 마지막 문장의 의미를 참고해서 'Pour l'empereur'로 번역했다고 한다. Yi Munyol, *POUR L'EMPEREUR!*, Actes Sud, 1998, p. 11(preface) 참조.

고 있다. 이에 '1980년 이문열의 동양적인 것과 돈키호테의 트릭-1983년 김현의 독법'이 궁극적으로 무엇과 관련된 것이었는지 다시금 확인할 수 있지 않은가.

마지막으로, 다음은 2010년 8월 서울에서 열린 제19차 국제비교문학대회ICLA에서의 이문열의 강연문 일부다.

나는 한국의 여러 동료작가들처럼 서구문학을 수신하는 것으로 내 문학적 삶을 시작하였습니다. 내 문학에는 우리 종족의 집단 무의식에 가라앉은 기억이나 이 땅의 문학적 전통으로부터 물려받은 것도 많지만, 굳이 내 문학의 출발을 서구문학에서 찾는 것은 소년시절의 그런 수신과정을 거치고 나서야 비로소 의식적으로 문학을 지향하게 되었기 때문입니다. 그 뒤 나는 약간의 이입移入 혹은 이식과 '주체적 수용'이라는 자기류의 굴절과 모방이라고 폄훼되기도 하는 '의식적 영향' 아래 젊은 날을 소비한 뒤에 마침내 소설가가 되어 스스로 발신하기 시작했습니다. 그러나 수신 또한 계속되었고, 수신과 발신 모두에서 때로는 스스로 전신자가 되기도 했습니다.[42] (강조는 인용자)

역시 강연이 이루어진 장소와 대회 성격 등을 감안해서 읽어야 할 텍스트이다. 이 글에서 이문열은 '수신', '전신', '발신'의 개념을 통해 스스로의 문학적 삶을 회고하고 있다. 1980년대

---

42. 이문열, 「바벨탑 그늘에서」, 『비교문학』 53, 2011년 2월.

의 이문열이 정말 철저하게 이러한 맥락 속에서 자신의 문학적 삶을 두고 있었을지 확인하는 것은 부차석이다.[43] 하지만 수신-전신-발신이라는 낡은 도식을 일단은 적어보자. 그리고 그 아래에, 이문열의 모든 소설들, 한국출판사상 최고의 판매부수를 기록하는 「삼국지」, 10권에 이르는 『이문열의 세계명작 산책』, 독서목록 박물지라 해도 좋을 12권짜리 「변경」, 해외번역소개 수혜의 중심에 있는 한국작가라는 입지, 나아가 이러한 문학적 삶과 나란히 가는 그의 "우파 보수주의자"[44]로서의 정치적 삶까지, 세세한 목록을 적어보자. 그렇다면 거기에는 분명 수신-전신-발신에 상응하는 어렴풋한 그림이 보일 것이다. 이 각각의 수신-전신-발신에 솔기가 없을 리 없다. 그 솔기를 보는 일, 각각의 과정에서 일어났을 일종의 재문맥화를 읽는 일. 그것이 이제 중요하다. 이것이 소위 비교문학 이야기도 아니고, 이문열이라는 작가 개인으로 환원될 이야기도 아님을 강조하는 것은 사족이리라.

---

43. 수신-전신-발신이라는 문제설정은 과거 1970년대 문화제국주의론의 입장과 그들의 언어를 연상시키는데, 이는 「변경」 집필(1986)의 아이디어와도 친연성이 있다. 또한 그의 소설 안팎의 언표와 달리 문화제국주의론, 종속이론과 이문열의 충돌이 그리 크지 않음에 대해서도 생각할 여지를 준다.

44. 정주아, 「이념적 진정성의 시대와 원죄의식의 내면 ─ 1980년대 이문열 소설의 존재방식과 텍스트의 이중성」, 『민족문학사연구』 54, 2014.

한 시절의 문학소녀들의 기묘한 성장에 부쳐

2010년대에 다시 읽는 은희경의 소설들

1. 완벽한 위장이 가능하기는 한 것인가 — 은희경, 『새의 선물』을 다시 읽기 위해

많은 사람들이 이야기해왔지만, 1995년에 단행본화한 은희경의 『새의 선물』은, 시종 '보여지는 나'와 '바라보는 나'의 긴장감을 놓지 않는 서술자(주인공)[1]로 인해 성공한 소설이라 해도 좋다. 서술자는 스스로를 주체(보는 나)와 대상(보이는 나)으로 의식적으로 분리시키는데, 이것은 '나'라는 주어를 가진 문장들이 반드시 참말을 하고 있다는 일반적인 믿음이 착각에 불과할 수도 있음을 생각하게 한다. 문장의 주인이 '나'라는 1인칭으로 드러날 때와, 다른 인칭을 매개로 할 때 독자

---

[1] 관련 대목을 잠시 인용해두는 것이 좋겠다. "내가 내 삶과의 거리를 유지하는 것은 나 지신을 '보여지는 나'와 '바라보는 나'로 분리시키는 데서부터 시작된다."(12쪽) 여기에서 '보여지는 나'(대상)가 '바라보는 나'(주체)보다 순서상 앞에 진술되고 있는 것이 흥미롭다. 통상적인 언어 습관 속에서라면 '대상-주체'보다는 '주체-대상' 쪽이 자연스럽기 때문이다. 사소한 대목이지만, 이것은 이 글의 3장과도 관련되고, 『아름다움이 나를 멸시한다』(창비, 2007)의 몇몇 소설들과도 관련된다.

의 믿음은 분명 다르다. 그런 의미에서 『새의 선물』은 '나'라고 말하는 이의 자명함(이라고 믿어지는 것)이 '그렇지 않을 수도 있다'는 사실을 자주 환기시킨다.

가령 일기와 같은 1인칭 고백을 생각해보자. 이 형식조차 실은 언제나 그것을 읽어줄 가상의 독자를 짐짓 모르는 체하는 고백이다. 즉 모든 발화는 무언가/누군가에 대한 지향성과 분리되지 않는다. 거칠게 말하자면, 쓰는 이는 언제나 이야기를 꾸며내고 읽는 이는 언제나 그것을 진실이라 믿는 공모 속에 소설은 존재한다.

즉 이와 같이 '보여지는 나'와 '바리보는 나'의 분리를 반복적으로 환기시키는 것은 주인공 '진희'의 처세술이기 이전에, 소설과 재현의 관계를 지시하는 알레고리로 읽을 수도 있다. 이 소설의 1인칭 회고는 '재현'의 가능/불가능성에 대한 작가-독자 간 암묵적 공모(역할극)를 새삼 확인시킨다. '보는 나'는 '보이는 나'의 캐릭터가 독자들에게 쉽게 설득되는 데에 도움이 되는 존재이기도 하다.

반복하지만, 재현된 것에 대한 독자의 믿음은 '나'라는 서술자=주인공에 대한 믿음과 비례한다. 그러나 그 믿음이 신앙의 수준에 불과함을 드러내는 것. 그것이 『새의 선물』이 보여준 재현-서술 전략의 하나였다. 즉 이 소설의 '나'가 언제나 위장된 '나'라는 사실이 중요하다는 말이다. 이것은 단순히 '믿을 수 있는/없는 화자' 식의 장치를 넘어서는 일종의 독자론에 관련될 이야기이기도 하다.

이때 또 하나 생각할 개념이 하나 있다. '진정성'authenticity 이라고 하는 것이 그것이다. 『새의 선물』의 서술자 '진희'가 말하고 있는 것들이 언제나 어떤 프레임을 통한 재구성임을 두드러지게 보여준다는 점에 착목한다면, 이 소설은 1990년대 이후 소위 '진정성'이라는 말이 처한 사정도 떠올리게 하는 텍스트이다. 어느 시절에는 판단의 심급이기도 했으나 그 의미가 회의되었던 말 중 하나가 '진정성'일 것이다. 말하자면, 대체 '누가' 진정성의 여부를 판단할 수 있을 것인가? 1990년대 포스트 담론들의 회의가 요컨대 이런 질문으로 발화되지 않았던가.

이와 관련해서 은희경의 소설의 트레이드마크였던 '냉소'에 대해서도 다시 생각해본다. 그것[2]은 한국 현대사의 한 국면과 정서를 설명하면서 1990년대 문학사의 술어로 정착된 감이 있다[이것이 2000년대에는 '쿨cool하다'는 태도로 계승되었다고 할 수 있겠다]. 그런데 한편 이 냉소야말로 진정성이라는 심급에 아랑곳하지 않겠다는 의지의 포즈였을 것이다. 말하자면 냉소는 아이러니(가령 이상과 현실, 나와 세계)에 기반을 둔다. 그리고 읽는 이들도 동시에 이 아이러니에 쉽게 공모된다.

즉 읽는 이는 눈앞에 표현된 것을 진심이라고 믿으면 안 된

---

2. 『새의 선물』에서 냉소는 이렇게 이야기된다. "…나의 열정은 삶에 대한 냉소에서 온다. 나는 언제나 내 삶을 대수롭지 않게 여겨왔으며 당장 잃어버려도 상관없는 것들만 지니고 살아가는 삶이라고 생각해왔다. 삶에 대해 아무것도 기대하지 않는 사람만이 그 삶에 성실하다는 것은 그다지 대단한 아이러니도 아니다."(11쪽)

다. 표현과 진의 사이에는 거리가 있기 때문이다. 또한 작가 입장에서 그 거리감을 유지하는 글쓰기에는 위장이 필요하다. 위장에는 여러 방법이 있겠지만, 은희경 소설에서는 그것이 냉소이며 위악이었다. 이것은 세계에 대한 거리감을 늘 확보하지 않으면 스스로가 또 한 번 다칠 수도 있다는 우려에서 비롯되는 자기방어 기제이기도 하다. 이때 '또 한 번'이라는 말은 중요하다. 무엇인가로 인해 다치거나, 세계의 끝까지 가봤다고 여기는 이들은, 세상에 대해 진심으로 처세한다는 것의 위험을 알고 있다. 처음 발을 디딜 때와 달리, 두 번째 발걸음에는 보호장치가 필요하다고 믿는다. 세계와 거리감을 유지하는 이들의 냉소나 위악은 능동적으로 선택된 태도의 문제이기 이전에, 반사적인 자기보존의 방략에 가깝다.

물론 지금까지의 이 이야기가 그리 새롭지 않을 수도 있다. 그리고 이렇게 이야기함으로써 은희경 소설을 비롯한 1990년대 한국소설을, 이전 시대의 그것과 단절적으로 이야기할 수도 있었다. 또한 이것은 그렇게 이야기되어야 했던 시대의 개연성도 갖고 있었다. 바꿔 말하면 이것은 1990년대와 그 이후 어느 시점까지는 유효했다는 말이기도 하다. 그러나 이때, 당시의 독해에서 놓쳤을지 모르는 것을 생각해야 한다. 소박하게 말하자면 '그럼에도 언뜻언뜻 드러나는 서술자의 어떤 진심들'이 그것이다.

즉 위악·냉소건, 서술자의 의식적 자기분리건 100% 완벽할 수 있는 것은 없다. 아무리 스스로를 단일한 서술자=주인공이나, 본질적인 무엇으로 환원시키지 않으려고 해도, 그럼에도 의미화는 종종 일정하게 상정된 발화자에 의해 이루어진다. '나는 거짓말쟁이'라고 말하고 있을 때조차 발화자는 '거짓말쟁이'라는 재현·표상의 전략성에 기대고 있다. 『새의 선물』의 '진희'의 서술-재현 전략은 이런 의미에서 지금 다시 한 번 생각해볼 대상이다.

정리해보자면 『새의 선물』 속 가면을 벗지 않으려는 서술자에게도 맨얼굴과 날것의 목소리가 없을 리 없다. 특히 그것을 예기치 않게 발견하는 것은 흥미롭다. 일차적으로 이 시간의 간극은 '어른 진희'와 '소녀 진희' 사이의 간극이다. 즉, 회고되는 사건이 진행되는 시간(1960년대)과 그것을 회고하는 시간(1990년대)의 간극이고, 이제는 시대착오적인 것으로 되어버린 것들과 관련해 '좋았던 옛 시절'에 대한 확인이기도 하다. 그때는 있었지만 지금은 사라진 것들에 대한 이야기이기도 한 것이다.

나아가, 여기에서 어떤 세대들의 성장 및 주체화 과정을 읽을 수도 있다. 이 읽기는 물론 특정 세대의 이야기에 한하는 것처럼 보이지만, 성장·교양(소설)의 젠더와 그 구조를 생각하는데 흥미로운 시사점을 제공하기도 한다. '한국적인' 여성성장·교양(소설)의 한 맥락을 이 소설은 보여주고 있고, 또한 그 과정에서 성장·교양(소설)이 실은 어떤 젠더의 형식이었는지, 어떤 위계의 구조를 지니고 있는지 환기시킨다는 점에서 그러하다. 지금 이 글이 더 이야기할 것은 이 소설의 재현전략 속에서 읽게 되는 어떤 성장(교양)의 구조이다.

2. '삼촌 방의 다락'에 있는 것 혹은 없는 것

이모는 스무 살을 어디로 다 먹었는지 아무리 봐도 어른스러
운 모습을 느낄 수가 없다. 저렇게 어린애 상태에서 머물러버
린 것은 어쩌면 어린 시절을 고뇌 없이 보냈기 때문인지도 모
른다. 그런 점에서 본다면 내게 있어서는 태생의 고뇌야말로
성숙의 자양이었다. '고뇌'라는 그 자양이, 삼촌 방의 다락에
서 이루어진 '독서'라는 자양과 합해지면서 비로소 삶에 대한
나의 통찰을 완성시켰던 것이다. (『새의 선물』, 104쪽)

『새의 선물』의 인물은 대체로 위에서 아래를 향하는 주인
공의 시선에 의해 묘사된다. 인용한 부분은 이모와 삼촌에 대
한 간명한 비교다. 이모는 어른스럽지 않지만 삼촌은 어른스
럽다. 이모와 삼촌의 캐릭터는, '고뇌'와 '독서'라는 심급에 의해
나뉜다. 하지만 그들의 캐릭터 차이 이전에, '이모'에 대한 묘사
태도와 '삼촌'에 대한 그것이 사뭇 다르다는 점을 유의해야 한
다. 이모를 향한 진희의 시선은 위에 있고, 삼촌을 향한 진희
의 시선은 아래에 있다. 그 판단 기준은 앞서 말했듯 '고뇌', '독
서'의 경험 여부다. 소설 전체에서 삼촌만이 진희의 냉소의 프
레임을 거치지 않는 것은 이런 사정과 관련될 것이다.
　　주인공 진희는 자신의 성장에 부모를 개입시키지 않으려

는 대신, 그 대리물로서 '독서체험'을 부각시킨다. 스스로의 성장이 생물학적 공동체 속에서의 긴장관계가 아니라 관념(책을 매개로 한)의 공동체 속에서 이루어지고 있음을 명백히 표명한 셈이다. 그리고 의미심장하게도 거기에 '삼촌 방의 다락'이 있다. 그렇다면 '삼촌'은 대체 누구/무엇인가.

소설 속에서 삼촌은 최고 학부 엘리트 코스를 밟으며 고시공부를 한다. 그는 가족의 자랑이고 진희에게도 경외감의 대상이다. 때때로 삼촌에 대해서라면 진희는 맹목적이리만큼 옳다/좋다고 여긴다. 여러 사람의 첫사랑 이야기를 묘사하던 중, "삼촌 것이 제일 괜찮았다. 정말이다."(187쪽)라고 강조까지 할 때, 그 내용의 진위를 떠나, 삼촌이란 존재가 이 소설 전체에서 얼마나 특별한가는 더 말할 필요도 없을 것이다.

앞에서 인용한 구절에는 '삼촌 방의 다락에서 이루어진 독서 체험'이 삶에 대한 나의 통찰을 '완성'시켰다고 나와 있다. 진희에게 아버지는 부재하지만 아버지의 자리에 삼촌이 존재한다. 언제나 영리하게 사리 분별할 줄 아는 진희는 삼촌에 대한 이야기에서만은 무장해제되는 서술자다. 진희는 대체 삼촌에 대해서는 왜 이토록 관대한 것일까.

흥미로운 것은, 삼촌의 캐릭터를 구체적으로 설명해줄 에피소드나 묘사는 소설 속에서 다른 이들에 비해 상대적으로 빈약하다는 점이다. 진희와 삼촌이 다른 가족보다 각별한 관계를 형성하고 있다고 할 수도 없다. 그러나 앞서 확인했듯, 진희의 인생에서 '삼촌 방의 다락'은 아주 중요한 장소로 묘사되고 있다. 게다가 소설은 '삼촌'의 이야기로부터 시작해서 아버지의 등장으로 끝난다. 의미심장하지 않은가. 그리고 이때 소설 속에서 유독 생경하리만큼 삼촌의 신상이 '서울대학 법대생'(16쪽)이라는 고유명의 이미지로 제시되는 것도 사소하게 지나칠 대목은 아니다.

진희의 이런 태도는 독자들에게 서울대학 법대생 삼촌의 고뇌하는 지성적 어른의 이미지를 강하게 주입시킨다. 그런데 한편 소설 속에서 팩트적으로 그는 이러한 독자의 상상과는 조금 다르다. 가령 삼촌 방의 다락에는 고교 때 교모, 겉장이 뜯겨나간 공책, 끈 떨어진 낡은 가방, 오래된 잡지, 소설책 등이 있다. 고전으로 분류할 수 있는 책보다는 무협지나 통속소설이 훨씬 많다. 진희는, 삼촌의 '의협심과 감수성'에는 경외심을 갖고 있지만 그 의협심과 감수성의 실체는 상당히 모호하다. 이것은 이모에 대한 묘사와 비교할 때 이해하기 쉽다. 다시 인용문이다. 조금 길지만 버릴 구절이 거의 없다.

삼촌이 보낸 사춘기라는 호기심 많은 시절의 한 편린이 고스란히 폐기돼 있는 그 벽장 속에는 이른바 고전으로 분류할 수 있는 책보다는 무협지나 통속소설이 훨씬 많았기 때문이다. 나는 그 많은 무협지와 통속소설에 꽤 재미를 붙였으며 삼촌의 의협심과 감수성도 바로 그 책들에서 비롯되었을 거라고 짐작하게 되었다.

독서가 취미라고 말은 해도 이모에게는 책이 그다지 없었다. 여고 시절 하얀 책상보로 덮여 있던 앉은뱅이책상의 책꽂이에 『부활』과 『좁은 문』, 『적과 흑』 등이 꽂혀 있긴 했지만 책 임자가 그 책을 얼마나 열심히 봤나 알아보기 위해 꼭 책의 밑바닥을 뒤집어서 책 두께의 더럽혀진 선이 어디까지인가를 확인하는 버릇이 있는 나는 그 책들의 책장이 결코 20페이지 이상은 넘겨진 적이 없다는 것을 확신하고 있었다. 여고를 졸업한 뒤 이제 책과의 강요된 인연에서 벗어나게 된 이모는 책상과 책꽂이와 함께 책을 내게 물려주었다. 이제 내 책이 된 그 고전들을 나는 삼촌의 무협지 못지않게 열심히 독파했지만 명성만큼의 감동을 얻진 못한 걸 보면 나는 일찍부터 삶 속에서 진지한 의미를 찾는 일을 거부했던 모양이다. (105~106쪽)

한 세대의 독서 편력에 관한 한 은희경의 소설들만큼 흥미롭게 구체적 에피소드가 나열되는 소설도 드물다. 하지만 여기에서는 삼촌과 이모의 차이에 대해 주목해보려 한다. 앞서 이야기했듯, 이모는 삼촌과는 정반대의 이미지를 갖고 있다. 고졸인 이모는 영화를 보면서도 자고, 맞춤법도 틀리고, 어른스러움과는 거리가 멀게 묘사된다. 그러나 그런 이모에게도 소위 고전이라고 할 만한 책이 있었다. 『부활』과 『좁은 문』, 『적과 흑』. 이 목록들이 상기시키는 바를 떠올려보자. 삼촌의 무협지와 통속소설에 비하자면 얼마나 고상한가. 물론 이모는 이 고전과 "강요된 인연" 관계였을 뿐, 그것을 장식품처럼 소장하고 있다가 진희에게 물려준다.

이것은 삼촌과 이모에 대한 태도의 차이이기 이전에, 실제 삼촌과 이모의 차이로 놓여 있다. 그렇다면 진희가 생각하는 성숙한 삶은 진짜 '고뇌', '독서' 경험과 관련된 것이라기보다 기본적으로 학력 엘리트라는 사실 쪽에서 기인한다. 삼촌에 대한 진희의 경외심은 사실, 이모와 대비되는 학력 엘리트 삼촌의 고뇌하는 지성에 대한 경외심이다. '삼촌 방의 다락'은 '나'의 고뇌와 독서를 결합시킨 물리적 공간이자, 성장의 완성을 이룬 공간이지만, 정확하게는 '부재원인' 같은 장소다. 인용한 대목들을 생각할 때, 학력 엘리트 삼촌은 지적이고 어른스러웠을 것이지만, 실제 그렇다고 판단할 근거는 별로 묘사되지 않는다. 단 이모와 대비될 때에만 그의 의미는 부각된다. 진희 역시 그 이미지와 실제의 차이에 대해 알고 있는 듯하다. 그러나 소설 속에서 삼촌의 이미지는 결코 훼손되지 않는다. 무협지와 통속물조차 삼촌의 '의협심과 감수성'을 위해 기능하고 있다.

즉 진희가 서 있는 장소는 삼촌과 이모의 경계다. '삼촌적인 것'에 경외감을 갖고 있지만, 정작 구체적인 유산은 이모에게서 물려받았다. 진희는 이모의 책과 삼촌의 다락방을 통해 기묘하게 성장한다. 그럼에도 이 기묘한 공존은 언제나 '삼촌'의 젠더와 학력을 중심으로 통합되어 있다. 서술자 진희의 이런 분열, 혹은 양가성에 대해서라면 다른 에피소드를 살펴도 된다.

진희는 고전 읽기 경시대회를 위해 단테의 『신곡』을 읽는다. 읽기가 너무도 고역이지만 경시대회를 위해서라면 고전 읽기에 성심성의껏 임한다고 한다. 그리고 이어서 말한다. "비록 단테가 『신곡』을 이것보다 열 배가 넘는 방대한 분량으로 썼다 해도 나는 엘리트의 소명에 의해 자발적으로 고전 읽기 시험 준비를 할 것"(290쪽)이라고. 과장이자 농담 섞인 말이기는 하지만 "엘리트의 소명"은 '엘리트'라는 기표를 조롱하기 위해 소용된 말이 아니다. "엘리트의 소명"은 소설 속에서 "서울대학 법대생"이라는 말만큼 생경하게 놓여있지만 이 말들은 진희가 정향된 정신의 장소를 투명하게 보여준다.

따라서 삼촌의 친구 '허석'이 나타났을 때, 진희가 그를 이성적으로 좋아하게 되는 것도 충분히 예측할 수 있다. 삼촌과 허석은 실물감 넘치는 캐릭터라기보다 박제된 엘리트의 표상이다. 허석은 삼촌과 같은 학교 친구이자 문학적·음악적 소양 및 정치적 올바름의 감각도 겸비하고 있다. 진희는 이렇게 말한다. "좀 어렵고 지적인 이야기를 할 때면 허석은 자기의 말에 여운을 더하는 시니컬한 표정을 잊지 않고 지어 보인다. 허석과 이야기를 나눌수록 나는 점점 더 그가 나와 같은 종류의 인간이라는 생각이 든다."(156쪽) 지적·정신적 경외심의 대상으로서 삼촌과 허석은 서로 대체 가능한 존재일 뿐 아니라, 진희 스스로 이들과 동일시하기에 이른다.

여기에서 '학력 엘리트'와 '고전도서의 목록'과 '고뇌'와 '어른스러움'과 '자기 형성'과 '성장'은 모두 하나의 선상에 놓여 있다. 바로 이것이 진희가 상상적으로 구성한 "삼촌 방의 다락"의 의미다. 여기에 이모의 유산들은 보이지 않는다. 진희는 스스로 이렇게 의미화한 공간에서 책을 읽는다. 때때로 독서나 고전이 별것 아니라는 식으로 이야기되는 대목도 있지만, 그 냉소의 뒤에는 '어른 진희'가 있음을 잊어서는 안 된다. 이 소설은 기본적으로 어른 진희가 회고하는 이야기이기 때문이다. 소녀 진희와 어른 진희 사이에는 30여 년의 차이가 있고, 그녀들의 시대 역시 그만큼의 차이가 있다. 실제로 삼촌은 통상적 엘리트의 이미지에 걸맞은 인물이었을 것이고, 소녀 진희는 그를 동경했을 것이다. 그리고 이모는 희화화되고 있지만 사실 '소녀 진희'가 부정할 수 없는 또 다른 일면이었을 것이다. 하지만 이때 진희가 어른이 되는 과정에서 지워지는 것은 다소 분명하다.

이 세 인물을 매개하는 것은 '고전'과 '독서'다. 세계가 권장하는 가치들이고 개인의 삶과 인격 형성에 도움이 된다고 여겨져 온 매개다. 그러나 소설 속에서 삼촌이 고전을 열심히 독파했는지는 암시되어 있지 않다. 실제로 어느 정도의 고전적 소양을 갖추었는지도 알 수 없다. 단지 학력 엘리트라는 사실이 이 궁금함을 불필요한 것으로 만든다. 한편 이모는 고전을 장식품처럼 소장만 하고 있다. 그리고 진희는 이모의 장식품 같은 고전들을 열심히 독파했다. 즉 삼촌은 실제 사실여부와 무관한 숭배의 대상이고, 이모는 그 대상을 모방할 뿐이었으며, 진희는 그 대상을 동경하고 동일시하기를 원한다. 학력과 남성

젠더라는 상징자본을 가진 삼촌은 성숙한 삶의 정점에 놓여 있고, 이모와 진희는 그것을 모방한다. 흉내 내다 그만두기(이모), 적극적으로 흉내 내어 내면화하기(진희)의 차이일 뿐이다.

실제로 진희는 고전을 열심히 독파했지만 "명성만큼의 감동을 얻진 못"했다고도 이야기한다. 같은 상황에 대해 삼촌의 경우는 어떠했을지 독자는 전혀 알 수 없다. 단지 진희와 이모는 별반 다를 것 없다는 점만 확인하게 된다. 그러나 진희는 이모와 달리, 삼촌으로 표상되는 성숙한 엘리트의 이미지를 욕망하고 모방했다. 정작 진희가 삼촌처럼 되기 위해서는 이모의 장식품들을 소비해야만 했지만 이모는 희화화의 대상으로만 놓여있다. 이 아이러니는 우선은 진희의 것이다. 하지만 조금 소설 바깥으로 시야를 넓혀 생각해본다면 이제 조금 다른 주제를 떠올리게 하는 이야기가 될 것이다. 말하자면 진희의 아이러니는, 어쩌면 근현대 변방의 장소, 여성 젠더가 습득, 체화, 수행해야 했던 성장, 교양의 그로테스크함을 보여준다.

즉 '교양 있다, 성숙하다' 같은 이미지는 언제나 나를 인정해줄 타자, 위계 속의 다른 존재와 관련된다. 삼촌과 삼촌 친구 허석은 이모와 정반대의 이미지이고, 진희는 그 사이에서 두 가치들과 교섭하면서 성장한다. 즉, 어떤 가치는 과장하고, 또 어떤 가치는 은폐하면서 자아를 통합해간다. 진희가 스스로 삶의 성찰을 완성했다고 단언하는 데에는 삼촌-허석뿐 아니라 반드시 '이모'가 필요했던 것이다. 그리고 '삼촌 방의 다락' 역시 이모의 미성숙, 교양 없음을 동반할 때에만 의미를 지니는 것이었다. 그러나 이모의 유산은 삼촌으로 표상되는 학력, 젠더자본의 우위를 확인시키기 위해 지워지거나 통합된다.[3] 또한 진희의 성장과 교양은 늘 더 우월하다고 상정된 것을 향한 모방의 패턴 속에 있다. 이 우월하다고 상정된 것이, 남성 젠더, 학력 엘리트, 서구고전을 중심으로 형성된 정전 등으로 구성되었다는 점은 다시 기억해두자. 저 아이러니는 은희경 소설 속 소녀들에게서 종종 보이는 아이러니이지만 사실 어떤 세대와 어떤 젠더의 정신사와 교양에 관련되는 흔적이기도 하다.

3. 스스로의 젠더를 지워야만 '성장'할 수 있었던 소녀들

한편 『새의 선물』에서 진희는 죽은 어머니에 대한 기억은 단 하나도 없다고 말한다. 기억도 그리움도 떠올릴 여지를 지우면서 소설은 시작한다. 아버지 역시 부재한다. 물론 부모가 부재하며 스스로를 고아나 다름없는 처지로 상정하는 성장소설의 인물들은 드물지 않다.[4] 이 소설 역시 부모의 존재는 지

---

3. 이처럼 근대적 개념으로 권장되어온 교양·성장과 같은 것은 중립적이고 투명한 개념이 아니라, 일종의 내부 식민지를 거느림으로써 증명할 수 있는 것이기도 했다. 이 글에서는 '개념'으로서의 '성장'이라는 말을 피해 가려 했지만 결국 도달한 곳은 여기다. 은희경 소설이 보여주는 것, 이 글에서 이야기하는 '성장'은 신체적·정신적 성장 이전에 '근대적 의미의 성장', '교양'이다. 자기의 인격과 삶을 형성하고 정신적 수양을 도모하는 데에 권장되어온 그 의미에서의 성장이다.

4. 단적으로 배수아의 1990년대 소설들의 대부분이 그러하다.

워져 있지만, 결말에서 어떤 암시도 복선도 없이 등장하는 아버지의 의미는 다소 전형적이고 명쾌하다. 이와 관련된 진희의 또 다른 버전을 좀 더 살펴보자.

지적인 이미지나 착하고 교양 있는 어린이 되기, 타인에게 인정받는 성숙한 자아 만들기에 대한 집착은 비단 『새의 선물』에만 국한되지 않는다.[5] 「서정시대」(『행복한 사람은 시계를 보지 않는다』, 창비, 1999)에는 이런 대목이 나온다.

사르트르와 칼 힐티와 토머스 울프를 억지로 읽으며 박계형보다 재미없다는 불온한 생각이 순간적으로 스치는 바람에 소스라쳐 놀라곤 했던 그 시절의 나는 용돈을 쪼개 정음사와 을유문고의 전집을 할부로 들여놓는 일로써 인생을 이미 지적인 일에 투자하며 살고 있다는 자부심을 느꼈다.(139쪽)

이것은 『새의 선물』에서 진희가 '엘리트의 소명'으로 고전들을 읽는다던 냉소 '이전의 진실'처럼 보인다. 그러니까 소녀진희는 아마 진심으로 '자부심'을 느끼며 고전들을 읽었을 것

---

5. 소녀가 주인공인 은희경 소설들에는 '이지적', '지적' 등 이와 비슷한 계열의 단어가 자주 등장한다. 삶에 대해 큰 의미를 부여하지 않으려 하고, "일찍부터 삶 속에서 진지한 의미를 찾는 일을 거부했"(『새의 선물』, 106쪽)다고 하는 이들의 진술들과 배치되는 단어들 아닌가. 이것은 지적이고 교양 있는 모범생 어린이가 겪었던 상처(예를 들어 「누가 꽃피는 봄날 리기다소나무에 덫을 놓았을까」의 소녀는, 아이답지 않은 글을 썼다는 이유로 "겉멋 든 미사여구, 마음에서 우러나오지 않은 글"이라는 비난을 받는다)에 대한 사후적인 방어로 이해할 수 있다.

이다. 여기에 이어지는 구절은 다음이다.

당연히 그런 나를 웃기게 생각하거나 역겨워하는 친구들이
있었다. 지금이라면 나도 마땅히 나 같은 애를 역겨워할 것이
다. 그러나 그때 나는 그런 친구들을 의식할 때마다 우수어린
표정으로 먼 산을 바라보았다.(139쪽)

은희경 소설 속 소녀들은 이렇듯 '외롭게' 고전과 독서를
숭배하고, 지적인 구별됨에서 자기 가치를 찾는다. 그리고 이
숭배의 이면에는 인정받아야 할 누군가가 있다. 그래서 소설
마다 '삼촌의 이미지'는 자주 변주된다. 이때 소녀들의 이야기
가 단순히 소녀 시점이 아니라 어른이 된 후의 시점에서 서술
된다는 것은 다시금 중요하다. 은희경 소설의 '냉소'는 언제나
사후적인 시점에서 작동한다. 고전 독서의 전승 필요와 방법
에 대해 시니컬한 것은 어른이 되고 난 후다. 그녀들이 소녀였
을 때에는 착하고 예의 바르고 공부 잘하고 인정받는 어린이
가 되기 위해 진심으로 열심히 노력했다. 그것이 시간이 흐르
고 시대가 달라져 회고의 대상이 되었을 때 비로소 우스워질
뿐이다.

「누가 꽃피는 봄날 리기다소나무에 덫을 놓았을까」(『상
속』, 문학과지성사, 2002)의 소녀 역시 아버지의 인정을 받기
위해 노력한다. 인정받고 싶다는 욕망은, 인정해주는 상대에
대한 경외심과 연동된다(그러나 어머니에 대해서는 역시 침묵

되고 있다). 이 소설의 소녀는 세계가 권장하는 가치들에 순응하며 성장하고 교양을 갖춘 평탄한 부르주아지가 되며, 그리고 결국은 몰락한다. 그 과정에는 아버지를 비롯한 남편-옛 남자들이 존재한다. 주인공이 자기를 형성하고 재발견하는 일은 언제나 남자들에 의해 매개된다. 그리고 모범생 소녀였던 주인공이 뒤늦게 깨닫는 것은, 스스로가 그저 학습된 삶을 충실히 살아왔을 뿐이고, 그것이 알고 보니 자기 인생의 '덫'이었다는 사실이다. 「누가 꽃피는 봄날 리기다소나무에 덫을 놓았을까」의 태도는 냉소가 아니라 자조나 연민에 가깝다.

물론 이 세 소설의 소녀들은 각기 다른 상황에 놓여 있고, 당연히 각기 다른 캐릭터이다. 또한 그들은 세상이 권장하는 가치들을 능동적으로 내면화하느냐(『새의 선물』, 「서정시대」), 수동적으로 학습하느냐(「누가 꽃피는 봄날 리기다소나무에 덫을 놓았을까」)의 차이가 있다. 그러나 그들의 처세가, 보편을 참칭하는 세계가 권장하는 가치를 내면화하는 것이었다는 점에서는 동일하다. 또한 공히 그 내면화의 매개로 '독서' 행위가 놓여 있는 것은 다시 강조해도 될 것 같다. 그리고 소녀들은 모두 각기 혼자다. 독서 행위와 고뇌, 성찰, 성장의 상관관계, 그 배후에 있는 남자들과 남성젠더적 가치들. 즉, 그들이 자기를 실현하고 어떤 주체가 되는 과정에는 욕망하는 대상에 대한 '외로운 분투'가 놓여 있다. 그리고 그 분투는 근대적이고 전형적인 남성젠더 성장물의 분투 과정에 상응하지만, 결과적으로 한 겹 더 결핍의 서사를 갖고 있다.

잠시 소녀들의 성장물 이외에 소년들의 성장을 다루고 있는 『마이너리그』(2001), 『비밀과 거짓말』(2005), 『소년을 위로해줘』(2010) 등을 떠올려보자. 미리 덧붙이지만 이것은 작가를 굳이 생물학적 남녀로 구분해야 한다는 것도 아니고, 여성 작가가 남자들의 이야기를 능청스럽게 잘 쓴다는 것이 이상하다는 말도 아니다. 오히려 거짓말이 능청스러울수록 훌륭한 소설가라는 증거가 아닌가. 그러나 흥미롭다. 왜 『새의 선물』 이외의 '장편 성장물'[6]의 주인공은 모두 소년들인가. 그리고 그 소년들은 왜 소녀들보다 덜 외로워 보이고, 덜 결핍된 것처럼 보이는가.

가령 '58년 개띠' 남자들의 좌충우돌 성장기인 『마이너리그』(2001)를 보자. 소녀들은 골방에서 독서하고 있는 동안, 이 소년들은 비록 개개인은 별 볼 일 없을지언정 친구 관계를 만들고 몸으로 직접 부딪치면서 세상을 깨우쳐 간다. 『비밀과 거짓말』(2005)을 넓은 의미의 성장물로 읽을 때, 거기에서도 형제 관계의 소년들이 아버지의 가치들과 갈등하고 스스로의 정체성을 찾는다. 2대 형제들은 아버지가 아닌 장남을 중심으로 성장한다.[7] 또한 3대의 영준과 영우 역시 수직적인 가계도 안

---

6. 이 글에서 다루는 「서정시대」, 「누가 꽃피는 봄날 리기다소나무에 멱을 놓았을까」는 단편소품이고, 『새의 선물』, 『마이너리그』, 『비밀과 거짓말』, 『소년을 위로해줘』는 장편이다.

7. 가령 일본유학까지 했고 후에 병사한 큰아버지는 "똑똑하고 훌륭한 분"(63쪽)으로 묘사되면서, 동생들에게는 아버지 대신 몽둥이로 훈계하던 무서운 큰형 이미지로 남아 있다.

의 자기 위치를 의식하고는 있지만, 그들의 삶은 아버지와의 관계보다는 형제 관계 속에서 형성되는 측면이 크다. 한편 『소년을 위로해줘』(2010)의 소년에게는 아예 아버지가 없다. 그러나 그것은 아버지에 대해 저항·부정하려는 의미와 전혀 상관이 없다. 아버지가 등장해야 소설이 끝날 수 있었던 『새의 선물』이나 아버지가 초자아처럼 버티고 있는 소녀들의 이야기와 달리, 이 소설은 무의식의 영역에서조차 아버지에 상응하는 존재 자체가 없는 듯 보인다. 극복해야 하거나 인정받아야 할 상대 자체가 이 소년에게는 없다는 말이다. 또한 소년의 어머니는 친구와 다름없는 존재고, 때때로 소년보다도 더 철없어 보이는 캐릭터이다. 어머니의 연하 애인조차 아버지보다는 친구·형 쪽에 가깝다. 소년에게 중요한 것은 또래 사이의 우정 및 애정관계이고, 분투해야 할 가치(이 소년에게 그런 게 정말 있다면)는 수평적 관계들 속에만 흩어져 있다.

이들이야말로 스스로 커가는 것같이 보인다. 『새의 선물』의 진희가 스스로의 성장을 누구에게도 빚지지 않은 듯 선언하지만, 실상 그 이면에는 '삼촌 방의 다락'에서의 독서 행위가 결정적으로 놓여 있음을 다시 떠올리자. 「서정시대」와 「누가 꽃피는 봄날 리기다소나무에 덫을 놓았을까」의 소녀들이 타인의 조소를 받아가면서도 모범적이고 이지적인 이미지에 집착하고 있었음을 떠올려보자. 과연 골방에서 혼자 책을 읽고 세상의 이치를 깨우치고 교양을 습득하는 것이 누구에게도 빚지지 않는 성장을 의미하는 것인가. 그 독서 목록은 누구에 의

한 것이며 그 행위는 누구에게 인정받고자 하는 것인가. 이에 비하자면 차라리 수평적 관계, 우정을 매개로 하여 세상과 직접 부딪치며 커가는 소년들의 성장이 더 자생적인 것으로 보이지 않는가.

확실히 성장·청년·청춘·우정과 같은 말들은 묘하게 남자들에게 어울리는 단어들이다. 작가 은희경은 이 암묵적 사실을 이미 체득하고 있었음이 분명하다. 이것은 언어 습관이나 느낌의 문제가 아니라, 우리가 종종 잊고 있는 중요한 사실을 다시 한 번 환기시킨다. 말하자면 '성장'이라는 것 자체가 이미 특정한 가치 속에서 통용되어 왔다는 것. 즉, 성장이라는 가치 자체가 본래 누구의 것이었는지 다시 떠올리게 하는 것이다. 그것은 결코 투명하거나 중립적인 지대에 놓여 있는 것이 아니다. 지금 이 소년·소녀들을 보면서 생각하게 되는 것은, 소녀들의 자아실현 혹은 성장에는 언제나 두 겹 이상의 매개가 필요하고 그 과정은 외로운 분투에 가깝다는 것이다. 소년이라면 이렇게 이야기했을 것이다. "아들이 아버지를 떠날 수 있는 방법은 출세와 유랑, 그리고 죽음 세 가지뿐이었다."(『비밀과 거짓말』, 97쪽) 그러나 소년들은 어떻게든 아버지를 떠나더라도 언젠가는 스스로 아버지가 되기 마련이다. 세계의 '보편성'이란 이미 남성젠더화되어 있는 것이므로 소녀들은 분투해도 아버지가 될 수 없고, 세계를 '직접' 체득할 수도 없다. 소녀들의 이야기 속에 초자아 같은 남자들이나, 독서 경험 이야기가 빠지지 않는 것을 생각해보자. 『새의 선물』의 이모 같은 여자가 되지 않아야 하지만 동시에 스스로가 아버지도 삼촌도 될 수 없음을 아는 소녀들은 어떻게 해야 했을까.

이렇게 은희경 소설에는 소녀의 성장과 소년의 성장이 각각의 방식으로 구조화되어 있다. 이것은 한 작가의 소설 이야기에 한정할 수 없을 것이다. 소녀들은 아버지가 될 수 없지만 그 가치에 가까이 갈 수 있는 방법은, 교양 있고 성숙한 남성 주체 되기에 필요한 가치들을 모방, 전수받는 것이다. 그리고 독서가 그 방법의 하나다. 여기에 아직 가치판단을 부여해서는 안 된다. 이것은 한국 근현대사의 어떤 국면들을 살아내야 했을 소녀들이, 보편을 가장한 불투명한 세계에서 생존하기 위한 부지불식중의 처세였기 때문이다. 자기보존, 생존의 방략으로 택하고 보니 그것이 자기 성性을 보편의 규순에 상응하도록 만드는 길이었음은, 세상이 어떤 곳인지 알고 난 후에야 깨달을 수 있는 것이다. 이때 자신들의 분투가 '흉내 내기'(『비밀과 거짓말』)[8]에 불과했음을 깨달은 이가 스스로를 회고할 때 어떤 포즈를 취하고 싶을까. 부정? 자기희화화? 연민? 냉소? 은희경의 소설들이 택한 냉소를 이렇게 다시 읽는다. 이 '냉소'는 더 이상 1990년대의 문화, 문학사에 한정할 단어가 아닌 것이다.

---

8. "그러나 그동안 흉내 내온 대상이 과연 진짜였던가."(『비밀과 거짓말』, 문학동네, 2005, 179쪽)

4. 한 시절의 문학소녀들의 기묘한 성장에 부쳐

여기부터는 다시 처음의 이야기다. 『새의 선물』의 소녀 진희와 어른 진희 사이에 놓인 간극에 대한 이야기이고, 나아가 『새의 선물』(1995)과 『소년을 위로해줘』(2010) 사이의 간극에 대한 이야기다. 또한 '아버지'라든지 '성장' 같은 말로 표상되던 '큰 이야기'가 어떻게 가능했고 어떻게 기능하고 있었는지에 대한 확인이기도 하다. 다음은 『새의 선물』의 삼촌과 진희의 암묵적이고 궁극적인 관계를 이해하는 데 참고로 읽어도 좋을 것이다.

> 흑판에(칠판에) 별 대수롭지 않게 교수가 썼던 ×××카이트 등과 같은 독일어들. 그것은 촌스러운 우리가 태어난 고향과는 완전히 근본적으로 동떨어진 광활한 세계를 암시했는데, 그것을 쓴 교수는 아무리 봐도 일본 옷과 하카마를 입은 모습이었다. 그러나 그에게서 괴테, 슈니츨러, 니체의 이야기를 들으니 왠지 짜증나는 부모나 친척들을 떠나 완전히 자유롭고 아름다운 코즈모폴리턴 세계에서 학예에 힘쓰고 있다는 느낌이 들었다. 며칠 후 그가 갑자기 소세키의 서간집 같은 것을 읽는다. 그러니까 그 교수가 소세키에게서 편지를 받았던 것이다. 그러다가 도서실의 여름날 오후는 조용해지고 그 책상에는 아카데믹한 『소크라테스의 변명, 크리톤』이라든지 『바쇼 하이쿠 연구』라든지 자잘하게 멋을 낸 『유구잡기』遊歐雜記

등의 책이 있다. 그것은 범접할 수 없는 권위와 충만한 미소로 나를 향해 손짓했다. 나는 독일어 수업의 흥분이 아직 남아 있는 채로 그 책에 손을 내밀었다.[9]

한 사람을 25년 동안 사모하고 찾아다니다가 찾아낸 날 기쁨과 흥분의 절정에서 목숨을 다한 여인에 대한 소설을 읽고 나는 울어버렸다. 괴테나 로망 롤랑의 소설을 읽은 이상의 감동이었다. … 이것이 사랑이다. 이런 것이야말로 사랑이다. 식지 않는 열정과 거룩한 희생과 순교자적 지조는 이 세상 것이 아닌 듯싶다. 어떻게 그런 사랑을 바칠 수 있을까. 그녀는 오늘날 여인은 아니다. 경박한 습속 속에서 이런 성자를 찾으려 함은 어리석은 짓일 것이다. 하물며 이런 사랑을 꿈꾸는 것은 더없이 어리석은 짓일 법하다. 그러나 꿈꾸어 보는 것만도 얼마나 기꺼운가. 꿈꾸는 것조차 어리석다면 소설로라도 한번 써보고 싶다. 다른 드로테아 부인을 창조해 보고 싶다.[10]

20세기 초중반 아베 지로와 이효석 등이 고백한 경험과, 진희의 그것이 크게 달랐을 것이라 생각되지 않는다. 이들의 감성과 가치관은 독서를 통해 '발명'에 가깝게 계발되었을 것이다. 물론 이에 대한 자세한 이야기는 별도의 지면이 필요하

---

9. 新関岳雄, 『光と影—ある阿部次郎伝』, 三省堂, 1997. (竹内羊, 『教養主義の沒落』, 中央公論新社, 2003, 170~171쪽에서 재인용).
10. 이효석, 「綠陰의 香氣」, 『조광』 1941년 8월(원문을 현대어로 바꿨다).

다. 하지만 이들의 신앙고백에 가까운 이야기에서 확인되는 것은, 저들의 시대를 가능케 하고 지금 여기까지 오게 한 정신사적 맥락이다. 진희와 같은 문학소녀들의 상승적 인간관과 자기형성의 욕망, 외부로부터 온 지적 충격에 대한 맹목적 숭배, 『새의 선물』의 진희가 서울법대생 엘리트 삼촌과 고졸 이모 사이에서 느낀 감정들의 기원이 이 대목들에 암시되어 있다. 이들은 근대적 문학으로 표상된 가치들을 내면화하면서 독서 행위 속에서 인격의 형성과 발전을 도모했을 것이다. 진희가 세속적 소란스러움을 등지고 '삼촌 방의 다락'에서 독서를 통해 삶의 성찰을 '완성'시켰다는 말과 같이, 저들 역시 '짜증나는 부모와 친척', '경박한 습속'을 떠나 '감동'받고 '자유롭고 아름다운' 세계를 꿈꾸었을 것이다. 고전을 읽는다는 행위 자체가 세속에 대한 정신승리의 매개가 되었을 것이다. 그 정신승리는 때로 스스로를 타인과 배타적으로 구별 짓는 수단이 되었을 것이고, 교양의 구조 속 여성젠더에게 할당된 자리에 갇히고 싶지 않았던 욕망을 지지했을 것이며, 그들의 시대를 끌어간 동력이기도 했을 것이다.

그러나 진희가, 삼촌과 이모 사이에서 자신이 존재하는 것을 알지 못했듯, 저들 역시 스스로가 어떤 정신사적 위계 hierarchy 속에 위치하고 있었는지 몰랐을 것이다. 진희가 '자기만의 문제의식', '진지함' 등을 찾으려고 할 때, "고전이 박계형보다 재미없다는" 생각을 "불온하게" 느껴야 했던 것(「서정시대」)도 당연하다. 그러나 진희와 저들 사이에도 시공간적 격차가 있다. 다음 대목은 진희와 저들의 차이이다. 그리고 이 차이는 소녀 진희와 어른 진희의 차이에도 상응한다.

"열심히 독파했지만 명성만큼의 감동을 얻진 못"했다(『새의 선물』, 106쪽)

"처녀성을 가져간 사람이 내 주인이라는 생각, 우연에 지나지 않는 그 사건에 운명적 의미를 두는 것, 그 모두가 내게는 어리석게만 생각된다. 이모가 경자 이모에게 빌려왔던 소설책들의 작가 토마스 하디와 모파상도 그것을 말하려고 『테스』나 『여자의 일생』을 썼을 것이다."(246쪽)

이때 이것이 어른 진희의 시선을 거친 소녀 진희의 목소리임을 잊지 말아야 한다. 1960년대 소녀 진희들은 진정 모범생이라는 이름에 값할 만큼 주어진 것에 진지했을 테지만, 1990년대의 어른 진희들은 그것을 회고하며 다른 해석을 하고 있다. 반복컨대 냉소는 언제나 어떤 사건·경험 이후의 사후적인 것이다. 원체험, 첫 경험에 의미부여하는 것이 이제는 유효하지 않다고 판단될 때, "어리석게만 생각된다"라고 감히 냉소적으로 회고할 수 있다. 남자들의 전유물로 여겨진 것을 소녀가 획득하는 과정을 깨닫는 것. 그것이 흉내 내기의 일종이었을지 모른다는 것을 깨닫는 것. 앞의 긴 인용문의 저자들도 그때는 미처 알아차리지 못했을 것이다.

『소년을 위로해줘』(2010)는 이런 의미에서 다시 중요해진다. 앞에서 이야기했듯, 이 소설을 통해 소년소녀의 성장은 다르다는 이야기를 할 수도 있지만, 한편으로는 이제 성장물이 어떻게 쓰이고 존재할 수 있을까에 대한 참고가 될 수도 있기 때문이다.

이 소설이, 부재하는 아버지를 "아예 의식조차 하지 않는다는 것"은 흥미롭다. 큰 보편, 초자아 같은 성장의 전제가 지워져 있는 것처럼 보이기 때문이다. 엄마의 애인과 소년이 함께 있으면 형제 관계로 오해받는다. 소년은 엄마의 이름을 스스럼없이 부른다. 때로는 엄마보다 친구들이 더 진지하다. 고전의 목록 대신 힙합이 소설 전체의 레퍼런스로 자리 잡고 있다. 소녀 진희의 1960년대와 어른 진희의 1990년대, 그리고 소년 연우의 2010년대는 소설 안에서 만큼이나 현격하게 다르다. 흉내 낼 대상의 권위는커녕 무언가를 흉내 내어야 한다는 강박 자체를 지운 듯 보인다. 이런 소년·소녀들에게 이전 세대와 같은 정신적 부채감 같은 것이 있을 리 없다.

『소년을 위로해줘』에는 개념으로서의 성장이 흔적으로만 남아 있다. 자아의 개체 자립은, 구속에서 이탈하려는 자아와 세계의 긴장관계를 전제로 한다. 이때 '세계'라는 말은 '공동체', '집단', '사회' 같은 말로 바꿔도 된다. 즉 이 자립은 진공 상태에서 이루어지는 것이 아니라는 말이다. 이런 의미에서 『소년을 위로해줘』의 소년소녀들은 그 공동체와의 긴장관계 대신(여기에서는 마지막 보루처럼 여겨져온 가족 공동체 역시 느슨하다), 영속적일 필요 없는 접속들의 명멸 속에 있다. 연우와 채영과 태수의 관계, 엄마와 엄마 애인의 관계를 보자. 또한 사고로 인해 연우, 채영, 태수의 긴장관계가 깨지는 것도, 소설적 설정 이상의 의미를 지닌다. 고뇌와 진지함은 이전 시대의 소년소녀들과 외연을 달리한다. 물론 인간이 존재론적, 종적으로 격변하지 않는 이상, 젊음·성장에 대한 이야기는 존속하겠지만 더 이상 레퍼런스는 권위에 빚지지 않을 것이고, 보편적 가치는 개개의 특수성과 관련된 것으로 더욱 분화될 것이며, 시대와 나란히 이야기할 성장, 교양의 의미는 다시 쓰여야 할지 모른다.

지금까지 이야기한 성장, 인간, 교양, 문학 이런 말들이 더 이상 '대문자'로서의 역할을 부여받지 못하게 되었다는 것. 그리고 이런 말들에 대한 절대화된 믿음을 질문해야 한다는 것, 나아가 이것이 다시 쓰여야 할 대상으로 놓여 있다는 논의는 그다지 새롭지 않다. 강조하고 싶은 것은, 손쉽게 '이것은 보편'이라고 합의해온 세계가 흔들리고 있다는 점이다. 어른 진희의 냉소가 보여주었듯, 스스로가 어떤 존재론적 위계 속에서 그 역할을 내면화했는지도 뒤늦게 자각할 수 있고/자각하고 있는 시대가 바로 지금이라는 말이다. 진희의 방식으로 어른이 된 이들은 소설 속 그녀와는 별개로 양가적인 심정일지 모른다. 소녀 진희도 어른 진희도 소년 연우도 모두 경험한 이들이라면 확실히 그럴 것이다. 하지만 행여 여기에 대한 심적 저항으로 인해 그간의 신념에 다시 기댄다는 것은 시대착오적이다.

스스로들을 지금의 자리로 떠민 문학과 교양이 실상은 어떤 기원을 갖는지 밝혀지는 시대. 그렇게 만들어진 존재가 그들 스스로라는 사실 역시 부정할 수 없는 시대. 은희경 소설 속의 자꾸 가벼워지려는 이들[11]을 나는 이러한 이중구속적 시대상황 속에서 다시 생각한다. 이때 떠오르는 것은, 프랑코 모레티의 말 "그러라지 뭐. 어쨌든 이것이 내 청춘이었으니까."[12]이지만, 한편으로는 성장, 교양, 문학과 같은 가치가 어떤 젠더, 계급, 학력, 지역, 언어의 위계를 통해 구축되어온 것인지 밝혀지고 있는 오늘날 이제 이 말은 다시 쓰이고 있을 문학의 첫 페이지를 여는 말로 읽어도 틀리지 않을 것이다.

---

11. 「고독의 발견」(『아름다움이 나를 멸시한다』, 창비, 2007)에서 K가 골몰한 '몸을 가볍게 만드는 연구'는 한 작가의 소설적 테마이기도 하겠지만, 결국 어른이 되고도 세월을 한참 보낸 무수한 진희들의 불가피한 처세술이기도 할 것이다.

12. 프랑코 모레티, 『세상의 이치』, 문학동네, 2005. 모레티가 유럽 교양소설 연구서를 낸 지 20년 후에 덧붙인 글(1987)의 맺음말이다.

무서워하는 소녀, 무섭게 하는 소녀

최윤의 「저기 소리 없이 한 점 꽃잎이 지고」의 트릭과 전략

서서히 그녀의 몸이 좌우로 흔들리고 분명 입으로는 무언가를 중얼거리기 시작했고, 그에 따라 좌우의 흔들림이 점점 격렬해졌다. … 남자의 귀를 때리는 소리는 점점 배가되어 묘지 전체를 누르고 있던 침묵을 몰아내고 함성이 되어 거대한 가상의 벽 안에 갇힌 채 쩡쩡 울렸다. 묘석들이 제각기 흔들거리는 듯했고 이제 그 함성은 벽에 금을 내고 그 틈으로 홍수처럼 사방으로 터져나가려 하고 있었다. 남자는 모로 쓰러져 눈을 감고 그 소리를 들었다.[1]

1. 목적서사와 여성에게 할당된 이미지들

최윤의 「저기 소리 없이 한 점 꽃잎이 지고」[2]는 5월 광주

---

1. 최윤, 「저기 소리 없이 한 점 꽃잎이 지고」, 『저기 소리 없이 한 점 꽃잎이 지고』, 문학과지성사, 1993, 268쪽.
2. 이 소설은 『문학과사회』 1988년 여름호에 처음 발표되었고, 단행본 『저기 소리 없이 한 점 꽃잎이 지고』(문학과지성사, 1993)에 재수록되었다. 이 글의 인용은 단행본(1993)에 따랐다. 참고로 1988년은 『문학과사회』, 『창작과비평』이 신군부에 의해 폐간된 후 9년 만에 복간된 해다.

를 직접 지시하는 것을 한사코 피하는 소설이다. 이 소설이 '5월 광주' 소설로서 의미를 확보하는 데에 중요한 역할을 하는 것은 말할 것도 없이 학대받는 '소녀'와 그녀에게 폭력을 행하는 남자의 대비 구도다. 여기에서 시민/군부, 수동/능동, 피해/가해 구도가 읽히는 것은 자연스럽고, 그녀가 '광주'라는 아픔을 체현하는 인물인 것도 의심할 여지가 없다. 그리고 결정적으로 소설 속 중심 내레이터인 '우리'가 소녀를 호명하고 의미 부여할 때, 이 소설은 명확히 5월 광주의 알레고리이자 역사에의 진혼곡으로 위치된다.

그런데 근대 목적서사의 측면에서 이 점을 다시 생각해본다. 여성이 역사의 주체로 등재되는 경우는 오랫동안 숭고한 어머니 혹은 순결한 누이로서였다. 단적으로 항쟁 중 광주에서의 여성의 이미지란 무엇일까. 다양한 이미지가 떠오르겠지만 적어도 총을 든 시민군의 이미지는 아닐 것이다. 일반적으로는 폭력의 희생자, 혹은 가장 적극적인 형상이라고 해도 주먹밥을 지어 나르던 어머니들 정도가 아닐까. 실제 현실 속 역할이 그러했기도 했겠지만, 그와는 별개로 역사 재현물 속에서 그녀들이 피해자, 희생자가 아닌 경우는 무척 드물다. 그렇기에 그때의 여성 이야기는 '수난사'의 형식을 띠기 마련이었고, 훼손된 누이와 어머니들 옆에는 종종 훼손되기 이전의 고향이나 모성의 이미지가 나란히 암시되곤 했다. 호모소셜한 형제애로 구축되는 근대, 근대의 목적서사에서는 숭고한 어머니, 순결한 누이가 그 성스러움을 보조하는 것이었다.

이 소설도 그런 재현의 패턴에서 크게 벗어나지 않는 듯 보인다. 주인공 소녀는, 지속적 폭력에 노출되지만 그 폭력의 의미를 잘 알지 못한다. 속수무책 피학의 자리를 벗어나지 못하고 있고, 오빠는 부재하는 아버지의 이미지와 연결되어 호명되고 있다. 그렇기에 이 소녀에 대해 "사회적 제관계의 결들이 지워진 순수한 혹은 신비한 실체"이자 "자연으로 수렴될 가능성"이 있다고 비판하고, '꽃잎=소녀=순수성의 표상=텅 빈 텍스트' 도식을 지적한 논의도[3] 퍽 타당한 것이었음을 기억해야 한다.

2. 그러나 이 소녀는 더럽고 무섭고 끔찍하다.

그런데 소녀로부터 피해자 개인의 인격을 지우고 이 소설을 다시 읽어본다면 어떨까. 잠시 이런 대목을 가만히 들여다보자. "그를 섬뜩하게 하는 웃음을 흘렸다. 예쁘다거나 추하다거나 느낌조차를 무화시키는 다른 어떤 것이 무어라고 말로는 되어 나오지 않지만 이 작은 몸뚱어리가 머물러 있는 세상은 남자가 알고 있는 그것과는 전혀 다른 곳이리라는 결정적인 느낌이 그의 본능적인 방어적 근육들을 수축시켰다. … 설령 녹초가 되게 두들겨놓아도 다시금 표정 하나 바꾸지 않고 누웠던 풀잎처럼 스스로 일어나 앉을 일이 무서워 오히려 그 자

---

3. 이혜령, 「쓰여진 혹은 유예된 광기 : 최윤론」, 『한국소설과 골상학적 타자들』, 소명출판, 2007, 283~285쪽.

신이 기진맥진할 때까지 으르렁거렸다. 한동안 남자는 그녀를 건드리는 일은 엄두도 내지 못했다. 더러웠고 무서웠고 끔찍했다."(209~212쪽)

여기에는 이 소녀에 대한 통념적 이미지를 배반하는 무언가가 있다. 남자에게 소녀는 정체를 알 수 없는 존재다. 소녀는 남자가 무자비한 폭력을 행사해도 꿈쩍하지 않는다. 이에 대한 남자의 즉각적 반응은, 본능적 방어 근육이 수축되는 몸의 감각을 통해 먼저 나타난다. 이것이 남자의 두려움을 의미하는 것은 더 말할 나위 없다.

소설 전체를 정색하고 다시 읽어보자. 특히 남자가 화자로 등장하는 1, 5, 8절은, 소녀의 기괴스러움을 묘사하는 데 대부분 할애되어 있다. 이 소설은 프롤로그를 포함 총 10절로 구성되어 있다. ① 우리(프롤로그, 3, 6, 10절), ② 남자(1, 5, 8절), ③ 소녀(2, 4, 7, 9절)의 시선에 의해 세 층위의 이야기가 교차한다. 여기에서 오랫동안 주목되어 읽힌 것은 ①과 ③이었다. ③은 피해자 소녀의 고통과 슬픔을 절절하게 전달한다. 혼자 살아남았다는 죄책감과 피해자의 고통이 두드러진다. ①의 '우리'는 그것을 언어화하고 5월 광주의 의미를 부여한다.

하지만 남자 시점의 ②는 앞서 인용한 소녀의 기괴함, 섬뜩함과 관련되는 내용이고 그간 진지하게 읽히지 않았다. ②의 이야기 층위에서 말하자면, 남자는 소녀를 학대할수록 오히려 기분이 나빠지고 무기력해진다. 남자에게 그녀는 악몽 같고, 위험한 전염병 같고, 관 속의 해골 같은 존재다. 지독하게 학대해도 무반응이고 알 수 없는 웃음과 몸짓, 그리고 침묵을 오가는 이 존재 앞에서 남자는 공포스럽다.

즉 ②의 서사는, 남자가 소녀에 의해 동화되며 변해가는 과정이라고만 독해되어 왔다. 그러나 정확히 말하자면 남자는 소녀로 인한 공포에 미쳐간 것이다. 남자의 폭력은 공포에 질린 아비규환의 몸짓이다. 남자가 소녀에게 호의를 베풀어도 "매번 남자가 대가로 되돌려 받은 것은 한참 동안이나 그의 등골이 오싹 진저리치게끔 했던 붉은 빛깔이라고밖에 달리는 표현할 수 없는 웃음"(245쪽)이었다. 이 이질적인 소녀의 모습은, 단지 한 인격체의 광기로만 여겨졌기에 묵과되었는지 모른다. 광기는 언어적 구조 너머의 사건이고, 해독되기를 기다리지 않는다. 하지만 이것이 과연 소녀 개인의 광기만을 의미했던 것일까. 광기라고 여겨진 그 기괴함, 나아가 광기를 재전유한 '광주' 자체가 인물의 자리를 대신하고 있는 것은 아닐까.

'5월 광주'라는 절대적 배경을 잠시 괄호 쳐둔다면, 이 소녀는 '인간'이라기보다는 산송장undead에 가까운 존재다. 소설 속 누군가는 "그녀와 동일한 인간인 것이 수치스러웠고 무서웠다."(249쪽)라고도 한다. 말하자면, 적어도 ②의 서사에서 소녀는 무서워하는 희생자, 피해자가 아니다. 그녀는 정체를 알 수 없는, 오히려 남자를 '무섭게 하는' 존재였던 것이다. 이 명백한 설정이 거의 주목되지 않은 것은 이상한 일이다.

3. 소녀의 '힘'은 어떻게 발현되는가

무섭게 하는 것에는 어떤 힘이 있다. 단, 유의할 것은, 무섭게 하는 존재 자체가 무서운 속성을 지니고 있는 것이 아니라는 사실이다. 모든 정서가 그러하듯 공포는 어떤 '대상'의 속성이 아니다. 그것은 대상과 주체를 가로질러 발생한다. 나(주체)의 입장에서 말하자면 익숙한 것이 낯설어지고, 자명했던 세계가 흔들리고 있다는 느낌에서 공포가 시작한다. 예기치 않은 것, 이해할 수 없는 것들이 들이닥칠 때, 그 한계체험으로서 몸이 먼저 반응하고 전율하는 것이 공포다.

이 소설에서도 소녀 자체가 폭력적이고 강하기 때문에 남자가 무서워하는 것이 아니다. 남자는 그녀와의 첫 대면에서 "예쁘다거나 추하다거나 느낌조차를 무화시키는 다른 어떤 것"을 토로했다. 즉, 그녀는 기존의 언어로 구조화된 현실 속 의미로 파악되지 않는 존재다. 그녀의 말이 실성한 이의 웅얼거림, 침묵, 고함 등에 머물 뿐, 언어화될 수 없는 '소리'에 불과했던 것도 이와 관련된다. 또한 소녀는 "쪼글거리는 살점이 녹아내리기라도 할 것처럼 흐물"거린다고 묘사된다. 남자는 "손을 뻗어 여자애의 턱을 받"친다. 그녀는 겨우 '윤곽'만 알아볼 정도로 망가진다. 그녀의 몸은 악취가 심하고 멍으로 뒤덮인 것으로 묘사된다. 그녀는 스스로를 "검고 쭈글쭈글 오므라들고 뺨이 다시 팬 괴물"로 여기고 있고, 여러 대목에서 소녀의 '몸'은 액상화된 이미지로 묘사된다.

이런 소녀의 형상뿐 아니라, 폭력이 자기의 강함을 확인시키지 않고 복종을 가져오지도 않는 사실 앞에서 남자는 당황하고 허둥지둥한다. 그리고 남자는 종국에 소녀처럼 스스로 정신을 놓아버린다. 여기에서 이미 가학/피학 구분은 무화되어버린다. 당연히 소녀의 실제 몸 역시 수동적이고 무기력하게 강간, 학대당하기만 하는 몸이 아니다. 적어도 ②의 서사(1, 5, 8절)에서 그녀는 폭력, 가학을 '장악'해버리고 있다. 소녀가 강간당하면서 "파랑새가 비집고 들어"왔다고 표현하는 대목은 "자연으로 수렴될 가능성"(이혜령, 같은 글)을 넘어 다시 읽혀야 한다. 소녀의 발화는 정확히 이렇다. "파랑새가 비집고 들어올 때 많이 아팠지만 소리 지르지 않았어. 그 정도는 이제 아무것도 아니야. 수천 마리가 덤벼보라지. 나는 절대 소리를 지르고 무릎을 꿇거나 빌거나 하지 않을 거야."(237쪽)

즉 소녀가 광주의 트라우마를 안고 있는 인물이라는 사실을 지우고 생각하면, 그녀는 수동적 피해자의 자리에 있기를 몸으로 거부하는 존재다. 그녀는 더 이상 능동/수동, 가해/피해, 주체/대상의 도식에 따라 설명될 수 없다. 오히려 그 도식과 이미지를 중지시키는 괴물이다.[4] 그러므로 소녀는 5월 광주를 고발하고 증언하는 휴머니즘적 존재의 역할만 하고 있는 것

---

4. 그녀의 이러한 형상에서 줄리아 크리스테바의 'abjection' 개념을 떠올려도 좋다. 작가 최윤이 그 개념을 염두에 두고 창작했다는 심증을 가져도 좋다. 중요한 것은 이 소녀의 유동적 이물감, 윤곽이나 이분법 구도를 붕괴시키는 이 면모들이 주목된 적 없었다는 점이다.

이 아니다. 소설 속 그녀는, 5월 광주의 의미 역시도 과감히 재구축한다. '광주'를 피해, 희생의 자리로부터 이탈시키고 그것에 강력하고 폭발적인 힘을 부여하는 역할을 한다. 남자가 어느 날 (광주를 상징하는) 묘비들 사이에서 목격하는 소녀의 다음과 같은 모습이 그 절정을 보여준다. "남자의 귀를 때리는 소리는 점점 배가되어 묘지 전체를 누르고 있던 침묵을 몰아내고 함성이 되어 거대한 가상의 벽 안에 갇힌 채 쩡쩡 울렸다. 묘석들이 제각기 흔들거리는 듯했고 이제 그 함성은 벽에 금을 내고 그 틈으로 홍수처럼 사방으로 터져나가려 하고 있었다. 남자는 모로 쓰러져 눈을 감고 그 소리를 들었다."(268쪽)

항쟁 당시의 현장을 환유하기도 할 이 강력한 폭발력=소녀의 힘은, 진정 이 소설의 압권으로 기억되어야 한다. 이 장면을 목격한 이후 남자의 붕괴는 가속화한다. 소녀=광주는 더 이상 진혼의 대상이 아니라, 자신을 해한 상대를 무섭게 하고 그 상대가 스스로 무너지게끔 마구 난입하는 광폭한 존재다. 또한 그녀가 치료를 거부하며 병원을 나서고, 소문으로만 존재할 것을 암시하는 소설 결말은, 소녀=광주가 영원히 누구/무엇에도 포섭되지 않고 일상을 불안케 하는 존재로만 남을 것임을 추측하게 한다. 즉, 소문으로만 떠도는 이 소녀=광주는, 시간이 지나도 되풀이되곤 하는 비극적 역사의 시간뿐 아니라, 안온하게 유지되고 있다고 믿어지는 우리의 세계와 일상 역시 계속 불편케 할 것이다. 이 소설이 이분법 도식에 근거하는 여성성이나 여성수난서사로서만 읽어서는 안 될 이유가 바로 이러한 소녀=광주의 '힘'에 있는 것이다.

4. 정체성 너머를 향하는 여성적 글쓰기

작가 최윤이 훗날 회고하듯, 이 소설은 1980년대 당시 암묵적으로 "여성에게 '할당'된 주제", "문학적 관행"[5] 등이 존재하던 것과 긴밀하게 관련되어 있었을 것이다. 하지만 나는 작가가, 당시의 문학적 관행, 요구와 타협하면서 동시에 과감히 일탈한 것이 바로 이 소설이라고 생각한다. 작가는 그 요구를 안전하게 수용하면서도, 동시에 전혀 다른 방식으로 읽힐 수 있을 '트릭'으로서 이 소녀의 이질적 형상을 그려냈을 것. 그 것이 작가의 진짜 의도인지 아닌지는 부차적이다. 글쓰기란 종종, 주어진 제도뿐 아니라 쓰는 이의 (자)의식, 의도를 넘어서거나 가로질러 무언가를 만들어내는 행위이기 때문이다. 글쓰기가 창조 행위인 한, 그것은 "개인적 주체를 뛰어넘어 움직이는 하나의 무인칭적인 요소와 이에 끈질기게 저항하는 개인적인 요소 사이의 복잡한 변증법"[6]이다. 최윤 역시 '여성적 글쓰기' 란 "자의식을 늘 뛰어넘는 어느 지대에 위치하고 있"다고 이야기했다. 이때의 여성적 글쓰기란, 제도는 물론이거니와 생물학적, 규범적 몸에 갇힌 뚜렷한 정체성을 기입하는 글쓰기에 국

---

5. 최윤 인터뷰, 「땅에 밀착한 파충류처럼 혹은 전장의 뮤즈처럼」, 『문예중앙』, 2006년 봄호.
6. 조르조 아감벤, 『불과 글』, 윤병언 옮김, 책세상, 2016, 76쪽.

한되지 않는다.

말하자면 여성이라는 정체성도 언어적으로 구성된 것이다. 그 인공물로서의 여성을 강요한 세계와, 그 세계의 언어가 먼저 있다. 성별의 수행과 그것에만 근거하는 여성적 글쓰기란 자주 실패한다. 우리를 구속한 세계의 언어를 가지고 그대로 돌려주는 방식의 문학은 기존 질서와 세계를 어쩔 수 없이 다시 한번 승인하고 그 구조를 강화시켜버리는 한계에 부딪히기도 한다. 그러므로 궁극적으로 겨냥해야 할 것은, 나를 규정하고 이 세계를 만든 그 언어(사고)인 것이다.

젠더와 섹슈얼리티의 어떤 전형을 강요하는 언어들, 그것에 의한 정체성의 도식과 그에 근거해 세워진 세계를 자기모순에 빠지게 만들기, 그 구조의 주박^{呪縛}에서 우선은 풀려나기. 그리하여 다른 언어, 다른 세계에의 상상력을 더 밀어붙이기. 이것이 지금 다시 읽은 '소녀'에게서 발견한 힘이다. 그리고 이 힘이, 30여 년이 지나서도 계속 이어지고 펼쳐지고 있는 지금의 여성적 글쓰기에 더 풍부한 상상력과 방법을 제공하리라고 확신한다.

문제는 휴머니즘이 아니다

윤이형 소설 읽기[1]

1. 불안한 휴머니즘? 불온한 휴머니즘?

인간 아닌 주인공이 등장하는 소설들이 있었다. 물론 인간 아닌 주인공이라고 해도 가장 많았던 것은 동물들이었지만, 그것은 대개 풍유, 알레고리, 우화, 우의 같은 말들로 설명되곤 했다. 그것은 일종의 간접 발화 양식으로서, 수사학적으로는 어딘지 열등하게 여겨져 온 양식이기도(이를테면 특수에서 보편을 추구하는 상징에 비해, 보편/기원을 위해 온전히 복속되지 않는, 그저 특수에 머무를 뿐인 알레고리는 얼마나 열등하게 취급되었던가) 했다. 인간 아닌 주인공들은 인간 세계의 비유, 풍자를 위해 동원되었고, 그리하여 그 끝에서 우리가 다시 돌아오게 되는 곳은 '인간'(우리), 그리고 '현재'(현실)라는 것들의 자명함이었다.

물론 주인공들을 존재론적으로 언급하려 한다면 생각해

---

1. 이 글은 『셋을 위한 왈츠』(문학과지성사, 2007), 『큰 늑대 파랑』(창비, 2011)의 소설들을 대상으로 하고 있다.

둘 것이 있다. 이른바, 신-인간-동물이라는 계통에서 인간이 어디쯤 위치하는지의 문제이다. 방금 별 의미를 두지 않고 신-인간-동물순으로 나열했다. 그런데 잘 생각해보면 사실 이것은 (신)-인간-동물 혹은 신/인간-동물이어야 할 것이다. 그러니까 사후적으로 근대라고 명명하곤 하는 전변轉變 와중에 인간은 신과 분리되었고, 신의 자리를 대신한 '나'가 코기토 명제의 중심이 될 수밖에 없었으며, 인간이 스스로의 힘으로 스스로를 정립해야 했던 것. 그러니까 그때부터 인간은 자기 삶의 주인되기에 고투해야 한 사정을 떠올려야만 한다. 범박하게 말해 인간주의, 인간중심주의, '그럼에도 불구하고 인간'이라는 슬로건은, 의심의 여지가 없는 당위였고, 불온한 의심(의혹)의 대상이 될 수도 없었을 뿐 아니라, 그 대상으로 떠올리는 순간 반사적으로 작동할 모종의 죄의식에 스스로를 단속할 수밖에 없는, 우리에게는 마지막 보루라고 다짐케 하는 그런 것이었다는 사실만 일단 확인해 두자.

지금, 다시, 인간 아닌 주인공이 등장하는 소설들을 윤이형의 소설을 통해 생각해본다. 여기에는 신, 사이보그, 각종 동물들, 게임 캐릭터, 좀비, 인간들이 공존한다. 돌연변이 인간, 정체성을 업그레이드하는 인간, 불멸하는 인간, 변종 인간 등, 이것은 흡사 하이브리드 종들의 전시장이다. 그들은 우화와 풍유와 협의의 알레고리 속에서 어떤 목적을 위해 역할을 분배받은 의인화된 존재들과는 다르다. 통상적 의미에서의 의인화란 인간 아닌 생물에게서 인간을 발견하고, 그들에게 인간 스스로와 동등한 내면을 투사해서 바라보는 것에 불과하다. 이 내면이란 늘 '해석 가능성'을 지닌 것이고 '나'의 내면으로 회수되어 이해되어야 하는 것이었다. 하지만 윤이형 소설의 존재들은 단순한 소재나 등장인물이 아니다. 나열한 그들 대부분이 어엿한 주인공이고, 해석 가능성을 상정하고 있는, 구체적 분석을 요하는 캐릭터의 소유자이기도 하다. 인간의 시선이 아니므로 그들만의 눈으로 보는 세계가 그려지기도 하고, 동일하게 소통할 수 없는 기호들이 등장한다. 게다가 그들은 우리가 통상적으로 인간을 기준으로 할 때의 그 생물학적, 종적 위계와 서열을 환기시키고 있다. 미래 세계속 변종 인간, 또는 인간보다 하위 서열로 취급되는 동물이나로봇 등. 그들은 등장하는 것 자체만으로도 새로운 위계hierarchy를 연상케 한다. 일찍이 어느 소설에서 이처럼 인간 아닌여타의 존재들을 진지하게 다룬 적이 있었는가.(적어도 근대소설은 '인간'이라는 존재와 '현재'라는 시간에 궁극적 방점을찍은 장르였다.) 게다가 그들은 지금, 우리가 이제껏 형이상학적으로 사유해 오던 광대하고 심오한 주제들을 변주해 내는데 일정한 역할을 하고 있다. 인간의 유한성, 불멸에의 욕망,인간의 존재론적 의미, 정치적 격변의 흔적 등등, 일찍이 관념적, 사변적으로만 사유할 수밖에 없던 질문들과 관련해 이 인간 아닌 주인공들은 유례없는 자신들의 역할을 해내고 있는것이다.

　거리의 정치에서 온라인 정치로 이동한 최근의 풍경들을

경쾌하게 풍자하는 「두드리는 고양이」의 너스레 너머에서 인간의 횡포와 오만함을 질타하는 직접적인 일갈을 보자. 인간에 대한 구체적인 불신과 경멸의 시선이 아슬아슬해 보이는 「황금 네르파」의 블랙 유머 역시 참고하자. 즉, 이 소설들은 단순한 현실 풍자, 우화라는 외피를 넘어서 단도직입적으로 '인간'을 둘러싼 우리의 오랜 관념과 상식들에 대해 문제제기를 한다. 인간과 인간 세계의 순혈성을 어떻게 증명할 것인지, 보편적 '인간'이란 무엇인지, 무엇이 종적 위계를 만드는지, 인간이 초래한 불행을 인간이 해결할 수 있는지, 인간이라는 종이 과연 주인공을 고수할 자격이 있는지 등과 관련해서, 우리의 한편에서 비어져 나오는 불온함을 자극하고 있다. 이것은 장르문학 대 본격문학식의 구분이나 문단 제도 안팎의 구별 등을 떠올리는 감각만으로는 설명하기 어렵다. 종종 그래왔듯 SF, 판타지 등 장르문학이나 영화 매체와의 교섭 등을 떠올리는 감각으로도 온전히 읽어내기 어려운 것이다. 이것은 감히 말하건대 일종의 문학사적이고 문명사적인 전환의 징후를 예감케 하는 장면들이기 때문이다.

이를테면 황금시대라고 말해지는, 총체적으로 완결된 시간 속 고대 서사시의 주인공은 누구였던가. 이후 근대 부르주아지의 서사시라 불리게 된 근대 소설의 주인공은 누구였던가. 그리고 지금 우리가 보게 되는 소설의 주인공은 누구(무엇)인가. 여기에 대한 답을 떠올려본다면, 그것은 곧 주인공들이 위계적으로 이동해 가는 과정(문학사에서는 이것을 추락, 비루해지는 과정이라고 말하곤 했다.)과 일치하지 않는가. 즉, 운명과 고투하는 영웅 주인공이, 비범하고 비루한 주인공(보들레르식으로 말하면 멜랑꼴리한 영웅이 된 개인들)으로 추락(타락)하는 과정이, 고대 서사시에서 근대 소설에 이르는 계보의 하나이다. 그러나 지금 우리가 목도하는 이 소설들 속에는 자주 인간의 잡종성을 증거하고, 비루함 속에서도 존엄을 상상해야 한다는 믿음조차 헛것이라는 듯한 주인공들이 등장한다. 주인공의 교체와 함께 득세한 인간주의는 간단없이 함께 몰락해 간다. 그도 그럴 것이, '매체는 인간 감각기관의 연장'이라고 한 맥루한의 명제를 환언하자면, 인간은 언제나 기계와 유기체의 잡종이었는지도 모른다. 어쩌면 우리는 본래 사이보그(대너 해러웨이, 「사이보그 선언」, 1985)였는지도 모른다. 그럼에도 불구하고, 우리는 그 잡종성이 가상적인 것, 혹은 테크놀로지의 발달 속에서 초래될 불행이라고 착각하는 중인지도 모른다. 그러니까 지금 우리가 어떤 소설들 속에서 종종 목도하는 이 주인공들은 근대가 만들어낸 초월적 주체가 신화doxa에 불과함을 승인하는 회의론의 소산임에 분명하다. 우리를 둘러싼 제2의 자연들, 그 자명한 것들이 스스로 인공적인 구성의 순간을 자백하는 시대의 소산이며, 휴머니즘의 이율배반을 간파해버린 이의 비판의 소산인 것이다.

윤이형의 소설들 중 변종 인간, 동물, 사이보그, 좀비 등이 되기 전의 인간 이야기(통상적인 인간의 이야기)를 보아도 사정은 크게 다르지 않다. 그들 역시 소위 정상성이라고 여기는 범주에서 이탈해 있다. 대부분 트라우마로 인해 고통받고 있거나, 무언가에 대한 결핍과 복원충동 사이에서 불안해하고 있고, 그들의 양극 사이에서의 불안은 소설에서 종종 경험적 감각의 한계를 돌파하고 재구성하는 방식으로 드러난다.(이것은 종종 '현실'과 '환상'의 넘나듦이라고 설명되기도 했다.) 그럼에도 불구하고, 우리를 좀 더 불편하고 불안하게 만드는 것은 분명 인간 아닌 존재들이 등장하여 구체적으로 세계를 재구성하거나 세계 속에서 간신히 연명할 때이다. 이 '인간 아닌 존재들'은 곧 우리가 신화화한 것들, 우리의 순진한 믿음을 위협한다. 그래서 우리는 지금 문학의 본격성, 순수성이라는 실체 불분명한 것이 훼손되기 쉬운 형식(그래서 우리는 이런 유를 장르문학으로 분류하는 손쉬운 방법도 알고 있다) 앞에서 한번 불안해지고, 휴머니즘이라고 하는 마지막 보루마저 교란될 조짐을 예감하며 다시 한 번 불안해진다. 어쩌면 정말 불온한 것은 우리가 품는 의혹이 아니라 인간을 둘러싼 그 오래된 관념과 기획일지도 모른다. 우리가 지금 보게 될 것은 그 어떤 비관론보다도 더 철저한 비관론일지도 모른다. 그러나 분명 이것은 현재 윤이형 소설에서 가장 흥미로운 입구이자, 그녀의 소설에 대해 가장 고무되는 지점이기도 하다.

2. 최초의 순간들

밭 언저리에 핀 꽃은 이미 꽃이 아니라 색채의 반점, 아니 오히려 빨갛고 하얀 띠일 뿐입니다. 곡물 밭은 엄청나게 긴 노란 띠의 행렬, 클로버 밭은 길게 땋아 늘어뜨린 초록의 머리로 보입니다. 마을도 교회의 탑도 나무들도 춤을 추면서 미친 듯이 곧장 지평선으로 녹아듭니다. 마침 하나의 그림자가, 모습이, 유령이 입구의 문 있는 데에 떠올랐다가 재빨리 사라집니다. 그것은 차장입니다.

1837년 빅토르 위고가 쓴 편지의 일부다. 철도, 기차가 처음 발명되고 그 네트워크가 갖춰지기 시작할 때, 그것은 단순한 운송수단이 아니라, 우리의 지각과 그 프레임 자체를 바꾸는 계기였다. 종종 근대의 시작에 유비되는 투시도법의 개발은 대상에 일종의 실재감을 부여했을지 모르겠지만 대상을 인지하는 태도 자체를 한정 지어 버린 셈이었다. 그러나 테크놀로지 진화의 속도는 잔상효과를 변환(왜곡)시킬 정도로 가파르다. 구체적인 세계(밭 언저리에 핀 꽃, 마을과 교회와 탑과 나무들, 차장)는 추상 회화의 한 장면처럼 되어 버렸다. 대상의 고정된 실재는 없다는 평범한 사실뿐 아니라, 우리가 인식한 세계는 언제나 사후적으로 재구성된 것이라는 사실이 밝혀진다. 세계는 곧 언제나 은폐되어 있고 우리가 인지하는 세계는 언제나 최초이며 그렇기에 언제나 유일한 것이다. 은폐된 것들, 잠재된 것들은 매 순간마다, 매 계기에 의해 다르게 모습을 드러낸다. 즉, 세계는 본래 유동적이고 가역적이며 우리가 인지할 때마다 순간순간 달라지는 그런 것일 따름인지 모른다. 이것은 예술사의 한 대목 이야기가 아니라, 진정 우리가 매 순간 겪는 구체적인 일상에 대한 이야기이다. 그리고 여기에서 윤이형 소설의 시공간에 대한 결정적 시사점을 얻게 된다. 일상 속에서 어떤 매개 없이 이 은폐된 것들을 발견한다는 것에는 능력이 필요하다는 것. 가령 상상력 같은 것 말이다.

상상력은 윤이형의 소설에서 인간에 대한 일반적 관념뿐 아니라 시공간의 의미를 재고하게 하는 데에 중요한 역할을 한다. 800년 전부터 살아온 연금술사의 이야기(「탑」)에서부터, 가상 시공간 속의 온라인 게임 캐릭터들의 이야기(「피의 일요일」), 그리고 핵전쟁 혹은 재앙 후의 지구 이야기까지. 이 시공간들은 일상적 감각과 경험을 고수하고자 하는 이들에게는 허무맹랑한 가상으로 여겨지는 세계일 따름이다. 한편 이 시공간들이 쉽사리 사실적인 무언가로 환원되지 않는다는 점은 우리를 난감하게 하는 점 중 하나이다. 최근까지도 현실, 현실성이라는 중력이 한국소설을 강하게 견인하고 지도하던 하나의 이념이었던 것을 떠올려 볼 때, 그의 소설 속 상황들은 분명 다른 프레임을 통하지 않고는 진부한 비판충동을 비껴가기 어려운 것임에 분명하다. 주지하다시피 근대 미학의 핵심은 리얼리즘에 있었다. 물론 이것은 광의로서의 리얼리즘이다. 사실성, 리얼리티의 범주가 근대 미학의 주도권을 잡아갔고 이후로도 오랫동안 그 각론들을 발생시킨 맥락에서, 이곳의 시공간을 벗어난다는 것은 환상적인 것으로 분류되곤 했고, 그것은 근대 부르주아의 가치관과 그 미학에 위배되는 것이기에 불온한 것이기도 했다. 리얼리즘이란 일종의 묵계로서의 미학적 기준(상식)이자 강박이기도 했으며, 현실과 환상의 이분법은 종종 위계적으로 이해되거나, 때로는 현실과 상상력을 대치시키는 식의 오해를 낳기도 했다.

그러나 상상력이란 분명 부재하는 것을 현존케 하며, 지각되어 않는 것을 경험케 하는 능력의 일종이다. 이미지에 대한 능력이며, 형태를 만드는 능력Einbildungskraft이다. 윤이형은 다른 눈, 다른 프레임을 가지려고 하는 작가다. 일상적이고, 익숙한 감각의 루트로는 인지할 수 없는 또 다른 진실들을 찾으려 하는 작가다. 그는 상상력 예찬론자이다. 인간도, 이곳의 중력도, 그것에 준하는 재현으로서의 글쓰기도, 이 작가에게는 필경 지금까지의 제도의 일종이고, 시야와 세계를 한정 지을 뿐인 룰일지도 모른다. 설령 평범한 시공간에서 시작하는 소설이라 할지라도 그것을 깨뜨리는 균열들은 자주 발생한다. 그것은, '더 이상 ~하지 않는다'(「검은 불가사리」), '그 일이 일어나기 전'(「셋을 위한 왈츠」), '갑자기, 문득'(「말들이 내게로 걸어왔다」) 식의 어휘들을 동반한다. 현실 속에 상존하는 불확실한 감각의 혼돈은 끝까지 해결되지 않고 남겨진다. 이를테면 우리는 「검은 불가사리」 주인공의 고백을 어디까지 믿어야 할지 알지 못한다. 또한 「민희」에서 민희의 어머니가 갖고 있던 것이 사람의 손가락이었는지 핑거 쿠키였는지 끝까지 우리는 알 수 없다. 800년 전에서 100년 후로, 그리고 우주와 온라인 게임 속으로 이어지는 종횡무진 이전부터, 이 작가는 우리 삶에 내재해온 혼돈과 다층적 시공간을 무대로 삼고 있었던 것이다.

이 상상력은 그의 소설들을 역동적이고 흥미진진한 것으로 만들 뿐 아니라, 소설 쓰기의 구체적 발생의 순간을 콘텍스트 차원에서 보여주는 것이기도 하다. 우선, 그의 소설 속에는 예의 그, 이상-현실의 괴리가 있다. 그것은 일상성과 낯섦(혹은 소위 현실과 환상)이 교차하는 모습을 띤다. 이를테면, 「검은 불가사리」에는 '일상의 흔들림을 막아주는 작은 병사들'과 '일상의 안온함에 균열을 내는 불가사리'라는 두 개의 힘들이 길항하고 있다. 여기에는 불편한 진실을 잊은 채 현실의 안온함을 누릴 것인가, 아니면 안온함을 포기하는 대신 불편한 진실을 택할 것인가의 비장한 선택의 문제가 있다. '삶'이라는 것역시 '달콤한 꿈'과 '힘겨운 현실'(「DJ 론리니스」)이 연속되고 믹스되는 것으로 그려진다. 그의 소설들은 내내, 어떤 두 힘 사이에서 길항하고 있다.

즉 그의 소설은 '달콤한 꿈'과 '힘겨운 현실' 사이 어딘가에서 시작한다. 그 장소에는 반드시 충돌과 고투와 선택의 파토스가 있다. 그것은 꿈의 상실을 괴로워하는 멜랑꼴리한 자기보존적 개인들(「DJ 론리니스」)과, '아무 승산도 없이 세상의 모든 것과 싸울 준비가 된'(「마지막 아이들의 도시」) 아이들, 그 상반된 듯 보이는 정서 사이에서 진자 운동을 한다. 그의 소설은 종종 격앙되고 비약한다. 프로그래밍된 온라인 게임 속 캐릭터들은 스스로를 "자신의 의지와는 상관없이 서버에 갇혀 마치 동물처럼 키워지고 조종되는 존재"라고 깨닫고 반란(「피의 일요일」)한다. 그들은 "호기심이라는 저주받은 스위치만 off 상태로 두었다면 아무 고통 없이 행복하게 살아갈 수 있는 신의 골렘, 완벽한 기계 상태"에서, "위험하고 해로운 인식"을 선택(「판도라의 여름」)한다. 그들은 자주 각성하고 대항의 구도를 형성한다. 달콤한 꿈과 힘겨운 현실, 혹은 안온한 일상과 불편한 진실은 늘 충돌하고 그 균형은 자주 깨어지고 있다.

그리하여 그의 소설들은 종종 판도라가 제우스를 거역한 순간, 혹은 아담이 여호와를 거역한 신화적 순간을 떠오르게 한다. 이것은 어떤 '최초'라고 말할 수 있는 순간이다. 초기 소설들 속의 갑작스러운 환기와 각성의 순간에서부터, 구체적이고 일상적인 시공간을 탈출해 버리는 소설들에 이르기까지, 윤이형의 소설들은 일관되게, 어떤 진실이 폭로되고, 은폐된 것(망각한 것)이 열어젖혀지는 순간들과 관련되어 있다. 그것은, 관성과 탈脫충동이 격렬하게 부딪치는 순간이며, 어떤 고투들이 시작하는 순간이다. 그것은 언제나 최초의 순간이다. 이때 상상력은 일종의 가속페달이다. 두 힘의 격렬한 부딪침 속에서 선택이 필요할 때, 상상력은 함께 움직인다. 그것은 여느 잘 만들어진 소설 속에서 좀처럼 보기 힘든 거친 격정과 역동성으로 표출된다.

3. 좌초된 기획 이후 : 종교와 놀이 사이

격정과 역동이라는 말처럼, 좀처럼 개념적으로 묘사하기 어려운 파토스에 관해서라면 잠시 「피의 일요일」을 참고해도 좋다. 이 소설은, "나는 구체적인 육체를 가지고 존재하는 나"라고 각성하고 선언하는 게임 캐릭터 '언데드'undead들의 이야기이다. 이 소설 속 주인공들은 온라인 게임 속 캐릭터이므로 우리 입장에서는 그저 가상적인 캐릭터라고 해두어도 그만이다. 현실의 알레고리가 아닌 이상 진지하게 읽을 필요는 없을지도 모른다. 사실 이것은 온라인 게임이 어떻게 진행되는지 피상적으로나마 이해하는 수준에서, 게임의 소설 버전으로 읽어도 그만이다. 그러나 한번 진지하게 읽어보자. 우리는 지금 관객이나 게이머가 아니라 독자이기 때문이다.

소설 속 주인공들의 입장에서는 온라인 환경이 일종의 주입된 프로그램인 동시에 현실이다. 또한 그들을 조작하는 우리는 창조자인 동시에 거짓신이다. 그들에게 있어서는 온라인이 현실이고, 지금 우리 인간의 세계가 가상적일 뿐이며, 일방적인 통제를 은폐한 우리에게 충분히 반란과 저항을 꾀해도 될 이유가 있는 것이다. 진실이 무엇인지 알아차린 그들은 저항하고 때로는 무력하게 희생되어 간다. 마치 영화 '매트릭스' 이후 네오의 후예들처럼, 혹은 (과장을 무릅쓰고 제목에 의미를 부여한다면) 차르에 대한 환상에서 깨어난 러시아 민중들처럼, 거기에는 가상일 따름일지라도 각성과 적대와 저항과 해방의 충동이 가득하다.

제목 '피의 일요일'은 떠오르는 기표(1905년 러시아 혁명의 원인이 되었던 노동자 탄압, 1972년 아일랜드의 평화시위에 대한 영국의 유혈진압, 영화 「피의 일요일」 등등 여러 가지를 떠올릴 수 있다)와 함께 읽어도 아니어도 된다. 팩트로서의 '피의 일요일'과, 소설 속 '피의 일요일' 사이에는 어떤 관련 고리도 없다. 그러나 게임 캐릭터들의 각성과 대항의 구도는 매우 진지하다. 그것은 역사적 팩트를 부분적으로나마 환기시킬 정도다. 그러나 행여 이 소설에서 역사나 정치적 사건을 내러티브하는 감각(정치적 무의식)이나, 기념비에 대한 추모와 애도의 정서를 찾는다는 것은 어불성설이다.

지금 하려는 말은 기억의 부채와 역사의 내러티브에서 자유로운 시대·세대에 대한 이야기가 아니다. 기표에서 역사성을 소거시키는 장면을 강조하려거나, 기원과의 인과성, 필연성, 부채감, 강박 등을 지우는 것에 대해 확인하려는 것이 아니다. 이런 식의 문제 제기는 익숙하다. 그러나 질문을 거꾸로 해보자. 즉, '피의 일요일'이어도 아니어도 상관없음에도 불구하고 이 소설은 왜 '피의 일요일'이 되었을까. '피의 일요일'을 택해서 기원을 환유적으로만 취하고 다시 현재적으로 전유하여 맥락화하는 것이 아니라, 반대로 전혀 관련 없는 맥락의 소설을 통째로 '피의 일요일'이라는 제목으로 소급해 버리는 우연성 혹은 임의성이란 무엇인가. 지금 흥미로운 것은 이것이다.

「큰 늑대 파랑」 역시 마찬가지다. 이것은 간단히 말하자면 모두가 좀비로 변해 가는 세계 속에서의 서바이벌을 그린 드라마이다. 다른 매체와 장르에서 종종 보아오던 그 스릴 넘치는 드라마틱한 세계다. 파멸해 가는 세계와 그것을 저지하려는 노력이 극적으로 대립할수록 성공하는 것이 좀비 이야기 혹은 세계몰락 시나리오다. 그런데 이 소설에서 흥미로운 것은 여기에 덧붙여진 어떤 기원의 흔적들이다. '거리의 정치'와 '골방의 취향'이 맞바뀌던 시절의 흔적들 같은 것 말이다. 특정 시절의 특정 사건들이 스케치되고 있으면서 한편으로 그것은 현재에 대한 부재원인absent cause으로 지목되고 있기도 하다. 좀비가 등장하는 세계몰락 시나리오에 한하자면, 그것은 있어도 그만 없어도 그만일 사족 같은 요소임에도 불구하고 말이다.

말하자면, '피의 일요일'이어도 아니어도 상관없을 소설이 왜 하필 '피의 일요일'이 되었는지, 역사적 내러티브의 감각과 무관해도 된다고 여겨온 특정 소재물 속에 왜 어떤 시절의 구체적인 사건들이 거꾸로 소환되고 있는가. 이것은 내용 없이 무의미한 포즈만 남은 스놉snob의 한 유형처럼 읽을 수도 있다. 그러니까 역설적이게도 이 작가는 이곳의 중력에서 자유로운 한편 의식, 무의식적으로 이곳의 중력과 느슨하게 연결되어 있다. 그의 소설들은 어떤 기원에서 자유로운 한편 자유롭지 않다. 그의 소설들은 자유로운 상상력으로부터 추동되고 있으면서 동시에 그 자유로움의 '기원'을 자주 환기시킨다. 현재의 자유가 어디에서 기인하는지, 무엇에 빚지고 있는지, 현재를 이루는 지층은 무엇인지에 대한 물음과 추적들이 있다. 이 추적과 문제의식, 그리고 두 힘들의 길항은 그의 소설이 어떤 전형성을 띠지 않고 긴장을 유지하도록 한다.

이것은 오늘날의 소설 쓰기, 문학의 문제와도 나란히 놓인다. 윤이형의 소설들은 소설 쓰기가 더 이상 숭고한 소명도, 위대한 사명도 될 수 없는 시대의 비관과 낙관을 반반씩 갖고 있다. 범박하게 말해 보건대, 그에게는 스스로가 좋아하는 것, 스스로에게 즐거운 것이 중요할 것이다. 「스카이워커」의 주인공 트렘펄린 선수는 이렇게 말한다. "언젠가는 이 중력을 내가 온전히 좋아할 만한 것으로 만들 것이다. 그 일을 하지 않는다면 여기 있어야 할 아무런 이유가 없다." 또한 「큰 늑대 파랑」에서 파국을 정지(유보)시킨 것은 주인공들이 그저 재미 삼아 만들었던 '늑대 파랑'이었듯, 그는 즐거운 것(물론 이것이 단순한 오락, 소일거리의 의미가 아님을 덧붙이는 것은 사족이리라)이 우리를 구원하리라는 믿음의 소유자일 것이다. 그는 분명 '온전히 좋아할 만한 것'을 위해 소설을 택한 세대인 것이다.

그러니까 「스카이워커」를 잠시 알레고리로 읽는 한, 우리의 문학(소설)은 본래 '종교'(숭고함)일 뿐 아니라 '스포츠'(놀이, 유희)이기도 한 것이다. 아니, 우리 시대는 이미 종교와 스포츠 사이에서 문학을 조율하고 있는 중이다. 이 망설임이나 분열은 자연스러운 것이다. 오히려 지금 우리가 저어해야 할 것은 분열과 양가성과 망설임 등이 아니라, 어느 한쪽으로의 조율이나 통합이나 선택을 강요/강박하는 구심력일 것이다. 이 점에서 「스카이워커」의 혜민이 이중적인 정체성(트램펄린 평론가이면서 탕탕 경기조직화 운영위원)을 유지하기로 작정한 것은, 윤이형의 소설 및 우리의 문학이 처한 조건의 정직한 바로미터처럼 읽힌다. 당분간 소설 속 그들 역시 종교와 스포츠 사이에서 더 망설이고 더 분열할 것이다. 근대적 의미의 문학의 시대착오성과 손쉽게 단절/해소하고자 하는 상상력에 비하자면, 윤이형이 보여주는 세계는 적어도 훗날 직면할지도 모를 어떤 추궁 앞에서 일종의 알리바이가 될 수 있는 것이다.

4. 문제는 휴머니즘이 아니다

다시 피해갈 수 없는 문제로 돌아오게 된다. 지금 나는 그의 소설이 디스토피아, 묵시록 혹은 리셋reset의 상상력에 의해 추동되는 것에 대해 계속 우회하고 있었던 것이다. 그의 소설은 분명 인간에 대한 확신, 자유에 대한 믿음, 진보에 대한 신념, 총체적인 내러티브의 영향력이 다른 무엇으로 대체되는 시대를 정공법적으로 환기시킨다. 그의 소설 속에서 희망 없음, 총체적 회의, 반복되는 절망, 악화되는 세계는 종종 선악 판단과 심판의 구도로, 혹은 '과학기술의 축복'(「탑」)에 의해 리셋된 세계로 나타난다. 「마지막 아이들의 도시」, 「황금 네르파」, 「큰 늑대 파랑」 들에서 인류가 심판받아 마땅한 착오적인 존재로 그려질 때, 거기에는 현재의 절망과 환멸의 기원을 반복해서 묻는 이들의 피로감이 묻어 나온다. 회의와 절망이 축적되고, 세계는 더욱 악화되며, 이 이상 나쁠 수도 없으리라 여기는 피로감은 리셋 버튼의 유혹에 합당한 이유를 제공한다. 이것은, 현재 비극, 비탄의 원인으로 지목된 스스로들에게 더 이상 낙관할 것도 기대할 것도 없다는 식의 지독한 비관론이다.

세기말, 사회주의자로서의 오스카 와일드는 "유토피아가 그려지지 않은 지도는 쳐다볼 가치가 없다"[2]라고 한 바 있다. 물론 그가 말하는 유토피아는 인간성humanity이 정박하는 곳이었고, 진보가 실현되는 장소였다. 한편 에른스트 블로흐가 유토피아, 희망을 구상하고 집필하기 시작할 때는 아이러니컬하게도 파시즘의 진군이 본격화되는 1937년이었다(이후로도 그의 역작들은 내내 희망과는 정반대의 현실 속에서 출간된다). 분명 우리에게는 인간, 자유, 진보, 희망, 유토피아 등의 계열어가 만들어내는 어떤 기획이 있었으며 그것이 유효했던 시절이 있었다. 자유의 확대와 공동의 모럴은 오랫동안 인류를 고무시켰다. 이것은 언제나 '그럼에도 불구하고'의 형태였다. 실현될 리 없을지라도, 그것은 '그럼에도 불구하고' 꿈꾸어야 했던 의무이자 권리였다. '그럼에도 불구하고' 인간과 휴머니티, 그리고 그것을 기반으로 하는 이 땅에서의 유토피아에 대한

---

2. Oscar Wilde, *The Soul of Man under Socialism*, 1891, https://www.marxists.org/reference/archive/wilde-oscar/soul-man/

믿음은 마지막 보루여야 했다. 그리고 더불어 그것은 근대적 문학의 척도이기도 했다.

그러니까 20세기가 전쟁과 혁명 그리고 '폭력'의 시대(아렌트)였음에도 불구하고 인간에 대한 확신, 자유에 대한 믿음, 진보에 대한 신념은 일종의 문제인식의 틀이자, 고투의 이유였다. 그러나 그 내러티브는 종종 우리를 배신했고, 이런 내러티브에 대한 절망은 인간을 더없이 피로하게 했을 것이다. 이런 맥락에서, 사라진 것들에 대한 상실감의 정서를 유지하는 능력을 지녔던 멜랑꼴리의 주체들이 이전 세대였다면(이것은 우리가 1990년대 한국소설을 이해해온 대표적 방식이기도 하다), 이제 2000년대 어떤 이들은 오히려 전체의 시간들을 자유롭게 호출하고 재맥락화하며 향유하는 능력을 지니고 있다. 사실 이것은 능력이라기보다 선택의 여지가 별로 없는 제한된 상황에서의 전유에 가깝다. 총체적인 기억이나 공동의 전망이 희미해져 가던 시절이 이전 세대에게는 결정적인 문제이자 경험이었다면, 지금 어떤 세대는 그 자체가 이미 "피와 살을 이루고 있는 것"(한나 아렌트, 『폭력의 세기』, 1970)인지도 모른다. 따라서 이들은 세계 최후의 날의 가능성을 이전 세대보다 더 크게 의식할 것이다. 지금 그들 앞에서 세계는 악화일로에 있다. 절망은 반복된다. 세계는 '소돔과 비슷한 곳'(「탑」)이다.

분명, 지금 윤이형의 소설은 '인간'을 둘러싼, 혹은 휴머니즘의 이율배반에 대한 우리 안의 애증과 양가성을 환기시킨다. 재앙, 핵전쟁, 멸망, 종말 이후의 암울함, '인류가 멸망하지 않아야 할 당위성을 가르치는 세계'(「마지막 아이들의 도시」)에 대한 냉소는 분명 휴머니즘의 역사적 진화에 대한 비관에서 기인한다. 그러나 지금 우리가 다시 볼 것은 이 냉소가 홀가분하게 결별한 이의 것이 아니라는 점이다. 이것은, 연민을 떨치지 못한 이의 위악처럼 보이기도 한다. 선택과 책임의 제스처가 자주 환기되고, 퇴화하고 멸종한(멸종할) 것들에 대한 연민이 스쳐 간다. '인간에 대한 경멸'을 토로하고 있지만, 이어지는 것은 '인간을 경멸하는 자신을 자책'하는 장면이다. "내가 글을 쓸 수 있을까. … 지금까지 그런 생각은 단 한 번도 해본 적이 없었다. 설령 쓸 수 있다고 해도, 내가 가진 밑천이라고는 인간에 대한 경멸뿐이다. 경멸만으로 가득한 글에서 아름다움을 찾을 수 있을까."(「아이반」)

인간은 결핍을 모르고 더 이상 꿈을 꾸지 않지만 꿈꾸는 로봇과 소통하면서 다시 꿈꾸는 것의 의미를 배운다(「아이반」). 세계는 극악해지지만 멸종한 아리엘 사슴을 찾는 몽상가들이 여전히 존재한다(「마지막 아이들의 도시」). 테크놀로지는 인간의 불멸과 완전함을 약속한다. 그러나 인간의 생물학적 유한성을 넘는 '삶'은, 역설적이게도 인간의 유한성으로부터 완성된다.(「완전한 항해」)[3] 여기에서 우리는 다시 인간에

3. 이 소설의 주인공은 튜닝 업그레이드, 불멸을 포기하고 자신의 유한성을 받아들이게 된 창연이 아니라 역시 불멸을 포기하며 죽는 순간 자신의 꿈(가장 멀리, 가장 **빠르게** 나는 것)을 완성시킨 루와 창이다. 사족이지만, 이들 역시 유사인간이다.

방점을 찍고 싶은 관성을 느낄지도 모른다. 그러나 그것은 '다시 쓰인 인간'이라는 한에서만 옳을 것이다. 핵심은 그들의 '꿈'이다. 정말로 불멸하는 것은, 인간이 아니라, 인간이 갖고 있는 어떤 '꿈'인 것이다. 그리고 다시금 강조하건대, 이런 '꿈'은 불멸할 무엇, 우리가 인간적인 것이라고 여겨온 것, 일종의 인간의 식별 표시로 여겨온 것들이 특정한 존재에게 독점적으로 소유되고 도구화되지 않아야 한다는 전제 속에서 중요한 것이다.

「아이반」에서처럼, 그것은 인간 아닌 존재들에게도 이식되거나 주입될 수 있을 날이 올지 모른다. 그리하여 그들은 인간보다 더 인간적인 존재들이 될 수도 있을 것이지만, 우리는 그들을 '인간'으로 부르지는 않을 것이며, 이미 그때에는 인간과 비인간의 구분이 의미 없어질 것이다. 즉, 이 역전된 상황 속에서도 살아남을 것은 '인간'이라는 신화로부터 분리된 '꿈', '기억', '감정', 아니 우리가 '인간적인 것'이라고 믿고 싶어해 온 그 '무엇'일 것이다. 그리고 그것을 배타적으로 독점, 주장해온 인간의 역사, 이것을 이유로 인간이 무소불위의 권력을 주장했던 역사, 인간이 빚지고 있는 것들이 재고될 뿐이다. 「아이반」에서처럼 창조되고 불멸할 것이 있다면 그것은 온전히 사이보그의 것도, 인간의 것도 아닌 '그들'의 합작품일 것이기 때문이다. 인간이 특권적 자리를 내어놓고 전도된 관계 속에 재배치된다고 해도, 세계는 충분히 '인간적'일 수 있을지도 모른다. 물론 우리가 이제껏 휴머니즘이라고 칭해 온 그 '인간적'인 것과는 다른 의미에서 말이다.

윤이형은 우리가 애초에 우려한 바와 같이, 지금 세계가 초토화되거나 '인간'이 형해화되는 것을 원하지 않는다. 우리가 '인간'에 방점을 찍고 기획해 온 모든 것이 도리어 우리 스스로를 코너에 몰아넣고, 파멸을 자초해 왔다고 여김에도 불구하고, 그는 지금 계속 선택의 책임과 의무(임무)에 대해, 결별 이후 새로 정초해야 할 것들에 대해 생각하고 있다. 인간은 그 자체로 이 세계의 절망과 희망 모두의 흔적을 고스란히 지니고 있는 징표이기 때문이다. 지금 인간을 둘러싼 기획은 탈신화화되고 있다. 그 속에서 인간은 재고되고 재배치되어 가고 있으며, 우리의 맹목은 반성되고 있는 중이다. 윤이형은 인간에 대한 지독한 절망과 한 줌의 희망 사이에서, 리셋 후에도 계속 낙차를 보이며 가늠하고 요동하고 있다. 이것은 소설 속에서 인간에 대한 양가성, 테크놀로지에 대한 양가성 등으로 드러나고 있다. 그리고 어쩌면 이것은 추상적인 것이 아니라 우리에게 도래한 지극히 구체적인 실존의 문제일지도 모른다.

　　그러니까 지금 문제는 그 맹목과 당위로서의 휴머니즘, 정체성과 동일시로 돌아가게 될 그 인간이 아니다. 우리가 알고 있는, 인간에 방점을 찍어 온 그 오랜 기획들은, 이후로도 우리를 비탄에서 구제하지 못할지 모른다. 이것은 불신이나 냉소나 회의 쪽에 손을 들어주는 것이 아니다. 인간을 폐기해야 한다는 얕은 비관론도, 현실수리受理적인 기술결정론도 아니다. 이것은 곧 새로운 입법에 대한 것이다. 인간과 문학과 세계를 둘러싼 기획들의 반성과 재배치와 건설에 대한 이야기이다. 윤이형의 소설에서 유추컨대, 그리고 소망컨대, 인간을 둘러싼 조건들, 그것과 관련된 본질주의는 계속 질문에 부쳐져야 한다. '인간' 이미지에 비끄러매어지지 않은 '인간'은 그동안 쓰여왔던 구원의 역사 바깥에 위치할 것이다. 이것은 대너 해러웨이의 말을 빌리자면 일종의 '기원 없는 세계'다. 그곳에는 기원이 없으므로 종말도 없을 것이다.

보론 ─ 십 년 후, 프롤로그

윤이형의 「큰 늑대 파랑」

파국은 예고 없이 찾아온다. 너무 태연하게 일어나고 있는 일이라 이것도 자연스러운 일상의 한 부분인 것 같다. 그러나 사람들은 자신에게 파국이 닥치기 직전까지도 무슨 일이 일어나는지 정확하게 사태를 파악하지 못한 채 괴물로 전락해간다. 그들은 죽지도 살지도 못하며 식욕으로서의 살육 본능만 발휘하며 공멸하는 중이다. 이것은, 파멸의 시나리오 중에서도 최악에 속할 것이다. 차라리 선이냐 악이냐, 삶이냐 죽음이냐, 천국이냐 지옥이냐 식의 고전적 심판은, 의탁할 절대자가 전제된 의미를 지니기에 우리는 희망과 절망을 절반씩 나눠 가질 수 있다. 그러나 좀비가 등장한다는 것은 영혼과 육체, 내세와 현세 등의 주재자여야만 했던 신이 부재한다는 증거이므로, 바깥으로부터의 구원이나, 최소한의 유토피아에 대한 기대는 이내 부질없어진다. 이 소설은 이처럼 신 없는 세계의 구체적인 몰락을 전제로 하고 있다. 그러나 더 눈여겨볼 것은, 이 좀비들의 공격이 구체적인 '10년 전의 어떤 선택들'과 '그 이후 세계'에 대해 자기 심판하는 형식으로 존재한다는 것이다.

사실, 우리 안의, 내 안의 괴물들이 소환되고 우리 자신을 향해 공격하는 이야기는 그다지 낯설지 않은 것이었다. 그것은 종종 문명비판의 알레고리 형태로 제기되었고, 필연적으로 섬뜩함의 정조를 자아냈으며, 그로 인해 종종 불편해지는 경험은 낯선 것이 아니다. 지금 윤이형의 「큰 늑대 파랑」은, 이러한 우리 안의 괴물 이야기, 신 없는 시대의 몰락에 대한 비관주의에 조금 더 구체적인 실물감을 덧입힘으로써 정서적 불편함을 지우는 대신, 2007년의 알리바이가 되는 구체적인 한 시대를 불편하게 상기시킨다. 나아가 이것은 특정 세대가 자신들의 침묵을 깬 이야기로 읽어도 된다는 점에서도 의미심장하다. 이것은 한국의 1990년대라는 시대가 10년 후 어떻게 역공해오고, 그 시절의 젊은 세대는 역시 10년 후 어떻게 세계의 붕괴와 대치하는지에 대한 소설이다. 감히 말하자면, 이 묵시록은 분명 우리의 기억을 심문하기 위해 제출되었다.

이 소설은, '무리'의 끄트머리에 있다가 그들로부터 이탈하여 자기만의 방으로 들어가 각자가 좋아하는 일을 택한 세대. 즉, 세계를 향해 눈을 뜨면서부터 '개인'individual으로 호명된 이들의 10년 후 이야기이며, 조금 거창하게 말해, '포스트'post 접두어의 광풍 속에서 청춘이 시작된 바 있는 이들의 중간점검이기도 하다. 소설 속 그들이 기억하는 10년 전은 소설 밖의 어떤 이들 역시 기억하고 있듯, 기묘한 시대였다. 한쪽에서는 쿠엔틴 타란티노 영화의 엽기적 살육이 상영되고 있었고, 또 다른 한쪽에서는 무리 지은 이들을 향한 과잉진압과 실제 죽음이 여전히 펼쳐지고 있었다. 한쪽의 심미적 죽음과, 다른 쪽의 정치적 죽음이 동시에 존재한다는 것에 모순을 느끼지만 한편으로 그 사이에서 어떤 판단을 해야 하는지 잘 알지 못하던 시대였을 것이다. 세계 속의 이 모순들은 점점 더 은폐되어가고, 사람들은 그것에 무뎌지기 시작한 즈음이었다. 세계는 컴컴한 극장, 그리고 적과 대치 중인 거리 사이에서 분열적으로 요동했지만, 이들 '볼펜보다 마우스를 정교하게 놀리는 아이들'은 폐쇄된 방과 파란 모니터 속에서 장난삼아 늑대 그림을 그리는 삶 쪽으로 기운다. 세계의 축은 바야흐로 그렇게 이동해갔고, 그 후 다시 10년이 흐른 것이다.

지금 그들은 속수무책 절망한다. "우리가 뭘 잘못한 걸까?" 좀비가 되느냐 마느냐의 기로에서 깨닫게 되는 것은, 그들의 10년이 자신들의 기대를 무참히 배반하고 기만했을 뿐이라는 것이다. 이것은 단순히 시대를 초월해서 인간이면 누구나 겪어 왔을 꿈과 현실, 이상과 생활의 불일치를 말하는 것이 아니다. 여기에는, 거리로 뛰쳐나가지 않고, 다른 방식으로 세계 속에서 고투하기 시작한 세대의 좌절과 분노가 담겨 있다. "재미있는 것들이 우리를 구원해줄 거라고 생각했어. 그런데 이게 뭐야? 창피하게 이게 뭐냐고? 이렇게 살다가 그냥 죽어버리라는 거야?" 실제 20세기 말 즈음의 사실 목록을 떠올리게 하는 소설 속 장치들은, 그로부터 10년도 더 지난 이들의 대화 속에서 이렇게 연결되어 이 소설의 세대적 무의식을 슬며시 드러낼 뿐이다. 그들이 극장이나 자기들의 방에서 좋아하는 것을 탐닉하고 있는 동안, 같은 학교의 동기는 거리에서 자신들과 다른 것을 외치다가 죽어간다. 이것이 1996년 여름의 지극히 한국적인 캠퍼스 안팎의 구체적인 사건(96년 연대사태)을 암시하고 있음은 말할 것도 없다. 이 일은 소설 속에서 이들에게 직접적인 영향을 끼치지 않지만, 시간이 흘러도 여전히 껄끄러운 이물감으로 남아있다. 이들 4명의 10년간 삶은 스스로들도 모르는 사이, 지극히 개인적이면서 지극히 정치적인 의미망 속에서 구동되어왔던 것이다. 이제, '거리에서 싸우는 것' 대신 '무언가를 진심으로 좋아하는 것'을 택한 이들은 막다른 곳에 다다랐고, 무기력함을 토로하게 되었으며, 각자 외롭고, 심지어 기성세대와 같이 속화되어 가고 있다. 이들의 10년은 자기 안에서부터 서서히 붕괴되고 가고 있었다.

그렇다면, '무언가를 진심으로 좋아하는 것', '재미있는 것들'을 택한 세대, 이들의 시대는 브레이크 없는 절망과 파국으로 귀결하고 말 것인가? 분명 작가가 가동시키는 이 몰락, 멸망의 시나리오는 통상적인 비관론에서 출발한 것임에 틀림없지만, 언제나 그러하듯 몰락은 부활 혹은 갱생의 조건이다. 반전의 계기는 예상치 못한 곳에서 감지된다. 좋아하는 것을 택해 세상과 대면한 세 명의 인물들이 차례로 죽고 소설은 파국을 향해 치닫지만, 종국에 살아남는 1명의 존재를 주목할 때. 또한 애통해하면서 눈물을 삼키며 이들을 찾아 나선 존재, 자식이자 심판자이자 구원자인 존재, 즉 이들이 한때 재미 삼아 창조해 내었던 '늑대 파랑'에 주목할 때. 이 소설은 출구 없는 파멸의 디스토피아에서, 구원의 실마리를 자기 안에 품고 있던 이야기로 한 단계 도약한다.

문면에 크게 부각되는 것은 아니지만, 아영의 캐릭터를 조금 입체적으로 조감해 본다면, 우리가 보고 있던 심판이 어디에서 정지하게 될지 예측해볼 수도 있을 것이다. 유일하게 살아남은 아영은, 자신들의 기호와 취향을 분명히 하며 세계로 투신한 친구 세 명과는 상반되는 캐릭터이다. 물론 세대론의 담론을 떠올린다면 이것은 별로 설득력 있는 설정이 아니다. 그 통념에 의하면 그때의 새로운 세대는 모두가 '취향'과 '기호'를 통해 자기를 자기(개인)로서 변별해 냈어야 했다. 세 명의 캐릭터처럼, 그들은 개인으로 호명된 것의 의미를 잘 계발해야 했고 활용해야 했다. 10년 전의 그들은 그렇게 세계와 대면하기 시작한 것이다. 그러나 실제로 그러했을까?

거리와 무리의 결속력 대신, 아영과 같이 가족의 결속력에 단단하게 매인 이도 있었을 것이다. 나만의 개성과 기호를 찾아가겠다고 뛰쳐나간 이들과 달리, 자신이 진짜 좋아하는 것이 무엇인지도 잘 모르고 자기 의지도 없이 그저 순응적인 이도 있었을 것이다. 발랄하고 자기주장 강하고 개성적이지 않으면 'X세대'가 아닌 듯 여겨지던 분위기 속에서 위축된 이들도 있었을 것이다. 즉 그 시대, 그 세대의 분위기로부터(사후적으로 보자면 이전 시대를 대타적으로 의식한 정서이기도 했지만) 가장 예외적이었던 이 한 명이 종국까지 살아남는 것은, 앞으로의 구원이 예상 밖의 지점에서, 가장 주류에서 비껴서 있던 존재들로부터, 예사로이 넘겼던 존재들의 어떤 잠재성 속에서 비롯될 수도 있으리라는 것을 암시한다.

따라서 작가는 세대론이라고 칭하는 것을 마뜩잖아 할 것임에 틀림없다. 세대적 속성에 대한 꼬리표는 그들 내부에서도 주류와 비주류를 낳았을 것이고, 세상일이 대개 그러하듯 주류는 전체의 대표성을 띤다고 믿어져 왔을 것이기 때문이다. 그래서 아영의 역할은 중요하다. 아영은 단지 순응적이고 수동적인 존재였던 것이 아니라, 지난 10년간 그의 친구들 세 명을 계속 생각하고, 그들의 안부를 궁금해하면서 지내온 것으로 그려져 있다. 세 명은 자신의 개성을 따라 좋아하는 일을 통해 세상과 부딪히고 고투했다. 그러나, 세상의 논리는 그리 녹록하지 않았으므로 불가피하게 그들은 오로지 자신의 보존과 안위에 골몰할 수밖에 없었다. 더 치밀하고 더 냉혹해지는 세계 속에서, 그들은 처음 품은 이상과 달리 무기력하게 순응해갈 도리밖에 없었고, 그로 인해 상기되는 일말의 가책과 가끔씩 대면해야 했다. 이와 비교하자면 아영은, 언제나 이 세계의 논리와 권장되는 덕목으로부터 가장 멀리 떨어져 있는 셈이었기에, 아이러니컬하게도 이 세계의 악덕과도 거리를 유지할 수 있었으며, 자기 바깥의 그들과, 그 관계들을 내내 떠올릴 수 있었던 것이다. 함께 만들었던 '늑대 파랑'의 그림을 끝까지 소유했던 이도 아영이었을 정도로, 그녀는 '재미'의 일회성에 함몰되지 않았던 인물이기도 했다. 이것이 그녀와 나머지 세 명의 운명을 갈라놓은 결정적 차이다.

이 소설이 이처럼 '"무언가를 진심으로 좋아하는 것", "재미

있는 것들"이 세상을 바꾸거나 구원할 수 없었다.'라는 정희의 절규에서 멈추지 않았다는 것은 중요하다. 이 소설이 내밀하게 힘을 주어 서술하고 있는 것은 그 통상적인 세대 담론에서 비껴나 있던 아영의 캐릭터이고, 그녀를 통한 구원가능성이다. 작가는 질문을 던져놓고 봉쇄하거나 빠져나가 버리지 않는다. (이것은 이 작가가 소설을 단지 '잘 만들어진 읽을거리'로, '읽기 쉬운 구성물'로만 생각하지 않는다는 증거이기도 하다) 아영의 캐릭터 속에서 발견되는 구원가능성과 새로운 세계의 개시開始 가능성은, '타인에 대한 관심'과 같은 소박한 말로 표현할 수 있을 것이다. 아영 안에 있는 잠재성들이 어떤 구체적인 언어로 표현될 수 있을지 이 소설에서는 아직 뚜렷하게 보여주지는 않기 때문이다. 하지만 분명한 것은, 이제 이 세계에는 10년 전 마지막으로 목격했던 '무리'와는 다른 의미의 '관계'에 대한 상상력과 사려 깊음이 필요하게 되리라는 것이다. 이제, 늑대 파랑과 아영은 그들을 떠미는 등 뒤의 차가운 바람만큼 혹독한 세계를 헤쳐가야 할 것이다. 그러나 아영의 결연한 마음가짐이 보여주듯, 향후 이들이 써나갈 프롤로그가 이들이 겪은 10년을 다른 방향으로 돌리게 되리라는 점은 분명해 보인다.

마지막으로, 다음은 다시 죽은 자(정희)의 절규 혹은 질문이다. "무언가를 진심으로 좋아하면 그걸로 세상을 바꿀 수 있다고 생각했어. 재미있는 것들이 우리를 구원해줄 거라고 생각했어. 그런데 이게 뭐야? 창피하게 이게 뭐냐고? 이렇게 살다가 그냥 죽어버리라는 거야?"

이것은 '재미있는 것들이 우리를 구원해주지 못했다'는 절망의 절규이지만, 반은 맞고 반은 틀렸다. 재미있는 것들이 이들을 구원해 주지는 못했지만, 이들이 재미 삼아 만들었던 '늑대 파랑'은 결정적일 때 이들 앞에 다시 나타나주었기 때문이다.

종로의 젊은 무리가 역사의 뒤안길로 사라지고 거리가 세련되게 재배치되던 즈음을 기억하는 이들, 혹은 스스로가 택한(혹은 떠밀린) 세계 전체에 대한 좌절을 엿본 바 있는 이들이라면, 이 글을 다음과 같이 마무리하는 것에 동의해 줄 수도 있지 않을까 싶다. '이것은 무리의 끄트머리에서 극장으로 향한 세대가 자기의 말로 표현한 최초의 자기 이야기, 자기만의 방을 택한 세대가 침묵을 깬 최초의 사건이다, 이들의 10년 침묵은 좀비가 되어 버리느냐 마느냐의 기로에서 이렇게 내파되고 있는 중이다.'

다시, '미적 체험'에 관하여

1. 다시 읽는 1980년 여름의 평론 하나

"평론가들은 왜 유독 페미니즘 작품에 대해 평가가 엄격하죠?"라는, 수업 중 학생들의 볼멘소리가 종강 이후에도 내내 맴돌던 차에 『세계의 문학』 1980년 여름호에 실린 김우창의 평론 「문학의 발전」을 다시 찾아 읽었다. '목적 없는 합목적성'이나 '관조', '미적판단' 같은 칸트적 개념에 대한 깊은 이해가 없어도, '문학의 보편성', '심미적 체험과 자유' 등, 김우창 평론 고유의 개념어나 사유를 헤아리기는 어렵지 않다. 필자의 사유의 흐름을 보여주는 문체나 스타일이 지금 시대의 그것과 사뭇 다른 낯섦은 별개로 하고 말이다.

「문학의 발전」은 "어떤 조건하에서 문학 또는 예술이 가장 활발하게 피어날 수 있는가"를 논증하고자 하는 글이다. 그 흐름을 거칠게나마 요약하면 이렇다. ① 예술·문학의 '보편성'은 "부분적으로 있으면서도 전체적인 가능성을 나타낼 수 있게 하는, 통일의 힘"이다. ② 이 보편성의 체험을 '심미체험'이라 할 수 있다면, 그것은 자족적으로 가능한 것이 아니라, 외부 세계의 여러 대상들의 존재방식과 관계한다. ③ '심미체험'은 대상의 '형식'과 관련된다. ④ (형식이) "의도적이거나 작위적인 것은 혐오감"을 불러일으킨다. ⑤ 중요한 것은 '합목적', '유기적', '자연발생적' 인상이다. ⑥ 그런데 '관조'의 상태에서도 대상의 '형식적 가능성'을 확인하고 예술적 충동을 향유하기 위해서는 억압이 없어야 한다. 자유로워야 한다. ⑦ '자유'란 서로 다른 존재들과 함께 확인할 수 있는 것이다. ⑧ 즉 "예술의 개화는 오로지 참다운 민주적 사회에서만" 가능하다.

1980년 여름이라는 시점, 그리고 당시 양대 계간지 '문지'와 '창비'가 강제 폐간을 맞은 상황을 떠올리지 않는다면, 이 글 속의 '심미적 체험', '자유', '민주적 사회'와 같은 말들의 추상성은 좀처럼 체감되지 않을 것이다. 또 한편으로 '참여/순수', '정치/문학' 식의 이분법적 논쟁이 변주·반복되어온 한국 현대 문학사의 흐름을 생각한다면, 그 양쪽 사이의 곡예처럼 보이는 이 글의 포지션이 다소 의아할 수도 있다. 하지만 다시 강조컨대, 이것은 한국현대사, 문학사의 바로 그 '1980년 여름' 시점에 놓여 있는 글이다. '자유', '민주적 사회'가 미적 체험의 문제와 함께 물리적, 구체적으로 요청되던 시대의 글이다. 그리고 그때와는 다른 의미에서 '미적 체험의 조건'을 떠올리게 하는 2018년 여름, 다시 내 앞에 놓여 있다.

2. '예술과 자유'에 대한 논리적 곡예

1980년에 김우창은 예술·향유의 조건으로서의 '자유'를 이야기하고 있다. 그것이 당시 정치적 억압이라는 조건과 관련되어 요청된 '자유'였음을 말할 것도 없다. 그런데 지금 2018년 예술을 창작·향유하는 조건과 관련된 '자유'는 어떻게 놓여 있을까. 페미니즘의 문제의식은 왜 많은 이들의 심상을 강력하게 추동하고, 실제로 문학 안에서 개화하고 있나. 그리고 한편 그것이 예술작품으로 화하는 것은 왜 유독 각별한 미적 판단의 대상이 되곤 하는가.

앞서 말했듯 「문학의 발전」은 심미적 감각을 도야·고양시키는 미적 체험이란, '자유'가 체현된 상태에서만 가능하다는 원리를 강조한다. 김우창이 원리적으로 상정하는 좋은 예술을 거칠게 요약하자면, 향유자가 그 대상작품에 대한 선이해, 편견, 개념, 정보 등으로부터 단절된 상태에서도 자연스러운 것으로 여길 수 있어야 한다. 원리적으로 말해, 대상의 개념이 배제된 상태에서의 판단만이 순수한 것이다. 이것은 "예술의 산물의 형식에 있어서의 합목적성은 임의의 규칙들의 일절의 속박으로부터 자유롭게 벗어나 있어서, 마치 예술의 산물은 한갓된 자연의 산물인 것처럼 보이지 않으면 안 된다."[1]라는 칸트의 구절과 겹쳐 읽어도 좋다.

종종 이것은 창작하는 측에게도 어떤 요구로 작동해왔다. 즉 어떤 '형식'을 통해 그것이 '예술'임을 주장하기 위해서는 최

---

1. 임마누엘 칸트, 『판단력 비판』, §45.

대한 자연발생적이고 유기적인 인상을 주도록 창작되어야 한다는, 문학의 순수성에 대한 막연한 통념 같은 것이 그것이다. 이 의견들에 따르면, 창작자의 의도나 목적성 등이 두드러지는 형식은 불순하다. 사심 없는 상태에서 자연스럽게 좋다라는 인상을 주는 것이 좋은 예술이라는 것이다. 즉, 어떤 목적, 의도가 문학을 앞서거나 압도해 버리면 곤란하다는 암묵적 우려가, 지금의 페미니즘 관련 창작물에 엄정한 잣대를 갖게 하는 이유 중 하나일 것이다.

하지만 칸트를 경유하는 김우창은 이러한 플랫한 논리로 귀결되지 않게끔 논의를 복잡화한다. 그가 '목적 없는 합목적성'이라고 할 상황(관조의 상태에서 무심코 좋다고 감탄케 하는 예술의 의미)을 강조하면서도, '외부세계'와 '나'와 '대상'의 관계성과 조건을 끊임없이 상기시키는 것을 놓쳐서는 안 된다. 나아가, 앞의 ⑦⑧의 논리를 과감히 비약하자면 그의 글은 2018년 시점에서 이런 질문이 이어지게 한다. '사심 없는 상태'라고 만한 그 '자유'는 누구의 자유인가. 무엇에 의해 어떻게 조건 지워진 자유인가.

칸트 역시 앞에 인용한 진술 이전에 "미감적 판단에 있어서의 당위는 아무리 판정에 필요한 모든 여건에 따라서 진술된다 할지라도, 그것은 실은 조건부로 진술되는 것에 지나지 않는다."[2]라며, 이른바 '공통감'sensus communis에 대한 논의를

---

2. 같은 책, §19.

준비하고 있었다. 즉, 사심 없는 상태란 한편으로 "조건부로 진술"되는 보편적 좋음의 감각, 즉 '특정' 공동체적 원리로서의 '공통감'의 전제하에서 자유로운 상태이기도 한 것이다. 이 '특정 공동체적 원리'란, 지금 2018년 시점에서라면, 기울어진 젠더·섹슈얼리티 역학을 '자연'처럼 여겨온 공동체의 원리라고 과감히 바꿀 수 있을 말이다.

3. 다시, 미적 체험을 이야기하는 데 필요한 자원들

좀 더 나아가 「문학의 발전」의 요지를 '우리의 미적 체험은 언제나 무언가에 조건지워져 있다'라는 문제틀로 바꾸어 본다. 이와 관련하자면 '삶을 위한 예술/예술을 위한 예술' 식의 양자택일적 이분법의 통념이나 논쟁의 역사를 지우고 생각하는 편이 낫다. '삶/문학'의 문제를 차라리, 예술을 둘러싼 미적 체험의 문제틀로 밀어 넣어보자. 예컨대 삶 속의 정치적 억압은 분명, 문학을 자유롭게 창작·향유할 수 없게 하는 조건이다. 노동이라는 자본주의적 삶의 핵심문제 역시, 문학의 자유로운 창작·향유에 구속이 되는 조건이다. 한편, 재현할 삶·세계 일반과 '언어'의 관계 자체도 많은 예술가들을 구속하는 문제적 조건이다. 이 각각의 조건들에 맞붙어 고투해온 많은 예술들이 사조, 운동, 논쟁 등의 형태로 예술의 역사를 기록하고 있는 것도 떠올려 보자.

그렇다면 지금, 가부장적 이성애 중심주의, (보이는/보이지 않는) 젠더 역학이 문학을 자유롭게 창작·향유할 수 없게 하는 조건이라고 자각하고 질문하는 이들의 문제제기 역시 '예술(사), 미학(사)적으로' 온당하다. 페미니즘, 퀴어 관련 작품에 왜 유독 엄격하냐고 묻는 젊은 세대의 불만 역시 지극히 온당하다. 젠더·섹슈얼리티의 역학은 '자연'으로 착각될 뿐이지, 이 세계 구성원 모두의 '자유'를 담보해주지 않음은 말할 것도 없다. 그간 그 조건이 미학의 시야에 들어오지 않았을 뿐이다. 즉,「문학의 발전」은 지금 '왜 이것이 자연인지', '왜 나는 덜 자유롭다고 여기는지'를 질문하게 만드는 글로 다시 놓이게 된다.

그러므로 이제 더 질문할 것은 '미적 체험'을 가능케 하는 조건의 새로운 탐색과 그것에 대한 대화(합의)의 과정이다. 미학에서 '보편'이라고 여겨지는 것은 객관적, 개념적 보편이 아니라 비율적이고 주관적인 것이다. 그렇기에 예술은 민주적, 대화적이어야 하는 것이다. 미적 체험은 언제나 무언가에 조건 지워져 있다. 그것은 일차적으로 개별적 정체성에 근거하기 쉽다. 하지만 한편으로 그 개별적 정체성이 본질적인 것이 아님을 페미니즘 예술이 설득하기도 한다. 지금 페미니즘(예술)의 문제의식을 본질주의에 기반한 '정체성 정치'만으로 치환해서는 곤란하다. 오히려, 다양한 정체성의 요인들이 어떤 구조 속에 놓여 있고 어떤 구체적인 경험 속에서 존재하는지, 그리고 개개인의 삶을 구속하는 조건들이 서로 교차적으로 맞물려 있음에 대해, 또한 A 아니면 B가 아니라 A이면서 동시에 B일 수 있다는 사유로 지금 페미니즘의 문제의식은 나아가고 있다. 이것이냐 저것이냐가 아니라, 이것이기도 하고 저것이기도 하며 전혀 다른 무엇일 수도 있다는 사유를 페미니즘의 문제의식이 환기시키고 있다. 그리고 이런 문제의식이야말로 예술의 새로운 공통감, 미적 체험의 원리를 다시 고안하고 구축하는 데 필요한 자원들이다.

즉 "민주적 사회"를 요청하며 맺는 김우창의 글이 중요한 것은, 그것이 1980년 여름의 맥락을 담은 글이어서가 아니다. 상투적으로 읽힐지도 모를 그의 마지막 요청은 지금 나·우리 안의 다원성들이 서로 대화해야 할 이유를 새삼 환기시키기에 중요한 것이다. 나와 타자 사이에서 언제나 있을 수밖에 없는 갈등을 조정하고 대화하는 과정이 곧 넓은 의미의 '정치'다. 엄밀히 말해 이 이야기는 예술, 문학이 존재하는 초월적 근거를 묻는 문제의식의 한 사례다. 이것이 '정치 대 문학' 식의 구도로 환원될 수 없음도 물론이다.

4. 그리고 이것은 동시에 삶을 질문하는 것이다.

예술장의 이러한 민주화 요구는 젊은 세대에만 특정되는 이야기가 아니다. 인류학자 데이비드 그레이버는, 어떤 위계 내에서 아랫사람이 의식·무의식적으로 윗사람의 감정을 헤아리고 거기에 심정적 보조를 꾀하는 경향을 '해석노동'interpretive labor이라는 개념을 통해 이야기했다. 이는 주로 가부장 문화 내에서 보편적으로 관찰되는 현상이자 개념이지만, 이제까지의 많은 이들의 미적 체험(혹은 독서)과 겹쳐 생각해보아도 이상할 것 없다.

잠시, 일본의 독문학자 다카다 리에코高田里惠子의 이야기를 생각해본다. 한국에는 저서 『문학가라는 병』(김경원 옮김, 이마, 2017)으로 소개된 그녀는, 도쿄東京대학 독문과 출신의 1958년생 연구자이자 모모야마가쿠인桃山學院 대학의 독문과 교수다. 지금 그녀의 신상을 이야기하는 것은, 그녀의 작업들의 필연성과 그것의 아이러니를 좀더 잘 이해하기 위해서다.

『문학가라는 병』은 서구(독일)문학을 매개로 하는 교양주의와 일본 엘리트 남성들의 심상구조를 규명하는 책이다. 그녀는 일본에서 파시즘 진군이 본격화하던 시기, 문화통합 관제기구였던 '대정익찬회'大政翼贊会의 주요 멤버의 계보와 그들의 교양주의에 골몰한다. 이 책은 독일교양주의로 상징되는 '청춘'과 '교양'이 독일 나치즘, 대정익찬회, 토다이東大 일류주의를 관통하며 일본식 교양주의를 완성하고, '교양' 안에 또 다른 내부식민지(일류-이류)를 만들어내는 구조를 실증적으로 검토한다. 제국대학 출신 학도병들이 배낭에 넣고 다녔다는 헤르만 헤세 책을 번역한 사람들, 그리고 군국주의와 파시즘의 인적·미학적 계보를 이루는 동경제대의 엘리트들. 그런데 한편 그들을 매료시킨 독일교양주의에 동시에 매료된 바 있는 다카다 리에코.

즉 그녀의 연구는 단지 일본의 남성동맹 엘리트와 교양·문학의 구조에 대한 비판이 아니다. 한국어 번역본에는 실리지 않았지만, 원서[3]에는 문예평론가 사이토 미나코斎藤美奈子의 해설이 실려있다. 사이토 미나코는 "교양주의나 남성동맹적인 결속을 혹독하게 규탄하는 것 같은 이 책의 배경에 실은 저자 자신의 자학이 숨겨져 있는 것 아닌가"라고 썼다. 이것이 무슨 말인가.

앞서 말했듯 다카다 리에코는 구제旧制고교, 제국대학의 피라미드 구조가 표면적으로 해체된 전후민주주의 세대이지만, 전전戰前 교양주의의 편린을 간접적이나마 알고 있는 '마지막' 세대이며, 또 한편으로 그녀가 이후 연구자로서 만나게 된 독문학은 그녀의 다른 저작[4]의 표제어처럼 '그로테스크'한 것이었다.

말하자면, 정작 자기를 형성해오고 지금 그 자리까지(도쿄대학 독문과 출신 연구자) 떠민 동력은, 자신이 비판한 남성엘리트, 그리고 그들을 정점으로 하는 구조 속 내부식민지의 모방욕망으로 설명할 수도 있다. 사이토 미나코가 그녀의 책을 읽고 느낀 "어떤 고통, 아픔"은 다카다 리에코의 작업을 접한 '나' 개인의 복잡한 심정을 단적으로 표현한 말이기도 했다. 『문학가라는 병』은 단순히 남성동맹 교양주의, 문학주의 비판이 아니라 태생적으로 일류, 주류문학자는 될 수 없었던 여성문학자의 자기 기원에 대한 탐색이자 그 운명을 넘어서기 위한 고투이기도 했으며, 그것은 국경이나 언어를 달리해서 공감

---

3. 원제는 '文学部をめぐる病い ─ 教養主義・ナチス・旧制高校'(筑摩書房, 2006).
4. 高田里惠子, 『グロテスクな教養』, 筑摩書房, 2005.

될 것이기도 했다.

'좋은 예술'을 판단하는 논의 속에서 암묵적으로 구획되곤 하던 일류와 이류, 거기에 개재되는 여러 요소와 기율들. 그러므로 어떤 이들에게는 일종의 '해석노동'이었을지 모를 미적 체험의 과정은 지금 다시 섬세하게 논의되어야 한다. '나'의 좋음과 지금의 '나'를 구축한 요소들이 어떤 구조에서 형성된 것인지를 알아차린 후의 씁쓸함(혹은 통탄)과 그에 대한 양가적 심정은, 일본 전후민주주의 세대 엘리트 여성의 그것만은 아닌 것이다. 그녀와 비슷하게 '문학이라는 병'을 앓았을 이곳의 어떤 세대, 젠더, 계급, 학력의 독자들은 이전과 같이 문학의 좋음을 손쉽게 말하는 것이 곤란해졌다. 그리고 젊은 세대의 볼멘소리와 고민은 어디에서나 빈번하게 접할 수 있는 것이 되었다. 미적 체험과 그 조건을 이제까지와는 다른 국면에서 다시 함께 이야기해야 할 이유는 지금 너무도 충분하다.

마지막으로, 1980년 「문학의 발전」에서 김우창이 역설했던 '미적 체험과 자유'의 문제는, 지금 2018년을 지나 언젠가 또 다른 의제와 함께 돌아올 것이라고 생각한다. 1980년에 질문된 미적 체험의 조건으로서의 자유란 정치적 민주화와 직결되는 자유였다. 그리고 2018년에 다시 질문된 미적 체험의 조건으로서의 자유란, 이 세계의 젠더·섹슈얼리티 역학을 둘러싼 민주화의 요구와 관련된다. 그리고 언젠가 또 미적 체험의 조건으로서 자유를 다시 질문해야 한다면 그것은 또 다른 '존재론적' 질문과 함께 돌아올 것이라고 확신한다.

길, 우연성, 편지

한국문학의 주어 변화와 배수아의 소설들

1. 배수아 소설과 '우리'라는 주어의 의미

2011년 연재·출간된 배수아의 『서울의 낮은 언덕들』의 전체 주어(초점화자)는 '우리'다. 개인적으로 이제껏 '우리'라는 주어가 이 소설에서만큼 의미심장하게 읽힌 경우가 없었던 것 같다는 점을 먼저 말해두고 싶다. 언젠가부터(구체적으로는 『에세이스트의 책상』, 『독학자』, 『당나귀들』 즈음부터) 무엇과도 환원 불가능한 '나', 고독한 망명자 되기에 대해 골몰하던 배수아라는 작가가 의식적으로 '우리'라고 하는 주어를 내세웠다는 점을 주목한다는 말이기도 하다.

여기에서의 '우리'는 단순한 복수 1인칭 대명사가 아니다. 가령 '나'라는 주어와 '우리'라는 주어를 거칠게 구분하자면, '나'는 '개인'의 가치를 함축하는 대명사이고, '우리'는 집단의 가치를 함축한 대명사이다. 즉, 개인 대 집단(공동체) 식의 가치들과 구도를 떠올리게 하는 말이라는 것이다.

2000년대 초중반 배수아의 소설은 국경, 성별, 민족, 인종, 이름, 공간, 시간 등등에 구속되지 않는 '나'의 문제에 골몰한 바 있다. 마침 '넘기'trans/cross/脫로 명명될 가치들이 전방위적으로 이야기되기도 했다. 즉, 개인들의 주권의 문제로부터 이름들의 소여성에 이르기까지, 소위 아이덴티티라는 것이 나의 의사와 어떻게 관련되어 소유되는 것인지, 그 속에서 오롯한 '나'를 구출한다는 것은 어떻게 가능할지 등에 대해 골몰하던 때였던 것이다. 배수아의 소설들이 독보적으로 그리고 고집스럽게 추구한 바도 그것으로 기억한다.

2. 그러나 '우리'라는 폭력성

즉, 배수아의 소설들은, 집단의 가치가 단독자로서의 '나'의 가치와 충돌해온 지점들을 환기시켜왔다. 동시에 그 소설들은 한국·한국문학의 각 시대별 국면을 구체적으로 환기시키기도 했다. 잠시 『독학자』(열림원, 2004)를 생각해본다.

『독학자』는 1980년대까지의 한국 근대라는 특수한 시공간에서 상대적으로 주변인이었던 이의 관점에서 기술되는 성장담이자 후일담이다. 이 소설에는 다소 논쟁적일 수 있는 지점이 있다. 예를 들어 소설 속에는, 한국 근현대사 속 전체주의적 폭력성이, 그에 대한 안티테제 중 하나였던 1980년대의 분위기와 등가로 놓여 있다. 테제(한국 근대의 전체주의적 폭력성)와 안티테제(1980년대의 분위기), 이것들은 각각 상이한 벡터를 가지고 있었음에도 『독학자』에서는 그 둘이 '집단·공동체'의 정서라는 표상을 공유하며 등가적으로 놓여 있다. 권위적이고 독선적인 아버지와 그에 반항하는 아들이 어떻게 보면 서로를 기이하게 비추는 거울일 수도 있다는 말이었을까. 이것을 어떻게 읽을지는 여전히 정치적으로 미묘한 문제들을 동반한다. 그러나 지금 그 부분은 잠시 차치해두려 한다. 우선은 배수아의 소설이 '개인'의 가치를 구출하는 데에 왜 그토록 집요했는가에 대해 이 소설이 암시하는 바에 방점을 찍어둔다.

'집단·공동체'의 정서란 1990년대 이전의 한국 근현대를 설명하는 데에 유효한 관점의 하나로 여겨져왔다. 유교문화의 영향력은 차치하고도, 전후戰後 나라 만들기 프로젝트로부터 시작된 한국사회의 근대화든, 아니면 1980년대 말 고조된 저항─구성 운동의 뜨거움이든, 공히 '우리'의 가치 혹은 '집단·공동체'의 계열어들에 근거하고 있다는 점을 『독학자』는 뚜렷이 상기시킨다. 그리고 개인은, 그 계열어들의 대타항으로 자연스레 인지되어왔다. '나 대 우리', '개인 대 집단·공동체' 등은 다시 검토되어야 할 구도이기도 하지만, '나'·'개인'의 가치가 1990년대에 이르러 새롭게 맥락화된 측면은 우선 기억해두어야 한다. 즉, 1990년대 이후 배수아의 소설을 포함하여 '나'가 주어가 되는 소설들은 내성소설, 관념소설 같은 말로 곧장 치환될 수 없다. 범주화 이전에, 주제(내용)가 곧 형식을 만드는 사례처럼 그녀의 소설들이 존재했기 때문이다.

이 글은, 이러한 문학사적 계기들 속 '주어의 문제'를 질문하며 『서울의 낮은 언덕들』을 읽으려 한다. 그리고 『서울의 낮은 언덕들』의 주어 '우리'를 이해하기 위해 『독학자』 속 '나 대 우리'의 구도를 조금만 더 살펴보고자 한다.

집단·군중의 상태란 '같이(함께)-있음'을 의미하는 한 '공동체'라는 말과 원리상 겹쳐진다. 이런 의미에서 인간은 단한 순간도 '공동체'를 이루지 않은 적이 없을 것이다. 그러나이 공동체라는 말은 소설 속에서 암시되어 있듯, 구성적 힘이지만 역사 속에서 종종 불안하게 회고되는 하나의 이념형이기도 했다. 가령 역사 속 파시즘과 같은 전체주의의 광풍을 떠올릴 때, 또한 생산수단과 삶을 공유하며 다른 세계에 대한 가능성을 희구했던 현실 사회주의의 결말을 떠올릴 때그렇다. 이 두 개의 다른 벡터들이 『독학자』 속에서 힘겨루기를 한다. 한국 근현대의 억압적 분위기와, 1980년대적 저항·구성의 열망 둘 다는 『독학자』에서 불안하게 회고되고 있는것이다.

과연 그러했을 것이다. 파시즘, 현실사회주의의 그것은 잠시 차치하자. 1980년대 한국의 저항과 구성의 열망을 추동한'우리'라는 가치와 정서는 왜 그토록 재빠르게 1990년대의 '개인'의 가치에 의해 지워지거나 대체되어 갔는가. 공동체·집단은 개인을 초월하는 원리, 기준에 의해 정초된다고 말해져왔다. 이때 개별적인 것은 물론, 이질적인 타자는 종종 소외되거나 부차적인 것이 된다. '우리'라는 주어는 온전히 그 집단으로흡수될 수 없는 '나'의 어느 부분들까지도 복속시켜버리는 폭력성에 대한 우려에서 자유롭지 않다. '우리'라는 말이, 개체 차원에서의 동의 없이 혹은 심적 저항감을 해소할 돌파구 없이 남용될 때 그것은 분명 폭력의 언어로 작동한다. '우리'의 의지와 명분이 '나'를 압도한다고 느끼는 것. 가령 1980년대라면 '민중'이나 '민족' 같은 호명에서 어떤 억압을 느꼈을지 모를 이들의 정서. 이것이 바로 배수아 소설의 어떤 우물 같은 지점임은 분명해 보인다.

확실히 '우리'라는 주어는 1990년대 초 현실사회주의의 몰락과 소위 포스트post 접두어가 붙는 시대를 맞으면서, 과거 '좋았던 시절'의 주어로 이야기되어 왔다. 그리고 그때까지 억압된 측면이 있던 '나'를 구출해내기. 말하자면 이것이 1990년대 한국문학이 골몰한 바의 하나이고, 배수아 소설이 출발한 지점의 한 곳이라고 해도 좋을 것이다.

이처럼 『독학자』는 1990년대에 재발견·재맥락화된 '나'(개인)의 가치들의 발생에 대한 소설이다. 즉 이 소설은 '집단·공동체'의 가치와 '개인'의 가치 사이에서 불화·분열할 수밖에 없던 한국문학의 시절들을 지시하는 듯 보인다. '우리'가 함의하는 가치가 '나'의 그것과 교환되던 시기를 함축하는 알레고리가 『독학자』에 있다. 여기에서 나아가, 배수아의 소설들이 아이덴티티의 지표(국경, 성별, 민족, 인종, 이름, 공간, 시간)를 지워간 것의 의미, 그리고 왜 그녀의 소설이 영속적인 망명 상태를 지향하는지에 대해서는 잠시 다른 소설의 구절을 더 참고해본다.

3. 그런데 이처럼 많은 '나'들이라니!

"길 위에서 죽을 수만 있다면 행려병자라도 좋다." 2002년 발간된 소설 『이바나』(이마고)의 한 구절이다. '길'의 의미는 '집'이라는 정주지의 의미와 상반된다. 구체적으로 논할 필요도 없이 '행려병자'까지 감수하는 '길 위의 삶'이란, 어디에도 소속되지 않는 이방인으로서의 삶을 지향하는 완강함의 다른 표현일 것이다. 말하자면 배수아는 분명 한국어로 글을 쓰는 한국 국적의 한국문학 작가이지만, 이제 그녀의 소설들은 이 근대적 주권과 글로벌한 자본주의의 영토성에 갇히지 않는 글쓰기를 할 것이었다. 실제로 2000년대 그녀의 주인공들은 내내 길 위에 있었다.

그런데 한편, 이 구절이 주는 매혹의 한편에는, 자유롭지만 고독하고 쓸쓸한 그림자가 감지되는 것을 부정할 수 없다. 자유롭지만 고독한 망명자의 삶/죽음이란 '길 위의 행려병자'의 그것처럼 지난한 것이다. 현실적으로 '길' 위란 춥고 고된 장소다. 외롭고 고되게 삶의 망명을 감수하는 '행려병자'란 쓸쓸하고 슬픈 말이다. 한편, 국경을 지워보지만 글로벌리제이션이라는 이름으로 재구축되는 국경들의 덫은 혼자의 힘으로 피해가기 어려운 것이다. 가령 공적인 아이덴티티를 확인시켜줄 신분증 없이 낯선 길거리에서 쓰러져 있을 때, 그를 확인해주거나 구해줄 이는 누구인가. 또한 방랑·여행·망명의 와중에 번번이 여권이나 신분증을 요구하는 견고한 시스템 속에서 의

연해지기란 얼마나 피로한 일인가. 2011년의 『서울의 낮은 언덕들』에서 주인공 경희가 겪고 느끼는 이런 에피소드들은 아주 일상적이고 구체적인 현실의 일들이다. 즉, 이동의 자유로움, 그리고 이동의 자유에 대한 박탈은 여전히 그리고 불가항력적으로 동시에 존재한다. 이것은 어쩌면 결국 다음과 같은 딜레마에 부딪힐 것이었다. '자유롭지만 외롭게 길 위에서 살고 죽어갈 것인가' 혹은 '이방인으로서나마 어딘가에 다시 정주할 것인가.'

말하자면 "길 위에서 죽을 수만 있다면 행려병자라도 좋다."라는 구절은 처음부터 딜레마를 함의하는 것이었다. 이 두 가지 선택지 이외의 것을 상상하기란 어려운 일이다. 한 시절을 경유하여 반드시 구출되어야 했던 개인, 배수아 소설의 '나'들이 이렇게 살고 죽어가거나, 혹은 가까스로 얻은 자유를 반납하며 현실의 구속력에 다시 자기를 의탁할 것을 예상하는 것은 안타까운 일이었다. 일체의 공동체에 속박되기 원치 않는 '나'들의 한계, 혹은 개인이라는 성채가 어쩌면 무력하게 패퇴해갈지도 모른다는 것. 그리고 그것은 이 '나'들의 자유가 결국 누구의 자유인지 질문하게 했다. 1990년대 이래로 개체화된 존재들의 자유(라고 믿었던 것)가, 더 큰 시스템 속의 무력감으로 확인되는 데에는 10년이 채 걸리지 않았다. 2000년대 고독한 탈주의 운명은 종종 재영토화의 대상이 되곤 했다. 물론 이것은 배수아 소설을 넘어서는 이야기이다.

달리 말해, 집합적 인간의 가치로부터 개인의 가치를 구출해낸 이후 그 개인·나들은 '어떤' 개인·나로 전화해 갔을까. '차이'를 통해서만 주장되는 이 개인들은 『독학자』에서 살펴보았듯 이전 시대와 대타적인 구도 속에 놓여 있었다. 스스로를 구별·주장해내기 위해서는 끊임없이 그 배타적 차이를 생산·증거 해 내야 한다. 1990년대 이후 개인들은 이 메커니즘 속에서 소모되어 갔는지 모른다. 그들 각자의 고군분투에는 극심한 피로감이 수반된다. 2000년대 초중반을 풍미한 탈주·도주와 같은 말의 정치성조차 때때로, 버전업 된 자본주의에 전유되어간 예들을 떠올릴 때 이것은 결코 과장된 회고가 아니다.

4. 그러나 편지! — 삶에는 언제나 수신자와 발신자가 필요하다

"이름은 나의 외부에서 와야 해요 반드시 그래야 해요."[1]

스스로의 존재근거를 타자와의 '차이'에 두어야 하는 개체들은 피로하고 외롭다. 하지만, 나의 이름은 타인에 '의해' 호명된다. 즉, 차이 나는 타자가 아니라 공유해야 할 타자가 필요하다. 강조하지만, 이름은 바깥에서 온다. 나의 이름을 붙여주고 불러줄, 그리고 내 삶을 선포하고 죽음을 증거해 줄 타자들, 삶과 죽음의 공동체가 필요하다. 친구 없는 '나'들이란, 자유로

---

1. 배수아, 『북쪽 거실』, 문학과지성사, 2009, 61쪽.

우나 외롭게 길 위에서 살고 죽어갈 운명까지 감수하거나, 어딘가에 다시 '정주'하고 싶은 유혹과 내내 겨루어야 할지 모른다. 그렇기에 언젠가부터 배수아의 소설에서 편지 이야기가 빈번하게 등장하는 것은, '우리'라는 주어가 등장한 만큼의 사건으로 주목할 수 있다.

『북쪽 거실』에서 편지는 이런 것이다. "꿈의 내용을 글로 정리할 충분한 언어와 문장이 없다면… 그리고 최종적으로는 그 꿈의 내용을 정리하여 편지로 보낼 하나의 주소를 갖고 있지 못하다면, 그건 결코 산다고 할 수 없다."(19쪽)

또한 『서울의 낮은 언덕들』의 여행자·방랑자 경희는 목적지 없는 삶 속에서, 그럼에도 편지를 받을 주소에 집착한다. "우편물을 받을 수 있는 주소가 필요하답니다."(61쪽)라고 하는 경희의 모습이나, '나의 베를린 주소'라는 말이 반복되는 소설 속 대목들을 볼 때, 이것은 분명 1990년대에서 2000년대 중반까지 소설 속 '나'들에게 변화가 생겼음을 암시하는 것 같다. 삶에는 언제나 수신자와 발신자가 있어야 한다는 것. 나와 너(들)가 있어야 한다는 것. "길 위에서 죽을 수 있다면 행려병자라도 좋다."라고 하는 이들에게도 '친구'는 필요하다는 것.

그러나 방금 말한 '친구'라는 말과 그것이 환기시키는 이미지에 대해 오해해서는 안 된다. 배수아 소설 속 우정과 사랑은 정체성에 기반한 가까움의 정도에 따라 규정되지 않는다. 즉 그들은 모두 삶이라는 여행 중 우연히 만난 사이다. 우연적으로 마주치는 순간 자체에 전념하면서 그들은 친구가 된다(소설에 '친구'라는 말은 나오지 않는다.). 그들은 편지를 주고받는다. 경희와 미스터 노바디의 관계가 그렇고, 전직교사 부부와 전 세계의 여행자들의 관계가 그렇고, 소설 속 '우리'와 경희의 관계가 그렇다. 궁극적으로 '우리'에게 있어서 경희가 정말로 존재하는 인물인지 아닌지는 중요하지 않다.

이 정도면 『서울의 낮은 언덕들』의 주어가 '우리'라는 점의 의미심장함은 조금 해명될 것이다. '나'의 가치들을 새삼 맥락화하고 환기시켜온 배수아의 소설에, 왜 지금 '우리'라는 말이 등장한 것인지에 대해 말이다. 그렇다면 이어지는 질문은 이런 것이다. "이 '우리'란 집단·공동체가 상정된 '우리'와 다른 것일까? 다르다면 어떻게 다른 것일까?"

강조하지만, 이 소설에는 편지가 자주 언급된다. 그리고 더 중요한 것은 수신자와 발신자의 관계가 필연적, 선험적으로 예정되어 있지 않다는 점이다. 말하자면 그들은 모두 자기가 태어난 곳을 '떠난' 이들이기에 만나게 된다. 여행자·방랑자이기 때문에 우연히 만나게 된다. 그들을 묶어주는 하나의 공통항이 있다면 바로, 어디에도 정주하지 않겠다는 태도다. 그리고 정주에 대해 욕망하지 않으므로 그들은 소유에 집착하지 않는다. 소설 속에는 제3세계, 여성, 망명자, 아마추어, 21세기의 프롤레타리아트 같은 말들이 생경하게 등장하지만 그것은 이 소설의 존재론적 포지션을 환유하는 말들이기도 하다. 전직교사 부부처럼 이방인들에게 집을 제공하고 공간을 공유하는 이들. 그리고 그런 목적 없는 환대를 통해서 만나고 헤어지는 사람들. 이것을 두고 우연적이고 우발적인 것들이 만들어내는 '다른 삶'의 풍경이라고 해도 되지 않겠는가.

5. 도래할 주어 ─ '우리'여도 '우리'가 아니어도 괜찮은 '우리'

『서울의 낮은 언덕들』속의 '우리'는 소설 전체의 서술주체(주어)이면서, 지금 배수아 소설의 주인공들의 이름이기도 하고, 동시에 1990년대 2000년대를 거쳐 이 책이 놓인 2012년에 이르기까지 한국문학의 주어변화를 함축하는 말이기도 하다. 그리고 이 '우리'는 결코 『독학자』에서 지목된 과거 '우리'의 부정적 가치들로 환원되지 않는다. 지금 배수아 소설의 '우리'는 우연적인 것들의 마주침 속에서 만들어지는 수로(운명) 같은 것을 연상시킨다. 『서울의 낮은 언덕들』에서 우연성이 빚어내는 사후적 필연, 그리고 그 운명을 사랑해야 하는 것amor fati은 다음과 같은 에피소드에서도 잘 드러난다.

경희는 '걸어서' 여행을 하겠다고 다짐하는데, 이것은 낭만적이고 치기 어린 여행자의 그것이 아니다. 이 결심은 낭송무대 위에서 발가락이 부러진 순간 떠오른 것인데, 그 선후 관계는 중요하지 않다. '걸어서 그곳으로 가겠어'라고 결심한 것은 발가락이 부러진 후의 일이지만, 시기적 유사성을 제외하면 표면적으로 그 일과 결심은 관련이 없다. 그럼에도 "그 두 가지 사건이 일생의 어느 비슷한 시기에 회오리처럼 나를, 내 육신을 사로잡았던 것은 사실"(22쪽)이다. 이것은 'A이므로 B이다' 식의 인과성, 필연과는 상관이 없다. B라는 결과 속에서 A를 발견하지만, 결코 A가 B를 규정하지 않는다.

이 소설에서 여행자들의 만남과 헤어짐은 이 우연성이 빚어내는 필연의 원리를 닮아 있다. 그들은 A이기 때문에 만나고 우정을 나누는 것이 아니다. 만나고 나서 A를 발견한다. 그들의 만남에 있어서 선행조건, 공통항을 발견하기 어렵다. 목적지를 정해두지 않고 떠도는 이들이라는 공통점만 제외하고는 말이다.

『서울의 낮은 언덕들』의 '우리'는 바로 이런 '우리'다. 이 '우리' 역시 과거 한 시대의 주어처럼 여겨지던 그 '우리'라는 말의 감옥에 가둘 수 없다. 이들의 우정이나 사랑은, 비슷함, 동일함의 비율에 따라 가늠되는 것이 아니다. 이 '우리'는 배수아의 1990년대 소설들이 가까스로 구출한 '차이'들을 지키면서 연결되고 있는 '우리'다. 이런 존재양태를 개념적으로 상상해본다면 어떤 말들이 가능할까. 더 많은 언어가 고안되고 발명되어야겠지만 우선은 '공통장'the common(네그리, 하트), "단독자들의 '비집성적 공동체'"(장 뤽 낭시) 같은 말들도 떠오른다. 개인이나 공동체를 양자택일적 선택의 문제처럼 여겨온 오래된 사유의 관습만으로는 설명될 수 없는 장면들인 것이다.

'길 위에서 죽을 수만 있다면 행려병자라도 좋다'는 말 앞에서 막연한 매혹과 막연한 망설임을 동시에 느껴본 적 있는 이라면, 지금 『서울의 낮은 언덕들』의 장면들이, 배수아 소설에서 그리고 한국문학에서 얼마나 진일보한 사건인지 알아차릴 것이다. 『서울의 낮은 언덕들』은 한때 관념적 낭만화의 대상이었던 '길'을 현실 속 존재론적 우정과 사랑의 지평 위로 위치변경시켰다. 이때의 길은, 지난함과 불안함이 여전히 예정된 장소이지만 '다른 삶'과 '다른 죽음'의 가능성을 가진 구체적인 장소로 와 닿는다. 과연 우리는 대도시의 '스타벅스'에 안심하는 경희와 같이, 바깥을 상상할 수 없는 세계 속 임시 거처를 전전하게 될 뿐일지 모른다. 어쩌면 의지, 의향과 무관하게 그것은 이 세계의 조건처럼 되어가고 있다. 하지만 소설은 그 조건에 압도되는 것이 아니라 거기에서 오히려 망각된 세계를 일깨워낸다. 상공의 날아가는 비행기에서 "나그네 별"을 보거나, 도시의 테크놀로지에서 "사오라족 샤먼의 아내의 목소리"를 듣는 것은, "우리 모두가 함께 꾸었던 고대의 서사시처럼 긴 꿈"을 소생시킨다. 이 "긴 꿈"이 늘 그 자리에 있던 별자리나 남성영웅들의 신화 반대편에 놓인 다른 가치들을 암시한다는 것도 강조해둔다. 그러므로 이때의 '우리'는, 옛 시절의 '우리'나 그 가치들과는 현저히 다른 원리를 통해 구성되는 존재양태라는 것도 다시 확인해둔다.

　『서울의 낮은 언덕들』의 경희, 미스터 노바디, 전직교사 부부, 반치, 우리, 치유사 같은 이들은 끊임없이 만나고 헤어지고 다시 만나고 헤어지고를 반복하게 될 것이다. 삶의 끝없는 낮은 언덕들을 의연히 걸어가기 위해서는, 도중에 끊임없이 그들과 만나게 될 것이고 편지를 써야 할 것이다. 그렇게 만나고 순간마다 삶과 세계를 만들어갈 모든 이들에게 2011년 『서울의 낮은 언덕들』에서 발견된 '우리'라는 호칭을 건네고 싶다. 이것은 훗날 한국문학사에 또 한 번 다르게 기록될 '우리'일 것이다. 요컨대 이것은 '우리'여도 '우리'가 아니어도 괜찮은 '우리'이다.